Judith

Judith

Frauen in Geschichten der Weltliteratur

Herausgegeben
von Gerda Zschocke

Illustrationen von Harry Jürgens

Verlag Neues Leben
Berlin

ISBN 3-355-00799-4

Lizenz Nr. 303
LSV 7900
Schutzumschlag und Einband: Harry Jürgens
Typografie: Christel Ruppin
Schrift: 10 p Garamond
Gesamtherstellung: Offizin Andersen Nexö,
Graphischer Großbetrieb, Leipzig III/18/38
Bestell-Nr. 644 596 1
DDR 12,80 M

Altes Testament

Das Buch Judith

Die Stadt Ekbatana: Nebukadnezars Sieg und Stolz

Arphaxad, der Meder König, hatte viel Land und Leute unter sich gebracht und baute eine große, gewaltige Stadt; die nannte er Ekbatana. Ihre Mauern machte er aus eitel Werkstücken, siebzig Ellen hoch und dreißig Ellen dick. Ihre Türme aber machte er hundert Ellen hoch und zwanzig Ellen dick ins Gevierte. Und der Stadt Tore machte er so hoch wie Türme; und trotzte auf seine Macht und große Heereskraft.

Nebukadnezar aber, der König von Assyrien, regierte in der großen Stadt Ninive und stritt im zwölften Jahr seines Königreichs wider den Arphaxad. Und die Völker, die am Wasser Euphrat, Tigris und Hydaspes wohnten, halfen ihm; und er schlug ihn im großen Feld, Ragau genannt, welches vorzeiten gehört hatte dem Arioch, dem König zu Allasar. Da ward das Reich Nebukadnezars mächtig und sein Herz stolz; und er sandte Botschaften zu allen, die da wohnten in Zilizien, Damaskus, auf dem Libanon, dem Karmel und in Kedar, auch zu denen in Galiläa und auf dem großen Felde Esdrelom und zu allen, die da waren in Samaria und jenseits des Jordans bis gen Jerusalem, auch ins ganze Land Gosen bis an die Grenzen des Mohrenlandes.

Zu denen allen sandte Nebukadnezar, der König von Assyrien, Botschaften. Aber sie schlugen's ihm alle ab und ließen die Boten mit Schanden wieder heimziehen. Da ward der König Nebukadnezar sehr zornig wider alle diese Lande und schwur bei seinem Königsstuhl und Reich, daß er sich an allen diesen Landen rächen wollte.

Feldzug des Holofernes

Im dreizehnten Jahr Nebukadnezars, des Königs, am zweiundzwanzigsten Tage des ersten Monats, ward geratschlagt im Hause Nebukadnezars, des Königs von Assyrien, daß er sich wollte rächen. Und er forderte alle seine Räte, Fürsten und Hauptleute und ratschlagte heimlich mit ihnen und hielt ihnen vor, wie er gedächte alle diese Lande unter sein Reich zu bringen. Da solches ihnen allen wohl gefiel, forderte der König Nebukadnezar Holofernes, seinen Feldhauptmann, und sprach: Zieh aus wider alle Reiche, die gegen Abend liegen, und sonderlich wider die, so mein Gebot verachtet haben. Du sollst kein Reich verschonen, und alle festen Städte sollst du mir untertänig machen.

Da forderte Holofernes die Hauptleute und die Obersten des assyrischen Kriegsvolks und rüstete das Volk zum Kriege, wie ihm der König geboten hatte: 120000 zu Fuß und 12000 Schützen zu Roß. Und er ließ all sein Kriegsvolk vor ihm hinziehen mit unzähligen Kamelen, großem Vorrat, dazu mit Ochsen und Schafen ohne Zahl für sein Volk. Und er ließ aus ganz Syrien Korn zuführen zu seinem Zug. Gold und Geld aber nahm er aus der Maßen viel mit sich aus des Königs Kammer. Und also zog er fort mit dem ganzen Heer, mit Wagen, Reitern und Schützen, welche den Erdboden bedeckten wie Heuschrecken.

Da er nun über die Grenze des assyrischen Landes gezogen war, kam er zu dem großen Gebirge Ange an der

linken Seite Ziliziens und eroberte alle ihre Flecken und festen Städte; und zerstörte Melothi, eine berühmte Stadt, und beraubte alle Leute in Tharsis und die Kinder Ismael, die da wohnten gegen die Wüste und gegen Mittag des Landes Chellon.

Er zog auch über den Euphrat und kam gen Mesopotamien und zerstörte alle hohen Städte, die er fand, vom Bach Mambre an bis ans Meer, und nahm da die Gebiete ein von Zilizien an bis an die Grenzen Japhets, die gegen Mittag liegen; und führte auch weg die Kinder Midians und raubte all ihr Gut, und schlug alle, die ihm widerstrebten, mit der Schärfe des Schwerts.

Darnach zog er hinab ins Land Damaskus in der Ernte und verbrannte all ihr Getreide und ließ niederhauen alle Bäume und Weinberge. Und das ganze Land fürchtete sich vor ihm.

Holofernes unterwirft die ausländischen Könige

Da schickten die Könige und Fürsten von Syrien, Mesopotamien, Syrien-Sobal, Libyen und Zilizien ihre Botschafter aus allen Städten und Landen. Die kamen zu Holofernes und sprachen: Wende deinen Zorn von uns! denn es ist besser, daß wir Nebukadnezar, dem großen König, dienen und dir gehorsam seien und lebendig bleiben, denn daß wir umkommen und gewönnen gleichwohl nichts. Alle unsere Städte, Güter, Berge, Hügel, Äcker, Ochsen, Schafe, Ziegen, Rosse und Kamele und was wir nur haben, dazu auch unser Gesinde, ist alles dein; schaffe damit, was du willst. Ja, auch wir samt unsern Kindern sind deine Knechte. Komm zu uns und sei unser gnädiger Herr und brauche unsers Dienstes, wie dir's gefällt.

Da zog Holofernes vom Gebirge herab mit dem ganzen Kriegsvolk und nahm die festen Städte und das ganze Land ein und las da Knechte aus, das beste Volk, das er unter ihnen fand. Davon erschraken alle Lande so sehr, daß die Regenten und Vornehmsten aus allen Städten samt dem Volk ihm entgegenkamen und nahmen ihn auf mit Kränzen, Kerzen, Reigen, Pauken und Pfeifen.

Und sie konnten dennoch mit solcher Ehre keine Gnade erlangen; denn er zerbrach ihre Städte und hieb ihre Haine um. Denn Nebukadnezar, der König, hatte ihm geboten, daß er alle Götter in den Landen vertilgen sollte, auf daß alle Völker, die Holofernes bezwingen würde, ihn allein als Gott priesen.

Da er nun Syrien-Sobal, Apamea und Mesopotamien durchzogen hatte, kam er zu den Edomitern ins Land Gabaa und nahm ihre Städte ein und lag allda dreißig Tage lang. Indes forderte er sein Kriegsvolk alles zusammen.

Rüstung und Buße der Juden

Da die Kinder Israel, die im Lande Juda wohnten, solches hörten, fürchteten sie sich sehr vor ihm. Und Zittern und Schrecken kam sie an; denn sie besorgten, er möchte der Stadt Jerusalem und dem Tempel des Herrn auch so tun, wie er den andern Städten und ihren Götzenhäusern getan hatte. Darum sandten sie ins ganze Land Samaria umher bis an Jericho und besetzten die Höhen der Berge und machten Mauern um ihre Flecken und schafften Vorrat zum Kriege.

Und der Priester Jojakim schrieb an alle, so gegen Esdrelom wohnten, das ist gegen das große Feld bei Dothaim, und an alle, da die Feinde mochten durchkommen, daß sie die engen Wege im Gebirge gegen Jerusalem sollten verwahren.

Und die Kinder Israel taten, wie ihnen Jojakim, des Herrn Priester, befohlen hatte. Und alles Volk schrie mit Ernst zum Herrn, und sie und ihre Weiber demütigten sich mit Fasten und Beten. Die Priester aber zogen Säcke an, und die Kinder lagen vor dem Tempel des Herrn, und des Herrn Altar bedeckte man mit einem Sack. Und sie schrien zum Herrn, dem Gott Israels, einmütig, daß ihre

Kinder und Weiber nicht weggeführt, ihre Städte nicht zerstört, ihr Heiligtum nicht verunreinigt und sie nicht den Heiden zur Schmach würden.

Und Jojakim, der Hohepriester des Herrn, ging umher, vermahnte das ganze Volk Israel und sprach: Ihr sollt ja wissen, daß der Herr euer Gebet erhören wird, so ihr nicht ablasset mit Fasten und Beten vor dem Herrn. Gedenket an Mose, den Diener des Herrn, der nicht mit dem Schwert, sondern mit heiligem Gebet den Amalek schlug, der sich auf seine Kraft und Macht, auf sein Heer, Schild, Wagen und Reiter verließ. So soll es auch gehen allen Feinden Israels, so ihr euch also bessert, wie ihr angefangen habt.

Nach solcher Vermahnung baten sie den Herrn und blieben vor dem Herrn, also daß auch die Priester in Säkken gingen und Asche auf dem Haupt hatten und also Brandopfer dem Herrn brachten; und baten alle den Herrn von ganzem Herzen, daß er sein Volk Israel heimsuchen wollte.

Der Ammoniter Achior beschreibt dem Holofernes das jüdische Volk

Und es ward dem Holofernes, dem Feldhauptmann von Assyrien, angesagt, daß die Kinder Israel sich rüsteten und sich wehren wollten und wie sie die engen Wege im Gebirge eingenommen hätten. Da ergrimmte Holofernes und forderte alle Obersten und Hauptleute der Moabiter und Ammoniter und sprach zu ihnen:

Saget an: Was ist dies für ein Volk, das im Gebirge wohnt? Was haben sie für große Städte? Was vermögen sie? Und was für Kriegsvolk und Könige haben sie, daß sie allein vor allen andern im Morgenland uns verachten und sind uns nicht entgegengegangen, daß sie uns aufnähmen mit Frieden?

Da antwortete Achior, der Oberste aller Kinder Ammon, und sprach:

Mein Herr, willst du es gern hören, so will ich dir die Wahrheit sagen, was dies für ein Volk sei, das im Gebirge wohnt, und dir nicht lügen.

Dies Volk ist aus Chaldäa hergekommen und hat erstlich in Mesopotamien gewohnt, denn sie wollten nicht folgen den Göttern ihrer Väter in Chaldäa. Darum verließen sie die Sitten ihrer Väter, welche viele Götter hatten, auf daß sie dem einigen Gott des Himmels dienen möchten, welcher ihnen auch gebot zu ziehen von dannen und zu wohnen in Kanaan. Da nun in allen den Landen teure Zeit war, reisten sie hinab nach Ägypterland. Da sind ihrer in vierhundert Jahren so viel geworden, daß man sie nicht zählen konnte. Da aber der König in Ägypten sie beschwerte mit Erdeführen und Ziegelmachen, seine Städte zu bauen, riefen sie zu ihrem Herrn; der schlug ganz Ägypten mit mancherlei Plage.

Da nun die Ägypter sie von sich ausgestoßen hatten und die Plage von ihnen abließ, und wollten sie wieder fangen und zum Dienst ins Land führen, tat ihnen auf der Flucht der Gott des Himmels das Meer auf, also daß das Wasser auf beiden Seiten fest stand wie eine Mauer; und sie gingen trockenen Fußes auf des Meeres Grund und kamen davon.

Da aber die Ägypter ihnen mit ihrem ganzen Heer nacheilten, wurden sie alle ersäuft im Meer, also daß auch nicht einer übrigblieb, der es hätte können ansagen.

Und da dies Volk aus dem Roten Meer kam, lagerte es sich in der Wüste des Berges Sinai, da zuvor kein Mensch wohnen noch sich aufhalten konnte. Da ward das bittere Wasser süß, daß sie es trinken konnten, und sie kriegten Brot vom Himmel vierzig Jahre lang; und wo sie zogen ohne Bogen, Pfeil, Schild und Schwert, da stritt Gott für sie und siegte. Und niemand konnte diesem Volk schaden tun, als allein, wenn es abwich von den Geboten des Herrn, seines Gottes. Denn so oft sie außer ihrem Gott einen andern anbeteten, wurden sie erschlagen und weggeführt mit allen Schanden. So oft aber sie es reute, daß sie abgewichen waren von den Geboten ihres Gottes, gab ihnen der Gott des Himmels wiederum Sieg wider ihre

Feinde. Darum vertilgten sie die Könige der Kanaaniter, der Jebusiter, der Pheresiter, der Hethiter, der Heviter, der Amoriter und alle Gewaltigen zu Hesbon und nahmen ihr Land und ihre Städte ein; und es ging ihnen wohl, solange sie sich nicht versündigten an ihrem Gott, denn ihr Gott haßt das Unrecht. Sie sind auch vor diesen Zeiten oft vertrieben worden und von vielen Völkern und weggeführt in fremde Lande, darum daß sie abgewichen waren von dem Gebot, das ihnen Gott gegeben hatte, daß sie darin wandeln sollten.

Aber sie sind neulich wiedergekommen aus der Fremde, darin sie waren, nachdem sie sich wieder bekehrt haben zum Herrn, ihrem Gott; und sie haben sich wieder festgesetzt in diesem Gebirge und wohnen wiederum zu Jerusalem, da ihr Heiligtum ist. Darum, mein Herr, laß forschen, ob sich dies Volk versündigt hat an ihrem Gott, so wollen wir hinaufziehen, und ihr Gott wird sie dir gewiß in die Hände geben, daß du sie bezwingst. Haben sie sich aber nicht versündigt an ihrem Gott, so schaffen wir nichts wider sie; denn ihr Gott wird sie beschirmen, und wir werden zu Spott werden dem ganzen Lande.

Da Achior solches geredet hatte, wurden alle Hauptleute des Holofernes zornig und gedachten ihn zu töten und sprachen untereinander: Wer ist dieser, der solches sagen darf, daß die Kinder Israel sich sollten erwehren wider den König Nebukadnezar und sein Kriegsvolk? Sind es doch eitel wehrlose Leute und keine Krieger. Daß aber Achior sehe, daß er gelogen habe, so laßt uns hinaufziehen; und wenn wir ihre besten Leute fangen, so wollen wir Achior mit ihnen erstechen lassen, auf das alle Völker inne werden, daß Nebukadnezar Gott auf Erden sei und kein anderer.

Darnach ergrimmte auch Holofernes über den Achior und sprach: Wie darfst du uns weissagen, daß das Volk Israel solle von seinem Gott Schutz haben? Wenn wir sie aber nun schlagen wie einen einzigen Menschen, so wirst du sehen, daß kein anderer Gott ist denn allein Nebukadnezar; und dann sollst du auch durch der Assyrer Schwert mit ihnen erstochen werden, und ganz Israel soll mit dir umkommen. So wirst du dann innewerden, daß Nebukadnezar ein Herr sei aller Welt, wenn du mit meinem Schwert erstochen wirst und liegst unter den Erschlagenen Israels und mußt sterben und verderben. Meinst du aber, daß deine Weissagung gewiß ist, so brauchst du nicht zu erschrecken noch zu erblassen. Wie es ihnen gehen wird, so soll es dir auch gehen; denn ich will dich jetzt zu ihnen schicken, daß ich dich mit ihnen strafe.

Da befahl Holofernes seinen Knechten, daß sie Achior greifen sollten und hinein gen Bethulia führen in die Hände der Kinder Israel. Und die Knechte des Holofernes griffen ihn. Und da sie übers Blachfeld ans Gebirge kamen, zogen gegen sie heraus die Schützen. Da wichen sie auf eine Seite am Berge und banden Achior an einen Baum mit Händen und Füßen und ließen ihn also gebunden und zogen wieder zu ihrem Herrn.

Aber die Kinder Israel kamen herunter von Bethulia zu ihm und machten ihn los und brachten ihn hinein gen Bethulia und führten ihn unter das Volk und fragten ihn, wie das zugegangen wäre, warum ihn die Assyrer gebunden zurückgelassen hätten. Zur selben Zeit waren die Obersten in der Stadt: Osias, der Sohn Michas, vom Stamm Simeon, und Charmi, der auch Othniel hieß. Vor diesen Ältesten und vor allem Volk sagte Achior alles, was ihn Holofernes gefragt und was er geantwortet hätte, und daß ihn des Holofernes Leute um dieser Antwort willen hätten töten wollen; aber Holofernes hätte befohlen, man sollte ihn den Kindern Israel überantworten, auf daß, wenn er die Kinder Israel geschlagen hätte, er ihn, den Achior, auch wollte strafen und umbringen, darum, daß er gesagt hatte, der Gott des Himmels würde ihr Schutz sein.

Da Achior solches gesagt hatte, fiel alles Volk auf ihr Angesicht und beteten den Herrn an, weinten alle zugleich und beteten zum Herrn und sprachen: Herr, Gott des Himmels und der Erde, siehe an ihren Hochmut und unser Elend und siehe deine Heiligen gnädig an und beweise, daß du nicht verlässest, die auf dich trauen, und stürzest, die auf sich und auf ihre Macht trotzen. Also weinten und beteten sie den ganzen Tag und trösteten den Achior und sprachen: Der Gott unser Väter, des Macht du gepriesen hast, wird dir's also vergelten, daß sie nicht ihre Lust an dir sehen, sondern daß du sehest, wie sie geschlagen und vertilgt werden. Und wenn uns der Herr, unser Gott errettet, so sei Gott mit dir unter uns. Und willst du, so sollst du mit allen den Deinen bei uns wohnen.

Da nun das Volk wieder voneinander ging, führte ihn Osias mit sich in sein Haus und richtete ein großes Abendmahl zu und bat zu sich alle Ältesten, und sie lebten wohl, nachdem sie lange gefastet hatten. Darnach ward das Volk wieder zusammengefordert und beteten um Hilfe von dem Gott Israels in der Versammlung die ganze Nacht.

Belagerung der Stadt Bethulia

Des andern Tages gebot Holofernes seinem Kriegsvolk, daß man auf sein sollte wider Bethulia. Und er hatte 120000 zu Fuß und 12000 zu Roß, ohne den Haufen, den er gewählt hatte an jedem Ort, wo er ein Land eingenommen hatte. Dieses Kriegsvolk rüstete sich alles wider die Kinder Israel; und sie lagerten sich oben auf den Berg gegen Dothaim, von Belma an bis gen Chelmon, das da liegt gegen Esdrelom.

Da nun die Kinder Israel das große Volk der Assyrer sahen, fielen sie auf die Erde und legten Asche auf ihre Häupter und baten alle zugleich, daß der Gott Israels seine Barmherzigkeit erzeigen wollte über sein Volk. Und sie rüsteten sich mit ihren Waffen und legten sich in die Orte, die zu den engen Wegen im Gebirge führen, und bewahrten sie Tag und Nacht.

Da aber Holofernes umherzog, merkte er, daß außerhalb der Stadt gegen Mittag ein Brunnen war, welcher durch Röhren in die Stadt geleitet war. Diese Röhren hieß er abhauen.

Und wiewohl sie nicht fern von der Mauer kleine Brünnlein hatten, da sie heimlich Wasser holten, so war es doch kaum so viel, daß sie sich damit laben konnten. Darum kamen die Ammoniter und Moabiter zu Holofernes und sprachen: Die Kinder Israel wagen nicht, sich gegen uns zu wehren, sondern halten sich auf in den Bergen und Hügeln, darunter sie sicher sind. Darum laß nur die Brunnen verwahren, daß sie nicht Wasser holen können, so müssen sie ohne Schwert sterben, oder die Not wird sie dringen, daß sie die Stadt übergeben müssen, davon sie meinen, daß sie nicht zu gewinnen sei, weil sie in den Bergen liegt.

Dieser Rat gefiel Holofernes und seinen Kriegsleuten wohl, und er legte je hundert zu jeglichen Brunnen. Da man nun zwanzig Tage die Brunnen verwahrt hatte, hatten die von Bethulia kein Wasser mehr, weder in Zisternen noch sonst, daß sie einen Tag länger nach Notdurft haben möchten; und man mußte täglich den Leuten das Wasser zumessen.

Da kam Weib und Mann, jung und alt, zu Osias und den Ältesten, klagten und sprachen: Gott sei Richter zwischen euch und uns, daß ihr uns in solche Not gebracht habt damit, daß ihr nicht wolltet mit den Assyrern Frieden machen; so hat uns nun Gott in ihre Hände gegeben, und wir haben keine Hilfe, sondern müssen vor ihren Augen vor Durst verschmachten und jämmerlich umkommen. Darum fordert das Volk zusammen, daß wir uns dem Holofernes willig ergeben. Denn es ist besser, daß wir uns ergeben und am Leben bleiben und also Gott loben, denn daß wir umkommen und vor aller Welt zuschanden werden und sehen sollen, daß unsre Weiber und

Kinder so jämmerlich vor unsern Augen sterben müssen.

Wir bezeugen heute vor Himmel und Erde und vor unsrer Väter Gott, der uns jetzt straft um unsrer Sünden willen, daß wir euch gebeten haben, die Stadt dem Holofernes zu übergeben, daß wir lieber durchs Schwert alsbald umkämen und nicht so lange vor Durst verschmachteten.

Da ward ein großes Heulen und Weinen im ganzen Volk etliche Stunden lang, und sie schrieen zu Gott und sprachen: Wir haben gesündigt samt unsern Vätern, wir haben übel gehandelt und sind gottlos gewesen. Aber du bist barmherzig, darum sei uns gnädig oder strafe du selbst uns; und dieweil wir dich bekennen, übergib uns nicht den Heiden, die dich nicht kennen, daß sie nicht rühmen: Wo ist nun ihr Gott?

Da sie nun lange geschrieen und geweint hatten und es ein wenig still geworden war, stand Osias auf, weinte und sprach: Liebe Brüder, habt doch Geduld und laßt uns noch fünf Tage der Hilfe erharren von Gott, ob er uns wolle Gnade erzeigen und seinen Namen herrlich machen. Wird uns diese fünf Tage nicht geholfen, so wollen wir tun, wie ihr gebeten habt.

Judith gibt den Ältesten Mahnung und guten Rat

Solches kam vor Judith, welche war eine Witwe, eine Tochter Meraris, des Sohnes des Uz, des Sohnes Josephs, des Sohnes Osias, des Sohnes Elais, des Sohnes Jamnors, des Sohnes Gideons, des Sohnes Raphaims, des Sohnes Achitobs, des Sohnes Malchias, des Sohnes Enans, des Sohnes Nathanjas, des Sohnes Sealthiels, des Sohnes Simeons.

Und ihr Mann hatte geheißen Manasse; der war in der Gerstenernte gestorben. Denn da er auf dem Felde war bei den Arbeitern, ward er krank von der Hitze und starb in seiner Stadt Bethulia und ward zu seinen Vätern begraben.

Der ließ die Judith nach; die war nun drei Jahre und sechs Monate eine Witwe. Und sie hatte sich oben in ihrem Hause ein besonderes Kämmerlein gemacht, darin sie saß mit ihren Mägden; und war bekleidet mit einem Sack und fastete täglich, außer an den Sabbaten, Neumonden und andern Festen des Hauses Israel. Und sie war schön und reich und hatte viel Gesinde und Höfe voll Ochsen und Schafe. Und hatte ein gutes Gerücht bei jedermann, daß sie Gott fürchtete; und konnte niemand übel von ihr reden.

Diese Judith, da sie hörte, daß Osias zugesagt hatte, die Stadt nach fünf Tagen den Assyrern zu übergeben, sandte sie zu den Ältesten Chabri und Charmi.

Und da sie zu ihr kamen, sprach sie zu ihnen: Was soll das sein, daß Osias eingewilligt hat, die Stadt den Assyrern zu übergeben, wenn uns in fünf Tagen nicht geholfen wird! Wer seid ihr, daß ihr Gott versuchet? Das dient nicht, Gnade zu erwerben, sondern vielmehr Zorn und Ungnade. Wollt ihr dem Herrn nach eurem Gefallen Zeit und Tag bestimmen, wann er helfen soll? Doch der Herr ist geduldig, darum laßt uns das leid sein und Gnade suchen mit Tränen. Denn Gott zürnt nicht wie ein Mensch, daß er sich nicht versöhnen lasse. Darum sollen wir uns demütigen von Herzen und ihm dienen und mit Tränen vor ihm beten, daß er nach seinem Gefallen Barmherzigkeit uns erzeigen wolle; und wie wir jetzt trauern müssen wegen ihres Hochmuts, daß wir uns nach diesem Jammer wieder freuen mögen, daß wir nicht gefolgt sind der Sünde unserer Väter, die ihren Gott verließen und fremde Götter anbeteten, darum sie ihren Feinden übergeben und von ihnen erschlagen, gefangen und geschändet sind. Wir aber kennen keinen anderen Gott als ihn allein und wollen mit Demut von ihm Hilfe und Trost erwarten, so wird er, der Herr, unser Gott, unser Blut retten von unsern Feinden und alle Heiden, die uns verfolgen, demütigen und zuschanden machen. Und ihr, liebe Brüder, dieweil ihr seid die Ältesten des Volks und ihr Leben in eurer Hand ist, tröstet das Volk mit eurem Wort, daß sie bedenken, wie unsre Väter auch versucht wurden, daß sie bewährt würden, ob sie Gott von Herzen dienten. Erinnert sie, wie unser Vater Abraham auf mancherlei Weise versucht ist und ist Gottes Freund geworden, nachdem er durch mancherlei Anfechtung bewährt war. Also sind auch Isaak, Jakob, Mose und alle, die Gott lieb gewesen sind, beständig geblieben und haben viel Trübsale überwinden müssen. Die andern aber, so die Trübsale nicht haben wollen annehmen mit Gottesfurcht, sondern mit Ungeduld wider Gott gemurrt und gelästert haben, sind von dem Verderber und durch die Schlangen umgebracht.

Darum laßt uns nicht ungeduldig werden in diesem Leiden, sondern bekennen, daß es eine Strafe ist von Gott, viel geringer denn unsere Sünden sind, und glauben, daß wir gezüchtigt werden als seine Knechte zur Besserung und nicht zum Verderben.

Darauf antwortete Osias und die Ältesten: Es ist alles wahr, wie du gesagt hast, und ist an deinen Worten nichts zu strafen. Darum bitte für uns zum Herrn; denn du bist ein heiliges, gottesfürchtiges Weib.

Und Judith sprach: Weil ihr dafür haltet, daß aus Gott sei, was ich gesagt habe, so wollet auch prüfen, ob das, was ich vorhabe zu tun, aus Gott sei, und bittet, daß Gott Glück dazu gebe. Diese Nacht wartet am Tor, wenn ich hinausgehe mit meiner Magd, und betet, daß der Herr in diesen fünf Tagen, wie ihr gesagt habt, sein Volk Israel trösten wolle. Was ich aber vorhabe, dem sollt ihr nicht nachforschen, sondern betet allein für mich zum Herrn, unserm Gott, bis ich euch weiter anzeige, was ihr tun sollt. Und Osias, der Fürst Juda's, sprach zu ihr: Gehe hin im Frieden; der Herr sei mit dir und räche uns an unsern Feinden! Und sie gingen also wieder von ihr.

Gebet der Judith

Darnach ging Judith in ihr Kämmerlein und bekleidete sich mit einem Sack und streute Asche auf ihr Haupt und fiel nieder vor dem Herrn und schrie zu ihm und sprach:

Herr, Gott meines Vaters Simeon, dem du das Schwert gegeben hast, die Heiden zu strafen, so die Jungfrau genotzüchtigt und zuschanden gemacht hatten, und hast wiederum ihre Weiber und Töchter fangen und sie berauben lassen durch deine Knechte, die da in deinem Eifer geeifert haben, hilf mir armen Witwe, Herr, mein Gott! Denn alle Hilfe, die vorzeiten und hernach je geschehen ist, die hast du getan; und was du willst, das muß geschehen. Denn wenn du willst helfen, so kann's nicht fehlen; und du weißt wohl, wie du die Feinde strafen sollst. Schaue jetzt auf der Assyrer Heer, wie du vorzeiten auf der Ägypter Heer schautest, da sie deinen Knechten nachjagten mit großer Macht und trotzten auf ihre Wagen, Reiter und großes Kriegsvolk. Da du sie aber ansahst, wurden sie verzagt, und die Tiefe übereilte sie, und das Wasser ersäufte sie.

Also geschehe auch jetzt diesen, Herr, die da trotzen auf ihre Macht, Wagen, Spieße und Geschütze und kennen dich nicht und denken nicht, daß du, Herr, unser Gott, der seist, der da den Kriegen steuert von Anfang, und heißest billig Herr. Strecke aus deinen Arm wie vorzeiten und zerschmettere die Feinde durch deine Macht, daß sie umkommen durch deinen Zorn, die sich rühmen, dein Heiligtum zerstören und die Hütte deines Namens entheiligen und mit ihrem Schwert das Horn deines Altars abhauen. Strafe seinen Hochmut durch sein eigenes Schwert; laß ihn durch seine eigenen Augen gefangen werden, wenn er mich ansieht, und durch meine freundlichen Worte betrogen werden.

Gib mir einen Mut, daß ich mich nicht entsetze vor ihm und vor seiner Macht, sondern daß ich ihn stürzen möge. Das wird deines Namens Ehre sein, daß ihn ein Weib darniedergelegt hat.

Denn du, Herr, kannst wohl Sieg geben ohne alle Menge und hast nicht Lust an der Stärke der Rosse. Es haben dir die Hoffärtigen noch nie gefallen; aber allezeit hat dir gefallen der Elenden und Demütigen Gebet. O Herr, du Gott des Himmels, Schöpfer der Wasser und Herr alle Dinge, erhöre mein armes Gebet, die ich allein auf deine

Barmherzigkeit vertraue! Gedenke, Herr, an deinen Bund und gib mir ein, was ich reden und denken soll, und gib mir Glück dazu, auf daß dein Haus bleibe und alle Heiden erfahren, daß du Gott bist und kein andrer außer dir!

Judith geht in das Zelt des Holofernes

Da sie nun ausgebetet hatte, stand sie auf und rief ihre Magd und ging herunter ins Haus, legte den Sack ab und zog ihre Witwenkleider aus und wusch sich und salbte sich mit köstlichem Wasser und flocht ihr Haar ein und setzte eine Haube auf und zog ihre schönen Kleider an und tat Schuhe an ihre Füße und schmückte sich mit Spangen und Geschmeide und zog all ihren Schmuck an. Und der Herr gab ihr Gnade, daß sie lieblich anzusehen war; denn sie schmückte sich nicht aus Vorwitz, sondern Gott zu Lob. Und sie gab ihrer Magd einen Schlauch voll Wein und einen Krug mit Öl und einen Sack, darin sie hatte Feigenkuchen, Mehl und Brot, das sie essen durfte; und sie ging dahin.

Und am Tor fand sie Osias und die Ältesten, die ihrer warteten. Und sie wunderten sich, daß sie so schön war. Doch fragten sie nicht, was sie vorhätte, sondern ließen sie hinaus und sprachen: Der Gott unsrer Väter gebe dir Gnade und lasse dein Vornehmen geraten, daß sich Israel deine freue und dein Name gerechnet werde unter die Heiligen. Und alle, die da waren, sprachen: Amen, amen!

Aber Judith betete und ging fort mit ihrer Magd. Und da sie frühmorgens den Berg hinabging, begegneten ihr die Wächter der Assyrer und fielen sie an und fragten sie, woher sie käme und wohin sie wollte.

Und sie antwortete: Ich bin ein hebräisches Weib und bin von ihnen geflohen; denn ich weiß, daß sie euch in die Hände kommen werden, darum daß sie euch verachtet haben und nicht wollen Gnade suchen und sich willig ergeben. Darum habe ich mir vorgenommen, zu dem Fürsten

Holofernes zu kommen, daß ich ihm ihre Heimlichkeiten offenbare und sage ihm, wie er sie leicht gewinnen könne, daß er nicht einen Mann verlieren dürfe. Dieweil sie so redete, schauten sie sie an und verwunderten sich sehr, daß sie so schön war, und sprachen: Das möchte dir helfen, daß du es so gut meinst und zu unserm Herrn gehen willst. Denn wenn du vor ihn kommst, so wird er dir gnädig sein, und wirst von Herzen ihm wohl gefallen.

Und sie führten sie hin in des Holofernes Gezelt und sagten ihm von ihr. Und da sie vor ihn kam, ward er alsbald entzündet gegen sie. Und seine Diener sprachen untereinander: Das hebräische Volk ist traun nicht zu verachten, weil es schöne Weiber hat. Sollte man um solcher schönen Weiber willen nicht kriegen?

Da nun Judith den Holofernes sah sitzen unter seinem Vorhang, der schön gewirkt war mit Purpur und Gold, und mit Smaragden und viel Edelsteinen geziert, bückte sie sich und fiel vor ihm nieder. Und Holofernes hieß sie wieder aufrichten.

Gespräch der Judith mit Holofernes

Und Holofernes sprach zu ihr: Sei getrost und fürchte dich nicht; denn ich habe nie einem Menschen Leid getan, der sich unter den König Nebukadnezar ergeben hat. Und hätte mich dein Volk nicht verachtet, so hätte ich nie einen Spieß aufgehoben wider sie.

Nun sage an, warum du bist von ihnen gewichen und zu mir gekommen. Judith antwortete ihm und sprach: Du wollest deine Magd gnädig hören. Wirst du tun, wie dir deine Magd anzeigen wird, so wird's der Herr mit dir wohl ausrichten. Gott gebe Nebukadnezar Glück und Heil, dem König der ganzen Erde, der dich ausgeschickt hat, alle Ungehorsamen zu strafen; denn du kannst ihm untertan machen nicht allein die Leute, sondern auch alle Tiere auf dem Felde. Denn deine Vernunft und Weisheit ist hoch berühmt in aller Welt, und jedermann weiß, daß du der gewaltigste Fürst bist im ganzen Königreich, und dein gutes Regiment wird überall gepriesen. So wissen wir auch, was Achior geredet hat und wie du dagegen mit ihm getan hast. Denn unser Gott ist also erzürnt über unsre Sünden, daß er durch seine Propheten hat verkündigen lassen, er wolle das Volk strafen um seiner Sünden willen. Weil nun das Volk Israel weiß, daß sie ihren Gott erzürnt haben, sind sie erschrocken vor dir. Dazu leiden sie großen Hunger und müssen vor Durst verschmachten; und haben jetzt vor, ihr Vieh zu schlachten, daß sie sein Blut trinken, und das heilige Opfer zu essen an Korn, Wein und Öl, das ihnen Gott verboten hat, daß sie es auch nicht anrühren sollten. Darum ist gewiß, daß sie müssen umkommen, weil sie solches tun. Und weil ich solches weiß, bin ich von ihnen geflohen; und der Herr hat mich zu dir gesandt, daß ich dir solches solle anzeigen. Denn ob ich wohl zu dir bin gekommen, so bin ich doch nicht darum von Gott abgefallen, sondern will meinem Gott noch dienen bei dir. Und deine Magd wird hinausgehen und Gott anbeten; der wird mir offenbaren, wann er ihnen ihren Lohn geben will für ihre Sünde. So will ich dann kommen und will dir's anzeigen und dich mitten durch Jerusalem führen, daß du alles Volk Israel habest wie Schafe, die keinen Hirten haben, und wird nicht ein Hund dich dürfen anbellen. Denn das hat mir Gott offenbart, weil er über sie erzürnt ist, und hat mich gesandt, daß ich dir's anzeige.

Diese Rede gefiel Holofernes und seinen Knechten wohl; und sie wunderten sich ihrer Weisheit und sprachen untereinander: Des Weibes gleichen ist nicht auf Erden von Schöne und Weisheit. Und Holofernes sprach zu ihr: Das hat Gott also geschickt, daß er dich hergesandt hat, ehe denn das Volk in meine Hand käme. Wird nun dein Gott solches ausrichten, wie du gesagt hast, so soll er auch mein Gott sein; und du sollst groß werden beim König Nebukadnezar, und dein Name soll gepriesen werden im ganzen Königreich.

Da ließ er sie hineinführen in die Schatzkammer, da sie bleiben sollte, und befahl, daß man sie von seinem Tisch speisen sollte.

Aber Judith antwortete und sprach: Ich darf noch nicht essen von deiner Speise, daß ich mich nicht versündige; sondern ich habe ein wenig mit mir genommen, davon ich will essen.

Da sprach Holofernes selbst: wenn das aufgezehrt ist, was du mit dir gebracht hast, woher sollen wir dir anderes schaffen?

Judith antwortete: Mein Herr, so gewiß du lebst: ehe deine Magd alles verzehren wird, wird Gott durch mich ausrichten, was er vorhat. Und da sie die Knechte in das Gemach führen wollten, wie er befohlen hatte, bat sie, daß man ihr erlaubte, abends und morgens herauszugehen und ihr Gebet zu tun zum Herrn.

Da befahl Holofernes seinen Kammerdienern, daß man sie drei Tage sollte frei aus und ein lassen gehen, ihr Gebet zu tun zu Gott. Und des abends ging sie heraus in das Tal vor Bethulia und wusch sich im Wasser. Darnach betete sie zum Herrn, dem Gott Israels, daß er ihr Glück gäbe, sein Volk zu erlösen; und ging wieder in das Gezelt und hielt sich rein und aß nicht vor abends.

Am vierten Tage machte Holofernes ein Abendmahl seinen nächsten Dienern allein und sprach zu Bagoas, seinem Kämmerer: Gehe hin und berede das hebräische Weib, daß sie sich nicht weigere, zu mir zu kommen; denn es ist eine Schande bei den Assyrern, daß ein solch Weib sollte unberührt von uns kommen und einen Mann genarrt haben.

Da kam Bagoas zu Judith: Schöne Frau, ihr wollet euch nicht weigern, zu meinem Herrn zu kommen, daß er euch ehre und ihr mit ihm esset und trinket und fröhlich seid.

Da sprach Judith: Wie darf ich's meinem Herrn versagen? Alles, was ihm lieb ist, das will ich von Herzen gerne tun all mein Leben lang. Und sie stand auf und schmückte sich und ging hinein vor ihn und stand vor ihm.

Da wallte dem Holofernes sein Herz; denn er war entzündet mit Begierde nach ihr. Und er sprach zu ihr: Sitz nieder, trink und sei fröhlich; denn du hast Gnade gefunden bei mir. Und Judith antwortete: Ja, Herr, ich will fröhlich sein; denn ich bin mein Leben lang so hoch nicht geehrt worden. Und sie aß und trank vor ihm, was ihr ihre Magd bereitet hatte. Und Holofernes war fröhlich mit ihr und trank so viel, wie er nie getrunken hatte sein Leben lang.

Judith tötet den Holofernes und dankt Gott mit ihrem Volke

Da es nun sehr spät ward, gingen seine Diener hinweg in ihre Gezelte; und sie waren allesamt trunken. Und Bagoas machte des Holofernes Kammer zu und ging davon. Und Judith war allein bei ihm in der Kammer. Holofernes aber war auf sein Bett hingefallen und schlief; denn er war ganz trunken.

Da sprach Judith zu ihrer Magd, sie sollte draußen warten vor der Kammer. Und Judith trat vor das Bett und betete heimlich mit Tränen und sprach: Herr, Gott Israels, stärke mich und hilf mir gnädig das Werk vollbringen, das ich mit ganzem Vertrauen auf dich mir habe vorgenommen, daß du deine Stadt Jerusalem erhöhest, wie du zugesagt hast. Nach solchem Gebet trat sie zu der Säule oben am Bett und langte das Schwert, das daran hing, und zog es aus und ergriff ihn beim Schopf und sprach abermals: Herr Gott, stärke mich in dieser Stunde! Und sie hieb zweimal in den Hals mit aller Macht und schnitt ihm den Kopf ab; darnach wälzte sie den Leib aus dem Bette und nahm den Vorhang von den Säulen weg mit sich. Darnach ging sie heraus und gab das Haupt des Holofernes ihrer Magd und hieß sie es in ihren Sack stoßen. Und sie gingen miteinander hinaus aus ihrer Gewohnheit, als wollten sie beten gehen, durch das Lager und gingen umher durch das Tal, bis sie heimlich ans Tor der Stadt kamen.

Und Judith rief den Wächtern auf der Mauer von ferne zu: Tut die Tore auf; denn Gott ist mit uns, der hat Israel Sieg gegeben! Da nun die Wächter ihre Stimme hörten, forderten sie alsbald die Ältesten der Stadt. Da kam alles herzu, klein und groß; denn sie hatten schon gefürchtet, daß sie nicht würde wiederkommen. Und sie zündeten Fackeln an und umringten sie. Sie aber trat auf einen höhern Ort und hieß sie still sein und zuhören und sprach also: Danket dem Herrn, unserm Gott, der nicht verläßt diejenigen, so auf ihn trauen, und hat uns Barmherzigkeit erzeigt durch mich, seine Magd, wie er dem Hause Israel verheißen hat, und hat diese Nacht den Feind seines Volks durch meine Hand umgebracht. Und sie zog das Haupt des Holofernes heraus und zeigte es ihnen und sprach: Sehet, dies ist das Haupt des Holofernes, des Feldhauptmanns der Assyrer; und sehet, das ist der Vorhang, darunter er lag, da er trunken war. Da hat ihn der Herr, unser Gott, durch Weibeshand umgebracht. So wahr der Herr lebt, hat er mich durch seinen Engel behütet, daß ich nicht bin verunreinigt worden, solange ich bin außen gewesen, und hat mich ohne Sünde wieder hergebracht mit großen Freuden und Sieg. Darum danket ihm alle; denn er ist gütig und hilft immerdar!

Und sie dankten alle dem Herrn und sprachen zu ihr: Gelobt sei der Herr, der durch dich unsre Feinde heute hat zu schaden gemacht. Und Osias, der Fürst des Volks Israel, sprach zu ihr: Gesegnet bist du, Tochter, vorm Herrn, dem höchsten Gott, vor allen Weibern auf Erden; und gelobt sei der Herr, der Himmel und Erde geschaffen hat, der dir hat Glück gegeben, den Hauptmann unsrer Feinde zu töten, und hat deinen Namen so herrlich gemacht, daß dich allezeit preisen werden alle, die des Herrn Werk achten, darum daß du deines Lebens nicht gescheut hast in der Trübsal und Not deines Volks, sondern hast es errettet vor dem Herrn, unserm Gott! Und alles Volk sprach: Amen, amen!

Darnach forderte man den Achior; zu dem sprach Judith: Der Gott Israel, von dem du gezeugt hast, daß er sich an seinen Feinden rächen kann, hat diese Nacht der Gottlosen Haupt umgebracht durch meine Hand. Und daß du es sehest, so ist hier der Kopf des Holofernes, der den Gott Israels trotzig gelästert hat und dir den Tod gedroht, da er sprach, wenn das Volk Israel gefangen würde, so wollte er dich mit ihnen erstechen lassen.

Und da Achior des Holofernes Kopf sah, entsetzte er sich, daß er erstarrte. Darnach, da er wieder zu sich selbst kam, fiel er zu ihren Füßen und sprach: Gesegnet bist du von deinem Gott in allen Hütten Jakobs! denn der Gott Israels wird an dir gepriesen werden bei allen Völkern, die deinen Namen hören werden.

Der Judith Rat zum Angriff. Bestürzung der Assyrer

Darnach sprach Judith zu allem Volk: Liebe Brüder, höret mich! Sobald der Tag anbricht, so hänget den Kopf über die Mauer hinaus und nehmet eure Waffen und fallet allesamt hinaus in Haufen und mit großem Geschrei; so werden die in der Schildwacht fliehen und werden dann ihren Herrn aufwecken wollen zur Schlacht. Und wenn die Hauptleute zu des Holofernes Gezelt kommen werden und den Leichnam da sehen im Blut liegen, so werden sie erschrecken. Und wenn ihr merkt, daß sie verzagt sein werden und die Flucht geben, so dringet getrost auf sie; denn der Herr hat sie unter eure Füße gegeben.

Da nun Achior sah, daß der Gott Israels geholfen hatte, verließ er die heidnische Weise und glaubte an Gott und ließ sich beschneiden; und ist unter Israel gerechnet worden, er und alle seine Nachkommen, bis auf diesen Tag.

Und da der Tag anbrach, hängten sie den Kopf über die Mauer hinaus und nahmen ihre Wehr und fielen hinaus in Haufen und mit großem Geschrei. Und da solches die in der Schildwacht sahen, liefen sie zu des Holofernes Gezelt; und die darin richteten ein Poltern an vor seiner Kammer, davon er sollte aufwachen. Denn es wagte niemand, anzuklopfen oder hineinzugehen in des Fürsten zu

Assyrien Kammer. Aber da die Hauptleute der Assyrer kamen, sagten sie den Kammerdienern: Gehet hinein und wecket ihn auf! denn die Mäuse sind herausgelaufen aus ihren Löchern und sind kühn geworden, daß sie uns nun angreifen.

Da ging Bagoas hinein und trat vor den Vorhang und klatschte mit den Händen; denn er meinte, er schliefe bei Judith. Und horchte, ob er sich regen wollte. Da er aber nichts vernahm, hob er den Vorhang auf: da sah er den Leichnam ohne den Kopf in seinem Blut auf der Erde liegen. Da schrie und heulte er laut und zerriß seine Kleider und sah in der Judith Kammer; und da er sie nicht fand, lief er heraus zu den Kriegern und sprach: Ein einziges hebräisches Weib hat das ganze Haus Nebukadnezars zu Spott und Hohn gemacht vor aller Welt; denn Holofernes liegt da tot auf der Erde, und ist ihm der Kopf abgehauen.

Da das die Hauptleute von Assyrien hörten, zerrissen sie ihre Kleider und erschraken über die Maßen sehr, und ward ein großes Zetergeschrei unter ihnen.

Flucht und Niederlage der Assyrer. Beute und Triumph der Juden

Da nun das Kriegsvolk hörte, daß Holofernes der Kopf ab war, erschraken sie und wurden irr und konnten nicht Rat halten, was sie tun sollten, so war ihnen der Mut entfallen; und sie flohen auf allen Wegen in der Ebene und im Gebirge, daß sie den Hebräern entrinnen möchten; denn sie hörten, daß die gegen sie daherzögen. Und da die Kinder Israel sahen, daß die Feinde flohen, eilten sie ihnen nach mit großem Geschrei und Drommeten. Weil aber der Assyrer Ordnung zertrennt war und die Kinder Israel in ihrer Ordnung zogen, schlugen sie alle, die sie ereilen konnten. Und Osias sandte zu allen Städten im Lande Israel, daß man in allen Städten auf wäre und jagte den Feinden nach bis zum Lande hinaus. Aber das übrige Volk zu Bethulia fiel in der Assyrer Lager und plünderten und führten hinweg, was die Assyrer dagelassen hatten, und brachten großes Gut davon. Die andern aber, da sie wiederkamen, brachten mit sich alles, was jene mitgeführt hatten an Vieh und an anderm Gut; und das ganze Land ward reich von solchem Raub.

Darnach kam Jojakim, der Hohepriester, von Jerusalem gen Bethulia mit allen Priestern, daß sie Judith sähen. Und sie ging hervor zu ihnen. Da priesen sie alle zugleich und sprachen: Du bist die Krone Jerusalems, du bist die Wonne Israels, du bist eine Ehre des ganzen Volks, daß du solch löbliche Tat getan und Israel so große Wohltat erzeigt hast, daß sie Gott wiederum errettet hat. Gesegnet seist du vor Gott ewiglich! Und alles Volk sprach: Amen, amen!

Und da man nun dreißig Tage lang die Beute gesammelt hatte, gaben sie Judith alle köstlichen Geräte, so Holofernes gehabt hatte, an Gold, Silber, Kleidern und Edelsteinen. Und jedermann war fröhlich, sangen und sprangen, beide, jung und alt.

Der Judith Triumphlied und übriger Lebenslauf

Da sang Judith dem Herrn dies Lied und sprach: Spielet dem Herrn mit Pauken und klinget ihm mit Zimbeln; singet ihm ein neues Lied, seid fröhlich und rufet seinen Namen an! Der Herr ist's, der den Kriegen steuern kann; Herr heißt sein Name. Er streitet für sein Volk, daß er uns errette von allen unsern Feinden. Assur kam vom Gebirge von Mitternacht mit einer großen Macht; seine Menge verstopfte die Bäche, und seine Pferde bedeckten das Land; Der drohte mein Land zu verbrennen und meine Mannschaft zu erwürgen, Kinder und Jungfrauen wegzuführen. Aber der Herr, der allmächtige Gott, hat ihn gestraft und hat ihn in eines Weibes Hände gegeben. Denn kein Mann und kein Krieger hat ihn umgebracht, und kein Riese hat ihn angegriffen; sondern Judith, die Tochter Meraris, hat ihn niedergelegt mit ihrer Schönheit.

Denn sie legte ihre Witwenkleider ab und zog ihre schönen Kleider an zur Freude den Kindern Israel; sie bestrich sich mit köstlichem Wasser und flocht ihre Haare ein, ihn zu betrügen; ihre schönen Schuhe verblendeten ihn, ihre Schönheit fing sein Herz; aber sie hieb ihm den Kopf ab, daß sich die Perser und Meder entsetzten vor solcher kühnen Tat. Und der Assyrer Heer heulte, da meine Elenden hervorkamen, so vor Durst verschmachtet waren. Die Knaben erstachen die Assyrer und schlugen sie auf der Flucht wie Kinder. Sie sind vertilgt von dem Heer des Herrn, meines Gottes. Laßt uns singen ein neues Lied dem Herrn, unserm Gott! Herr Gott, du bist der mächtige Gott, der große Taten tut; und niemand kann dir widerstehen. Alle deine Kreatur muß dir dienen; denn was du sprichst, das muß geschehen. Wo du einem einen Mut gibst, das muß fortgehen und deinem Wort kann niemand Widerstand tun. Die Berge müssen zittern, und die Felsen müssen zerschmelzen wie Wachs vor dir. Aber die dich fürchten, denen erzeigst du große Gnade. Denn alles Opfer und Fett ist viel zu gering vor dir; aber den Herrn fürchten, das ist sehr groß. Weh den Heiden, die mein Volk verfolgen! denn der allmächtige Herr richtet sie und sucht sie heim zur Zeit der Rache. Er wird ihren Leib plagen mit Feuer und Würmern; sie werden brennen und heulen in Ewigkeit.

Nach solchem Sieg zog alles Volk von Bethulia gen Jerusalem, den Herrn anzubeten, und reinigten sich und opferten Brandopfer und was sie gelobt hatten. Und Judith hängte auf im Tempel alle Waffen des Holofernes und den Vorhang, den sie von seinem Bette genommen hatte, daß es dem Herrn geweiht sein sollte ewiglich. Und das Volk war fröhlich zu Jerusalem bei dem Heiligtum mit der Judith drei Monate lang und feierten den Sieg. Darnach zog jedermann wieder heim; und Judith kam auch wieder gen Bethulia und ward hoch geehrt im ganzen Lande Israel. Und sie nahm keinen Mann nach ihres ersten Mannes Manasse Tod. Und sie ward sehr alt und blieb in ihres Mannes Hause, bis sie hundertundfünf Jahre alt ward. Und ihre Magd machte sie frei. Darnach starb sie zu Bethulia, und man begrub sie bei ihrem Mann Manasse. Und das Volk trauerte um sie sieben Tage lang. Und ehe sie starb, teilte sie all ihr Gut unter ihre und ihres Mannes Verwandte. Und solange sie lebte und dazu lange hernach, wagte niemand, Israel zu überfallen.

Und der Tag dieses Sieges wird bei den Hebräern für ein großes Fest gehalten und von ihnen gefeiert bis auf diesen Tag.

Die schönsten Geschichten aus 1001 Nacht

Die Geschichte von den zwei neidischen Schwestern

Sultan Chosrau, Schah von Persien, fand oft seinen Spaß daran, nächtens verkleidet durch die Straßen und Gassen seiner Hauptstadt zu streifen, nur von einem vertrauten Diener begleitet. Eines Abends, zwei Stunden nach Sonnenuntergang, machte er sich wieder auf den Weg und gelangte in das Viertel, wo die Armen wohnten. Da hörte er Stimmen aus einem Haus dringen. Neugierig trat er näher, schaute durch einen Spalt in der Tür und sah um die Lampe drei Schwestern sitzen, die sich nach dem Abendessen miteinander darüber unterhielten, was sie am sehnlichsten wünschten.

„Ich wünschte mir", sagte die eine Schwester, „daß der Bäcker des Sultans mich zur Frau nähme. Dann könnte ich mich jeden Tag an dem köstlichen Sultansbrot satt essen."

„Ich wünschte mir", sagte die zweite Schwester, „den Oberkoch des Sultans zum Mann. So bekäme ich jeden Tag die feinsten Speisen und hätte das köstliche Sultansbrot, das jedem Gericht beigegeben wird, noch obendrein."

Die jüngste Schwester, ein ausnehmend schönes und anmutiges Mädchen, sagte, als die Reihe zu sprechen an sie gekommen war: „Wenn ich zu wählen hätte, nähme ich den Sultan selbst zum Gemahl, und ich würde ihm einen Prinzen schenken, dessen Haar wie Gold und Silber leuchtet, dessen Tränen, wenn er weint, wie Perlen schimmern und dessen Lippen einer Rosenknospe gleichen."

Die Wünsche der Schwestern erschienen dem Sultan so merkwürdig, daß er beschloß, sie allesamt zu erfüllen. Er wies seinen Großwesir an, die drei am nächsten Morgen vor ihn zu führen. Als sie dann vor seinem Thron standen, fragte er sie: „Erinnert ihr euch der Wünsche, die ihr gestern abend geäußert habt?"

Die Schwestern schlugen die Augen nieder, und der jüngsten stieg die Schamröte ins Gesicht, wodurch sie noch schöner wurde und das Herz des Sultans vollends gewann.

Da er ihre Verlegenheit bemerkte, suchte er sie zu beruhigen und sprach: „Fürchtet euch nicht, ich will nur eure Wünsche erfüllen. Du", sagte er zu der jüngsten der Schwestern, „möchtest mich zum Gemahl. Heute noch sollst du mit mir verheiratet werden. Und ihr", er wandte sich an die beiden anderen Schwestern, „sollt die Männer bekommen, von denen ihr gestern abend gesprochen habt."

Es dauerte einige Zeit, bis die Mädchen sich von ihrer Überraschung erholt hatten und wieder Worte fanden.

„O Herr, es war nur müßiges Gerede, was du gestern abend belauscht hast", wandte die jüngste ein, indem sie sich tief verbeugte. „Ich bin nicht würdig, deine Frau zu werden, und bitte dich für meine Kühnheit um Entschuldigung."

Allein der Sultan wollte das nicht gelten lassen. „Es bleibt dabei", entschied er, „eine jede von euch soll den Mann zum Gemahl bekommen, den sie sich gewünscht hat."

Und am selben Tag noch fanden drei Hochzeiten statt, eine prächtige, die mit all dem Aufwand gefeiert wurde, der der Vermählung eines Sultans von Persien zukam, und zwei bescheidenere.

Es blieb nicht aus, daß die beiden älteren Schwestern den unermeßlichen Abstand zwischen sich und der jüngeren spürten, und sie begnügten sich nicht damit, über die Erfüllung ihrer Wünsche froh zu sein, sondern nährten fressenden Neid in ihren Herzen.

Einige Tage nach der Hochzeit, als sie sich im öffentlichen Bad trafen, sagte die älteste Schwester zu der zweiten: „Was hältst du von unserem Nesthäkchen? Fürwahr, ein sauberes Stück von einer Sultanin!"

„Ich begreife nicht", fügte die andere hinzu, „was der Sultan an ihr findet. Sie ist häßlich und schläfrig wie ein Murmeltier. Das bißchen Jugend, das sie uns voraushat, hat den Herrscher geblendet. Du, meine Liebe, gefällst mir weitaus besser, und wenn der Sultan ein Mann von Geschmack und Gerechtigkeit wäre, hätte er dich erwählen müssen."

„Ach, sprechen wir nicht von mir", wehrte die älteste Schwester geschmeichelt ab. „Wäre seine Wahl auf dich gefallen, ich hätte kein Wort dagegen eingewendet. Aber daß er ein so kümmerliches Geschöpf geheiratet hat, kränkt mich tief, und ich werde es ihr heimzahlen. Auch du, liebe Schwester, solltest darauf sinnen, wie wir ihr die Zurücksetzung, die wir erfahren haben, vergelten. Verbünde dich mit mir."

Von diesem Tag an besuchten die beiden Schwestern einander so oft, wie es nur eben angehen mochte, und bei jeder ihrer Zusammenkünfte besprachen sie, wie sie das Glück der Sultanin trüben oder gar vernichten könnten. Doch vorerst sahen sie keinen Weg zu ihrem Ziel, sosehr sie sich auch die Köpfe zerbrachen. Um aber ihre Wünsche und halbfertigen Pläne nicht ans Licht kommen zu lassen, stellten sie sich, als seien sie ihrer jüngsten Schwester von Herzen zugetan. Sie besuchten sie und empfingen von der Arglosen alle Beweise schwesterlicher Freundschaft und Liebe.

Einige Monate nach der Hochzeit fühlte sich die Sultanin schwanger. Der Sultan, voller Freude über den kommenden Erben, ließ die Nachricht von der bevorstehenden Niederkunft im ganzen Land verbreiten. Als die beiden Schwestern davon hörten, eilten sie zu der Sultanin, wünschten ihr heuchlerisch Glück und bestürmten sie, um nichts in der Welt andere Hebammen auszuwählen als sie.

„Wie gern würde ich euch den Vorzug geben", antwortete die Sultanin. „Jedoch fürchte ich, daß es nicht allein von mir abhängt, wer Hebammendienste leisten soll. Versucht indes, ob eure Männer durch Bitten beim Sultan etwas ausrichten können. Wenn ich gefragt werde, so seid überzeugt, daß ich niemand anders vorschlagen werde als euch."

Die Schwestern eilten zu ihren Männern, und diese bewogen die Günstlinge des Sultans, sich für ihre Frauen zu verwenden. So geschah es, daß der Sultan eines Tages zu seiner Gemahlin sprach: „Mich dünkt, deine Schwestern könnten dir bei der Niederkunft besser zur Seite stehen als irgend jemand sonst in meinem Reich."

„Ich danke dir, mein Gemahl", antwortete die Sultanin, „und ich bin froh, daß du das vorschlägst."

Von Stund an hatten die beiden Schwestern freien Zutritt zum Palast und konnten ungehindert das Werk ihrer Bosheit vorbereiten. Als der Tag der Niederkunft gekommen war, gebar die Frau des Sultans einen Sohn, schön wie der junge Tag. Doch weder die Schönheit noch die Hilflosigkeit des Kindes rührten die beiden bösen Hebammen. Noch während die Wöchnerin im Schlaf der Erschöpfung lag, wickelten sie den Knaben nachlässig in Windeln, betteten ihn in ein Binsenkörbchen und setzten ihn auf dem Fluß aus, der am Palast vorüberfloß. Vor den Sultan aber trugen sie statt des Kindes ein totes Hündchen und verkündeten lauthals, die Sultanin habe es zur Welt gebracht.

Der Sultan ergrimmte über die Maßen, und sein Zorn hätte sich zweifelsohne gegen seine Gemahlin gewendet, hätte ihn nicht der Großwesir mit der Vorstellung besänftigt, daß man die Frau nicht für eine böse Laune der Natur verantwortlich machen könne.

Unterdessen schwamm das Binsenkörbchen flußabwärts und wurde vom Aufseher über die Gärten des Sultans entdeckt. Er befahl einem Gärtner, das Körbchen an Land zu ziehen. Voll Verwunderung betrachtete er das schöne Kind, das friedlich schlummernd darin lag, und da er sich seit Jahren nichts sehnlicher wünschte als ein Kind, seine Ehe aber kinderlos geblieben war, trug er das Körbchen nach Hause.

„Das Kind hat Allah uns beschert“, sagte er zu seiner Frau. „Such dir schleunigst eine Amme und behandle es wie dein eigenes.“

Die Frau nahm den Knaben mit Freuden an, und sie fand großes Vergnügen daran, ihn aufzuziehen. Woher das Kind stammte und wer seine Eltern waren, darüber machten sie sich keine Gedanken.

Im folgenden Jahr kam die Sultanin abermals nieder und schenkte einem Knaben das Leben, und wieder waren die entmenschten Schwestern ohne Erbarmen. Gleich seinem Bruder setzten sie ihn auf dem Wasser aus und behaupteten, die Gemahlin des Sultans hätte diesmal eine tote Katze geboren. Zum Glück für das Kind befand sich der Aufseher über die Gärten wieder am Fluß, als das Körbchen vorübertrieb. Und wieder fischte er es aus dem Wasser und empfahl seiner Frau, Sorge für das Kind zu tragen, als ob es ihr eigenes wäre.

Der Sultan war noch zorniger als das erstemal, da man ihm die Nachricht von der neuerlichen Mißgeburt seiner Frau überbrachte, und seinem Großwesir gelang es nur mit Mühe, eine Bestrafung der Sultanin abzuwenden.

Endlich gebar die jüngste Schwester ihr drittes Kind, ein Mädchen, das das Schicksal seiner Brüder teilen mußte. Denn die beiden Schwestern waren entschlossen, nicht eher von ihrem schändlichen Treiben zu lassen, bis die Sultanin verjagt oder doch gedemütigt wäre. Nachdem sie das Mädchen ausgesetzt hatten, wiesen sie ein Stück Holz vor und behaupteten dreist, die Sultanin habe es zur Welt gebracht. Das Mädchen aber wurde wieder vom Aufseher der Gärten entdeckt und, gleich seinen Brüdern, in seinem Haus aufgezogen.

Nun kannte der Zorn des Sultans keine Grenzen mehr. „Ich lasse es nicht zu", rief er, „daß diese Frau fortfährt, meinen Palast mit Ungeheuern zu füllen! Sie ist selber ein Ungeheuer, von dem die Welt befreit werden muß!"

Er sprach das Todesurteil über sie und befahl seinem Großwesir, es vollstrecken zu lassen. Dieser aber warf sich im Angesicht des versammelten Hofes vor dem Thron nieder und bat, das Leben der Sultanin zu schonen. „Erlaube mir, dich daran zu erinnern", sprach er, „daß die Todesstrafe nur bei schweren Verbrechen verhängt wird. Die drei unglücklichen Geburten der Sultanin aber sind kein Verbrechen. Sie trägt keine Schuld daran. Vielen Frauen ist so etwas schon zugestoßen, und vielen Frauen wird es noch zustoßen. Jage die Sultanin vom Hof, wenn du nicht anders kannst, aber laß sie am Leben. Sie liebt dich, und es wird ihr Strafe genug sein, wenn sie deine Gunst nicht mehr besitzt."

„So mag sie denn leben", entschied der Sultan, „aber auf eine Weise, die ihr täglich tausendmal vor Augen führt, daß der Tod eine Gnade für sie gewesen wäre. Man zimmere eine Hütte vor dem Eingang zur Hauptmoschee meiner Stadt und mache ein Fenster in die eine Wand, das stets offenstehen muß. In diese Hütte setze man sie, angetan mit Kleidern aus dem gröbsten Stoff. Und jeder Muselmann, der die Moschee zum Gebet betritt, speie ihr im Vorübergehen ins Gesicht. Wer sich dem widersetzt, soll selber bestraft werden, und damit mein Gebot beachtet wird, soll Tag und Nacht ein Soldat vor der Hütte Wache halten."

Diesen Spruch trug er in so herrischem Ton vor, daß der Großwesir nicht zu widersprechen wagte.

Die Hütte wurde gebaut, zur Freude der beiden neidischen Schwestern, und kaum hatte sich die Sultanin von den Strapazen der Geburt erholt, führte man sie in den engen Bretterverschlag. Hier saß sie nun in ihrem Elend, verspottet und bespien. Dennoch jammerte sie nicht, sondern trug ihr Los mit solcher Standhaftigkeit, daß manch einer von Mitleid und Bewunderung für die arme Frau ergriffen wurde.

Während die Sultanin Jahr um Jahr litt, wurden ihre beiden Söhne und ihre Tochter vom Aufseher über die Gärten und dessen Frau mit Liebe und Zärtlichkeit umhegt. Den Knaben gaben sie Namen früherer persischer Sultane, nannten den älteren Bahmann, den jüngeren Perwis; das Mädchen riefen sie Parisade, das heißt: Kind der Fee. Sobald sich die Kinder den Wissenschaften gegenüber aufgeschlossen zeigten, unterrichtete ein Lehrer die Knaben, und da auch Parisade Neigung zeigte, lesen und schreiben zu lernen, wurde auch sie unterwiesen. Die Geschwister wetteiferten im Lernen, und das Mädchen war in allem ebenso geschickt wie ihre Brüder. Auch als der Lehrer zur Geographie, zur Dichtkunst und zur Geschichte überging, blieb sie ihren Brüdern ebenbürtig, und in ihrer Freizeit beschäftigte sie sich mit der Kunst des Gesangs und erlernte die landesüblichen Instrumente. Sogar im Reiten und in den Leibesübungen wollte sie nicht hinter den Brüdern zurückstehen, und bald saß sie genauso sicher im Sattel und wußte mit dem Bogen ebenso trefflich umzugehen wie diese.

Voll Freude über die gute Entwicklung der Kinder kaufte der Aufseher, der sich bis dahin mit einer kleinen Wohnung nahe dem Palast begnügt hatte, ein prächtiges Landhaus und ließ es auf das kostbarste einrichten. Er selbst entwarf einen Garten, der denen der reichsten Fürsten des Landes nicht nachstand. Als Haus und Garten in der besten Ordnung waren, begab er sich zum Sultan und bat um seine Entlassung, um ganz seinen Söhnen und seiner Tochter leben zu können.

Die Frau des Aufsehers war einige Jahre zuvor gestorben, und er selbst legte sich zum Sterben nieder, kaum daß er das neue Haus bezogen hatte. Der Tod überraschte ihn, und es blieb ihm nicht einmal Zeit, den Geschwistern mitzuteilen, daß er sie in Körbchen auf dem Fluß treibend gefunden habe. So blieben sie in dem Glauben, er wäre ihr Vater, und sie beweinten ihn wie dankbare und liebende Kinder.

Hinfort lebten sie zufrieden und einträchtig von dem, was ihr Pflegevater ihnen hinterlassen hatte. Nie kam ih-

nen der Gedanke, an den Hof zu gehen und dort ein Amt zu erstreben.

Eines Tages waren die Brüder auf die Jagd geritten. Parisade befand sich allein im Haus. Da erschien eine alte Frau, die für sehr fromm galt, und bat, eintreten zu dürfen, um das vorgeschriebene Stundengebet zu verrichten. Parisade gewährte ihr die Bitte. Sie ließ die Alte in ein Zimmer führen, wo sie ungestört war, und ordnete an, ihr das Haus und den Garten zu zeigen, wenn sie mit ihrem Gebet fertig wäre. So geschah es auch. Zwei Dienerinnen geleiteten die Alte von Zimmer zu Zimmer und durch den Garten, der ihre besondere Bewunderung hervorrief. Schließlich wurde sie in den Saal geführt, wo Parisade in all ihrer Schönheit saß. Freundlich bot sie der alten Frau einen Platz an ihrer Seite an und sprach: „Setz dich neben mich, ehrwürdige Mutter. Ich bin erfreut, einen so lieben Gast unter meinem Dach zu wissen."

„Edles Fräulein", antwortete die Alte, „so viel Ehre gebührt mir nicht, und ich setze mich nur, weil du, die Herrin, es befiehlst."

Dienerinnen brachten Kuchen, frisches Obst und kandierte Früchte, und während die beiden davon aßen, fragte Parisade die Frau, wie ihr denn das Haus und der Garten gefielen.

„Ich müßte einen schlechten Geschmack haben", erwiderte die Alte, „wenn ich an diesem Haus etwas auszusetzen hätte. Es ist prächtig eingerichtet, hell und freundlich, und ich kenne keinen schöneren Garten. Wenn du erlaubst, so will ich dir jedoch verraten, was noch fehlt, um das Anwesen unübertrefflich zu machen."

„Sprich, ehrwürdige Mutter", rief die Prinzessin eifrig. „Nenne es mir, und ich werde alles daransetzen, es zu erwerben."

„Als erstes müßtest du Bülbülhesar, den sprechenden Vogel, in deinen Besitz bringen. Er hat die Eigenschaft, alle Vögel der Umgebung herbeizulocken und gemeinsam mit ihnen zu singen. Das zweite wäre der singende Baum, dessen Blätter unaufhörlich den anmutigsten Gesang von sich geben. Und schließlich solltest du das goldgelbe Wasser zu erwerben trachten. Wenige Tropfen davon genügen, jedes beliebige Becken zu füllen und eine Fontäne emporspringen zu lassen."

„Ach", sagte die Prinzessin, „wie gern besäße ich diese Wunderdinge. Da du von ihrem Dasein weißt, wirst du mir gewiß auch den Ort nennen können, an dem sie sich befinden."

„Ich wäre deiner Gastfreundschaft unwürdig, wollte ich deine Frage nicht beantworten", erwiderte die Alte. „So höre denn: Der sprechende Vogel, der singende Baum und das goldgelbe Wasser sind an ein und derselben Stelle, an der Grenze zwischen Persien und Indien, zu finden. Der Weg, der an deinem Haus vorüberführt, läuft zwanzig Tagereisen weit geradewegs auf diese Stelle zu. Am einundzwanzigsten Tag muß man den ersten Menschen, den man trifft, nach dem sprechenden Vogel, dem singenden Baum und dem goldgelben Wasser fragen und wird Antwort erhalten."

Nach diesen Worten nahm die Alte Abschied und ging ihres Weges. Parisade aber malte sich aus, wie schön es wäre, all das Wunderbare zu besitzen, von dem die Frau gesprochen hatte.

Als die Brüder von der Jagd heimkehrten, wunderten sie sich, daß ihre Schwester ihnen nicht wie üblich mit heiterer Miene und leichtem Geplauder entgegenkam, ja nicht einmal den Kopf hob, als sie den Saal betraten.

„Was fehlt dir, Parisade?" fragte Bahmann. „Hat dir jemand Anlaß zu Verdruß gegeben? Oder solltest du gar beleidigt worden sein? Laß es uns wissen, wir würden die Beleidigung auf der Stelle rächen."

Die Prinzessin sah nur kurz auf, antwortete zerstreut, ihr Verhalten habe nichts Besonderes zu bedeuten, und senkte den Blick wieder. Da aber die Brüder fortfuhren, in sie zu dringen, sagte sie endlich: „Ihr glaubtet bisher – und ich glaubte es auch –, das Haus, das unser lieber Vater uns hinterlassen hat, sei auf das vorzüglichste eingerichtet. Heute aber habe ich erfahren, daß darin dreierlei fehlt, um es über alle Häuser der Welt zu stellen, nämlich der sprechende Vogel, der singende Baum und das goldgelbe Wasser."

Nachdem sie den Brüdern eine Beschreibung dieser Wunderdinge gegeben hatte, fuhr sie fort: „Ich weiß auch die Stelle, wo sie zu finden sind, und ich bitte euch, steht mir mit Rat und Tat zur Seite, sie zu erlangen."

„Liebe Schwester", entgegnete Bahman, „ich werde nicht eher wieder glücklich sein, als bis dein Wunsch in Erfüllung gegangen ist. Weise mir den Weg, ich will schon morgen aufbrechen."

„Du als das Haupt der Familie kannst nicht so lange wegbleiben", wandte Perwis ein. „Laß mich die Reise machen. Ich werde die Aufgabe ebensogut erfüllen."

„Ich zweifle nicht daran", erwiderte Bahman, „daß du das Abenteuer bestehen wirst wie ich. Doch ich bin der Älteste, und mir steht es als erstem zu, unserer Schwester zu helfen."

Er ließ sich von Parisade beschreiben, wohin er zu reiten habe, rüstete sein Pferd und schied am nächsten Morgen, begleitet von den Segenswünschen der zurückbleibenden Geschwister. Im Augenblick waren der Prinzessin Bedenken gekommen, ob sich dem Bruder nicht unüberwindbare Hindernisse in den Weg stellen könnten, und sie bat Bahman, von seinem Vorhaben abzustehen. Er aber wollte davon nichts wissen und sagte, er baue fest auf sein Glück. „Natürlich", fuhr er fort, „kann mir etwas Übles zustoßen. Vielleicht verliere ich sogar mein Leben. Nimm deshalb dieses Messer und ziehe es hin und wieder aus der Scheide. Wenn du es blank findest, so weißt du, es geht mir gut. Ist es aber mit Blut befleckt, dann weile ich nicht mehr unter den Lebenden."

Bahman rief ihr und Perwis ein letztes Lebewohl zu und ritt von dannen.

Zwanzig Tage lang folgte er dem Weg quer durch Persien. Am einundzwanzigsten Tag erblickte er abseits von der Straße eine Hütte, vor der unter einem Baum ein Greis von abscheulichem Aussehen saß. Es war ein Derwisch, der sich schon vor langer Zeit von der Welt zurückgezogen hatte. Seine Brauen waren schneeweiß und hingen ihm über die Augen; der Schnurrbart überwucherte den Mund, und das Haupthaar reichte ihm bis zu den Füßen. Die Nägel an den Händen und Füßen waren seit Jahren nicht beschnitten worden und glichen Krallen. Der Alte war in eine Binsenmatte gehüllt.

Bahman hielt an, stieg vom Pferd und sagte: „Allah schenke dir ein langes Leben und erfülle alle deine Wünsche."

Der Greis erwiderte den Gruß, aber so undeutlich, daß der Prinz kein Wort verstand. Er sah, daß der über den Mund wachsende Schnurrbart die Unterhaltung behinderte, und da er nicht weiterreiten wollte, ohne die nötigen Erkundungen eingezogen zu haben, sagte er: „Ehrwürdiger Vater, ich habe mit dir zu reden. Allein dein Schnauzbart dämpft deine Worte zu unverständlichem Murmeln. Erlaube mir, ihn zu stutzen, ebenso deine Brauen und dein Haupthaar, damit du wieder wie ein Mensch aussiehst und nicht wie ein Bär."

Der Derwisch ließ es zu, daß der Jüngling ihn mit der Schere bearbeitete. Als Bahman fertig war, sagte er: „Schade, daß wir keinen Spiegel zur Hand haben. Du würdest dich nicht wiedererkennen, so jung und hübsch siehst du nun aus."

Der Alte bedachte die Schmeichelei mit einem Lächeln und antwortete: „Ich bin dir sehr verbunden für diese Wohltat und werde alles tun, um deine Neugier zu befriedigen; denn ich sehe, daß du eine dringliche Frage auf dem Herzen hast. Sprich also."

„Ehrwürdiger Vater", sagte der Prinz, „ich komme aus weiter Ferne und suche den sprechenden Vogel, den singenden Baum und das goldgelbe Wasser. Wenn du weißt, wo sie sich befinden, so beschwöre ich dich, sag es mir, damit meine lange Reise nicht nutzlos gewesen ist."

Während Bahman redete, ging mit dem Derwisch eine seltsame Verwandlung vor sich. Er schlug die Augen nieder und legte das Gesicht in Falten. Auch schien er nicht mehr gewillt, Auskunft zu geben, und verharrte lange in Schweigen.

Endlich sagte er: „Ich weiß, wie du dahin gelangen kannst, wo sich befindet, was du suchst. Allein ich habe dich auf den ersten Blick liebgewonnen, und die Gefälligkeit, die du mir erwiesen, hat meine Zuneigung so gesteigert, daß ich unentschlossen bin, ob ich dir den Weg weisen soll oder nicht."

„Und was hält dich davon ab?" fragte Bahman.

„Du begibst dich in große Gefahr", antwortete der Derwisch. „Schon viele Männer sind hier vorbeigekommen und haben mich dasselbe gefragt, und keiner von ihnen stand dir nach in Kraft und Kühnheit. Jedesmal habe ich versucht, sie von ihrem Vorhaben abzubringen. Doch immer wurden meine Warnungen in den Wind geschlagen, und ich mußte ihren dringenden Bitten willfahren und ihnen den Weg zeigen. All diese Männer sind nicht zurückgekehrt. Geh deshalb nicht weiter, wenn dir dein Leben lieb ist. Kehre um."

Bahman aber ließ sich nicht einschüchtern. „Ich habe gute Waffen, für den Fall, daß ich angegriffen werde", sagte er.

„Wenn aber die Angreifer unsichtbar sind?" gab der Derwisch zu bedenken. „Wie willst du dich gegen Feinde verteidigen, die du nicht siehst?"

„Das schert mich nicht", beharrte Bahman. „Du kannst mich nicht überreden, mein Versprechen nicht zu halten."

Da der Derwisch sah, daß der junge Mann nicht auf seine wohlgemeinten Worte hören wollte, holte er aus einem Sack eine Kugel hervor.

„Wirf diese Kugel zur Erde, sobald du wieder im Sattel sitzt", wies er Bahman an, „sie wird vor dir her rollen. Folge ihr bis an den Fuß des Berges und laß das Pferd da stehen. Rechts und links des Pfades, der zum Gipfel führt, wirst du eine Menge schwarzer Steine erblicken und rings um dich ein Gewirr von Stimmen vernehmen, die dich davon abhalten wollen, den Berg zu ersteigen. Laß dich jedoch nicht entmutigen, sondern geh unbeirrt weiter. Vor allem aber wirf keinen Blick zurück. Du würdest auf der Stelle in einen schwarzen Stein verwandelt und wie die übrigen dort liegenbleiben. Denn die Steine sind nichts anderes als Männer, die vor dir den Aufstieg gewagt haben. Bist du aber der Versuchung, dich umzu-

blicken, entronnen und hast den Gipfel des Berges erreicht, so erblickst du dort einen Käfig mit dem Vogel, den du suchst. Ihn frage, wo der singende Baum und das goldgelbe Wasser sich befinden, und er wird dir Antwort geben. Das ist alles, was ich dir sagen kann. Du kennst jetzt die Gefahren, die deiner harren. Ich beschwöre dich noch einmal, steh von deinem Vorhaben ab!"

Doch Bahman beharrte auf seinem Willen. Er verabschiedete sich, schwang sich aufs Pferd und warf die Kugel vor sich auf den Boden. Sie rollte so schnell davon, daß der Prinz alle Mühe hatte, ihr zu folgen. Am Fuß des Berges blieb sie liegen, wie der Derwisch vorausgesagt hatte. Bahman stieg ab, legte seinem Pferd die Zügel über den Hals, und das Tier rührte sich nicht mehr von der Stelle.

Eine Weile betrachtete er den Berg und die großen schwarzen Steine, die über den ganzen Hang verstreut lagen. Dann machte er sich auf den Weg zum Gipfel. Kaum hatte er drei Schritte getan, erhoben sich Stimmen, die laut und lauter auf ihn einschrien, ohne daß er eine Menschenseele bemerkt hätte. „Was will dieser Tollhäusler hier?" tönte es ihm entgegen und: „Haltet ihn auf!", „Bringt ihn um!", „Ein Dieb ist er, ein Gauner!" Unverdrossen stieg Bahman den Berg hinan. Doch als die Stimmen rings um ihn immer drohender erschallten, trat ihm der Schweiß auf die Stirn, seine Knie begannen zu wanken. Angst und Entsetzen bemächtigten sich seiner, und er fühlte, wie seine Widerstandskraft nachließ. Ohne an die Warnung des Derwischs zu denken, kehrte er um und wollte das Weite suchen. Doch er kam nicht mehr dazu, auch nur einen Fuß zu rühren; denn im selben Augenblick wurde er in einen schwarzen Stein verwandelt. Seinem Pferd widerfuhr dasselbe.

Parisade hatte währenddessen den Dolch, der ihr Leben oder Tod des Bruders anzeigen sollte, stets bei sich getragen. Beim Anblick der blanken Klinge war sie fröhlich und teilte auch Perwis ihre Fröhlichkeit mit. An dem Tag aber, da Bahman in einen Stein verwandelt worden war, sah sie Blut von der Klinge tropfen, als sie das Messer aus der Scheide zog. Da wurde sie auf den Tod betrübt und rief: „So habe ich dich verloren, lieber Bruder, durch meine Schuld, und nie werde ich dich wiedersehen. Warum mußte ich auch auf die Alte hören, die mir von dem sprechenden Vogel, dem singenden Baum und dem goldgelben Wasser erzählte!“

Perwis war über seines Bruders Tod nicht minder betrübt. Doch er glaubte, Parisade sei noch immer nicht von dem Wunsch frei, die Kostbarkeiten zu besitzen, und da er ihr von Herzen zugetan war, sprach er: „Verliere dich nicht in fruchtlose Klagen, liebe Schwester. Wir müssen uns in das Unglück schicken. Aber das darf uns nicht davon abhalten, weiterhin unser Ziel zu verfolgen. Gleich morgen mache ich mich auf den Weg, und du wirst sehen, daß mir mehr Glück beschieden ist.“

Zwar versuchte Parisade, Perwis von seiner Absicht abzubringen, doch sie vermochte ihn nicht umzustimmen.

Am nächsten Morgen stieg der Prinz aufs Pferd und gab ihr zum Abschied eine Perlenschnur. „Laß sie jeden Tag durch die Finger gleiten und denke dabei an mich. Wenn die Perlen sich nicht mehr bewegen lassen, dann weißt du, daß mich dasselbe Los ereilt hat wie unseren Bruder. Doch ich vertraue fest darauf, dich bald wohlbehalten wiederzusehen.“

Am einundzwanzigsten Tag seiner Reise traf Perwis auf den Derwisch und fragte ihn nach dem sprechenden Vogel, dem singenden Baum und dem goldgelben Wasser. Wieder wollte der Alte den jungen Mann davon abhalten, weiterzuziehen. Er erzählte ihm, um ihn abzuschrecken, daß erst vor wenigen Tagen ein Jüngling aufgebrochen sei, um die Wunderdinge zu erlangen. Doch er sei nicht zurückgekehrt, und es sei ihm wohl ergangen wie all den Männern, die es vor ihm versucht hätten.

„Ehrwürdiger Derwisch“, antwortete Perwis, „der Mann, von dem du sprichst, war mein Bruder. Ich weiß zuverlässig, daß er nicht mehr unten den Lebenden weilt. Jedoch will ich in Erfahrung bringen, auf welche Art er gestorben ist.“

„Darüber kann ich dir Auskunft geben“, sagte der Derwisch. „Er ist wie all die anderen in einen schwarzen Stein verwandelt worden, und auch dir wird es so ergehen, wenn du zu schwach bist, meine Anweisungen zu befolgen. Laß deinen Plan fahren, ich rate es dir dringend."

„Es freut mich, ehrwürdiger Mann, daß du solchen Anteil an mir nimmst", entgegnete Perwis. „Doch ich habe meinen Entschluß reiflich überlegt und bin nicht davon abzubringen. Darum bitte ich dich: Erweise mir dieselbe Gunst wie meinem Bruder. Vielleicht ist mir mehr Glück beschieden als ihm."

Seufzend nahm der Derwisch eine Kugel aus dem Sack und unterrichtete Perwis, wie er sie gebrauchen solle und was er auf seinem Weg zu beachten habe.

Perwis dankte dem Alten, warf die Kugel auf die Erde und folgte ihr bis an den Fuß des Berges. Hier sprang er vom Pferd und begann, den Hang emporzusteigen.

Sofort erhob sich rings wieder ein Chor von Stimmen, der Perwis erschreckte und ängstigte, und als er hörte, wie jemand in seinem Rücken laut rief: „Da kommt schon wieder so ein Narr! Den werde ich züchtigen!", vergaß er alle Vorsicht, zog den Säbel und wandte sich nach dem vermeintlichen Gegner um. Augenblicklich wurden er und sein Pferd in große schwarze Steine verwandelt.

Parisade hatte seit ihres Bruders Scheiden die Kette nicht mehr aus der Hand gelegt. Immer aufs neue ließ sie die Perlen durch die Finger gleiten, dachte an Perwis und sandte manches Gebet um seine glückliche Wiederkehr zu Allah. An dem Tag, da der Jüngling in einen Stein verwandelt wurde, ließen sich die Perlen nicht mehr bewegen. Parisades Schreck war so groß wie ihre Trauer. Doch lähmte sie das sichere Anzeichen vom Tod des Bruders nicht. Sofort traf sie alle Anstalten zum Aufbruch, und am nächsten Morgen stieg sie zu Pferd, bewaffnet und gekleidet wie ein Mann. Ihren Dienern und Dienerinnen sagte sie, sie werde in wenigen Tagen zurück sein.

Da die Prinzessin oft mit ihren Brüdern auf die Jagd geritten war, ertrug sie die Strapazen der Reise leicht. Zwanzig Tage lang folgte sie dem Weg und traf am einundzwanzigsten auf den Derwisch. Sie stieg aus dem Sattel, setzte sich neben den Alten und fragte ihn nach dem sprechenden Vogel, dem singenden Baum und dem goldgelben Wasser.

Der Derwisch erkannte sie trotz der Verkleidung als Frau und riet ihr ab, ein Abenteuer bestehen zu wollen, das schon vielen Männern den Tod gebracht hatte. Er berichtete ihr von den schrecklichen drohenden Stimmen, die jeden begleiteten, der den Berg zu ersteigen versuche, von den schwarzen Steinen, die den Pfad zum Gipfel säumten, und den Männern, die der Versuchung, sich unterwegs umzudrehen, nicht widerstanden hatten.

„So ist es das wichtigste", sagte Parisade, „nicht auf die Stimmen zu achten und nicht zurückzublicken. Könnte man sich dabei nicht einer List bedienen?"

„Woran denkst du?" fragte der Derwisch.

„Wenn ich mir die Ohren mit Baumwolle verstopfte", entgegnete Parisade, „müßten doch auch die lautesten und schrecklichsten Stimmen so weit gedämpft werden, daß sie erträglich würden."

„Versuchen magst du es immerhin", sagte der Derwisch nachdenklich. „Vielleicht hast du Erfolg damit. Doch wenn dir dein Leben lieb ist, so kehre auf der Stelle nach Hause zurück."

Parisade aber drängte den Derwisch, ihr den Weg zu zeigen, und nachdem sie die Kugel empfangen hatte, zog sie ihr nach. Am Fuße des Berges saß sie ab, verstopfte sich die Ohren mit Baumwolle und begann unerschrokken den Aufstieg.

Je höher sie kam, desto lauter und spöttischer wurden die Reden, die sie begleiteten. Allein die Pfropfen in den Ohren dämpften sie so weit, daß sie nicht zu voller Wirkung kamen.

„Spottet nur, beleidigt mich!" rief Parisade. „Ihr könnt mich doch nicht hindern, meinen Weg fortzusetzen!"

Endlich hatte sie den Punkt erreicht, von dem aus sie den Käfig mit dem sprechenden Vogel sah. Dieser mischte seine Stimme in den Chor der Dämonen ringsumher, als er des Mädchens ansichtig wurde, und schrie donnernd: „Zurück! Keinen Schritt weiter!"

Doch Parisade ließ sich nicht beirren. Das lockende Ziel vor Augen, legte sie den Rest des Weges im Sturmschritt zurück.

Als sie den Käfig erreicht hatte, nahm sie die Baumwolle aus den Ohren, und rings um sie war Stille.

„Jetzt bist du in meiner Gewalt", sagte sie zu dem Vogel, „und du sollst mir nie mehr entrinnen."

„Grolle mir nicht, tapferes Fräulein", sagte das Tier, „daß ich meine Stimme mit denen der Dämonen vereinte. Ich war zufrieden hier, obwohl ich in diesem Käfig sitzen mußte. Jetzt, da die Sklaverei für mich nicht mehr abzuwenden ist, will ich dir gern folgen. Mit Mut und List hast du mich erobert, das muß belohnt werden. Nimm denn mein Versprechen, dir für immer in Treue zu dienen, gnädig entgegen. Ich kenne dich, Parisade, ich kenne dich besser, als du dich selbst kennst, und ich hoffe, daß ich dir eines Tages mit meiner Kenntnis nützlich sein kann. Befiehl mir nun, was ich tun soll."

Die Freude des Mädchens war unbeschreiblich, wenn sich auch in ihren Triumph der Kummer um den Verlust der Brüder und die Erschöpfung nach der soeben überstandenen Gefahr mischten. Sie fragte: „Wo finde ich das goldgelbe Wasser, das so wunderbare Eigenschaften besitzen soll?"

Der Vogel nannte ihr die Stelle, die gar nicht weit entfernt lag, und sie füllte eine silberne Flasche, die sie bei sich trug, mit dem Wasser und kehrte zurück.

„Und wo steht der singende Baum?" fragte sie dann.

„Dreh dich nur um", antwortete der Vogel, „und du wirst einen Wald erblicken, darin wächst er."

Parisade ging in den Wald und entdeckte unter anderen Bäumen bald den, den sie suchte. Sie brauchte nur dem wohllautenden Klang zu folgen, der von ihm ausging. Allein der Baum war hoch und mächtig, und sie wußte nicht, wie sie ihn nach Hause tragen sollte. So ging sie zu dem Vogel zurück und fragte ihn um Rat.

„Brich nur ein Zweiglein ab", war die Antwort, „und pflanz es in deinem Garten ein. Binnen kurzem wird ein mächtiger Baum daraus hervorwachsen."

Parisade tat, wie ihr geheißen. Nun besaß sie alles, wonach sie sich so sehr gesehnt hatte, und wurde ihres Besitzes doch nicht recht froh. Das Schicksal der Brüder betrübte sie, da sie sich auf der Höhe ihres Glücks befand, doppelt.

„Du hast mir verschafft, was ich wollte", sprach sie zu dem Vogel. „Aber du bist auch schuld daran, daß meine beiden Brüder als schwarze Steine am Hang liegen. Wenn es dir Ernst damit ist, mir auf immer in Treue dienen zu wollen, dann gib mir einen Rat, wie ich sie wieder zum Leben erwecken kann."

Zuerst wollte der Vogel nicht so recht mit der Sprache heraus. Als aber Parisade hartnäckig auf der Erfüllung ihres Wunsches bestand, sprach er: „Sieh dich um, ob du nicht einen Krug erblickst."

„Dort drüben steht einer", sagte Parisade.

„Nimm ihn", fuhr der Vogel fort, „und träufle beim Hinuntersteigen auf jeden der Steine ein wenig von dem Wasser, das sich in dem Krug befindet. Auf diese Art wirst du deine Brüder wieder lebendig machen."

Parisade ergriff das Gefäß, nahm den Käfig, die Flasche und das Reis vom singenden Baum und machte sich auf den Rückweg. Im Vorübergehen goß sie einige Tropfen von dem Wasser im Krug auf alle Steine, die am Hang lagen. Und siehe da: Jeder von ihnen verwandelte sich in einen Mann oder in ein Pferd. So erlöste sie auch Bahman und Perwis.

Die Geschwister umarmten einander viele Male, und Parisade mußte den Brüdern von ihren erfolgreich bestandenen Abenteuern erzählen und davon, wie es ihr gelungen war, den Zauberbann zu brechen. Nun erkannten alle, wie dankbar sie dem Mädchen sein mußten, und die Männer, die zugleich mit den beiden Prinzen vom Zauber befreit worden waren, erklärten sich bereit, ihr bis ans Lebensende als Sklaven zu dienen. Doch Parisade wehrte ab.

„Die Freude an Eurer Errettung ist mir Dank genug", sprach sie. „Jetzt aber steigt zu Pferd, Ihr Herren, und begebt Euch in die Länder, aus denen Ihr aufgebrochen seid."

Als alles im Sattel saß, wartete Parisade vergebens, daß einer der Männer die Spitze des Zuges übernähme. Niemand machte Anstalten dazu. Schließlich ritt einer zu ihr heran und sagte: „Nach dem, was du für uns getan hast, gebührt dir die Ehre, uns anzuführen."

So sprengte Parisade denn voraus, gefolgt von ihren Brüdern. Die anderen Männer ritten in lockerer Anordnung hinter ihnen. Unterwegs wollte die Prinzessin haltmachen, um dem Derwisch für seine guten Ratschläge zu danken. Allein der Derwisch war gestorben, und man wußte nicht, ob aus Altersschwäche oder weil er nun überflüssig war, da ihn hinfort niemand mehr nach dem Weg fragen würde. Nach und nach verabschiedeten sich die Männer, und es war keiner unter ihnen, der Parisade nicht beim Lebewohl noch einmal von ganzem Herzen gedankt hätte.

Zu Hause angekommen, stellte das Mädchen den Käfig in den Garten, und sobald der sprechende Vogel seine Stimme ertönen ließ, flogen Nachtigallen und Finken, Lerchen und Stieglitze, Stare und Meisen herbei und vereinigten ihren Gesang mit dem seinen. Das Reis vom singenden Baum pflanzte sie auf eine Wiese, und es wurde in wenigen Tagen zu einem starken Baum, aus dessen Blättern zarte Melodien und lieblicher Gesang erklangen. In der Mitte des Gartens ließ sie ein schönes marmornes Bekken erbauen und goß das goldgelbe Wasser aus der silbernen Flasche hinein. Sogleich schwoll das Wasser an und füllte das Becken bis zum Rand; aus der Mitte aber schoß ein Strahl fünfzig Fuß hoch und fiel nieder, ohne daß auch nur ein Tropfen über den Rand gelaufen wäre.

Natürlich wurden die Nachbarn durch die Kunde von den Wunderdingen im Garten der Geschwister angezogen, und bald strömte jung und alt herbei.

Die Brüder aber nahmen, kaum daß sie sich von den Strapazen der Reise erholt hatten, wieder ihre alte Lieblingsbeschäftigung, die Jagd, auf und kümmerten sich nicht im mindesten um das Leben am Hof des Sultans.

Eines Tages, als sie sich bei der Verfolgung eines Wilds weit von ihrem Haus entfernt hatten, stießen sie auf das zahlreiche Gefolge des Sultans, der ebenfalls in der Gegend jagte. Sosehr sie auch bemüht waren, dem Herrn des Landes auszuweichen, sie konnten doch in einem engen Tal eine Begegnung mit ihm nicht vermeiden. Es blieb ihnen nichts übrig, als vom Pferd zu steigen und sich vor dem Sultan in den Staub zu werfen. Der aber, neugierig, wer die gutgekleideten, schönen Jünglinge sein mochten, befahl ihnen aufzustehen. Lange musterte er die Brüder, bevor er sie fragte, wer sie seien und wo sie wohnten.

„Erhabener Herr", erwiderte Bahman, „wir sind die Söhne des alten Aufsehers über deine Gärten und wohnen in dem Haus, das er kurz vor seinem Tod bauen ließ. Sobald wir das entsprechende Alter erreicht haben, werden wir an deinen Hof kommen, um dir unsere Dienste anzutragen."

„Liebt ihr die Jagd?" fragte der Sultan.

„Wir kennen nichts Besseres, den Körper und den Mut zu stählen", entgegnete Perwis.

Diese Antwort gefiel dem Sultan, und er hieß die Jünglinge aufsitzen und sich seinem Jagdzug einreihen. Als sie eine Lichtung erreichten, brachen mehrere Tiere zugleich aus dem Gehölz.

„Zeigt, was ihr könnt!" rief der Sultan.

Bahman erwählte sich einen Löwen zum Ziel, Perwis einen Bären. In derselben Sekunde, wie auf Verabredung, gingen sie gegen die Tiere los, warfen nach einigen Schritten den Speer und trafen ihre Opfer, die gleichzeitig tot zusammenbrachen. Dann wandte sich Bahman einem Bären und Perwis einem Löwen zu, und Augenblicke später durchbohrten sie auch diese. Als sie sich aufs neue zwei Bestien aussuchen wollten, rief der Sultan, der ihren Eifer und ihre Sicherheit staunend mit angesehen hatte: „Haltet ein! Wollt ihr denn alles Leben in diesem Wald auslöschen? Ich habe euch als geschickte und tapfere Jäger erkannt", fuhr er fort, „und ihr sollt meinem Herzen teuer sein; auch hege ich die Überzeugung, ihr könntet mir einst so nützlich sein, wie ihr mir heute ergötzlich wart."

Dann lud er sie ein, ihm alsbald an den Hof zu folgen.

„Erhabener Herr", antwortete Bahman, „du erweist uns

zuviel Ehre. Laß uns nach Hause zurückkehren. Dort lebt unsere Schwester, die wir so sehr lieben, daß wir nie etwas unternehmen würden, ohne sie zu fragen."

„Eure Geschwisterliebe gefällt mir", sagte der Sultan. „So geht denn zu eurer Schwester, bittet sie um Urlaub und gebt mir morgen, wenn ihr wieder zu mir auf die Jagd kommt, Bescheid."

Da die Brüder jedoch nichts weniger im Sinn hatten, als sich von Parisade zu trennen, erzählten sie der Schwester nichts von der Begegnung mit dem Herrscher und von seinem Angebot.

Am anderen Tag, als der Sultan sie fragte, zu welchem Entschluß sie gekommen wären, sagte Bahman: „Verzeih, Herr, aber weder mein Bruder noch ich haben daran gedacht, unsere Schwester zu fragen."

„So denkt heute daran", entgegnete der Sultan mit leichtem Unmut. „Morgen will ich eure Entscheidung hören."

Doch abermals sprachen die Brüder nicht mit Parisade über den Wunsch des Sultans, und als sie am folgenden Tag wieder mit ihm zusammentrafen und erneut vorbrachten, sie hätten vergessen, sich mit ihrer Schwester zu beraten, steckte der Sultan ihnen metallene Kugeln ins Gewand und sprach: „Diese Kugeln sollen verhindern, daß ihr noch einmal vergeßlich seid. Wenn ihr heute abend die Kleider ablegt, werden sie herausfallen und einen solchen Lärm machen, daß ihr augenblicklich an euer Versprechen erinnert werdet."

Die Brüder vergaßen über der Jagd die Kugeln. Doch am Abend, als sie sich auskleideten, fielen diese herab und lockten mit ihrem hellen Klang, der durch das ganze Haus hallte, Parisade in ihr Schlafgemach. Nun mußten Bahman und Perwis berichten, welches Anerbieten ihnen der Sultan gemacht hatte. Lange saßen sie beisammen und berieten, was zu geschehen habe. Schließlich nahm Parisade das Wort.

„Der Wunsch des Sultans ist ehrenvoll und glückverheißend für euch", sprach sie. „Für mich aber ist er sehr verdrießlich und traurig. Zwar schätze ich euren guten Willen, mich nicht zu verlassen; doch bedenkt, ob es ratsam ist, sich dem Herrn des Landes zu widersetzen. Ihr würdet euch dadurch nur so unglücklich machen, wie ich es sein werde, wenn ihr fortgegangen seid. Laßt uns den sprechenden Vogel um Rat fragen. Vielleicht weiß er einen Ausweg."

Sie ließ den Käfig holen, und nachdem sie dem Vogel die Angelegenheit vorgetragen hatte, antwortete dieser ohne Zögern: „Deine Brüder müssen dem Wunsch des Sultans willfahren und ihn sogar einladen, euch in eurem Haus zu besuchen."

„Aber wir lieben einander so sehr, daß wir uns nicht trennen möchten", warf Parisade ein.

„Tut, was ich sage", beharrte der Vogel, „und eurer Liebe wird eine schöne Zukunft bereitet sein. Dazu ist es aber nötig, daß der Herrscher auch dich, Parisade, kennenlernt."

So sagte denn Bahman beim nächsten Zusammentreffen zum Sultan: „Erhabener Herr, gebiete über uns nach deinem Gefallen, wir gehorchen. Unsere Schwester ist nicht nur mit allem einverstanden, sie hat uns sogar gescholten, weil wir dich so lange auf unsere Entscheidung warten ließen. Ich hoffe, du verzeihst uns das."

„Ihr habt nichts Unrechtes getan", erwiderte der Sultan. „Wenn ihr mit solcher Liebe an eurer Schwester hängt, so läßt mich das hoffen, daß ihr auch mir innig zugetan sein werdet, sobald ihr in meinen Diensten steht."

An diesem Tag brach er die Jagd vorzeitig ab, weil er sich in Ruhe mit den beiden Jünglingen unterhalten wollte. Als sie in die Stadt einzogen, durften Bahman und Perwis rechts und links von ihm reiten, und alles Volk, das sich am Weg drängte, sagte: „Seht, welch edle, stattliche Männer. Hätte der Sultan dem Land nur zwei solche Prinzen geschenkt! Dem Alter nach könnten sie seine Söhne sein, wenn nicht die unglückliche Sultanin Mißgeburten in die Welt gesetzt hätte."

Im Palast führte der Herrscher die Brüder durch die schönsten Zimmer und bat sie am Abend neben sich an die Tafel. Da er ein gebildeter Mann war, sprach er mit ihnen über Gegenstände aus allen Gebieten der Wissenschaften, vorzüglich aber aus der Geschichte, und er fand, daß die jungen Männer in allem eine wohlbegründete Meinung hatten. Wären sie meine Söhne, dachte er, ich hätte sie nicht besser und sorgfältiger erziehen lassen können.

Nach dem Mahl erfreuten Tänzer, Musikanten und Gaukler das Herz der Gäste. Da nutzte Bahman die Gunst der Stunde und sprach: „Erhabener Herr, dürfen wir um eine Gnade bitten? Besuche uns und unsere Schwester, wenn dich die Jagd das nächstemal in die Gegend führt, wo unser Haus liegt. Verschmähe nicht, unser schlichtes Heim mit deiner Gegenwart zu beehren."

„Es soll mir eine Ehre sein", erwiderte der Sultan, „eure Schwester kennenzulernen, die mir durch eure Erzählung lieb und teuer geworden ist, bevor ich noch einen Blick auf sie geworfen habe. Übermorgen in der Frühe werde ich an der Stelle sein, wo wir uns zum erstenmal getroffen haben. Findet auch ihr euch dort ein, auf daß ihr mich zu eurem Haus führen könnt."

Bahman und Perwis erzählten ihrer Schwester, was an diesem Tag vor sich gegangen war, und sie verfehlten auch nicht, ihr den Besuch des Sultans anzukündigen.

„Wenn er kommt", antwortete die Schwester, „müssen wir darauf achten, ihm ein würdiges Mahl zu bereiten. Ich will sogleich den sprechenden Vogel befragen. Vielleicht weiß er, wonach einem so mächtigen Mann der Gaumen steht. Vogel", sagte sie, „der Sultan will uns besuchen, und wir müssen ihn bewirten. Verrate mir, wie wir ihn am ehesten zufriedenstellen können."

„Laß deinen Koch das Beste auftischen, was er zuwege bringt", antwortete der Vogel. „Vor allem aber achte darauf, daß dem hohen Gast als erstes Gurken vorgesetzt werden, die mit Perlen gefüllt sind."

„Mit Perlen!" rief Parisade verwundert. „Der Sultan kommt von der Jagd. Da wird ihm der Sinn nach Essen stehen und nicht danach, Kostbarkeiten zu bewundern."

„Tu, wie ich dir sage", beharrte der Vogel, „und kümmere dich nicht darum, was daraus entsteht."

„Aber ich habe nicht genug Perlen", wandte Parisade

ein. „Geh morgen in aller Frühe an den ersten Baum, der auf der rechten Seite deines Gartens wächst", sagte der Vogel. „Dort wirst du mehr Perlen finden, als du brauchst."

Parisade schickte sich in den Spruch des Vogels, begab sich am nächsten Morgen mit einem Gärtner unter den bezeichneten Baum und hieß ihn den Boden aufgraben. Nach einigen Spatenstichen stieß er auf ein goldenes Kästchen, einen Fuß im Geviert groß. Parisade öffnete es und fand es voller Perlen. Überglücklich eilte sie zu ihren Brüdern und erzählte ihnen, was der Vogel ihr geraten hatte und wie das Kästchen gefunden worden war. Vergebens rätselten die drei, was mit den perlengefüllten Gurken bezweckt werde, kamen jedoch überein, den Rat des Vogels in jedem Punkt zu befolgen.

Der Koch machte erstaunte Augen, als Parisade ihm den Auftrag gab, Gurken mit Perlen zu bereiten, und man sah es seiner Miene an, daß er an ihrem Verstand zweifelte. Doch sie ließ ihn gar nicht erst zu Worte kommen, sondern beharrte auf der Erfüllung ihres Gebots. Dann eilte sie, für den Besuch alles auf das beste herzurichten.

Tags darauf trafen die Brüder den Herrscher am verabredeten Ort. Sie jagten, bis die Mittagsglut die Glieder ermatten ließ, und begaben sich sodann zum Haus der Geschwister, wo Parisade den Gast in der Vorhalle erwartete. Sie warf sich ihm zu Füßen, und während er ihr aufhalf, blickte er sie lange forschend an. Schließlich sagte er: „Die Brüder sind ihrer Schwester würdig und die Schwester ihrer Brüder. Wenn man vom Äußeren auf das Innere schließen darf, so wundre ich mich nicht, daß die jungen Männer nichts ohne die Einwilligung ihrer Schwester unternehmen wollten."

Nachdem er das Haus besichtigt und es für so schön befunden hatte, daß er meinte, alle Städte würden binnen kurzem leer stehen, wenn die Landsitze so prächtig eingerichtet wären wie dieser, geleitete Parisade ihn in den Garten. Hier erregte sogleich der Strahl goldgelben Wassers, der unermüdlich aus dem marmornen Becken emporstieg, seine Aufmerksamkeit, und er konnte sich an diesem Anblick nicht satt sehen. Danach näherte er sich dem singenden Baum, und je näher er kam, desto deutlicher ertönte die zarte Musik.

„Wo sind die Musikanten und die Sänger?“ fragte der Sultan. „Etwa unter der Erde? Oder über den Wolken?“

„Herr“, antwortete Parisade, „die Musik, die du hörst, wird nicht von Menschen gemacht, sondern von dem Baum da drüben.“

„Einem solchen Baum bin ich noch nie begegnet“, gestand der Sultan, während er entzückt lauschte. „Er kommt gewiß aus fernem Land, sonst hätten die Gelehrten mir schon davon berichtet. Wie heißt er denn?“

„Er hat keinen Namen“, erwiderte Parisade. „Wir nennen ihn einfach den ‚singenden Baum‘.“

Nur schwer war der Sultan zu bewegen, sich von den Wundern des Gartens zu trennen. Immer wieder blickte er zu der Fontäne goldgelben Wassers hinüber und wollte schier nicht glauben, daß es nicht aus einer Quelle komme und daß eine einzige Flasche davon ausreichte, das Bekken zu füllen und den Strahl zu unterhalten; immer wieder blieb er auch stehen, um den sanften Melodien zu lauschen. Als sie sich wieder dem Haus näherten, bemerkte er einen Baum, auf dem hatten sich Hunderte Vögel versammelt und ließen ihre Stimmen erschallen. Verwundert fragte er, warum all diese Vögel sich ausgerechnet hier niedergelassen hätten.

„Herr“, entgegnete Parisade, „sie suchen so weit wie möglich an den sprechenden Vogel heranzukommen, dessen Käfig dort im Fenster steht. Ihn wollen sie mit ihrem Gesang begleiten. Wenn du näher trittst, wirst du bemerken, daß der sprechende Vogel weitaus schöner singt als alle anderen, die Nachtigall nicht ausgenommen.“

Unterdessen hatten sie das Haus betreten und standen vor dem Käfig.

„Vogel“, sagte die Prinzessin, „dies ist der Sultan. Bezeige ihm deine Ehrfurcht.“

„Sei gegrüßt, Sultan“, sprach der Vogel. „Allah beschütze dich und mache deine Tage so zahlreich wie Sand am Meer.“

„Ich danke dir, du Herrscher unter den Vögeln“, erwiderte der Sultan.

Dann begab er sich an den Tisch, der nahe dem Käfig stand. Er setzte sich und griff als erstes nach der Schüssel mit den Gurken, die ihm besonders lecker dünkten. Doch als er in eine Gurke biß, war er höchlich erstaunt, sie mit Perlen gefüllt zu finden. „Was soll das?“ rief er. „Gurken mit Perlen zu füllen! Perlen kann man doch nicht essen!“

Da mischte sich der Vogel ein und sagte: „Perlengefüllte Gurken, die du mit eigenen Augen siehst, findest du seltsam. Doch wenn man dir berichtet, deine Frau habe einen Hund, eine Katze oder ein Stück Holz zur Welt gebracht, bist du nicht im geringsten verwundert.“

„Ich habe es geglaubt, weil die Hebammen es mir versicherten“, verteidigte sich der Sultan.

„Diese Hebammen“, entgegnete der Vogel, „sind Schwestern deiner Gemahlin. Und sie waren voll Wut und Neid auf ihr Glück. So haben sie deine Leichtgläubigkeit mißbraucht. Geh, führe sie vor den Richter, laß sie streng verhören, und sie werden ihr Verbrechen gestehen. Die Geschwister aber, bei denen du zu Gast bist, sind deine eigenen Kinder, die von den Hebammen ausgesetzt und vom verstorbenen Aufseher über deine Gärten erzogen wurden.“

Da fiel es dem Sultan wie Schuppen von den Augen, und er bereute seine Leichtgläubigkeit.

„Ach, Vogel“, rief er, „du hast wahr gesprochen! Kinder, kommt an mein Herz!“ Er umarmte sie zärtlich, ehe er versprach: „Morgen sollt ihr eure Mutter kennenlernen, der ihr nächst dem Aufseher über meine Gärten euer Leben verdankt. Ich habe ihr Unrecht getan und will es gutmachen, wenn ich kann.“

Er stieg zu Pferd und galoppierte mit seinem Gefolge in die Hauptstadt zurück. Hier befahl er dem Großwesir, sofort die beiden heimtückischen Schwestern zu verhaften. In einem strengen Verhör gestanden sie ihre Schuld, wurden verurteilt und noch am selben Abend hingerichtet.

Währenddessen sammelte der Sultan alle Höflinge um sich und begab sich mit ihnen zur Hauptmoschee der Stadt. Mit eigner Hand riß er den Bretterverschlag nieder, hinter dem die Sultanin schmachtete, führte die arme Frau heraus und umarmte sie unter heißen Tränen der Reue.

„Teure Frau“, sagte er, „ich komme, dich wegen des Unrechts, das ich dir angetan habe, um Vergebung zu bitten. Heute noch werden die Schuldigen bestraft. Um deine Genugtuung aber vollständig zu machen, führe ich dir morgen deine Kinder zu, eine kluge und schöne Prinzessin und zwei mutige und gebildete Prinzen, die dem Anschlag deiner Schwestern entgangen sind und von dem verstorbenen Aufseher über meine Gärten großgezogen wurden. Verzeih mir und nimm wieder den Platz an meiner Seite ein, als die Sultanin des Landes.“

Auf die Nachricht von der frohen Begebenheit strömte schier die ganze Stadt zusammen und wurde Zeuge der Freude der so spät wieder Vereinten.

Am nächsten Morgen zog das Herrscherpaar mit großem Gefolge hinaus zu den Geschwistern. Die Prinzen Bahman und Perwis und die Prinzessin Parisade lernten ihre Mutter kennen, und der fröhlichen Worte und Zärtlichkeiten war kein Ende. Nachem man gegessen und die Wunder des Gartens und des Hauses bestaunt hatte, ordnete sich der Zug zur Rückkehr in die Stadt. Voran ritt der Sultan, rechts von ihm sein Sohn Bahman, zu seiner Linken Prinz Perwis. Ihnen folgten die Sultanin und die Prinzessin, die den Käfig mit dem sprechenden Vogel auf dem Schoß hielt. Sein Gesang und die Stimmen der Tausende von Vögeln, die ihn umschwirrten, mischten sich mit den Hochrufen der Leute, die herzudrängten, um den wiedergefundenen Kindern des Sultans ein herzliches Willkommen zu bereiten.

Margarete von Navarra

Die Erzählungen der Königin von Navarra

Zweiundzwanzigste Erzählung: Ein eifriger Prior sucht unter dem Deckmantel der Frömmigkeit mit allen Mitteln eine Nonne zu verführen, wodurch seine Bosheit am Ende verschleiert wird

„Zu Paris lebte ein Prior des Klosters Saint-Martin-des-Champs, dessen Namen ich in Anbetracht unserer früheren freundschaftlichen Beziehungen verschweigen will. Bis zu seinem fünfzigsten Jahre führte er ein gar sittenstrenges Leben, so daß sich der Ruf seiner Heiligkeit über ganz Frankreich verbreitete und hohe fürstliche Persönlichkeiten ihn voll Achtung empfingen. Alle Verbesserungen in der Kirche gingen von ihm aus und schufen ihm den Beinamen ‚Vater des wahren Glaubens'. So wurde er zum Visitator der großen Frauenklöster von Fontevraul ernannt, und alle Nonnen erzitterten vor Angst, wenn er eines dieser Klöster besichtigte. Um seine Strenge zu beschwichtigen, ward er gleichwie ein König empfangen. Das lehnte er anfangs ab. Da er aber dem fünfzigsten Lebensjahre nahekam, begann ihm die anfangs so streng verbetene Ehrung zu behagen. Er betrachtete sich allmählich selbst als einen Segen für die Kirche und begehrte, mehr für seine Gesundheit zu sorgen.

Obzwar also die Vorschriften jeden Fleischgenuß verbieten, dispensierte er sich selbst davon (was er keinem andern gewährt hatte) unter dem Vorwande, daß auf ihm alle Last der Kirche ruhe. So ließ er es sich gar wohl ergehen, und bald wurde der magere Mönch recht feist. Doch änderte die neue Lebensweise auch sein Gemüt, so daß er begann, sich die Gesichtlein wohl zu beschauen, denen er früher keine Beachtung geschenkt hatte. Und der Anblick so mancher Schönheit, die durch den Schleier nur begehrenswerter wurde, weckte in ihm das Verlangen; um das zu stillen, suchte er nach schlauen Listen, und aus dem Hirten wurde ein Wolf, so daß er am Ende jegliche etwas beschränkte Nonne kurzerhand verführte. Nachdem er dergestalt lange Zeit in Unzucht gelebt hatte, erbarmte sich Gottes Güte der armen verirrten Lämmer und verhinderte so, daß der Böse weiter triumphierte. Nämlich einmal besichtigte der Prior das Kloster Gif, nahe bei Paris. Als er alle Nonnen dort beichten ließ, fand er unter ihnen eine mit Namen Marie Hérouët, deren Stimme so gar hold und süß erklang, daß sie ein gleich sanftes Angesicht und Herz zu künden schien. Dieser bestrickende Wohllaut entflammte in seiner Seele eine Liebesglut, die heißer war als jene Leidenschaft, die alle Nonnen insgesamt bisher in ihm entzündet hatten. Also beugte er sich nieder, derweil er mit ihr sprach, und gewahrte alsbald einen gar lieblichen roten Mund. Nun vermochte er nicht mehr an sich zu halten: er lüftete ihren Schleier, und da er in ein Paar Augen blickte, die wohl dem übrigen glichen, durchzuckte ihn eine so jähe Begier, daß er darob nicht mehr essen noch trinken mochte, wie sehr er sich auch zu verstellen suchte.

Selbst nachdem er zu seiner Abtei zurückgekehrt war, fand er keine Ruhe. Tag und Nacht suchte er nach Mitteln und Wegen, wie er sein Verlangen, gleichwie sonst, stillen könnte. Er erkannte wohl, wie schwer das sei. Denn jene war gar tugendhaft und feinfühlig, er hingegen reichlich alt und häßlich. So entschloß er sich, Überredung nicht zu versuchen und sie durch Angst zu bändigen. Alsbald begab er sich wieder in jenes Kloster, zeigte sich aber dort strenger denn je: über jegliche Nonne ergrimmte er gewaltig; der einen Schleier hing nicht tief genug, die andere trug den Kopf zu hoch, die dritte verneigte sich nicht demütig genug. So fürchteten ihn alle wie Gott beim Jüngsten Gericht. Und er durchschnüffelte, obgleich er die Gicht hatte, alle Winkel, bis er zur Vesperstunde, die er erwartet hatte, in den Schlafsaal gelangte. Die Äbtissin sagte: ,Ehrwürdiger Vater, es ist Zeit, den Vespergottesdienst zu halten.' Worauf er erwiderte: ,Gut, gut, haltet ihn; ich bin schon zu müde und will hier nur noch bleiben – nicht, um mich auszuruhen –, sondern um mit der Schwester Marie zu reden, über die mir Schlechtes berichtet wurde: sie soll klatschsüchtig sein wie ein Weib der eitlen Welt.'

Die Äbtissin war eine Tante ihrer Mutter. Darum bat sie ihn, sie gehörig ins Gebet zu nehmen, und ließ sie allein mit ihm und einem jungen Geistlichen, der zu seiner Begleitung gehörte. Alsbald hob er ihren Schleier auf und hieß sie, ihn anzublicken. Sie erwiderte, die Vorschrift verbiete ihr, Männer anzuschauen. ,Schon gut', antwortete er, ,aber vermeinet nicht, meine Tochter, daß Geistliche noch für Männer gelten.' Daher fürchtete Marie, sie könne sich durch Ungehorsam in Schuld bringen, und blickte ihn an; doch fand sie ihn so häßlich, daß ihr bedünkte, dieser Anblick sei mehr eine Strafe als eine Sünde. Nun hielt ihr der biedere Pater etliche erbauliche Reden und begann am Ende ihre Brust zu betasten. Aber sie stieß ihn zurück, wie es ihre Pflicht war. Da rief er höchlich ergrimmt: ,Darf etwa eine Nonne wissen, daß sie Brüste hat?' Doch sie entgegnete: ,Ich weiß, daß ich welche habe, und weder Ihr noch ein anderer wird sie berühren. Ich bin nicht mehr so jung und unwissend, um nicht darüber klar zu sein, was Sünde ist und was nicht!'

Als er inne ward, daß sie mit Redensarten nicht zu fassen war, versuchte er ihr auf andere Weise beizukommen und sprach: ,Wehe, meine Tochter, ich muß Euch gestehen, daß ich unter einem Zwang leide, einer Krankheit, die nach Ansicht der Ärzte unheilbar ist, wenn ich mich nicht an einer geliebten Frau ergötze und mit ihr Kurzweil treibe. Wahrlich, ich möchte keinerlei Todsünde begehen. Doch wenn es darauf ankommt, weiß ich gar wohl, daß Hurerei einem Morde noch keineswegs gleich ist. Ist Euch also mein Leben lieb, so könnt Ihr Euch den Vorwurf der Grausamkeit ersparen und es mir retten.' Darauf fragte sie, was für eine Kurzweil er meine, und er entgegnete, sie könne auf sein Gewissen vertrauen, er würde nichts tun, was ihr oder ihm zur Last fiele. Und um den Anfang jener Kurzweil zu zeigen, umarmte er sie und versuchte sie aufs Bett zu werfen. Doch sie durchschaute seine Absicht und wehrte ihm so wohl mit Worten und Armen, daß er nur ihr Gewand berühren konnte.

Kaum sah er ein, daß seine Kniffe und Anstrengungen erfolglos waren, da ward er über die Maßen wütend, verlor nicht nur jede Gewissensregung, sondern gar jegliche Vernunft, griff unter ihren Rock und zerkratzte, was er nur erreichen konnte, mit solchem Ingrimme, daß das arme Mägdelein unter lautem Geschrei der Länge nach ohnmächtig zur Erde niederstürzte. Auf dies Geschrei kam die Äbtissin in den Schlafsaal gelaufen. Sie hatte sich erinnert, daß sie die Tochter ihrer Nichte allein bei dem wackeren Pater gelassen hatte, und da solches ihr Gewissen beschwerte, war sie vom Gottesdienst fortgegangen und zur Tür des Schlafsaales getreten, um zu horchen, was da vorginge. Nun stieß sie die Tür auf, die der junge Mönch hütete.

Als der Prior sie kommen sah, wies er auf ihre bewußtlose Nichte und rief: ‚Ihr tatet nicht recht daran, daß Ihr mich nicht unterrichtet habt, wie schwach die Gesundheit der Schwester Marie ist. So ließ ich sie vor mir stehen, derweil ich sie ins Gebet nahm, und darob ward sie, wie Ihr sehet, bewußtlos.'

Mit Essig und anderen Mitteln brachten sie die Nonne wieder zur Besinnung und fanden, daß sie sich durch den Sturz am Kopf verletzt hatte. Aber der Prior fürchtete, sie könnte ihrer Tante erzählen, was er ihr angetan hatte. Daher sagte er, sobald sie wieder zu sich kam: ‚Meine Toch-

ter, bei Strafe der ewigen Verdammnis befehle ich Euch, daß Ihr niemals von dem sprechet, was ich hier getan habe. Ihr wißt, daß maßlose Liebe mich überwältigte, und da Ihr nicht nachgeben wollt, so werde ich nie wieder davon reden. Wollt Ihr mich aber lieben, so ließe ich Euch zur Oberin einer der schönsten Abteien des Königreichs ernennen.‘ Sie entgegnete darauf, lieber wolle sie in ewiger Kerkerhaft umkommen als je einen anderen lieben als den, der für sie den Kreuzestod erlitten habe. Nie solle er fürder mehr mit dergleichen an sie herantreten, sonst würde sie es der Äbtissin sagen. Andernfalls würde sie schweigen.

So ging denn der schlimme Hirt von dannen. Um sich aber recht zu verstellen und zudem die Geliebte nochmals zu sehen, wandte er sich zu der Äbtissin und sprach: ‚Ehrwürdige Mutter, laßt Eure Töchter ein Salve Regina zu Ehren jener Jungfrau singen, auf die ich große Hoffnungen setze.‘ Das geschah; und während des Gesanges vergoß der alte Fuchs heiße Tränen, doch nicht aus Andacht, sondern aus Schmerz, daß seine frommen Wünsche sich nicht erfüllt hatten. Alle Nonnen vermeinten, das geschähe zu Ehren der heiligen Jungfrau, und hielten ihn für einen gar frommen Mann. Schwester Marie aber kannte nun seine Bosheit und betete innerlich zu Gott, er möge diesen Verächter der Keuschheit zermalmen. Dann machte sich der Heuchler wieder nach Saint-Martin davon.

Doch das arge Feuer brannte dort weiter in seinem Herzen, und Tag und Nacht suchte er nach Auswegen, die ihn zum Ziele führen könnten. Weil er nun vor allem die tugendhafte Äbtissin fürchtete, gedachte er sie von dem Kloster zu versetzen. Also begab er sich zur Frau von Vendôme, die zu La Fère wohnte und ein Benediktinerkloster Mont-d'Olivet erbaut hatte. Über dieses hatte er ebenfalls die Aufsicht. Darum gab er jener zu verstehen, die derzeitige Äbtissin von Mont-d'Olivet sei ihrer Aufgabe nicht mehr gewachsen. Alsbald bat ihn die Dame, ihr eine würdigere zu nennen, und sintemalen er das gerade gewünscht hatte, riet er ihr, die Äbtissin von Gif zu nehmen, die von allen Damen Frankreichs sicher am geeignetsten sei.

Alsbald ließ Frau von Vendôme jene mit dem Kloster Mont-d'Olivet betrauen, und statt ihrer setzte der Prior in Gif eine Äbtissin ein, die ihm völlig ergeben war. Einige Zeit nach dieser Wahl begab er sich wieder nach Gif, um nochmals den Versuch zu machen, ob er durch Bitten und Sanftmut die Schwester Marie Hérouët nicht gewinnen könne. Aber er mußte erkennen, daß es vergeblich war, und kehrte daher wieder nach Saint-Martin zurück. Und um nun gleichzeitig sein Ziel zu erreichen und ob ihrer Grausamkeit an ihr Rache zu nehmen, ohne daß seine Arglist an den Tag käme, tat er folgendes: Eines Nachts ließ er heimlich die Reliquien aus Gif stehlen und beschuldigte dessen den dortigen Beichtvater, einen ehrwürdigen Greis. Dafür befahl er, ihn ins Gefängnis von Saint-Martin zu sperren. Dann ließ er zwei Zeugen ein Schriftstück unterzeichnen, ohne daß sie es lesen durften, und darin stand geschrieben: sie hätten gesehen, wie jener Beichtvater mit der Schwester Marie im Garten schmutzige, unzüchtige Handlungen begangen habe! Weiter verlangte er von dem Beichtvater, diese Tatsachen einzugestehen. Der kannte aber die Vergehen des Priors gar wohl und bat daher, ihn dem Kapitel vorzuführen, wo er vor allen Geistlichen die volle Wahrheit aussagen wolle.

Der Prior sagte sich, daß die Rechtfertigung jenes Beichtvaters seine eigene Verurteilung nach sich ziehen würde, und wollte darauf nicht eingehen. Und da jener festblieb, behandelte er ihn so schlecht, daß er nach Ansicht der einen starb, nach Ansicht der anderen aber seine Kutte ließ und in die Fremde floh. Jedenfalls hat man ihn seitdem nie wieder gesehen.

Nachdem der Prior sich so gesichert hatte, begab er sich in jenes Kloster, dessen Äbtissin zu abhängig von ihm war, um sich ihm irgendwie zu widersetzen. Dort befahl er allen Nonnen kraft seiner Autorität, vor ihm zu beichten, und ließ eine nach der andern zu sich in ein Zimmer treten. Als nun Schwester Marie an der Reihe war, die den Schutz ihrer guten Tante nicht mehr zur Seite hatte, hub er also an: ‚Ihr wißt, wessen Ihr angeklagt seid und daß alle keusche Heuchelei Euch nichts hilft; denn wir wissen, was davon zu halten ist.‘ Schwester Marie entgegnete sehr zuversichtlich: ‚Laßt den Kläger vor mich treten, so wollen wir sehen, ob er seine Behauptung aufrechterhält!‘ Er aber erklärte: ‚Da der Beichtvater selbst es zugegeben hat, braucht Ihr anderer Beweise!‘ Schwester Marie erwiderte: ‚Ich schätze ihn zu hoch, als daß ich annehmen könnte, daß er solche gemeine Lüge zugegeben hat. Doch laßt ihn doch vor mich treten, so will ich ihn schon widerlegen.‘

Als der Prior sah, daß er sie auf keine Weise aus der Fassung bringen konnte, sprach er: ‚Ich bin gleichsam Euer Vater und will daher Eure Ehre retten. Ich überlasse alles Eurem Gewissen und beschwöre Euch daher, mir bei der Strafe ewiger Verdammnis der Wahrheit gemäß zu versichern, ob Ihr noch Jungfrau waret, als Ihr hier eintratet.‘ Sie entgegnete: ‚Ehrwürdiger Vater, damals war ich fünf Jahre alt. Das mag Euch ein genügender Beweis sein.‘ – ‚Sehr wohl, meine Tochter. Und seitdem habt Ihr Eure Jungfrauenschaft nicht verloren?‘ Sie schwor, das sei nicht möglich gewesen, da niemand anderes als er selbst ihr zu nahe gekommen sei. Darauf entgegnete er, das könne er nicht so ohne weiteres glauben und es käme auf den Beweis an.

‚Was für einen Beweis wollt Ihr haben!‘ fragte sie. – ‚Den gleichen, den andere mir lieferten. Denn gleichwie ich Seelen prüfen muß, muß ich auch die Körper prüfen. Eure Äbtissinnen und Oberinnen sind alle durch meine Hand gegangen. Darum fürchtet nicht, daß ich Eurer Jungfrauenschaft nachstelle. Vielmehr leget Euch auf jenes Bett, hebet Eure Röcke hoch und bedecket damit Euer Gesicht.‘ Aber Schwester Marie entgegnete voller Zorn: ‚Ihr habt mir so viel von Eurer tollen Liebe erzählt, daß ich fürchte, Ihr wollt mir viel eher meine Jungfrauenschaft nehmen als sie besichtigen. Darum werde ich Euch nie zu Willen sein.‘ Alsbald erklärte er ihr, er werde sie wegen Ungehorsams exkommunizieren und vor dem ganzen Kapitel entehren, indem er ihr Vergehen enthülle –

sofern sie nicht nachgäbe. Doch sie erwiderte furchtlos: ‚Der die Herzen seiner Diener kennet, wird mir so viel Ehre spenden, als Ihr mir vor jenen Schande aufladet. Und da Eure Bosheit soweit gekommen ist, erschöpfet lieber Eure Grausamkeit gegen mich, statt Euer Begehr an mir zu stillen, denn Gott ist unser Richter.‘

Alsbald ließ er das ganze Kapitel versammeln und Schwester Marie vor allen niederknien. Sodann sprach er zu ihr mit gutgespielter Entrüstung: ‚Schwester Marie, es mißfällt mir sehr, daß meine gutgemeinten Vorhaltungen so ergebnislos bleiben und Ihr also in Ungebühr verharret, daß ich mich gezwungen sehe, gegen meine Gewohnheit Euch eine Buße aufzuerlegen. Nachdem ich Euren Beichtvater bezüglich der ihn vorgeworfenen Vergehen ins Verhör genommen habe, gestand er mir, daß er sich an Euch vergangen hat, so wie die Zeugen dies angegeben hatten. Gleichwie ich Euch nun vorher geehrt und über die Novizen gesetzt habe, so verurteile ich Euch nunmehr, nicht nur der Letzten unter ihnen ergeben zu sein, sondern zudem auch vor allen Schwestern auf den Knien Wasser und Brot zu genießen, bis Euere Reue genügend erscheint, um diese Strafe zu mildern.‘

Schwester Marie war von einer Gefährtin, die das Verfahren kannte, darauf aufmerksam gemacht worden, daß sie im Falle eines Widerspruchs zu lebenslänglicher Kerkerhaft (in pace) verurteilt würde. Daher ertrug sie geduldig die Worte des Priors, hob die Augen zum Himmel empor und bat den, der ihr zu diesem Widerstande die Kraft verliehen hatte, er möge sie auch dies harte Geschick in Festigkeit ertragen lassen. Der Prior aber gebot noch obendrein, während dreier Jahre kein Gespräch zwischen ihr und ihren Eltern und Verwandten zu erlauben, falls diese sie besuchen sollten, noch auch das Schreiben von Briefen, sofern sie nicht zur Durchsicht gegeben würden. Dann ging der elende Mensch von dannen und ließ sich lange Zeit nicht mehr dort sehen. Das arme Mägdelein aber erduldete seither die auferlegte Strafe.

Als ihre Mutter, die alle ihre Kinder herzlich liebte, fürder keine Nachricht mehr von ihr erhielt, ward sie beunruhigt und sprach ihrem Sohne gegenüber die Vermutung aus, daß jene Tochter vielleicht gestorben sei und die Nonnen es ihr verheimlichten, um das Jahresgeld nicht zu verlieren; sie bat ihn daher, auf irgendeine Weise zu ermöglichen, daß er sie sähe. Der junge Edelmann ging unverweilt zum Kloster, wo man ihm die gewohnten Entschuldigungen vorbrachte: sie läge seit dreien Jahren im Bett und vermöge nicht, sich zu rühren. Jener aber gab sich nicht zufrieden und schwor, er würde über die Mauer klettern und in das Kloster eindringen. Da ergriff die Nonnen die Angst, und sie brachten die Schwester an das Gitter, während die Äbtissin so dicht neben ihr blieb, daß sie alles hören konnte, was jene etwa sagen würde.

Schwester Marie aber war klug und hatte alles, was weiter oben berichtet war, aufgeschrieben, und obendrein noch vielerlei Verführungsversuche des Priors, die ich nicht berichten will, weil es zu lang wäre. Nachgetragen sei nur noch aus jener Zeit, da ihre Tante dort Äbtissin war, daß er diese Schwester durch einen jungen, schönen Geistlichen hatte versuchen lassen, da er vermeinte, sie wiese ihn nur ob seiner Häßlichkeit ab und er könnte sie einschüchtern, wenn sie an jenem Gefallen fände und sich ihm hingäbe. Als aber der Geistliche ihr dort – unter so schamlosen Gebärden, daß ich mich schämen würde, sie zu beschreiben – dieserart zusetzte, lief das arme Mägdelein angstvoll aus dem Garten, wo dies geschah, zu der Äbtissin, die mit dem Prior plauderte, und rief: ‚Die uns visitieren, sind keine Geistlichen, sondern Teufel!' Der Prior hatte Angst, daß seine Bosheit an den Tag käme, und entgegnete lachend: ‚Wahrlich, die Schwester Marie hat recht.' Dann nahm er sie bei der Hand und sagte vor der Äbtissin zu ihr: ‚Ich hatte gehört, daß Schwester Marie den Eitelkeiten der Welt ergeben sei. Darum richtete ich Worte an sie, wie ich sie gelesen hatte (denn aus Erfahrung kenne ich nicht dergleichen); und da ich bedachte, nur mein Alter und meine Häßlichkeit wären an ihrem tugendhaften Gebaren schuld, befahl ich jenem jungen Mönche, gleichermaßen mit ihr zu sprechen. Nun habe ich ihre wahre Tugendhaftigkeit erkannt und wünsche daher, daß sie nach Euch die Erste sei, auf daß ihr Wille zur Tugend auch fürder wachse und gedeihe.'

Dies alles hatte nebst vielem andern der wackere Prior in den drei Jahren, da er in jene Nonne verliebt war, sich zuschulden kommen lassen, und die Beschreibung dieser kläglichen Geschichte reichte sie ihrem Bruder durch das Gitter. Dieser brachte den Brief seiner Mutter, und selbige eilte verzweifelt nach Paris zu der Königin von Navarra, der einzigen Schwester des Königs. Als die Königin den Bericht gelesen hatte, war sie schmerzlich bewegt, denn sie hatte dem Prior stets vertraut und ihm auch ihre Schwägerinnen, die Äbtissinnen von Montvilliers und Caen, unterstellt. Aber diese Verbrechen erfüllten sie mit solchem Abscheu und Rachedurst, daß sie die Angelegenheit dem Kanzler des Königs übergab, der damals zugleich päpstlicher Legat in Frankreich war. Dann ließ sie den Prior holen, der sich nur mit seinem Alter von siebzig Jahren zu entschuldigen wußte und die Königin bat, ihm in Anbetracht sonstiger Verdienste den Prozeß zu ersparen. Auch wolle er gern jene Schwester Marie für eine Perle an Ehrsamkeit und Jungfräulichkeit erklären.

Die Königin war so verblüfft, daß sie ihn ohne Antwort stehenließ. Er aber kehrte verwirrt in sein Kloster zurück, ließ sich vor niemandem mehr sehen und starb ein Jahr darauf. Die Schwester Marie aber wurde nach Verdienst geehrt und von des Königs Gnaden zur Äbtissin in Gien bei Montargis ernannt, wo sie viele Verbesserungen schuf und gleich einer Gottbegnadeten ihr Leben verbrachte...

Diese Geschichte, meine Damen, erweist wieder die Wahrheit des Ausspruches Jesu Christi: Wer sich erhöhet, der soll erniedrigt werden, und wer sich erniedrigt, der soll erhöhet werden."

Stendhal

Vanina Vanini

oder
Einzelheiten über die letzte im Kirchenstaat aufgedeckte Verschwörung der Carbonari

Es war an einem Frühlingsabend des Jahres 182.. Ganz Rom war in Bewegung: der Herzog von B., ein berühmter Bankier, gab in seinem Palast an der Piazza Venezia einen Ball. Alles, was die Künste Italiens, der Luxus von Paris und London an Köstlichkeiten erzeugen, war aufgeboten, um den Palast zu verschönen. Eine unermeßliche Menschenmenge sammelte sich davor. Die blonden, reservierten Schönheiten des edlen Albion hatten sich um die Ehre bemüht, diesem Fest beizuwohnen; sie kamen in Scharen herbei. Die schönsten Frauen Roms wetteiferten mit ihnen um der Schönheit Preis. Ein junges Mädchen, das durch das Feuer des Blicks und das ebenholzschwarze Haar sich als Römerin auswies, trat vom Vater geleitet ein; ihr folgten aller Augen. Jede ihrer Bewegungen zeugte von ungewöhnlichem Stolz.

Man sah, daß die eintretenden Fremden von der Pracht des Balles überwältigt waren. „Kein König in Europa", sagten sie, „gibt annähernd solche Feste." Die Könige haben keine Paläste von römischer Architektur: sie sind genötigt, die großen Damen des Hofes einzuladen; der Herzog von B. bittet nur schöne Frauen zu sich. An diesem Abend war er in seiner Wahl besonders glücklich gewesen; die Herren schienen geblendet. Die Frage wurde zur Entscheidung aufgeworfen, welche von so vielen bemerkenswerten Erscheinungen die allerschönste wäre: eine Weile schwankte man, doch wurde schließlich das junge Mädchen mit den schwarzen Haaren und den Feueraugen, Prinzessin Vanina Vanini, zur Königin des Festes erklärt.

Ihr Vater, Fürst Asdrubale Vanini, hatte gewollt, daß sie zunächst mit zwei oder drei deutschen Souveränen tanzen solle. Darauf nahm sie die Aufforderung einiger sehr schöner und sehr vornehmer Engländer an; doch sie langweilten sie durch ihr steifes Wesen. Mehr Vergnügen machte ihr offenbar, den jungen Livio Savelli zu quälen, der sehr verliebt in sie schien. Er war der glänzendste junge Mann von Rom, und auch er war Fürst; hätte man ihm jedoch einen Roman zu lesen gegeben, so würde er ihn nach zwanzig Seiten mit dem Bemerken, er bekomme Kopfweh davon, aus der Hand gelegt haben. Das schadete ihm bei Vanina. Gegen Mitternacht ging eine Nachricht im Saale um, die großes Aufsehen erregte. Ein junger Carbonaro, der auf der Engelsburg in Haft gehalten worden war, hatte sich an diesem Abend mit Hilfe einer Verkleidung aus dem Staube gemacht und in einem Übermaß von romantischer Kühnheit die Soldaten der letzten Wachmannschaft des Gefängnisses, auf die er stieß, mit dem Dolch angegriffen; er selber wurde verwundet, die Sbirren gingen auf den Straßen seiner Blutspur nach und hofften ihn einzufangen.

Man hatte soeben diese Geschichte erzählt, als Don Livio Savelli, geblendet von der Anmut und den Erfolgen Vaninas, sie beim Zurückbegleiten vom Tanz an ihren Platz fast toll vor Liebe fragte: „Wer aber, wenn Sie mir gnädigst die Frage gestatten wollen, könnte Ihnen gefallen?“ – „Der junge Carbonaro“, sagte sie, „der heute abend entkommen ist; der wenigstens hat etwas mehr getan, als nur auf die Welt zu kommen.“

Fürst Don Asdrubale näherte sich seiner Tochter. Er ist ein reicher Mann, der seit zwanzig Jahren mit seinem Verwalter nicht mehr abgerechnet hat und von diesem seine eigenen Einkünfte zu einem hohen Zinssatz ausgeliehen bekommt. Wer ihn auf der Straße trifft, hält ihn für einen alten Komödianten; man übersieht dabei freilich, daß seine Hände mit fünf oder sechs enormen, mit riesigen Diamanten geschmückten Ringen beladen sind. Seine beiden Söhne sind Jesuiten geworden und dann im Wahnsinn gestorben. Er hat sie bereits vergessen; was ihn wirklich schmerzt, ist, daß seine einzige Tochter Vanina sich nicht verheiraten will. Sie ist schon neunzehn Jahre alt und hat die glänzendsten Partien ausgeschlagen. Und aus welchem Grunde? Aus demselben, der einst Sulla abzudanken bewog: Verachtung für die Römer.

Am Tage nach dem Ball bemerkte Vanina, daß ihr Vater, sonst sehr nachlässig und niemals in seinem Leben daran denkend, einen Schlüssel an sich zu nehmen, sehr sorgfältig die Türe eines kleinen Aufganges verschloß, der zu einem im dritten Stockwerk des Palastes gelegenen Gemache führte. Die Fenster dieses Gemaches blickten auf eine mit Orangenbäumen bestandene Terrasse. Vanina machte ein paar Besuche in der Stadt; da bei ihrer Rückkehr die große Eingangspforte des Palastes durch die Vorbereitungen für eine Illumination schlecht zugänglich war, mußte der Wagen durch die rückwärtigen Höfe einfahren. Vanina hob den Blick und bemerkte mit Staunen, daß eines der Fenster des Gemaches, dessen Zugang ihr Vater mit so großer Sorgfalt abgeschlossen hatte, offenstand. Sie entledigte sich ihrer Begleiterin, stieg bis unter das Dach des Palastes und entdeckte nach langem Suchen ein kleines vergittertes Fenster, das auf die Terrasse mit den Orangenbäumen ging. Das geöffnete Fenster, das sie gesehen hatte, lag nur zwei Schritte von ihr entfernt. Ohne Zweifel war das Zimmer bewohnt; doch von wem? Am nächsten Tage gelang es Vanina, sich den Schlüssel zu einem Pförtchen zu verschaffen, das auf die Orangenterrasse ging.

Sie schlich sich bis vor das Fenster, das immer noch offenstand. Einer der Läden verdeckte sie. Im Hintergrunde des Zimmers erkannte sie ein Bett, in dem jemand lag. Ihre erste Regung war, sich zurückzuziehen; doch sie sah, daß ein Frauenkleid über einen Stuhl geworfen war. Als sie die Gestalt im Bett näher betrachtete, sah sie, daß es jemand Blondes und offenbar Jugendliches war. Das Kleid, das über dem Stuhl lag, war von Blut befleckt; und Blut war auch an den Frauenschuhen, die auf dem Tische standen. Die Unbekannte bewegte sich; Vanina stellte fest, daß sie verwundet war. Ein großer blutiger Leinenverband bedeckte ihre Brust; er war nur mit Bändern befestigt, man sah, daß nicht die Hand eines Chirurgen ihn angelegt haben konnte. Vanina bemerkte, daß ihr Vater sich jeden Tag gegen vier Uhr in seine Gemächer einschloß und darauf die Unbekannte besuchen ging; doch kam er bald wieder herunter und begab sich im Wagen zu der Gräfin Vitteleschi. Sobald er das Haus verlassen hatte, stieg Vanina zu der kleinen Terrasse empor, von der aus sie die Unbekannte sehen konnte. Ihre Gefühle beschäftigten sich lebhaft und teilnehmend mit dieser unglücklichen jungen Frau, und sie bemühte sich, ihr Geschick zu erraten. Das über den Stuhl geworfene blutbefleckte Kleid schien von Dolchstößen durchbohrt. Vanina konnte einzeln die Spuren der Waffe erkennen. Eines Tages gelang es ihr, ihre Unbekannte deutlicher zu sehen: ihre blauen Augen waren zum Himmel erhoben; sie schien im Gebet versunken. Bald stiegen Tränen in ihren schönen Augen auf; nur mit Mühe vermochte es die junge Prinzessin über sich, sie nicht anzureden. Am folgenden Tage fand Vanina den Mut, sich vor der Ankunft des Vaters auf der kleinen Terrasse zu verbergen. Sie sah Don Asdrubale bei der Unbekannten eintreten; er trug einen kleinen Korb, der Lebensmittel enthielt. Der Fürst wirkte besorgt, er sprach nicht viel und so leise, daß Vanina die Worte selbst bei geöffnetem Fenster nicht verstand. Gleich darauf ging er wieder.

Diese arme Person muß furchtbare Feinde haben, sagte sich Vanina, da mein sonst so sorgloser Vater sich niemandem anvertraut und es auf sich nimmt, jeden Tag einhundertzwanzig Stufen zu ihr emporzusteigen.

Eines Abend, als Vanina vorsichtig den Kopf vor das Fenster der Unbekannten schob, begegnete sie ihrem Blick, und alles war entdeckt. Vanina warf sich auf die Knie und rief: „Ich liebe Sie, ich bin Ihnen treu ergeben."

Die Unbekannte gab ihr einen Wink, daß sie eintreten solle.

„Wie sehr muß ich", rief Vanina aus, „mich bei Ihnen entschuldigen wegen meiner törichten Neugier, die Ihnen kränkend erscheinen muß! Ich schwöre Ihnen, daß ich alles geheimhalten werde, und wenn Sie es verlangen, komme ich niemals wieder."

„Wer wäre nicht glücklich, Sie zu sehen?" sagte die Unbekannte. „Wohnen Sie hier in diesem Palast?" – „Ja gewiß", gab Vanina zurück. „Aber ich sehe, Sie kennen mich nicht: Ich bin Vanina, die Tochter Don Asdrubales."

Die Unbekannte blickte sie erstaunt an, errötete tief und fuhr fort: „Gewähren Sie mir die Hoffnung, daß Sie mich alle Tage besuchen werden; aber ich wünschte, der Fürst erführe nichts davon."

Vaninas Herz schlug heftig; die Unbekannte verfügte über die besten Manieren. Diese arme junge Frau hatte sich offenbar irgendeinen Mächtigen zum Feinde gemacht; vielleicht hatte sie in einer Anwandlung von Eifersucht ihren Liebhaber getötet? Vanina konnte sich nicht vorstellen, daß ihr Unglück einen landläufigen Grund haben sollte. Die Unbekannte sagte ihr noch, sie habe eine Verwundung davongetragen, die bis zur Brust hindurchgegangen sei und die ihr viel Schmerzen mache. Oft hatte sie den ganzen Mund voller Blut.

„Und kein Wundarzt sorgt für Sie?" rief Vanina aus.

„Sie wissen", sagte die Unbekannte, „daß in Rom die Ärzte der Polizei über die Wunden, die sie behandeln, genauen Bericht erstatten müssen. Der Fürst geruht, eigenhändig meine Wunden mit diesem Leinenzeug hier zu verbinden."

Mit vollkommenem Anstand vermied es die Unbekannte, sich über ihren Unfall klagend zu verbreiten; Vanina liebte sie bis zur Schwärmerei. Etwas allerdings versetzte sie in Erstaunen, nämlich daß inmitten eines so ernsten Gespräches die Unbekannte Mühe zu haben schien, eine plötzliche Lachlust zu beherrschen.

„Ich wäre glücklich", sagte Vanina, „Ihren Namen zu wissen."

„Ich werde Clementine genannt."

„Gut, liebe Clementine, morgen um fünf Uhr besuche ich Sie."

Am folgenden Tage traf Vanina ihre Freundin bei schlechtem Befinden an.

„Ich werde Ihnen einen Wundarzt besorgen", sagte Vanina und umarmte sie.

„Lieber sterben", rief die Unbekannte aus. „Soll ich meine Wohltäter etwa in Ungelegenheiten bringen?" – „Der Wundarzt von Monsignore Savelli-Cantazara, dem Gouverneur von Rom, ist der Sohn eines unserer Bediensteten", fiel Vanina lebhaft ein, „er ist uns treu ergeben, und dank seiner Stellung braucht er niemand zu fürchten. Mein Vater weiß offenbar seine Treue nicht richtig einzuschätzen: ich werde ihn kommen lassen."

„Aber ich will keinen Wundarzt", rief die Unbekannte mit einer Heftigkeit, die Vanina erstaunte. „Kommen Sie mich besuchen; wenn Gott mich zu sich rufen will, werde ich glücklich sterben, wenn es in Ihren Armen geschieht."

Am nächsten Tage war das Befinden der Unbekannten noch schlechter.

„Wenn Sie mich lieben", sagte Vanina, als sie von ihr ging, „so befragen Sie einen Arzt."

„Wenn er kommt, ist mein Glück dahin."

„Ich werde ihn holen lassen", beharrte Vanina sanft. Ohne etwas zu sagen, hielt die Unbekannte sie fest und ergriff ihre Hand, die sie mit Küssen bedeckte. Es trat ein langes Schweigen ein; die Unbekannte hatte Tränen in den Augen. Endlich gab sie die Hand Vaninas wieder frei, und mit einer Miene, als wenn sie zum Tode geführt werden sollte, sagte sie zu ihr: „Ich habe Ihnen ein Geständnis zu machen. Ich habe vorgestern gelogen, als ich Ihnen sagte, ich hieße Clementine; ich bin ein unglücklicher Carbonaro..." Aufs tiefste erstaunt, lehnte sich Vanina in ihren Stuhl zurück; dann aber erhob sie sich.

„Ich weiß", fuhr der Carbonaro fort, „daß ich durch dies Geständnis das einzige Gut verlieren werde, das mich ans Leben fesselt; doch wäre ich ein Unwürdiger, wenn ich Sie länger täuschte. Mein Name ist Pietro Missirilli; ich bin neunzehn Jahre alt; mein Vater ist ein armer Wundarzt in Sant'Anglo-in-Vado; ich selbst bin ein Carbonaro. Unsere Verschwörung wurde entdeckt; in Fesseln wurde ich von der Romagna bis nach Rom geführt. Ich habe dreizehn Monate in einem Tag und Nacht nur durch eine Lampe erhellten Kerker verbracht. Eine barmherzige Seele ist auf den Gedanken gekommen, daß man mich retten sollte. Ich wurde als Frau verkleidet. Als ich das Gefängnis verließ und an den Wachen des letzten Tores vorbeiging, hat der eine von ihnen die Carbonari verflucht; da gab ich ihm einen Backenstreich. Ich versichere Ihnen, daß das kein eitles Großtun war, sondern nur Unbesonnenheit. Durch die Straßen Roms verfolgt nach dieser unvorsichtigen Tat, durch Bajonettstiche verletzt, stürze ich mich schon mit versagender Kraft in ein Haus, dessen Tür offensteht; ich höre die Soldaten nach mir die Stufen heraufeilen, ich springe in einen Garten und falle ein paar Schritte von einer Frau entfernt zu Boden, die spazierengeht."

„Die Gräfin Vitteleschi, die Freundin meines Vaters!" rief Vanina aus.

„Wie? Hat sie es Ihnen erzählt?" fragte Missirilli erstaunt. „Wie dem auch sei, diese Dame, deren Namen man niemals nennen darf, hat mir das Leben gerettet. Als die Soldaten bei ihr eindrangen, um mich zu ergreifen, nahm mich Ihr Vater in seinem Wagen mit. Jetzt geht es mir sehr schlecht; seit ein paar Tagen hindert mich der Stich in der Schulter am Atmen. Ich werde sterben, und zwar in Verzweiflung, denn sicherlich werde ich Sie nicht mehr wiedersehen." Voller Ungeduld hatte Vanina zugehört; sie ging rasch hinaus: Missirilli war verzweifelt; er fürchtete, Vanina niemals wiederzusehen. Er stellte ein paar Fragen an den Arzt, der ihn jedoch nur zur Ader ließ und keine Antwort gab. Auch an den folgenden Tagen herrschte das gleiche Schweigen. Die Augen Pietros hingen unaufhörlich an der Glastür, durch die Vanina sonst gekommen war; er war sehr unglücklich. Einmal, gegen Mitternacht, glaubte er draußen im Dunkel eine Gestalt zu erkennen. Sollte es Vanina sein?

Vanina kam jede Nacht und preßte ihre Wange gegen das Fenster, hinter dem sie den jungen Carbonaro wußte.

Wenn ich mit ihm spreche, sagte sie sich, ist es aus mit mir. Nein, auf keinen Fall darf ich ihn wiedersehn.

Als dieser Entschluß gefaßt war, mußte sie unwillkürlich an die Freundschaft denken, die sie für den Jüngling empfunden hatte, als sie in ihrer Verblendung noch glaubte, daß er ein Mädchen sei. Nach einer so süßen Vertraulichkeit sollte sie ihn nun vergessen! In ihren klarsten Augenblicken war Vanina über die Wandlung bestürzt, die sich in ihrem Denken nunmehr vollzogen hatte. Seitdem Missirilli sich entdeckt, waren alle Dinge, die sie sonst beschäftigt hatten, wie mit Nebel verhängt und in die Ferne gerückt.

Noch war keine Woche vergangen, als Vanina, bleich und zitternd, von dem Wundarzt geleitet, das Zimmer des Carbonaro betrat. Sie kam nur, um ihm zu sagen, man müsse den Fürsten dazu bestimmen, daß er sich lieber durch einen Bedienten vertreten lasse. Sie blieb kaum zehn Sekunden; aber ein paar Tage später trat sie wieder zusammen mit dem Wundarzt ein, aus reiner Menschenfreundlichkeit. Eines Abend, obwohl es Missirilli viel besser ging und kein Grund mehr vorhanden war, für sein Leben zu fürchten, hatte sie den Mut, allein zu ihm zu kommen. Als Missirilli sie sah, war er zwar hochbeglückt, doch blieb er darauf bedacht, seine Liebe zu verbergen; vor allem trachtete er danach, seiner Manneswürde ja nichts zu vergeben. Vanina, die mit errötender Stirn bei ihm eingetreten war und seine Liebesbeteuerungen fürchtete, war völlig verwirrt, als er sie nur mit dem Ausdruck einer edlen und ergebenen Freundschaft ohne jedes Zeichen von Zärtlichkeit empfing. Sie verließ ihn, ohn daß er sie zurückzuhalten suchte.

Ein paar Tage später, als sie wiederkam, stieß sie auf das gleiche Verhalten, dieselben Versicherungen verehrungsvoller Ergebenheit und ewiger Dankbarkeit. Weit von jeder Notwendigkeit entfernt, die Glut des jungen Carbonaro in die Schranken zu weisen, fragte sich Vanina, ob sie allein liebe. Das vordem so stolze Mädchen spürte mit Bitterkeit, in welch hohem Maße sie ihm verfallen war. Sie trug Heiterkeit, ja sogar Kälte zur Schau, kam weniger oft zu dem jungen Kranken, konnte es aber doch nicht über sich gewinnen, ihn gar nicht mehr zu besuchen.

Missirilli, der vor Liebe brannte, hatte eingedenk seiner bescheidenen Herkunft und dessen, was er sich schuldig war, den Entschluß gefaßt, sich zu keinem Wort der Liebe Vanina gegenüber hinreißen zu lassen, wofern sie ihn nicht wenigstens acht Tage meiden würde. Der Stolz der jungen Prinzessin sank in sich zusammen.

„Gut", sagte sie sich endlich, „wenn ich ihn besuche, so tue ich es um meinetwillen, weil es mir Vergnügen macht; nie werde ich ihm eingestehen, welches Interesse ich eigentlich an ihm habe."

Sie machte Missirilli lange Besuche, und er sprach zu ihr, wie er es auch in Gegenwart von zwanzig Personen hätte tun können. Nachdem sie den Carbonaro einen ganzen Tag lang verabscheut und sich fest vorgenommen hatte, noch kälter und strenger mit ihm zu sein als bisher, war sie am Abend so weit, daß sie ihm ihre Liebe gestand. Bald darauf gab es nichts mehr, was sie ihm verweigern konnte.

War Vaninas Torheit auch groß, so muß man doch gestehen, daß sie glücklich war. Missirilli dachte nicht mehr daran, was er seiner Manneswürde schulde; er liebte, wie man zum erstenmal mit neunzehn Jahren und in Italien liebt. Er hatte alle Skrupel wahrer Liebesleidenschaft, so daß er zum Beispiel der stolzen Prinzessin eingestand, welche List er angewendet hatte, um von ihr geliebt zu werden. Er war erstaunt über das Übermaß seines Glücks. Vier Monate vergingen sehr schnell. Eines Tages gab der Wundarzt dem jungen Patienten die Freiheit zurück. Was soll ich tun, dachte Missirilli, bei einer der schönsten Römerinnen mich weiter verborgen halten? Dann werden die schnöden Tyrannen, die mich dreizehn Monate fern vom Tageslicht eingekerkert haben, glauben, sie hätten meinen Mut gebrochen! Italien, du bist wahrhaft unglücklich, wenn dich deine Kinder so leichthin im Stich lassen können!

Vanina zweifelte nicht, daß es für Pietro das größte Glück bedeute, ihr immer nahe zu bleiben; er schien zu glücklich zu sein; aber ein Wort des Generals Bonaparte brannte dem jungen Mann in der Seele und beeinflußte sein Verhalten den Frauen gegenüber. Als im Jahre 1796 der General Bonaparte die Stadt Brescia verließ, sagten ihm die Ratsherren, die ihn bis zum Tore der Stadt geleiteten, daß den Brescianern die Freiheit höher stehe als den anderen Italienern.

„Ja", hatte dieser gesagt, „sie sprechen gern davon zu ihren Geliebten."

Mit etwas gezwungener Miene sagte Missirilli zu Vanina: „Sobald es Nacht ist, muß ich gehen."

„Gib ja acht, daß du vor Morgengrauen wieder im Palast bist; ich werde auf dich warten."

„Beim Morgengrauen werde ich ein paar Meilen von Rom entfernt sein."

„Ausgezeichnet", gab Vanina kühl zurück, „und wohin wirst du gehen?"

„In die Romagna, mich rächen."

„Da ich reich bin", sagte Vanina mit denkbar ruhiger Miene, „hoffe ich, daß du Waffen und Geld von mir annehmen wirst."

Missirilli sah sie einen Augenblick unbeweglich an, dann warf er sich in ihre Arme: „Seele meines Lebens, du machst, daß ich alles vergesse", sagte er zu ihr, „meine Pflicht sogar. Doch je edler dein Herz ist, desto besser wirst du mich verstehen."

Vanina weinte sehr, und es wurde beschlossen, daß er Rom nicht vor dem übernächsten Tage verlassen würde.

„Pietro", sagte sie am folgenden Tage zu ihm, „du hast mir oft gesagt, daß eine bekannte Persönlichkeit, ein römischer Fürst zum Beispiel, der über viel Geld verfügte, imstande wäre, der Sache der Freiheit die größten Dienste zu erweisen, sobald Österreich anderswo in einen großen Krieg verwickelt wäre."

„Ohne Zweifel“, meinte Pietro erstaunt.

„Nun gut. Du bist beherzt. Nur fehlt es dir an Macht; ich biete dir meine Hand und zweihunderttausend Pfund Renten. Die Einwilligung meines Vaters zu erlangen, übernehme ich.“

Pietro warf sich ihr zu Füßen; Vanina strahlte vor Freude.

„Ich liebe dich leidenschaftlich“, sagte er, „aber ich bin ein armer Diener unseres Landes; je unglücklicher Italien ist, desto treuer muß ich ihm sein. Um die Einwilligung Don Asdrubales zu erhalten, müßte ich mehrere Jahre lang eine traurige Rolle spielen. Vanina, ich kann es nicht.“

Missirilli hatte es eilig damit, sich durch diese Worte festzulegen, denn sein Mut ließ schon nach.

„Mein Unglück“, sagte er, „ist, daß ich dich mehr als das Leben liebe, daß Rom zu verlassen für mich die schlimmste der Martern ist. Ach! Warum ist Italien nicht von den Barbaren befreit! Mit wieviel Freuden würde ich mit dir ein Schiff besteigen, das uns nach Amerika brächte!“

Vanina war wie erstarrt. Diese Ablehnung ihrer Hand war für ihren Stolz ein erstaunlicher Schlag; aber gleich darauf warf sie sich in Missirillis Arme. „Niemals“, rief sie, „bist du mir so liebenswert erschienen; ja, mein kleiner Landarzt, ich bin dein für immer. Du bist ein großer Mann wie unsere alten Römer.“

Alle Vorstellungen über die Zukunft, alle bedenklichen Einflüsterungen des Verstandes waren nichtig geworden; es war ein Augenblick der vollkommenen Liebe. Als es möglich war, wieder vernünftig zu reden, hob Vanina an: „Ich werde fast mit dir zugleich in der Romagna ankommen, und zwar werde ich mir die Bäder von Poretta verordnen lassen. Ich bleibe dann in dem Schlosse, das wir in San Nicolo haben, nahe bei Forli.“

„Und dort werde ich“, rief Missirilli aus, „mein Leben mit dir verbringen.“

„Mein Los“, fuhr Vanina tief aufseufzend fort, „wird von nun an sein, alles aufs Spiel zu setzen. Ich werde mich zugrunde richten für dich, aber was macht das aus! Wirst du mich als ein Mädchen, das seine Ehre verloren hat, auch noch lieben können?" – „Bist du nicht meine Frau?" fragte Missirilli zurück, „eine für alle Zeiten angebetete Frau? Ich werde dich immer zu lieben und zu beschützen wissen." Vanina mußte jetzt ein paar Besuche machen. Kaum hatte sie Missirilli verlassen, als dieser sein Verhalten auch schon unmenschlich fand.

„Was ist das Vaterland?" fragte er sich. „Es ist ja kein lebendiges Wesen, dem wir Dankbarkeit für eine Wohltat schulden und das sich unglücklich fühlen und uns verfluchen kann, wenn wir sie ihm nicht erweisen. Das Vaterland und die Freiheit sind doch nur wie ein Mantel, eine Sache, die mir nützlich ist und die ich allerdings kaufen muß, wenn ich sie nicht als Erbschaft vom Vater erhalten habe; aber schließlich liebe ich doch das Vaterland und die Freiheit nur, weil diese zwei Dinge mir nützlich sind. Wenn ich aber damit nichts anzufangen weiß, wenn sie für mich wie ein Mantel in der heißen Jahreszeit sind, wozu soll ich sie dann kaufen um einen ungeheuren Preis? Vanina ist so schön! Ihr Geist ist so eigenartig! Andere werden ihr zu gefallen suchen, und sie wird mich vergessen. Welche Frau hat denn jemals nur einen einzigen Mann geliebt? Diese römischen Fürsten, die ich verachte, soweit sie Staatsbürger sind, haben soviel vor mir voraus! Sicher verliebt man sich leicht in sie! Ach! Wenn ich gehe, vergißt sie mich und ist mir für immer verloren."

Mitten in der Nacht suchte Vanina ihn auf; er sprach zu ihr von der Ungewißheit, die ihn befallen hatte, und wie er aus Liebe zu ihr das große Wort Vaterland auf einmal in Frage stellte. Vanina war sehr beglückt.

„Wenn er wirklich", sagte sie sich, „zwischen dem Vaterland und mir zu wählen hätte, entschiede er sich für mich."

Von der benachbarten Kirche schlug die Glocke drei Uhr; die Stunde des letzten Abschieds war da. Pietro riß sich aus den Armen seiner Freundin los. Er stieg schon die kleine Treppe hinab, als Vanina, mit Tränen kämpfend, lächelnd zu ihm sagte: „Hätte dich eine arme Frau auf dem Lande gepflegt, würdest du dann nichts tun, ihr deinen Dank zu beweisen? Würdest du sie nicht zu entlohnen versuchen? Die Zukunft ist ungewiß, und du wirst deine Reise inmitten von Feinden vollführen: gib mir drei Tage aus Dankbarkeit, als wäre ich eine arme Frau und brauchte ein Entgelt für meine Krankenpflege."

Missirilli blieb. Endlich verließ er Rom. Mit Hilfe eines Passes, den er bei einer fremden Gesandtschaft gekauft hatte, traf er bei seiner Familie ein, die ihn mit tausend Freuden empfing; man hatte ihn tot geglaubt. Seine Freunde wollten zum Willkommen einen oder zwei Carabinieri – so heißen die Gendarmen im Kirchenstaat – mit ihm zur Strecke bringen.

„Töten wir nicht ohne Not einen Italiener, der mit der Waffe umgehen kann", sagte Missirilli, „unser Vaterland ist keine Insel wie das glückliche Albion: wir brauchen vor allem Soldaten, um dem bewaffneten Einschreiten der Könige Europas Widerstand leisten zu können."

Kurze Zeit darauf schoß Missirilli zwei Carabinieri, die ihn gestellt hatten, mit den Pistolen nieder, die ihm Vanina zum Geschenk gemacht hatte. Man setzte einen Preis auf seinen Kopf.

Vanina erschien nicht in der Romagna: Missirilli glaubte sich vergessen. Seine Eitelkeit war verletzt; er begann sich in Gedanken viel mit dem Rangunterschied zu beschäftigen, der trennend zwischen ihm und seiner Geliebten stand. In einem Moment der Rührung und der Sehnsucht nach dem verlorenen Glück kam er auf den Gedanken, nach Rom zurückzukehren und nach Vanina zu sehen. Dieser tolle Einfall hatte beinahe die Überhand über das gewonnen, was er für seine Pflicht hielt, als eines Abends von einer Bergkirche her die Angelusglocke so seltsam erklang, als wenn der zum Läuten Bestellte nicht ganz bei der Sache sei. Das aber war das Signal für eine Zusammenkunft der Carbonari-Venta, der sich Missirilli angeschlossen hatte, als er in die Romagna kam. In der gleichen Nacht fanden sich alle in einer Einsiedelei in den Wäldern zusammen. Die beiden Eremiten waren mit

Opium betäubt und hatten keine Ahnung, für welchen Zweck ihre Hütte verwendet wurde. Missirilli, der tieftraurig ebenfalls erschien, erfuhr dort, daß der Anführer seiner Venta verhaftet worden sei und daß er, obwohl ein junger Mann von kaum zwanzig Jahren, zum Führer einer Schar von Männern erwählt werden sollte, von denen manche mehr als fünfzig Jahre alt waren und schon seit Murats Expedition im Jahre 1815 an den Verschwörungen teilnahmen. Missirilli fühlte, wie ihm bei dieser unerwarteten Ehrung das Herz höher schlug. Sobald er wieder allein war, faßte er den Entschluß, nicht mehr an die junge Römerin zu denken, die ihn vergessen hatte, und sich ganz seiner Pflicht zu widmen, die darin bestand, Italien von den Barbaren zu befreien. Zwei Tage darauf ersah Missirilli aus dem Bericht der Ankünfte und Abreisen, den er als Chef der Venta erhielt, daß Prinzessin Vanina im Schloß von San Nicolo angekommen sei. Beim Lesen dieses Namens war er eher verstört als beglückt. Vergeblich glaubte er seiner Treue dem Vaterlande gegenüber Genüge getan zu haben, indem er sich so weit beherrschte, daß er nicht ohne Verzug am selben Abend zum Schlosse San Nicolo eilte; der Gedanke an Vanina und daran, daß er sie vernachlässigte, hinderte ihn, in vernünftiger Weise seiner Pflicht nachzukommen. Er sah sie am folgenden Tage; sie liebte ihn wie in Rom. Ihr Vater, der sie vermählen wollte, hatte ihre Abreise hinausgeschoben. Sie brachte zweitausend Zechinen mit. Diese unvorhergesehene Hilfe trug überaus dazu bei, Missirilli in seiner neuen Würde zu bestätigen. Man ließ in Korfu Dolche herstellen; es gelang, den persönlichen Sekretär des Legaten zu gewinnen, der mit der Verfolgung der Carbonari beauftragt worden war. Auf diese Weise bekam man eine Liste der Pfarrer in die Hände, welche der Regierung als Spione dienten.

Gerade zu dieser Zeit stand eine der bestgeleiteten Verschwörungen, die in dem unglücklichen Italien je unternommen wurden, nahe vor ihrem Gelingen. Ich möchte auf nicht hierhergehörige Einzelheiten verzichten und nur so viel sagen, daß, wenn das Unternehmen von Erfolg gekrönt worden wäre, Missirilli für sich einen großen Teil des Ruhmes hätte in Anspruch nehmen können. Dank seiner Umsicht hätten sich mehrere Tausende von Aufständischen auf ein gegebenes Signal erhoben und in Waffen die Ankunft ihrer Führer erwartet. Der entscheidende Augenblick stand ganz nahe bevor, als, wie jedesmal, durch die Verhaftung der Führer das Unternehmen erlahmte.

Kaum in der Romagna angekommen, glaubte Vanina zu sehen, daß die Vaterlandstreue ihres Geliebten ihn jede andere Liebe würde vergessen machen. Der Stolz der jungen Römerin litt empfindlich darunter. Vergebens versuchte sie, sich selbst durch Vernunft zu lenken; düsterer Kummer beherrschte sie: sie ertappte sich dabei, die Freiheit heftig zu schmähen. Eines Tages, als sie nach Forli gekommen war, um Missirilli zu sehen, vermochte sie ihren Schmerz, den sie aus Stolz sonst immer verbarg, nicht länger zu bezähmen.

„Wahrhaftig“, sagte sie, „du liebst mich wie ein Ehemann; ich hatte es anders erwartet.“

Bald flossen ihre Tränen, doch war es mehr aus Beschämung, daß sie sich bis zu Vorwürfen hatte hinreißen lassen. Missirilli begegnete diesen Tränen wie ein Mann, der mit ernsten Dingen beschäftigt ist. Da fiel Vanina auf einmal ein, sie sollte ihn verlassen und nach Rom zurückkehren. Sie fand eine grausame Genugtuung darin, sich für ihre Schwäche, die sie zum Sprechen veranlaßt hatte, selber zu bestrafen. Nach ein paar Minuten des Schweigens war ihr Entschluß gefaßt; sie hätte sich Missirillis für nicht würdig erachtet, wäre sie nicht gegangen. Sie genoß im voraus sein schmerzliches Erstaunen, wenn er sie vergebens suchen würde. Bald jedoch geriet sie durch das Gefühl, daß sie die Liebe des Mannes nicht habe erringen können, für den sie so viele Torheiten zu begehen gewagt hatte, in eine gerührte Stimmung. Daraufhin brach sie das Schweigen und versuchte vielmehr, ihm um alles in der Welt ein Liebeswort abzugewinnen. Mit abwesender Miene sagte ihr Missirilli viele Zärtlichkeiten; weit aufrichtiger aber wurde sein Ton, als er von seinen politischen Unternehmungen sprach und schließlich schmerzerfüllt ausrief: „Ach! Wenn es diesmal nicht gelingt und die Regierung uns wieder entdeckt, gebe ich das Spiel auf."

Vanina verharrte unbeweglich. Eine Stunde hatte sie jetzt in dem Gefühl verbracht, daß sie ihren Geliebten zum letzten Male sähe. Bei den Worten aber, die er nunmehr sprach, durchzuckte ein verhängnisvoller Gedanke ihren Kopf.

„Die Carbonari", sagte sie sich, „haben von mir mehrere tausend Zechinen erhalten. An meiner Treue zu der Verschwörung wird niemand zweifeln können." Vanina riß sich von ihren Träumereien nur einen Augenblick los, um zu Pietro zu sagen: „Willst du nicht kommen und vierundzwanzig Stunden mit mir im Schloß von San Nicolo verbringen? Bei eurer abendlichen Versammlung brauchst du gewiß nicht zugegen zu sein. Ein Spaziergang morgen früh in San Nicolo wird dich beruhigen und dir die Kaltblütigkeit verschaffen, die du für solche großen Unternehmungen brauchst."

Pietro willigte ein.

Vanina verließ ihn, angeblich wegen ihrer Reisevorbereitungen, und schloß dabei wie gewöhnlich das kleine Zimmer ab, in dem sie ihn verborgen hielt. Sie eilte zu einer ihrer Kammerfrauen, die sich inzwischen verheiratet hatte und ein kleines Geschäft in Forli betrieb. Bei dieser Frau angekommen, schrieb sie eilig an den Rand eines Gebetbuches, das sie auf dem Tische fand, genau den Ort und die Stunde, wo die Venta in dieser Nacht zusammenkommen wollte. Sie schloß ihre Anzeige mit den Worten: „Diese Venta besteht aus neunzehn Mitgliedern; ihre Namen und Adressen sind die folgenden." Nachdem sie diese Liste bis auf die Auslassung von Missirillis Namen sehr genau aufgeschrieben hatte, sagte sie zu der Frau, deren sie sicher war: „Trage dieses Buch zum Kardinal-Legaten; er soll lesen, was dort geschrieben steht, und dir das Buch wiedergeben. Hier sind sechzig Zechinen; wenn jemals der Legat deinen Namen ausspricht, ist dir der Tod gewiß; mir aber rettest du das Leben, wenn du ihm das Blatt zu lesen gibst, das ich beschrieben habe."

Alles glückte vortrefflich. Die Angst des Legaten bewirkte, daß er sich nicht als großer Herr benahm. Er erlaubte der Frau aus dem Volke, die ihn zu sprechen wünschte, maskiert vor ihm zu erscheinen unter der Bedingung, daß man ihr die Hände band. In dieser Situation wurde die Krämerin vor den Machthaber geführt, der sich bei ihrer Ankunft hinter einem gewaltigen Tisch verschanzt hatte, auf dem eine grüne Decke lag.

Der Legat las die Seite in dem Stundenbuch, indem er sie weit von sich hielt, aus Furcht vor geheimnisvoll wirkendem Gift. Er gab es der Krämerin zurück und ließ sie nicht verfolgen. Kaum vierzig Minuten, nachdem sie ihren Geliebten verlassen hatte, erschien Vanina, die ihre einstige Kammerfrau hatte zurückkommen sehen, wieder bei Missirilli, überzeugt, daß er ihr nunmehr ganz gehören werde. Sie sagte ihm, es herrsche in der Stadt ungewöhnliche Bewegung; man bemerkte Carabinieristreifen in Straßen, wo sie sonst niemals zu sehen seien.

„Wenn du meinem Rate folgst", fügte sie hinzu, „brechen wir unverzüglich nach San Nicolo auf."

Missirilli willigte ein. Zu Fuß legten sie den Weg bis zum Wagen der Prinzessin zurück, der sie mit der Begleitdame, einer verschwiegenen und gutbezahlten Vertrauten, eine halbe Meile vor der Stadt erwartete. Im Schlosse San Nicolo angekommen, war Vanina, in Unruhe wegen ihres Vorgehens, zu ihrem Geliebten von besonderer Zärtlichkeit. Aber wenn sie ihm von Liebe sprach, hatte sie das Gefühl, eine Komödie zu spielen. Am Abend vorher, als sie ihn verriet, hatte sie ganz vergessen, daß es Gewissensbisse gibt. Während sie ihren Geliebten in die Arme drückte, dachte sie bei sich: Es gibt ein bestimmtes Wort, das man nur auszusprechen braucht, so graut ihm für immer vor mir. Mitten in der Nacht trat einer von Vaninas Bedienten ungestüm in ihr Zimmer ein. Dieser Mann war Carbonaro, ohne daß sie es ahnte. Missirilli hatte also Geheimnisse vor ihr, selbst in bezug auf solche Einzelheiten. Sie erschrak darüber. Der Mann kam, um Missirilli zu melden, daß diese Nacht in Forli die Häuser von neunzehn Carbonari umzingelt und sie selber verhaftet worden seien, eben in dem Augenblick, wo sie von der Venta kamen. Obwohl die Razzia sie überraschte, waren neun entkommen. Aber die anderen zehn hatten die Carabinieri ins Gefängnis der Zitadelle gebracht. Beim Eintreten hatte sich einer in den dortigen so besonders tiefen Brunnen gestürzt und damit sich selber getötet.

Vanina geriet aus der Fassung; zum Glück bemerkte Pietro es nicht: er hätte ihr Verbrechen in ihren Augen gelesen.

„In diesem Augenblick", fügte der Diener noch hinzu, „bildet die Garnison von Forli eine Kette durch alle Straßen. Jeder Soldat befindet sich in Hörweite von seinem Nachbarn. Die Einwohner dürfen nur an den Stellen, wo ein Offizier steht, von einer Straßenseite auf die andere gehen."

Als der Mann hinausgegangen war, blieb Pietro in tiefem Nachdenken zurück.

„Im Augenblick ist nichts zu machen", brachte er endlich hervor.

Vanina war dem Tode nahe; unter den Blicken ihres Geliebten fing sie zu zittern an.

„Was ist mit dir?" fragte er.

Doch schon dachte er an anderes und sah sie nicht mehr an. Gegen die Mitte des Tages wagte sie zu ihm zu sagen: „Da ist nun wieder eine Verschwörung entdeckt; ich denke, du wirst dich jetzt für einige Zeit einmal ruhig verhalten."

„Sehr ruhig", gab Missirilli mit einem Lächeln zurück, unter dem sie erbebte.

Sie machte dem Dorfpfarrer von San Nicolo, der vielleicht ein Spitzel der Jesuiten war, einen Besuch. Als sie gegen sieben Uhr zum Abendessen kam, fand sie das kleine Zimmer, in dem sie ihren Geliebten versteckt gehalten hatte, leer. Außer sich durchforschte sie das ganze Haus; er war nirgends zu finden. Verzweifelt kehrte sie in das kleine Zimmer zurück; da erst fand sie ein Billett, in dem sie die folgenden Worte las:

„Ich gehe fort und gebe mich dem Legaten gefangen; ich verzweifle an unserer Sache; der Himmel ist gegen uns. Wer hat uns verraten? Offenbar jener Elende, der sich in den Brunnen gestürzt hat. Da mein Leben dem armen Italien nichts mehr nützt, will ich wenigstens nicht, daß meine Kameraden glauben, ich hätte sie preisgegeben, da ich allein nicht verhaftet bin. Lebe wohl; wenn du mich liebst, sinne darauf, mich zu rächen. Vernichte, richte jenen Elenden zugrunde, der uns verraten hat, und wenn es mein Vater wäre."

Vanina sank auf einen Stuhl, halb ohnmächtig und in Verzweiflung.

Endlich stürzte sie auf die Knie: „Großer Gott!" rief sie aus, „höre mein Gelübde; ja, ich will die Elende strafen, die Verrat geübt hat; aber vorher muß Pietro wieder die Freiheit erlangen." Eine Stunde später war sie auf dem Wege nach Rom. Seit langem schon drängte ihr Vater, sie solle zurückkehren. Während ihrer Abwesenheit hatte er ihre Vermählung mit dem Fürsten Livio Savelli in die Wege geleitet. Kaum war Vanina angekommen, so sprach er ihr zaghaft davon. Zu seinem größten Erstaunen war sie beim ersten Worte bereit. Am gleichen Abend stellte er ihr Don Livio noch einmal in aller Form vor, sie sprach sehr lange mit ihm. Er war ein eleganter junger Mann und hatte die schönsten Haare; aber obwohl man ihm viel Geist zugestand, hielt man ihn für so leichtlebig, daß er der Regierung in keiner Weise verdächtig war. Vanina glaubte, in ihm ein williges Werkzeug zu finden, wenn sie ihm nur zuvor gehörig den Kopf verdrehte. Da er der Neffe des Monsignore Savelli-Catanzaro war, des Polizeiministers und Gouverneurs von Rom, vermutete sie, daß die Spitzel ihm nicht zu folgen wagten.

Nachdem Vanina ein paar Tage lang den liebenswürdigen Don Livio sehr gut behandelt hatte, kündigte sie ihm an, daß er niemals ihr Gatte werden könne; er habe, sagte sie, nichts als unernste Dinge im Kopf.

„Wenn man Sie ernst nähme", sagte sie ihm, „hätten die Leute Ihres Onkels kein Geheimnis vor Ihnen. Was be-

CASTEL SANT' ANGELO

schließt man zum Beispiel über die Carbonari, die in Forli gefaßt worden sind?"

Zwei Tage später kam Don Livio, um ihr zu sagen, daß alle in Forli gefangenen Carbonari inzwischen geflohen seien. Sie ließ ihre großen, schwarzen Augen mit dem bitteren Lächeln tiefster Verachtung auf ihm ruhen und würdigte ihn den ganzen Abend keines Wortes mehr. Am übernächsten Tage gestand ihr Don Livio, man habe ihn belogen.

„Ich aber", sagte er, „habe mir einen Schlüssel zum Kabinett meines Onkels verschafft; aus den Papieren, die ich dort fand, habe ich ersehen, daß eine Kongregation oder Kommission, aus den Kardinälen und den vertrauenswürdigsten Prälaten zusammengesetzt, in größter Heimlichkeit zusammentreten und über die Frage entscheiden wird, ob es richtiger ist, diese Carbonari in Ravenna oder in Rom zu richten. Die neun in Forli ergriffenen Carbonari und ihr Führer, ein gewisser Missirilli, der die Torheit begangen hat, sich selbst den Häschern zu stellen, sind zur Zeit im Schlosse San Leo inhaftiert."

Bei dem Worte Torheit kniff Vanina den Fürsten mit aller Kraft in den Arm.

„Ich will selbst", sagte sie, „die amtlichen Schriftstücke sehen und mit Ihnen in das Kabinett Ihres Onkels eindringen; Sie haben sich sicher geirrt."

Bei diesen Worten erschrak Don Livio; Vanina verlangte von ihm fast Unmögliches; aber die bizarre Natur des Mädchens vermehrte noch seine Leidenschaft. Einige Tage darauf konnte Vanina, als Mann verkleidet, und zwar in einer hübschen Livree der Casa Savelli, eine halbe Stunde über den geheimsten Papieren des Polizeiministers verbringen. Eine Welle von Glück überflutete sie, als sie den täglichen Bericht über den Angeklagten Pietro Missirilli sah. Vor Zittern vermochten ihre Hände kaum das Papier zu halten. Beim Lesen des Namens fühlte sie sich wie von Schwindel erfaßt. Als Vanina den Palast des Gouverneurs von Rom verließ, gestattete sie Don Livio, ihr einen Kuß zu geben.

„Sie bestehen“, sagte sie, „die Prüfungen gar nicht so schlecht, denen ich Sie unterziehe.“

Nach diesen Worten hätte der junge Fürst Vanina zu Gefallen den Vatikan in Brand gesteckt. An jenem Abend war Ball in der französischen Botschaft; sie tanzte viel und fast immer mit ihm. Don Livio war von Glück berauscht, er durfte jetzt nur nicht erst zur Besinnung kommen.

„Mein Vater ist manchmal sonderbar“, sagte Vanina eines Tages zu ihm, „er hat heute morgen zwei seiner Leute fortgejagt, die bitterlich bei mir weinten. Der eine von ihnen hätte gern eine Stelle bei Ihrem Onkel, dem Gouverneur von Rom; der andere, der unter den Franzosen bei der Artillerie gestanden hat, fände am liebsten eine Verwendung in der Engelsburg.“

„Ich werde sie alle beide in meine Dienste nehmen“, rief der junge Fürst lebhaft aus.

„Ist das etwa das, was ich von Ihnen wollte?“ erwiderte Vanina stolz. „Ich wiederhole Ihnen wörtlich die Bitte der armen Leute: sie müssen das bekommen, um was sie gebeten haben, und nicht etwas anderes.“

Nichts war schwieriger als das. Monsignore Catanzaro war alles andere als unvorsichtig und ließ in seinem Hause nur wohlerprobte Leute zu. Inmitten eines scheinbar mit Vergnügungen angefüllten Lebens fühlte sich Vanina, von Gewissensbissen zernagt, um so unglücklicher, als die Langsamkeit in der Entwicklung der Ereignisse sie zur Verzweiflung brachte. Der Mann, der die Geschäfte ihres Vaters führte, hatte ihr Geld verschafft. Sollte sie aus dem väterlichen Hause entfliehen, sich in die Romagna begeben und versuchen, ihren Geliebten zur Flucht zu bewegen? So unsinnig diese Idee auch war, so stand Vanina doch im Begriff, sie eben auszuführen, als ihr der Zufall zu Hilfe kam.

Don Livio sagte zu ihr: „Die zehn Carbonari von der Venta Missirilli sollen nach Rom überführt, aber nach ihrer Verurteilung in der Romagna hingerichtet werden. Das hat heute abend mein Onkel bei Seiner Heiligkeit erreicht. Sie und ich, wir sind die einzigen, die dies Geheimnis kennen. Sind Sie nun zufrieden mit mir?“

„Sie fangen an, ein Mann zu werden", gab Vanina zur Antwort; „schenken Sie mir Ihr Bildnis."

Am Vorabend von Missirillis Ankunft in Rom fand Vanina einen Vorwand, nach Città-Castellana zu fahren. In dem Gefängnis dieser Stadt pflegt man die Carbonari, die von der Romagna nach Rom überführt werden, übernachten zu lassen. Sie sah Missirilli am Morgen, als er aus dem Gefängnis kam, gefesselt auf einem Karren; er schien ihr sehr blaß zu sein, sonst aber ungebrochen. Eine alte Frau warf ihm einen Strauß Veilchen zu; Missirilli lächelte, als er ihr dafür dankte.

Vanina hatte ihren Geliebten gesehen, ihre Geister erwachten wieder, sie hatte neuen Mut. Seit langem schon hatte sie dem Abbate Cari, dem Amtsgeistlichen der Engelsburg, in die ihr Geliebter überführt werden sollte, ein Avancement verschafft und den guten Priester zu ihrem persönlichen Beichtvater erkoren. In Rom ist es nichts Geringes, Beichtvater einer Prinzessin und Nichte des Gouverneurs zu sein.

Der Prozeß der Carbonari von Forli zog sich nicht lange hin. Als Gegenschlag gegen ihre Überführung nach Rom, die sie nicht hatten verhindern können, hatten die Konservativen dafür gesorgt, daß die Kommission, die sie richten sollte, aus den ehrgeizigsten Prälaten zusammengestellt worden war. Den Vorsitz in der Kommission hatte der Polizeiminister.

Das Gesetz gegen die Carbonari war eindeutig: es gab keine Hoffnung für die Männer von Forli; dennoch kämpften sie mit allen nur möglichen Ausflüchten um ihr Leben. Nicht nur verurteilten die Richter sie zum Tode, sondern mehrere unter ihnen beantragten sogar noch zusätzliche Martern wie das Abhauen einer Hand und ähnliches. Der Polizeiminister, dessen Glück schon gemacht war – denn man verläßt diese Stellung nur, um dafür den Kardinalshut einzutauschen –, bedurfte keiner abgehauenen Hand: er brachte den Urteilsspruch vor den Papst und ließ die Strafe für alle Verurteilten in einige Jahre Kerker umwandeln. Einzig Pietro Missirilli wurde ausgenommen. Der Minister sah in diesem jungen Manne einen gefährlichen Fanatiker, und zudem war er auch wegen der Ermordung der beiden Carabinieri, von der wir gesprochen haben, zum Tode verurteilt worden. Vanina war über den Urteilsspruch und die Begnadigung wenige Augenblicke nach der Rückkehr des Ministers von der Audienz beim Papste unterrichtet.

Am folgenden Tage kehrte gegen Mitternacht Monsignore Catanzaro in seinen Palast zurück; er fand seinen Kammerdiener nicht vor; verwundert schellte der Minister einige Male hintereinander; endlich erschien ein alter, schon etwas kindischer Diener: ungeduldig faßte der Minister den Entschluß, sich allein auszukleiden. Er verschloß seine Tür; draußen war es sehr heiß: er nahm sein Habit und schleuderte es in einem Knäuel auf einen Stuhl. Das allzu energisch geworfene Bündel flog über den Stuhl hinaus und traf den Musselinvorhang vor dem Fenster, hinter dem sich die Gestalt eines Mannes abzeichnete. Der Minister sprang rasch aus dem Bett und griff nach einer Pistole. Als er sich dem Fenster näherte, trat ein sehr junger Mann in der Livree des Hauses mit einer Pistole in der Hand auf ihn zu. Bei diesem Anblick näherte der Minister die Pistole seinem Auge; er war bereit abzudrükken. Doch lachend sagte der junge Mann: „Aber wie denn! Monsignore, kennen Sie Vanina Vanini nicht mehr?"

„Was bedeutet dieser schlechte Scherz?" stieß der Minister zornig hervor.

„Nur ruhig Blut", sagte das junge Mädchen. „Zunächst einmal ist Ihre Pistole überhaupt nicht geladen."

Erstaunt stellte der Minister diese Tatsache fest; darauf zog er einen Dolch aus seiner Westentasche. Mit reizender Überlegenheit sagte Vanina zu ihm: „Setzen wir uns, Monsignore."

Sie nahm ruhig auf einem Kanapee Platz.

„Sind Sie wenigstens allein?" fragte der Minister.

„Gänzlich allein, ich schwöre es!" rief Vanina aus. Aber der Minister überzeugte sich selbst; er ging rund um das Zimmer herum und sah überall nach; darauf setzte er sich auf einen Stuhl, drei Schritte von Vanina entfernt.

„Welches Interesse hätte ich“, sagte Vanina mit sanfter und ruhiger Miene, „einem besonnenen Manne nach dem Leben zu trachten, der wahrscheinlich durch einen schwächlichen Hitzkopf ersetzt würde, der imstande wäre, sich und die anderen zugrunde zu richten?“

„Was wünschen Sie denn, mein Fräulein?“ fragte ungnädig der Minister. „Diese Szene hier gefällt mir nicht und muß ein Ende nehmen.“

„Was ich noch hinzuzufügen habe“, fuhr Vanina hochmütig und ohne eine Spur ihrer gewohnten schmeichelnden Anmut fort, „ist für Sie wichtiger als für mich. Es wird gewünscht, daß der Carbonaro Missirilli am Leben bleibt; wird er hingerichtet, so werden Sie ihn nicht um eine Woche überleben. Mich geht das alles gar nichts an; den Streich, über den Sie sich beklagen, habe ich zunächst aus Übermut unternommen, dann einer Freundin zuliebe. Ich wollte“, fuhr Vanina fort, die wieder ganz zur großen Dame wurde, „einem geistvollen Manne, der bald mein Oheim sein dürfte, und es allen Anzeichen nach in bezug auf das Glück seines Hauses einmal weit bringen wird, einen Dienst erweisen.“

Der Minister gab seine verdrossene Miene auf: sicher trug Vaninas Schönheit das ihre zu diesem Wandel bei. Man kannte in Rom die Neigung des Monsignore Catanzaro für die schönen Frauen, und in ihrer Verkleidung als Kammerdiener der Casa Savelli, mit straffgezogenen Seidenstrümpfen, einer roten Weste, einem kleinen himmelblauen, mit goldenen Tressen verzierten Frack, mit der Pistole in der Hand, sah Vanina bezaubernd aus.

„Meine liebe Nichte in spe“, sagte fast lachend der Minister, „Sie haben sich da auf einen schönen Streich eingelassen, und ich fürchte, es wird der letzte nicht sein.“

„Ich hoffe“, antwortete Vanina, „daß jemand, der so klug ist wie Sie, über mein Beginnen Schweigen bewahren wird, vor allem Don Livio gegenüber, und um Sie besonders zu verpflichten, mein lieber Onkel, würde ich Ihnen für das Leben des Schützlings meiner Freundin mit einem Kusse danken.“ Dadurch, daß sie die Unterhaltung in diesem halb scherzenden Tone weiterführte, in dem die römischen Damen Staatsaffären behandeln, gelang es Vanina, dieser Begegnung, die mit der Pistole in der Hand begonnen wurde, den Charakter einer Visite zu geben, den die künftige Prinzessin Savelli ihrem Onkel, dem Gouverneur von Rom, abzustatten beliebte.

Bald war Monsignore Catanzaro so weit, daß er zwar hochfahrend den Gedanken von sich wies, er könne sich durch Furcht bestimmen lassen, aber immerhin seiner Nichte die Schwierigkeiten aufzählte, denen er bei dem Bemühen begegnen würde, Missirilli zu retten. Während ihrer Unterredung ging der Minister mit Vanina in seinem Zimmer auf und ab; er nahm eine Limonadenkaraffe, die auf dem Kamin stand, und füllte ein Glas aus Kristall. Doch in dem Augenblick, als er es an die Lippen setzen wollte, griff Vanina danach, und nachdem sie es ein Weilchen in der Hand gehalten hatte, ließ sie es wie aus Versehen in den Garten fallen. Etwas später nahm der Minister aus einer Bonbonniere ein Schokoladenplätzchen. Vanina nahm es ihm fort und sagte lachend zu ihm: „Seien Sie doch vorsichtig, bei Ihnen ist alles vergiftet; man wünscht nämlich Ihren Tod. Nur ich habe die Begnadigung meines künftigen Onkels erreicht, um nicht mit völlig leeren Händen in die Familie Savelli einzutreten."

Aufs höchste erstaunt dankte Catanzaro seiner Nichte und machte ihr große Hoffnung für Missirillis Leben.

„Unser Handel ist abgeschlossen!" rief Vanina aus, „und zum Zeichen dafür gebe ich jetzt die Belohnung", sagte sie und küßte ihn.

Der Minister nahm die Belohnung an.

„Sie müssen wissen, meine liebe Vanina", fügte er hinzu, „daß ich selber ungern Blut vergießen sehe. Außerdem bin ich noch jung, wenn ich Ihnen auch alt erscheinen mag, und könnte noch eine Zeit erleben, da das Blut, das man heute vergießt, einmal als Flecken erscheint."

Es schlug zwei Uhr, als Monsignore Catanzaro Vanina an eine kleine Pforte seines Gartens geleitete. Am übernächsten Tage, als der Minister in rechter Verlegenheit wegen des Schrittes, den er zu unternehmen gedachte, vor dem Papste erschien, sage ihm Seine Heiligkeit: „Vor allem habe ich eine Begnadigung von Ihnen zu erbitten. Es ist da einer unter den Carbonari von Forli, dessen Todesstrafe nicht aufgehoben wurde; der Gedanke daran raubt mir den Schlaf: diesen Mann muß man retten."

Da der Minister nunmehr sah, daß der Papst auf seiner Seite war, machte er viele Einwendungen und stellte schließlich ein Dekret oder motu proprio aus, das der Papst gegen jede Gepflogenheit unterschrieb.

Vanina war auf den Gedanken gekommen, daß sie vielleicht die Begnadigung ihres Geliebten erreichen würde, daß man aber trachten könnte, ihn durch Gift zu beseitigen. Schon am Tage zuvor hatte Missirilli durch seinen Beichtvater, Abbate Cari, einige Päckchen Schiffszwieback ausgehändigt bekommen mit der Weisung, nichts von den offiziell gewährten Nahrungsmitteln anzurühren.

Da Vanina nachträglich erfahren hatte, daß die Carbonari von Forli ins Schloß San Leo überführt werden sollten, wollte sie versuchen, Missirilli beim Durchgang durch Città-Castellana zu sehen; sie fand den Abbate Cari vor, der schon mehrere Tage vor ihr eingetroffen war. Er hatte beim Kerkermeister erreicht, daß Missirilli um Mitternacht in der Gefängniskapelle die Messe hören dürfte. Ja, man ging noch weiter: Wenn Missirilli einwilligte, sich an Armen und Beinen fesseln zu lassen, wollte sich der Kerkermeister nach der Tür der Kapelle zurückziehen, so daß er zwar den Gefangenen, für den er haftete, immer sehen, aber seine Worte nicht verstehen konnte.

Der Tag, der über Vaninas Geschick entscheiden sollte, brach an. Schon am Morgen hatte sie sich in der Gefängniskapelle einschließen lassen. Wer möchte sagen, welche Gedanken sie diese langen Stunden hindurch bewegten? Liebte Missirilli sie so, daß er ihr verzeihen würde? Sie hatte seine Venta verraten, doch ihm das Leben gerettet. Vanina hoffte, daß seine gequälte Seele der Vernunft zugänglich sein und daß er mit ihr zusammen Italien verlassen würde: wenn sie gesündigt hatte, so war es aus einem Übermaß der Liebe geschehen. Als es vier Uhr schlug, hörte sie draußen auf dem Pflaster die Pferdehufe der Carabinieriabteilung. Jeder Hufschlag hallte in ihrem Herzen wider. Bald unterschied sie auch das Rollen jener Karren, die die Gefangenen trugen. Auf dem kleinen Platz vor dem Gefängnis hielten sie an; sie sah, wie zwei Carabinieri Missirilli herunterhoben, der für sich allein auf einem Karren saß, so mit Ketten beladen, daß er sich nicht rühren konnte. Wenigstens lebt er, sagte sie sich mit Tränen in den Augen, noch haben sie ihn nicht vergiftet! Der Abend war grausam für sie; die Lampe vor dem Altar, die ziemlich hoch angebracht war und die der Kerkermeister nur spärlich mit Öl bedachte, beleuchtete allein die düstere Kapelle. Vaninas Blicke irrten über die Gräber einiger großer Herren des Mittelalters hin, die in dem benachbarten Gefängnis ihr Ende gefunden hatten. Ihre Steinbilder blickten düster drein.

Aller Lärm schwieg seit langem; Vanina saß in trübe Gedanken versunken da. Kurz nachdem es Mitternacht geschlagen hatte, glaubte sie ein Geräusch zu hören, so leicht wie der Flug einer Fledermaus. Sie wollte aufstehen, aber sank statt dessen halb ohnmächtig auf die Altarschranke hin. Im gleichen Augenblick standen zwei Gestalten dicht neben ihr, ohne daß sie sie hatte kommen hören. Es waren der Kerkermeister und Missirilli, so sehr mit Ketten umwickelt, daß er ganz unbeweglich schien. Der Wärter stellte neben Vanina eine Laterne auf die Altarschranke, so daß er seinen Gefangenen im Auge behalten konnte. Dann zog er sich an die Tür im Hintergrund zurück. Kaum hatte er sich entfernt, so fiel auch schon Vanina Missirilli um den Hals. Aber als sie ihn in die Arme drückte, spürte sie nichts als kalte, scharfkantige Ketten. Wer hat ihm diese Ketten verschafft? dachte sie bei sich. Sie empfand kein Glück dabei, ihren Geliebten zu küssen. Diesem Schmerz folgte ein anderer, der noch schneidender war: sie meinte einen Augenblick, Missirilli kenne ihre Schuld, so kalt empfing er sie.

„Liebe Freundin“, brachte er endlich hervor, „ich bedaure, daß du solche Neigung für mich gefaßt hast; vergebens suche ich nach dem Verdienst, daß sie dir eingeflößt haben mag. Glaube mir, wir tun gut, zu christlicheren Gefühlen zurückzukehren und die holde Täuschung zu vergessen, die uns irregeleitet hat; ich kann dir nicht angehören. Die Beständigkeit des Unglücks, das mich jetzt verfolgt, rührt vielleicht von dem Stande der Todsünde her, in dem ich mich unaufhörlich befand. Selbst wenn ich nur auf die Stimme der menschlichen Klugheit höre – warum bin ich nicht mit meinen Freunden verhaftet worden in jener verhängnisvollen Nacht in Forli? Warum habe ich im Augenblick der Gefahr nicht auf dem Posten gestanden? Warum hat meine Abwesenheit zum Anlaß grausamster Verdächtigungen werden können? Ich hatte eine andere Leidenschaft als die für die Freiheit Italiens."

Vanina erholte sich von dem Erstaunen nicht, daß ihr das veränderte Aussehen Missirillis bereitete. Ohne daß er spürbar abgemagert war, wirkte er, als ob er dreißig Jahre alt wäre. Vanina schrieb diese Veränderung der schlechten Behandlung im Gefängnis zu und brach in Tränen aus.

„Ach!" rief sie, „und die Gefängniswärter hatten so fest versprochen, sie würden dich gut behandeln." Tatsache war, daß angesichts des Todes alle religiösen Grundsätze, die sich mit Leidenschaft für die Freiheit Italiens vereinigen ließen, im Herzen des jungen Carbonari wieder aufgelebt waren. Allmählich merkte Vanina, daß die erstaunliche Wandlung, die sie bei ihrem Geliebten feststellte, rein seelischer Natur sei und keineswegs die Folge körperlicher Mißhandlung. Ihr Schmerz, den sie schon auf der Höhe geglaubt, wurde noch schlimmer dadurch.

Missirilli schwieg; Vanina aber schien an ihren Tränen zu ersticken. Nunmehr selbst etwas bewegt, fügte er hinzu:

„Wenn ich etwas auf Erden liebte, Vanina, so würdest du es sein; aber dem Himmel sei Dank, ich habe in meinem Leben nur noch ein einziges Ziel: Ich werde im Gefängnis sterben oder bei dem Versuche, Italien die Freiheit zu geben."

Wieder trat Schweigen ein; offenbar konnte Vanina noch nicht wieder sprechen; vergeblich versuchte sie es.

Missirilli fuhr fort: „Die Pflicht ist grausam, meine Freundin; aber wenn es nicht gälte, Mühen auf sich zu nehmen, was wäre der Heroismus dann? Gib mir dein Wort, daß du nicht mehr versuchen wirst, mich zu sehen."

So gut es die straffe Kette gestattete, machte er eine kleine Bewegung mit dem Handgelenk und streckte Vanina die Finger hin.

„Wenn du einem Freunde, der dir teuer war, einen Rat gestattest, so verheirate dich mit einem verdienstvollen Manne, den dir dein Vater bestimmt. Mache ihm kein Geständnis, das unangenehm sein könnte; doch auf der anderen Seite versuche nie mehr, mich zu sehen; wir wollen in Zukunft Fremde füreinander sein. Du hast uns zum Besten des Vaterlandes bedeutende Summen geliehen; wird es jemals von seinen Tyrannen befreit, wirst du diesen Betrag getreulich aus öffentlichen Gütern zurückerstattet erhalten."

Vanina stand niedergeschmettert da. Als Pietro mit ihr sprach, hatte sein Auge nur in der Sekunde aufgestrahlt, als er das Vaterland nannte.

Endlich kam ihr Stolz der jungen Prinzessin zu Hilfe; sie hatte sich mit Diamanten und kleinen Feilen versehen. Ohne Missirilli eine Antwort zu geben, hielt sie sie ihm hin.

„Ich nehme sie aus Pflichtgefühl", sagte er zu ihr, „denn natürlich muß ich zu fliehen versuchen; aber ich werde dich niemals wiedersehen, ich schwöre es angesichts deiner Wohltaten. Lebe wohl, Vanina; versprich mir, daß du mir niemals schreiben, mich nie zu sehen versuchen wirst; laß mich ganz dem Vaterland, ich bin tot für dich: lebe wohl."

„Nein", rief Vanina zornig aus, „du sollst wissen, was ich getan habe, verleitet durch meine Liebe zu dir." Darauf schilderte sie ihm alle Schritte von dem Augenblick an, wo Missirilli das Schloß San Nicolo verlassen hatte, um sich zu dem Legaten zu begeben. Als dieser Bericht beendet war, sagte sie: „Das ist noch nichts; ich habe aus Liebe zu dir noch weiteres getan."

Und sie gestand ihm ihren Verrat.

„Bestie, du!“ rief da Pietro aus, und mit aller Wucht warf er sich nach ihr hin, als wolle er sie mit seinen Ketten erschlagen.

Es wäre ihm auch gelungen, wäre nicht der Kerkermeister bei den ersten Schreien herbeigeeilt. Er packte Missirilli.

„Halt, Bestie, ich will dir nichts schulden“, rief Missirilli Vanina zu, warf ihr, so gut es mit seinen Ketten ging, die Feilen und Diamanten vor die Füße und verschwand.

Vanina blieb vernichtet zurück. Sie ging wieder nach Rom; die Zeitung berichtet, daß sie den Fürsten Don Livio Savelli geheiratet hat.

Ryûnosuke Akutagawa

Ein Stück Erde

Es begann gerade die Zeit des Teepflückens, als O-Sumis Sohn Nitaro starb. Wie ein Hüftlahmer war er die letzten acht Jahre ans Bett gefesselt gewesen. Der Tod des Sohnes bedeutete für O-Sumi, von der man sagte, daß sie es im nächsten Leben besser haben werde, nicht nur Trauer. Als sie ein Weihrauchstäbchen vor Nitaros Sarg abbrannte, war ihr zumute, als hätte sie mit vieler Mühe endlich einen langen, dunklen Weg hinter sich gebracht.

Nach Nitaros Beerdigung erhob sich gleich die Frage, was aus seiner Frau O-Tami werden solle. Sie hatte einen Jungen, und seit Nitaro krank geworden war, hatte sie fast die ganze Feldarbeit verrichtet. Wenn man sie jetzt aus dem Haus schickte, würde es nicht nur schwierig werden, für das Kind zu sorgen, sondern überhaupt sich durchs Leben zu schlagen. Also entschloß sich O-Sumi, die Schwiegertochter nach Ablauf der neunundvierzig Trauertage wieder zu verheiraten und sie wie zu Nitaros Lebzeiten für sich arbeiten zu lassen. Yokichi, Nitaros Vetter, wollte sie ihr zum Manne geben. Deshalb erschrak O-Sumi auch über alle Maßen, als O-Tami am Morgen nach den ersten sieben Trauertagen ihre Sachen zu ordnen begann. Sogleich schickte sie ihren Enkel Hiroji zum Spielen auf die Veranda des hinteren Zimmers. Sein Spielzeug war ein in der Schule gestohlener blühender Kirschzweig.

„Hör zu, O-Tami, es war sicherlich nicht richtig, daß ich bisher geschwiegen habe, aber willst du mich und das Kind etwa allein lassen?" O-Sumi schlug einen eher bittenden als tadelnden Ton an.

Doch O-Tami wandte sich gar nicht um. „Was redest du da, Oma?" erwiderte sie und lachte.

O-Sumi fiel ein Stein vom Herzen. „Ich konnte mir ja auch nicht denken, daß du so etwas tun würdest..." Sie wiederholte wieder und wieder ihre flehentliche, mit Klagen vermischte Bitte. Ihre eigenen Worte rührten sie immer stärker. Schließlich liefen ihr die Tränen über die runzligen Wangen.

„Wenn du nur willst, bleibe ich für immer hier. Das Kind ist ja auch noch da. Von mir aus würde ich nie woanders hingehen."

Tränen in den Augen, hatte O-Tami inzwischen Hiroji auf den Schoß genommen. Aber der Kleine blickte sonderbar verschüchtert drein und war nur um den Kirschzweig besorgt, der auf den alten, abgetretenen Matten des Hinterzimmers lag...

O-Tami arbeitete genauso weiter wie zu Lebzeiten Nitaros. Das Gespräch über eine neue Heirat ließ sich jedoch nicht so leicht zum Abschluß bringen, wie O-Sumi es sich vorgestellt hatte. Die Schwiegertochter schien nicht das geringste davon wissen zu wollen. Natürlich versuchte O-Sumi bei jeder Gelegenheit, die sich bot, O-Tamis Absichten heimlich zu ergründen oder auch offen mit ihr zu sprechen. Aber stets gab O-Tami die ausweichende Antwort: „Mal sehen, im nächsten Jahr." Wohl war die Alte deshalb bekümmert, andererseits freute sie sich aber auch darüber. Da sie zudem fürchtete, daß die Leute reden würden, entschloß sie sich, erst einmal bis zum Jahreswechsel zu warten, wie ihre Schwiegertochter gesagt hatte.

Aber als das nächste Jahr gekommen war, schien O-Tami wieder an nichts anderes als an die Feldarbeit zu denken. O-Sumi riet ihr von neuem, und zwar nachdrücklicher als im vergangenen Jahr, sie solle doch wieder heiraten, denn zum einen hatten die Verwandten ihr Vorhaltungen gemacht, und zum anderen litt sie unter der üblen Nachrede der Leute.

„O-Tami, du bist noch jung. Du kannst nicht ohne Mann sein!“

„Möglich, aber da ist eben nichts zu machen. Denk nur daran, es käme ein Fremder ins Haus. Der arme Hiro! Auch du würdest es nicht leicht haben. Und meine Sorgen und Mühen würden wohl erst recht nicht weniger werden.“

„Deshalb sollst du ja Yokichi nehmen. Du weißt doch, daß er seit kurzem keine Karte mehr anfaßt.“

„Er ist dein Verwandter, aber für mich ist er eben auch nur ein Fremder. Es wird schon gehen, wenn ich durchhalte...“

„Aber wie lange wirst du denn durchhalten? Ein, zwei Jahre.“

„Laß nur. Es ist für Hiro. Wenn ich mich jetzt redlich mühe, dann brauchen wir unser Land nicht zu teilen, und Hiro wird es eines Tages als Ganzes bekommen.“

„Du hast ja recht, O-Tami, aber“, sooft O-Sumi darauf zu sprechen kam, klang ihre Stimme tief und ernst, „das Gerede der anderen ist unerträglich. Was du eben zu mir gesagt hast, genau das solltest du ihnen auch erzählen...“

Sie sprachen oft so miteinander. Aber O-Tami schien dadurch in ihrem Entschluß noch bestärkt zu werden. Sie stürzte sich mit noch größerem Eifer als früher in die Arbeit und ohne jede männliche Hilfe pflanzte sie die Kartoffeln und mähte den Weizen. Im Sommer sorgte sie auch noch für die Kuh und schnitt selbst an Regentagen Gras. Diese Arbeitswut war Ausdruck ihres energischen Protestes dagegen, einen Fremden in das Haus zu nehmen. Schließlich gab es O-Sumi auf, weiterhin von einer neuen Heirat zu sprechen. Und sie tat es gar nicht einmal so ungern. –

Nur mit der eigenen Hände Arbeit ernährte O-Tami die

Familie. Gewiß, sie ließ sich dabei in erster Linie von dem Gedanken leiten „Es ist für Hiro“, aber sie schien auch eine Kraft geerbt zu haben, die tief in ihrem Herzen verwurzelt war. O-Tami war die Tochter eines „Einwanderers“, wie man die Leute nannte, die aus dem Gebirge, wo auf dem kargen Boden nichts wuchs, in diese Gegend übergesiedelt waren. „Deine Schwiegertochter ist kräftiger, als sie aussieht. Letztens kam sie bei uns vorbei und trug vier große Garben Bergreis auf dem Rücken.“ Oft bekam O-Sumi so etwas von der Nachbarin und anderen Leuten zu hören.

Die Alte bemühte sich, O-Tami mit der eigenen Arbeit zu danken. Sie kümmerte sich um das Enkelkind, wusch die Wäsche, holte Wasser von nebenan – es gab reichlich zu tun. Doch O-Sumi ließ es sich nicht verdrießen. Mit gebeugtem Rücken arbeitete sie unentwegt.

An einem Herbstabend kam O-Tami mit einem Bündel Kiefernreisig im Arm sehr spät nach Hause. O-Sumi hatte sich Hiroji auf den Rücken gebunden und heizte in einer Ecke des schmalen, ungedielten Vorraums gerade das Bad.

„Es war doch sicher kalt. Warum kommst du denn so spät?“

„Ich hatte heute eben mehr zu tun als sonst.“

O-Tami warf das Reisigbündel neben den Ausguß und ging zu der großen, offenen Feuerstelle, ohne sich die dreckigen Strohsandalen auszuziehen. Aus einer Eichenwurzel schlugen rote Flammen. O-Sumi versuchte, rasch aufzustehen. Aber da sie Hiroji auf dem Rücken trug, war es nicht einfach für sie, hochzukommen. Sie mußte sich erst an den Rand des Zubers klammern.

„Willst du nicht gleich baden?“

„Jetzt nicht. Ich bin zu hungrig. Laß uns erst ein paar Kartoffeln essen. Du hast doch welche gekocht, Oma?“

Schleppenden Schrittes ging O-Sumi zum Spülstein und brachte das Abendessen, einen Topf Kartoffeln, zur Feuerstelle.

„Ich habe sie schon vor einer ganzen Weile abgenommen. Jetzt sind sie gewiß kalt.“

Sie spießten die Kartoffeln auf Bambuspfeile und hielten sie über die Flammen.

„Hiro schläft ganz fest. Leg ihn doch lieber hin."
„Nein, nein, bei der scheußlichen Kälte heute wird er nicht auf der Matte schlafen können."

O-Tami steckte sich eine dampfende Kartoffel in den Mund. Diese Art zu essen kennen nur Bauern, die den ganzen Tag über schwer gearbeitet haben und abends völlig erschöpft sind. Kaum war eine Kartoffel, von O-Sumi geschäftig geröstet, vom Bambusspeil gezogen, verschwand sie auch schon in O-Tamis Mund. Die Last des Jungen, der auf dem Rücken leise schnarchte, machte der Alten zu schaffen.

„Wenn einer so arbeitet wie du, dann muß er ja auch Hunger für zwei haben." Voller Bewunderung blickte O-Sumi von Zeit zu Zeit ihre Schwiegertochter an. Doch O-Tami schwieg und verzehrte im Schein des rauchigen Holzfeuers eine Kartoffel nach der anderen.

Unverdrossen verrichtete O-Tami die ganze Männerarbeit. Nachts, beim Schein der Laterne, verzog sie manchmal noch die Gemüsesaat. Stets hegte O-Sumi vor ihrer so männlichen Schwiegertochter Ehrfurcht. Nein, es war wohl doch mehr Furcht als Ehrfurcht. Alles, außer der Arbeit auf dem Feld und im Wald, hatte O-Tami ihr aufgeladen. In der letzten Zeit wusch sie sogar ihr Lendentuch kaum noch selbst. Trotzdem streckte die Schwiegermutter den krummen Rücken und arbeitete, so schwer es ihr auch fiel, ohne sich über O-Tami zu beklagen. Im Gegenteil, sie lobte sie sogar mit ernster Miene, wann immer sie die Nachbarin traf. „Das ist nun einmal O-Tamis Art, und darum wird, wenn ich einmal sterbe, in unserm Haus die Not bestimmt nicht Einzug halten."

Doch O-Tamis „Sucht, Geld zu machen", war allem Anschein nach nicht so leicht zu befriedigen. Als ein weiteres Jahr vergangen war, sprach sie davon, nun auch das Land jenseits des Flusses, es waren fast zwei Morgen, selbst zu bearbeiten. Es sei doch eine ausgemachte Dummheit, es für zehn Yen zu verpachten. Wenn man dort Maulbeerbäume pflanze und sich in den freien Stunden der Seidenraupenzucht widme, könne man, solange sich die Lage auf dem Seidenraupenmarkt nicht ändere, im Jahr bestimmt hundertfünfzig Yen Reingewinn erzielen. Zwar reizte auch O-Sumi das Geld, aber allein der Gedanke, sich mit noch mehr Arbeit zu belasten, war ihr schier unerträglich. Gerade die Seidenraupenzucht sei so zeitraubend, daß sie überhaupt nicht in Betracht komme. O-Sumi verband ihre Ablehnung mit lauten Klagen.

„Laß die Finger davon, O-Tami. Ich will mich ja nicht drücken, ich will mich wirklich nicht drücken, aber wir haben keinen Mann im Haus, nein, ein kleines Kind haben wir. Wir übernehmen uns jetzt schon. So geht es doch nicht weiter! Und nun sollen wir auch noch Seidenraupen züchten. Denk doch auch einmal ein bißchen an mich!"

Als die Schwiegermutter in Tränen ausbrach, konnte O-Tami schlecht auf ihren Plänen beharren. Sie gab die Idee von der Seidenraupenzucht auf, aber darauf, zumindest eine Maulbeerpflanzung anzulegen, bestand sie hartnäckig. „Laß nur gut sein! Aufs Feld gehe ich sowieso allein." O-Tami sah die Schwiegermutter ärgerlich an, und in ihren Worten lag ein versteckter Vorwurf.

Von nun an beschäftigte O-Sumi von neuem der Gedanke, O-Tami wieder zu verheiraten. Früher war er nur von der Sorge um den Lebensunterhalt und der Furcht vor dem Gerede der Leute bestimmt gewesen, jetzt aber meinte sie, selber der Mühsal häuslicher Arbeit, und sei es nur für Augenblicke, entrinnen zu können, wenn O-Tami wieder heirate. Deshalb wünschte sie diesmal dringender denn je, einen Mann ins Haus zu bekommen.

Es war gerade zu der Zeit, als die Mandarinenbäume hinter dem Haus in voller Blüte standen. O-Sumi saß auf ihrem Platz vor der Lampe und blickte über die große Brille hinweg, die sie aufsetzte, wenn sie abends noch nähte. Sie versuchte, das Gespräch auf eine zweite Heirat zu bringen. Aber O-Tami, die mit gekreuzten Beinen neben der Feuerstelle saß und gesalzene Rösterbsen knabberte, zeigte nicht das geringste Interesse daran. „Schon wieder dieses Gerede von einem Mann! Ich will davon nichts wissen", sagte sie nur.

Früher hatte sich O-Sumi meistens mit solch einer Antwort zufriedengegeben. Doch diesmal ließ sie nicht so rasch locker, sondern versuchte, O-Tami umzustimmen. „Du kannst nicht immer wieder dasselbe daherreden. Denk nur daran, daß morgen Miyashita beerdigt wird und wir an der Reihe sind, das Grab zu schaufeln. Wenn bei solcher Gelegenheit kein Mann im Hause ist..."

„Schon gut. Ich werde es schon machen."

„Du als Frau..." O-Sumi wollte lachen. Aber als sie der Schwiegertochter ins Gesicht blickte, besann sie sich anders.

„Oma, ist es nicht so, daß du dich aufs Altenteil zurückziehen möchtest?" fragte O-Tami, die die Knie umschlungen hielt, kalt und unumwunden.

O-Sumi, an ihrer empfindlichsten Stelle getroffen, nahm die große Brille ab. Warum, wußte sie selber nicht. „Was redest du da!"

„Oma, hast du vergessen, was du damals gesagt hast, als Hiros Vater starb? Wenn das Land der Familie geteilt würde, müßten wir uns vor den Ahnen schämen..."

„Ich weiß, ich habe es gesagt. Aber überleg doch mal. Die Zeiten ändern sich. Das ist nun mal so..."

O-Sumi trat weiterhin mit aller Kraft dafür ein, daß Männerhände ins Haus kamen. Aber selbst in den eigenen Ohren klangen ihre Argumente wenig überzeugend. Vor allem deshalb nicht, weil sie ja ihre eigentliche Absicht, die sie in erster Linie verfolgte, nämlich sich selbst das Leben zu erleichtern, verheimlichen mußte. O-Tami hatte sie allerdings längst durchschaut. Sie knabberte ununterbrochen gesalzene Rösterbsen und rechnete mit ihrer Schwiegermutter ab. Dabei kam ihr die angeborene Beredsamkeit, gegen die O-Sumi nicht ankonnte, gut zustatten.

„Für dich wäre das sicherlich angenehm. Du stirbst ja sowieso zuerst. Aber wenn du an meiner Stelle wärst, würdest du bestimmt nicht so darauf dringen. Schließlich bleibe ich ja nicht aus Stolz oder nur, um bewundert zu werden, Witwe. Nachts, wenn ich keinen Schlaf finden kann, weil mir alle Glieder weh tun, kommt es mir manchmal wirklich sinnlos vor, daß ich so sehr auf meinem eigenen Kopf bestehe. Aber dann sage ich mir wieder, daß ich alles für die Familie, für Hiro tue, und dann geht es eben, so schwer es auch fällt, weiter..."

Gedankenverloren schaute O-Sumi die Schwiegertochter an. Eines war ihr mittlerweile klargeworden: Sosehr sie sich auch plagen mochte, Ruhe würde sie erst im Grabe finden.

Als die Schwiegertochter verstummt war, setzte O-Sumi wieder die große Brille auf und beendete das Gespräch mit den halb zu sich selbst gesprochenen Worten: „Und doch, O-Tami, geht es in der Welt nicht immer nur nach dem Verstand. Denk noch einmal gut darüber nach. Ich werde nichts mehr dazu sagen."

Zwanzig Minuten später ging ein junger Mann aus dem Dorf am Haus vorüber und sang mit seiner Tenorstimme:

„Die junge Tante geht zum Heuen.
Neigt euch, ihr Gräser,
die Sichel schneidet gut."

Als der Gesang in der Ferne verklungen war, blickte O-Sumi noch einmal über die Brille hinweg O-Tami an. Aber die Schwiegertochter hatte ihre Beine unter die Lampe gestreckt und gähnte nur.

„Ich geh schlafen. Morgen muß ich wieder früh raus." Sie nahm sich noch eine Handvoll gesalzene Rösterbsen und erhob sich mühsam von ihrem Platz neben der Feuerstelle.

Weitere drei, vier Jahre plagte sich O-Sumi schweigend. Sie litt dabei, wenn man so sagen darf, wie eine alte Mähre, die mit einem jungen, ungestümen Pferd zusammengeschirrt ist. O-Tami ging wie immer fleißig ihrer Arbeit auf den Feldern nach. Und zumindest in den Augen der anderen hatte es den Anschein, daß O-Sumi emsig wie bisher die ganze Hausarbeit erledigte. Dabei fühlte sie sich jedoch dauernd von dem Schatten einer unsichtbaren Peitsche bedroht. Wenn sie einmal kein Feuer im Bad gemacht oder vergessen hatte, den noch nicht enthülsten

Reis zu trocknen, oder wenn sich die Kuh losgerissen hatte, dann bekam O-Sumi von der unnachsichtigen O-Tami stets heftige Vorwürfe zu hören. Doch sie ertrug alle Qualen, ohne ein Wort zu erwidern, denn ihr Gemüt hatte sich an Geduld gewöhnt, und außerdem fühlte sich Hiroji mehr zu seiner Oma als zu seiner Mutter hingezogen.

O-Sumi hatte sich in den Augen der anderen kaum verändert. Höchstens, daß sie ihre Schwiegertochter nicht mehr wie früher lobte. Aber diese geringfügige Veränderung wurde von den Leuten nicht sonderlich beachtet. Die alte Nachbarin hielt O-Sumi jedenfalls noch immer für einen Menschen, dem ein gütiges Schicksal beschieden war.

Die beiden Frauen standen an einem Sommertag, mittags, als die Sonne hell schien, im Schatten der Weinreben, die sich am Gerüst vor dem Schuppen emporrankten, und unterhielten sich. Außer dem Gesumm der Fliegen im Kuhstall war nirgends ein Laut zu hören. Die alte Nachbarin rauchte die sorgsam gesammelten Zigarettenstummel ihres Sohnes.

„Was macht denn O-Tami? Ach, sie ist zum Heuen? Sie macht aber auch alles. Dabei ist sie noch so jung."

„Das schon, bloß sollte sich eine Frau vor allem um den Haushalt kümmern, statt aufs Feld zu gehen."

„Warum denn? Es ist doch schön, wenn einer die Feldarbeit liebt. Meine Schwiegertochter ist seit ihrer Hochzeit, und das ist nun schon an die sieben Jahre her, nicht einen einzigen Tag auf dem Feld gewesen und hat Unkraut gejätet. Sie wäscht die Sachen für die Kinder und bessert die eigenen aus, das ist alles, womit sie ihre langen Tage hinbringt."

„Das ist auch besser. Die Kinder hübsch machen, sich selbst ein bißchen putzen, darin besteht doch die Freude dieser Welt."

„Jaja, aber heutzutage will die Jugend von der Feldarbeit gar nichts mehr wissen. – Nanu, was war denn das für ein Ton?"

„Was das für ein Ton war? Die Kuh hat einen streichen lassen."

„Die Kuh hat einen streichen lassen? Tatsächlich! – Denn wenn man jung ist, hält man nicht viel davon, sich die pralle Sonne auf den Buckel scheinen zu lassen und das Unkraut aus dem Hirsefeld zu jäten."

So friedlich unterhielten sich die beiden alten Frauen meistens.

Mehr als acht Jahre seit Nitaros Tod ernährte O-Tami nun schon mit ihrer Hände Arbeit die Familie. Ihr Name wurde auch schon über das Dorf hinaus bekannt. Sie war nicht mehr die junge Witwe, die Tag und Nacht ihrer „Sucht, Geld zu machen", frönte. Und von den jungen Leuten aus dem Dorf nannte sie keiner mehr „die junge Tante".

O-Tami galt inzwischen als die vorbildliche Schwiegertochter, als ein Musterbeispiel weiblicher Treue. „Sieh dir O-Tami-san, drüben auf der anderen Seite des Sumpfes, an!" Jeder, der gescholten wurde, bekam wohl diese Worte zu hören. O-Sumi klagte nicht einmal der Nachbarin ihr Leid. Sie wollte sich auch nicht beklagen. Aber ohne sich dessen vielleicht völlig bewußt zu sein, hatte sie im Grunde ihres Herzens ihre ganze Hoffnung in die Vorsehung gesetzt. Doch auch diese Hoffnung zerging wie Schaum. Und so blieb der Alten nur Hiroji, ihr zwölf-, dreizehnjähriges Enkelkind, an dem sie mit verzweifelter Liebe hing. Manchmal schien ihr jedoch selbst diese letzte Hoffnung genommen zu werden.

An einem schönen, klaren Herbstnachmittag kam Hiroji, das Bücherbündel unter dem Arm, aufgeregt aus der Schule nach Hause. O-Sumi stand vor dem Schuppen und war gerade dabei, mit dem großen Küchenmesser, das sie geschickt handhabte, Persimonen zum Trocknen vorzubereiten. Hiroji setzte mit einem eleganten Sprung über die Strohmatte, auf der Hirsekolben ausgebreitet waren, nahm Haltung an, legte die Hand an die Mütze und begrüßte die Großmutter. Dann fragte er unvermittelt mit todernstem Gesicht: „Sag, Oma, ist meine Mutter ein hervorragender Mensch?"

„Wie kommst du denn darauf?" O-Sumi ließ die Hand, die das Messer hielt, sinken und sah den Enkel an.

„Na ja, weil es unser Lehrer im Moralunterricht gesagt hat. ‚Hier in der Gegend gibt es keinen zweiten so hervorragenden Menschen wie Hirojis Mutter', hat er gesagt."

„Das hat der Lehrer gesagt?"

„Ja, der Lehrer. Aber das ist doch eine Lüge, nicht wahr?"

O-Sumi war völlig verwirrt. Selbst dem Enkel wurden also vom Lehrer in der Schule solche Lügen beigebracht – in der Tat, mit allem hatte sie gerechnet, nur damit nicht. Einen Augenblick war sie fassungslos, aber dann packte sie plötzlich die Wut, und als wäre sie nicht mehr sie selbst, begann sie, O-Tami zu beschimpfen.

„Eine Lüge, eine gemeine Lüge! Dieser Mensch, den du deine Mutter nennst, arbeitet bloß draußen auf dem Feld. Vor anderen tut sie, als wäre sie wer weiß wie gütig, aber in ihrem Herzen ist sie schlecht. Dauernd jagt sie die Oma hin und her. Sie ist entsetzlich eigensinnig..."

Erschrocken starrte Hiroji die Großmutter an. Sie war ganz bleich geworden. Dann aber begann O-Sumi, vielleicht war es die Reaktion auf ihren Ausbruch, plötzlich zu weinen.

„Die einzige Hoffnung, die deine Großmutter noch hat, bist du. Vergiß das nie. Wenn du siebzehn bist, heiratest du, und dann wird deine Oma aufatmen können. Deine Mutter sagt, daß wir uns damit Zeit lassen sollen, bis du deine Militärdienstzeit hinter dir hast. Wie kann man so lange warten wollen! Verstehst du? Du wirst dich doppelt um deine Oma kümmern, für dich und deinen Vater. Dann werde ich dir niemals böse sein, und du kannst alles von mir haben..."

„Auch diese Persimonen, wenn sie nachgereift sind?"

Hiroji befühlte die Früchte im Korb, als verlange es ihn sehr danach.

„Natürlich. – Du bist noch jung, aber du verstehst schon alles sehr gut. Du mußt immer so denken..." Tränen liefen O-Sumi über das Gesicht. Sie begann, stoßweise zu lachen, als habe sie einen Schluckauf...

Am nächsten Abend gerieten O-Sumi und O-Tami wegen einer Kleinigkeit hart aneinander. O-Sumi hatte näm-

lich die Kartoffeln, die O-Tami haben wollte, aufgegessen – das war alles. Als aber der Wortwechsel immer heftiger wurde, sagte O-Tami, kalt und höhnisch lächelnd: „Wenn dir die Arbeit über ist, dann mußt du eben sterben."

O-Sumi gebärdete sich wie eine Wahnsinnige, man erkannte sie nicht wieder. Selbst Hiroji, der, den Kopf auf dem Schoß der Großmutter, seelenruhig schlief, rüttelte sie wach. „Hiro, steh auf!" schrie sie in einem fort. „Hiro, steh auf! Hiro, steh auf! Hör dir das an, was deine Mutter sagt! Deine Mutter sagt, ich soll sterben. Hör dir das an! Seit deine Mutter hier wirtschaftet, haben wir es zwar zu etwas Geld gebracht, aber unsere sechs Morgen Land haben allein dein Opa und deine Oma urbar gemacht. Wie kann deine Mutter nur so was sagen! Bloß weil ich möchte, daß mein Leben ein bißchen leichter wird, sagt deine Mutter gleich, ich soll sterben. O-Tami, ich werde sterben. Ich fürchte mich nicht vor dem Tod. Aber du, O-Tami, hast mir gar nichts zu sagen. Ich werde sterben. Ganz egal, ich werde sterben. Und dann suche ich dich heim..."

O-Sumi schrie und schimpfte und zog das weinende Enkelkind fest an sich. O-Tami aber hatte sich wie immer neben der Feuerstelle ausgestreckt und stellte sich einfach taub. O-Sumi jedoch starb nicht. Statt ihrer erkrankte im nächsten Jahr, kurz bevor die Hundstage zu Ende gingen, O-Tami, die sich stets ihrer starken Natur gerühmt hatte, an Typhus und war acht Tage später tot. Die Typhusepidemie forderte damals auch in ihrem kleinen Dorf mehrere Opfer. Bevor O-Tami erkrankte, hatte sie noch das Grab für den Schmied ausgehoben, den der Typhus ebenfalls dahingerafft hatte. Die Lehrlinge des Schmieds wurden noch am Tage der Beerdigung in ein Seuchenkrankenhaus geschafft.

„Bestimmt hast du dich bei der Gelegenheit angesteckt", sagte O-Sumi, als der Arzt gegangen war, zu der kranken O-Tami. In ihren Worten lag ein versteckter Vorwurf.

Am Tag, als O-Tami beigesetzt wurde, regnete es. Doch nicht ein Dorfbewohner blieb der Totenfeier fern, auch nicht der Bürgermeister. Ausnahmslos bedauerten alle, die gekommen waren, den frühen Tod O-Tamis und drückten Hiroji sowie O-Sumi, die den Ernährer verloren hatten, ihr Beileid aus. Der Abgeordnete des Dorfes sprach vor allem davon, daß in der nächsten Zeit eine öffentliche Belobigung der Verstorbenen durch die Kreisverwaltung bevorgestanden habe. Als O-Sumi das hörte, konnte sie nur den Kopf senken.

„Sie müssen sich damit abfinden, daß das Schicksal es nicht anders gewollt hat. Wegen der Belobigung für O-Tami-san hatten wir schon im vergangenen Jahr ein Schreiben an die Kreisverwaltung geschickt, dann sind der Bürgermeister und ich, ohne die Fahrkosten zu scheuen, noch fünfmal in dieser Angelegenheit beim Landrat vorstellig geworden. Wir haben uns wirklich redlich bemüht. Aber nun müssen wir uns eben damit abfinden, und Sie sollten es auch tun", sagte der gutmütige, kahlköpfige Abgeordnete abschließend recht aufgeräumt, woraufhin ihn der junge Dorfschullehrer mit strengen, unfreundlichen Blicken musterte.

Am Abend nach der Beerdigung waren O-Sumi und Hiroji in einer Ecke des Hinterzimmers, wo der buddhistische Hausaltar stand, unter das Moskitonetz gekrochen. Für gewöhnlich schliefen beide selbstverständlich im Dunkeln, doch in dieser Nacht ließen sie die Kerzen vor dem Altar brennen. Da die alten Matten obendrein nach dem Desinfektionsmittel rochen, konnte O-Sumi keinen Schlaf finden. O-Tamis Tod bedeutete für sie ganz sicher ein großes Glück. Sie brauchte sich nicht länger zu plagen, sie brauchte sich nicht mehr zu fürchten, gescholten zu werden. Außerdem hatte sie an die dreitausend Yen gespart und besaß wohl sechs Morgen Land. Wenn sie wollte, konnten sie und ihr Enkel sich jeden Tag Reis leisten. Sie hätte sich auch gesalzene Forellen, die sie so gern aß, gleich beutelweise kaufen können. Sie erinnerte sich nicht, jemals im Leben solch ein Gefühl der Erleichterung kennengelernt zu haben. Der Erleichterung? Auf einmal entsann sie sich ganz deutlich einer Nacht vor neun Jahren. Auch damals hatte sie beinahe genauso wie heute erleichtert aufgeatmet. Es war in der Nacht gewesen, nachdem ihr Sohn beerdigt worden war. Und die heutige Nacht? Es war die Nacht nach der Beerdigung ihrer Schwiegertochter, die ihr ein Enkelkind geboren hatte.

Unwillkürlich schlug O-Sumi die Augen auf. Der Enkel schlief dicht neben ihr, das unschuldige Gesicht nach oben gerichtet. Als O-Sumi das Gesicht des Schlafenden betrachtete, begann sie allmählich, ihre eigene Erbärmlichkeit zu spüren. Gleichzeitig hatte sie aber auch zum erstenmal das Gefühl, daß ihr Sohn Nitaro und ihre Schwiegertochter O-Tami, mit denen sie so unheilvoll verbunden war, ebenfalls armselige, unglückliche Menschen waren. Dieser Gedanke spülte den Haß und den Ärger der vergangenen neun Jahre zusehends fort. Nein, nicht nur der Haß und der Ärger, auch die Hoffnung auf eine glückliche Zukunft, mit der sie sich getröstet hatte, wurde mit fortgerissen. Alle drei, die Mutter und die Kinder, waren sie erbärmliche, armselige, unglückliche Menschen. Aber der armseligste und unglücklichste von allen war sie, die sich nun allein durchs Leben schlagen mußte. „O-Tami, warum bist du gestorben?" Unbewußt formte sich in ihrem Munde die Frage an die Tote. Dann rollten der Alten unablässig Tränen über die Wangen...

Die Uhr hatte schon vier geschlagen, als O-Sumi endlich erschöpft einschlief. Der Himmel über dem schilfgedeckten Haus begrüßte bereits die kühle Morgendämmerung...

Lu Xun

Das Neujahrsopfer

Wenn man es recht bedenkt, liegt über dem Abend, der im alten Mondkalender als Jahresende festgesetzt ist, wirklich eine echte Neujahrsstimmung. Nicht allein in den Dörfern und Städten, auch in der Luft kündet sich das Kommen des neuen Jahres an. In den bleigrauen, schwer herabhängenden Wolken zuckt von Zeit zu Zeit ein blendend heller Schein auf. Ihm folgt das Geknatter explodierender Knallfrösche, die zu Ehren des zum Himmel aufsteigenden Gottes des häuslichen Herdes abgebrannt werden. Dem in allernächster Nähe Stehenden dröhnt das Krachen natürlich noch weit heftiger in den Ohren, und noch ehe es erstirbt, nimmt er den beißenden Pulvergeruch wahr, der sich dann ausbreitet.

Zufällig traf ich gerade an solch einem Neujahrsabend zu einem Besuch in meinem Heimatdorf Lutschön ein. Heimatdorf sage ich; in Wirklichkeit lebte ich schon seit geraumer Zeit nicht mehr hier und mußte für die kurze Zeit meines Aufenthalts die Gastfreundschaft eines Herrn Lu Ssi in Anspruch nehmen. Er war der vierte Sohn seiner Familie und gehörte zu unserer Sippe. Altersmäßig stand er eine Generation über mir; ich mußte ihn daher mit „Vierter Onkel“ anreden. Er kam aus der alten kaiserlichen Akademie der Literaten und war ein eifriger Verfechter der Klassischen Erziehung und überkommenen Ethik. Nachdem wir uns in der von der Sitte vorgeschriebenen Zeremonie begrüßt hatten, sagte Lu Ssi, der mich die ganze Zeit über scharf musterte: „Du hast aber zugenommen...", und ging unvermittelt zu einer Schimpfkanonade auf die „Neue Partei" über. Ich wußte zwar, daß dieser Erguß sich nicht gegen mich richtete, das Ziel seiner Angriffe vielmehr Kang Ju-wee war, aber trotzdem kam danach keine rechte Unterhaltung mehr zwischen uns zustande, und es dauerte nicht lange, so saß ich allein im Studierzimmer.

Am nächsten Tag stand ich ziemlich spät auf. Nach dem Mittagessen besuchte ich verschiedene Verwandte und Freunde. Am dritten Tag trieb ich es ähnlich. Niemand von all denen, die ich wiedersah, hatte sich wesentlich verändert, nur war jeder etwas gealtert. In allen Familien war man eifrig mit den Vorbereitungen für das Neujahrsopfer beschäftigt. In Lutschön hat dieses Fest immer eine besondere Bedeutung. Jeder im Haus gibt sich die größte Mühe, dazu beizutragen, daß alle vorgeschriebenen Opfer und Zeremonien eingehalten werden, um den Gott des Glücks ehrerbietig willkommen zu heißen und reichen Segen für das beginnende neue Jahr heraufzubeschwören.

In jeder Familie werden in großer Zahl Hühner und Enten geschlachtet, und Schweinefleisch wird auf Vorrat gekauft. Die Frauen scheuern und schrubben im Haus, daß ihre oft mit vielerlei silbernen Reifen geschmückten Arme und Hände schließlich von dem langen Arbeiten im kalten Wasser ganz rot werden. Wenn alles fertig gekocht und gebacken und zum Verzehren hergerichtet ist, werden in der Morgendämmerung in jedes Gericht aufs Geratewohl mehrere Eßstäbchen gesteckt und die Schalen auf den Hausaltar gestellt, auf dem rote Kerzen und duftender Weihrauch angezündet wird. Das ist das „Opfer". An der Opferzeremonie dürfen nur Männer teilnehmen. Sie heißen den Gott des Glücks willkommen und bitten ihn ehrfurchtsvoll, am Opfer teilzunehmen. Nach der Zeremonie wird das am Vorabend begonnene Abbrennen der

Feuerwerkskörper fortgesetzt. Dieser Ablauf ist in jedem Jahr und in jedem Hause der gleiche, vorausgesetzt allerdings, daß die Familie es sich leisten kann, die Opfergaben, Kerzen und Feuerwerkskörper zu kaufen. In diesem Jahr war das überall der Fall.

Der Himmel bezog sich. Am Nachmittag begann es zu schneien. In dichten Flocken rieselte der Schnee aus dem Himmelsgewölbe auf die Erde nieder. Die großen unter ihnen glichen den Blättchen der Pflaumenblüten. Ihr Gewirr, der aus den Schornsteinen aufsteigende Rauch, die fröhliche Geschäftigkeit – das alles erzeugte im Dorf eine merkwürdige Atmosphäre, eine unbestimmte Erregung.

Als ich in das Studierzimmer meines Onkels zurückkehrte, lag bereits eine dichte Schneedecke auf dem Dach des Hauses. Im Zimmer schien es mir heller als vorher zu sein. Das von dem berühmten dauistischen Meister der Kalligraphie Tschen Tuan mit roter Tusche auf ein Brettchen gemalte Schriftzeichen für „Schou – Langes Leben" leuchtete mir von der Wand entgegen. Von einem Paar zusammengehörender Rollenbilder war das eine heruntergefallen und lag, unordentlich lose ineinandergeschoben, auf dem langen Tisch. Die zweite Rolle hing noch an der Wand; die Schriftzeichen darauf besagten: „Indem wir der Vernunft folgen, gelangen wir zum Frieden des Geistes." Ich ging zu einer Bank unter dem Fenster und sah die darauf umherliegenden Bücher durch. Aber ich fand nichts weiter als ein unvollständiges Exemplar des Kang-Ssi-Wörterbuchs, von den konfuzianischen Klassikern einen Band „Djang Jung, Anmerkungen zu Dschu Ssi's Philosophischen Schriften" und schließlich noch einen Band der „Kommentare zu den Vier Büchern". Ich beschloß, am nächsten Tag abzureisen.

Zu meinem Entschluß trug auch der Umstand bei, daß mich die Erinnerung an Sjang Lins Frau, der ich am Abend zuvor begegnet war, sehr bedrückte. Ich hatte am Nachmittag einen im Osten des Dorfes wohnenden Freund besucht. Als ich am Fluß entlang heimging, kam sie mir entgegen. Sobald sie meiner ansichtig geworden war, hatte sie den Blick fest auf mich geheftet, und ich wartete darauf, daß sie mich ansprechen würde. Von all den Menschen, mit denen ich in den letzten Tagen in Lutschön zusammengekommen war, hatte sich keiner so verändert wie sie. Vor fünf Jahren war ihr Haar grau meliert gewesen, jetzt war es schlohweiß. Niemand hätte sie für eine Frau von ungefähr vierzig Jahren gehalten. Auf ihrem Gesicht, das nur aus Haut und Knochen bestand und in seiner dunklen Bräune fast schwarz wirkte, lag der Ausdruck einer qualvollen Freudlosigkeit. Es schien aus Holz geschnitzt. Nur ein gelegentliches Aufflackern in den Augen verriet, daß Leben in ihr war. In der einen Hand hielt sie einen Weidenkorb mit einem angeschlagenen leeren Eßnapf darin. Mit der andern Hand stützte sie sich auf einen Bambusstecken, der sie überragte und unten schon aufgesplittert war. Offensichtlich war sie zur Bettlerin herabgesunken.

Ich blieb stehen und wartete darauf, daß sie mich anbettelte.

„Ach – sind Sie zurückgekehrt?" fragte sie.

„Ja."

„Das freut mich sehr. Sie sind ein Literat, der weit umhergekommen ist und viel gesehen und gehört hat. Sie haben große Erfahrung und ein reiches Wissen. Ich möchte Sie etwas Bestimmtes fragen."

In ihre ausdruckslosen Augen trat plötzlich ein Leuchten.

Ich hätte mir nicht träumen lassen, in dieser Art von ihr angesprochen zu werden, und überrascht verharrte ich auf der Stelle, wo ich stand.

Sie tat zwei Schritte auf mich zu.

„Es geht mir um folgendes: Wenn ein Mensch gestorben ist, verwandelt er sich dann in einen Geist oder nicht?" – Sie sprach in einem vertraulichen Flüsterton.

Die Frage bestürzte mich. Die Blicke, mit denen die Frau mich förmlich durchbohrte, jagten mir Schauer über den Rücken. Ich fühlte mich noch unbehaglicher als ein Schüler, dem unerwartet eine Aufgabe gestellt wird, die er unter der Aufsicht eines wachsamen Lehrers, der ihm nicht von der Seite weicht, lösen muß. Ich hatte mich noch niemals mit der Frage beschäftigt, ob es ein Leben nach dem Tode gibt oder nicht. In diesem Augenblick war ich vor eine Entscheidung gestellt. Was sollte ich ihr antworten? Ich überlegte blitzschnell: In Lutschön glauben die meisten Menschen noch an Geister. Aber Sjang Lins Frau scheint zu zweifeln. Das beste wird sein, ich mache ihr ein wenig Hoffnung. Aber worauf Hoffnung? Auf – ja? Oder auf – nein? Soll ich das Leid dieser unglücklichen Frau noch vermehren? Am besten ist, ich lasse ihr die Hoffnung und bejahe ihre Frage. Es gibt ein Weiterleben nach dem Tode...

„Möglicherweise ja. Ich denke, daß...", brachte ich unsicher heraus.

„Dann gibt es also auch eine Hölle?"

„Eine Hölle? Wieso?" Wieder war ich in eine Enge getrieben, aus der ich mich spitzfindig herauswinden mußte.

„Eine Hölle? Wenn man's richtig überlegt, muß es auch eine Hölle geben..., aber unbedingt nötig ist das wiederum auch nicht. – Aber wozu soll man sich überhaupt mit solchen Fragen herumquälen?"

„Dann sehen sich also alle Menschen aus derselben Sippe nach dem Tode von Angesicht zu Angesicht wieder?"

„Hm, ob sie sich von Angesicht zu Angesicht wiedersehen..." Mir wurde sofort klar, daß ich die Sache völlig verkehrt angepackt hatte. Trotz aller Vorsicht und Überlegung hatte ich nicht einmal drei Fragen standgehalten. Ganz aus der Fassung gebracht, sagte ich nun das genaue Gegenteil von dem, was ich eben noch behauptet hatte.

„Ich bin mir in diesem Punkt nicht ganz sicher – eigentlich überhaupt nicht in der Geisterfrage..."

Mir war recht unbehaglich zumute. Um weiteren unbequemen Fragen zu entgehen, trat ich schleunigst den Rückzug zum Haus meines Onkels an. Unterwegs ging es mir durch den Sinn, ob meine Antworten Sjang Lins Frau gefährden könnten. Vielleicht litt sie an den Tagen, an denen die Menschen um sie herum Feste feierten, besonders stark unter ihrer Vereinsamung. Oder hatte irgendein anderer Anlaß sie zu ihren Fragen getrieben? Etwa eine Vorahnung? Sollte das der Fall sein und sie sich durch meine Antworten zu irgendwelchen Entschlüssen bestimmt fühlen, könnte man mich in einem gewissen Ausmaß dafür verantwortlich machen. Aber eigentlich, überlegte ich weiter, dürfte man solcher zufälligen Begegnung keine Bedeutung beimessen. Daß ich mir die Sache so zu Herzen nahm, war nur ein Beweis dafür, daß ich tatsächlich, wie manche Psychologen behaupteten, mit den Nerven nicht ganz in Ordnung war. Zudem hatte ich unmißverständlich gesagt, ich wäre mir nicht ganz sicher, und damit meine erste Antwort zurückgezogen. Gesetzt den Fall, es träte irgend etwas Unvorhergesehenes ein, würde sich doch keinerlei Beziehung zu mir ergeben. „Ich bin mir nicht ganz sicher" – das ist eine allgemein nützliche Phrase. Übereifrige und unerfahrene junge Leute nehmen oft das Risiko auf sich, anderer Menschen Streitfragen zu lösen oder heilsame Arzneipflanzen für sie zu suchen. Aber wehe, wenn sich der gewünschte Erfolg nicht einstellt! Dann ernten sie Ärger und Haß. Haben sie sich aber vorher durch diese nützliche Phrase gesichert, nimmt alles einen ruhigen Verlauf. In dem Gespräch mit der armseligen Bettlerin war ich mir der Hilfe, die eine solche Phrase leistet, besonders deutlich bewußt geworden.

Aber der Vorfall hatte doch eine währende Unruhe in mir zurückgelassen. Gleich nach dem Erwachen am nächsten Morgen beschäftigten sich meine Gedanken bereits wieder mit ihm. Es war, als erfüllte mich eine Ahnung drohenden Unheils. Die Düsternis im Studierzimmer und der von dichten Schneewolken verhangene Himmel steigerten noch meine Unruhe. Es wäre sicher das beste für mich, überlegte ich, von Lutschön fortzugehen. Ja, schon am nächsten Morgen würde ich in die Stadt zurückkehren.

In der Garküche von Fu Ssing hatte eine große Schale gekochter Haifischflossen immer ein Yüan gekostet. Es war ein preiswertes und köstlich mundendes Gericht. Ich war neugierig, ob es wohl inzwischen teurer geworden wäre. Zwar hatten sich die Freunde, mit denen ich ehedem zu Fu Ssing zu gehen pflegte, in alle Himmelsrichtungen zerstreut, aber die Haifischflossen wollte ich probieren, auch wenn ich es allein tun müßte. Mein Entschluß, am nächsten Tag abzureisen, stand fest. Ich hatte schon oftmals die Erfahrung gemacht, daß Ereignisse, deren Eintritt ich nicht erhoffte und nicht wünschte, doch unweigerlich eingetreten waren, und mich quälte eine peinigende Unruhe, daß wieder einmal ein solches Geschehnis bevorstände. Und tatsächlich! Schon wurde ich Zeuge eines merkwürdigen Vorfalls. Gegen Abend hörte ich, daß sich der Hausherr im Wohnzimmer mit jemandem unterhielt. Anscheinend wurde über einen bestimmten Vorfall hin und her geredet. Unvermittelt brach das Gespräch ab, und ich hörte nur noch meinen Vierten Onkel beim Hinausgehen mit lauter Stimme sagen:

„... daraus ersieht man am besten, daß es sich um einen Geistesgestörten handelt."

Im ersten Augenblick war ich völlig verwirrt. Dann verspürte ich ein starkes Unbehagen. Ich hatte das Gefühl, die Worte des Onkels bezögen sich irgendwie auf mich. Ich schaute vor die Tür. Aber es war niemand zu sehen, so daß ich mich nicht erkundigen konnte. Erst spätabends bot sich die Gelegenheit dazu, als der Bedienstete zu mir hereinkam, um den Tee aufzubrühen.

„Auf wen war mein Vierter Onkel vorhin ärgerlich?"

„Auf wen anders als auf Sjang Lins Frau!" antwortete er kurz angebunden.

„Auf Sjang Lins Frau? Ja..., was ist denn mit ihr?"

„Sie ist fortgegangen."

„Tot?" – Mein Herz setzte für einen Schlag aus, und ich fühlte, wie mir das Blut aus dem Gesicht wich. Der Bedienstete merkte nichts davon. Er sah keinen Augenblick von der Teekanne auf. Ich hatte mich sofort wieder in der Gewalt und fragte weiter.

„Wann ist sie denn gestorben?"

„Wann? Gestern abend. Kann auch heute früh gewesen sein. Genau weiß ich es nicht."

„Und woran ist sie gestorben?"

„Na, an Hunger und Not. Woran sonst?"

Der Mann sagte das alles gleichgültig vor sich hin. Ohne auch nur einmal den Kopf gehoben zu haben, um mich anzusehen, ging er aus dem Zimmer.

Meine Bestürzung hielt nicht lange an. Sobald mir zum Bewußtsein gekommen war, daß das, was ich vorausgesehen, bereits Tatsache geworden war, fühlte ich mich erleichtert. Ich brauchte mich nicht mehr mit meiner Phrase „ich bin mir nicht ganz sicher“ oder mit der Bemerkung des Bediensteten „an Hunger und Not gestorben“ zu beschwichtigen. Nur gelegentlich überkam mich noch eine bedrückende Unruhe.

Das Abendessen nahm ich in der würdevollen Gesellschaft meines Vierten Onkels ein. Ich hätte ihn gern über Sjang Lins Frau befragt, aber ich wußte, daß er viele abergläubische Vorstellungen beibehalten hatte, obwohl ihm die konfuzianische These „Auch Geister und Dämonen gehören der diesseitigen Welt an“ geläufig war, und es war ausgeschlossen, am Vorabend des Neujahrsopfers Krankheit oder Tod auch nur mit einem Wort zu erwähnen. Im Notfall konnte man das Gespräch mit verschleierten Andeutungen darauf bringen, aber ich war in dieser Redeweise leider nicht geübt. So mußte ich die Fragen, die sich mir auf die Lippen drängten, eine nach der andern wieder zurückdrängen.

Das gemessene Wesen meines Onkels machte mich argwöhnisch. Meinte er vielleicht, auch ich hätte keinen früheren oder späteren Termin, sondern eben gerade den jetzigen gewählt, um ihn mit meinem Besuch zu belästigen? War ich nach seiner Ansicht auch geistesgestört? Ich bemühte mich sofort, ihn zu beruhigen, indem ich ihm mitteilte, daß ich am nächsten Morgen Lutschön verlassen und in die Stadt zurückkehren wolle. Er gab sich keine besondere Mühe, mich zum Bleiben zu bestimmen, und wir beendeten unser Mahl in einer leidlich harmonischen Atmosphäre.

Im Winter sind die Tage ohnehin kurz, und da es unaufhörlich schneite, war weit und breit alles in Dunkelheit gehüllt. Im Hause herrschte im Lampenschein ein reges Leben und Treiben, draußen war tiefste Ruhe. Immer mehr Schneeflocken rieselten auf die dichte weiße Decke nieder. In dieser Lautlosigkeit fühlt sich der Mensch vereinsamt und traurig. Ich saß allein beim gelblichen Licht der Öllampe und grübelte vor mich hin. – Diese Jammergestalt, von der Welt im Stich gelassen, auf den Kehricht geworfen wie ein Spielzeug, dessen man überdrüssig geworden ist, hatte dem Staub ihre Spur aufgedrückt und die Menschen an ihre Existenz erinnert! Ich glaube, daß so mancher von denen, die von einem beglückenden Lebensgefühl getragen werden, nicht begreift, daß sie ein derartiges Dasein nicht verlängert wissen wollen. Nun hat es der barmherzig eingreifende Tod endgültig ausgelöscht. Ich weiß nicht, ob es Geister gibt oder nicht. Aber das eine weiß ich: Wenn in der gegenwärtigen Welt das trostlose Dasein eines Menschen, dessen Anblick die anderen schon seit langem überdrüssig geworden sind, zu Ende geht, so ist das für das betreffende Einzelwesen wie für die anderen das beste, was eintreten kann.

Ich lauschte, ob ich wohl zu hören vermöchte, wie die Schneeflocken vor dem Fenster herabrieselten, und hing weiter meinen Gedanken nach. Allmählich wurde ich ruhiger. Was ich von dem armseligen Leben dieser unglücklichen Person miterlebt und gehört hatte, formte sich zu einem abgerundeten Bild.

Sjang Lins Frau war nicht aus Lutschön gebürtig. Als die Familie meines Vierten Onkels einmal zu Beginn des Winters mit ihren Dienstmädchen wechseln wollte, hatte die alte Frau Wee, eine Vermittlerin für Dienstpersonal, sie ins Haus gebracht. Sie mochte sechsundzwanzig Jahre alt gewesen sein. In ihrem blassen Gesicht fielen die frischen roten Wangen auf. Sie trug einen schwarzen Rock, eine blaue Jacke und ein hellgrünes Mieder. In das Haar hatte sie weiße Bänder als Trauerzeichen geflochten. Ihren Namen gab die alte Frau Wee mit Sjang Lins Frau an. Sie sagte weiter, daß sie und die Familie von Sjang Lins Frau Nachbarn wären und daß Sjang Lins Frau seit dem Tod ihres Mannes als Dienstmädchen arbeitete. Bei dieser letzten Angabe setzte mein Onkel eine finstere Miene auf. Seine Frau wußte sofort, daß er dagegen war, eine Witwe einzustellen. Aber die Vierte Tante sah, daß sie eine tüchtige Person war. Sie hatte große, kräftige Hände und Füße, wirkte anspruchslos und unterwürfig, und obwohl sie während der ganzen Verhandlung kein Wort sagte, war unschwer zu erkennen, daß sie leicht zu behandeln war. Die Vierte Tante kümmerte sich daher nicht um die finstere Miene ihres Gatten und behielt sie probeweise im Haus.

In den drei Probetagen arbeitete Sjang Lins Frau von früh bis spät, als kenne sie überhaupt keine Ruhepause. Sie war so kräftig, daß sie einem Mann in der Arbeit nicht nachstand. Am dritten Tag stellte die Tante sie für einen Monatslohn von fünfhundert Käsch fest ein.

Jeder im Haus sprach von Sjang Lins Frau; keiner fragte nach dem Familiennamen. Da die alte Frau Wee, die sie ins Haus gebracht hatte, aus dem Dorf Wee-dja stammte, was ja „Dorf der Sippe Wee" bedeutete, und dazu gesagt hatte, sie wären Nachbarn, trug sie wahrscheinlich auch den Familiennamen Wee. Sie war nicht gesprächig; man hörte sie eigentlich nur sprechen, wenn sie auf Fragen antwortete, und auch das fiel meist recht einsilbig aus. Erst nach zehn Tagen brachte man allmählich einiges über sie in Erfahrung. Sie hatte daheim eine sehr strenge Schwiegermutter und einen jungen Schwager, der Holzfäller war. Ihr Mann, auch Holzfäller, war zehn Jahre jünger als sie gewesen und im letzten Frühjahr gestorben. Er war also bei der Heirat noch ein Knabe gewesen, und seine Mutter hatte sich, wie das auf dem Lande üblich war, in der um so viel älteren Schwiegertochter eine tüchtige Arbeitskraft verschafft. Das war alles, was man im Hause des Vierten Onkels über Sjang Lins Frau erfuhr.

Die Zeit verging schnell. Sjang Lins Frau ließ in ihrem Arbeitseifer nicht nach. Sie beklagte sich über nichts und sparte niemals mit ihrer Kraft. Alle Leute sagten, daß das neue Dienstmädchen der Familie Lu an Fleiß und Geschicklichkeit selbst einen tüchtigen Mann überträfe.

Zum Jahresende scheuerte sie die Fußböden, besorgte die Wäsche, schlachtete Hühner und Enten und blieb die

Nacht über auf, um alles für das Opfermahl vorzubereiten. Sie verrichtete alle Arbeit allein; die Familie brauchte keine Aushilfskraft zu dingen. Trotz der vielen Arbeit war sie immer guter Dinge und lächelte sogar manchmal ein wenig. Ihr Gesicht wurde voller, die Haut heller.

Kurz nach Neujahr kam sie eines Tages totenblaß vom Flußufer zurück, wo sie Reis gewaschen hatte, und erzählte, auf dem gegenüberliegenden Flußufer wäre ein Mann auf und ab gegangen, der große Ähnlichkeit mit dem Vetter ihres verstorbenen Ehemannes gehabt hätte. Er wolle sie sicher zurückholen.

Die Vierte Tante war sehr bestürzt und fragte Sjang Lins Frau bis ins kleinste aus, bekam aber nichts weiter aus ihr heraus. Als mein Onkel von dem Vorfall hörte, setzte er wieder eine finstere Miene auf. „Böse Sache!" meinte er. „Sie ist also der Familie ihres Mannes fortgelaufen!"

Und tatsächlich! Es dauerte gar nicht lange, so bestätigte sich des Onkels Vermutung.

Es waren etwa vierzehn Tage vergangen; der Zwischenfall wurde im Hause kaum noch erwähnt. Plötzlich tauchte unerwartet die alte Frau Wee auf, mit ihr eine Frau von ungefähr dreißig Jahren, die sie als die Schwiegermutter des Dienstmädchens Sjang Lins Frau einführte. Diese Frau war wie alle Frauen in den Gebirgsdörfern gekleidet, besaß aber ein sicheres Auftreten und war recht redegewandt. Nach den üblichen höflichen Begrüßungsformalitäten entschuldigte sie sich, daß sie der Lu Tai-tai Unbequemlichkeiten verursachen und das Dienstmädchen fortholen müsse. Zum Frühjahr gäbe es immer viel Arbeit, sie wäre mit einem Sohn allein und brauche die Hilfe der Schwiegertochter.

„Was soll man dagegen sagen, wenn ausgerechnet die Schwiegermutter die Heimkehr verlangt!" war die Ansicht des Vierten Onkels. Hierauf wurde der Lohn zusammengerechnet: eintausendsiebenhundertundfünfzig Käsch im ganzen. Sjang Lins Frau hatte keinen einzigen davon für sich verbraucht, sondern alles Geld bei der Brotherrin anstehen lassen. Jetzt bekam die Schwiegermutter, die inzwischen die Kleider eingepackt hatte, die volle Summe in die Hand. Sie bedankte sich und verließ das Haus.

Es ging auf Mittag zu.

„Ai-ya! Was ist mit dem Reis? Sjang Lins Frau war doch zum Reiswaschen an den Fluß gegangen!" rief die Vierte Tante gleich nach dem Fortgehen der Schwiegermutter. Wahrscheinlich hatte sie Hunger und merkte, daß es Zeit zum Mittagessen war.

Alle machten sich auf die Suche nach dem Korb mit dem gewaschenen Reis. Die Vierte Tante ging zuerst in die Küche, dann in die Halle, schließlich ins Schlafzimmer. Aber nirgendwo war eine Spur von dem Reis. Mein Vierter Onkel suchte draußen, aber auch ergebnislos. Erst als er bis zum Fluß hinunterging, entdeckte er den Korb. Deutlich sichtbar stand er am Ufer. Daneben lag ein Bündel frischer Kräuter. Ein paar Männer, die sich am Ufer aufhielten, erzählten ihm, was sie beobachtet hatten. Danach hatte frühmorgens eine Dschunke mit weißem Verdeck an dieser Uferstelle angelegt. Sie hatten nicht sehen können, wer darin war, weil das Verdeck über die ganze Dschunke reichte; sie hatten auch gar nicht weiter auf die Dschunke geachtet, bis die Sache mit Sjang Lins Frau geschah. Sie kam an den Fluß und kniete sich hin, um den Reis zu waschen. Im gleichen Augenblick sprangen zwei Männer, die wie Gebirgsdörfler aussahen, aus der Dschunke ans Ufer, packten Sjang Lins Frau und schleppten sie in die Dschunke. Sie jammerte und schrie ein paarmal um Hilfe, wurde aber sehr bald still. Wahrscheinlich hatte man ihr etwas in den Mund gestopft.

Gleich darauf betraten zwei Frauen die Dschunke. Die eine war eine Fremde, die andere die alte Frau Wee. Die Männer versuchten einen Blick in die Dschunke zu werfen, konnten aber nichts Genaues erkennen. Anscheinend lag Sjang Lins Frau zusammengeschnürt auf dem Boden der Dschunke unter einem Segel.

„Das ist ja infam!" rief der Vierte Onkel aus. „Aber ..."

An diesem Tag bereitete die Vierte Tante das Mittagessen selbst zu. Ihr Sohn Ah Nju machte Feuer an.

Nach dem Mittagessen kam die alte Frau Wee schon wieder.

„Das ist ja schändlich!“ rief ihr der Vierte Onkel entgegen.

„Was denken Sie sich eigentlich? Woher nehmen sie den Mut, noch einmal hierherzukommen?“ schrie sie die Vierte Tante an, kaum daß sie ihrer gewahr geworden. Sie spülte gerade das Geschirr.

„Erst bringen Sie sie selbst her, und dann tun Sie sich mit anderen zusammen, daß sie gewaltsam fortgeschleppt wird. Was für ein Skandal! Wie kommen Sie dazu, uns so zum Narren zu halten?“

„Ai-ya, ai-ya! Ich bin doch selbst reingefallen! Und nun komme ich nur deshalb her, um Ihnen alles zu erklären. Wie konnte ich wissen, als Sjang Lins Frau mich bat, ihr Arbeit zu verschaffen, daß sie es ohne Erlaubnis ihrer Schwiegermutter tat? Bitte, tragen Sie es mir nicht nach! Es ist alles meine Schuld, ich gebe es zu. Ich bin eine dumme, alte Frauensperson und habe unvorsichtig gehandelt. Ihre Familie ist durch Großmut und Güte bekannt, Sie werden nicht hart mit mir verfahren. Ich werde jetzt jemand ganz besonders Tüchtiges für Sie suchen und mich für Ihre Freundlichkeit dankbar erweisen.“

„Und trotzdem...“, warf der Vierte Onkel ein.

Damit war der Fall Sjang Lins Frau erledigt und bald danach in Vergessenheit geraten.

Nur die Vierte Tante dachte noch oft an Sjang Lins Frau. Die Dienstmädchen, die sie danach dingte, waren alle faul oder anspruchsvoll oder beides. Keins genügte ihren Ansprüchen.

„Wie es ihr wohl jetzt geht?“ sagte sie dann vor sich hin, in der leisen Hoffnung, daß Sjang Lins Frau zurückkommen könnte. Aber vom nächsten Neujahr an hörte sie auf, darauf zu warten. Gegen Ende der Neujahrsfeiertage machte die alte Frau Wee nämlich ihren Gratulationsbesuch. Sie hatte einen gehörigen Schwips und erzählte lang und breit, warum sie so spät käme. Sie hätte die Familie ihrer Mutter in Wee-dja besucht und wäre ein paar Tage dort geblieben. Natürlich kam die Rede auch auf Sjang Lins Frau.

„Hach... die...“, sagte die Alte vergnügt, „der geht es jetzt wunderbar. Als die Schwiegermutter sie damals nach Hause schleppte, hatte sie vorher schon die Heirat mit dem Sechsten Ho aus der Familie Ho in Ho-dja abgesprochen. Kaum waren sie zu Hause angekommen, da wurde Sjang Lins Frau schon in die Brautsänfte gesetzt und in das neue Heim gefahren.“

„Aber nein – was für eine tüchtige Schwiegermutter!“ rief die Vierte Tante überrascht.

„Ach – gnädige Herrin! Sie sprechen wie eine feine Dame, wirklich! Wir Menschen aus den Gebirgsdörfern, wir armseligen Schlucker, sehen das alles anders. Sjang Lins Frau hatte noch einen jüngeren Schwager, für den eine Frau gefunden werden mußte. Und wenn sie die nun hätten, woher sollten sie das Geld nehmen, um die Eltern der Frau abzufinden und die Hochzeit auszurichten? Da mußten sie eben vorher einen Mann für Sjang Lins Frau auftreiben. Aber die Schwiegermutter ist eine kluge und tüchtige Person. Die versteht sich aufs Geschäft! Sie hat sie also weit weg ins Gebirge verheiratet. Hätte sie sie einem Mann im Dorf gegeben, würde sie nicht soviel Geld bekommen haben. Aber es findet sich selten eine Frau, die bereit ist, in ein Dorf hoch oben im Gebirge zu heiraten. Achtzigtausend Käsch hat die Schwiegermutter erhalten! Danach hat sie den zweiten Sohn verheiratet. Das hat sie nur fünfzigtausend Käsch für die Eltern der Braut gekostet, und dazu kommen die Ausgaben für die Hochzeit. Nun hat sie noch reichlich zehntausend Käsch über! Na, sagen Sie selbst, ob sich die Frau aufs Geschäft versteht...“

„War denn Sjang Lins Frau einverstanden?“

„Ob einverstanden oder nicht – darauf kommt's doch nicht an. Selbstverständlich hätte sich jede Frau beklagt und gesträubt. Na, sie haben sie mit Stricken zusammengeschnürt, in die Brautsänfte getragen und zum Haus des Mannes gefahren. Da haben sie ihr den bräutlichen Kopfputz aus künstlichen Blumen aufgesetzt, die Zeremonie vollzogen und sie mit dem Mann in der Schlafstube eingeschlossen. Damit war die Sache erledigt. Aber Sjang Lins Frau hat es ihnen sehr schwer gemacht. Sie hat furchtbaren Krach geschlagen. Die Leute sagen, daß sie sich so ganz anders aufführte als andere Frauen, käme eben daher, daß sie im Hause eines gelehrten Herrn gedient hätte. Gnädige Herrin! Ich habe viele Bräute gesehen. Die einen jammern und schreien und drohen vorher, daß sie sich umbringen wollen, und die anderen sträuben sich gegen die Zeremonie, sobald sie über die Schwelle des neuen Hauses getragen worden sind, und schlagen schließlich die Hochzeitsleuchter kurz und klein. Aber Sjang Lins Frau trieb es ärger als alle anderen. Die Leute erzählten, sie hätte den ganzen Weg lang geschimpft und geflucht und wäre ganz heiser gewesen, als sie in Ho-dja, dem ‚Dorf der Sippe Ho', ankam. Die beiden Sänftenträger und der junge Schwager hätten sie mit aller Gewalt aus der Brautsänfte gezerrt, es aber nicht geschafft, daß sie die Hochzeitszeremonie durchhielt. Sobald sie nur ein bißchen nachgaben – gütiger Buddha! –, schlug sie immer von neuem mit dem Kopf gegen die Tischkante. Schließlich hatte sie ein großes Loch in der Stirn. Das Blut strömte nur so heraus. Sie streuten zwei Handvoll Asche von Weihrauchstäbchen darauf und wickelten zwei rote Tücher fest um den Kopf, aber die Blutung hörte nicht auf. Schließlich packten alle Mann zusammen an und zerrten sie zu ihrem Mann in die Brautkammer. Da hat sie immer noch weiter geschimpft und geflucht. Ai-ya, ai-ya…"

Die alte Frau Wee schüttelte den Kopf, schlug die Augen nieder und verstummte.

„Und wie ging das weiter?" erkundigte sich die Vierte Tante.

„Wie das weiterging? Es heißt, sie wäre bis zum nächsten Tag nicht aufgestanden."

„Und weiter?"

„Weiter…? Na, dann ist sie eben aufgestanden. Zum Jahresende brachte sie ein Kindchen zur Welt, einen Jungen. Dieses Neujahr ist er zwei Jahre alt geworden. Während ich jetzt die paar Tage daheim war, gingen ein paar Leute nach Ho-dja. Bei der Rückkehr erzählten sie, sie hätten die Mutter und den kleinen Sohn besucht, und beide sähen gut aus. Sie hat keine Schwiegermutter über sich. Der Mann ist ein kräftiger und geschickter Arbeiter. Die Hütte ist ihr Eigentum. Ai-ya! Sie hat wirklich ihr Glück gemacht."

Seitdem erwähnte die Vierte Tante Sjang Lins Frau nicht mehr.

Aber im Herbst, zwei Jahre nach dem Besuch der alten Frau Wee und deren Bericht von Sjang Lins Frau Glück, stand diese wieder vor dem Haus des Vierten Onkels. Sie stellte einen runden Korb auf den Tisch und die Rolle mit ihrem Bettzeug unter die Regentraufe am Hauseingang. Auch diesmal trug sie einen schwarzen Rock, eine blaue Jacke und ein hellgrünes Mieder. In ihr Haar hatte sie wieder weiße Bänder geflochten. Aber sie war blaß, die gesunde Röte von damals war verschwunden. Sie sah immerfort zu Boden, ihre Augen waren verweint und ausdruckslos. Genau wie beim erstenmal geleitete die alte Frau Wee sie wieder ins Haus und erklärte mit vielem Getue:

„Das hat wirklich wie der Blitz eingeschlagen. So ein kräftiger, gesunder Mensch, wie es ihr Mann war – wer hätte gedacht, daß er so jung an Typhus eingehen würde. Es ging ihm schon besser, aber nach einer Mahlzeit aus kaltem Reis bekam er einen Rückfall. Zum Glück hatte sie den kleinen Sohn, und da sie in jeder Arbeit geschickt ist, ganz gleich, ob sie Holz hacken oder Teeblätter pflücken oder Seidenraupen füttern soll, kam sie zuerst gut zurecht. Wer ahnte denn, daß ihr ein Wolf das Söhnchen fortschleppen würde! Der Frühling war schon fast vorbei, und noch immer zeigten sich Wölfe im Dorf. Aber wer hätte denn damit gerechnet... Nun steht sie ganz allein da. Der Bruder ihres Mannes nahm ihr das Haus fort und jagte sie hinaus. Sie hat nur den einen Ausweg, ihre frühere Herrin zu bitten, sie wieder als Dienstmädchen anzunehmen. Diesmal kann sie ja niemand daran hindern, und es trifft sich gut, daß die gnädige Herrin gerade kein Dienstmädchen hat. Darum habe ich sie hierhergebracht. Ich meine, es geht immer besser mit jemand, der mit allem vertraut ist, als mit einer neuen Arbeitskraft."

„Ich war ja auch zu dumm, wirklich", sagte Sjang Lins Frau und sah für eine Sekunde mit ihren ausdruckslosen Augen auf. „Ich habe gewußt, daß die Wölfe im Winter, wenn es schneit und sie in den Bergen nichts zu fressen finden, ins Dorf kommen. Aber ich habe mir nicht überlegt, daß sie auch im Frühjahr kommen können. Ich stand an dem Tag in aller Frühe auf und riegelte die Haustür auf. Dann füllte ich ein Körbchen mit Bohnen und sagte meinem kleinen Ah Mau, er solle sich auf die Haustürschwelle setzen und die Bohnen enthülsen. Er war ein sehr folgsames Kind und gehorchte mir immer aufs Wort. Ich ging hinter das Haus und wusch Reis. Nachdem ich den Reis in die Pfanne geschüttet hatte, wollte ich die Bohnen kochen. Ich rief also Ah Mau, er sollte mir die Bohnen bringen. Aber er antwortete nicht. Da ging ich, um nach ihm zu sehen. Die Bohnen lagen verstreut auf der Schwelle umher. Von Ah Mau war keine Spur zu sehen. Er spielte niemals mit den Nachbarskindern. Ich ging in alle Häuser, er war nirgends. Eine entsetzliche Angst überfiel mich, und ich bat die Nachbarn, mir beim Suchen zu helfen. Wir durchstöberten jeden Winkel. Erst am Nachmittag gingen wir in den Wald. Wir fanden ein Schuhchen, es hing auf einem Strauch. ‚Das ist ein schlimmes Zeichen', sagten die Männer. ‚Möglich, daß ein Wolf das Kind fortgeschleppt hat!' Wir gingen weiter. Nach einer Weile fanden wir ihn vor einem Wolfsbau. – Die Eingeweide waren schon alle herausgefressen. Die kleine Hand hielt das Körbchen noch fest umklammert..."

Sjang Lins Frau brach in Schluchzen aus.

Die Vierte Tante war anfangs unentschlossen gewesen. Aber als dieser traurige Bericht beendet war, hatte sie gerötete Augen. Sie überlegte einen Augenblick. Dann hieß sie Sjang Lins Frau, ihre Sachen ins Haus zu schaffen. Die alte Frau Wee tat einen tiefen Atemzug, ihr fiel ein Stein vom Herzen, und Sjang Lins Frau schien etwas weniger bedrückt, als bei ihrem Eintritt. Da sie im Haus Bescheid wußte, holte sie ohne weiteres ihre Sachen herein und packte sie aus. Von nun an war sie wieder Dienstmädchen in Lutschön.

Jeder nannte sie wie früher Sjang Lins Frau.

Aber sie hatte sich sehr verändert. Schon in den drei Probetagen stellte ihre Herrschaft fest, daß ihr die Arbeit nicht mehr so flink und geschickt von der Hand ging wie ehedem, daß ihr Gedächtnis versagte und auf ihrem Gesicht auch nicht das kleinste Lächeln zum Vorschein kam. Die Vierte Tante äußerte bereits ihre Unzufriedenheit über ein solches Verhalten.

Mein Vierter Onkel hatte gleich bei der Ankunft von Sjang Lins Frau seine gewohnte finstere Miene aufgesetzt und nur wegen der ständigen Schwierigkeit, Dienstboten zu finden, nicht ernstlich Widerspruch erhoben. Wohl aber hatte er die Vierte Tante insgeheim darauf hingewiesen, daß solch mitleiderregender Mensch einen schlechten moralischen Einfluß auszuüben vermöchte. Sjang Lins Frau könnte getrost alle gewöhnlichen Hausarbeiten verrichten, dürfte aber nicht bei den Vorbereitungen zum Opfermahl helfen. Alle Speisen dafür müßte die Vierte Tante künftig selbst zubereiten, die Gaben könnten sonst leicht verunreinigt und von den Ahnen verschmäht werden.

Das allerwichtigste Ereignis im Haushalt meines Vierten Onkels war „das große Ahnenopfer". In der Zeit der Vorbereitung dafür hatte Sjang Lins Frau früher am meisten zu tun gehabt; jetzt mußte sie müßig zuschauen. Als der Tisch für die Opfer in die Mitte der Halle gestellt und mit den Decken dekoriert wurde, fiel es Sjang Lins Frau plötzlich ein, wie früher die Weinschälchen, die Eßnäpfe und die Eßstäbchen anordnen zu wollen.

„Sjang Lins Frau! Laß das! Das mach ich selbst!" rief die Vierte Tante schnell.

Betroffen zog Sjang Lins Frau die Hand zurück und machte sich an die Opferleuchter.

Wiederum griff die Vierte Tante ein.

„Sjang Lins Frau, laß die Opferleuchter stehen! Ich hole sie selbst!"

Sjang Lins Frau ging ein paarmal um den Tisch herum. Sie merkte, daß es nichts für sie zu tun gab, und verzog sich. Sie war wie vor den Kopf geschlagen. Die einzige Arbeit, die ihr blieb, war, das Feuer zu unterhalten.

Alle Leute in Lutschön nannten sie nach wie vor Sjang Lins Frau. Doch sagten sie es in einem anderen Ton als früher, und die Art, in der sie mit ihr verkehrten, war merklich zurückhaltender geworden. Aber Sjang Lins Frau ließ sich davon nicht im geringsten stören. Sie sah starr vor sich hin und erzählte jedem Menschen ihre Geschichte, die ihr Tag und Nacht nicht aus dem Sinn ging.

„Ich war zu dumm, wirklich!" pflegte sie zu sagen. „Ich habe nur gewußt, daß die Wölfe in den Bergen nichts zu fressen haben, wenn es schneit, und dann in die Dörfer kommen. Daß sie auch im Frühjahr kommen, habe ich nicht gewußt. Ich stand wie immer frühmorgens auf und riegelte die Haustür auf. Dann füllte ich ein Körbchen mit Bohnen und sagte meinem kleinen Ah Mau, er solle sich auf die Schwelle setzen und die Bohnen enthülsen. Ich ging hinter das Haus, um Holz zu hacken und Reis zu waschen. Und als der Reis in der Pfanne war und ich die Bohnen kochen wollte, rief ich Ah Mau. Aber es kam keine Antwort. Als ich nach ihm sah, waren alle Bohnen verschüttet und kein Ah Mau da. Er ging niemals zu anderen Kindern, das ist die Wahrheit, und überall, wo ich nach ihm fragte, war nichts von ihm zu sehen. Da bekam ich furchtbare Angst und bat die Nachbarn, ihn zu suchen. In die Berge sind die Männer erst am Nachmittag gegangen, nachdem sie bei uns alles abgesucht hatten. Da fanden sie auf einem Strauch ein Schuhchen von ihm. Jeder sagte: ‚Jetzt ist es klar, er ist einem Wolf begegnet.' Und tatsächlich! Ein Stückchen weiter fanden sie ihn vor einem Wolfsbau. Seine Eingeweide waren schon herausgefressen. Seine arme kleine Hand hielt noch das Körbchen ganz fest..." An dieser Stelle fing sie jedesmal an zu schluchzen und verstummte.

Die Geschichte verfehlte niemals ihre Wirkung. Den Männern, die sie anhören mußten, verging das Lachen, es wurde ihnen unbehaglich. Die Frauen empfanden plötzlich eine gewisse Sympathie für Sjang Lins Frau. Sie schauten nicht mehr verächtlich auf sie herab und weinten mit ihr zusammen. Mehrere alte Frauen, die keine Gelegenheit gehabt hatten, die Geschichte auf offener Straße zu hören, suchten sie nur deshalb auf, um sie sich erzählen zu lassen; und wenn Sjang Lins Frau anfing zu schluchzen und ihr die Stimme versagte, weinten sie ein Weilchen mit. Zum Schluß seufzten sie tief auf und gingen befriedigt ihrer Wege.

Sjang Lins Frau erzählte ihre Geschichte immer wieder, allzuoft und allen möglichen Leuten. Schließlich wußte sie jeder auswendig. Sogar bei den freundlichen alten Damen flossen keine Tränen mehr. Auch auf dem Markt konnte bald so gut wie jeder die Geschichte hersagen. Die Leute waren es überdrüssig, sie immer von neuem anhören zu müssen.

„Ich war zu dumm, wirklich!" – Jedesmal begann Sjang Lins Frau so, und die Zuhörer fielen ihr ins Wort: „Ja, ja. Du hast nur gewußt, daß die Wölfe im Gebirge nichts zu fressen haben, wenn es schneit, und in die Dörfer kommen...", und setzten ihren Weg fort. Sjang Lins Frau sah ihnen verdutzt offenen Mundes nach und ging schließlich auch weiter. Aber sie grübelte fortwährend darüber nach und versuchte bei jeder Gelegenheit, über ein anderes Gesprächsthema wieder auf die Geschichte von ihrem kleinen Ah Mau zu kommen. Sobald sie ein zwei- oder dreijähriges Kind sah, seufzte sie: „Ai-ya, mein kleiner Ah Mau..., er wäre auch so groß, wenn er noch lebte..."

Die Kinder erschraken über den Ausdruck in Sjang Lins Frau Augen und versteckten sich hinter der Mutter, ängstlich bemüht, sie am Rock fortzuziehen. Jedesmal blieb Sjang Lins Frau bestürzt allein zurück und ging erst nach einem Weilchen ihrer Wege. Schließlich kam es so weit, daß nur irgendwo ein Kind aufzutauchen brauchte, damit die Leute spöttisch fragten:

„Sjang Lins Frau, wäre dein kleiner Ah Mau ebenso groß, wenn er jetzt lebte?"

Natürlich war es Sjang Lins Frau nicht klar, daß ihre

hundertfach wiederholte und von den Leuten angehörte Geschichte allmählich schal geworden war und die Zuhörer nur noch langweilte und verdroß. Aber aus dem Lächeln der Menschen spürte sie deren Kälte und Verachtung, sie zog unbewußt den Schluß, daß es für sie nichts mehr zu sagen gab. Wenn sie etwas gefragt wurde, sah sie den Fragesteller nur an und antwortete mit keinem einzigen Wort.

In Lutschön wird das Neujahrsfest in besonders großer Aufmachung gefeiert. Die Vorbereitungen beginnen bereits am zwanzigsten Tag des letzten Monats im alten Jahr. Im Haushalt meines Vierten Onkels hielt man es für notwendig, einen Diener zur Aushilfe einzustellen. Da es trotzdem noch zuviel Arbeit gab, wurde auch ein Dienstmädchen, Liu Ma, gemietet. Nun sollten Hühner und Enten geschlachtet werden. Liu Ma aber war eine gläubige Buddhistin, die kein Fleisch aß und kein Lebewesen tötete. Ihre Arbeit beschränkte sich also darauf, die Opfergeräte zu säubern. Sjang Lins Frau hatte nur das Feuer anzuzünden und zu unterhalten; sie saß müßig da und sah zu, wie Liu Ma das Opfergeschirr abwusch. Es fing an zu schneien. „Ai-ya, ich war dumm", seufzte Sjang Lins Frau und blickte zum Himmel auf.

„Sjang Lins Frau, jetzt fängst du schon wieder an!" fuhr Liu Ma dazwischen und warf ihr einen ungeduldigen Blick zu. „Sag mal..., die Narbe an der Stirn – hast du die damals abbekommen?"

Sjang Lins Frau summte leise vor sich hin.

„Ich möchte gern wissen, was dich denn schließlich gefügig gemacht hat."

„Mich gefügig gemacht?"

„Nun ja. Ich meine, du mußt doch schließlich gewollt haben, denn sonst..."

„Ach! Du weißt ja nicht, wie stark der Mann war."

„Das glaube ich nicht. Ich glaube einfach nicht, daß er so stark war, daß du ihn nicht abwehren konntest. Du hast eben gewollt, und jetzt gebrauchst du die Ausrede, er wäre so stark gewesen."

„Ach, Ausrede..., probier das mal selbst aus. Nachher

kannst du ja leicht erzählen, du hättest ihn abgewehrt", und dabei lächelte Sjang Lins Frau.

Auch Liu Ma lächelte. Dabei schrumpfte ihr faltiges Gesicht zusammen wie ein Bratapfel. Der Blick ihrer Perläuglein glitt über die Stirn von Sjang Lins Frau und blieb an deren Augen hängen. Sjang Lins Frau lächelte plötzlich nicht mehr. Verwirrt wandte sie den Blick ab und sah in das Gewirr der Schneeflocken.

„Da hast du aber ein schlechtes Geschäft gemacht, Sjang Lins Frau!" sagte Liu Ma hinterhältig. „Du hättest dich länger sträuben oder dir den Kopf ganz zerschlagen müssen. Das wäre richtig gewesen. Aber wie die Dinge nun liegen, hast du mit deinem zweiten Mann keine zwei Jahre zusammengelebt. Du hast also ein schweres Verbrechen begangen. Stell dir doch vor, wenn du in die Hölle kommst, sind schon die Geister deiner beiden Männer da. Jeder will dich für sich haben. Der König der Hölle muß dich durchschneiden, damit sich die beiden in dich teilen können. Ja, ja, so wird das tatsächlich kommen."

Sjang Lins Frau war entsetzt. Dergleichen Dinge hatte sie in ihrem Gebirgsdorf niemals gehört.

„Das beste ist, du triffst gleich deine Maßnahmen. Du mußt zum Tempel des Dorfgottes gehen. Dort kaufst du dir als Opfergabe eine Türschwelle. Tausende von Menschen werden auf dieser Schwelle knien oder sie überschreiten. Dadurch werden alle Sünden abgebüßt, die du in dieser Welt begangen hast, und du entgehst den Qualen, die dich nach dem Tod erwarten."

Sjang Lins Frau erwiderte kein Wort darauf. Aber es sollte sich bald zeigen, wie tief erschüttert sie war. Am nächsten Morgen hatte sie dunkle Schatten unter den Augen. Nach dem Frühstück ging sie zum Tempel des Dorfgottes, der sich am westlichen Ende des Dorfes befand, und begehrte eine Türschwelle als Opfergabe zu kaufen. Die Tempelwächter wollten zuerst gar nicht darauf eingehen. Sie ließen sich erst von ihren Tränen erweichen, ihrem Wunsch, wenn auch widerwillig, nachzukommen. Der Kaufpreis betrug zwölftausend Käsch. Seitdem die Menschen die Geschichte des kleinen Ah Mau nicht mehr anhören wollten, sprach Sjang Lins Frau so gut wie gar nichts mehr mit den Leuten im Dorf. Aber ihr Gespräch mit Liu Ma machte noch am gleichen Tag die Runde durch das Dorf. Plötzlich interessierten sich die Leute wieder für Sjang Lins Frau und bemühten sich, sie zum Sprechen zu bringen. Natürlich war das Thema jetzt ein anderes; man fragte sie nach der Herkunft der Narbe auf ihrer Stirn.

„Sag mal, Sjang Lins Frau", fragte einer, „wie hat er dich schließlich gefügig gemacht?"

„Ai-ya, so ein Pech! Sich für nichts und wieder nichts den Kopf einschlagen zu lassen...", schaltete sich ein anderer ein und warf einen vielsagenden Blick auf die Narbe.

Sjang Lins Frau fühlte aus dem Ton und Inhalt heraus, daß man sich über sie lustig machte. Sie sah den Leuten starr ins Gesicht und erwiderte kein Wort. Schließlich bewegte sie nicht einmal mehr den Kopf. Den ganzen Tag über verrichtete sie ihre Arbeiten, ohne den Mund aufzutun. Sie fegte die Fußböden, putzte Gemüse, wusch Reis, ging grußlos durch die Straßen und trug bei allem ihre Narbe, das Mal ihrer Schande, zur Schau.

Am Jahresende ließ sie sich von der Vierten Tante den angestandenen Lohn auszahlen, wechselte das Geld in zwölf Silberdollar um, erbat sich Urlaub und ging entschlossen zum Tempel des Dorfgottes. Sie kam schneller zurück, als man braucht, um eine Mahlzeit zuzubereiten. Ihr Wesen war völlig verändert, ihre Augen leuchteten, und ihr Gesicht hatte eine frische Farbe. Voller Freude berichtete sie der Vierten Tante, sie hätte eine Türschwelle als Opfergabe gekauft. In der Zeit vor dem „Großen Ahnenopfer" arbeitete sie noch angestrengter, als sie es bisher schon getan hatte. Kaum sah sie die Vierte Tante die Opfergeräte hervorholen und mit Hilfe ihres Sohnes den Tisch in die Mitte der Halle schaffen, als sie schon ohne Zögern daranging, die Weinschalen und die Eßstäbchen anzuordnen.

„Sjang Lins Frau, laß das!" rief die Vierte Tante sofort laut.

Sjang Lins Frau wurde aschfahl im Gesicht und zog die Hand schnell zurück, als ob sie sich verbrannt hätte. Anstatt die Leuchter zu holen, blieb sie wie betäubt stehen. Erst als der Vierte Onkel den Weihrauch anzündete und sie aus der Halle wies, drehte sie sich um und ging.

Nach diesem Vorfall veränderte sich Sjang Lins Frau in ihrem Wesen so, daß sie kaum noch wiederzuerkennen war. Ihre Augen lagen tief in den Höhlen, ihr Geist schien umnachtet. Sie wurde maßlos scheu; fürchtete sich in der Nacht und vor jedem Schatten, erschrak, sobald sie einen Menschen sah, selbst wenn es ihr Dienstherr oder die Dienstherrin war. Sie war in solchen Augenblicken so verängstigt wie ein Mäuschen, das am hellen Tag aus seinem Loch herausgeschlüpft ist. Ein andermal wieder saß sie stumpfsinnig da, unbeweglich wie eine Holzfigur. Ungefähr ein halbes Jahr später begann ihr Haar zu ergrauen, und ihr Gedächtnis ließ so nach, daß sie schließlich ein über das andere Mal vergaß, den Reis zu waschen.

„Was ist nur in Sjang Lins Frau gefahren? Es wäre wirklich besser gewesen, sie nicht zum zweitenmal einzustellen."

Die Vierte Tante machte oftmals absichtlich solch eine Bemerkung, daß Sjang Lins Frau sie hören mußte; sie wollte sie damit warnen. Aber Sjang Lins Frau änderte ihr neues Verhalten nicht. Es schien keine Hoffnung mehr zu bestehen, daß ihr Verstand sich bessern würde. In der Familie des Vierten Onkels erwog man ernstlich, ihr zu kündigen und sie zu der alten Frau Wee zurückzuschicken. Solange ich in Lutschön war, blieb es bei der Absicht, das zu tun. Nach alledem, was ich später erfuhr, muß man sie aber tatsächlich aus dem Haus gewiesen haben. Nur weiß ich nicht, ob sie gleich nach ihrem Fortgang aus der Familie des Vierten Onkels zur Bettlerin wurde oder ob sie sich zuerst noch bei der alten Frau Wee aufhielt und dann erst anfing zu betteln.

Plötzlich fuhr ich aus dem Schlaf hoch, aufgeschreckt vom heftigen Knall der Feuerwerkskörper, die in unmittelbarer Nähe des Hauses explodierten. Ich sah in den Laternen die zitronengelben Flämmchen, die nicht größer als halbe Bohnen sind, und hörte das Krachen und Zischen der Raketen. In der Familie des Vierten Onkels feierte man das neue Jahr. Es mußte früh am Morgen sein. Ich war noch im Halbschlaf. Wie im Traum hörte ich aus der Ferne das unaufhörliche Knattern der Knallfrösche, aus denen weiße Wölkchen zum Himmel aufstiegen, die sich mit den vom Himmel herabrieselnden Schneeflocken zu einem Schleier vermischten, der das Dorf einhüllte. Inmitten dieses nicht enden wollenden Lärms löste sich meine Spannung, kam das Gefühl der Sicherheit in mir auf, daß die unsterblichen Geister im Himmel und auf Erden die reichen Opfergaben und den duftenden Weihrauch bereitwillig angenommen hatten, daß sie nun hoch über den Wolken vom Genuß des reichlich gespendeten Opferweins taumelten, bereit, den Einwohnern von Lutschön unermeßliches Glück zu gewähren.

Henry Lawson

Die Frau des Viehtreibers

Das Haus hat zwei Räume und ist aus Rundhölzern, Schwartenbrettern und Eukalyptus erbaut und mit Schwarten gedielt. Ein großer Küchenanbau aus Rinde ist größer als das eigentliche Haus, die Veranda eingeschlossen.

Busch ringsum – Busch, so weit das Auge reicht, denn das Land ist flach. Nicht ein Hügel in der Ferne. Der Busch besteht aus verkrüppelten, brandigen einheimischen Apfelbäumen. Kein Unterholz. Nichts, um das Auge zu trösten, nur das dunklere Grün einiger Keulenbäume, die über dem schmalen, fast wasserlosen Bach seufzen. Dreißig Kilometer bis zum nächsten Zeichen von Zivilisation – einer Hütte an der Hauptstraße.

Der Viehtreiber, ein früherer Squatter, ist mit Schafen unterwegs. Seine Frau und die Kinder sind allein hier.

Vier zerlumpte, vertrocknet aussehende Kinder spielen in der Nähe des Hauses. Plötzlich schreit eins von ihnen: „Eine Schlange! Mutter, hier ist eine Schlange!"

Die hagere, sonnengebräunte Frau stürzt aus der Küche, reißt das Baby vom Fußboden hoch, preßt es an die linke Hüfte und greift nach einem Stock.

„Wo ist sie?"

„Hier! Im Holzhaufen verschwunden!“ schreit der älteste Junge, ein spitzgesichtiger Bengel von elf Jahren. „Bleib dort, Mutter! Ich krieg sie. Zurück! Ich krieg das Vieh!“

„Tommy, komm her, sonst beißt sie dich. Komm sofort her, hörst du, du Schlingel!“

Der Junge gehorcht widerstrebend. Er trägt einen Knüppel, der größer ist als er selbst. Dann kreischt er triumphierend: „Da ist sie – unterm Haus!“ und schießt mit erhobenem Knüppel davon. Im gleichen Augenblick reißt sich der große schwarze, gelbäugige Hund, eine Mischung aller Rassen, der stürmisches Interesse an den Vorgängen gezeigt hat, von der Kette los und setzt der Schlange nach. Er kommt einen Augenblick zu spät, und seine Nase erreicht die Ritze zwischen den Brettern gerade, als das Ende ihres Schwanzes verschwindet. Fast im selben Moment saust der Knüppel des Jungen nieder und streift besagte Nase. Alligator nimmt kaum Notiz davon und versucht weiter, das Gebäude zu unterwühlen, aber nach kurzem Kampf wird er überwältigt und wieder angekettet. Man kann sich's nicht leisten, ihn zu verlieren.

Die Frau des Viehtreibers sagt den Kindern, sie sollen in der Nähe der Hundehütte beieinander bleiben, während sie nach der Schlange Ausschau hält.

Sie holt zwei kleine Teller mit Milch und stellt sie nahe der Wand hin, um die Schlange hervorzulocken. Doch eine Stunde vergeht, ohne daß sie sich zeigt.

Bald geht die Sonne unter, und ein Gewitter kommt auf. Die Kinder müssen ins Haus. Sie will sie nicht ins Haus bringen, denn sie weiß, daß dort die Schlange ist, die jeden Augenblick durch einen Spalt in dem rohen Schwartenfußboden heraufkommen kann. Also trägt sie mehrere Arme voll Feuerholz in die Küche und nimmt dann die Kinder mit dorthinein. Die Küche hat keinen Fußboden oder vielmehr einen gestampften, den man in diesem Winkel des Busches als „Erdfußboden“ bezeichnet. In der Mitte des Raums steht ein großer, roher Holztisch. Sie bringt die Kinder hinein und läßt sie auf den

Tisch klettern. Es sind zwei Jungen und zwei Mädchen, eigentlich noch Babys. Sie gibt ihnen etwas Abendbrot und geht dann, bevor es dunkel wird, ins Haus und schnappt sich ein paar Kissen und etwas Bettzeug – immer gegenwärtig, die Schlange jeden Moment zu sehen oder zu erwischen. Sie macht für die Kinder ein Bett auf dem Küchentisch zurecht und setzt sich daneben, um die ganze Nacht zu wachen.

Sie behält die Ecke im Auge, und sie hat einen Stock griffbereit neben sich auf der Anrichte liegen, ebenso ihren Nähkorb und ein Exemplar des „Young Ladies' Journal". Den Hund hat sie mit in die Küche genommen.

Tommy legt sich hin – unter Protest, sagt aber, daß er die ganze Nacht wach bleiben und diese verdammte Schlange zerschmettern wird.

Seine Mutter fragt ihn, wie oft sie ihm schon verboten hat zu fluchen.

Er hat seinen Knüppel mit unter die Bettdecke genommen, und Jacky protestiert: „Mammi! Tommy piekt mich mit seim Knüppel. Sag ihm, er soll 'n wegtun."

Tommy: „Halt die Klappe, du kleiner...! Willste gebissen wern von der Schlange?"

Jacky hält den Mund.

„Wenn de gebissen wirst", sagt Tommy nach einer Weile, „dann schwillste an und fängst an zu riechen und wirst am ganzen Körper rot und grün und blau, bis de platzt. Stimmt's, Mutter?"

„Nun mach mal dem Kind keine Angst. Schlaf jetzt", sagt sie.

Die beiden Jüngeren schlafen ein, und Jacky beklagt sich ab und zu, er werde „zerzwetscht". Die anderen machen ihm Platz. Bald darauf sagt Tommy: „Mutter! Hör dir die kleinen Beutelratten an. Ich möchte ihnen am liebsten die verflixten Hälse umdrehen."

Und Jacky protestiert träge: „Aber sie tun uns doch nichts, die verdammten kleinen Nieten."

Mutter: „Na, hab ich's nicht gesagt, daß du Jacky noch das Fluchen beibringst." Doch sie muß lächeln. Jacky schläft ein.

„Mutter! Glaubst du, daß man die Känguruhs jemals wegkriegt?"

„Gott, wie soll ich das wissen, Kind? Schlaf jetzt."

„Weckst du mich auch, wenn die Schlange rauskommt?"

„Ja. Nun schlaf!"

Es ist fast Mitternacht. Die Kinder schlafen alle, und sie sitzt da und näht und liest abwechselnd. Von Zeit zu Zeit läßt sie einen Blick über Fußboden und Wandlatte gleiten, und sobald sie einen Laut hört, langt sie nach dem Stock. Das Gewitter setzt ein, und der Wind, der durch die Ritzen der Bretterwand pfeift, droht die Kerze auszublasen. Sie stellt sie auf den geschützten Teil der Anrichte und befestigt eine Zeitung als Windschutz. Jeder Blitz läßt die Ritzen zwischen den Brettern wie poliertes Silber glänzen. Der Donner grollt, und es gießt in Strömen.

Alligator liegt lang ausgestreckt auf dem Boden, die Augen auf die Trennwand gerichtet. Daher weiß sie, daß die Schlange dort ist. Es sind breite Ritzen in der Wandöffnung unter dem Boden des Wohnhauses.

Sie ist nicht feige, doch haben vor kurzem einige Ereignisse an ihren Nerven gezerrt. Ein kleiner Sohn ihres Schwagers ist von einer Schlange gebissen worden und daran gestorben. Überdies hat sie schon seit einem halben Jahr nichts von ihrem Mann gehört, und sie macht sich Sorgen um ihn.

Er war Viehtreiber, und nachdem sie geheiratet hatten, fing er hier als Squatter an. Die Dürre von 18.. ruinierte ihn. Er mußte aufgeben, was von seiner Herde übrig war, und wieder als Viehtreiber arbeiten. Er will, daß seine Familie in die nächste Stadt zieht, sobald er zurück ist. Inzwischen kommt sein Bruder, der eine Kneipe an der Hauptstraße hat, etwa einmal im Monat mit Lebensmitteln vorbei. Die Frau hat noch ein paar Kühe, ein Pferd und ein paar Schafe. Gelegentlich schlachtet der Schwager eins von diesen, gibt ihr, was sie davon braucht, und nimmt das übrige als Ausgleich für andere Lebensmittel mit.

Sie ist an das Alleinsein gewöhnt. Einmal hat sie anderthalb Jahre so gelebt. Als Mädchen baute sie die üblichen Luftschlösser. Doch all ihre Mädchenhoffnungen und -sehnsüchte sind schon lange gestorben. Sie findet all die Anregung und Entspannung, die sie braucht, im „Young Ladies' Journal" und – der Himmel möge ihr helfen! – hat Freude an Modetafeln.

Ihr Mann ist Australier wie sie. Er ist nachlässig, aber als Ehemann ist er in Ordnung. Wenn er es sich leisten könnte, würde er sie in die Stadt bringen und sie dort wie eine Prinzessin leben lassen. Sie sind an Trennung gewöhnt – zumindest sie. „Aufregen ist zwecklos", sagt sie. Er vergißt vielleicht manchmal, daß er verheiratet ist, aber wenn er ordentlich etwas heimbringt, gibt er das meiste davon ihr. Als er Geld hatte, fuhr er mit ihr ein paarmal in die Stadt – er nahm ein Schlafwagenabteil und stieg in den besten Hotels ab. Er kaufte ihr auch einen Kutschwagen, doch den mußten sie zusammen mit allem anderen aufgeben.

Ihre beiden jüngsten Kinder wurden im Busch geboren – das eine, als ihr Mann gerade mit Gewalt einen betrunkenen Arzt zu Hilfe holte. Sie war damals allein und sehr schwach. Sie hatte Fieber gehabt. Sie betete zu Gott um Hilfe. Gott schickte ihr Black Mary – die „weißeste" Schwarze im ganzen Land. Oder vielmehr: Gott schickte ihr zunächst King Jimmy, und der schickte Black Mary. Er steckte sein schwarzes Gesicht zur Tür herein, erfaßte die Lage mit einem Blick und sagte fröhlich: „In Ordnung, Missus, ich meine Alte bringen, die unten am Bach."

Eins der Kinder starb, während sie hier allein war. Sie ritt dreißig Kilometer um Hilfe – mit dem toten Kind.

Es muß fast ein oder zwei Uhr sein. Das Feuer brennt nur noch schwach. Alligator hat den Kopf auf die Pfoten gelegt und beobachtet die Wand. Er ist kein sehr schöner Hund, und im Feuerschein kann man zahlreiche Narben sehen, wo das Haar nicht mehr wachsen will. Er fürchtet nichts auf oder unter der Erde. Er greift einen Ochsen genauso ohne weiteres an, wie er sich über einen Floh hermacht. Er haßt alle Hunde – mit Ausnahme von Känguruhhunden – und hat eine ausgeprägte Abneigung gegenüber Freunden der Familie und Verwandten. Die kommen freilich selten. Manchmal freundet er sich mit Fremden an. Er haßt Schlangen und hat schon viele getötet, doch eines Tages wird er gebissen werden und sterben. Die meisten Schlangenhunde enden so.

Ab und zu läßt die Frau die Arbeit sinken und schaut und lauscht und denkt nach. Sie denkt nach über Dinge in ihrem Leben, denn es gibt wenig mehr, worüber sie nachdenken könnte.

Der Regen wird das Gras sprießen lassen, und das erinnert sie daran, wie sie einmal ein Buschfeuer bekämpfte, als ihr Mann nicht da war. Das Gras war hoch und sehr trocken, und das Feuer drohte sie auszuräuchern. Sie zog ein Paar alter Hosen ihres Mannes über und schlug mit einem Ast auf die Flammen ein, bis rußiger Schweiß ihr in großen Tropfen auf der Stirn stand und in Streifen die geschwärzten Arme hinunterrann. Der Anblick seiner Mutter in Hosen ergötzte Tommy, der wie ein kleiner Held an ihrer Seite arbeitete, aber das verängstigte Baby schrie energisch nach der „Mammi". Das Feuer hätte die Oberhand gewonnen, wären nicht gerade noch rechtzeitig vier aufgeregte, im Busch lebende Männer erschienen. Alles ging drunter und drüber. Als sie das Kleine aufheben wollte, schrie es und wehrte sich krampfhaft, denn es glaubte, sie sei ein „Schwarzer". Und Alligator, der dem Gefühl des Kindes mehr traute als seinem Instinkt, ging wütend auf sie los und erkannte (alt und etwas taub, wie er war) in der Aufregung zunächst die Stimme seiner Herrin nicht, sondern hing weiter an ihren Hosen, bis Tommy ihm mit einem Sattelriemen Einhalt gebot. Der Hund war bekümmert über seinen Schnitzer, und ihm lag daran, wissen zu lassen, daß er sich geirrt hatte – wie sein zottiger Schwanz und sein Grinsen von Ohr zu Ohr deutlich zeigten. Es war eine herrliche Zeit für die Jungen; ein Tag, an den man noch jahrelang denken und über den man reden und lachen konnte.

Sie muß daran denken, wie sie gegen das Hochwasser

kämpfte, als ihr Mann fort war. Sie stand stundenlang in dem wolkenbruchartigen Regen und grub eine Überlaufrinne, um den durch den Bach führenden Damm zu retten. Doch es gelang ihr nicht. Es gibt Dinge, die eine Frau im Busch nicht schafft. Am folgenden Morgen war der Damm gebrochen, und ihr Herz war auch beinahe gebrochen, denn sie mußte daran denken, wie ihrem Mann zumute sein würde, wenn er nach Hause käme und das Ergebnis jahrelanger Arbeit hinweggeschwemmt sähe. Sie mußte weinen.

Sie kämpfte auch gegen die Lungenseuche – gab den wenigen Rindern, die am Leben geblieben waren, Medikamente und ließ sie zur Ader und heulte wieder, als ihr die beiden besten Kühe starben.

Und sie kämpfte gegen einen Ochsen, der verrückt spielte und einen Tag lang das Haus belagerte. Sie goß Kugeln und schoß mit einem alten Gewehr durch die Ritzen nach ihm. Am Morgen war er tot. Sie zog ihm das Fell ab, für das sie siebzehn Shilling und sechs Pence bekam.

Sie kämpft auch gegen die Krähen und Adler, die es auf ihre Hühner abgesehen haben. Ihr Feldzugsplan ist sehr originell. Die Kinder rufen „Mutter, Krähen!“, und sie stürzt heraus und zielt mit dem Besenstiel wie mit einem Gewehr nach den Vögeln und ruft „Peng!“. Die Krähen machen sich eilends davon. Sie sind schlau, doch die Schlauheit einer Frau ist größer.

Gelegentlich kommt ein vom Grausen gepackter Mann aus dem Busch oder ein schurkisch aussehender Landstreicher und jagt ihr einen tödlichen Schrecken ein. Gewöhnlich sagt sie einem verdächtig aussehenden Fremden, der stets listig nach dem Chef fragt, daß ihr Mann und ihre beiden Söhne unterhalb des Dammes oder drüben auf dem Grundstück bei der Arbeit seien.

Erst letzte Woche warf ein Tramp mit Galgengesicht – nachdem er sich überzeugt hatte, daß keine Männer da waren – sein Bündel über die Veranda und verlangte was zu essen. Sie gab ihm etwas, und dann sagte er, daß er über Nacht bleiben wolle. Es war Abend. Sie griff sich eine Latte vom Sofa, machte den Hund los und trat dem Fremden entgegen, in der einen Hand die Latte, die andere am Halsband des Hundes. „Und jetzt hau ab!“ sagte sie. Er sah erst sie an, dann den Hund, sagte in unterwürfigem Ton „In Ordnung, Madam!“ und ging. Sie war eine Frau, die entschlossen aussah, und Alligators gelbe Augen funkelten unangenehm, und außerdem ähnelten die Kauwerkzeuge des Hundes sehr denen des Reptils, dessen Namen er trug.

Es gibt nur wenige Freuden, an die sie zu denken vermag, während sie allein am Feuer sitzt, auf Posten gegen die Schlange. Die Tage sehen für sie alle ziemlich gleich aus. Aber sonntagnachmittags zieht sie sich fein an, macht die Kinder zurecht, putzt das Baby heraus und begibt sich mit einem alten Kinderwagen auf einen einsamen Spaziergang den Buschpfad entlang. Das tut sie jeden Sonntag. Sie gibt sich ebensoviel Mühe, sich und die Kinder feinzumachen, wie sie es bei einem Spaziergang um einen Häuserblock in der Stadt tun würde. Doch es gibt nichts zu sehen, und man trifft keine Menschenseele. Man kann auf diesem Pfad zwanzig Kilometer und mehr gehen, ohne daß sich einem ein bestimmter Punkt einprägt, wenn man nicht im Busch lebt. Das liegt an der stetigen, unerträglichen Gleichförmigkeit der verkümmerten Bäume, an dieser Monotonie, die einen sich danach sehnen läßt, auf und davon zu gehen und so weit zu reisen, wie Züge und Schiffe fahren – und weiter.

Aber diese Frau ist an die Einsamkeit des Busches gewöhnt. Als junge Frau haßte sie sie, und jetzt käme es ihr ohne sie sonderbar vor.

Sie ist froh, wenn ihr Mann zurückkommt, aber sie gerät darüber nicht ins Schwärmen und macht keinen Wirbel darum. Sie kocht ihm etwas Gutes und macht die Kinder zurecht.

Sie scheint mit ihrem Los zufrieden. Sie liebt ihre Kinder, hat aber keine Zeit, das zu zeigen. Sie ist scheinbar rauh zu ihnen. Ihre Umgebung begünstigt nicht die Entwicklung der „fraulichen“ oder gefühlvollen Seite ihrer Natur. –

Es muß bald Morgen sein, doch die Uhr ist im Wohnhaus. Die Kerze ist fast niedergebrannt. Sie hatte vergessen, daß keine Kerzen mehr da sind. Neues Holz muß geholt werden, um das Feuer zu unterhalten, und so schließt sie den Hund ein und rennt ums Haus zum Holzstapel. Der Regen hat aufgehört. Sie packt ein Scheit, zieht es heraus, und rums! fällt der ganze Stapel zusammen.

Gestern hatte sie mit einem vagabundierenden Schwarzen ausgehandelt, ihr etwas Holz zu bringen, und während er arbeitete, war sie eine verschwundene Kuh suchen gegangen. Sie war vielleicht eine Stunde fort, und der schwarze Ureinwohner nutzte die Zeit gut. Als sie zurückkam, war sie so erstaunt über den ansehnlichen Stapel Holz am Schornstein, daß sie ihm eine kleine Extraportion Tabak gab und ihn lobte, weil er nicht faul gewesen war. Er bedankte sich und ging mit erhobenem Haupt und geschwellter Brust davon. Er war der letzte seines Stammes und ein König, aber den Holzstapel hatte er hohl gebaut.

Nun ist sie verletzt, und Tränen treten ihr in die Augen, als sie sich wieder an den Tisch setzt. Sie nimmt ein Taschentuch, um die Tränen abzuwischen, stößt sich aber statt dessen mit Fingern in die Augen. Das Taschentuch ist voller Löcher, und sie merkt, daß sie den Daumen durch eines gestreckt hat und den Zeigefinger durch ein anderes.

Das bringt sie zum Lachen – zur Überraschung des Hundes. Sie hat einen feinen, einen sehr feinen Sinn für das Absurde, und dann und wann belustigt sie Leute aus dem Busch mit der Geschichte.

Sie selbst war auch einmal so belustigt worden. Eines Tages hatte sie sich hingesetzt, „um ordentlich zu heulen“, wie sie sagte – und die alte Katze rieb sich an ihren Kleidern und „heulte auch“. Da mußte sie lachen.

Es muß bald hell sein. Wegen des Feuers ist es sehr stickig und heiß im Raum. Alligator beobachtet noch immer von Zeit zu Zeit die Wand. Plötzlich wird er sehr aufmerksam. Er nähert sich der Trennwand um ein paar Zentimeter, und ein Schauer geht durch seinen Körper. Das Fell sträubt sich ihm im Nacken, und in den gelben Augen funkelt Kampfeslust. Sie weiß, was das bedeutet, und legt die Hand auf den Stock. Eines der Trennwandbretter hat unten auf beiden Seiten einen breiten Riß. Ein böses Paar kleiner, heller, perlenartiger Augen glitzert hinter einem dieser Löcher. Die Schlange – eine schwarze Schlange kommt langsam hervor, vielleicht um eines Fußes Länge, und bewegt den Kopf auf und ab. Der Hund liegt still, und die Frau sitzt da wie hypnotisiert. Die Schlange kommt noch einmal so weit heraus. Die Frau hebt den Stock, und das Reptil, als habe es plötzlich die Gefahr erkannt, steckt den Kopf durch den Riß auf der anderen Seite des Brettes hindurch und beeilt sich, den Schwanz nachzuziehen. Alligator springt vor und läßt die Kiefer zuschnappen. Er verfehlt sein Ziel, denn er hat eine große Nase, und der Körper der Schlange ist zu tief in dem Winkel, den die Bretter der Wand und der Fußboden bilden. Er schnappt wieder zu, als der Schwanz herumkommt. Jetzt hat er die Schlange und zerrt sie heraus, einen Dreiviertelmeter. Wumm, wumm, saust der Stock der Frau nieder. Wieder zieht Alligator. Wumm, wumm. Noch ein Ruck, und Alligator hat die Schlange draußen – ein schwarzes Vieh, anderthalb Meter lang. Ihr Kopf will herumschnellen, doch der Hund hat den Feind dicht am Genick gepackt. Es ist ein großer, schwerer Hund, aber schnell wie ein Terrier. Er schüttelt die Schlange, als spüre er gemeinsam mit der Menschheit den Urfluch. Der älteste Junge wacht auf, ergreift seinen Knüppel und versucht aus dem Bett zu kommen, doch mit eisernem Griff zwingt ihn die Mutter zurück. Wumm, wumm – der Rükken der Schlange ist an mehreren Stellen zerschmettert. Wumm, wumm – ihr Kopf ist zerquetscht, und wieder hat Alligators Nase etwas abbekommen.

Sie hebt das übel zugerichtete Reptil mit der Spitze des Stockes hoch, trägt es zum Feuer und wirft es hinein. Sie legt Holz nach und sieht zu, wie die Schlange verbrennt. Auch der Junge und der Hund sehen zu. Sie legt die Hand auf den Kopf des Hundes, und das grimmige, wütende Funkeln in seinen gelben Augen vergeht. Die Kleineren werden beruhigt und schlafen bald darauf ein. Der Junge mit den schmutzigen Füßen steht einen Augenblick lang im Hemd da und betrachtet das Feuer. Dann blickt er zu ihr auf, sieht die Tränen in ihren Augen, wirft die Arme um ihren Hals und ruft: „Mutter, ich will nie nicht Viehtreiber werden, oder der Teufel soll mich holen!"

Und sie drückt ihn an ihre schlaffe Brust und küßt ihn, und so sitzen sie beieinander, während über dem Busch fahl der Tag anbricht.

August Strindberg

Ein Puppenheim

Sie waren seit sechs Jahren verheiratet, aber sie wirkten noch wie ein Brautpaar. Er war Kapitän bei der Flotte und ging jeden Sommer einige Monate auf Fahrt.

Zweimal war er auf großer Fahrt gewesen. Die kleinen dienstlichen Seereisen taten so gut: Hatte ihr Verhältnis während des winterlichen Stillsitzens Spuren von Muffigkeit angenommen, so frischte die Sommertour es wieder auf.

Die erste dieser Sommerfahrten war schwer. Da schrieb er regelrechte Liebesbriefe an seine Frau, und es kam draußen auf dem Meer kein Segler an ihm vorbei, ohne daß er sofort Post signalisieren ließ. Und als er schließlich die schwedischen Schären sichtete, wußte er nicht, wie er *sie* schnell genug wiedersehen könnte. *Sie* wußte es. Bei Landsort erhielt er ein Telegramm, daß sie ihm bis Dalarö entgegenkommen werde. Als dann vor Jutholm der Anker niederging und er auf der Veranda des Gasthauses ein kleines blaues Taschentuch gewahrte, da wußte er, daß *sie* es war. Doch es gab an Bord so viel zu erledigen, daß es Abend wurde, ehe er an Land konnte. Als er dann aber mit der Gig kam, der Buggast den Anprall des Anlegens abfing und er *sie* auf der Landungsbrücke erblickte, noch ebenso jung, noch ebenso hübsch, noch ebenso blühend wie sonst, da war ihm, als erlebe er die Zeit der Flitterwochen noch einmal. Und als sie ins Gasthaus hinaufkamen – welch erlesenes Souper hatte sie da in zwei kleinen Zimmern, die sie bestellt, zu arrangieren verstanden! Und über wieviel sie zu plaudern hatten: über die Reise, über die Kleinen, über die Zukunft! Da funkelte der Wein, die Küsse schmatzten, und dann hörte man vom Wasser her den Zapfenstreich. Aber das kümmerte ihn nicht; er wollte nicht vor ein Uhr gehen.

Was? Er wolle gehen?

Ja, er müsse zurück an Bord; aber wenn er zum Wecken dort sei, genüge es.

Wann denn das Wecken sei?

Um fünf Uhr.

Pfui, so früh!

Aber wo sie denn heute nacht bleiben wolle?

Das dürfe er nicht wissen!

Er erriet es, und nun wollte er sehen, wo sie wohnte. Aber sie stellte sich vor die Tür. Er küßte sie und nahm sie auf den Arm wie ein Kind; dann öffnete er die Tür.

Oho, was für ein großes Bett! Das sei ja wie die große Barkasse! Wo sie das herhätte?

O Gott, wie sie errötete! – Aber sie habe doch seinen Brief so verstanden, daß sie im Gasthaus „wohnen" wollten!

Ja, natürlich wollten sie hier wohnen, wenn er auch zum Wecken an Bord sein müsse – zu diesem verfl... Morgengebet, das ihm gestohlen bleiben könne!

Hu, wie er nur rede!

„Jetzt wollen wir Kaffee trinken und ein Feuerchen machen; denn die Laken fühlen sich feucht an." – Was für ein pfiffiger kleiner Schelm sie doch sei, solch ein Riesenbett zu beschaffen! Wo sie das nur aufgetrieben habe?

Das habe sie nirgends „aufgetrieben"!

Nein, nein, das könne er sich wohl denken. Wie gut er sich das denken könne!

Er sei doch furchtbar albern!
Albern sei er?
Und dann faßte er sie um.
Nein! Er solle artig sein!
Artig? Das sei leicht gesagt!
„Jetzt kommt das Mädchen mit dem Holz!“

Als die Uhr zwei schlug und es im Osten über Schären und Meer zu glühen anfing, saßen sie am offenen Fenster. War es nicht, als wäre sie seine Geliebte und er ihr Liebhaber? Und nun mußte er von ihr weggehen! Aber er würde um zehn Uhr zum Frühstück wiederkommen, und dann wollten sie segeln. – Er setzte auf seinem Reisekocher Kaffeewasser auf, und dann tranken sie bei Sonnenaufgang und Möwengeschrei Kaffee. Draußen auf dem Wasser lag das Kanonenboot, und er sah hin und wieder den kurzen Säbel der Bugwache aufblitzen. Es fiel ihnen schwer, sich zu trennen, aber es war ein schönes Gefühl, daß sie sich so bald wiedersehen würden. Und dann küßte er sie ein letztesmal, schnallte um und ging.

Als er auf die Brücke hinunterkam und „Boot ahoi!“ rief, versteckte sie sich hinter der Gardine – ganz so, als schäme sie sich. Doch er warf ihr mit beiden Händen Küsse zu, bis die Matrosen mit der Gig anlangten. Und dann ein letztes „Schlaf gut und träume von mir!“.

Als er sich mitten auf dem Wasser umwandte und das Fernglas ans Auge setzte, gewahrte er im Innern des Zimmers eine kleine weiße Gestalt mit schwarzem Haar; die Sonne beschien ihr Hemd und ihre nackten Schultern, und sie sah aus wie eine Seejungfrau.

Dann wurde zum Wecken geblasen. Die langen Töne des Signalhorns rollten zwischen grünen Inseln über das blanke Wasser hin und kamen auf anderen Wegen hinter Fichtenwäldern zurück. Und dann „Alle Mann an Deck!“, das Vaterunser und „Jesu, laß mich stets beginnen...“. Der kleine Glockenturm auf Dalarö antwortete mit einem schwachen Geläut; denn es war Sonntagmorgen. Und nun näherten sich Kutter in der Morgenbrise, Flaggen wurden gehißt, Schüsse krachten, helle Sommerkleider schimmerten auf der Zollbrücke, der Dampfer mit der roten Wasserlinie kam von Utö herein, die Fischer zogen ihre Netze hoch, und das sich kräuselnde blaue Wasser und die grünenden Inseln erglänzten im Sonnenschein.

Punkt zehn Uhr stieß die Gig ab und glitt mit sechs Paar Riemen an Land. Und dann hatten sie einander wieder.

Als sie in dem großen Speisesaal frühstückten, flüsterten die andern Gäste unter sich: Ist das seine Frau? Er sprach halblaut wie ein Liebhaber, und sie schlug die Augen nieder und lächelte oder klopfte ihm mit der Serviette auf die Finger.

Das Boot lag an der Brücke bereit, und *sie* sollte am Ruder sitzen. *Er* bediente das Focksegel. Aber er konnte die Augen nicht abwenden von ihrer hellen, sommerlich gekleideten Gestalt mit der hohen, festen Brust, von dem feingeschnittenen, doch energischen Gesicht und dem entschlossenen Blick, der zum Wind aufsah, während die hirschlederbewehrte Hand die Großschot hielt. Er wollte nur immer plaudern und stellte sich manchmal beim Wenden recht ungeschickt an. Dann bekam er einen Rüffel wie ein Schiffsjunge, und das machte ihm unbändigen Spaß.

„Warum hast du die Kleine nicht mitgebracht?“ fragte er, um sie zu necken.

„Wo hätte ich sie denn hinlegen sollen?“

„In die große Barkasse natürlich!“

Da lächelte sie, und er fand es höchst ergötzlich, sie so lächeln zu sehen.

„Na, was hat die Wirtin heute früh gesagt?“ fuhr er fort.

„Was sollte sie sagen?“

„Hat sie heute nacht ruhig schlafen können?“

„Weshalb nicht?“

„Ach, ich weiß nicht, es hätten doch Mäuse an den Dielen knabbern oder ’ne alte Dachluke knarren können. Man kann ja nie wissen, was den süßen Schlaf einer alten Jungfer stört.“

„Wenn du nicht still bist, mache ich die Schot fest und lasse dich ins Wasser segeln!"

Sie landeten an einem Holm und aßen aus einem kleinen Korb zu Mittag; dann schossen sie mit dem Revolver nach der Scheibe. Darauf legten sie Angelruten aus und taten so, als ob sie angelten; aber es biß kein Fisch an, und so segelten sie weiter. Hinaus in die Buchten, wo die Eidergänse strichen, hinein in den Sund, wo die Hechte im Schilf sprangen, und wieder hinaus. Und er wurde nicht müde, sie anzusehen, mit ihr zu plaudern und sie zu küssen, sooft er ihrer habhaft wurde.

So trafen sie sich sechs Sommer auf Dalarö, und immer waren sie gleich jung, immer gleich ausgelassen, waren glücklich. – Während des Winters saßen sie auf Skeppsholmen in ihren kleinen Kajüten. Da takelte er Boote für die Jungs oder unterhielt sie mit Abenteuern aus China oder von den Südseeinseln, und die Frau saß dabei und hörte zu und mußte über seine tollen Geschichten lachen. Es war ein entzückender Raum, der nicht seinesgleichen hatte. Da hingen japanische Sonnenschirme und Rüstungen, ostindische Miniaturpagoden, australische Bogen und Lanzen, Negertrommeln und getrocknete fliegende Fische, Zuckerrohr und Opiumpfeifen. Und der Papa, der anfing etwas kahl zu werden, mochte seine vier Wände gar nicht verlassen. Manchmal spielte er mit dem befreundeten Kriegsgerichtsrat eine Partie Brett, und manchmal leistete man sich ein Kartenspielchen nebst einem soliden Grog. Früher hatte seine Frau mitgespielt, doch seit vier Kinder da waren, hatte sie keine Zeit mehr. Aber sie saß gern eine Weile dabei und guckte in die Karten, und wenn sie an Papas Stuhl herantrat, faßte er sie um und fragte sie, ob er sich mit solch lumpigem Blatt hervorwagen solle.

Die Korvette sollte wieder auslaufen und diesmal sechs Monate fortbleiben. Der Kapitän spürte ein Unbehagen; denn die Kinder waren nun größer, und der Mama fiel es etwas schwer, dem umfangreichen „Betrieb" vorzustehen. Auch war der Kapitän nicht mehr so jung und nicht mehr ganz so unternehmungslustig wie früher, doch – es mußte sein, und so trat er die Reise an.

Bei Kronborg gab er bereits den ersten Brief auf, der folgenden Wortlaut hatte:

„Meine geliebte kleine Toppnante!

Wind schwach SSO b. O, +10 °C, 6 Glasen Freiwache. Ich kann nicht schreiben, wie mir auf dieser Fahrt, fern von Dir, zumute ist. Als wir vor Kastellholmen den Warpanker katteten (6.30 Uhr nachm. bei starkem NO b. N), da meinte ich, sie stießen mir einen Pall in den Brustkorb, und ich hatte ganz das Gefühl, als zöge man mir die Kette durch beide Ohrklüsen. Man sagt, Seeleute hätten Vorahnungen vom Unglück. Davon weiß ich nichts; aber bis ich Deine ersten Zeilen in Händen halte, bin ich ganz unruhig! An Bord ist nichts passiert, aus dem einfachen Grunde, weil nichts passieren darf. – Wie geht es Euch daheim? Hat Bob seine neuen Stiefel schon bekommen? Wie passen sie? Ich bin, wie Du weißt, ein schlechter Briefschreiber und mache jetzt Schluß. Mit einem dicken Kuß mitten auf dieses /

Dein alter Pall

PS. Du solltest Dir etwas Gesellschaft suchen (weibliche natürlich!). Und vergiß nicht, das Jüngferlein auf Dalarö zu bitten, daß sie den Boden der großen Barkasse neu beschlägt, bis ich heimkehre! (Der Wind wird stärker; wir werden ihn zur Nacht von Norden kriegen!)“

Vor Portsmouth erhielt der Kapitän folgenden Brief von seiner Frau:

„Lieber alter Pall!

Du glaubst nicht, wie scheußlich es hier ohne Dich ist! Und schwer ist es gewesen, denn Alice hat jetzt ihren Zahn bekommen. Der Doktor sagt, das sei ungewöhnlich früh, und es bedeutet angeblich ... (Ja, das darfst du nicht wissen!) Bobs Stiefel passen wie angegossen, und er ist sehr stolz darauf. – Du meintest in Deinem Brief, ich solle mir eine weibliche Bekanntschaft suchen. Das habe ich bereits getan, oder richtiger: sie hat mich gesucht. Sie heißt Ottilia Sandegren und hat das Seminar besucht. Sie ist sehr ernst; Pall braucht also keine Angst zu haben, daß sie seine Toppnante auf Abwege führt. Außerdem ist sie religiös. Ja, ja, es könnte uns allen nicht schaden, wenn wir in unserer Religion etwas strenger wären, jeder ein bißchen. Sie ist, mit einem Wort, ein prächtiger Mensch. – Und nun schließe ich für diesmal, denn Ottilia will mich abholen. Sie ist soeben gekommen und läßt Dich unbekannterweise grüßen!

Ganz Deine Gurli"

Der Kapitän war von diesem Brief nicht erbaut. Er war zu kurz, und er war nicht so fröhlich wie sonst. Seminar – religiös – ernst – und Ottilia, zweimal Ottilia! Und dann Gurli! Warum nicht Gullan wie früher? Hm!

Acht Tage später vor Bordeaux erhielt er einen neuen Brief, zusammen mit einem Buch unter Kreuzband.

„Lieber Wilhelm!" – Hm, Wilhelm, nicht mehr Pall! – „Das Leben ist ein Kampf..." – Was, zum Teufel, war das? Was haben wir mit dem Leben zu schaffen! – „... von Anfang bis Ende! Still wie der Bach Kidron..." – Kidron! Das war ja die Bibel! – „... ist unser Leben dahingeflossen. Wir sind wie Schlafwandler über Abgründe geschritten, ohne sie zu sehen." – Seminar, Seminar! – „Aber dann kommt das Ethische..." – Das Ethische! Ablativus! Hm, hm! – „... und macht sich in seinen höheren Potenzen geltend." – Potenzen?! – „Wenn ich jetzt aus unserem langen Schlaf erwache und mich selber frage: Ist unsere Ehe eine rechte Ehe gewesen?, so muß ich voll Reue und Scham bekennen: Sie ist es nicht gewesen! Die Liebe ist himmlischen Urspungs (Matth. XI, 22ff.)."

Der Kapitän mußte aufstehen und ein Glas Wasser mit Rum zu sich nehmen, ehe er weiterlas.

„Wie irdisch, wie konkret ist die unsere doch gewesen! Haben unsere Seelen in der Harmonie gelebt, von der Platon (‚Phaidon', Buch VI, Kap. II, §9) spricht? Nein, müssen wir antworten! Was bin ich für Dich gewesen? Deine Haushälterin und – o Schmach – Deine Geliebte! Haben unsere Seelen einander verstanden? Nein, müssen wir antworten!" – Zur Hölle mit allen Ottilien und Satansseminaren! Ist sie meine Frau gewesen und die Mutter meiner Kinder! – „Lies dieses Buch, das ich Dir schicke. Es wird

Dir auf all die Fragen Antwort geben. Es offenbart, was Jahrhunderte hindurch auf dem Herzensgrunde des ganzen Frauengeschlechts verborgen gelegen hat. Lies es und sage mir dann, ob unsere Ehe eine rechte Ehe gewesen ist! Das erbittet auf ihren Knien – Deine einzige Gurli.“

Das war seine böse Ahnung! Der Kapitän war gänzlich außer sich und konnte nicht begreifen, was in seine Frau gefahren war. Dies war schlimmer als alle Frömmelei!

Er riß das Kreuzband auf und las auf dem Umschlag eines broschierten Buches: ‚Ein Puppenheim von Henrik Ibsen‘. Ein Puppenheim! Ja! Und was weiter? Sein Heim hatte einer hübschen kleinen Puppenstube geglichen, sein Frauchen war seine kleine Puppe und er ihre große Puppe gewesen. Sie waren über die scharfkantige Schotterstraße des Lebens hingetändelt, und sie waren glücklich gewesen! Was fehlte ihnen also? Was für ein Unrecht hatten sie begangen? Er mußte nachlesen, da das ja in diesem Buch stehen sollte.

In drei Stunden hatte er es gelesen. Der Verstand drohte ihm stillzustehen. Was ging das ihn und seine Frau an? Hatten sie Wechsel gefälscht? Nein! Hatten sie einander nicht geliebt? Doch!

Er schloß sich in die Kajüte ein und las das Buch noch einmal. Er strich mit Blau- und Rotstift an, und als der Morgen anbrach, setzte er sich hin und schrieb an seine Frau:

„Ein wohlgemeinter kleiner Ablativus über das Stück ‚Ein Puppenheim‘, zusammengekritzelt vom alten Pall an Bord der ‚Vanadis‘ im Atlantischen Ozean vor Bordeaux (B. 45°, L. 16°).

§ 1. Sie hat ihn geheiratet, weil er sie liebte, und daran tat sie verdammt recht; denn hätte sie auf den gewartet, den sie liebte, so hätte der Fall eintreten können, daß er sie nicht geliebt hätte, und dann hätte sie den Teufel in der Rüstkausch gehabt. Denn daß beide ineinander vernarrt sind, kommt äußerst selten vor.

§ 2. Sie fälscht einen Wechsel. Das war dumm von ihr;

aber sie soll nicht sagen, daß es nur des Mannes wegen gewesen wäre, denn sie hatte ihn ja geliebt. Wenn sie sagte, daß es für beide und für die Kinder war, dann spräche sie die Wahrheit! Ist das klar?

§3. Daß er sie nach dem Ball liebkosen will, beweist nur, daß er sie liebt; und das ist kein Fehler von ihm. Aber daß es im Theater gezeigt wird, ist ein Fehler. ‚Il y a des choses qui se font, mais qui ne se disent point', sagt ein Franzose, glaube ich. Im übrigen hätte der Verfasser, wenn er gerecht gewesen wäre, auch einen entgegengesetzten Fall zeigen müssen: ‚La petite chienne veut, mais le grand chien ne veut pas', sagt Ollendorff. (Vergleiche die Barkasse auf Dalarö!)

§4. Daß sie, als sie merkt, daß der Mann ein Rindskopf ist – denn das ist er, wenn er ihr verzeihen will, weil ihr Streich nicht entdeckt worden ist –, ihre Kinder verlassen will, weil sie ‚nicht würdig ist, sie zu erziehen', ist eine nicht sehr scharfsinnige Koketterie. Wenn sie eine Kuh war (denn man lernt doch auf dem Seminar nicht, daß es erlaubt sei, Wechsel zu fälschen) und er ein Ochse, dann müßten sie nun ein gutes Gespann abgeben. Am allerwenigsten dürfte sie die Erziehung ihrer Kinder einem solchen Tölpel überlassen, den sie verachtet.

§5. Nora hat also viel eher Grund, bei den Kindern zu bleiben, da sie sieht, was für ein Rindvieh der Mann ist.

§6. Daß er sie vorher nicht nach ihrem wirklichen Wert geschätzt hatte, dafür konnte der Mann nicht; denn ihren wirklichen Wert bekam sie ja erst nach dem Klamauk.

§7. Nora war vorher eine dumme Gans; das bestreitet sie selber nicht.

§8. Es liegen doch alle Garantien dafür vor, daß das Gespann künftig gleichmäßiger ziehen wird: *Er* hat bereut und will sich bessern, *sie* ebenfalls. Bon! Hier meine Hand, und nun fangen wir von vorn an! Gleich und gleich gesellt sich gern! Wie gehauen, so gestochen! Du warst eine Kuh, und ich habe mich wie ein Ochse aufgeführt! Du, liebe Nora, warst schlecht erzogen, und ich altes Luder hatte es nicht besser gelernt. Beklage uns beide! Bewirf unsere Erzieher mit faulen Eiern, aber schlag nicht mir allein auf den Schädel. Wenn ich auch ein Mann bin, so bin ich doch ebenso unschuldig wie du! Vielleicht gar noch etwas unschuldiger, denn ich habe aus Liebe geheiratet, du aus Ökonomie! Laß uns also Freunde sein und gemeinsam unseren Kindern etwas von der kostbaren Weisheit beibringen, die das Leben uns gelehrt hat!

Ist das klar? All right!

Dies hat Kapitän Pall mit seinen steifen Fingern und seinem lahmen Verstand geschrieben.

So, meine geliebte kleine Puppe, nun habe ich Dein Buch gelesen und meine Meinung gesagt. Aber was geht das uns an? Haben wir uns nicht geliebt? Lieben wir uns nicht noch? Haben wir uns nicht gegenseitig erzogen und die Kanten abgeschliffen? Du erinnerst Dich doch noch, daß am Anfang einige Knorren und ein Schuppen da waren! Was sind das also für Grillen! Zum Teu... mit allen Ottilien und Seminaren!

Das war ein verzwicktes Buch, das Du mir geschickt hast. Es ist wie ein schlecht betonntes Fahrwasser, wo man jeden Augenblick auflaufen kann. Aber ich nahm mein Besteck und prickte auf der Karte ab, so daß ich ruhiges Wasser kriegte. Aber ich tu es wahrhaftig nicht noch einmal. Mag der Teufel solche Nüsse knacken, die innen schwarz sind, wenn man endlich die Schale aufhat! Und nun wünsche ich Dir Glück und Frieden und – daß Du Deinen guten Verstand wiederfindest.

Wie geht es meinen Kleinen? Du hast im letzten Brief vergessen, von ihnen zu schreiben! Das kam wohl von dem vielen Kopfzerbrechen über die verflixten Gören jener Nora (die auch nur in dem Theaterstück existieren!). Schreit mein Sohn, spielt meine Linde, singt meine Nachtigall, und tanzt meine kleine Puppe? Das soll sie immer tun, dann freut sich der alte Pall!

Und nun Gott befohlen und laß keine bösen Gedanken zwischen uns kommen! Ich bin so traurig, daß ich es gar nicht sagen kann. Und da muß ich nun sitzen und Rezensionen über Theaterstücke schreiben! Gott behüte Dich und die Kleinen! Und gib ihnen mitten auf den Mund einen Kuß von Deinem treuen alten Pall." –

Nachdem der Kapitän den Brief hinter sich gebracht hatte, ging er in die Offiziersmesse hinunter und genehmigte sich einen Grog. Der Arzt leistete ihm Gesellschaft.

„Hääh", sagte der Kapitän, „merkst du, wie es nach alten schwarzen Hosen riecht? Hääh! Surabaja! Man sollte sie doch zum Donnerwetter im Kattblock auf dem Vortopp hissen und bei dichtgereffeltem Nordwest bis Nord durchlüften lassen!"

Der Arzt begriff nicht.

„Ottilia, Ottilia soll mir mal..." Eine Portion Handspake brauche sie! Runter auf die Schanze mit der Hexe, und die zweite Backschaft auf sie losgelassen – bei geschalkten Luken! Er wisse schon, was so einer alten Schachtel not tue!

„Aber was hast du denn, alter Pall?" fragte der Arzt.

„Platon, Platon! Hol der Teufel diesen Platon! Ja, wenn unsereiner sechs Monate auf See ist, dann kommt man daheim auf Platon! Dann wird man ethisch! Ethisch! Hääh! Ich wette einen Marlspieker gegen einen Doppelhaken: Wenn Ottilia ihr warmes Süppchen kriegte, würde sie nicht mehr über Platon schwatzen!"

„Aber was ist denn los?"

„Ach, nichts ist los! – Hör mal, du bist doch Arzt! Wie ist das eigentlich mit den Weibsbildern? Was? Ist es nicht gefährlich, lange unverheiratet zu bleiben? Werden sie nicht ein bißchen... kuckeliku, so auf einem Hals? Was?"

Der Arzt äußerte seine Ansicht und schloß mit einem Bedauern, daß nicht alle Weibchen befruchtet werden könnten. In der Natur, wo das Männchen zumeist in Polygamie lebe – was es in den meisten Fällen tun könne, da (außer bei den Raubtieren) Nahrung für die Jungen genug vorhanden sei –, da kämen solche Abnormitäten wie unverheiratete Weibchen nicht vor. In der Kultur hingegen, wo es ein Glücksfall sei, ausreichend Brot zu haben, da sei das durchaus üblich, zumal es mehr Frauen als Männer gebe. Man müsse deshalb zu unverheirateten Mädchen nett sein, denn ihr Los sei beklagenswert.

Ja natürlich, nett müsse man sein! Das ist leicht gesagt! Wenn sie aber selber ganz und gar nicht nett seien?

Dann strömte alles aus ihm heraus; er gestand sogar, daß er eine Rezension geschrieben habe.

„Ach, es wird soviel dummes Zeug geschrieben", sagte der Arzt und legte den Deckel auf die Grogkanne. „Letzten Endes entscheidet doch die Wissenschaft die großen Fragen! Die Wissenschaft!"

Als der Kapitän nach sechsmonatiger Abwesenheit und einem verdrießlichen Briefwechsel mit seiner Frau, die seine Kritik sehr ungnädig aufgenommen hatte, schließlich in Dalarö an Land stieg, wurde er von seiner Frau, den Kindern, zwei Dienstmädchen und Ottilia empfangen. Seine Frau war liebenswürdig, doch nicht herzlich. Sie bot ihm die Stirn zum Kuß. Ottilia war lang wie ein Stag und hatte kurzgeschnittenes Haar, so daß sie im Nakken wie ein Schrubber aussah. Das Abendessen war langweilig; es gab nur Tee. Die Barkasse wurde mit den Kindern vollgestopft, und der Kapitän bekam eine Dachkammer. Oh, wie anders war das als früher! Der alte Pall sah richtig alt aus, und ernüchtert war er auch. Das ist ja die reinste Hölle, dachte er, verheiratet zu sein und keine Frau zu haben!

Am nächsten Morgen wollte er mit seiner Frau segeln. Aber Ottilia konnte die See nicht vertragen. Ihr war auf der Herreise im Baggensfjärden so übel geworden. Und im übrigen sei Sonntag. Sonntag? Da haben wir's! Aber sie wollten statt dessen spazierengehen. Sicher hätten sie eine ganze Menge zu besprechen. O ja, und was sie alles zu besprechen hätten! Aber Ottilia solle nicht dabeisein!

Sie gingen Arm in Arm weg. Aber sie sprachen nicht viel; und was sie sagten, waren mehr Worte, um die Gedanken zu verbergen, als Gedanken, die sich in Worten ausdrückten.

Sie kamen an dem kleinen Cholerafriedhof vorbei und schlugen den Weg zum Schweizertal ein. Eine leichte Brise strich zwischen den Tannen hindurch, und hinter den dunklen Zweigen leuchtete das Meer in tiefer Bläue.

Da setzte sie sich auf einen Stein. Er ihr zu Füßen. Nun geht es gleich los! dachte er. Und dann ging es los!

„Hast du etwas über unsere Ehe nachgedacht?" fing sie an.

„Nein", sagte er, als habe er seine Parade vorbereitet, „ich habe sie nur gefühlt. Ich glaube nämlich, die Liebe ist Gefühlssache. Man segelt auf Landkennung und läuft glatt in den Hafen; nimmt man aber Kompaß und Karte, dann läuft man auf Grund."

„Ja, aber unsere Ehe ist nichts anderes als ein Puppenheim gewesen!"

„Das ist, mit Verlaub, eine Lüge! Du hast nie Wechsel gefälscht; du hast nie deine Strümpfe einem syphilitischen Doktor gezeigt, von dem du gegen Sicherheit in natura Geld leihen wolltest; du bist nie so romantisch stupide gewesen, zu erwarten, daß dein Mann hingehen und sich eines Verbrechens bezichtigen würde, das seine Frau aus Dummheit begangen hat, das aber kein Verbrechen wurde, weil sich kein Kläger fand; und du hast mich nie belogen! Ich habe dich ebenso anständig behandelt, wie Helmer seine Frau behandelte, als er sie zur Vertrauten seines Herzens machte, mit ihr die Bankangelegenheiten besprach, zuließ, daß sie sich in Stellenbesetzungen einmischte and so on! Wir sind also nach allen Begriffen, altmodischen wie neumodischen, Mann und Frau gewesen!"

„Ja, aber ich war deine Haushälterin!"

„Das ist, mit Verlaub, eine Lüge! Du hast nicht in der Küche gegessen; du hast keinen Lohn erhalten; du hast nie über Ausgaben abzurechnen brauchen, hast niemals einen Anranzer gekriegt, weil dies oder jenes nicht in Ordnung war! Und hältst du meine Arbeit: holen und brassen, Tau fieren und ‚Achtung, präsentiert!' schreien, Heringe abzählen und Schnäpse abmessen, Erbsen wiegen und Mehl prüfen – hältst du das für ehrenvoller als Mägde beaufsichtigen und auf den Markt gehen, als Kinder gebären und großziehen?"

„Nein, aber du wirst dafür bezahlt; du bist dein eigener Herr; du bist ein Mann, du hast zu bestimmen!"

„Mein liebes Kind! Willst du etwa Lohn von mir haben? Willst du meine richtige Haushälterin werden? Daß ich ein Mann bin, ist reiner Zufall; denn das entscheidet sich, soviel ich weiß, erst im sechsten Monat. Das ist zwar bedauerlich – denn heutzutage ist es ein Verbrechen, ein Mann zu sein –, aber ein Fehler ist es nicht. Und der Teufel soll den holen, der die beiden Hälften der Menschheit gegeneinander aufgehetzt hat! Der hat eine schwere Verantwortung auf sich geladen. – Bestimme *ich*? Bestimmen wir nicht beide? Tu ich etwas Wichtiges, ohne dich um Rat zu fragen? Wie? Du aber, du erziehst deine Kinder nach deinem Kopf! Erinnerst du dich, daß ich das Einwiegen der Kinder abschaffen wollte, weil ich es für schändlich hielt, sie durch Berauschung in Schlaf zu bringen? Da hattest *du* zu bestimmen! Ein andermal bestimmte ich, dann wieder du! Einen Mittelweg gab es nicht; denn zwischen Einwiegen und Nichteinwiegen gibt es eben keinen. Und trotzdem ist alles gut gegangen – bis jetzt! Nun hast du mich Ottilias wegen im Stich gelassen?"

„Ottilia! Immer Ottilia! Hast du sie nicht selber zu mir geschickt?"

„Sie nun nicht gerade! Aber jetzt ist sie diejenige, die zu bestimmen hat!"

„Von allem, was mir lieb ist, willst du mich trennen!"

„Ist Ottilia alles? Es sieht ganz so aus!"

„Aber ich kann sie jetzt nicht wegschicken, wo ich sie engagiert habe, mit den Mädchen Pädagogik und Latein zu arbeiten!"

„Latein! Ablativus! Herrjemine, sollen die Mädchen auch damit ruiniert werden?"

„Ja, sie sollen ebensoviel wissen wie ein Mann, wenn sie sich einmal verheiraten sollten – damit es eine rechte Ehe wird!"

„Aber, liebes Kind, es können doch nicht alle Ehemänner Latein! Ich kann nur ein einziges Wort Latein, und das ist Ablativus! Und wir sind trotzdem glücklich! Übrigens ist man doch gerade dabei, das Latein für Männer als überflüssig abzuschaffen. Wollt ihr nun das gleiche Kreuz auf euch nehmen? Könnt ihr aus dem Beispiel nicht lernen?

Ist es nicht genug, daß man das männliche Geschlecht ruiniert hat? Muß man nun auch noch das weibliche verderben? Ottilia, Ottilia, warum hast du mir das angetan!"

„Ich will nicht mehr über diese Sache sprechen! Aber unsere Liebe, Wilhelm, ist nicht so gewesen, wie sie hätte sein müssen. Sie ist sinnlich gewesen!"

„Aber, liebes Herz, wie hätten wir Kinder haben können, wenn unsere Liebe nicht *auch* sinnlich gewesen wäre! Aber sie ist nicht nur sinnlich gewesen!"

„Kann etwas zugleich schwarz und weiß sein? Das möchte ich fragen! Antworte darauf!"

„Ja, das kann es! Dein Sonnenschirm ist außen schwarz, innen aber weiß!"

„Sophist!"

„Hör mal, mein geliebtes Kind, sprich mit deiner eigenen Zunge und mit deinem eigenen Herzen und nicht mit Ottilias Büchern! Nimm Vernunft an und werde wieder du selbst, ganz meine geliebte kleine Frau!"

„Deine, *ganz* deine! *Dein* Eigentum, das du dir mit dem erkaufst, was du durch deine Arbeit verdienst!"

„Ebenso wie ich – achte auf das Wort! – *dein* Mann bin, *ganz* dein Mann, den keine andere Frau angucken darf, wenn sie ihre Augen im Kopf behalten will, und den du zum Geschenk bekommen hast, nein, als Gegenleistung dafür, daß er *dich* bekam! Ist das nicht partie égale?"

„Aber haben wir unser Leben nicht vertändelt? Haben wir etwa höhere Interessen gehabt, Wilhelm?"

„Ja, wir haben die höchsten Interessen gehabt, Gurli! Wir haben nicht immer getändelt, wir haben auch ernste Stunden erlebt! Wir haben die höchsten Interessen gehabt, die man haben kann; denn wir haben dem heranwachsenden Geschlecht Leben gegeben, haben ganz tapfer gearbeitet und uns abgemüht, du nicht am wenigsten, für die Kleinen, die groß werden sollen. Bist du nicht um ihretwillen viermal dem Tode nahe gewesen? Hast du nicht auf den Nachtschlaf verzichtet, um sie einzuwiegen, hast du dir nicht die Vergnügungen des Tages versagt, um sie zu hegen und zu pflegen? Könnten wir nicht eine Wohnung mit sechs Zimmern und Küche in der Drottninggatan und einen Diener haben, statt in der Ioanga Raden zu wohnen – wenn wir die Kleinen nicht hätten? Könntest du nicht Seide und Perlen tragen, Gullan? Und müßte der alte Pall mit ausgebeulten Knien umherlaufen, wenn wir nicht die Kinder in die Welt gesetzt hätten? Sind wir solche Puppen? Sind wir wirklich so selbstsüchtig, wie alte Jungfern behaupten, die oft Männer verschmäht haben, weil die sich nicht für sie schickten? Sieh dir die Gründe an, warum so viele Mädchen unverheiratet bleiben! Sie verstehen es zwar alle, damit zu prahlen, daß sie Anträge bekommen haben; aber sie wollen doch gern Märtyrer sein! Höhere Interessen! Latein lernen! Sich für wohltätige Zwecke halbnackt ausziehen und die Kinder in ihren nassen Windeln liegenlassen! Ich glaube, ich habe höhere Interessen als Ottilia, wenn ich frische und frohe Kinder haben will, die im Leben einmal das vollbringen können, was wir nicht erreicht haben! Mit Latein aber geht das nicht! Leb wohl, Gurli! Ich muß jetzt auf die Wache. Kommst du mit?"

Sie blieb sitzen und antwortete nicht. Er ging – mit schweren, sehr schweren Schritten. Das blaue Wasser der Bucht dunkelte; die Sonne leuchtete ihm nicht mehr.

„Pall, Pall, wohin soll dies führen!" seufzte er vor sich hin, als er über den Zauntritt des Friedhofs kletterte. „Ich wünschte, ich läge dort unter einem der Holzkreuze, dort unten zwischen den Baumwurzeln! Aber ich fände bestimmt keine Ruhe, wenn ich allein dort läge! Gurli! Gurli!"

„Nun geht's ganz schief, Schwiegermutter!" sagte der Kapitän eines Tages im Herbst, als er die alte Frau in der Sturegatan besuchte.

„Was ist denn los, lieber Willi?"

„Gestern waren sie zu Hause bei uns, vorgestern bei der Prinzessin. Da wurde die kleine Alice krank. Das war natürlich Pech, aber ich wagte nicht, Gurli holen zu lassen; denn sie hätte doch geglaubt, das sei abgekartet. Ach, wenn das Vertrauen einmal erschüttert ist, dann... Ich war dieser Tage beim Kriegsgerichtsrat und habe ihn gefragt, ob man nach schwedischem Gesetz das Recht habe, die Freundinnen seiner Frau auszuräuchern. Nein, das Recht habe man nicht. Und hätte man es, so würde man es nicht wagen, denn dann wäre es auf einmal ganz aus. Wenn es doch, zum Donnerwetter, ein Liebhaber wäre! Den könnte man beim Kragen packen und hinausschmeißen. Was soll ich machen?"

„Ja, ja, das ist ein schwieriger Fall, lieber Willi; aber wir werden uns schon etwas ausdenken. Du strammer Kerl kannst doch nicht so unbeweibt dahinleben!"

„Nein, das sage ich ja!"

„Ich habe sie mir vor ein paar Tagen ordentlich vorgenommen und ihr gesagt: Wenn sie nicht nett wäre, dann würde ihr Mann einfach zu Mädchen gehen."

„Na, und was sagte sie da!"

„Sie meinte, das könne er tun; denn über seinen Körper habe jeder selber zu verfügen."

„Sie dann natürlich auch? Das sind ja wunderschöne Lehren! Ich kriege noch graue Haare, Schwiegermutter!"

„Eine gute alte Methode ist, sie eifersüchtig zu machen. Das ist gewöhnlich die Radikalkur; denn da kommt die Liebe wieder zum Vorschein – wenn sie noch da ist!"

„Sie ist noch da!"

„Sicher! Denn die Liebe stirbt nicht so Knall und Fall, sie kann sich nur im Laufe der Jahre abnutzen – *wenn* sie es überhaupt kann! Nur zu, mache Ottilia den Hof, dann werden wir weitersehen!"

„Den Hof machen – ihr?"

„Versuch's! Gibt es nicht was, das du kannst und das sie interessiert?"

„Doch, warte... Sie sind jetzt bei der Statistik angelangt. Gefallene Frauen, ansteckende Krankheiten, hää! Wenn man das auf die Mathematik überleiten könnte! Da kenne ich mich wenigstens aus."

„Na, siehst du, da haben wir's! Fang mit der Mathematik an und geh dann dazu über, ihr den Schal umzulegen und die Schuhe zuzuknöpfen. Bring sie abends nach Hause, trink Brüderschaft mit ihr und küß sie, wenn Gurli es sieht. Wenn's nötig ist, sei ruhig frech. Oh, sie wird schon nicht böse, das kannst du mir glauben! Und dann viel Mathematik – so viel, daß Gurli schweigend dabeisitzen und zuhören muß. Komm dann in acht Tagen wieder und berichte mir!"

Der Kapitän ging nach Hause und las die letzten Broschüren über die Unsittlichkeit durch. Dann schritt er zur Tat.

Acht Tage später saß er vergnügt und zufrieden bei seiner Schwiegermutter und trank einen guten Sherry. Er war richtig aufgeräumt.

„Erzähle, erzähle!" sagte die Alte und schob die Brille in die Höhe.

„Ja, weißt du, in den ersten Tagen gab es einige Schwierigkeiten; denn sie mißtraute mir. Sie dachte, ich wollte sie zum besten halten. Aber dann kam ich darauf zu sprechen, welch unerhörten Einfluß die Wahrscheinlichkeitsrechung in Amerika auf die Sittlichkeitsstatistik habe. Sie habe geradezu Epoche gemacht.

Soo – das wüßte sie gar nicht, und das reizte sie. Ich nahm ein Beispiel und zeigte an Hand von Buchstaben und Zahlen, daß man mit einer gewissen Wahrscheinlichkeit errechnen könnte, wie viele Frauen fielen. Das setzte sie in Erstaunen. Nun merkte ich, daß sie neugierig wurde und sich für die nächste Zusammenkunft einen Trumpf verschaffen wollte. Gurli freute sich, als sie sah, daß wir Freunde wurden, und sie half tüchtig nach. Sie schob uns in mein Zimmer und schloß die Tür; und da saßen wir nun den ganzen Nachmittag und rechneten. Und die olle Fregatte war glücklich; denn sie hatte das Gefühl, daß sie etwas von mir profitierte, und nach drei Stunden waren wir Freunde. Beim Abendessen fand meine Frau, Ottilia und ich wären so alte Bekannte, daß wir du zueinander sagen müßten. Ich holte meinen guten alten Sherry hervor, um das große Ereignis zu feiern. Und dann küßte ich sie mitten auf den Mund – Gott verzeih mir die Sünde! Gurli sah etwas verdutzt aus, wurde aber nicht böse. Sie war eitel Glück. Der Sherry war stark, und Ottilia war schwach. Ich half ihr in den Mantel und begleitete sie nach Hause. Auf der Skeppsholm-Brücke drückte ich ihren Arm und erklärte ihr die ganze Sternkarte. Oh, sie war hingerissen! Sie hatte die Sterne immer geliebt, aber nie gelernt, wie sie hießen! Die armen Frauen dürften eben nichts lernen. Sie schwärmte geradezu, und wir trennten uns als die allerbesten Freunde, die einander so lange, lange verkannt hatten.

Am Tag darauf noch mehr Mathematik. Wir saßen bis zum Abendessen zusammen. Gurli kam ein paarmal herein und nickte uns zu. Am Abendbrottisch aber wurde nur über Mathematik und Sterne gesprochen, und Gurli saß still dabei und hörte zu. Dann brachte ich Ottilia nach Hause. Auf dem Kai traf ich Kapitän Björn. Wir machten einen Abstecher ins Grand Hotel und tranken ein Glas Punsch. Um ein Uhr kam ich heim. Gurli saß noch auf.

,Wo bist du so lange gewesen, Wilhelm?' fragte sie.

Da ritt mich der Teufel, und ich antwortete: ,Wir sind so lange auf der Holm-Brücke hin und her gebummelt und haben geplaudert; da vergaß ich völlig, wie spät es war.'

Die Pille wirkte!

,Ich finde es nicht recht passend, daß du nachts mit einer jungen Dame spazierengehst', sagte sie.

Ich tat verlegen und stammelte: Wenn man über so vieles zu sprechen hätte, wüßte man nicht immer, was passend sei.

,Worüber habt ihr denn gesprochen!' fragte Gurli und zog ein säuerliches Gesicht.

Daran konnte ich mich natürlich nicht erinnern."

„Gut gemacht, mein Junge!" sagte die Alte. „Weiter, weiter!"

„Am dritten Tage", fuhr der Kapitän fort, „kam Gurli mit einer Arbeit herein und blieb bis zum Schluß der Mathematiksitzung dabei. Das Abendessen war nicht ganz so vergnüglich, dafür aber um so astronomischer. Ich half der Scharteke in die Überschuhe, was auf Gurli einen tiefen Eindruck machte; und als Ottilia ging, hielt sie ihr nur die Backe zum Kuß hin. Auf der Holm-

Brücke drückte ich ihr wieder den Arm und sprach von der Sympathie der Seelen, von den Sternen als der Heimat der Seelen. Im Grand Hotel trank ich meinen Punsch, und um zwei Uhr kam ich nach Hause. Gurli saß noch auf; ich sah es, ging aber – wie sich das für einen Junggesellen gehört – direkt in mein Zimmer, und Gurli schämte sich, mir nachzukommen und Fragen zu stellen.

Am nächsten Tag wieder Astronomie. Gurli erklärte, sie habe große Lust, daran teilzunehmen; Ottilia aber meinte, wir seien schon zu tief in den Stoff eingedrungen, sie werde Gurli später mit den Anfangsgründen vertraut machen. Gurli war verärgert und ging hinaus. – Zum Abendbrot viel Sherry. Als sich Ottilia für das Essen bedankte, faßte ich sie um und gab ihr einen Kuß. Gurli wurde blaß. Als ich Ottilia die Überschuhe zuknöpfte, griff ich ihr mit der Hand..., hm..."

„Genier dich nicht vor mir, Willi!" sagte die Schwiegermutter. „Ich bin eine alte Frau!"

„...so hier um die Wade. Gar nicht so übel übrigens! Hm! Wirklich nicht übel! Hää! Aber als ich mir den Mantel anziehen wollte, da, hast du nicht gesehen, stand Lina, unsere Perle, bereit, das Fräulein nach Hause zu begleiten. Und Gurli entschuldigte mich: Ich hätte mich am Abend zuvor erkältet und fürchtete die Nachtluft. Ottilia sah verlegen aus und unterließ es, Gurli zu küssen, als sie ging.

Am nächsten Tag um zwölf Uhr sollte ich Ottilia in der Schule astronomische Instrumente erklären. Sie kam auch, war aber bedrückt. Sie sei gerade bei Gurli gewesen, und die habe sie unfreundlich behandelt. Den Grund könne sie sich nicht denken. Als ich zum Mittagessen nach Hause kam, war Gurli völlig verändert. Sie war kühl und stumm wie ein Fisch. Sie grämte sich. Ich sah es. Aber jetzt mußte die Spitze ins Fleisch!

‚Was hast du zu Ottilia gesagt? Sie war so traurig!' fing ich an.

Was sie gesagt habe? Ja, sie habe ihr gesagt, sie sei eine Kokette. Das habe sie gesagt.

‚Wie konntest du das sagen?‘ entgegnete ich. ‚Du bist doch wohl nicht eifersüchtig?‘

‚Ich – eifersüchtig auf die!‘ brach es aus ihr heraus.

Ja, das wundere mich auch, denn eine so intelligente und verständige junge Dame könne es doch niemals auf den Mann einer anderen abgesehen haben!

Nein – jetzt kam es! –, aber der Mann einer andern könne sich schlecht gegen eine andere Dame benehmen! Huhuhu! – Nun war es soweit! Ich verteidigte Ottilia, bis Gurli sie eine alte Jungfer nannte; und auch dann fuhr ich fort, sie zu verteidigen. An dem Nachmittag kam Ottilia nicht. Sie schrieb einen kühlen Brief und entschuldigte sich; aber sie sehe sehr wohl, daß sie überflüssig sei. Ich protestierte und machte Anstalten, sie zu holen. Aber da wurde Gurli wild. Sie merke schon, daß ich in diese Ottilia verliebt sei und daß sie, Gurli, mir nichts mehr bedeute; sie wisse, daß sie eine Gans sei, daß sie nichts könne, zu nichts tauge und daß – huhuhu – Mathematik ihr ein Buch mit sieben Siegeln sei. Ich ließ einen Schlitten holen, und dann fuhren wir nach Lidingöbro. Dort tranken wir Glühwein und aßen ein Galadiner. Es war wieder wie auf der Hochzeit, und dann fuhren wir heim!“

„Und dann!“ fragte die Alte und blickte über ihre Brille hinweg.

„Dann? Hm! Gott vergebe mir meine Sünden! Dann habe ich sie verführt. Hol mich der Teufel, ich habe sie in meinem einsamen Junggesellenbett verführt! So geht es nun mal bei der Hochzeit zu! – Was sagst du nun, Großmutter?“

„Das hast du recht gemacht! Und dann?“

„Ach dann! Seitdem ist es auf der ganzen Linie all right. Jetzt sprechen wir über Kindererziehung, über die Befreiung der Frau von altem Aberglauben und Altjungferntum, von Romantisiererei, vom Teufel und seinem Ablativus; aber wir reden unter vier Augen, und da versteht man einander am besten. Nicht wahr, alte Dame?“

„Ja, mein Lieber, und jetzt will ich euch auch wieder besuchen.“

„O ja, tu das! Da wirst du sehen, wie die Puppen tanzen, wie die Lerchen und die Spechte singen und zwitschern; da sollst du sehen, wie die Wellen der Freude bis an die Decke schlagen, denn da wartet keiner auf Wunderdinge, die nur in Märchenbüchern vorkommen. Da sollst du ein richtiges Puppenheim sehen!“

Iwan Bunin

„Madrid“

Eines späten Abends ging er bei Mondschein den Twerskoi-Boulevard hinauf, da kam sie ihm entgegen: in schlenderndem Gang, die Hände in einem Muff, ein kekkes rundes Persianerhütchen schräg auf dem Kopf, ein Liedchen trällernd. Sie trat auf ihn zu und blieb stehen.

„Wolln Sie mir nicht Gesellschaft leisten?“

Er sah sie an: klein, Stupsnäschen, etwas breite Wangenknochen, die Augen im nächtlichen Halbdunkel glänzend, ein nettes, schüchternes Lächeln, die Stimme in der Stille und der frostklaren Luft fein und klar...

„Warum nicht? Gern.“

„Wieviel geben Sie!“

„Einen Rubel für die Liebe, einen Rubel Nadelgeld.“

Sie überlegte.

„Wohnen Sie weit? Wenn nicht, komm ich mit, da kann ich nach Ihnen noch bißchen weitermachen.“

„Gleich um die Ecke. Hier auf der Twerskaja, Zimmervermietung ‚Madrid‘.“

„Ah, kenn ich! Da bin ich vielleicht fünfmal gewesen. Mit ’m Falschspieler. Er war Jude, aber furchtbar gutmütig.“

„Ich bin auch gutmütig."
„Das hab ich mir gedacht. Sie sind sympathisch, ham mir gleich gefallen..."
„Gehen wir also."
Unterwegs betrachtete er sie immer wieder – ein selten nettes Mädchen! – und fragte sie aus: „Warum bist du denn allein?"
„Ich bin nicht allein, wir gehn immer zu dritt: ich, Mohr und Anelja. Wir wohnen auch zusamm'. Bloß heut ist Sonnabend, da haben die Ladengehilfen sie geholt. Mich hat den ganzen Abend keiner geholt. Ich bin nicht sehr gefragt, sie mögen mehr was Molliges oder wenigstens so was wie Anelja. Die ist zwar dürr, aber groß und 'ne Dreiste, säuft unheimlich und singt wie 'ne Zigeunerin. Sie und Mohr können Männer nicht leiden, sind wahnsinnig verliebt die zwei, leben wie Mann und Frau..."
„Soso... Mohr... Und wie heißt du? Aber nicht schwindeln."
„Ich heiß Nina."
„Das lügst du. Sag, wie du wirklich heißt."
„Na, Ihnen verrat ich's: Polja."
„Du gehst wohl noch nicht lange auf den Strich?"
„Doch, schon lange, seit dem Frühjahr. Aber was soll das Gefrage! Geben Sie mir lieber 'n Stäbchen. Sie rauchen bestimmt gute, was Sie für schicke Schlaghosen und für 'n Hut haben!"
„Das kriegst du, wenn wir da sind. In der Kälte rauchen ist schädlich."
„Wie Sie wollen, wir rauchen immer im Kalten, uns macht das nichts. Anelja, für die is es schädlich, die hat die Schwindsucht... Wieso ham Sie kein' Bart? Er hatte auch keinen..."
„Sprichst du immer noch von dem Falschspieler? Der hat dich ja mächtig beeindruckt!"
„Ich denk noch heut an ihn. Er hat auch die Schwindsucht, aber rauchen tut er wie 'n Schlot. Hat glänzende Augen, trockene Lippen, 'ne eingefallene Brust, dunkle hohle Wangen..."

„Und behaarte Hände, zum Fürchten..."
„Stimmt, stimmt! Ei, kennen Sie ihn denn?"
„Ja, woher soll ich ihn denn kennen?"
„Dann fuhr er nach Kiew. Ich bin zum Brjansker Bahnhof gegangen, Abschied nehmen, aber er wußte nicht, daß ich komme. Wie ich ankam, fuhr der Zug schon los. Ich renne hinterher, da guckt er grad aus 'm Fenster und sieht mich und winkt und ruft, daß er bald wiederkommt und mir Kiewer kandierte Früchte mitbringt."
„Und ist nicht wiedergekommen?"
„Nein, sie haben ihn sicher geschnappt."
„Wie hast du denn erfahren, daß er ein Falschspieler war?"
„Er selber hat's mir gesagt. Wie er mal zuviel Portwein intus hatte, ist er trübsinnig geworden und hat mir's gesagt. Ich bin 'n Falschspieler, sagt er, das ist dasselbe wie 'n Dieb, aber was soll ich machen, den Wolf ernähren nun mal seine Beine... Und Sie sind wohl Schauspieler?"
„Etwas in der Art. So, wir sind da."
Hinter der Haustür brannte über einem kleinen Kontorraum ein Lämpchen, drinnen war niemand. An einem Brett an der Wand hingen die Zimmerschlüssel. Als er seinen abnahm, flüsterte sie: „Wie können Sie den bloß hier hängenlassen? Man wird sie bestehlen!"
Er sah sie an. Sie erheiterte ihn immer mehr.
„Wer das tut, kommt nach Sibirien. Aber was für ein entzückendes Schnütchen du hast!"
Verlegen wehrte sie ab: „Sie machen sich bloß lustig über mich... Wir wolln um Gottes willen schnell raufgehen, so spät jemand mitbringen, das ist nämlich nicht erlaubt."
„Ach was, hab keine Angst, ich werd dich unterm Bett verstecken. Wie alt bist du? Achtzehn?"
„Komisch, Sie wissen aber auch alles! Ich werd achtzehn."
Sie stiegen eine steile Treppe mit dem abgetretenen Läufer hinauf und bogen in einen schmalen, schwach beleuchteten, muffigen Gang; als er vor einer Tür stehen-

blieb und den Schlüssel hineinsteckte, stellte sie sich auf die Zehenspitzen, um die Zimmernummer zu erkennen.

„Die Fünf! Und er hat in der Fünfzehn gewohnt, im zweiten Stock…"

„Wenn du mir noch ein Wort von ihm sagst, bring ich dich um."

Ihre Lippen verzogen sich zu einem zufriedenen Lächeln; sich leicht in den Hüften wiegend, betrat sie den Vorraum des erleuchteten Zimmers, im Gehen das Mäntelchen mit dem Persianerkragen aufknöpfend.

„Sie sind fortgegangen und haben vergessen, das Licht auszumachen."

„Nicht so schlimm. Wo hast du dein Taschentuch?"

„Wozu wolln Sie 'n das!"

„Hübsche rote Backen hast du, aber um die Nase bist du ziemlich verfroren…"

Sie verstand, zog eilig ein zerknülltes Tuch aus dem Muff und putzte sich die Nase. Er küßte sie auf die kalte Wange und tätschelte ihr den Rücken. Sie nahm das Hütchen ab, schüttelte ihr Haar und versuchte, im Stehen einen Überschuh vom Fuß zu ziehen. Der Schuh gab nicht nach; als sie es nochmals versuchte, fiel sie beinah hin, hielt sich an seiner Schulter fest und brach in helles Lachen aus.

„Oje, fast wär ich hingeflogen!"

Er zog den Mantel von ihrem schwarzen Kleid, das nach Stoff und warmem Körper roch, schubste sie leicht ins Zimmer, zum Sofa, und sagte: „Setz dich und gib das Bein her."

„Nein, ich will selber…"

„Setz dich, sag ich."

Sie setzte sich hin und streckte das rechte Bein vor. Er kniete nieder und legte sich ihr Bein aufs andere Knie; schamhaft zog sie den Rocksaum über den schwarzen Strumpf.

„Weiß Gott, Sie sind mir einer! Die sind aber auch eng…"

„Schweig."

Er zo ihr rasch die Überschuhe mit den Schuhen von den Füßen, schob den Rocksaum hoch, drückte einen kräftigen Kuß auf das nackte Bein oberhalb des Knies und stand hochrot auf.

„Schnell doch! Ich kann nicht..."

„Was können Sie nicht?" fragte sie. Sie stand mit ihren zierlichen Füßen nur noch in Strümpfen auf dem Teppich und wirkte dadurch rührend klein.

„Alberne Frage! Ich kann nicht mehr warten, klar?"

„Ausziehen?"

„Nein, anziehen!"

Er wandte sich ab, trat ans Fenster und begann hastig zu rauchen. Hinter dem unten zugefrorenen Doppelfenster schimmerten blaß Laternen im Mondschein, hörte man auf der Twerskaja vorbeijagende Schlittengespanne laut mit den Schellen rasseln. Wenig später rief sie ihm zu: „Ich liege schon."

Er löschte das Licht und schlüpfte notdürftig entkleidet zu ihr unter die Decke. Sie schmiegte sich zitternd an ihn und flüsterte mit leisem glücklichem Lächeln: „Aber blasen Sie mir um Gottes willen nicht in den Hals, sonst bläk ich, daß man's im ganzen Haus hört, ich bin so furchtbar kitzlig..."

Eine Stunde später schlief sie fest. Er lag neben ihr, starrte ins Halbdunkel, in das sich das trübe Licht von der Straße mischte, und fragte sich unerlaubt beklommen: Aber wie kann sie denn am Morgen wieder fortgehen? Und wohin! Sie wohnt mit irgendwelchen lasterhaften Weibsbildern über irgendeiner Wäscherei und geht jeden Abend mit ihnen auf die Straße, wie man zur Arbeit geht, um sich unter irgendeinem Vieh zwei Silberrubel zu verdienen – und welche kindliche Unbekümmertheit, welche treuherzige Naivität! Ich glaube, ich werde genauso ‚bläken, daß man's im ganzen Haus hört', wenn sie morgen geht...

„Polja", sagte er, richtete sich auf und tippte ihr an die nackte Schulter.

Sie kam erschrocken zu sich. „Ach, du meine Güte! Entschuldigen Sie bitte, ich bin ganz aus Versehen eingeschlafen... Gleich, gleich..."

„Was – gleich?"

„Gleich steh ich auf, zieh mich an..."

„Nichts da, wir essen jetzt Abendbrot. Ich laß dich nirgends hin vor morgen früh."

„Was reden Sie denn! Und die Polizei?"

„Unsinn. Mein Madeira ist kein bißchen schlechter als der Portwein von deinem Falschspieler."

„Warum Sie mir den bloß dauernd vorhalten!"

Er machte unerwartet Licht. Jäh geblendet, steckte sie den Kopf unter das Kissen. Als er ihr die Bettdecke wegzog und sie in den Nacken küßte, strampelte sie vergnügt mit den Beinen.

„Oje, nicht kitzeln!"

Er holte eine Tüte Äpfel und eine Flasche Krim-Madeira vom Fensterbrett, nahm zwei Trinkbecher vom Waschtisch, setzte sich wieder aufs Bett und sagte: „So, jetzt iß und trink. Sonst bring ich dich um."

Sie biß herzhaft in einen Apfel und begann ihn zu verzehren, trank hin und wieder einen Schluck Madeira dazu und räsonierte: „Was denken denn Sie? Vielleicht bringt mich wirklich mal einer um. Unsere Arbeit ist nun mal so. Man geht mit sonstwem sonstwohin, er kann betrunken sein oder nicht richtig im Kopf, wenn er dich nun packt und erwürgt oder mit 'm Messer abmurkst... Was für ein warmes Zimmer Sie haben. Man kann ganz nackt dasitzen und hat's doch warm. Ist das Madeira! Den mag ich! Gar kein Vergleich mit Portwein, der schmeckt immer nach Korken."

„Na, nicht immer."

„Doch, tut er, weiß Gott, und wenn man zwei Rubel für die Flasche zahlt, er macht was her und weiter nix."

„Komm, laß dir nachgießen. Jetzt stoßen wir an, trinken aus und küssen uns. Bis zur Neige." Sie trank aus, aber so hastig, daß sie sich verschluckte, husten mußte und ihm lachend an die Brust sank. Er hob ihren Kopf und küßte sie auf die feuchten, spröd geschlossenen Lippen.

„Bringst du mich auch zum Bahnhof?"

Vor Staunen riß sie den Mund auf.

„Fahren Sie auch weg? Wohin? Wann?"

„Nach Petersburg. Aber noch nicht so bald."

„Na, Gott sei Dank! Ich werd jetzt bloß noch zu Ihnen kommen. Wollen Sie?"

„Ja. Nur noch zu mir. Hörst du?"

„Für kein Geld geh ich mehr zu jemand anders."

„So ist's recht. Und nun wird geschlafen."

„Aber ich muß mal schnell..."

„Dort im Nachttisch."

„Ich schäme mich, wenn Sie zusehen. Machen Sie einen Moment das Licht aus..."

„Ich mach es ganz aus. Es geht auf drei..."

Im Bett legte sie sich auf seinen Arm und schmiegte sich wieder an ihn, nun aber still und zärtlich, und er sagte:

„Morgen frühstücken wir beide zusammen..."

Lebhaft hob sie den Kopf.

„Und wo? Ich war mal im ‚Terem', das ist hinterm Triumphtor, so was Billiges, beinah geschenkt, und reichlich gibt's dort – man schafft gar nicht alles!"

„Wo, das wird sich finden. Und danach gehst du nach Hause, damit deine Weibsstücke nicht denken, dich hätte jemand umgebracht, außerdem habe ich auch zu tun, und gegen sieben kommst du wieder zu mir, dann fahren wir essen zu Patrikejew, dort wird dir's gefallen – ein Orchestrion, Balalaikaspieler..."

„Und hinterher ins ‚Eldorado', ja? Da läuft grad 'n prima Film: ‚Die Leiche auf der Flucht'."

„Großartig. Und jetzt schlaf."

„Gleich, gleich... Nein, Mohr ist kein Weibsstück, die ist ganz furchtbar unglücklich. Ohne sie wär ich vor die Hunde gegangen."

„Wieso?"

„Sie ist Papas Cousine..."

„Und?"

„Mein Papa war Rangierer auf dem Güterbahnhof in Serpuchow, dort hat es ihm zwischen den Puffern die Brust zerquetscht, und Mama starb, als ich noch klein war, da hatte ich niemand mehr auf der Welt als Mohr und fuhr zu ihr nach Moskau, aber sie hat schon lange nicht mehr als Zimmermädchen im Hotel gearbeitet. Ihre Adresse haben sie mir im Adressenbüro gegeben, und wir ich mit meinem Körbchen in 'ner Droschke zum Smolensker Markt fuhr und zu ihr kam, merkte ich, sie wohnt mit dieser Anelja zusammen und geht mit ihr abends auf die Bullwars... Aber ich durfte bleiben, später hat sie mich dann überredet, daß ich mit auf die Straße geh..."

„Und da sagst du, ohne sie wärst du vor die Hunde gegangen."

„Was wär denn aus mir geworden allein in Moskau? Klar hat sie mich verdorben, aber hat sie's etwa böse mit mir gemeint? Aber wozu groß darüber reden. Vielleicht, geb's Gott, komm ich auch irgendwo als Zimmermädchen unter, dann halt ich die Stelle aber fest und laß keinen mehr ran an mich, die Trinkgelder würden mir reichen, außerdem hätt ich ja Kost und Logis. Wenn das hier möglich wäre, in Ihrem ‚Madrid'! Das wär zu schön!"

„Ich werde darüber nachdenken; vielleicht kann ich dir irgendwo solche Stelle verschaffen."

„Bis zur Erde würd ich mich da vor Ihnen verneigen!"

„Dann wär die Idylle komplett..."

„Was?"

„Nichts, ich rede schon im Schlaf... Schlaf jetzt."

„Gleich... Bin richtig bissel ins Träumen geraten..."

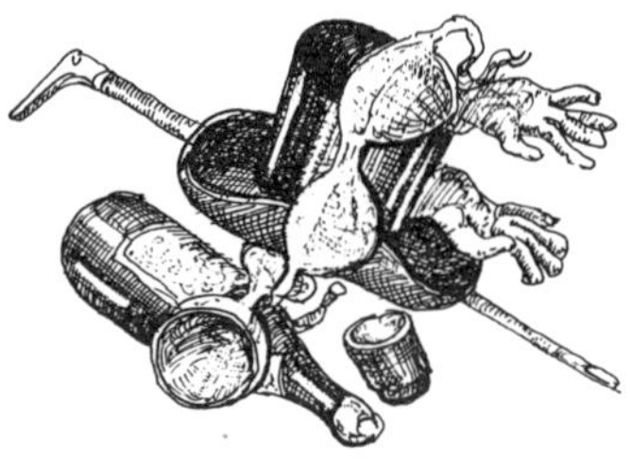

Krishna Nehru

Sherbati

Die Rückkehr einer Trinkerin zum Gefängnis rief nicht viel Aufregung unter den Häftlingen hervor; sie waren gewohnt, solche Dinge zu erleben. Aber die Politischen waren doch ergriffen, sie derartig schnell zurückkehren zu sehen. Nachdem sie an jenem Abend eingeschlossen waren, versuchten einige der Politischen, die mit eingeschlossenen Häftlinge zum Erzählen zu bringen.

Bei ihnen waren zwei Wärterinnen und dann zwei Mädchen, Sherbati und Ramkali. Niemand wußte deren genaues Alter, doch beide sahen sehr jung aus, und irgendein Alter zwischen zwölf und zwanzig mußte es wohl sein. Zuerst waren sie scheu, sie wollten durchaus nicht reden; allmählich aber überwanden die anderen Sherbati, doch etwas von sich zu erzählen.

In einem kleinen Dorf nahe bei Amritsar lebte der Landwirt Abdul. Er war glücklich und zufrieden, denn er hatte eine gute und tüchtige Frau und vier Söhne, auf die er sehr stolz war. Es gab niemand weitumher, der wie seine Frau ausschaute, mit solchem Verhalten und mit solcher Fähigkeit zur Arbeit wie sie. Doch eine geheime Trauer hegten sie. Abdul und sein Weib: sie hatten keine

Tochter. Schon Generationen vorher hatte die Familie immer nur Söhne gehabt. Abduls eigenes Verlangen nach einer Tochter war groß. Der Allmächtige aber schien für ihre Gebete und ihr Flehen taube Ohren zu haben. Jahr um Jahr verging, aber Abdul und seinem Weib Fatima wurde keine Tochter geschenkt.

Beider, Abduls und Fatimas, Familien waren Rajputaner, sie hatten sich erst jüngst dem Islam zugewandt, und beide trugen diese neue Überzeugung zur Schau, schön, aufrecht und furchtlos. Sie hatten alles, was sie brauchten, ihre Befürfnisse waren einfach und klein. Nur der eine Wunsch blieb unerfüllt – eine Tochter.

An einem heißen Sommerabend, als Fatima ein wenig müde vor ihrer Hütte saß und auf die Rückkehr ihres Mannes und ihrer Söhne von den Feldern wartete, wanderten ihre Gedanken wie gewöhnlich zu dem ungeborenen Töchterchen. Sie wurde jedes Jahr älter, bald würde es nicht mehr möglich sein, noch ein Kind zu haben. Warum erfüllte ihr Gott nicht diesen einzigen Wunsch? Wenn er es nur täte, Fatima würde alles tun, was er nur wünschte und von ihr verlangte. Und als sie so sinnend dasaß, kam ein Zigeunerweib um die Ecke, kam langsam auf Fatima zu. Diese fragte, was sie wünsche, und fügte gleich hinzu, daß sie Zigeuner nicht liebe und ihr ganz sicher nichts geben würde.

„Aber ich wünsche überhaupt nichts, meine Liebe", sagte die Zigeunerin. „Ich bin gekommen, Ihnen zu helfen, wenn Sie es annehmen wollen."

„Helfen?" sagte Fatima. „Was kann eine alte Frau wie du mir helfen? Gehe fort, störe mich nicht."

„Haben Sie gar nichts, was Sie wünschen?" fragte die alte Zigeunerin. „Nichts, was Sie ersehnen?"

Fatima schaute auf. Sie zögerte. „Ja, da ist schon etwas, was ich mir wünsche. Aber wie könntest du mir helfen, eine Tochter zu kriegen, wenn doch Allah selbst mir die Erfüllung meiner Bitten und Wünsche verweigert?"

Die Zigeunerin lächelte. „Mein Kind", sagte sie, „du hast recht, ich kann dir nicht geben, was Gott nicht willens ist, dir zu geben; aber ich kann dir vielleicht helfen, indem ich dir etwas von deiner Zukunft voraussage, das kann dir manche Enttäuschung ersparen. Ich kann es in deinem Gesicht sehen, daß dein lang gehegter Wunsch doch endlich in Erfüllung gehen wird, denn dir wird innerhalb eines Jahres eine Tochter geboren werden, das sehe ich. Sie wird lieblicher sein als das lieblichste Mädchen im Dorfe, ja, sie wird dir und deinem Mann für etliche Jahre viel Freude bereiten. Und später – ja, dann wird sie dir Kummer bringen und Schande. Wünschest du sie immer noch? Oder bist du nun mit deinen vier starken Söhnen zufrieden?"

Während die Zigeunerin dies sprach, hörte Fatima wie gebannt zu; sie wagte kaum zu atmen, und als diese geendet hatte, schien Fatima ihre Frage gar nicht gehört zu haben. Sie starrte bloß in die Ferne und wiederholte mit beinahe unhörbarer Stimme: „Eine Tochter, ich werde eine eigene Tochter haben, das lieblichste Mädchen des ganzen Dorfes – meine Tochter, wirklich meine Tochter." Die Zigeunerin beobachtete sie, aber als Fatima von ihrer Gegenwart keine Notiz zu nehmen schien, wandte sie sich ab und ging langsam davon, bald war sie verschwunden.

Fatima saß verzückt, in Gedanken versunken, am helllichten Tage von ihrer ungeborenen Tochter träumend, als sie durch Schritte, die sie vernahm, aus ihrer Versunkenheit aufgeschreckt wurde. Sie blickte hoch und erwartete, die Zigeunerin zu sehen; aber sie sah nur ihren Mann und ihre Söhne auf sich zukommen. Sie sprang auf und rannte hierhin und dahin, sie suchte die Zigeunerin, aber sie konnte nichts mehr von ihr entdecken. Abdul und seine Söhne verwunderten sich und hätten gern gewußt, was geschehen war. Da fragten sie die Mutter, was sie suche. „Die Zigeunerin", sagte Fatima, „wo ist meine Zigeunerin? Sperrt nicht den Mund auf wie Dummköpfe, sucht die Zigeunerin. Sie hat gesagt, ich würde eine Tochter bekommen, eine so liebliche Tochter; und sie sagte noch einiges andere, was ich nicht so schnell beachtete, einiges über Kummer und Enttäuschung. Oh, sucht die Zigeunerin, damit ich es begreifen kann, was sie meint." Aber wie sie auch um sich schauten, keine Zigeunerin war zu sehen.

Fatima lebte nun in einem Zustand voller Spannung und erwartete die Ankunft ihrer Tochter. Niemals kam ihr der Gedanke, daß die Zigeunerin mit ihrer Prophezeiung nicht recht haben könnte. Nach einigen Monaten, die so dahingegangen waren und als Fatima schon im Begriff war, all ihr Hoffen aufzugeben, entdeckte sie, daß sie wirklich ein Baby zu erwarten hatte. Ihre Freude kannte keine Grenzen; sie schien alle, die um sie herum waren, durch ihr eigenes Glück anzustecken.

Zur rechten Zeit wurde das Baby geboren, und es war ein Mädchen. Das ganze Dorf nahm an Abduls und Fatimas Glück teil, zumal beide unter ihren eigenen Leuten sehr beliebt waren. Obwohl Abdul den Namen nicht gern mochte, erlaubte er Fatima, die Tochter Sherbati zu nennen; denn es schien, als habe sie ihr Herz daran gehängt.

Sherbati wuchs schnell heran; die Tage und Monate rollten nur so dahin, und bald war das plumpe kleine Baby zu einem hübschen Kind herangewachsen, sie war der Eltern Augapfel. Sie plapperte den ganzen Tag, immer glücklich, voller Lachen und selten ungezogen. Außer von Eltern und Brüdern wurde Sherbati vom ganzen Dorf geliebt, alle verwöhnten sie mit Süßigkeiten, Spielzeug und hübschen Kleidern bei jeder festlichen Begebenheit.

So wuchs Sherbati heran, Liebling des gesamten Dorfes, Stolz der eigenen Familie und, so seltsam es auch klingen mag, völlig unverdorben. Aus dem hübschen lebhaften Kinde wurde das lieblichste Mädchen mit lachenden Augen und reizendem Benehmen. Sie war ihren Eltern ganz die ehrerbietige Tochter und immer gehorsam. Ihren Brüdern war sie Freundin und Kameradin. Diese beteten fast den Boden an, den Sherbati betrat. Ihre Frauen sogar liebten die fröhliche Sherbati wie eine Schwester.

Sherbati war vierzehn Jahre alt geworden, und da ihre Eltern sich nicht nach einem Manne für sie umsahen, dachten die anderen Dorfbewohner, es sei nun höchste Zeit, sie zu warnen. Es gehörte sich nicht und war eine Unehre für das gesamte Dorf und die Gemeinde, daß ein Mädchen von vierzehn Jahren noch unverlobt war.

Es gab doch eine große Auswahl von Burschen im eigenen Dorfe, die Sherbati heftig als ihre Braut begehrten. Auch die Jugendlichen in der Nachbarschaft hatten von ihr gehört, mancher würde gern seinen Besitz hergegeben haben, um Sherbati dafür einzutauschen. Doch weder Abdul noch Fatima schienen es eilig damit zu haben, Sherbati zu verloben. Sie zeigten taube Ohren gegen alle Anträge. Sherbati selbst war vollkommen glücklich, sie zeigte keine Neigung wie andere Mädchen ihres Alters, in die Ehe einzutreten. Zwar hatte sie viele Bewunderer und flirtete dann und wann mit ihnen, besonders wenn sie des Morgens und Abends mit den anderen Mädchen zum Dorfbrunnen ging, um Wasser zu schöpfen. Aber es wäre ihr nie eingefallen, sich einen von ihnen als ihren Mann zu wünschen. Die alten Männer und Frauen im Dorfe schüttelten ihre Köpfe und prophezeiten Unheil, wenn der jugendlichen Sherbati erlaubt würde, unverheiratet zu bleiben. Doch ihre Eltern kümmerten sich nicht um diese Propheten. Sie konnten den Gedanken nicht ertragen, sich in ihrem vorgeschrittenen Alter von diesem Kinde zu trennen.

Ein Jahr später kam Abdul eines Tages vom Felde und fühlte sich plötzlich krank. Er hatte hohe Temperatur, und innerhalb von vierundzwanzig Stunden war er bewußtlos. Der Dorfdoktor konnte keine Diagnose der Krankheit stellen, und er handelte nach der Sitte, die Krankheitsursache unsichtbaren Mächten beizumessen, und sagte, daß er nicht helfen und heilen könne. Die betroffene Familie hockte rund um das Krankenbett von Abdul, seine alte Frau, seine vier Söhne und Schwiegertöchter und Sherbati. Sie hofften und beteten, daß er sein Bewußtsein wiedergewinnen und leben würde. Aber obgleich Abdul ein starker Mann war, sollte es doch nicht sein; zwei Tage später tat er seinen letzten Atemzug.

Das gesamte Dorf war mit Abduls Familie bekümmert und traurig, er war ein sehr beliebter und angesehener Mann gewesen. Die Zuneigung der Dorfbewohner half sogar bis zu einem gewissen Grade, den Schlag, von dem Fatima und ihre Söhne betroffen waren, leichter zu ertragen; nur Sherbati blieb untröstlich. Sie hatte ihren Vater innig geliebt mit einer geradezu anbetenden Liebe. Sie hatte sich niemals eine Welt, in der ihr Vater nicht lebte, auch nur vorstellen können. Plötzlich war er nicht mehr. Nie mehr sollte sie seine Stimme hören, wenn er nach ihr rief oder wenn er sie so gütig wegen eines unbedachten Wortes oder einer gedankenlosen Tat zurechtwies. Die Welt schien sich verfinstert zu haben, und Sherbatis Augen verloren den alten Glanz. Sie saß den ganzen Tag lang da, starrte in die Leere, ohne daran zu denken, ihrer alten Mutter im Haushalt zu helfen oder ihren Schwägerinnen beizustehen. Ihre Brüder versuchten manchmal, sie zum Ausgehen zu überreden, nur damit sie Mädchen ihres Alters träfe, aber Sherbati weigerte sich beharrlich.

Die Tage schleppten sich so dahin, das einst so liebliche Heim Sherbatis war von Traurigkeit verdüstert. Aber die Zeit heilt ja alle Wunden, und Sherbati war voller Leben. Das Drängen in ihr nach dem vorherigen Glücklichsein war zu groß. Allmählich begann Sherbati wieder zu ihren Freundinnen zu gehen und Blumen zu pflücken. Sie holte wieder Wasser vom Dorfbrunnen, schwatzte und klatschte mit den jungen Leuten ihres Alters.

Eines Abends war Sherbati allein am Brunnen; denn es war spät, die anderen waren schon wieder nach Hause gegangen. Sie füllte ihren Krug und setzte sich auf einen großen Stein. Sie dachte darüber nach, was ihr wohl die Zukunft bringen mochte. Seit einiger Zeit wußte sie, daß ihre Mutter nun doch für sie nach einem Bräutigam Ausschau hielt. Sie würde verheiratet werden. Doch dieser Gedanke sagte ihr nicht zu, wie es wohl bei anderen Mädchen der Fall gewesen wäre, sie nahm nie an dem Geschwätz teil, das die anderen über Verlobte und zukünftige Männer führten. Sie hatte manchen jungen Burschen des Dorfes gern, aber heiraten mochte sie nicht einen von ihnen. Saleem hatte sie am liebsten. Der war schlank und sah gut aus. Er war der einzige Sohn des Dorfältesten, war immer witzig und fröhlich und bemühte sich sehr, ihr zu gefallen. Ein wenig hochmütig war er allerdings auch, das hatte Sherbati nicht gern. Dann waren da der stille

und arbeitsame Ali, seine Ergebenheit ihr gegenüber war das Gespräch des Dorfes, und noch viele andere, aber nicht einen von ihnen hatte Sherbati als ihren künftigen Mann ausersehen.

Sie war so in Gedanken vertieft, daß sie Schritte, die sich näherten, nicht hörte, bis eine Stimme freundlich sagte: „Können Sie mir sagen, ob dies das Dorf Gokulpura ist? Es ist schon dunkel, und ich habe wohl meinen Weg verloren."

Sherbati fuhr zusammen. Sie schaute auf zu dem Fremden, einem hübschen jungen Mann mit sehr breiten entblößten Schultern, einem freien feinen Gesicht mit großen freundlichen braunen Augen, die sinnend auf ihr ruhten. Aus irgendeinem unerklärlichen Grunde fühlte sie sich erröten. Sie stand auf und sagte mit stockender Stimme: „Ja, das ist das Dorf Gokulpura. Nach welchem Hause wünschen Sie zu gehen? Wenn Sie es mir sagen, ist es mir sicher leicht, Sie dahin zu führen; ich gehöre in dieses Dorf."

„Ich bin der Neffe des Dorfpriesters Ganeshdada, sein Haus ist es, das ich suche."

Lächelnd antwortete Sherbati: „Ich kenne Ganeshdadas Haus sehr gut, ich werde Sie dahin bringen. Ich verehre ihn sehr, er war immer überaus freundlich zu mir, und er ist ein großer Freund meines Vaters gewesen."

„Gewesen?" fragte der Fremde. „Ist er tot, oder was ist sonst?"

„Nein", sagte Sherbati, „er nicht, aber mein Vater ist tot", antwortete sie mit traurigem Blick. Dann kam sie schnell wieder zu sich, unterdrückte einen Seufzer und sagte: „Kommen Sie, gewiß sind Sie müde, ich will Sie gleich zu Ganeshdadas Haus bringen."

Nachdem Sherbati den Fremden zu seines Onkels Haus gebracht hatte, ging sie in Gedanken versunken zurück. Aber diesmal waren alle Gedanken bei dem Fremden, den Ganeshdada mit Anand angeredet hatte.

Anand blieb in Sherbatis Dorf. So geschah es, daß, wenn immer Sherbati zum Brunnen ging, um Wasser zu holen, Anand ebenfalls diesen Weg entlangkam. Zuerst grüßte er bloß und ging vorüber. Allmählich begann er aber, zu verweilen und eine Unterhaltung zu führen. Sherbati fing an, auf diese Begegnungen zu warten. Das erstemal seit dem Tode ihres Vaters lebte sie wieder ein normales Leben. Sie beschäftigte sich mit Hausarbeit und sang den ganzen Tag lang.

Ihre Mutter und ihre Brüder bemerkten den Wechsel, sie waren froh darüber, bis sie eines Tages durch den Dorfklatsch von den täglichen Begegnungen zwischen Sherbati und Anand in der Nähe des Dorfbrunnens erfuhren. Die Brüder lachten darüber, die Mutter aber war auf das äußerste beunruhigt. Sie bat sogleich einige Männer des Dorfes, ihr zu helfen, für ihre Tochter einen Mann zu suchen. Ohne daß Sherbati und Anand etwas davon wußten, wurde ihr Schicksal entschieden.

Gar zu schnell war ein Mann gefunden, ein wohlhabender Geschäftsmann aus Amritsar. Er war ein Witwer mit drei Kindern, war vierzig Jahre alt, aber sah aus wie ein Sechziger. Die Dorfältesten rieten Sherbatis Mutter, ihn als Schwiegersohn anzunehmen; denn er war reich, und Sherbati würde mit ihm ein leichtes und bequemes Leben führen können. Daß er viel älter war als sie und schon ein Wrack eines Mannes, tat nichts zur Sache.

Sherbatis Mutter befragte ihre Söhne. Die ganze Sache war ihnen gar nicht recht, doch sie machten sich klar, daß Sherbati etwas älter war als die meisten Mädchen zur Zeit ihrer Hochzeit. Es würde schwer sein, noch einen jüngeren Mann für sie zu bekommen; und wenn es möglich wäre, würde er doch kaum so wohlgestellt sein wie der alte Kaufmann aus Amritsar. So stimmten sie der Verlobung und Hochzeit zu. Der Hochzeitstag wurde festgesetzt.

Sherbati aber wußte von alledem nichts. An einem Abend, als Sherbati froh erregt und glücklich von ihrem Stelldichein mit Anand nach Hause zurückkehrte, rief ihre Mutter sie beiseite und informierte sie freundlich, daß ihre Hochzeit festgelegt sei und ungefähr in einem Monat abgehalten würde, zu Beginn des Frühlings. Sherbati erbleichte. Ihr Herz schlug so schnell, daß sie meinte, es müsse zerspringen. Ihr ganzer Körper zitterte.

Bestürzt fragte die Mutter: „Was ist mit dir, mein Kind? Du mußt dich nicht so vor der Heirat fürchten. Du kannst nicht dein ganzes Leben lang unverheiratet bleiben. Die meisten Mädchen deines Alters sind bereits schon Mutter. Beruhige dich, hilf mir, die Hochzeit vorzubereiten!"

„Mutter", sagte Sherbati mit leiser Stimme, „verheirate mich nicht mit diesem Mann, ich wünsche nicht zu heiraten. Bitte, meine Mutter, zwinge mich nicht; denn ich fühle, ich kann niemals glücklich werden."

„Was für ein Unsinn, Sherbati! Wie wagst du so zu reden? Wo bleibt deine Bescheidenheit, Kind? Ich habe es deinem Vater immer gesagt, daß er dich verdorben und dir zuviel Freiheit gegeben hat. Das ist nun das Ergebnis!"

Und dann, als ob ihr plötzlich ein Licht aufgegangen wäre, keuchte die Mutter, nahm Sherbati bei den Schultern und schüttelte sie. In einem heiseren Flüstern sagte sie: „Sherbati, du wirst mir doch nicht sagen wollen, daß es wahr ist, was das ganze Dorf über dich klatscht, daß du mit dem jungen Hindu, Ganeshdadas Neffen, daß ihr..."

„Nein, Mutter, wir haben nichts Schlechtes getan, aber ich kann keinen anderen heiraten. Ich kann nichts dafür, daß ich Anand liebe. Vergib mir, Mutter!"

„Aber mein Kind, was sagtest du da? Du bist Mohammedanerin, er ist ein Hindu. Wie kannst du jemals hoffen, ihn zu heiraten? Es kann doch nicht sein. Unsere Dorfältesten würden es nie erlauben. Ganeshdada Babu selbst würde dem entgegenstehen. Vergiß ihn, mein Kind, er ist nichts für dich. Und von jetzt an, da du verlobt bist, darfst du ihm nicht wieder begegnen."

Unfähig, ihr Schluchzen zurückzuhalten, rannte Sherbati aus dem Hause, ohne ihrer Mutter zu antworten. Aber ihre Mutter, sehr beunruhigt, ging sofort zu Ganesh Babus Haus und besprach die ganze Angelegenheit mit ihm.

Ganesh Babu und Sherbatis Vater waren wie Brüder

miteinander gewesen, und ihre Religion hatte niemals ihre Zuneigung und Freundschaft gestört.

Als Ganesh Babu Fatimas Erzählung angehört hatte, saß er mit niedergebeugtem Haupt still da. Fatima dachte, er tue es aus lauter Scham, aber es war tiefer Kummer, der sich darin ausdrückte.

„Schwester", sagte Ganesh Babu, „beide, Sherbati und Anand, sind feine junge Menschen; wenn es möglich wäre, daß sie beide heiraten könnten, könnte es nichts Besseres geben. Aber ach, unsere Sitten und Traditionen verhindern es. Was können wir nun in der Sache tun? Ich kenne beide Kinder gut; ich fühle, daß es für beide von großer Tragik sein muß, nicht zusammenkommen zu können. Ich bin aber machtlos, dies Unglück zu verhindern. Sie können sich nicht heiraten. So ist das einzige, was ich jetzt tun kann, Anand sofort wegzuschicken. Sherbati ist noch sehr jung, es kann sein, daß sie ihn bald vergessen wird."

So war es entschieden. Ohne ein Wort des Abschiedes war Anand gezwungen, am nächsten Abend das Dorf zu verlassen.

Sherbatis Hochzeitsvorbereitungen nahmen täglich ihren Fortgang. Alle Frauen aus dem Dorfe kamen in Sherbatis Elternhaus, um bei der Fertigstellung der Brautausstattung zu helfen. Bald nahte der Hochzeitstag, heiter und prächtig. Aber in Sherbatis Herz war keine Freude.

Eingekleidet in ihren Hochzeitsstaat, saß sie da, sie sah leblos und stumpf aus, und auch das übliche Geplapper und Gescherze ihrer Freundinnen konnte ihr kein Lächeln abzwingen. Die Zeremonie war vorüber. Fatima bot ihrer Tochter schweren Herzens Lebewohl und betete verzweifelt, daß Gott freundlich zu ihr sein und sie glücklich machen möge.

Der Gerichtssaal war voller unbekannter finsterer Gesichter, als Sherbati zwischen den Wärtern zur Anklagebank schritt. Sie hatte sich innerhalb von nur zwei Jahren vollkommen verändert. Das früher so heiter dreinschauende lächelnde Mädchen, das die Schönheit des Dorfes gewesen, war jetzt eine dünne Frau mit harten Gesichtszügen, einem stieren Blick, dem alle Güte abging. Sie ging nicht mit gebeugtem Haupte, wie es die meisten weiblichen Gefangenen tun, eingeschüchtert von den ungezählten Blicken, die auf ihnen ruhen. Sherbati ging mit erhobenem Kopfe, keck und furchtlos durch die Gefängnisleute, die Anwälte und die anderen Zuhörer hindurch. Sie stand in der Anklagebank, sie wartete darauf, daß man sie fragte. Die Anklage lautete auf „dreimaligen Versuch, ihren Mann zu vergiften, was immer mißlungen war". Ihr gegenüber saß der Mann, der ihr Ehemann war, schlotternd und wimmernd, der, den zu töten sie sich Mühe genug gegeben hatte! In einiger Entfernung sah sie ihre armen Brüder stehen. Furcht in ihren Augen vor dem Geschick ihrer kleinen Schwester.

Vielleicht war es gut, daß ihre Mutter nicht mehr lebte und Zeugin dieser Szene sein mußte.

Die Unruhe im Gerichtssaal brach ab, als die Richter eintraten und ihre Sitze einnahmen. Das Gerichtsverfahren begann. Der Staatsanwalt sprach zu Sherbati:

„Ist dieser Mann Ihr Ehemann?" Er wies auf den alten Mann hin.

„Ja", kam die Antwort.

„Versuchten Sie immer wieder, ihn zu vergiften?"

„Ja", kam die kurze Antwort.

„Warum haben Sie dies getan?"

„Weil er grausam zu mir war!"

„Wollten Sie ihn nicht deswegen töten, weil Sie einen Liebhaber hatten, mit dem Sie zusammen leben wollten?"

„Nein", sagte Sherbati.

„Bitte, wollen Sie ausführlich antworten?" sagte der Anwalt. „Wenn Sie so kurz angebunden antworten, wird sich das auf Ihr Strafmaß auswirken." Sherbati aber blieb trotzig und schweigsam. Danach trat ihr eigener Anwalt auf und stellte ihr Fragen.

„Ich möchte nicht sprechen", sagte Sherbati.

„Aber Sie müssen", sagte der Anwalt. „Sie sind hier

zum Verhör, und Sie müssen antworten; wenn Sie es nicht tun, wird man sie zwingen zu sprechen. Erzählen Sie Ihre Erlebnisse, Sherbati, so, wie Sie es mir erzählt haben."

Zuerst blieb Sherbati still; dann hob sie langsam ihren Kopf, schaute ihren Anwalt an und übersah die übrigen im Gerichtshof. Sie begann, ihre Geschichte zu erzählen mit leiser, kaum hörbarer Stimme.

„Ich habe ihn niemals heiraten wollen; meine Mutter zwang mich dazu. Vom ersten Tage an war mein Mann grausam und gemein – nicht nur zu mir, sondern zu jedermann. Immer schlug und stieß er mich und die Diener, wenn wir ihm nicht gleich zu Willen waren, und er schlug auch seine Kinder. Dann fand ich heraus, daß er krank war, ich verabscheute ihn mehr denn je. Er war wütend, wenn ich ihm Widerstand leistete, ich war dann immer schwarz und blau von seinen Schlägen. Doch ich konnte nichts dagegen tun.

Eines Tages, es war ungefähr zwei Jahre nach unserer Verheiratung, kam er heim und sagte, er habe einen Gast mitgebracht. Es sei der Sohn eines alten Freundes von ihm. Er sagte mir, ich solle hereinkommen und ihn begrüßen. So folgte ich ihm. Sobald ich den Gast sah, erkannte ich ihn. Es war ein Mann, den ich aus meinem eigenen Dorfe gut kannte. Sein Name war Anand.

Ich war überrascht, ihn zu sehen, und Anand schaute auch verwirrt auf mich. Als wir nicht sprachen, schielte mein Mann nach uns hin und machte anzügliche Bemerkungen. Er warf Anand vor, mein Liebhaber zu sein; er sagte, er hätte schon immer den Verdacht gehabt, weil ich kalt zu ihm gewesen sei. Und nun wisse er die Wahrheit.

Anand sagte, dies sei nicht wahr. Er erzählte meinem Mann alles so, wie es in Wirklichkeit war – daß wir bei seiner Anwesenheit in unserem Dorf einige Male miteinander gesprochen hätten, aber daß niemals irgend etwas zwischen uns gewesen sei.

Mein Mann aber glaubte ihm nicht. Von jetzt an wurde mein Leben noch unerträglicher. Mein Mann sann jeden Tag auf neue Wege, mir wehe zu tun. Er schlug mich, ließ mich hungern und erniedrigte mich, bis ich es nicht länger aushalten konnte. So entschloß ich mich, ihn zu töten.

Ich beschaffte mir durch eine Bediente im Hause einige giftige Kräuter und mischte sie unter seine Speisen. Er wurde sofort krank und schickte zum Arzt: dieser rettete ihn. Als er wieder gesund war, schloß er mich ein und war grausamer zu mir als je zuvor. Etliche Monate später versuchte ich wieder, ihn zu vergiften, aber auch diesmal überlebte er es. Er drohte, mich der Polizei zu übergeben, aber tat es nicht. Er hatte viel mehr Vergnügen daran, mich weiter zu quälen. So versuchte ich es nochmals. Ich bestach die Dienerin, stärkeres Gift zu bringen, und mischte es unter sein Essen. Diesmal wurde mein Mann sehr krank. Als ich ihn auf die Erde hinfallen sah, war ich sicher, daß er tot sei, und rannte aus dem Hause.

Gerade da kam ein Freund meines Mannes in unser Haus. Als er mich an sich vorbeirennen sah, erriet er, daß sich irgend etwas ereignet haben mußte. Er schrie einigen Leuten auf der Straße zu, mich festzuhalten. Er selbst lief ins Haus und fand meinen Mann dort liegen. Er sandte sofort zum Arzt und nach der Polizei. Sie kamen, sahen meinen Mann und das restliche Essen auf seinem Teller. Sie vermuteten gleich, daß er vergiftet sein mußte. So wurde ich verhaftet. Das ist meine Geschichte!"

Für Sekunden herrschte Stille im Gerichtshof. Danach hob Gemurmel an. Es wurde lauter und lauter, bis sich der Gerichtshof veranlaßt sah, Ruhe zu gebieten.

Sherbati wurde zu sieben Jahren strenger Haft verurteilt und in ein Jugendgefängnis gebracht. Sie ging aus dem Gerichtssaal, wie sie ihn betreten hatte – mit stolz erhobenem Haupte. Kein Gefängnis konnte schlimmer sein als das Leben, das sie in den vergangenen drei Jahren hatte führen müssen; darum machte ihr dies wenig aus. Sie bereute nicht, was sie getan hatte. In ihrem Herzen war tiefer Haß gegen den Mann, den ihren Gatten zu nennen sie gezwungen worden war.

Der Gefängniswagen fuhr langsam dahin, endlich erreichte er das Gefängnis. Das schmale eiserne Außentor öffnete sich, um Sherbati einzulassen. Nach der üblichen

Formalität, der Durchsuchung ihrer Kleider und Habseligkeiten, mußte sie sich in die Gefängnissachen einkleiden. Nachdem dies geschehen war, begleitete eine Wärterin sie nach innen.

Als das ungeheure, schwarze Tor sich langsam schloß und die Außenwelt hinter Sherbati versank, entrang sich ihr ein Seufzer. Verlangend schaute sie zurück, um noch einen letzten Schimmer von der Welt, die sie verließ, in sich aufzunehmen. Würde sie jemals wieder hinausgehen in diese Welt? Würde sie ihre Brüder und ihr altes Zuhause wiedersehen? Oder würde das dunkle Gefängnis, das ihr den Atem zu nehmen schien, das wenige, was sie von ihrem jungen Leben noch behalten hatte, zerstören? Sherbatis Füße gerieten ins Stocken, aber rohe Hände trieben sie vorwärts. Mit gesenktem Kopf, voll Pein und Furcht folgte die freundliche Sherbati der Wärterin zu der Zelle, in der sie die besten Jahre ihres Lebens verbringen sollte. Aller Wahrscheinlichkeit nach, wenn sie die Härten des Gefängsnislebens überstehen sollte, würde sie bei der Entlassung nicht mehr freundlich und lieblich sein, sondern nur noch eine abgehärtete Kriminelle, die immer wieder und wieder zu einer Gefängniszelle zurückkehren würde. Nicht, daß sie eine geborene Kriminelle gewesen wäre, aber Sitte und Tradition hatten sie dazu gebracht, ein Verbrechen zu begehen. Man hatte sie gehindert, den Mann ihrer Liebe zu heiraten!

Italo Calvino

Abenteuer einer Ehefrau

Frau Stefania R. kam um sechs Uhr morgens nach Hause. Es war das erste Mal.

Der Wagen hielt nicht beim Haustor, sondern etwas vorher, an der Ecke der Straße. Auf ihren Wunsch hin setzte Fornero sie dort ab; die Portiersfrau sollte nicht sehen, daß sie, Stefania, beim Morgengrauen in Begleitung eines jungen Mannes nach Hause kam, während ihr Mann verreist war. Kaum war der Motor verstummt, als Fornero auch schon Anstalten machte, seine Arme um ihre Schultern zu legen. Stefania R. entzog sich ihm, als habe die Nähe des eigenen Hauses nun alles verändert. Mit einer etwas plötzlichen Hast sprang sie aus dem Wagen, beugte sich zur Scheibe nieder, bedeutete Fornero durch ein Zeichen, die Zündung wieder einzuschalten und loszufahren; dann enteilte auch sie mit ihren schnellen kleinen Schritten, das Gesicht tief im Mantelkragen. War sie eine Ehebrecherin?

Das Haustor war noch versperrt. Das hatte Stefania R. nicht erwartet. Sie trug keine Schlüssel dafür bei sich. Aus diesem Grund hatte sie die Nacht außer dem Hause verbracht. Das war es ja gerade! Bis zu einer gewissen Stunde hätte es hundert Möglichkeiten gegeben, sich die Tür aufschließen zu lassen. Sie hätte natürlich rechtzeitig daran denken müssen, daß sie den Hausschlüssel nicht bei sich trug. Statt dessen: nichts; als wäre es mit Absicht geschehen. Am Nachmittag war sie im guten Glauben aufgebrochen, zum Abendessen wieder zu Hause zu sein, doch dann hatte sie sich von ihren Freundinnen verleiten lassen. Mein Gott, man hatte sich seit langem nicht mehr gesehen, und dann redeten ihr auch die jungen Freunde der Freundinnen gut zu, die ganze Gesellschaft: erst zum Essen und dann zum Trinken und zum Tanzen, mit einem der Herren und dann mit dem andern. So war es zwei Uhr nachts geworden; zu spät, um sich an den fehlenden Hausschlüssel zu erinnern. Es kam wohl alles daher, daß sie sich in diesen Jungen, Fornero, ein wenig verguckt hatte. Verguckt? *Ein wenig* verguckt. Man mußte die Dinge so sehen und so nennen, wie sie waren, nicht mehr, nicht weniger daraus machen. Sie hatte die Nacht mit ihm verbracht, das stimmte; doch dieser Ausdruck war schon wieder zu stark, jedenfalls hier nicht am richtigen Platz. Sie hatte in Begleitung dieses jungen Mannes die Stunde abgewartet, in der das Haustor geöffnet werden mußte. Das war alles. Sie dachte, es würde um sechs Uhr geöffnet, und um sechs Uhr hatte sie sich beeilt, nach Hause zu kommen. Schon allein damit die Putzfrau, die um sieben Uhr einzutreffen pflegte, nichts von Stefanias nächtlicher Eskapade bemerken konnte. Und am Tag sollte dann ohnehin ihr Mann wiederkommen.

Und nun stand sie da allein vor verschlossener Tür, auf der verlassenen Straße, in jenem Licht des frühen Morgens, das durchsichtiger ist als zu jeder anderen Stunde des Tages und die Gegenstände so erscheinen läßt, als betrachte man sie durch ein Glas. Ein Erschrecken durchzuckte sie und der Wunsch, seit vielen Stunden in ihrem Bett zu liegen, in jenem tiefen Schlaf, der an allen Morgen dem Erwachen vorausging; der Wunsch auch nach der Nähe ihres Mannes und seinem Schutz. Doch war dies alles nur ein Augenblick, vielleicht nicht einmal das. Vielleicht hatte sie diese Empfindung nur erwartet und dann gar nicht wirklich empfunden. Gewiß war es ärgerlich, sehr ärgerlich sogar, daß die Portiersfrau das Haus noch nicht aufgeschlossen hatte, doch lag etwas in der Luft dieses frühen Morgens, in der Tatsache, daß sie dort zu dieser frühen Stunde allein auf der Straße stand, irgend etwas, was einen leichten, gar nicht unangenehmen Aufruhr in ihrem Blut verursachte. Es tat ihr nicht einmal leid, daß sie Fornero fortgeschickt hatte; in seiner Gegenwart wäre sie sicher etwas nervös geworden, allein hingegen empfand sie einen ganz anderen Schauer, etwa so wie zuweilen als Mädchen, wenn auch auf andere Weise.

Sie mußte es zugeben: Keinerlei Reue darüber, daß sie die Nacht außerhalb des Hauses verbracht hatte, beschwerte sie. Ihr Gewissen blieb ruhig. Aber warum blieb es ruhig? Weil sie den Sprung gewagt, weil sie endlich ihre Ehepflicht hintangestellt, oder im Gegenteil darum, weil sie der Versuchung widerstanden hatte und allem zum Trotz treu geblieben war? Das fragte sie sich, und diese Unsicherheit, diese Ungewißheit, wie die Dinge nun eigentlich in Wahrheit standen, vereint mit der Frische des Morgens: Das war es, was sie mit leichtem Schauer überlief. Mit einem Wort: Mußte sie sich selbst nunmehr einen Fehltritt eingestehen oder nicht? Sie ging ein paar Schritte auf und ab, die Hände in den weiten Taschen des Mantels vergraben.

Stefania R. war seit einigen Jahren verheiratet und hatte nie daran gedacht, ihren Mann zu betrügen. Allerdings gab es in ihrem Dasein, diesem Leben einer Ehefrau, eine Art Erwartung, das Bewußtsein, irgend etwas könnte noch fehlen. Es war eine unbestimmte Fortsetzung ihrer Jungmädchenerwartung, als habe sie ihre Minderjährigkeit noch nicht restlos abgestreift oder als müsse sie sich von einer neuen, zweiten Minderjährigkeit befreien, ihrem Mann gegenüber, um endlich, vor den Augen der Welt, auf gleicher Stufe mit ihm zu stehen. War es Ehebruch, was sie erwartete? Und der Ehebruch, hieß er Fornero?

Auf der anderen Straßenseite, ein paar Häuserblocks weiter, hatte man die Rolläden der Cafébar schon emporgezogen. Sie konnte einen heißen Kaffee brauchen, und das gleich. Sie ging hinüber. Fornero war ein Junge. Unanständige Gedanken waren im Zusammenhang mit ihm albern. Er hatte sie in seinem Wägelchen die ganze Nacht hindurch spazierengefahren, einmal so herum und einmal so um den Hügel kutschiert, dann den Fluß entlang, bis der Morgen dämmerte. Einmal war das Benzin ausgegangen, sie hatten gemeinsam den Wagen schieben und einen Tankwart wecken müssen. Wie Kinder waren sie zusammen gewesen die ganze Nacht. Drei- oder viermal wurden Forneros Bemühungen etwas gefährlich, einmal war er sogar mit ihr bis zu der Pension gefahren, in der er wohnte, und hatte sie hartnäckig bestürmt: Jetzt hör doch schon auf, Geschichten zu machen, und komm mit mir rauf! Stefania war nicht „raufgekommen". War das richtig gewesen? Und nachher? Sie wollte jetzt nicht mehr daran denken, sie hatte sich eine Nacht um die Ohren geschlagen und war müde. Nein, eigentlich merkte sie noch gar nicht, daß sie müde war, das lag an diesem ungewohnten kleinen Aufruhr in ihrer Seele, doch wenn sie erst einmal im Bett lag, würde sie von einer Sekunde zur anderen in Schlaf sinken.

Für die Putzfrau konnte man einen Zettel schreiben, sie wolle nicht geweckt werden, und ihn auf den Spülstein in der Küche legen. Vielleicht würde dann später ihr Mann sie wecken, wenn er heimkehrte. Hatte sie ihren Mann noch gern? Natürlich hatte sie ihn gern. Na und? Was weiter? Wozu Fragen stellen. Sie war ein wenig verliebt in diesen Fornero. Ein bißchen. Aber wann ging denn dieses verdammte Haustor endlich auf?

Im Barraum waren die Stühle noch aufeinandergestellt, Sägemehl bedeckte den Boden. An der Theke stand der Barmann. Stefania trat auf ihn zu; sie fühlte sich durchaus nicht unbehaglich hier, zu dieser seltsamen Stunde. Wer wußte schon etwas von ihr? Sie konnte früh aufgestanden, auf dem Weg zum Bahnhof sein oder eben von dort angekommen. Außerdem war sie hier niemandem Rechenschaft schuldig. Auch das war ein angenehmes Gefühl, so empfand sie deutlich.

„Einen doppelten Espresso, und ganz heiß!" sagte sie

zu dem Kellner an der Theke, und das in einem selbstsicheren, vertraulichen Ton, als wäre es eine alte Gewohnheit zwischen ihr und dem Mann; dabei hatte sie seine Bar noch nie betreten.

„Gewiß, Signora, einen Moment bitte, die Maschine ist bald heiß und der Kaffee dann auch gleich fertig“, sagte er. Und er setzte hinzu: „Morgens kommt's mir noch mehr darauf an, mich selber anzuheizen als die Maschine.“

Stefania lächelte, drückte das Kinn tiefer in den Mantelkragen und schüttelte sich ein wenig. „Brrr...“

Noch ein anderer Mann war in der Cafébar, ein Gast, er stand abseits am Schaufenster und blickte hinaus. Bei Stefanias Ausruf wandte er sich um, und sie bemerkte ihn erst jetzt. Als habe die Gegenwart zweier Männer sie plötzlich wieder ganz zum Bewußtsein ihrer selbst gebracht, betrachtete sie sich aufmerksam in der Spiegelscheibe hinter der Theke. Nein, man konnte nicht sehen, daß sie die Nacht über unterwegs gewesen war; nur etwas blaß sah sie aus. Sie holte die Puderdose aus der Manteltasche und begann sich etwas zurechtzumachen.

Der Mann war an die Theke getreten. Er trug einen dunklen Mantel mit einem weißen Seidenschal, darunter einen Abendanzug.

„Zu dieser Stunde“, erklärte er, ohne sich an irgend jemanden zu wenden, „teilen sich die Wachenden in zwei Kategorien: die Nochs und die Schons.“

Stefania gab ein dünnes Lächeln von sich, ohne ihn ins Auge zu fassen. Übrigens hatte sie ihn schon genau beobachtet: Sein Gesicht, etwas pathetisch und etwas banal, deutete auf einen jener Männer, die vor lauter Nachsicht mit sich selbst und mit der Welt einen Zustand erreicht haben, in dem sie, ohne wirklich alt zu sein, halb weise sind und halb kindisch.

„Und wenn man einer anmutigen Dame begegnet und ihr einen ‚Guten Morgen‘ gewünscht hat...“, fuhr er fort, indem er die Zigarette aus dem Mundwinkel nahm und sich verbeugte.

„Guten Morgen“, sagte Stefania, ein wenig ironisch, aber nicht kalt.

„. . . dann fragt man sich: Noch? Schon? Noch? Das ist das Geheimnis."

„Wie bitte?" sagte Stefania, mit dem Ton dessen, der zwar verstanden hat, aber auf das Spiel nicht eingehen will. Der Mann betrachtete sie sorgfältig, nicht gerade taktvoll, doch Stefania war das gleichgültig, selbst wenn er begreifen sollte, daß sie zu den „Nochs" gehörte.

„Und Sie?" meinte sie nun spöttisch; es war ihr klargeworden, daß sie einen Herrn mit der üblichen Suada der Nachtbummler vor sich hatte, den es tief kränken würde, wenn man ihn nicht auf ersten Anhieb als solchen erkannte.

„Ich? Noch! Grundsätzlich noch." Dann überlegte er kurz. „Und warum? Haben Sie das nicht gespürt?" Er lächelte ihr zu, doch er machte sich jetzt nur über sich selbst lustig. Als habe er etwas Saures im Mund, schluckte er, wie er da so vor ihr stand, und sagte zerstreut, als rezitiere er einen auswendig gelernten Text: „Das Licht des Tages verscheucht mich, und ich muß mich davor verstecken wie eine Fledermaus."

„Hier ist Ihr Milchkaffee und der Espresso für die Signora", unterbrach der Barmann.

Der Mann begann über seinen Kaffee zu pusten und kleine Schlückchen davon zu kosten.

„Ist er gut?" fragte Stefania.

„Ekelhaft", erklärte er. „Das soll ja entgiften. Was kann es mir noch nützen? Wenn mich eine giftige Schlange beißt, bleibt sie selbst auf der Strecke."

„Solange man noch gesund herumläuft . . .", sagte Stefania. Vielleicht trieb sie den Scherz zu weit? Denn schon entgegnete er: „Es gibt nur ein Gegenmittel, ich kenne es, soll ich es Ihnen sagen?" Er war imstande, es bis ins letzte auszumalen.

„Was macht es?" sagte Stefania zum Kellner.

„Die Frau, die ich immer gesucht habe . . .", redete der Nachtbummler weiter.

Stefania ging hinaus, um nachzusehen, ob das Haustor unterdessen geöffnet worden war. Nach ein paar Schritten blieb sie stehen. Nein, immer noch geschlossen. Jetzt war auch der Mann aus der Cafébar getreten und schien ihr folgen zu wollen. Stefania drehte sich auf den Hacken herum und ging wieder in die Bar. Das hatte der Mann nicht erwartet, er schwankte einen Augenblick, ob er ebenfalls umkehren sollte, dann überkam ihn wie eine weiche Welle Resignation, und er ging, hustend, seinen Weg weiter, davon.

„Haben Sie Zigaretten?“ fragte Stefania den Kellner. Sie hatte keine bei sich und eigentlich beabsichtigt, gleich nach ihrer Heimkehr eine zu rauchen. Die Tabakläden waren noch zu.

Der Mann hinter der Theke zog ein Päckchen hervor. Stefania nahm es und zahlte.

Wieder stand sie auf der Schwelle des Schankraumes. Plötzlich tauchte ein Hund vor ihr auf, sprang sie fast an; er wurde von einem Koppelriemen gehalten und zerrte einen Jäger mit Gewehr, Patronengürtel und Jagdtasche hinter sich her.

„Runter, Frisette, kusch!“ rief der Jäger. Und an der Theke setzte er still hinzu: „Einen Kaffee.“

„Ein schöner Hund!“ sagte Stefania und streichelte ihn. „Ist es ein Setter?“

„*Epagneul breton*“, erklärte der Jäger. „Weibchen.“ Er war jung, etwas brüsk, aber mehr aus Schüchternheit als aus anderen Gründen.

„Wie alt ist sie?“

„Bald zehn Monate. Runter, Frisette, sei brav.“

„Geht's auf Rebhühner...“, fragte der Barmann.

„Ach, ich laß nur den Hund etwas laufen...“, meinte der Jäger.

„Weit?“ fragte Stefania.

Der Jäger nannte den Namen eines nahe gelegenen Ortes.

„Mit dem Wagen ist's nicht der Rede wert. Um zehn bin ich zurück. Die Arbeit...“

„Schön ist sie, wirklich...“, fuhr Stefania fort zu reden. Sie wollte die Unterhaltung nicht abbrechen lassen, wenn man auch im Grunde genommen über gar nichts sprach.

„Das Tal ist da leer, sauber, nur lauter niedrige Sträucher, Heideland, und morgens kein Nebel, man sieht klar... Wenn der Hund eine Schar aufstöbert..."

„Wenn ich um zehn zur Arbeit könnte, ich würde bis drei Viertel zehn schlafen", versicherte der Barmann.

„Na ja, ich schlaf auch gern", sagte der Jäger, „trotzdem, da oben sein, während die anderen alle noch in den Betten liegen, ich weiß nicht, es macht mir Spaß, ich kann es nicht lassen..."

Stefania spürte, daß der junge Mann hinter dem Anschein, sich rechtfertigen zu wollen, einen schneidenden Stolz verbarg, etwas wie Erbitterung gegen die ringsum schlafende Stadt, eine Art Eigensinn, anders zu sein.

„Nehmen Sie's mir nicht übel, aber für mich seid ihr Jäger reinweg verrückt", sagte der Barmann. „Nur wegen dieser Geschichte mit dem frühen Aufstehen, sonst hab ich nichts dagegen."

„Ich verstehe ihn aber", sagte Stefania.

„Ach, was soll's schon. Eine Leidenschaft wie jede andere." Und der Jäger hatte bereits begonnen, Stefania anzusehen; die Gleichgültigkeit, die er zuvor in seine Unterhaltung über die Jagd gelegt hatte, schien geschwunden, die Anwesenheit Stefanias ließ Zeifel in ihm aufsteigen, er überlegte, daß seine Art, die Dinge zu betrachten, falsch sein könnte, daß vielleicht das Glück woanders lag als dort, wo er es suchte.

„Nein wirklich, ich begreife das, an einem Morgen wie diesem hier...", sagte Stefania.

Der Jäger zögerte. Offenbar wollte er etwas sagen, wußte aber nicht recht, was. „Wenn das Wetter so ist wie jetzt", verkündete er schließlich, „trocken und frisch, dann arbeitet der Hund gut." Er hatte seinen Kaffee ausgetrunken, hatte bezahlt, der Hund zerrte am Koller und wollte hinaus, er aber stand noch dort, konnte sich nicht entschließen. Endlich sagte er ungeschickt: „Warum kommen Sie dann nicht mit, Signora?"

Stefania lächelte. „Wir müssen wohl das nächste Mal, wenn wir uns wieder treffen, etwas verabreden, meinen Sie?"

„Na ja“, sagte der Jäger unsicher, drehte sich noch ein wenig hin und her auf der Suche nach einer weiteren Stütze für die Unterhaltung. Dann rief er plötzlich: „Also, ich gehe. Guten Tag.“ Sie nickten sich zu, und er ließ sich vom Hund hinausziehen.

Ein Arbeiter war eingetreten und bestellte etwas Alkoholisches. „Auf die Gesundheit aller Frühaufsteher“, sagte er mit erhobenem Glas, „und schon gar der schönen Frühaufsteherinnen.“ Er war ein Mann mit heiterem Gesicht, nicht mehr jung.

„Auf Ihr Wohl“, sagte Stefania freundlich.

„So früh am Morgen gehört einem die Welt“, erklärte der Arbeiter.

„Und abends nicht?“ fragte sie.

„Abends ist man müde und denkt an nichts, das ist noch am besten.“

„Ich dagegen stell mir morgens schon immer vor, was alles passieren kann an dem Tag“, sagte der Barmann.

„Das kommt davon, daß Sie keinen hübschen kleinen Auslauf haben. So was braucht man. Dann erst an die Arbeit. Machen Sie's wie ich, ich fahre mit dem Moped zur Fabrik, immer mit dem kühlen Wind im Gesicht.“

„Der Wind vertreibt die schlechten Gedanken“, warf Stefania ein.

„Sehen Sie, die Gnädigste versteht mich“, sagte der Arbeiter. „Und weil sie mich versteht, muß sie jetzt ein Gläschen mit mir trinken.“

„Vielen Dank, ich trinke nicht, nein wirklich.“

„Morgens braucht man das. Zwei Grappino, Meister.“

„Wirklich nicht, bitte. Trinken Sie auf mein Wohl, und ich freue mich.“

„Trinken Sie nie?“

„Na, so hin und wieder, abends.“

„Sehen Sie? Das ist ganz verkehrt.“

„Ach Gott, man macht ja manches falsch...“

„Auf Ihr Wohl also!“ Und der Arbeiter kippte erst das eine Glas und dann das zweite. „Eins, zwei. Und nun sehen Sie mal, ich werde es Ihnen erklären...“

Stefania war allein unter Männern, diesen fremden Geschöpfen, und unterhielt sich mit ihnen. Sie war ruhig, ihrer selbst sicher, nichts konnte sie stören. Das war das Neue an diesem Morgen.

Sie verließ die Bar, um zu sehen, ob man das Tor ihres Hauses geöffnet hatte. Auch der Arbeiter trat auf die Straße hinaus, warf sein Moped an, stülpte die Handschuhe über.

„Frieren Sie nicht?“ fragte Stefania.

Der Arbeiter klopfte sich auf die Brust; es raschelte wie von Zeitungspapier. „Mein Panzer“, sagte er. „Addio, Signora.“

Den Abschiedsgruß hatte er so ausgesprochen, daß der heimische Dialekt deutlich wurde. Und Stefania antwortete auf die gleiche Weise. Er fuhr davon.

Etwas war geschehen, das nicht mehr rückgängig gemacht werden konnte, so erkannte Stefania. Diese neue Art, mitten unter den Männern zu stehen, dem Nachtbummler, dem Jäger, dem Arbeiter, hatte sie umgewandelt. Dies, wie sie da so gestanden hatte, gleich zu gleich, eine Frau unter Männern, war ihr Ehebruch. An Fornero erinnerte sie sich nicht einmal mehr.

Das Tor war offen. Eilig rannte sie die Treppe hinauf, ohne von der Portiersfrau bemerkt zu werden.

Ita Daly

Aimez-vouz Colette?

Wenn ich morgens zur Schule gehe, am Wochenende meine Einkäufe erledige oder vielleicht der Stadtbibliothek einen Besuch abstatte, frage ich mich oft, ob ich wohl eine komische Figur abgebe. Vermutlich sollte ich es: Provinzlehrerin, ältliches Mädchen, jenseits der Vierzig. Gewiß muß ich diesen bemitleidenswerten, simplen Menschen, nach deren Ansicht jede Frau in meinem Alter sicher unter der Haube, in einem Kloster oder durch ihr anhaltendes Zölibat gebührend niedergeschlagen sein sollte, sonderbar vorkommen.

Ich bin Lehrerin in einer Klosterschule. Keine gewöhnliche Klosterschule, wohlgemerkt, denn die Nonnen sind Französinnen, und wie Sie sich denken können, verleiht das der Schule bei unseren hiesigen Einwohnern ein bestimmtes Gepräge. Die meisten Mädchen sind Internatsschülerinnen – Tagesschülerinnen werden nur ungern geduldet –, und viele stammen aus ziemlich angesehenen Familien. Der erste Kaufmann am Ort hat zwei Töchter hier, der Arzt und der Zahnarzt je drei. Selbst der Chirurg aus dem Grafschaftskrankenhaus hat seine Melissa zu uns geschickt.

Die Stadt, in der ich wohne und arbeite, ist eine jener

entsetzlichen irischen Provinzstädte, die ohne Ausnahme jeden empfindsamen Menschen, der in ihr leben muß, zugrunde richten. Sie ist heute noch genauso engstirnig, snobistisch und bildungsfeindlich, wie sie es vor zwanzig Jahren war. Es ist die Art Stadt, von der degenerierte Nordländer – Schweden, Holländer und so – angezogen werden. Sie versichern uns beim Abschied immer, daß unsere einzigartige Lebensweise und unsere wunderbaren Traditionen um jeden Preis vor dem eindringenden Materialismus bewahrt bleiben müßten.

Wie Sie vielleicht schon vermuten, liebe ich diese Stadt nicht. Aber sie macht mich auch nicht unglücklich. Unglücklich sein, so wird mir allmählich klar, ist ein Zustand junger Leute. Dies wird mir um so klarer, wenn manchmal ein ganzer Tag – manchmal sogar eine Woche – vergeht, ohne daß ich wirklich unglücklich bin. Selbst die Dutzendmenschen, die mich umgeben, regen mich nicht mehr sonderlich auf. Höchstens empfinde ich gelegentlich etwas mehr als Ärger, wenn ich ihre lächerlichen Liberalisierungsversuche sehe. So zum Beispiel Sammlungen und Fasten außerhalb der Kirche für die Menschen in Biafra, wo doch jede Mutter im Umkreis von dreißig Kilometern ihre Tochter am liebsten einsperrte, sobald ein Schwarzer in die Stadt kommt. Und von ihren Priestern noch dazu aufgefordert würde.

Aber im großen und ganzen führe ich, wie schon gesagt, ein Leben voller bescheidener Freuden. Ich besitze ein kleines Haus und eine Katze. Ich züchte Gemüse und Blumen, und ich kaufe mir schöne, teure Kleider in Dublin und in London. Ich koche gut, und ich trinke zu den Mahlzeiten gern ein Glas Wein. Ich habe keine Freunde, aber sie fehlen mir nicht. Wenn ich meine Opfer, unsere braven Bürgertöchter, verlasse, nachdem ich mir den ganzen Tag größte Mühe gegeben habe, mit Hilfe von Keats und Thomas zu ihrer Verderbnis beizutragen, kehre ich in mein kleines Haus zurück und schließe hinter mir die Tür zur Welt. Dann lese ich. Wie Miß Slattery in der Stadtbücherei behauptet, bin ich eine entsetzliche Leserin. Ich ziehe den französischen Roman dem englischen vor, und weil ich die besten, intelligentesten und feinsinnigsten Geister als Gesellschafter habe, warum sollte ich mir da über ein Irland Gedanken machen, das nach wie vor in Bildungsfeindlichkeit und Neurosen verkommt?

Vor allem mag ich die Romane der Colette. Ihr Werk hat mich schon immer angezogen. Sie schafft ein Milieu, das ich, außer in der Dichtung, sonst nirgends gefunden habe. Ich denke sogar oft, wenn Colette nicht gewesen wäre, hätte ich diesen erbärmlichen Ort schon vor Jahren verlassen. Aber in ihren Büchern wimmelt es nur so von Landlehrerinnen, die in irgendeiner abgelegenen Stadt ein romantisches und unter der Oberfläche pulsierendes Leben führen, daß ich vielleicht angenommen habe, mir würde hier in meiner abgelegenen irischen Stadt etwas widerfahren. Aber irische Städte sind keine französischen Städte. Oder vielleicht ist der springende Punkt der, daß sie es sind: Wenn ich tief im Midi lebte und im städtischen Lyzeum den Töchtern des dortigen Bürgertums Unterricht erteilte, fände ich mich vielleicht ebenfalls von genau der gleichen Dummheit und Borniertheit umgeben wie hier. Denn letztlich ist es nur die romantische Vorstellungskraft der Colette, die verwandelt und erhöht.

Ich habe schon oft daran gedacht, selber zu schreiben. Ich bin sicher, daß ich es könnte, denn ich halte mich für ausreichend intelligent und empfindsam, und das zurückgezogene Leben, das ich führe, ist für eine solche Beschäftigung besonders geeignet. Ich verfüge über Stunden ungestörter Einsamkeit, habe alle Bequemlichkeiten, die ich brauche, und einen Beruf, der zwar langweilig ist, mich aber nicht allzusehr in Anspruch nimmt – und doch habe ich noch nie etwas geschrieben. Keine einzige Zeile, nicht einmal eine Elegie für Sitwell, meinen damaligen geliebten Kater, als dieser im letzten Frühjahr im Alter von zwölf Jahren starb.

Natürlich weiß ich sehr gut, warum ich nicht schreibe, warum ich nie schreiben werde. Ich wüßte nicht, worüber ich schreiben sollte. Nun muß ich allerdings zugeben, daß dies vielen wie eine faule Entschuldigung erscheinen wird; ein Schriftsteller, so werden sie sagen, ein richtiger Schriftsteller kann über alles schreiben. Zum Beispiel Jane Austen. Jane Austen, so stelle ich fest, wird in diesem Zusammenhang immer zitiert, weshalb, weiß ich nicht, so daß ich sie stets für eine überaus gesellige Person gehalten habe, mit einer Vielzahl menschlicher Beziehungen. Während ich, verglichen mit ihr, eine Einsiedlerin bin. Ich arbeite und lebe zwar unter Menschen, aber meine Beziehungen zu ihnen sind stets flüchtiger Art. Ich wechsle nie ein Wort mit meiner Direktorin, meinen Schülerinnen oder meinem Fleischer, es sei denn geschäftlich. Und so lebe ich schon zwanzig Jahre. Vorher gab es zwar eine seltsame Beziehung, die etwas mehr Substanz zu haben schien: eine vage Verbindung zu meinen Eltern und während der Schulzeit in einem düsteren, mittelmäßigen Internat der gelegentliche Kontakt, wie ihn Mädchen nun einmal haben. Insgesamt konnte man jedoch sagen, daß mein Leben fade war. Aber ich kann Ihnen versichern, ich gebrauche dieses Wort nicht abschätzig. Ich bin mit dieser Fadheit zufrieden. Genauso, wie ich mit der Trockenheit meiner Haut zufrieden bin. Ich kann feuchte Haut nicht ausstehen – es macht mich ganz krank, wenn ich mit ihr in Berührung komme. Aber wenn ich meine Wange streichle und das trockene Reiben fühle und höre, empfinde ich so etwas wie Freude.

In meinem bisherigen Leben gibt es nur ein Ereignis, über das ich schreiben könnte. Nein, es war nicht ein Ereignis, sondern ein Zwischenspiel – eine Freudenzeit. Ich könnte mit Leichtigkeit darüber schreiben, denn ich rufe sie mir oft ins Gedächtnis zurück, und ich erinnere mich noch ganz deutlich daran, wenngleich der Schmerz nachgelassen hat.

Können Sie sich mich als Zwanzigjährige vorstellen? Ich war schon immer ein ziemlich häßliches, unansehnliches Wesen, aber während ich mir das heute nur selten vergegenwärtige, selbst wenn ich in den Spiegel blicke, war es mit zwanzig die überwältigende Tatsache meines Lebens. In der Schule hatte ich mir nie über mein Aussehen Gedanken gemacht – ich glaube nicht, daß es je eine von uns tat. Klugheit allein zählte, und außerdem – niemand, der neun Monate im Jahr immer in derselben schmuddligen Schulkleidung umherlief und sich nur alle zwei Monate die Haare wusch, konnte einen Anspruch auf Schönheit erheben. Und als ich die Internatsschule verließ und gierig ein Stipendium des Grafschaftsrates annahm, um an der Dubliner Universität ein Studium zu beginnen, war meine Angst so überwältigend, daß jede andere Wahrnehmung in meinem Bewußtsein ausgelöscht wurde. Als ich zum erstenmal in der Aula der Universität stand, zitterte ich buchstäblich von Kopf bis Fuß.

Heute ist mein auffallendster Charakterzug wahrscheinlich meine Unabhängigkeit, aber damals glich ich einem jungen Hund. Ich wurde Sklave eines jeden, der ein freundliches Wort an mich richtete. Vielleicht ist das der Grund dafür, daß ich eine solche Abneigung gegen Hunde hege. Ich ziehe meine Katzen vor – geschmeidige, unabhängige Geschöpfe, die einherstolzieren, gleichgültig gegen alle Zeichen von Zuneigung. Sobald ich einen dummen jungen Hund sehe, der wie besessen mit dem Schwanz wedelt, selbst wenn er einen Fußtritt bekommt, werde ich an mich selbst mit zwanzig erinnert.

Ich wohnte im Dominikanerhaus, die ganzen vier Universitätsjahre. Anfangs war ich sogar zu scheu, mit den anderen zum Tee in den Speisesaal zu gehen, und kaufte mir immer ein Brötchen und einen Apfel und aß sie ganz allein in meinem Schlafzimmer. Später dann, nach etwa einem Monat, begann ich mich nach unten zu wagen, und schließlich wurde ich akzeptiert. Man lernte meinen Namen kennen und nickte mir zu, wenn ich über den Rasen ging. Man ließ mich sogar am Teegeplauder teilnehmen. Ich war eine gute Zuhörerin und eine ziemlich feinsinnige Schmeichlerin. (Um allerdings gerecht zu sein, so möchte ich sagen, daß es oft echte Bewunderung meinerseits war.) Ich schloß keine enge Freundschaften, sondern begnügte mich mit dieser für mich neuen Kameraderie. Als ich später mehr Zutrauen gewann und dafür bekannt war, auch einmal von selbst schüchtern ein Gespräch zu beginnen, wurde mir bewußt, daß ich vieles von der Unterhaltung meiner Kommilitoninnen nicht verstand. Es drehte sich alles um Jungen, Liebesgeschichten und Verabredungen – unbekannte Gefilde für mich. Wie ich nie über mein Aussehen nachgedacht hatte, so hatte ich auch nie über Jungen nachgedacht. Aber nun tat ich es. Ich begann sie sogar zu bemerken, wenn ich in den Vorlesungssälen saß, und es war leicht festzustellen, was die anderen Mädchen so sehr interessierte. Plötzlich geriet ich in einen Taumel begeisterter Schwärmerei, genau wie alle übrigen. Ich hörte auf, mich als Außenseiter zu betrachten. Ich hatte das Gefühl, daß ich normal wurde.

Ich begann zu Woolworth zu gehen, Lippenstifte und Puder und sogar ein Heimkaltwellmittel zu kaufen. Ich konnte solche Einkäufe mit den anderen Mädchen besprechen und ihnen sogar manchmal gute Tips geben. Jeden Morgen erwachte ich mit einem Gefühl der Erwartung, und statt geradewegs in die Bibliothek zu gehen, fand ich mich immer öfter beim Kaffeeklatsch ein.

In diesem Stadium war die Frage nach Freunden größtenteils theoretisch, denn nur wenige Mädchen hatten wirklich einen, aber wir sprachen alle unaufhörlich nur davon. Ich glaubte, anziehend auf Jungen zu wirken. Wahrscheinlich vertraute ich den magischen Eigenschaften des Make-up, das ich benutzte, und ich merkte, daß ich jedesmal, wenn ich ungeschickt meine Morgenmaske anlegte, von mir selbst und meinen Unzulänglichkeiten befreit wurde. Natürlich war ich noch immer zu schüchtern, einem Jungen direkt ins Gesicht zu sehen, aber sobald ich an einer Schar vorbeikam, war ich überzeugt, daß alle nach mir schauten.

Schließlich wurde beschlossen (durch wen, weiß ich jetzt nicht mehr), daß ich mich einigen anderen Mädchen anschließen sollte, die zum Studententanz am Freitagabend gingen. Ich war überwältigt. Ich fühlte mich viel aufgeregter als je in einer Prüfung. Doch ich war entschlossen mitzugehen, und so nahm ich mich in Arbeit und war zur verabredeten Zeit am Freitag fertig – angemalt und frisiert.

Ich ging zu drei Tanzabenden, ehe ich mir einzugestehen wagte, daß etwas nicht in Ordnung sein mußte. Am

ersten Abend stand ich echt vor einem Rätsel. Als es immer später wurde, konnte ich einfach nicht begreifen, warum mich niemand zum Tanzen aufforderte. Vielleicht, weil ich mich nicht auskannte und schüchtern wirkte, als ich umherstolperte und die Damentoilette suchte. Vielleicht auch, weil die Jungen mit den Stammgästen tanzten, den Mädchen, die jede Woche kamen, und sich wohl erst an mein Gesicht gewöhnen mußten, ehe sie mich aufforderten. Am Ende des Abends war ich überzeugt, daß es keinen Grund gab, mir Sorgen zu machen, und ich freute mich sogar auf den nächsten Freitag, wo ich diese vielen Fehler vermeiden und sicherlich neue Zuversicht ausstrahlen würde.

Aber in der folgenden Woche war es das gleiche und in der Woche darauf ebenfalls. Als ich an dem letzten Abend nach Hause kam, schloß ich mich im Badezimmer ein und stellte mich vor den Spiegel. Ein grobes, ziemlich langweilig aussehendes Gesicht starrte mich an. Die Haut war grau, das Haar stumpf und kraftlos. Selbst mir als Neuling kam das ungeschickt aufgetragene Make-up übertrieben und kläglich vor. Das Kleid, das ich mit so viel Sorgfalt ausgewählt hatte, hing in traurigen Falten über meine flache Brust. Ich spürte, daß mich Röte überzog – eine tiefe Schamröte. Welch ein Bild mußte ich doch geboten haben! Wie närrisch muß ich gewirkt haben, als ich mit hoffnungsvollem, dankbarem Ausdruck in meinem groben Gesicht dastand und darauf wartete, zum Tanzen aufgefordert zu werden!

Ich glaube, daß die meisten Menschen, wenn sie auf ihre Jugend zurückblicken, solche heftigen Gemütsbewegungen ziemlich belustigend finden oder dies zumindest vorgeben. Ich halte das aber nur für eine andere Art sentimentalen Schwelgens in Jugenderinnerungen, dem man sich in den mittleren Jahren so gern hingibt. Ich weiß, daß die Seelenqual, die ich an jenem Abend erleiden mußte, bei weitem schmerzlicher war als alles, was ich vorher erlebte oder seitdem noch erleben sollte.

Ich verließ das Badezimmer und nahm meinen Lippenstift, meinen Puder und mein billiges Parfüm, packte alles zusammen und warf es über das Geländer in die Büsche von St. Stephen's Green.

Ich nahm meine früheren Gewohnheiten wieder an und kehrte zu meinen Büchern in der Bibliothek zurück, wo ich meine Augen fest niedergeschlagen hielt, für den Fall, daß mich zufällig der mitleidige Blick einiger jener Studenten traf, die ich bei den Tanzabenden so flehend angeblickt hatte. Ich trank meinen Tee früher, um sicherzugehen, daß ich meinen Freundinnen nicht begegnete. Sie schienen mich jedoch nie zu vermissen, und ich glaube, sie waren froh, jemand los zu sein, den sie nur aus Gutmütigkeit geduldet hatten. Wie hatte ich mir nur jemals einbilden können, in ihre fröhliche, sorglose Runde zu passen – ich, die ich einen Hauch von Mangel und Demut an mir hatte, der mich von diesen selbstsicheren Kaufmannstöchtern absonderte?

Ich wurde eine sehr pflichtbewußte Studentin, und es war in dieser Zeit, daß ich Geschmack an meinem Ersatzleben entwickelte. Ich brauchte meine Welt der Romantik nicht gänzlich aufzugeben, denn ich fand sie nun in den Werken Flauberts, Hardys und Stendhals.

Nach einiger Zeit war ich nicht mehr so unglücklich, und sobald ich meine Tür abends hinter der Welt schließen konnte, hatte ich Frieden. Ich litt nicht mehr unter meiner Häßlichkeit und Unzulänglichkeit – es war niemand da, der über meine ungeschickten Versuche, einen Mann einzufangen, höhnisch gelächelt hätte –, und mein Mittel gegen die Einsamkeit spendete mir auch weiterhin Trost, wenn ich bis spät in die Nacht hinein las. Aber mit Beginn des Frühlings und der längeren Abende wurde ich unruhig. Eine menschliche Regung vielleicht? Ich ertappte mich dabei, daß ich in der Bibliothek umherstarrte und vor mich hin träumte, statt in den Büchern zu lesen, die vor mir lagen. Auf diese Weise bemerkte ich eines Tages Humphrey. Ich spielte gerade mit einem Bleistift, ohne an etwas zu denken, bis er über den Tisch davonrollte. Als ich ihn träge zurückholte, fiel mein Blick zufällig auf den mir gegenübersitzenden Studenten. Er hatte mich angesehen, schaute aber schnell wieder weg. Es mußte die Verlegenheit gewesen sein, mit der er wegblickte, die mein Interesse zuerst hervorgerufen hatte, denn danach bemerkte ich ihn praktisch jeden Tag, und er schien immer einen Platz in meiner Nähe zu finden. Manchmal ertappte ich ihn dabei, daß er mich anstarrte; dann wieder war er völlig in seine Arbeit vertieft.

Zu der Zeit studierte eine große Anzahl afrikanischer Studenten an der Universität, aber ich glaube, Humphrey war der schwärzeste Mann, den ich je gesehen habe. Er war verhältnismäßig klein, mit einem ziemlich großen Kopf, den ein krauser Flaum bedeckte, und langen, eigentümlich flachen Armen. Er kam mir sehr häßlich vor, aber sein offensichtliches Interesse für mich schmeichelte mir, und ich hegte alle möglichen leidenschaftlich liberalen Ansichten, die mein Verhalten gegen ihn beeinflußt haben mußten. Er tat mir auch leid, denn ich dachte, daß jemand, der an mir Interesse finden konnte, wirklich sehr verzweifelt sein mußte.

Schon bald, nachdem ich festgestellt hatte, daß er mich ansah, sah ich ihn ebenfalls an, nicht gerade lächelnd, aber auf angemessen freundliche Weise. Ich gewöhnte mir an, undeutlich in seine Richtung „Entschuldigung!" zu murmeln, wenn ich vom Tisch aufstand. Dann stießen wir eines Tages buchstäblich vor der Bibliothekstür zusammen und sagten beide unwillkürlich: „Hallo!" Danach grüßten wir uns immer, und etwa einen Monat später, als wir bei der Arbeit saßen, wurde mir ein Zettel über den Tisch zugeschoben. Auf ihm stand (und ich erinnere mich noch genau an die Worte): „Wertes Fräulein, würde es Ihnen etwas ausmachen, Ihre Vormittagsstudien zu unterbrechen und zur Aufmunterung eine Tasse Kaffee mit mir zu trinken?"

Bald trafen wir uns regelmäßig. Wie auf Vereinbarung, obwohl keiner von uns es je erwähnte, trafen wir uns nie in der Öffentlichkeit, und wir gingen auch nie aus. Aber jeden Samstagnachmittag gegen vier fuhr ich mit dem Bus nach Rathmines und besuchte Humphrey in seinem kombinierten Wohn- und Schlafzimmer. Er wohnte in einem großen, verwahrlosten Haus, hoch oben auf einem Hügel, direkt neben der Rathmines Road. Das Haus schien vollständig an afrikanische und indische Studenten vermietet gewesen zu sein, und ich kann mich lebhaft an den kräftigen, eigentümlichen Geruch erinnern, der es erfüllte. Er bestand aus exotischen Küchendünsten, Schweiß und fadem Parfüm. Auch alle anderen Studenten schienen samstagabends ihre Freundinnen zu empfangen, und ich lernte einige kennen (obgleich wir nie miteinander sprachen), während wir im Bus fuhren oder zusammen auf den Stufen vor der Haustür standen. Ihre Haltung war entweder verstohlen oder frech, und ich war überzeugt, daß ich die einzige Studentin unter ihnen war. Es ärgerte mich sehr, daß diese Mädchen meinten, sich so benehmen zu müssen, und auch, daß die Studenten gezwungen waren, solche Freundinnen zu haben; aber wenn ich an mich selbst dachte und mich meiner Häßlichkeit entsann, wurde ich oft an den Lieblingsausspruch einer Studentin im Dominikanerhaus erinnert, während sie sich für den Tanz am Freitagabend zurechtmachte: „Bei Sturm tut's jeder Hafen!"

Das traf für mich vielleicht am Anfang zu, aber als ich Humphrey dann kennenlernte, wurde mir klar, daß er ein Mensch mit ungewöhnlichen Charaktereigenschaften war. Er war sehr ruhig – er schien überhaupt nichts Aggressives an sich zu haben. Er lachte oft und gern. Er war ein kultivierter Mensch, und während ich eine Einpaukerin war – mit meiner Bauerngleichung: Lernen ist gleich erwerben –, war er ein Gelehrter.

Jeden Samstag, wenn ich kam, gab er mir sehr förmlich die Hand, nahm mir den Mantel ab und machte es mir bequem. Dann saßen wir da und unterhielten uns, ich erstmals in meinem Leben mit Leichtigkeit, wobei ich entdeckte, daß ich witzig und interessant sein konnte und Humphrey dies offensichtlich auch dachte. Wir hörten uns immer Musik an, und er lehrte mich, etwas von ihrer Zaubermacht zu verstehen. Wir pflegten stundenlang dazusitzen, Streichquartetten zu lauschen und auf die dunkel werdenden Dachgiebel hinauszublicken. In solchen

Stunden gewann ich Humphrey immer lieber. Er schien so einsam und doch so ruhig in dem dämmrigen Zimmer dazusitzen. Ich bewunderte seine Ruhe, und meine natürliche Gutmütigkeit wie auch mein unausgegorener Radikalismus ließen mich das nachempfinden, was er meiner Vorstellung nach durchlitt.

Später, wenn es ganz dunkel war, das Licht angeknipst und der Zauber gebrochen wurde, bereitete er mir einen Geflügeleintopf. Er war so ungemein würzig, saftig und fett, wie ich seither keinen wieder gekostet habe, und auch mit meiner eigenen Kochkunst habe ich so etwas nie zustande gebracht. Danach küßte und liebkoste er mich immer, vielleicht eine halbe Stunde lang, vielleicht auch eine ganze, dann erhob ich mich, zog den Mantel an und eilte zum Bus, der mich nach Hause brachte.

Oh, es waren herrliche Abende – Glanzlichter in meinem grauen, trüben Dasein. Seine Küsse heilten mich, und wenn sie ihn erregten, so ahnte ich es nicht. Ich war zu jung, um mir bewußt zu sein, daß diese Verbindung ihrer ganzen Art nach eine sexuelle hätte sein können. Und jetzt bin ich wirklich froh, daß ich die Handbücher über Sex mit ihren groben Theorien von der Potenz des schwarzen Mannes nicht kannte. Denn unsere Beziehung war eine Beziehung der Liebe.

Ich hatte noch nie im Leben ein Geschenk erhalten, nicht einmal von meinen Eltern, die sich zu sehr plagen mußten, damit ich auf der Schule bleiben konnte, als daß sie Geld für Geschenke hätten ausgeben können. Nun machte Humphrey sie mir. Er schenkte mir unerwartet eine Blüte, ein Haarband oder ein Buch. Er lehrte mich, aus mir herauszugehen, er sagte mir, ich sei hübsch, und während ich bei ihm war, glaubte ich es auch, denn ich erkannte an der Art, wie er mich ansah, daß *er* es glaubte. Die meiste Zeit in jenem Zimmer war ich glücklich. Ich lernte, mich selbst und meine quälenden Unzulänglichkeiten zu vergessen.

Ich weiß nicht, wie ich mir das Ende vorgestellt hatte. In meinem Unterbewußtsein war mir klar, daß ich Humphrey nicht heiraten würde, aber ich gestand es mir selbst nie richtig ein – ich schob es immer von mir und fuhr fort, die Gegenwart zu genießen.

Dann, eines Samstags, etwa drei Wochen nachdem er pünktlich eine Prüfung in Geschichte und Staatskunde mit Auszeichnung bestanden hatte, überreichte mir Humphrey, als ich ins Zimmer trat, einen großen weißen Umschlag. Es war eine Einladung, mit der jeder Freund Mr. Ozookwes zu den bevorstehenden Feiern anläßlich der Diplomverleihung und anschließend zum Tee beim Rektor eingeladen wurde.

„Also“, sagte Humphrey, „wir kaufen dir einen neuen Hut. Ich kenne genau das Modell, das dir steht...“

Es war ein Schock – ich hatte nie an so etwas gedacht. Kein einziges Mal. Mir wurde übel. Ich dachte an all die Mädchen im Dominikanerhaus und die Jungen, die mich freitagabends nicht beachtet hatten. Ich dachte an ihre Bemerkungen und ihr spöttisches Lächeln, wenn sie mich aufgeputzt sehen würden. Mehr war von mir nicht zu verlangen, weiter konnte ich nicht gehen. Humphrey war nicht mehr mein gutmütiger, sanfter Freund – er war ein Schwarzer.

„Aber nein, Humphrey“, erwiderte ich, „du weißt doch, wie sehr ich gesellschaftliche Anlässe hasse. Ich würde nicht mal zu meiner eigenen Diplomverleihung gehen – wenn ich je soweit komme.“ Der kleine Scherz konnte die Panik in meiner Stimme nicht unterdrücken. „Weißt du was – wir könnten danach...“ Aber seine Miene ließ mich schweigen. Er sah aus, als erleide er körperlichen Schmerz. Doch als er dann sprach, klang seine Stimme sanft.

„Ja, ich weiß“, sagte er. „Ich hätte es schon viel früher wissen müssen – es war dumm von mir. Es tut mir leid, daß ich dich in Verlegenheit gebracht habe. Ich denke, es ist besser, wenn du jetzt gehst. Bitte.“

Natürlich änderte ich am nächsten Tag meinen Sinn. Humphrey würde weggehen, und dieser Gefallen war das mindeste, was ich für ihn tun konnte. Ich würde ihn vermissen. Ich würde um ihn trauern. Ich schrieb ihm, aber er antwortete nicht. Ich wollte ihn zu Hause aufsuchen, aber beim zweitenmal kam ein Inder an die Tür und sagte mir, Humphrey sei weggezogen und habe keine Adresse hinterlassen. Ich sah ihn nie wieder. Er ist vielleicht im Biafrakrieg getötet worden (er war ein Ibo), oder er ist reich und wohlhabend und lebt irgendwo in Nigeria, vielleicht mit mehreren Frauen. Was meinen Sie, ob er mich wohl vergessen hat?

Ivo Andrić

Die Schlange

Auf der weißen Landstraße, die sich bis zum Horizont über die Glasinac-Hochebene hinzog, fuhr langsam ein hellgelber offener Kutschwagen von sehr elegantem Schnitt, gezogen von zwei guten kleinen Rappen in tadellosem Geschirr. Im Wagen saßen zwei junge Mädchen in gleichen Strohhüten mit zurückgeschlagenem Schleier. Auf dem Bock saß, etwas gekrümmt und die Pfeife zwischen den Zähnen, der Kutscher, ein Krainer. Auf seinen roten Vollbart und seine buschigen Augenbrauen legte sich der Staub, weiß wie Mehl. Die Töchter des Generals Radaković, Agathe und Amalie, reisten von Sarajevo nach Višegrad.

Sie waren vor einem Monat nach Sarajevo gekommen, wo ihr Vater seit diesem Frühling Dienst tat.

Der Vater, ein grauhaariger, schlanker General mit gesunder, rosiger Gesichtsfarbe, entstammte der Wiener Soldatenfamilie Radaković, die dem Kaiser bereits seit hundertfünfzig Jahren höhere Offiziere gab. Die Radaković waren ursprünglich Likaner, aus dem Bergland an der Adria, aber längst völlig zu Österreichern geworden und schon seit der fünften oder sechsten Generation richtige Wiener. Mit einiger Koketterie behaupteten sie, ihr

Stammbuch ginge bis auf irgendwelche bosnischen Fürstengeschlechter zurück, und ihr Familienwappen, das jeder von ihnen in einen massiven Ring eingeprägt bei sich trug, sollte heraldische Spuren aufweisen und als Beweis dafür gelten. Neben dem serbischen Namen hatte vielleicht auch diese Legende dazu beigetragen, daß der General in diesem Frühling zum Divisionskommandeur im okkupierten Bosnien mit dem Sitz in Sarajevo bestimmt worden war.

Nun, da milde Septembertage sich eingestellt hatten, begab sich der General auf den Weg, um einige Garnisonen an der östlichen Grenze zu inspizieren. Der Mittelpunkt, von dem aus er seine Reisen unternehmen wollte, sollte Višegrad sein. Da wollte er sich für zwei bis drei Wochen niederlassen. Der Višegrader Platzkommandant war sein einstiger guter Bekannter aus Wien, ein älterer Junggeselle und gutmütiger Verschwender, der längst auf eine weitere Karriere verzichtet hatte und den man nur mehr zu leichterem Dienst in entfernte Garnisonen schickte, wo er seine Leidenschaft für Blumenzucht und die Einrichtung von Offizierswohnungen und Kasinos zu stillen vermochte, die einzige, die er von so vielen teuren und närrischen Leidenschaften, derentwegen er bei seinen Vorgesetzten verschrien und bei seinen Freunden, den Frauen und den Wucherern ungemein beliebt war, behalten hatte. Der Platzkommandant hatte dem General vorgeschlagen, auch seine ganze Familie mitzubringen, und es auf sich genommen, ihnen eine Wohnung einzurichten („die beste, die man in solchen Ortschaften und unter den gegenwärtigen Bedingungen beschaffen kann“) und für Dienstpersonal, für die Jagd, Ausflüge, Unterhaltung und Zerstreuung der Damen zu sorgen.

So begab sich der General auf den Weg mit seiner Frau, den beiden Töchtern und dem Sohn, einem Zögling der Militärakademie, der jetzt Ferien hatte.

Sie hatten am frühen Morgen des Vortages Sarajevo verlassen. Der General, seine füllige Frau und der Sohn, der Offiziersschüler, reisten in einem schweren schwarzen Kutschwagen, den man Landauer nannte und den die Sarajevoer Firma Saračević nur an hohe Herrschaften oder zu festlichen Anlässen auslieh. Die beiden erwachsenen Töchter hatten es mit vielem Bemühen so eingerichtet, daß sie in dem hellen und leichten Dienstwagen des Generals für sich allein reisten. Sie hatten sich schon in Vorfreude gewiegt bei dem Gedanken, daß sie zwei Tage miteinander verbringen und, während sie durch wilde, unbekannte Gegenden führen, Gelegenheit haben würden, sich ungehindert und solange es ihnen gefiel zu unterhalten; denn die Schwestern liebten sich sehr, obwohl sie sich nur in ihrer Schönheit glichen, sonst aber in allem verschieden waren.

Agathe, die ältere, war eine ruhige, nüchterne Natur, stets gleichbleibend und konsequent, stets mit einer Arbeit für das Haus oder die Familie beschäftigt. Im Wiener Bekanntenkreis nannte man sie im Scherz Caritas, weil sie schon als junges Mädchen von sechzehn Jahren eine eigene Gesellschaft zur Unterstützung der Armen gegründet hatte. Sie war eine jener Frauen, bei denen der Gedanke an das persönliche Glück nicht vor und über allem steht oder die zumindest dieses Glück im Wirken für andere suchen und finden.

Amalie, nur ein Jahr jünger, war gleich schön, nur etwas blasser und zarter. Ihr hatte man den Beinamen Ophelia gegeben. Sie war außerordentlich musikalisch und liebte Bücher und die Unterhaltung. Seitdem sie ein erwachsenes Mädchen geworden war, litt sie, ja, sie litt (denn anders konnte man das wahrhaft nicht nennen) an einer verworrenen und hoffnungslosen Liebe zu einem Freund aus ihrer Kindheit, einem ungewöhnlich komplizierten und sehr kalten Menschen, der auch ein viel kräftigeres und widerstandsfähigeres Mädchen als diese Ophelia ins Kloster getrieben hätte. Amalie ging nicht ins Kloster, denn in unserer Zeit tat das niemand mehr – man schrieb das Jahr 1885 –, aber dafür litt sie um dieses Menschen willen, besser gesagt: sie litt an ihrer Liebe zu ihm, als würde sie von einer tückischen und verheimlichten Krankheit geplagt. Es ist ja bekannt, daß eine Wunde, die verheimlicht wird, schwer und langsam verheilt. Das einzige Wesen, dem sie ihr Liebesleid, das zwischen Verzweiflung und ebenso krankhaftem Entzücken wechselte, anvertrauen konnte, war eben ihre Schwester. Aber das war auch ein geduldiger Vertrauter, voll aufrichtiger Anteilnahme, voller Verständnis und unerschöpflich an Worten, die Trost und Erleichterung brachten.

Die beiden hatten sich eigentlich nie getrennt, von Kindheit an. Während ihr Vater in kleineren Garnisonstädten Ungarns und Galiziens lebte, waren sie im gleichen Internat bei Wien, und später tat er fünf Jahre Dienst in Prag und Wien. Dort vergingen ihre ersten Mädchenjahre.

Und nun bildete diese ungewöhnliche und schöne Fahrt durch die wilden Berge der Romanija und danach über die unendliche Glasinac-Ebene eine einzigartige Gelegenheit für eine besonders feierliche und lange Beichte, die die jüngere Schwester der älteren gegenüber in leidenschaftlichem und schmerzlichem Geflüster ablegte. Mit einemmal schluchzte sie bitterlich auf, begann zu weinen, und hier, inmitten der Ebene, die in hellem Sonnenschein lag, und angesichts der blauen Berge in der Ferne, erschien dieses Weinen noch schwerer und hoffnungsloser.

Die ältere Schwester zeigte stumm auf den unbeweglichen, breiten Rücken des Kutschers und erinnerte sie so daran, daß man vor dem Dienstpersonal den Empfindungen nicht freien Lauf lassen dürfe und zum Weinen noch viele Nächte und lange Tage in diesem wilden Lande blieben, sie zog sie dann zärtlich an sich, um sie zu beruhigen. Als sich das blonde Mädchen an der Schulter der Schwester lautlos ausgeweint hatte, erhob sie das Haupt. Ihr Gesicht sah in der Septembersonne verklärt aus. Und sie wechselten ein Lächeln, das sich in der Schönheit der Zähne und der Lippen und der hellen Augen ähnelte, aber wobei das eine Lächeln sagte: „Siehst du, es ist besser und leichter; ich sage ja immer, es wird besser werden!“ und das andere: „Es ist besser, Liebe und Einzige, besser, aber es schmerzt, und es wird immer schmerzen!“

So fuhren die beiden Schwestern über den ebenen Glasinac, entzückt von der Luft und der Weite der noch ungekannten Gegend. Um eine volle Fahrtstunde war der Landauer mit dem anderen Teil der Familie hinter ihnen zurückgeblieben.

Der Mittag nahte. Der Weg führte jetzt kaum merkbar abwärts: die ganze Hochebene bildete an dieser Stelle eine flache Mulde.

Hier empfanden sie das erstemal die Schwüle des Tages, der einem Sommertag glich. An der Seite sah man verstreut Ställe aus grauen Bohlen. Die leeren, einsamen Gebäude boten ein Bild völliger Verlassenheit. Nirgends Menschen und menschliche Behausungen, nirgends ein Baum, nirgends Felder, Vieh, nirgends Vögel in der warmen Luft. Aus dieser flachen Senke führte der Weg in einem sanften Bogen aufwärts. Die Pferde verlangsamten ihren Schritt und begannen lauter zu schnauben. Als sie schließlich den Wagen auf den höchsten Punkt hinaufgezogen hatten, zeigte sich wiederum die Ebene, aber nicht mehr so flach und einförmig. Es war nun eine Ebene, die leicht abfiel, und an beiden Seiten des Weges erschienen kleine Anhöhen und Hügelketten mit niedrigen Sträuchern in den Senken.

Auf einem Plateau rechts von der Straße wurden Menschengestalten sichtbar. Es waren zwei Frauen, Bäuerinnen, die sich mit etwas auf dem Boden beschäftigten. Beide Mädchen erblickten die Frauen im gleichen Augenblick. Als sie näher herankamen, bemerkten sie, daß ein kleines Geschöpf auf der Erde lag, um das diese zwei Frauen sich zu schaffen machten, und daneben stand ein ganz kleiner Junge.

Die ältere Schwester gebot sogleich dem Kutscher, er solle anhalten. Sie sprang vom Wagen und zog die unschlüssige Schwester nach sich. Als sie den mit Sträuchern bedeckten Abhang hinaufgestiegen waren, sahen sie neben einem beinahe abgebrannten Feuer ein Mädchen von vielleicht dreizehn oder vierzehn Jahren auf der Erde liegen. Die zwei Frauen und der Kleine starrten die beiden Fremden an, als wären sie eine Traumerscheinung.

Man sah gleich, daß das kleine Mädchen, das neben dem Feuer im Gras lag, schwerkrank war und fieberte.

Die Schwestern vermochten nur guten Tag zu sagen, aber sie wußten keine Worte weiter, mit denen sie sich hätten verständigen können. Sie riefen den Kutscher. Er ließ offensichtlich den Wagen nicht gerne auf dem Wege zurück; erst als er das Geschirr gesichert hatte, kletterte auch er auf das Plateau und übernahm die Aufgabe des Dolmetschers.

Das Mädchen war hier irgendwo im Gestrüpp von einer Schlange gebissen worden, als es die auseinandergelaufenen Schafe zusammentreiben wollte. (Beide Schwestern waren für einen Moment verwirrt und verängstigt, als wären sie selbst auf eine Schlange getreten.) Das erzählte die verweinte jüngere Frau, die Mutter, und während sie sprach, stieß sie immerzu laut den Atem aus, als trüge sie eine schwere Last bergan. Die ältere Frau war eine Beschwörerin, hier aus dem nächsten Dorf. Sie kniete neben dem Mädchen und flüsterte etwas vor sich hin.

Die Smilja, eine Serbin, Wahrsagerin und Beschwörerin für das ganze Gebiet, war eine starke Frau mit frischer Gesichtsfarbe und großen schwarzen Augen. Die unerwartete Ankunft der beiden Fremden verwirrte sie nicht im mindesten. Sie bewegte sich um die Kranke ohne die geringste Erregung, gefaßt, kaltblütig, aber ganz von ihrer Arbeit in Anspruch genommen und auf sie eingestellt, mit demselben ruhigen und zugleich mitfühlenden Gesichtsausdruck, den gute Ärzte haben und der auf die meisten Kranken einen so günstigen Einfluß ausübt. Nur daß in diesem Falle das alles überhaupt keine Wirkung haben konnte, denn vom Biß der Schlange bis zur Ankunft der Wahrsagerin waren über drei Stunden vergangen, und das Mädchen befand sich bereits in jenem charakteristischen Zustand der völligen Apathie. Die Augen geschlossen, der Mund krampfhaft zusammengepreßt, das Gesicht erdgrau, der Atem kurz, die Haut feucht und kalt. Die Beschwörerin hatte das alles sofort bemerkt, widmete sich aber um so eifriger ganz der kleinen, beinahe unsichtbaren Wunde am geschwollenen Bein. Ruhig und gesammelt beugte sie sich über die Bißwunde, als läse sie daraus. Mit dem großen Fingernagel am rechten Daumen zeichnete sie von Zeit zu Zeit um die Wunde eine gebrochene Linie gleich einem zuckenden Blitz; sie sollte jenen schwarzen Zickzackstreifen darstellen, der sich auf dem Schlangenrücken entlangzieht. Mit leiser und ruhiger Stimme sagte die Frau eintönig Verse auf, die man bald deutlich verstehen konnte, besonders wo sie sich reimten, und die sich dann wieder in einem betenden Geflüster verloren. Darauf hob sie den Kopf, rezitierte halblaut und wiegte sich über der Wunde hin und her:

„Früh ist Lena aufgestanden, früh am Sonntag,
aufgestanden, um das Heu zu häufeln.
Eine Schlange biß sie unterm Haufen!
Tränen weinte Lena,
doch da sprach die Tante:
‚Fürchte dich nicht, Lenka,
Mutter weiß ein Mittel:
Milch von einer Hirschkuh,
Milch vom roten Apfel!...‘"

Den Sprüchen folgte ein rhythmisches Skandieren völlig zusammenhangloser und unverständlicher, tief in der Kehle gebildeter Silben, die von einem feierlichen Blasen unterbrochen wurden, das die Frau unmittelbar auf die Wunde und dann in die Ferne, in alle vier Winde, richtete.

Als die Beschwörerin fertig war, erhob sie sich ruhig, als wäre nun alles in bester Ordnung, band den Knoten am Ende eines kurzen Handtuches auf, um ihm getrocknetes Schlangenkraut zu entnehmen, das noch mit Speichel angefeuchtet und auf die Wunde gelegt werden sollte.

Die ältere Schwester sah die harte und kaltblütige Frau finsteren Blickes an. Sie fühlte, daß man sich gegen diesen Aberglauben auflehnen und ihn verbannen mußte, daß man sich entschieden gegen ihre Zaubereien wenden und statt dessen vernünftig vorgehen und richtige Heilmittel verwenden sollte. Und dennoch stand sie da wie angewurzelt. Wie wenn sie, als sie aus dem Wagen gestiegen war, plötzlich in einem Tümpel, in einem zähen Sumpf gelandet wäre, durch den jeder Schritt große Anstrengungen kostete und in dem jeder Gedanke erstarb und versank, sobald er geboren war.

Sie mußte sich zusammennehmen und alle Kräfte anspannen, dann trat auch sie näher.

Das Mädchen lag auf der rechten Seite. Ihr weißes langes Hemd reichte bis über das Knie, das linke Bein war zur Seite gestreckt und schon ziemlich geschwollen. Die Wunde konnte man nicht sehen, aber sie mußte sich gleich oberhalb des Knöchels befinden, denn dort sah die Geschwulst blaugrünlich aus und weiter am Rande rot. Das Mädchen stöhnte, und von Zeit zu Zeit schüttelte sich der ganze Körper wie bei einem Schluckauf.

Die ältere Schwester betrachtete, nachdem sie sich der Kranken genähert hatte, lange und regungslos dieses geschwollene Bein. Ihre schönen schwarzen Augenbrauen bildeten jetzt einen einzigen Strich, und das gab ihrem Gesicht einen neuen, unnatürlichen Ausdruck. Gleichsam darüber erschrocken, trat die jüngere Schwester an sie heran und fragte leise und verwirrt: „Was macht man bei einem Schlangenbiß?“

Als hätte sie die Schwester nicht gehört, betrachtete Agathe weiter die Kranke.

Sie hatte Armut und Krankheit gesehen, als sie in den Wiener Randgebieten, zusammen mit den Angehörigen ihrer „Gesellschaft“, die Wohnungen der Armen aufsuchte. Aber dies hier war etwas ganz anderes und viel Schlimmeres. Dort wußte man immer, woran es mangelte und wie man, zumindest im Rahmen des Möglichen, helfen konnte. Dort handelte es sich um Kinder, die man verkommenen Eltern, Alkoholikern, wegnehmen mußte, oder es ging um Krankheiten, für die es Diagnosen und Rezepte, aber kein Geld für die Apotheke gab, oder um einen Kranken, der bessere Nahrung oder andere Luft brauchte. Aber was sollte man hier beginnen? Dieses Unglück war unübersehbar und unfaßbar. Die Brauen immer noch zusammengezogen, stellte Agathe schnelle und zahlreiche Fragen, die der Kutscher schwerfällig übersetzte.

Was sie bisher getan hätten? Na ja, sie hatten das Blut,

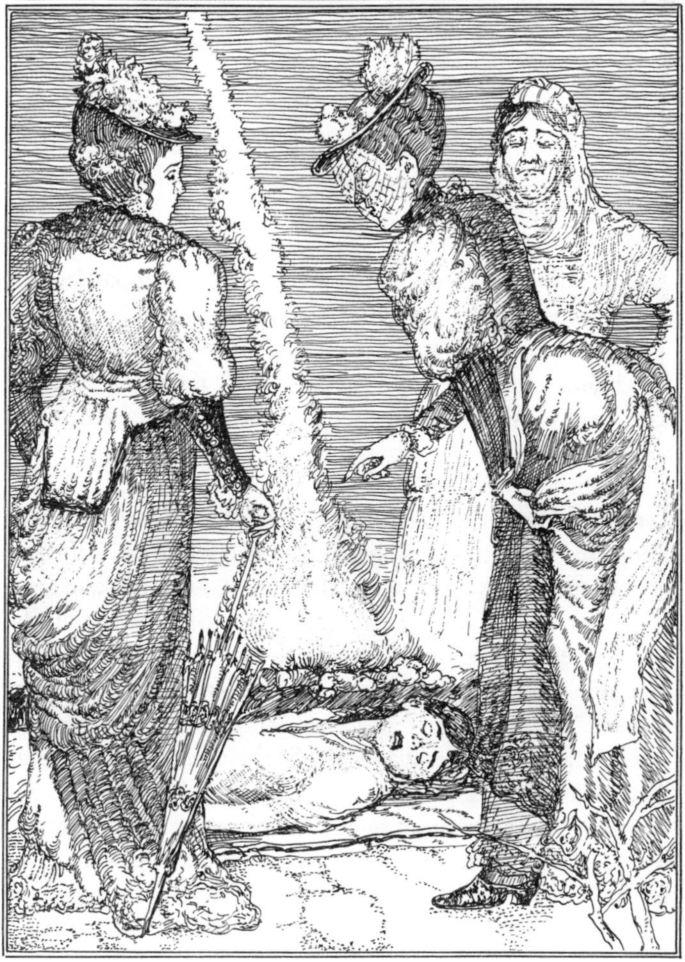

soweit es ging, aus der Wunde gedrückt, hatten das Bein über dem Knie abgebunden und einen Jungen, den älteren Bruder, ins Dorf geschickt, Branntwein zu holen. Die Frau, die unaufhörlich die Tränen und den Schweiß abwischte, zeigte mit der Hand unbestimmt in die Ferne, wo jenes Dorf liegen sollte. Nun warteten sie. Weiter konnte man nichts tun.

„Haben Sie vielleicht Rum oder Pflaumenschnaps?" setzte Agathe dem Kutscher weiter mit Fragen zu.

„Nein, gnädiges Fräulein. Wenn ich fahre, trinke ich nicht und führe keine Getränke mit mir."

Agathe hätte am liebsten diese Zauberin mit dem verschlossenen Gesicht fortgejagt und ebenso den Kutscher, der dastand, als freute er sich darüber, nichts zu haben und nichts tun zu können, und dann hätte sie gern die Ärmel hochgekrempelt, um richtig zu helfen. So stand sie machtlos da, unzufrieden mit sich selbst und mit allen, die sie umgaben.

„Man kann doch ein Menschenwesen nicht so sterben lassen", sprach sie halblaut vor sich hin, ohne zu wissen, an wen dieser Tadel gerichtet war.

Darauf kniete sie sich hin, befeuchtete ihr Taschentuch mit Kölnischwasser und begann der Kranken zärtlich Stirn und Gesicht zu wischen. Das Mädchen stöhnte nur noch mehr.

„Alkohol, freilich. Nur Alkohol kann sie retten", flüsterte sie, als wäre ihr endlich eingefallen, was zu tun war. Und dann wandte sie sich zu dem Kutscher hin: „Hören Sie, wenden Sie sofort, und fahren Sie so schnell wie möglich Papa und Mama entgegen. Holen Sie von ihnen das Fläschchen mit Kognak, und kehren Sie schnell wieder zurück. Aber schnell, hören Sie! Ganz schnell, ganz schnell!"

Aber Schnelligkeit war nicht Sache dieses Krainer Kutschers, dem alles, was das gnädige Fräulein da mit den bosnischen Bäuerinnen anstellte, phantastisch, übertrieben und völlig sinnlos erschien, geradeso, wie wenn sich die Herren Offiziere betranken und ihn dann antrieben, bei Sturm und Regen schnell über halsbrecherische Wege zu fahren. Er wendete den Wagen und fuhr zurück. Agathe schien es, als krieche er dahin.

Während dieser ganzen langen Zeit hatte Amalie beiseite gestanden und mit dem Gefühl, ungeschickt und überflüssig zu sein, verwirrt ihre „große“ Schwester betrachtet. Als sie nun allein geblieben waren, hatten sie Zeit, alles um sich herum besser zu beobachten. In der mittäglichen Hitze nahm sich die ganze Gruppe auf der durchglühten Ebene armselig und kläglich verlassen aus. Die Frauen standen wie versteinert da. Die Mutter blickte unablässig nach Westen, von wo der rettende Branntwein aus dem Dorf kommen sollte, aber es war ein so hoffnungsloser und schmerzlicher Blick, als läge das Dorf am anderen Ende der Welt. Die Beschwörerin wartete gelassen die Wirkung ihrer Zauberei ab. Der Junge schaute stumpfsinnig vor sich hin, und das Mädchen lag da in seinem langen Hemd, das von Erde und Gras beschmutzt war, mit dem ausgestreckten geschwollenen Bein.

„Wird sie sterben?“ fragte erschrocken die jüngere Schwester die ältere.

„Wenn es uns gelingt, ihr rechtzeitig genügend Alkohol zu geben, wird sie nicht sterben“, antwortete sachverständig die Ältere.

Es herrschte vollkommene Stille, nur vom leisen und eintönigen Wimmern der Kranken unterbrochen. Die Sonne brannte. Der Kutscher war irgendwo in der grauen Ebene untergetaucht. Es schien, als stünde die Zeit still, schwer und unbeweglich wie auch das Elend und die Krankheit, die sie umgaben.

„Mein Gott, Agathe, mein Gott, was ist das für ein Leben! Und was für ein Land und was für Menschen!“ flüsterte die jüngere Schwester, nur um ihre eigene Angst zu unterdrücken.

Agathe schaute in die Ferne, aus der der Wagen kommen sollte. Die Mutter wischte unaufhörlich und mechanisch ihre unsichtbaren und unversiegbaren Tränen.

Die Kranke verschluckte sich plötzlich, ein heftiger Krampf krümmte ihren Körper, und dann erbrach sie sich, ohne den Kopf vom Boden zu erheben. Die Mutter trat heran und hob ihr den Kopf, und Agathe wischte mit ihrem kleinen Taschentuch dem Mädchen den Mund ab. Noch einige Male schüttelte der Krampf den ganzen Körper, dann beruhigte sich die Kranke, wurde totenblaß und atmete in kurzen Zügen. Agathe hob das Hemd hoch und bemerkte, daß auch der Leib zu schwellen begann. Von dem Mädchen stieg ein starker und quälender Geruch von menschlichen Ausscheidungen auf, denn die Nahrung drängte überall aus ihr heraus.

Agathe erhob sich, hielt die Arme ausgebreitet und fragte mit Zeichen, ob irgendwo Wasser zu finden sei. Im Gras lag ein Krug, aus dem sie noch die letzten Tropfen ausgoß. Sie antworteten, daß es nirgends Wasser gebe.

Als sie ein Löffelchen verlangte, um dem Mädchen die krampfhaft zusammengebissenen Zähne auseinanderzuzwängen, dauerte es lange, bis sie sich mit Zeichen verständigt hatten; wieder lautete die Antwort, sie hätten keines.

„Nichts, aber auch nichts gibt es hier", flüsterte Agathe und wischte die Hände an dem Taschentuch ab, das die Schwester ihr reichte.

Auch ihr guter Wille brach am allgemeinen Mangel und an der Unmöglichkeit, etwas zu unternehmen.

Da sie sah, daß nichts vorhanden war und daß man wirklich nichts Vernünftiges und Nützliches tun konnte, faltete Agathe die Hände im Gefühl völliger Ohnmacht, das immer mehr in ihr anwuchs, und blickte fragend und bittend zur Beschwörerin Smilja hin, die auf dem trockenen Gras und der verdorrten Erde saß, unerschütterlich ruhig und in ihrem Glauben sicher, daß ihre Heilmittel und Beschwörungen helfen würden und helfen müßten, wenn dies nur nach dem Willen des Herrn sei. Agathe betrachtete nun diese Frau schon mit milderen Augen, und es kam ihr beinahe in den Sinn, sie zu bitten, doch wenigstens zu beschwören und ihre Zaubersprüche herzusagen, wenn schon nichts anderes getan werden konnte – nur um nicht so gleichgültig dazusitzen, während das Gift arbeitete und von Minute zu Minute stärker in dem Kinderkörper wütete.

Die jüngere Schwester ahmte in allem die ältere nach. So standen nun beide und warteten mit gefalteten Händen, wie auch die beiden Dorffrauen, auf die Hilfe, die kommen sollte. Jetzt bekamen auch sie allmählich das Gefühl, als ständen sie von jeher so verlassen, hilflos und gelähmt unter dem endlosen Himmel, auf der unübersehbaren Ebene mit den kümmerlichen Viehweiden, ohne irgendein sichtbares Zeichen menschlicher Behausungen und ohne irgend etwas von Menschenhand Geschaffenes außer einem grauen, verfallenen Stall, der sich wie eine tragische Kulisse ausnahm. Sie kamen sich selber elend und arm vor, seit langem in ein Schauspiel von wildem Hirtenleben einbezogen, mit bleierner Schwere im Gehirn, dicht über den Augen, und in allen Gliedern, unbeweglich, mitbetroffen von einer allgemeinen Lähmung, in der nur jenes verdeckte Übel in dem Kinde lebte, wühlte und verheerte, ohne daß ihm Widerstand geleistet wurde.

In der Stille wischte die Mutter weiter die Tränen und den Schweiß ab, und zwischen leisen und gleichmäßigen, aber hörbaren Atemzügen stieß sie kurze Klagen aus, von denen die Mädchen nicht ein einziges Wort, doch den ganzen Sinn verstanden.

„Oh, ich Unglücksweib! Huuu, alles Unglück kommt über mich! Uh, zum Unglück verdammt bin ich!"

Dann hob sie wieder den Kopf und suchte irgendwo am Horizont den Jungen, der vor vollen drei Stunden nach Branntwein gegangen und so langsam war, als hätte man ihn nach dem Tod geschickt.

Schließlich tauchte auf der Straße der hellgelbe Wagen auf. Agathe winkte nervös mit dem Taschentuch dem Kutscher zu, er solle sich beeilen, aber der war faul und schwerfällig geboren, und nichts vermochte ihn zu verändern. Er brachte ein flaches Fläschchen aus Kristall, mit einem silbernen Verschluß, der zugleich als Trinkbecher diente.

Nur mit Mühe gelang es ihnen, den starren Mund des Mädchens zu öffnen. Agathe flößte dem Kind in der Angst, es könnte sich erbrechen, langsam und vorsichtig den Kognak ein. Sobald die Kleine sich verschluckte, setzte sie das Fläschchen gleich wieder ab. So leerten sie das Fläschchen schließlich bis auf den Grund. Schon nach zehn Minuten brachen dem Mädchen Schweißperlen auf der Stirn aus, dann wurden die Augen klarer, und die Wangen bekamen etwas Farbe.

Mit Hilfe des Kutschers erklärte Agathe den Bäuerinnen, sie sollten das Mädchen keinesfalls einschlafen lassen, sollten ihm die Stirn und die Brust reiben und ihm von Zeit zu Zeit die Arme heben, um den Atem und die Herztätigkeit zu beschleunigen. Die Bäuerinnen nickten zu allem und nahmen es auf, vermochten sich aber in ihrer Verwunderung gar nicht recht zu bedanken und zu verabschieden. Die ganze Gruppe blieb unverändert, nur daß die zwei ungewöhnlichen, fremden Erscheinungen in den leichten und hellen herrschaftlichen Kleidern fehlten.

Die Mädchen stiegen schnell ein, und der Wagen rollte weiter auf der Straße in die Ebene hinein. Hinter ihnen in der Ferne erschien bereits der schwarze Landauer, schwerfällig und grau vom Staub.

Die Gegend, die sie nun erreichten, wurde immer welliger. Die Ebene wogte auf und nieder. Die Hitze nahm noch zu. Zu beiden Seiten des Weges sahen sie rote karge Erde, und mehr und mehr beherrschten niedrige, unansehnliche Sträucher das Bild: Wacholder, Schwarzdorn, Hagedorn und namenloses Gestrüpp dicht an der Erde. Die Umgebung verlor jäh die Größe und die melancholische Schönheit, die stets der Erde eigen sind, wenn sie sich in einer fernen, unendlichen Linie mit dem Himmel verbindet und sich von ihm abhebt, und sie wurde düsterer und zerrissener, arm und reizlos.

Die Pferde trabten immer schneller. Der Kutscher trieb sie an, weil er dem Landauer erneut entrücken wollte, damit die Staubwolke seines Wagens die Herrschaften nicht belästige. Etwas nach vorn geneigt, jagte der leichte Wagen in dem weichen Straßenstaub fast lautlos dahin.

Die Schwestern blickten in niedergedrücktem Schweigen, in der Schwermut dieser Gegend und des drückenden Nachmittags vor sich hin. Wie leicht und schön war der frische Vormittag auf der Glasinac-Ebene gewesen, als sie beide von allem und nichts geplaudert und Amalie sich ein wenig über ihre unglückliche Liebe ausgeweint hatte. Agathe blickte starr auf die beiden metallenen Uniformknöpfe auf dem Rücken des Kutschers, und von Zeit zu Zeit zog sie ihre schmalen schwarzen Augenbrauen zusammen, genauso wie sie es kurz vorher neben der Kranken getan hatte. Das verlieh ihr einen völlig neuen, einen kalten und erschreckenden Ausdruck. Amalie, die heimlich und ängstlich zu der Schwester hinblickte, fürchtete sich vor diesem Ausdruck und wollte etwas sagen, um das quälende Schweigen, das sich auf sie gelegt hatte, zu brechen, aber sie wagte es nicht – sie fürchtete, die große und kluge Schwester noch mehr zu betrüben. In dieser Unschlüssigkeit legte sie ihre Hand langsam auf die Agathes. So, als wäre es das Zeichen dafür gewesen, ließ Agathe ihr dunkles Haupt auf die Schulter der Schwester sinken und schloß die Augen. Amalie betrachtete sie verstohlen von der Seite und sah, wie ihre Lippen zuckten und hinter den dichten Wimpern Tränen quollen. Gerührt und ungeschickt zog sie die Schwester an sich und flüsterte ihr zu: „Nein, nicht, weine nicht. Wozu weinen? Du darfst nicht weinen. Du bist meine Schöne, Große, Kluge."

Auch sie wies jetzt, ungelenk die Bewegungen nachahmend, die sie vorher bei der älteren Schwester gesehen hatte, auf die Anwesenheit des Kutschers und bat mit stummem Mienenspiel, sie solle nicht laut weinen.

Agathe fuhr schnell hoch, trocknete die Augen, aber gerade da brachen die Tränen mit aller Gewalt hervor, unaufhaltsam, und wiederum ließ sie den Kopf auf die Schulter der Schwester sinken und flüsterte gedämpft und stokkend:

„Ach, ich habe dir schon in Wien gesagt, in was für ein Land wir fahren. Nun hast du gesehen, wie sie sind. Nirgends etwas auf der weiten Welt... Ich habe immer davon gesprochen, wieviel Armut es hier gibt und wieviel Wildheit, wieviel Häßliches und wieviel unausgesprochenes Leid. Immer habe ich es dir erzählt, immer. Und dennoch, es ist alles noch düsterer und schlimmer. Das ist furchtbar, furchtbar!"

„Gathi, faß dich, um Gottes willen, Gathi“, versuchte die jüngere Schwester, erschrocken und verwirrt, die ältere zu beruhigen. „Sei kein Kind! Entsinnst du dich, wie Graf Prokesch zu dir sagte, du gingest zu weit, und wie er dir das türkische Sprichwort wiederholte: ‚Ohne Augen bleibt, wer der ganzen Welt wegen weint.‘ Und er hatte lange im Orient gelebt. Überall gibt es Armut und Zurückgebliebenheit, besonders aber in diesen Ländern hier, was kann man da tun?“

„Ach, nichts, freilich nichts... Das heißt, man könnte es, man müßte es. Jemand müßte etwas tun, wenigstens etwas. Denn so hier kann man unmöglich leben, weder wir noch sie. Das ist unfaßbar, furchtbar.“

„Du bist nicht daran schuld und ich auch nicht“, sagte die jüngere Schwester mit ungeduldiger und bittender Stimme, selbst schon dem Weinen nahe.

„Nein, nein, wir sind nicht schuld daran“, antwortete die ältere Schwester mechanisch, verbesserte sich jedoch sofort: „Das heißt..., was weiß ich! ‚Wir sind nicht schuld!‘ Natürlich, das ist sehr leicht gesagt; so kommt am Ende dabei heraus, daß niemand schuld ist, und dabei siehst du, wie man hier lebt und was sich hier tut. Selbst hast du es gesehen, mit eigenen Augen. Jemand muß doch schuld daran sein, denn wie könnte es sonst ein solches Elend geben. Ein solches Elend!“

Die jüngere Schwester liebkoste die ältere und drückte ihr mit kindlichen Bewegungen beide Hände bald auf den Mund, bald auf die Augen, von dem Wunsch beseelt, ihr Weinen auszulöschen wie ein Feuer. Dabei fing sie selbst an zu weinen, irgendwie aus Scham, aus Ärger und Trauer über die Tränen der Schwester, getrieben von dem unbewußten Egoismus junger, schöner und verwöhnter Frauen, die Tränen nur in Verbindung mit ihrem eigenen Schmerz verstehen und ertragen. Sie hatte bloß einen Wunsch: daß dieses Weinen der Schwester aufhörte und dieses Reden über Elend und Unglück verstummte. Sie drückte den Kopf der Schwester immer fester an den ihren und flüsterte vorwurfsvoll und ärgerlich unter Tränen:

„Weine nicht, Gathi. Ich beschwöre dich, beruhige

dich! Der Kutscher hört zu. Ich verstehe dich nicht. Lohnt es denn, Bosniens wegen zu weinen? Weine nicht, ich bitte dich! Ich kann dich nicht weinen sehen. Ich kann nicht!"

So fuhren die beiden Schwestern, umschlungen, gemeinsam Tränen vergießend, den Kutscher und die ganze Welt vergessend, durch die Glasinac-Ebene, die hier bereits aufhörte und in eine zerklüftete Berglandschaft überging. Die Straße führte steiler bergab, und das Dickicht am Rand wurde immer dichter. An den Rädern fingen die Bremsen zu schleifen an.

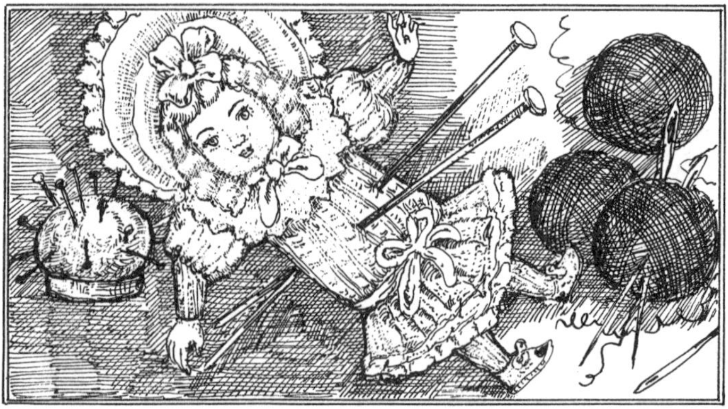

Anna Seghers

Die Ziegler

An einem Herbstnachmittag, welcher die Lichter der kleinen Stadt eher beschwichtigte als hervorlockte, stand Marie, das Geld für die abgelieferte Strickware in der Hand, vor der zugeschlagenen Tür im Treppenhaus in der Betzelsgasse. Sie preßte die Hand zu und stieg eine Treppe tiefer. Es war fast dunkel. Die Messingkugeln auf dem Geländer glänzten, die roten und blauen Scheiben im Treppenfenster hatten geglüht, wie sie heraufgestiegen war; jetzt waren sie trübe. Sie trat in das Fenster, zählte ihr Geld hin und steckte es ein. Sie stieg weiter, ganz langsam, bis zum nächsten Absatz, da blieb sie wieder stehen. Sie sah sich um; die Messingkugeln waren jetzt schmale Halbmonde. Sie zögerte, als erwarte sie etwas. Ihr Herz zog sich zusammen vor Angst oder vor Kummer. Sie beugte den Kopf und wartete. Es kam aber nichts. Langsam und widerwillig zog sich ihr Herz zurecht. Sie verstand gar nichts, sah sich verwirrt um und drückte sich dicht an das Fenster. Sie preßte ihr Gesicht an das einzige helle Glas unter den vielen bunten. Zwischen den angrenzenden Häusern war ein Hof, gegen die Mauer gestapelte Säcke, eine Laterne, ein ausgespannter Wagen; ein Arbeiter wartete auf den anderen, dessen Arme in die Jacke fuchtelten. Sie sah hinunter, bis er die Arme in den Ärmeln hatte, dann lief sie auf die Straße.

Die Laternen waren schon an. Bebautes Land war so nahe, daß es nach Herbst roch. Auf dem offenen Platz vor den Schaufenstern ratterten die letzten Läden herunter. Sie lief schneller, weil sie fror. Vor ihr her liefen zwei Mädchen, lachten und schlenkerten. Sie erkannte von hinten ihre roten und dunkelblauen Mützen. Sie hatten letztes Jahr in der Schule vor ihr gesessen. Sie erschrak und ging langsam. Aber die Mädchen blieben stehen und sahen sie an. „Ach, Marie!" Die Mädchen standen schön und aufrecht auf hohen, hellen Beinen. „Was machst du denn jetzt?" – „Ich helf zu Hause." Die Mädchen betrachteten sie, sie preßte den Mund zu. Die Mädchen kannten auch noch ihr Kleid, ihr Halskettchen, ihren Scheitel, ihre hellen Brauen. Alles war wie vor Ostern, nur ein bißchen verschwommen. Sie wurden verlegen und gaben sich die Hände.

Im eigenen Hausflur stand ein Geruch von angebranntem Fett. Sie spürte plötzlich nur ihren Hunger, sonst gar nichts. Sie schellte, fuhr wartend mit dem Zeigefinger die Buchstaben auf dem blankgeriebenen Schild nach: Ziegler. Im Wohnzimmer unter dem Spiegel auf dem Sofa saß ihre Schwester Anna und ein junger Mensch, Annas Verlobter. Anna trug eine weiße frische Bluse und einen enggezogenen Gürtel. Sie war ein schönes Mädchen. Ihr Gefährte hielt ihre Hand und strich mit dem Daumen über die Handfläche, da glänzten ihre Augen. Die Falte auf seinem übergeschlagenen Bein lief in einem festen Strich durch das leere, angedunkelte Zimmer. Marie schlupfte in die Küche. Der kleine Bruder lernte hinter dem Tisch. Sein rundes, bleiches Gesicht schwebte über dem Tisch wie ein kleiner Mond, aus dem genug Helligkeit auf das Heft fiel. Die Mutter zerhäckelte Heringe zu Salat, sie fragte: „Ist was nachbestellt!" – „Friedlers ja und Karstens nein." Marie sah starr auf die Hände der Mutter, die das Ei in dünne Scheiben zerschnitt und ein Muster auf den Salat drückte. Da, wo der Hunger gewesen war, war jetzt etwas Klebriges, Widerwärtiges.

Sie gingen zusammen hinüber. Die jungen Leute setzten sich vom Sofa an den Tisch, der Mutter gegenüber. Die beiden Kinder drückten sich an die Wand, still und flach, als wollten sie den Raum sparen. Der Vater kam herein. Er hatte im Schlafzimmer gesessen, am hinteren Fenster, und hinuntergesehen auf das weiße, kahle Hofviereck. Er war ein wenig eingeschlafen. Als er aufwachte, war es dunkel und nichts verändert. Nur unter der Tür war ein heller, dünner Streifen. Da bekam er Lust auf Licht und ging hinüber.

Er setzte sich nicht an den Tisch, sondern aufs Sofa, als hielte auch ihn etwas zurück, den Raum in der Mitte zu schmälern. Der junge Gintler hätte ungern die Hand des Mädchens losgelassen, aber es waren auf einmal so viele Gesichter in diesem Zimmer, dicht bei ihm. Als ob sie sein Unbehagen erraten hätten, drückten sich die Kinder tief in die Wand hinein und der Vater ins Sofa; da dachte er: Ich werde wohl bleiben.

Marie ging leise herum und deckte sachte den Tisch. Bevor man ihre Hände sah, waren sie schon weggezogen. Alle fuhren zusammen, als es schellte: der ältere Junge. Jetzt war es voll und eng. Seine langen Glieder flochten sich durch das Zimmer. Auf dem Boden gab es eine Spur von lehmigen Sohlen. Er lehnte sich neben die Geschwister, sah fest dem Bräutigam ins Gesicht und trat an den Tisch. Da, wo er gelehnt hatte, war jetzt auf der Wand ein feuchter Fleck. Alle sahen hin. Der junge Gintler ließ die Hand des Mädchens los. „Ich muß ja wohl jetzt heimgehen." Als er gegangen war, setzten sich alle zum Essen um den Tisch. Sie zögerten einen Augenblick, das Muster aus Eierscheiben in der Schüssel zu zerstören. Die Mutter langte zu. Unter ihrem ruhigen Blick kam etwas Festes, Ordentliches in alle Sachen, etwas Sattes in die Speisen. Nur der ältere Junge aß für sich allein mit vorgebeugtem Hals. Er schrappte seinen Teller, sah den leeren Teller mit zugekniffenen Augen an, fuhr fort zu scharren, böse, wie ein Hund scharrt.

Endlich sagte der Vater, als ob es nichts Besonderes wäre: „Hör doch auf mit dem Schrappen." Der Junge legte den Löffel hin, nachdem er noch einmal hart über den ganzen Teller gefahren war, und lachte mit bösen, blanken Zähnen.

Morgens schloß Marie die Werkstatt auf, die zu ebener Erde hinter dem Hof lag, sie zog die Läden hoch und struppte den Sack von der Maschine. Sie drehte mit dem Fuß das Rad an. Der Tag zischte los mit Fi, Fi, das fad und dünn wurde, wie das ewige Zirpen einer Grille. Ihre Hände lösten die Hebel ab, verwickelten sich in eine wütende Folge von Griffen. Zwischen den Klammern fing das Stück rostrotes Gewebe mit einem Ruck zu leben an. Auf der Walze, auf Mariens Händen lag schon ein feiner, rötlicher Wollstaub. Ihre Hände waren vergessen, wie abgeschnitten.

Sie sah den Briefträger über den Hof kommen und runzelte die Stirn. Der Briefträger legte Post auf den Tisch und sah lächelnd mit zu. Marie drückte ihn in den Hof zurück mit einem bösen Blick. Kleine, helle Hämmerchen klopften ihre Stirn, die Sonne stellte ein wenig Licht in das Hoffenster. In den Gestellen an der Wand blühten die Wollvorräte auf in glühenden nutzlosen Farben. Jemand schlürfte über den Hof, der Vater. Er setzte sich vor das Pult, mitten in die flimmernde Wolke von Sonnenstäubchen, und machte die Post auf. Im vorigen Winter hatten sechs Mädchen in der Werkstatt gestanden. Marie hatte an Ostern die sechste abgelöst. Der Vater warf die Post zurück und kniff die Augen zu. Da gab es noch Marie, und in den Gestellen leuchteten rot und blau die Reste von Wollvorräten. Er sagte: „Warum haben Karstens nicht bestellt?“ Marie sagte: „Eins kann doch nicht immerzu als was bestellen.“ Der Vater sagte rechthaberisch, als streite er mit den widerspenstigen Karstens: „Solche Einzige müssen doch was bestellen, wir kommen bei den anderen nicht nach.“ Er fügte hinzu: „Die Mädchen sind alle zu Matthäus gegangen.“ Marie sagte: „Wir kommen vielleicht doch nach.“ Der Vater stand auf und fühlte mit der Hand in die Gefächer. Er kreiste rund um Marie herum, blieb irgendwo hinter ihr stehen und betrachtete ihren

Rücken, der sich gleich zusammenkrümmte. Er fing von neuem an: „Es ist schon ganz kühl hier und mittags ganz dunkel. Droben in der Wohnung wäre es viel besser für dich, viel wärmer. Es bleibt auch länger hell. Man könnte zum Beispiel die Maschine gegen das Schlafzimmerfenster stellen. Man kann das hier vermieten. Die Gestelle gehen gut herauf, und du, Spätzchen, du nimmst ja gar keinen Platz weg."

Er berührte ihr Haar, Marie fuhr zusammen, weil sie nicht gemerkt hatte, daß er so nah hinter ihr war. Der Vater zog die Hand zurück und wartete. Marie sagte: „Ja, das kann man." Der Vater entfernte sich über den Hof, nicht mehr schlürfend, mit leichteren, jüngeren Schritten.

Das helle Wölkchen vom Sonnenstaub rückte von seinem leeren Stuhl weiter, erreichte Marie, umschloß ihren Kopf, ihre Schultern. Da war es ihr warm auf den Augenlidern. Hinter dem Fenster auf dem Hof in einem viel zu harten Sonnenschein standen ein paar Frauen mit Milchkannen. Die lachten wie verrückt, sie schüttelten sich vor Lachen. Dann war es vollkommen still. Auf einmal zog es sich in ihr zusammen wie gestern abend, ein Unglück mußte doch ganz nah sein oder ein Gram, sie spürte ja schon die scharfe Kante von etwas Schwerem, Hartem. Sie konnte sich aber nicht ganz genau besinnen, weil sie zu müde war. Alle Müdigkeit kam aus einem winzigen Punkt zwischen ihren zwei Augen. Ohne den hätte sie fliegen können. Dann rief die Mutter aus dem Schlafzimmerfenster: „Marie, essen!"

Droben waren alle gut zu ihr. Sie war erleichtert zwischen Bruder und Schwester am ruhigen Mittagstisch in einen festen Ring gefaßt. Die Mutter faltete nachher das Tischtuch, legte es aber nicht in die Schublade, sondern nahm auf einmal, als ob sie damit etwas Besonderes vorhätte, das Brot aus dem Korb zurück, den Anna heraustragen wollte. Sie legte aber das Brot auf den Stuhl und setzte sich aufs Sofa. Die Kinder betrachteten aus der Tür die Mutter. Die stemmte die Arme rechts und links auf das Sofa und wiegte den Oberkörper hin und her und bewegte die Backen, als kaue sie Tränen. Der Kleine kam furchtsam zu ihr heran und berührte ihr Knie. Da packte ihn die Mutter mit ihren beiden Händen an den Schultern und schüttelte ihn hin und her. Sie ließ ihn gleich los, aber das Kind bebte in seiner verrutschten Bluse, als würde es immer weiter geschüttelt. Da sah ihn die Mutter an, ihr Blick wurde jetzt fester, zog ihn wieder an sich, streichelte ihn und drückte sein Gesicht an das ihre. Sie erblickte jetzt auch verwundert das Brot auf dem Stuhl und hob es auf. Sie richtete sich ganz hoch mit ihrem alten ruhigen festen Blick, als fordere sie die Dinge auf, die eben durcheinandergefallen waren, wieder an ihre Plätze zurückzukehren.

In der Werkstatt lag der Staub wie heller Flaum auf den Wänden. Marie hatte aber kaum begonnen, als alles tot und grau wurde. Auf der Mauer lagen rote Tapfen von Sonne, Marie hing sich daran, hätte sie an sich ziehen mögen, tief in sich hineinstopfen, wo es ganz hohl und leer war. Sie struppte den Leinwandsack über die Walze. Der ältere Junge lief über den Hof, drückte sein Gesicht gegen das Fenster und riß das Maul auseinander. Marie graulte sich, da riß er erst recht. Auf einmal war er weg. Marie trat hinaus und sah sich furchtsam um in dem leeren stillen Hof. Da war sein Gesicht über der Hofmauer.

Der Junge rannte die Gasse hinunter auf den freien Platz, schnaufte und dachte nach, er sah rund um sich in die Öffnungen der kleinen, krummen Gassen und dann aufwärts gegen den wolkigen, kaum gestirnten Himmel. Er rannte los. Aus irgendeinem entfernten Wald trieb der Wind durch die leere Stadt ein paar Buchenblätter. Auf der Eisenbahnbrücke am Geländer klebten ein paar Buben, sie starrten hinunter in den Bahnsteig, der schon für den Spätzug erleuchtet war. Sie warteten, bis der Zug kam und wieder abfuhr in die windige unerschöpfliche Nacht. Wenn sie sich eilten, konnten sie dann von den Wällen aus noch einmal denselben Zug über die Flußbrücke in die Ebene hineinschießen sehen, mit einem hellen Schweif auf dem Wasser. Sie stiegen die Wallstraße hinauf. Sie liefen weiter gegen die Kaserne. Zwischen der Rückmauer und dem Wall drückten sich schon ein paar herum, weil da die Kantinenfenster waren. Da war auch eine freche, ruppige, strohfarbige Elise und eine kleine Bucklige, über die man schon von weitem die Soldaten lachen hörte. Hinter dem Drahtgitter im Hellen bewegten sich dicke, weiße Hände und klobige, lachende Köpfe. Wie eine durch ein Sieb gepreßte Masse quoll durch das Gitter ein dicker Schwaden von Hitze, Schweiß- und Suppengeruch. Durch den Spalt zwischen Gitter und Fensterbrett wurden zuck, zuck Scheiben Kommißbrot geschoben, manchmal mit einem Happen Schmalz. Elise brachte ihren dürren Arm unter dem Gitter durch, die Soldaten zerrten, um mehr von ihr zu kriegen. Auf einmal ging im Innern der Kaserne etwas vor, Geschirr klirrte, alles rannte nach hinten. Das Licht ging aus, und die Fenster flogen zu. Elise brachte mit glänzenden Augen ihre rote, zerschundene Faust voll zerquetschtem Brot an sich.

Zwischen Wall und Mauer war es jetzt kalt und dunkel. Sie liefen vor dem Wind in den Wallgraben. In seinem Innern wuchs ein Gestrüpp, das von oben schwarz und grundlos aussah, wie eine Untiefe. Die kleine Bucklige kroch ein Stück bergab, kam aber wieder. Dann krochen Elise und noch einer und blieben drinnen. Dann kletterte ihnen noch einer nach, und der erste kroch wieder heraus und hockte sich hin und starrte zurück in das dunkle, verquollene Gestrüpp. Der Junge wäre jetzt auch gern hinuntergestiegen. Er hätte auch gern den Zurückgekehrten gefragt, der war aber so verkniffen und merkwürdig, daß er gar nicht fragte und alles zum nächsten Mal aufschob.

Wie er dann später in die Stadt zurückkehrte, durch die stillen ausgelöschten Gassen, legten sich ihm die vollen Mitternachtsschläge schwer aufs Herz. Er erschrak auch, weil vor der Haustür jemand wartete. Dann waren es aber nur die Schwester und der Verlobte. Sie ließen sich los und starrten in das von Fett und Erde beschmierte Gesicht des Jungen. Anna ließ ihn hinein. Sie öffnete die Wohnzimmertür und legte sich aufs Sofa, und er ging durch die Küche, die leise klirrte, und legte sich in die Kammer zu seinem kleinen Bruder.

Marie rückte den Tisch an die Wand, kletterte hinauf und räumte die Wolle aus den oberen Gefächern, sie trug das Zeug durch den Hof, so schnell, daß die Frauen mit den Milchkannen gar nicht verstanden, was sie herumtrug. Der Vater öffnete ihr verwundert die Tür, als hätte er die Abmachung vergessen. Er nahm die Sachen ab und streichelte ihren tiefgesenkten Kopf. Er legte alles auf die Bank, auf der Marie zu schlafen pflegte, am Fußende der beiden schwarzen, großen Betten. Er sah sich unschlüssig um, dann fing er an zu erklären, wie sich in diesem Zimmer alles verändern sollte. Er streckte den Arm aus und beschrieb mit dem Zeigefinger die künftige Linie der Gestelle. Marie hob den Kopf nur ein wenig, als bereite es ihr Anstrengung, dieser Beschreibung zu folgen. Dann brach der Vater ab und fing schnell an, die Photographien von den Nägeln zu reißen. Als er die erste Photographie herunterriß, fiel das Drückende, Schwere von ihm ab, das das ganze Jahr sein Herz zerquält hatte. Er klapperte mit seinen flink gewordenen Händen in den Bildern herum. Marie trat aus der Tür und räumte das Wandbrett ab. Sie schleppten zusammen den Waschtisch um die Betten herum und steckten die Vorhänge hoch. Marie preßte den Mund zu, ihre Stirn glänzte, aber der Vater pfiff und lachte, wenn das Möbel anstieß und ein Stückchen Tapete abfetzte, und er spuckte sich auf die Finger und klebte es wieder an. Dann lief er auf einmal weg, um Nachbarn zu holen, die ihm helfen sollten, die Gestelle und die Maschine heraufzuschleppen. Rund um den Hof klappten die Fenster hoch, um zu sehen, was da drunten gerollt und geschrien wurde. Denn der Vater, der sich sonst abseits hielt und leise auftrat, lärmte jetzt in den hellen Sonnenschein, schrie mit rotem Gesicht seine Anordnungen und klatschte in die Hände. Als dann die Männer gegangen waren, setzte er sich auf ein Bett, obgleich er beim Tragen nicht geholfen hatte. Er deckte sein Gesicht mit den Händen zu. Marie sah auf ihn hinunter, sie hatte vielleicht noch nie seinen Kopf ganz von oben gesehen, weil er ein großer Mann war, die Haut war weiß wie Wachs, die Haarbüschel waren vergilbt und an den Spitzen wie versengt. Er stand seufzend auf mit seinem alt und schwer gewordenen Körper. Er sah sich um, erblickte die Gestelle und die Wolle und die Maschinen, das ganze Zimmer voll, und erschrak. Sein Blick fiel auf den Pack Photographien auf dem Nachttisch, er griff darin herum, da sagte Marie: „Sie kommen schon." Die Mutter und Anna kamen vom Markt heim. Sie blieben verwundert vor dem Wohnzimmer stehen, das sie geputzt hatten, bevor sie weggegangen waren. Jetzt war es schmutzig und vertreten. Der Vater trat in die Tür und sagte ruhig: „Wir sind schon mit allem fertig." Die Mutter sah sich mit aufgerissenen Augen um, schwieg und drückte die Türklinke fest in der Hand. Dann sagte sie: „Ihr hättet die Betten zudecken sollen." Sie sah einen Riß in der Tapete und fuhr mit dem Daumen herüber. Sie sah sich noch einmal, ernster, um, aber nichts richtete sich, alles blieb, wie es war, rot und blau und gelb und kreuz und quer. Da drehte sie sich um und ging ins andere Zimmer. Marie fing an einem Ende an aufzuräumen. Der Vater fragte: „Marie?", vergaß, wonach er sie fragen wollte, und sah sie nur an. Er sah sie an, wie man jemand ansieht, vor dem man sich gar nicht schämt, er hatte solche Angst in den Augen.

Die Schwestern fegten die Werkstatt. Jetzt, wo sie leer war, war sie ein großer, luftiger Raum. Anna redete immerfort von dem jungen Gintler. Marie wünschte sich, sie möchte zu reden aufhören. Die Tage waren rundherum fest geschlossen, sie hatten vielleicht irgendwo einen Spalt, durch den man durfte, wenn man was vorzeigte. Anna zeigte ihr schönes Gesicht und wurde durchgelassen.

Droben hatte die Mutter auf den gedeckten Tisch das Veilchensträußchen gestellt, das der junge Gintler gebracht hatte. Alle um den Tisch aßen müde und langsam. Nur der Junge tippte an die Veilchen und lachte mit bösen, jungen Zähnen, weil etwas anders war.

Drunten lagen die grauen, toten Fenster der Werkstatt – schon vergessen. Aus dem näher gerückten Himmel kam ein roter Abfall aufs Fensterbrett, auf Mariens Arme. Der Vater war in die Stadt gegangen, um mit Matthäus wegen der Novemberlieferung zu sprechen. Der Kleine lernte am Küchentisch. Der junge Gintler saß schon neben Anna auf dem Sofa, hielt ihre Hand und wünschte sich ihre Brust, ihren jungen Körper. In dem abendlichen Zimmer schwebten die weißen Wolken von Vorhängen. Boden und Tischplatte glänzten noch immer in der Dämmerung, auf den blanken Fliesenflächen schienen die Möbelstücke und Vasen zu schwimmen.

Auf einmal, als ob sich alle nur mit Mühe zurückgehalten und in die Winkel versteckt hätten, kamen die Menschen aus allen Türen. Der Vater kam von der Treppe, Marie aus dem Schlafzimmer, die Mutter mit dem Kleinen aus der Küche. Sie baten den Gintler, zum Abendessen zu bleiben, er mußte aber heimgehen.

Der Vater grämte sich wach auf dem Bett, daß ihm gerade der alte Matthäus solche Antwort gegeben hatte. Er, Ziegler, hatte zu dem alten Matthäus bitte und danke sagen müssen. Sie waren zu gleicher Zeit in der Schule gewesen, hatten zu gleicher Zeit ein Gewerbe angefangen, geheiratet und Kinder aufgezogen. Dann war dieser Abend gekommen, an dem man sie einander gegenübergestellt hatte, und nicht dem Matthäus, sondern ihm, Ziegler, hatte man etwas Bitteres in die Kehle gegeben. Auf dem Heimweg war er an dem Vater Gintler vorbeigekommen. Sie hatten einander gegrüßt, aber Gintler hatte ihn böse angesehen. Er trug es ihm nach, daß sein Sohn die junge, schöne Tochter aufsuchte. Mit mattem, kränkendem Gruß erinnerte er ihn an seine Pflicht, diesen einzigen Sohn aus seinem angebröckelten Wohnzimmer zum Vater zurückzuschicken. Heute abend hatten an seinem Weg alle älter gewordenen Männer der Stadt gestanden, sie ließen ihn in der Mitte durchgehen und betrachteten kalt und erstaunt seinen grauen Kopf.

Er hatte nichts Unrechtes getan, manchem gelang es und manchem nicht. Elliser ging es noch schlechter als ihm, von seinem Geschäft war gar nichts übriggeblieben. Elliser ging um zehn Uhr eins trinken. Er hatte ihn mal ohne Weste mit einem verrutschten Vorhemd getroffen. Er selbst hatte einen schwarzen Sonntagsanzug, zwei Werktagsanzüge und einen alten, abgetragenen. Er rechnete in die Morgendämmerung hinein, wann er den alten, abgetragenen gekauft und wie lange er gehalten hatte. Morgens erzählte er Marie, was mit Matthäus gewesen war. Marie erwiderte nichts. Da kam es ihm nicht mehr so schlimm vor.

Samstags zog Marie sich an, legte die Sachen in den Korb und ging in die Stadt. Neben der Tür stand ein Eimer Wasser, der Teppich war zurückgeschlagen, die Mutter rieb. Das war merkwürdig, die Mutter reiben zu sehen, dicht auf dem Boden, wie ein breites, niedriges Tier mit grauen und schwarzen Haarschwänzen. Sie sah auch von unten nach Marie hin mit dunklen, traurig glänzenden Augen, wie Tiere auf der Straße. Marie wunderte sich, Anna machte sonst immer den Boden. Sie hörte noch hinter der Tür die Mutter reiben und reiben, als gäbe es etwas verborgen unter dem Fußboden.

Draußen war es schon dunkel. Es war kalt, auf dem offenen Platz sogar schneidend kalt. Marie ging zuerst in die Werkstatt von Matthäus. Dort blieb der größte Teil. Vor dem hinteren Ausgang warteten ein paar Burschen und traten von einem Fuß auf den anderen. Marie ging auf die andere Seite, aus der Torfahrt kam ein Geräusch von Geschwatz, Schritten und Lachen. Gesichter und Burschen und Lachen, alles war weit weg, wie Sachen im Traum, unverständlich auf eine dunkle Wand gesetzt.

Sie hatte an vier, fünf einzelne Familien Ware abzuliefern mit neuen Ärmeln und eingesetzten Rückenteilen. Einer nahm ihr alles in der Flurtür ab, andere führten sie ins Wohnzimmer. Es war heiß, es roch nach Kaffee, eine Uhr tickte. Ein Knabe mit einer Brille sah von einem Bilderalbum auf. Jemand redete ihr freundlich zu und bot ihr einen Stuhl an. Sie trat dicht an den Tisch und setzte sich nicht. Einen Augenblick gehörte sie in das helle Kreisrund der Lampe hinein. Es wurde hell in ihr, ihre

Wünsche, ihr Kummer, ihre Angst. Die Frau hatte jetzt nichts für sie, aber die nächste Woche.

Woanders nahm jemand eine Schale vom Büfett und bot ihr einen Zwieback an. Sie errötete, faßte ihn und biß schnell die Spitze ab, sie erschrak und hielt ihn in der Hand. Sie lief so schnell wie möglich die Treppe hinunter, sah sich um und aß ihn auf.

Auf der Treppe war es wie ausgestorben. Sie läutete und wartete beklommen. Hinter der eigenen Tür war es so still, als ob alles aufgehört hätte. Sie läutete noch einmal, ihr kleiner Bruder öffnete, am ganzen Körper zitternd, bis in die Haare und Fingerspitzen. Die Tür zum hellen Wohnzimmer stand sperrweit offen. Auf dem Fußboden zu ihren Füßen war noch die Mutter, aber sie hockte nicht mehr, sondern lag flach und dicht auf dem Boden. Sie drehte den Kopf herum. „Marie." Zwischen ihren Beinen floß Blut heraus. Es kam aus den Röcken herausgeflossen auf den blank geriebenen Boden und wurde langsam mehr. Die Mutter lag da wie ein Sack, den man einfach umgestülpt hat, daß das Innere, das man gar nicht sehen will, herauskommt. Marie griff ihr unter die Schulter, sie wurde hart wie Eisen, die Mutter faßte an ihr hoch, Marie brachte sie ins Bett. Sie nahm den Spüllumpen aus dem Eimer, wischte alles auf und schob den Teppich zurecht. Jetzt kamen alle heim und erfuhren, daß die Mutter krank war. Die Frau, die auch gekommen war, sperrte sich mit der Mutter ins Schlafzimmer ein. Durch die Spalte kam ein fremder Geruch, daß sich alle vor Grauen krümmten. Sie saßen mit gesenkten Köpfen um den Tisch herum, ihr Schrecken legte sich, sie wurden schläfrig. Sie schämten sich, einander zu fragen, wie es heute mit dem Essen sein sollte. Sie sehnten sich, es möchte wie jeden Abend sein, Nachtessen und Schlaf. Auf einmal kam die Frau heraus, wach, frisch und zufrieden, weil alles in Ordnung war. Hinter der offenen Tür lag die Mutter auf dem Bett mit rotem Gesicht und harten, glänzenden Augen. Alle wandten die Blicke nach ihrem Gesicht hin, das Zimmer drehte sich ein wenig um seine Achse, um alle Sachen nach diesem Punkt zu richten. Die Mutter sah durch die offene

Tür ihre Leute. In ihrem Kopf summte ein Schwarm von Gedanken. Das Nachtessen, der kleine Junge, der Wochenmarkt, die blutige Wäsche. Aber ein neuer Gedanke, stärker und dröhnender als diese winzigen stechenden Gedanken, stieg tief aus ihrem Inneren herauf: Laß laufen. Sie drehte das Gesicht nach der dunklen Seite. Im Zimmer sahen sie dann von der Tür weg und gingen bald auseinander.

Der Junge klatschte mit frechen Schritten das Pflaster, hielt sich nicht auf der Brücke auf, rannte sofort gegen die Wälle. Er war der erste. Er packte das Gitter der Kantine mit beiden Fäusten und rüttelte es zornig. Von ihm mochten sie im Dunkeln nichts anderes erkennen als einen Streifen leuchtender Zähne. Sie hielten ihm einen Knorzen Brot hin, hart wie Eisen. Er drückte es aber fest in die Kiefer und zermahlte es mit gerunzelter Stirn. Schließlich kamen die anderen auch und schubsten ihn weg, weil er schwer und satt war. Sie stiegen die Wälle hinauf. Die kleine Bucklige war nicht dabei, aber Elise und zwei große, breite Mädchen, Emils Schwestern. Dann war es wie alle Abende. Elise kletterte tief herunter ins Gestrüpp, versteckte sich und miaute wie ein Kätzchen beim Ersaufen. Obwohl alle wußten, daß es Elise war, rückten sie doch zusammen und graulten sich. Eins der breiten, immerzu stummen Mädchen saß neben dem Jungen und machte die Knie wie eine Schere immerfort auf und zu. Dann wurde es dem Jungen zu dumm, er kugelte sich den Abhang hinunter bis in die Mulde. Es wurde aber nicht viel daraus, weil es plötzlich droben Lärm gab. Eine Wache blendete mit ihrer Laterne den Wall ab und griff einen heraus. Die beiden großen Mädchen, welche den ganzen Abend so wenig wie Taubstumme geredet hatten, fingen auf einmal an, unglaublich schnell und sonderbar zu schimpfen.

Ende der Woche stand die Mutter wieder auf und arbeitete, sie bürstete ein paar Schuhe, kochte eine Suppe, staubte eine Ecke ab und setzte sich wieder. Anna machte allein weiter. Die Körbe fingen an, von zerrissenen Strümpfen und schmutziger Wäsche überzulaufen. Die Mutter betrachtete sie mit fremden, gleichgültigen Blicken und drehte den Kopf weg. Gar nichts Besonderes geschah, wenn alles blieb, wie es war. Diese Hose des Kleinen schabte ein wenig mehr ab, ein Knopf an der Weste baumelte und ging vielleicht verloren. Das war noch kein Grund, die schwachen, prickelnden Beine gegen den Boden zu stemmen und den schweren Rumpf darauf.

Sie stellte aber doch eines Mittags den Waschtrog auf den Herd. Sie seifte alles ein und war fast fertig, als Anna vom Markt heimkam. Sie preßte die Lippen aufeinander und wrang die Stücke aus. Als alles weiß an der Leine hing, setzte sie sich davor und sah es an. Ihr Gesicht war bös und müde. Aus schiefen und runden Löchern maulten alle Stücke zu ihr hin. Sie hatten sie untergekriegt und gezwungen, sie weiß zu reiben, bis ihr Daumen wund und ihr Leib schwach war.

Der Vater schlief jetzt, wo Anna geschlafen hatte, auf dem Sofa im Wohnzimmer. Am Abend, als Anna neben dem jungen Gintler auf dem Sofa saß, erblickte sie unter dem Tisch einen Filzschuh. Sie erschrak und ließ Gintlers Hand los, bückte sich nach dem Pantoffel und warf ihn schnell durch die Schlafzimmertür, wo alles andere war.

Der Vater zog die Pantoffel über seine Socken, aber gleich darauf besann er sich anders und zog Stiefel an. Er murmelte, als sie ihn fragten: Wohin denn? Wohin denn sollte er sich wenden mit seinem armen, schweren, breiten Körper, der groß und stark genug war, daß sich Kinder und Enkel an ihm hätten aufrichten können, jetzt aber nichts als ein ungefügiges Ding, das viel Raum brauchte, in das man viel Essen hineinstopfen mußte und an dem viel zu nähen, zu bügeln und zu stopfen war. Er war doch noch immer der Vater. Er allein wußte, worum es ging. Die anderen seufzten und krümelten und wußten heute so wenig wie gestern. In ihm allein, dem Vater, war der richtige Gram. Ohne den Vater hätte es in der ganzen Familie keinen schrecklichen Gram gegeben. Er war noch niemals weggelaufen, nur um draußen zu sein. Er lief die

Gasse entlang. Hatte man mal die Tür im Rücken, dann ging es weiter, heute ein Stück und morgen ein Stück, der Tod fiel ihm ein. Sein trauriges Herz schwemmte über in den offenen, dunklen Platz. Er lief weiter. In der leeren Stadt klapperten nur wenige Menschen herum, wie Würfel, die man in einem Becher schüttelt. Vor seinen Augen kam aus einer Kneipe mit einer Tür voll Geschrei und Gedudel ein angetrunkener Mann. Er torkelte ein Stück, steifte sich schnell in der kalten Luft. Sie erkannten einander. Der Mann, Elliser, begann zu reden. Ziegler wäre besser auf die andere Seite gegangen, aber die glänzenden Augen des Angetrunkenen waren das einzige Helle in der ganzen Stadt. Er hatte traurigen Wein gehabt und ging jetzt woandershin, weil er in dieser gottverfluchten Nacht nicht heim wollte ohne Lustigkeit. Er beschuldigte zwei oder drei Bürger der Stadt, sein Leben zerstört zu haben, seinen Besitz veruntreut. Er verhöhnte und verfluchte sie. Er war bereit, einen Stein in ihre Fenster zu werfen, wo sie im Hellen und sicher saßen, während unsereins zugrunde ging. Ziegler folgte ihm widerwillig Schritt für Schritt. Er dachte verzweifelt: Was will er denn von mir? Für wen hält er mich denn, erkennt er mich denn, weiß er, daß ich Ziegler bin? Unsereins hat er gesagt. Ist denn etwas an mir, fehlt denn meinem Mantel oder meinen Schuhen was?

Über die Biegung der Gasse schob sich das Wirtshausschild. Elliser wurde schweigsam. Er vergaß seinen Begleiter, lief voraus und öffnete schnell die Tür. Jetzt erschrak Ziegler, weil er allein war, und lief ebenso schnell nach.

Es war ein anständiges Lokal. Ziegler kannte den Wirt, der ihm die Hand gab. Die Tische waren weiß gedeckt. Er hörte seinen Namen rufen. An dem großen Tisch unter dem Spiegel saßen der alte Matthäus selbst und einige andere. Sie begrüßten Ziegler und rückten auseinander. Ziegler beruhigte sich, hörte ihre Geschichten an, lachte und wußte selbst welche. Er suchte sein Gesicht über dem Tisch im Spiegel. Er entdeckte es zwischen den anderen Gesichtern, über dem weißen Tischtuch im angelaufenen

Glas. Es war sogar seinen eigenen Augen fremd, so ähnlich war es den anderen Gesichtern. Da dachte er, daß alles in Ordnung kommen und sich zum Bessern wenden würde.

Marie warf sich auf ihrer Bank herum, am Fußende der großen eichenen Betten. Menschen und Möbel füllten das Zimmer mit schwerer Dunkelheit. Hinter den Vorhängen über dem Hof waren nacheinander die Lichtchen ausgegangen. Das bleischwere Zimmer war immer tiefer in die Nacht gesunken. Marie zitterte vor Angst. Niemand konnte sie hier finden. Vielleicht suchte jemand gerade nach ihr, Tag und Nacht, ohne Unterlaß, suchte nach Marie auf allen Straßen und Plätzen, sie war aber unauffindbar. Nicht einmal Gott konnte sie erkennen, mitten im Innern dieser schwarzen Dunkelheit auf ihrer Bank im Schlafzimmer. Sie fühlte ihre Haut an, ihre Brust, ihren Leib. Ihr Körper war nicht zerschmolzen und war noch bei ihr, er verließ sie nicht. Sie schlief ein wenig. Sie sah auf einmal, wie ihre Mutter und ihre Schwester sich hochgehockt hatten und ihre Kinne auf die Bettpfosten gestemmt und ihr aufmerksam und gleichgültig zusahen. Sie fuhr vor Schreck hoch und stieß mit dem Kopf gegen das Holz und wachte auf. Nebenan ging eine Tür, eine Minute lang gab es einen hellen Spalt. Die Nacht lief weiter. In unermeßlicher Entfernung schrie ein Schornstein. Vielleicht lief eine Eisenbahn über die Brücke. Es fiel ihr ein, daß sie aufstehen konnte und weggehen. Aber ihre Glieder waren schwer von Erschöpfung. Die ganze Nacht hatte sie geglaubt, die Dunkelheit sei schwer und drükkend, jetzt merkte sie, daß die Dunkelheit leicht und weich war, sie selbst war schwer wie Blei.

Am nächsten Tag – alles war nah und sichtbar, es war auch gar nichts versteckt gewesen als die gewöhnlichen Dinge, Hof und Fenster und Himmel, grau und verfroren – säumte Marie auf dem Fensterbrett bunte Besatzstreifen. Manchmal reckte sie ihren Hals, um hinunterzusehen. In ihre Werkstatt war nämlich ein Spengler eingezogen. Er war ein schmieriges, komisches Männchen, welches mit seinen Blechstangen und Bütten rappelte.

Auf den Betten, auf der Bank, überall lagen Rücken- und Vorderteile, Ärmel und Besatzstücke herum, rote knisternde Wärme im kleinen Eisenofen machte die durcheinandergeworfenen Sachen bunt und lustig.

Draußen wurde eine Tür zugeknallt und noch eine. Der Vater redete schnell und aufgeregt, ein Stuhl fiel um, und der Vater schrie. Marie stellte ab und riß die Tür auf. Der Vater hatte die Stuhllehne getroffen statt des Jungen, der schnell unter den Tisch gesprungen war. Jetzt schaute sein schmieriges, gelbes Gesicht zwischen den Tischbeinen hervor. Er schnappte zu und bekam einen Tischtuchzipfel zwischen die Zähne und kaute daran. Der Vater jammerte. Dieser Emil, den man nachts auf die Wache gebracht hatte, hatte von allen die Namen angegeben. Jetzt mußte der Junge aus der Schule weg in die Holztorschule.

Der Junge dachte nicht mehr an seinen Vater, sondern betrachtete die Beine seiner Schwestern, dürr und rauh die einen, rund und seidig die andern. Der Vater rief: „Komm sofort heraus." Anna sagte: „Mach doch keinen Quatsch und komm raus." Der Junge kaute an seinem Zipfel, das Tuch rutschte, die kleine Vase mit den Veilchen kugelte über den Teppich. Anna las alles schimpfend zusammen. Marie trat aus der Tür heraus, gelb und böse war das Gesicht unter dem Tisch, fremd und wild war es, sie fürchtete seine Zähne, sie hatte sich schon immer vor diesem Bruder gefürchtet, sie sagte leise: „Komm doch." Der Junge drehte den Kopf nach ihr rum. Was will denn die? Langweilig waren Vater und Mutter, langweilig und käsig der kleine Bruder, langweilig und dumm war Anna, aber Marie war von allen die Schlechteste, Graueste; er hatte Lust, mit seinen eigenen Zähnen in ihre spindeldürren Beine zu gehen, an ihre Hände, die immer was knuffelten, ihr Herz hätte er ihr herausbeißen mögen, daß sie mal hüpfte und schrie. Marie kam an den Tisch heran, sie trat vor Angst ganz leise auf, sie bückte sich, daß einem auch was dauern konnte, was ganz gelb und wild war. „Komm doch!" Der Junge bog den Kopf, ihre Beine waren so kläglich und gestopft, er kroch heraus, sprang auf beide Füße und rannte aus dem Zimmer.

Er freute sich, daß es gerade die Holztorschule war. Drunten am Fluß, zehn Minuten von der Eisenbahnbrücke entfernt, gingen fast nur Jungen aus den Ufergassen in diese Schule, kleine Wasserteufel, die auf den Flößen und Landungsbrücken Bescheid wußten. Vorüberfahrende Dampfer machten mit ihrem Pfeifen das Klassenzimmer unruhig. Jeden Sommer ertranken ein paar, jeden Winter krachten ein paar im Eis ein. Nun kam so einer wie er, pfiff sich abends ein paar zusammen und führte sie raus in die Wälle, wo man gar nicht begreifen konnte, daß das da drunten der eigene Fluß war, das Fremde, Weiße.

Es war kalt, er fror. Er dachte an das Wohnzimmer. Abends wurde zum Schlafzimmer aufgemacht, dicke, gute Hitze kam heraus. Allein an diesem schlechten Ort war es heiß und ordentlich, sonst war die ganze Welt unter dem weiten Himmel kalt und windig. Sie drückten sich an die Wälle. Aber auch zu sechst oder acht in einem Hauf zusammengedrückt, waren sie noch etwas ganz Winziges.

Die Kantinenfenster waren gesperrt. Der Junge sprang wütend mit beiden Füßen aufs Fensterbrett, packte das Gitter und trommelte. Er packte die Dachkante, zog sich rauf, er hatte eine ganze Traube von Buben an sich kleben. Er wußte genau die Stelle, wo die Brote aufgestapelt waren, er witterte den rauhen, körnigen Geschmack. Sie wären gar nicht erwischt worden, wenn sie nicht schon auf dem Dach gegessen hätten. So wurden sie auf die Wache gebracht, kauend, Fäuste und Taschen und Nasenlöcher voll Brot.

Er wurde zuerst heimgeschickt. Sein Vater fing ihn an der Wohnungstür ab, packte ihn am Hals, drückte ihn gegen den Boden und schlug zu. Es war dunkel im Vorplatz, die Türen zu der Küche, zum Wohnzimmer und der Treppe waren verschlossen. Der Vater traf manchmal daneben. Da hatte er etwas Warmes, Lebendiges zwischen den Fäusten in diesem finsteren Gang ohne Ausweg. Dieser Junge war hart und fest, man spürte, was man schlug. Er hatte ihm bittere Schande angetan, auf die man schlagen konnte. Keine von dieser luftdünnen, unsichtbaren Schande. In dichteren, schnelleren Schlägen fiel das Unglück neu und erlöst aus seinem gequälten Herzen. Auf einmal war es vorbei. Der Junge stemmte sich auf die Arme und hob den Kopf. Sein Vater trat in die Wohnzimmertür, erschöpft und vorgebeugt, und schloß vorsichtig die Tür. Der Junge richtete sich auf und schüttelte sich. Drinnen warf sich der Vater aufs Sofa und zog die Beine hoch. Da fiel ihm ein, daß er seine Schuhe anhatte, er erschrak und wollte sich wieder aufrichten, um sie auszuziehen. Aber seine Arme taten weh, und sein Rücken war müde. Da kam es über ihn, daß er sich ausstreckte und erst recht mit seinen schweren, schmutzigen Stiefeln gegen das Polster trat.

Weihnachten kam dazwischen. Dünne, nasse Schneeflokken wurden schon am Nachmittag zu Regen. Im Wohnzimmer war geheizt, alles war bis auf den Grund geputzt, wie weiße Wolken standen die Vorhänge vor den Fenstern. Die Porzellanschüssel auf der Kommode war mit Gebackenem gefüllt. Denn auch ohne Butter und Eier hatte sich der Teig in Lämmer und Sternchen formen lassen. Der Kleine knabberte an seinem Häufchen und merkte nur, daß es nach Zimt und Anis schmeckte. Sein kleines Gesicht war rund und glänzend weiß, wie die Glaskugeln am Baum. Endlich war sein Bauch erfüllt vom Süßen, seine Augen von Farben, Licht und Silber, er hatte alles.

Eine Glocke war über die kleine Stadt gestülpt, pochte mit ihren Klöppeln die Stirnen müde. Da war eine Pause in der Zeit, eine Insel, Vater und Mutter saßen auf der Insel mit allem, was sie hatten, ihren Kindern, ihrem Weihnachtsbaum und ihren Möbeln. Alle wünschten sich, es möchte jetzt schon weitergehen, was sollten sie in der Pause anfangen, die graue, schreckliche Zeit sollte doch lieber weiterfließen.

Sie gingen am Feiertag zusammen spazieren. Der Vater hatte schon den Brief in der Tasche, der Junge sollte an einem der ersten Januartage abgeholt werden. Aber auch der Junge lief vor den Eltern her. Rechts und links unter den kahlen, nassen Platanen gingen viele Familien. Sie trafen auch Matthäus mit seiner Frau und seinen beiden Töchtern. Sie grüßten einander. Dem alten Matthäus fiel es ein, man hatte ihm wo erzählt, daß es Zieglers schlecht ging. Er sammelte mit seinem Blick ihre Gesichter, Schuhe und Kleidungsstücke. Er entdeckte keinen Riß, keinen Flecken. Ziegler dachte: Ja, sieh uns nur an, wir sind genau wie du, sieh uns bloß durch und durch an, du wirst nichts anderes finden.

Am Anfang des neuen Jahres sah er Matthäus wieder. Sie standen einander gegenüber, das Pult von Matthäus war zwischen ihnen. Beide waren vor Erstaunen aufgestanden. Matthäus wunderte sich, weil Ziegler gewiß der einzige Mensch in der Stadt war, der nicht gehört hatte, daß sein Geschäft verkauft war. Die Gesellschaft hatte alles übernommen, Haus, Büro und Werkstatt. Es gab keine Lieferungen mehr.

Ziegler drehte in seinen Fingern einen Zettel, auf dem er eine Bestellung schreiben wollte, steckte ihn ein und zuckte ein wenig die Achseln. Sein Gesicht fiel vor Erstaunen auseinander, als sei der dünne Faden gerissen, der das Seinige zusammenhielt. Matthäus sah schärfer zu, der Kragen war ja gewendet, die Weste abgeschabt. Ziegler sah auf das Pult hinüber, auf welchem sich Papiere und Warenproben zu kräuseln und zu winden schienen, ganz lebende Haufen von Bestellungen.

Ziegler starrte ein helles, rundes Ding auf dem Schreibtisch an. Er hätte in diesem Anzug nicht kommen dürfen. Er hätte die Anzüge rücken sollen und den guten anziehen. Matthäus setzte sich plötzlich und nickte ihm zu. Aber Ziegler ging und ging nicht. Das Helle, Runde auf dem Pult wurde zu einer Briefwaage. Er dachte, ich hätte die Anzüge ja sowieso gerückt. Dann stieß er den Stuhl weg und lief entschlossen hinaus.

Es trieb ihn in einem Ruck in die Stadt zurück bis auf den offenen Platz. Da hörte der Ruck auf, es reichte nicht mal bis heim. Eine der kleinen Straßen gab ihn an die andere weiter. Es war merkwürdig, sich am hellen Vormittag herumzutreiben. Da wurde er durcheinandergeschüttelt mit vielen Männern und Frauen, teils besser, teils schlechter gekleidet, sie kannten sich alle ein wenig. Er war doch nicht aufs Geratewohl gelaufen. Hier war er gelandet, als sei der Heumarkt der tiefste Punkt der Stadt, in den die Gassen wie Bäche herunterliefen. Er sah von weitem hinüber. Über den Mützen und Scheiteln hing um seiner schwachen Augen willen von innen erleuchtet das Schild: „Erwerbslose". Niemand auf der Welt, nicht einmal der alte Matthäus selber, konnte ihn zwingen, sich hier auf dem offenen Heumarkt anzustellen, in diesem Trupp Blau- und Graujacken. Sie waren frech und laut. Sie traten von einem Fuß auf den anderen; als ob es gar nichts zu bedeuten hätte, hier zu warten, drückten sie sich vorher und nachher auf ihrem Platz herum. Da mußte einer schon ganz gegerbt sein mit Schande, wenn er es ertrug, hier unter freiem Himmel für sein Geld anzustehen.

Er lief zum Fluß hin. Es war kalt, aber still und sonnig. Hinter dem Fluß fingen Berge und Wolken an. Er war noch nie um diese Zeit am Fluß gewesen. Am Geländer drückten sich ein paar herum, die nichts zu tun hatten. Manche waren zerlumpt. Sie hatten nichts zu erwarten. Sie ließen ihre Zeit in kleinen goldenen Wasserkringelchen herunterfließen. Sie hatten ihre Unternehmungen aufgegeben, weil es an ihrer Statt die Schiffe unternahmen, zu pfeifen und zu rauchen und Holz zu schleppen, und die Wolken, sich zu ballen und zu zerstreuen und davonzujagen. Ziegler trat ans Geländer. Er wünschte sich nichts anderes, als hierzubleiben, stundenlang, Tag für Tag. Wenn auch jemand vorbeikam, wer kannte seinen Rücken? Jemand berührte ihn am Arm: Da kommt ein neuer Holländer. Ziegler drehte sein Gesicht in das andere Gesicht, das war rot und dick, winzige Äugelchen. Er riß sich los. Er lief heim. Alle sahen ihn an, weil er spät kam. Er erzählte aber nichts. Er trat nach Tisch ins Schlafzimmer hinter Marie, um zu sprechen. Da gefiel es ihm auf einmal, wie sie sich plagte und nicht wußte, daß Matthäus gar nichts abnahm. Er wollte erzählen und bezwang sich. Er sah Marie an, ihr Gesicht war feucht, ihre Arme schienen in den letzten Wochen unmäßig lang geworden. Ihre Lider zuckten. Er sagte auch am nächsten Tag nichts, nichts am übernächsten. Er ließ sie die Wochen über arbeiten, dann streichelte er ihr Haar und erzählte, daß es nutzlos war.

Anna wollte sich mit dem Gintler woanders treffen. Dann traf sie sich doch mit ihm in einer kleinen Konditorei. Die Marmortischchen glänzten, es war leer um diese Zeit. Aber der Raum war so warm und freundlich und roch so gut nach Kaffee und Kuchen, daß er bald voll sein mußte. Der junge Gintler zog Anna in das hinterste Zimmer. Er rückte dicht neben sie, berührte mit seinem Gesicht das ihrige. Anna lächelte, blinzelte mit plötzlichem Behagen in das fremde Zimmer gegen den großen Spiegel, wo das Büfett stand, unberührte anwachsende Berge von Torten und Mohrenköpfen. Der junge Gintler redete leise und streichelte ihre Hand. Sie fuhr zusammen, als das Geschirr gebracht wurde, zog ihre Hand zurück. Der junge Gintler nahm ihre Hand von der Lehne weg. Sie senkte den Kopf, verwirrt durch den Geruch aus den Tassen und Tellern. Er legte den Arm um ihren Rücken, sie blickte auf ihre Tasse, auf der ein gekräuselter Ballen Schlagsahne schwippte. Auch auf dem Apfelkuchen, den man gebracht hatte, kräuselte sich eine schneeweiße Locke Sahne. Sie vergaß alles, nahm davon in den Löffel, leckte. Der junge Gintler streichelte ihre Schulter, ihre Brust. Sie dachte mit aller Kraft daran, daß sie nicht stopfen sollte, sondern ganz langsam essen, Löffel für Löffel. Sie fragte sich, ob alles Weiße hinten auf dem Glas alles weiße Sahne sei. Vielleicht würde Gintler nachbestellen. Sie sah ihn schnell an. Sein Gesicht war gerötet, er betrachtete etwas mit glänzenden Augen, griff es, liebkoste es, das war ja sie. Sie war plötzlich müde. Sie legte den Kopf an seinen Arm voll leiser behaglicher Traurigkeit.

Daheim stellte die Mutter die große Bütte auf zwei Bänke in die Küche. Sie machte ein heißes Bad zurecht für den Jungen. Heute war der Tag, an dem er abgeholt wurde. Es war ihm die Zeit über eins gewesen, aber seit gestern war er beklommen. Alle machten, als ob es nichts Besonderes wäre, sprachen nichts mit ihm und nichts untereinander, vielleicht wenn man nichts daraus machte, duckte es sich und war gar nichts. Die Mutter hatte seine Sachen in Ordnung gebracht und zusammengepackt. Sie hatte Brote dazugepackt, um die Reise zu zwingen, eine gewöhnliche Reise zu sein. Jetzt stieg er in die Badewanne hinein. Seine Mutter wollte es selbst machen. Sie begann, seinen harten, gelben Körper zu seifen, sein Haar, seinen Hals. Er drückte die Ellenbogen in die Rippen, das Kinn an sich. Er fühlte den Seifenschaum auf den Gliedern, auf seinen großen Ohren. Seine Beklommenheit wurde zu großer Angst, klopfte in seinem nassen, eingeseiften Leib. Er fürchtete sich vor den weichen, glitschigen Händen der Mutter, die dumm und blind an seinem rauhen, dürren, häßlichen Körper herumfuhren, der ihm war, der Abhänge heruntergekollert, auf Mauern geklettert, sich in Mulden versteckt, in das tiefe Flußwasser getaucht war. Man gab ihm ein festes, ungewohntes Handtuch. Er rieb sich heftig dabei ein, um seine Scham zu zerreiben. Dann schellte es. Der Vater öffnete selbst. Auch seine Angst war unerträglich geworden. Der Mann, den die Stadt geschickt hatte, um seinen Jungen abzuholen, der war durch die Gassen gegangen, am hellen Tage in einer Uniform oder vielleicht mit einer Armbinde, die eigene Treppe herauf.

Es waren zwei gewöhnliche, dunkel gekleidete Männer. Er führte sie ins Wohnzimmer. Sie setzten sich nicht auf die angebotenen Stühle, weil der Junge schon fertig war. Der Junge ging einen Schritt auf den Vater zu, um durchzustoßen durch diese Wand, dann war ja alles vorbei. Sie hatten sich die Hände gegeben, der Vater drehte sich zum Fenster, die Mutter fing still zu weinen an, einer der Männer nahm das Paket, sie führten ihn die Treppe hinunter.

Da riß sich der Junge los, machte einen Satz und sprang durch die Nebentür in den Hof, die Männer rannten nach. Der Junge wollte die Mauer hinauf, glitschte ab und rannte in die Werkstatt. Der kleine Spengler packte ihn am Hals. Da riß er sich los und schrie laut. Rund um den Hof gingen die Fenster auf. Droben sahen sich Vater und Mutter an, sie hörten, wer schrie. Ihre Augen wurden schwarz, sie sprangen einander verzweifelt in die schwarzen Augenlöcher. Da schrie es in einem fort, wie gebrannt und gebissen. Nie mehr konnten so schreckliche Schreie aus dem Hof herausgehen. Auf der Treppe packte Anna, die eben heraufkam, mit weißem Gesicht das Geländer. Sie wußte auch, wer schrie, aus voller Kehle, mit ausgebreiteten Armen verschrie er ihre Hochzeit, ihr duftiges, sanftes Brautkleid –

Der Junge schnurrte herum, duckte sich irgendwo an der Kellertür zwischen Kartoffelsäcken. Die Männer suchten, kehrten auf die Treppe zurück und sahen auf die Gasse. Droben am Schlafzimmerfenster hatte Marie gesehen, was war. Sie sah ihn auch in den Kartoffelsäcken und kam die Treppe herunter und stellte sich mitten in den Hof. Der Junge sprang heraus und warf sich gegen die Hoftür. Die Männer drückten von innen, er stemmte aber mit Brust und Stirn und Armen, mit beiden Füßen trat er das Pflaster hinter sich. Die Tür klopfte, da kam es über Marie, daß sie hinsprang und neben ihm stemmte, aber die Tür schob sich vor, der Hof unter ihren Füßen schien langsam abzugleiten, sie fielen übereinander. Einer faßte den Jungen am Arm und nahm ihn mit, der andere hob das Paket von der Treppenstufe und folgte.

So fest und dunkel kamen Vater und Mutter die Gasse entlang, daß keiner sich umdrehte. Die roten Zick-Zack der Schreie waren im Hof vernarbt. Der Mittagstisch war gedeckt. Über dem Kreis von Tellern stellte sich einer von Gesichtern ebenso blank und weiß. Die Mutter schöpfte etwas, worin Brocken schwammen. Sie erschrak, weil sie dann alle nicht aufstanden, sondern warteten. Sie sah sich mit harten Blicken um. Vielleicht kam wirklich was. Dann stand sie auf und sammelte die Bestecke auf ihrem Teller, um zu zeigen, daß das nicht die Suppe gewesen war, sondern alles.

Der Vater zog sich gut an und ging in die Stadt. Er hatte sich ein paar Unternehmungen ausgedacht, ein paar Anfragen. Diesmal war der alte Matthäus verreist. Woanders gab man ihm Ratschläge. Der karge Wintertag ging unterdes zu Ende. In den Kontoren wurde Licht gemacht. Die Arbeit drängte nicht allzusehr. Seine Klagen und Sorgen vermischten sich mit den Sorgen der anderen zur warmen Geschwätzigkeit des Winterabends. Wie er heimkam, wurde zur Nacht gegessen. Wieder wurden die Teller rund um das Sträußchen aufgestellt. Gintler war dagewesen. Der Rauch seiner Zigarette beizte den Geschmack der Suppenreste vom Mittag. Es schrappte. Sie runzelten alle die Stirnen und sahen auf. Da fiel es ihnen ein, daß der Platz, wo es zu schrappen pflegte, leer war und daß sie selbst schrappten.

Marie lief durch die Stadt. Sie sagte überall auf der Schwelle der Wohnstuben: „Wir nehmen alle Strickwaren an, gefallene Maschen, Ellenbogen, neue Mützen und Jacken." Hinter ihren gesenkten Lidern waren die Stuben und Menschen fast vertraut. Auf dem braunen Büfett standen jetzt Äpfel. Die Frau, die immer gut war, bot Äpfel an, wie sie vor einigen Wochen Zwieback angeboten hatte. Nur waren Mariens Hände inzwischen schwer geworden, Zwieback war noch gegangen, Äpfel, allzu wunderbar glänzende, gelbe, gingen nicht mehr. Die Frau wunderte sich über Mariens Jacke. Sie war ganz aufgerieben, wo doch das Mädchen so geschickt war im Ausbessern von Strickwaren. In der Betzelsgasse hatten die erlöschenden Treppenfenster noch rote und grüne Fünkchen in den Rillen, solange sie hinaufging. In jenem Wohnzimmer saß der Knabe mit der Brille hinter dem Album, das noch nicht umgeblättert schien, seit dem letztenmal. Die große, dunkle Frau war nicht ihre Mutter, der Knabe mit der Brille war nicht ihr Bruder; sie mußte aus dieser Lampe heraus, weil es nicht die ihrige war. Daß gerade sie in diese vier Wände gehörte, gerade mit diesen Leuten. Das war wie an Ostern in der Schule: Jetzt seid ihr an eure Plätze gesetzt worden und jetzt gebt Ruhe.

Aber die Gassen wiederum waren von neuem unbe-

kannt. Sie fürchtete sich ein wenig vor jeder Art Dunkelheit. Diesen Winter lief sie einen oder den andern Abend in der Stadt herum. Wie konnte man sich überhaupt an Dunkelheit gewöhnen. Ihr Herz klopfte, machte ihr mit seinen Flügeln die Augen blind. Ihr Hemd klebte. Jemand rief hinter ihr her: „Marie!" Sie weigerte sich, auf diese Stimme zu hören, sie lief schneller. Da rief es dreimal laut hinter ihr her: „Marie, Marie, Marie!"

Sie hatte das Mädchen im letzten Herbst um dieselbe Zeit an derselben Stelle getroffen. Es hatte sich den Winter über verändert. Es war groß und stark geworden. Seine feste, junge Brust, die es noch gar nicht kümmerte, regte sich zu seinen starken, atemlosen Bewegungen. Sein Gesicht war rot und weiß. Seine Schönheit war ganz verdient, denn auch ohne dies alles hätten seine Augen geleuchtet. Das Mädchen hatte Marie schon in der Schule gefallen. Jetzt betrachtete Marie mit ungeheurem Entzükken sein Gesicht, sein goldenes Haar, seine kleine rote Mütze. Das Mädchen sagte: „Ich will dir etwas sagen, Marie. Willst du nicht zu uns kommen, wir sind immer viele zusammen, komm doch einmal zu uns."

Marie sagte: „Ich habe immer soviel zu tun."

Das Mädchen sagte: „Alle haben viel zu tun, komm doch einmal." Marie: „Ja, einmal, vielleicht."

Das Mädchen sah Marie an, seine Augen glänzten in strengem, aufmerksamem Glanz. Es ließ ihre Hand los, langsam, langsam; wie man in einem Sumpf versinkt, zog eine schreckliche, unbekannte, gewaltige Kraft Marie von ihrem Platz, von diesem Mädchen weg: Noch hielten sich ihre Hände, noch ihre Fingerspitzen, noch ihre Augen, es war um so viel stärker, als dieses Mädchen war, es zog Marie die Gasse hinunter, auf den offenen Platz. Es ließ einen Augenblick los, Marie drehte sich schnell herum, die Gasse war wieder leer, da ging sie von selbst heim.

Zu Hause hatten sie alle Stücke Zeug in den Händen. Der Vater verstand sich gut darauf, Besatzstücke auszumessen. Es war warm und hell, Geschwatz, beinahe lustig. Sie waren schon fertig. Anna rutschte auf der Erde herum und las die Fusseln auf. Da schellte der junge Gintler. Anna hüpfte auf die Füße, bürstete in ihrem Haar, zog etwas Helles an, spritzte etwas aus einer Flasche, wechselte ihr Gesicht aus und ihre Stimme. Vater und Mutter sahen sich lächelnd an. Immer kam er am Nachmittag aus dem städtischen Dienst gerade hierher. Aus seinen neuen gebügelten Kleidern entströmte der ganzen Wohnung eine gute Botschaft. Er war treu; Annas weißer, junger Körper gefiel ihm, er sah sonst gar nichts. Rund um seine schöne Braut herum hatte sich das Wohnzimmer langsam entfaltet. Seine Haut war zerrissen und abgefallen. Sein Inneres kam heraus. Aber der junge Gintler hatte das Zimmer nur einmal bei seinem ersten Besuch betrachtet. Seine Augen dachten, es sei noch immer so. Sie prüften die Polster nicht, die waren gewendet, nicht die Tapete, die war angeklebt. Er faßte mit beiden Armen Anna und küßte ihre Brust.

Der Vater zog sich gut an, er ging in die Stadt zu Matthäus, der war inzwischen von der Reise zurück. Er wischte sich mit dem Taschentuch das Gesicht ab. Seine Augen suchten zwischen den weißen Papieren die blanke Briefwaage, den vertrauten Punkt. Die gestreifte Wand, der Armsessel, das Pult hatten im hell einfallenden Licht das kahle, verfrorene Aussehen, wodurch sich bei Möbelstücken der Frühling ankündigt. Der alte Matthäus erblickte Zieglers Anzug, sein gutes Hemd, seine Uhrkette. Er hätte vielleicht besser die schlechtesten Kleider anbehalten, denn Matthäus sagte: „Ich kann mir selbst nicht helfen, ich kann Ihnen beim besten Willen nicht helfen."

Dann war es auf dem Heimweg wie das erstemal. Die Gassen reichten ihn von selbst einander weiter. Nur war es hell statt dunkel. Er hatte große Lust nach dem Flußufer. Über dem Geländer döste eine ganze Kette von Müßigen, Verzottelten. Weiches, helles Licht hatte die Ferne aufgetaut – Große Wolken liefen über die Berge weg. Alles war viel zu weit und hell. Er wünschte sich kein Flußufer, sondern ein Loch. Er drückte sich die Häuser entlang. Da war eine Tür, die nachgab. Er fing zu trinken an. Eine Gesellschaft Schiffer hatte ihre Tische zusammengerückt. Sie riefen ihm etwas zu und lachten; denn er war schwarz gekleidet. Er trank fast nie. Er glaubte jetzt, er könnte das erzwingen, daß alles kreiselte und scheckig wurde. Es blieb aber eins auf dem andern, klar und ordentlich. Da ging er heim. Die Seinen waren schon zu Bett gegangen. Er setzte sich im Dunkeln aufs Sofa und würgte. Er war von Traurigkeit wie mit einem schweren Saft vollgepumpt, der sein Inneres zu sprengen drohte.

Am nächsten Tag nahm er den kleinen Jungen an der Hand und ging mit ihm an den Fluß. Das hatte er sich ausgedacht, um dem Kind etwas Gutes zu tun; denn alles in allem war der Fluß doch hell und schön.

Der Kleine lief schweigend neben ihm her. Was war er für ein gutes, geduldiges Kind. Es war ihm zu Ostern eine neue Schule versprochen worden, da wurde nichts daraus. Man hatte ihm Bücher versprochen, einen Atlas, Schuhe, Jacken, nie wurde was daraus. Er vergaß alle Versprechungen, er fragte nie. Selbst seine Beine blieben zart und dünn, als wollten sie das enge Samthöschen nicht kränken. Der Vater ging gern mit dem Kleinen Hand in Hand. Er wollte ihn den Fluß entlangführen, dann in weitem Bogen durch die Stadt. Er wollte Menschen treffen, er wollte gesehen werden mit seinem kleinen Sohn, schwarz gekleidet, ruhig und gütig. Er legte den Arm um das Kind und erklärte ihm die Dampfer, die Dörfer und Berge. Der Kleine sah aber gar nicht in die Luft, sondern immer in sein Gesicht. Er wollte aber nicht sein Gesicht von zwei Augen bewacht haben, wie Hunde ein Haus bewachen. Er ließ den Kleinen warten. Er trat ein und setzte sich. Er hielt sich an der Tischplatte fest, er wartete. Die Zeit schlug sich in kleinen Perlen an den Wänden nieder. Er wurde elend davon, er jammerte. Zwei Hände faßten ihn einfach unter den Achseln.

Dann war es hart und kalt. Der Kleine zupfte ihn, bis er aufstand. Da war sofort alles vorbei. Der Kleine war käsig vom Warten, er selbst war verdreckt und schmierig. Das Kind war zu klein, um ihn zu verbergen, da kreiste es schnell um ihn herum. Sie gingen nicht mehr durch die Stadt, sondern denselben Weg zurück nach Hause.

Unter Annas jungen, sorglos zuklopfenden Händen entfuhr dem aufgeplatzten Bettsack ein Schwarm von Federn. Sie hörte zu klopfen auf und nähte. Es war warm geworden. Allzu früher Sonnenschein roch nach Sand und Lauge. Betten und Schränke waren von ihren festen Orten abgerückt, da zeigten sich Tiefen und Spalten, unbekannte, mitten im eignen Zimmer. Kleine bunte Gegenstände, welche in alten, von den jetzigen ganz verschiedenen Zeiten verschollen und aufgegeben waren, lagen auf einmal da, überzogen mit einem dichten Flaum von Staub. Anna warf den Sack auf die Bank und rief: „Damit kann man nicht mehr zudecken." Die Mutter rief von nebenan in den Eimer hinein: „Womit denn sonst." Anna trat ans Fenster, ihr war schon schwindlig vor Licht, sie lächelte zu den kommenden Sonntagen: weißes Kleid, altes, warmes Laub, Buchenwälder. Sie sagte: „Man kann sich mit Mänteln zudecken, man braucht ja keine." Die Mutter rief: „Komm doch, komm doch." Anna stieg über den Besen mit hochgezogenen Röcken. „Man kann die Polster nicht mehr klopfen, Anna, die reißen." – „Ach laß doch, Mutter, ich werde dir Sterne häkeln, ganz dünne, zackige, du brauchst bloß bürsten." – „Ich kann die Gardinen gar nicht aufhängen, Anna, so brüchige, rissige." – „Ach laß doch, Mutter, wir hängen sie diesmal nicht auf." – „Der Teppich wird aber schießen, Anna, und alles." – „Ach weißt du, wir stellen das Tischchen mit der Zimmerlinde vors Fenster."

Der Kleine kam nach Hause und dann der Vater. Die Mutter setzte sich auf einen Stuhl, hing die Beine weg und sagte: „Es ist so warm, und mir ist so schwach im Leib." Der Vater berührte ihr rauhes, graues Haar, fuhr zusammen und trat von ihr weg. Er sah sich verwirrt um in seinem aufgestöberten Wohnzimmer, trat ins Schlafzimmer, da war es ebenso. Er sah auf den Hof hinunter, er war ruhig und kühl. Da bekam er Lust, hinunterzugehen. Das Sonnenlicht reichte nicht aus, um den Hof von Grund aus zu füllen. Er sah sich aufmerksam um, als suche er einen Gegenstand, der ihm von oben auf das Pflaster gefallen sei. Er drehte seinen Kopf nach allen Seiten, um Neugierigen in den Fenstern zu zeigen, weshalb er im leeren Hof stand.

Auf einmal stampfte er wild gegen das Pflaster, da wurde es hell in ihm, aus seinem Herzen strömte das Unglück heraus, in kühnen, leuchtenden Farben. Sie überschwemmten den Hof, machten ihn flammen und glühen, in fremdem verzweifeltem Glanz. Dann fiel er erschöpft ab. Die kühnen flammenden Gottesfarben erloschen um ihn herum, und der Hof war grau und kühl.

Eine ältere Frau im dritten Stock hatte früher oft mit der Mutter Kaffee getrunken. Verschiedene kleine Glückszufälle sowie der Umstand, daß sie allein war, ließen in ihrer Kammer Rosinenstollen und Würste nicht ausgehen. Frau Ziegler zog allzu schnell die Tür hinter sich zu. Manchmal entdeckte die Frau doch noch mit zugekniffenen Augen niedergetretene Schuhe, ein ausgefranstes Schnupftuch, ein schmieriges Milchkännchen. Sie traf den kleinen Jungen auf der Gasse. Sein Wachsgesichtchen, sein dünnes Hälschen dauerten sie. Sie war kinderlieb. Sie lud den Kleinen ein. Er blieb in der Tür stehen, ganz benommen von dem Gesang eines Vogels. Ein glitzernder Käfig schwankte ein wenig in einem Wald von Blattpflanzen. Sie deckte geschäftig für sich und das Kind den Frühstückstisch. Sie stellte Kuchen hin, gelben und roten Käse und Butter und Schinken. Der Kleine legte seine zehn sauberen Finger vor sich hin. Sie redete ihm zu, und der Kuchen auf seinem Teller hatte mehr Rosinen als Teig. Der Teller war aber fremd. Und unzertrennbar gehörte der Kuchen zu diesem fremden Teller. Er bohrte mit dem Löffel herum, zur Strafe wurde ihm eng, und der Bissen rutschte nicht. Er sah die Frau an, bewegte den Mund und stand auf. Seine Augen füllten sich mit Tränen. Die Frau ärgerte sich über den angebröckelten Kuchen. Sie fühlte plötzlich Verdruß über diese Leute einen Stock tiefer, die ganz vergessen hatten, daß sie noch da war, bereit, auf der Treppe zu sprechen, wann immer zu helfen und zu raten. Sie wollte endlich ihren Fuß in die ängstlich geschlossene Tür klemmen. Sie wickelte Kuchen und Aufschnitt in Papier und gab alles dem Kind mit. Der Kleine lief hinunter und legte alles im Wohnzimmer auf den Tisch. Sie sahen bestürzt die Sachen aus dem aufgeplatzten Papier hervorkollern. Sie wollten das Kind schelten, es fing aber von selbst zu weinen an. Da sprachen sie leise miteinander und kamen überein, am Sonntag die Zimmerlinde hinaufzuschicken.

Der Vater trank nie mehr. Er ging immer seltener aus. Er pflegte bald nur sonntags auszugehen, wenn alle die Seinen gingen. Dann zog er seinen guten schwarzen Anzug an, wunderbar unversehrt im blanken Sonnenlicht wie das Sommerfell eines Tieres. Er fürchtete sich sehr, daß sich sein guter grauer Werktagsanzug abschaben möchte, wie sich der braune abgeschabt hatte, dann müßte er zu diesem schwarzen Sonntagsanzug vorrükken. Er gewöhnte sich daran, still auf dem Sofa zu sitzen. Dann kam es ihm vor, die kleinen abgewetzten Stellen, die nur ihm bekannt waren, heilten langsam. Das zarte graue Gewebe gehörte immer enger zu seinem eigenen Fleisch. Er fing es an zu betrachten, wie einer die krank gewordene Haut betrachtete, entdeckte, daß es nicht nur aus schwarzem und grauem Garn bestand, sondern heimlich von einem gelben Fädchen durchmustert war, das immer am schnellsten riß.

Er sehnte sich sehr nach der Stadt. Er dachte an das rostige Geländer am Flußufer, wo die bunte, ruppige Menschenkette niemals abriß. Sie tauchten ihre Blicke ins fließende Wasser. Sie ließen Sonne und Regen ihre speckigen Jacken vollends zerstören. Er dachte an Elliser, welcher die Zeit von Kneipe zu Kneipe maß. Ihm machte es nichts aus, vom Stuhl herunterzurutschen, schwer vom Trinken, unter den Tisch, in Pfützen. Er dachte an den Heumarkt. Der Tag fiel ihm ein, an dem er sich von diesem Anblick abgewandt hatte, im Innersten getroffen. Er fürchtete sich nicht mehr. Es ging ihn gar nichts an. Sie drängten sich alle zusammen, rissen wie Kinder die Löcher in ihrem Hemd erst recht breiter. Er mußte hier allein sitzen und abwarten.

Der Leib, der seine Gedanken nicht kannte, blähte sich im Sitzen und spannte den Stoff und riß und drohte auf seine Weise, alle Vorsorge zu durchbrechen. Er wünschte sich den Winter herbei, um seinen Mantel über den grauen Anzug zu ziehen und fortzugehen. Was dann im nächsten Sommer wurde, wußte er nicht. Da wurde er krank.

Er hatte lange geglaubt, der schwere, wehe Klumpen gehöre einfach in sein Innerstes hinein. Eines Abends schrie er leise beim Ausziehen. Die Frau fühlte mit der bloßen Hand in sein aufgeklapptes Hemd. Sie gingen tags darauf in die Sprechstunde. Sie sahen sich ängstlich um. Männer und Frauen rissen wartend die Seiten von vergriffenen Heften, zupften an den Troddeln, versuchten eins das andere zum Sprechen zu bringen. Sie wurden alle ruhiger und waren einander ganz gut. Wenn aber einer hineinging und nach einer Weile wieder herauskam, war sein Gesicht verstört, als hätte er sein Leiden nicht mitgebracht, sondern da drinnen zugezählt bekommen. Er kannte die nicht mehr, mit denen er eben gewartet hatte. Sie waren ihm fremd geworden.

Die Ziegler kamen heraus, wie sie zum erstenmal aus dem Haus gekommen waren, als man den Jungen abgeholt hatte: ganz schwer und dunkel.

Anna weinte auch zu Hause, weil Gintler abgesagt hatte. Er brachte nur die Kinokarten und mußte mit seinen Eltern. Da schenkte Anna eine Karte Marie, und die Schwestern gingen zusammen.

Anna weinte leise im Dunkeln. Sie betrachtete ratlos diese zwecklosen Straßengewimmel, Meereswogen, gescheiterte Schiffe, fliehende Menschen, alles verschwommen in Tränen.

Marie hielt sich an beiden Lehnen fest. Warum war Gintler nicht gekommen, sie hätte nicht mitzugehen brauchen in eine enge, heiße Dunkelheit. Vor einigen Jahren war sie dann und wann hier gewesen, sie wußte nicht viel davon. Sie drehte den Kopf aus dem fremden weißen Licht, blickte in dichte Reihen von Gesichtern, die ganz versilbert waren, erstarrt und gierig. Sie wandte sich wieder zurück und fühlte auch ihre Stirn weiß und kalt. Vor ihren Augen flimmerte etwas, was einem Himmel ähnlich war,

Bergena und Bäumen. Menschen kamen auf Pferden. Sie wünschte sich sehr, alles genau zu erkennen. Sie hatte nie geträumt, daß es solche Abgründe geben möchte. Und doch verlangte ihr Herz zugleich danach, sie möchten noch tiefer sein, und diese wunderbaren Reiter, die einer hinter dem andern über Brücken und Grüfte sprengten, möchten sich nicht einholen. Sie durften sich nicht einholen. Sie wußte nicht, warum. Sie sehnte sich danach, alles genau zu begreifen. Aber nicht nur die Pferde, auch die Berge und Bäume liefen ihren Blicken davon. Manchmal hatten sie Mitleid mit ihr und warteten, dann zeigten die Menschen in der Dämmerung eines einfachen Zimmers einen Augenblick ihre großen weißen Gesichter. Sie zeigten ihr ganz vertraut ein Unglück oder eine Freude. Auch die Pferde verhielten sich ruhig, an einen Zaun gebunden. Eine Sonne, welche das Herz leicht machte, schien über dichtes Gras, über das einsame weiße Häuschen. Sie verpaßte aber den Augenblick, wo sich alles veränderte. Da wurde über ein Unglück geweint, das sie gar nicht hatte hereinbrechen sehen. Da waren die Berge verschwunden, ein Reiter ritt in eine Straße hinein, es war schon Nacht geworden. Sie brauchte sich nicht mehr zu quälen. Denn aus der dunklen Tür trat ebenso langsam, wie sie folgen konnte, ein junges Weib, ein Licht in der Hand, stellte das Licht auf die Treppe und umarmte den Angekommenen.

Es wurde hell. Die Leute bewegten sich. Anna hatte zu weinen aufgehört, doch war ihr Gesicht nicht so schön wie sonst, sondern verquollen und mürrisch. Sie gab nicht acht auf Marie. Es war später Abend, sie gingen schnell hintereinander her. Marie senkte den Kopf. Sie sah sich manchmal schnell nach rechts und links um. Sie hatte zuletzt vieles verstanden und war eingewöhnt gewesen. Was sollte sie jetzt anfangen auf der ihr unbekannten Gasse gegen den offenen Platz hin.

Der Vater hielt sich aufrecht. In faulen, faden Klümpchen erstarrte ihnen das Essen im Mund, weil sie wußten, daß unter der Tischplatte sein Bauch war, hart und weh vor Krankheit. Der Vater klagte nicht. Er preßte unter dem Tisch mit beiden Händen seinen Leib zusammen und sah sich streng um.

Eines Abends trat Marie ins Zimmer mit einem Korb voll Strickwaren, da fragte er, was das für Bestellungen seien. Marie mußte alles vor ihm ausbreiten. Er streichelte ihre Hände, ihr Haar. Er hatte vielleicht gerade keine Schmerzen, da wollte er ihr etwas Gutes tun; er redete leise auf sie ein, ihre Hand in der seinen, und betupfte mit dem Daumen ihre Knöchel. Sie sagte ja und nein und blickte angestrengt in sein Gesicht. Etwas Unerbittliches hatte mit aller Kraft aus diesem abendlichen Zimmer den letzten Tropfen Hoffnung herausgepreßt, Möbel und Vasen und gehäkelte Sterne lagen verkümmert und welk herum wie dürre Schalen. Der Vater hörte eingeschüchtert zu reden auf unter ihrem kalten, verzweifelten Blick. Er legte die Hand auf ihren Kopf. Dann fuhr er zusammen, runzelte die Stirn und starrte vor sich hin. Er vergaß, die Hand zurückzuziehen. Sie lag auf Mariens Kopf, drückend und schwer wie Blei. Sie wagte nicht, die Hand auf sein Knie zurückzulegen. Sie wartete. Sie zupfte Wattefussel vom Polster. Da dachte sie, daß er vielleicht gestorben und die Hand eines Toten auf ihren Kopf gelegt war. Da seufzte er ein wenig. Er zog von selbst seine Hand zurück wie von einer Tischplatte, hatte Marie vergessen und drehte sich nach der Wand um. Marie legte die Sachen in den Korb zurück und trug ihn ins Schlafzimmer.

Zwei oder drei Wochen bevor er starb, bekam er Lust auszugehen. Er brauchte lange Zeit und wimmerte beim Zuknöpfen. Er mußte aber durchaus in die Stadt und zog sich gut an. Er wischte sich den Schweiß ab, wie er mühsam die sonnige Gasse hinunterging. Er fühlte auf seinem kranken Körper den guten schwarzen Stoff. Auf diesem Weg begegnete er dem alten Matthäus. Zieglers Gesicht wurde starr, als habe er diese Begegnung erwartet und sich darauf vorbereitet. Sie grüßten einander. Der alte Matthäus fühlte bei Zieglers Anblick Reue, weil ihm der Mann vor einem Jahr in seinem Büro lästig gefallen war. Eine schreckliche Krankheit konnte jeden befallen. Sie hatte nicht vermocht, seinen Anzug zu ändern, seinen Kragen und seine Uhrkette. Sein Gruß wurde ausgiebig und ehrerbietig. Ziegler grüßte langsam zurück. Sein Gesicht veränderte sich, er kostete mit gesenkten Augen den Gruß aus. In seinem Herzen regte sich ein wenig Freude, und er kehrte nicht mehr so verlassen zurück, wie er gekommen war.

Er war jetzt tot, aber seine Photographie hing im Wohnzimmer über dem Sofa, auf welchem der Kleine zu schlafen pflegte, weil man die Kammer dem Spengler vermietet hatte. Nun war endlich sein verjüngtes Gesicht für alle Zeiten in ruhiges Selbstbewußtsein versenkt, und sein glatter neuer Anzug war allem Zerfall enthoben. Die Frau aus dem dritten Stock kam zum Trauerbesuch. Sie konnte jetzt mitten in das Wohnzimmer hinein und aus den schlecht verwahrten Herzen Klagen herausziehen. Die Ziegler weinte nicht, doch ihr Gesicht und alle Gesichter der Kinder und alles im Zimmer war verschwommen und angetrübt von Trauer. Sie konnte nicht so scharf sehen, wie sie geglaubt hatte. Ungefähr war doch noch alles, wie es gewesen war. Im großen ganzen standen dieselben Sachen noch an denselben Flecken wie bei ihrem letzten Besuch. Zwischen den Fenstern blinkte doch noch ein Spiegel, etwas Goldiges glänzte auf dem Wandbrett. Die Frau sah mitgenommen aus, aber auf ihrem schwarzen Kleid steckte eine kostbare Brosche. Die ganze Woche über tauchten eine Menge Gesichter von Nachbarn, Geschäftsfreunden und Schulfreundinnen auf, als ob eine unbekannte Hand sie gezwungen hätte, einen Umweg durch dieses Wohnzimmer zu machen. Ende der Woche kam der Hauswirt, als sie gerade beim Essen saßen. Er wollte wegen der Wohnung sprechen, die er lieber dem Spengler vermieten mochte als den Zieglers, die schlecht und unregelmäßig zahlten. Man bot ihm einen Stuhl an. Mutter und Kinder saßen vor dem gedeckten Tisch. Eine Glasglocke schien über diese schwarzen, traurigen Menschen gestülpt, welche aufrecht und langsam etwas Breiiges von ihren blaugeränderten Tellern aßen. Der

Mann verwandelte sich aus einem Hauswirt in einen Trauergast. Er schob es auf, redete ein paar Worte und ging wieder.

Dann nahmen alle ihre Arbeit auf. Marie nahm ihren Korb und lieferte ab. Es war erst Nachmittag, aber das Pflaster und die Schieferdächer waren naß von Regen; ein gelber, zerronnener Flecken, das war die Sonne. Marie stutzte in der Haustür und ging mit gesenktem Kopf. Das war immer ein schlechter Weg gewesen. Jetzt, nach längerer Pause, wandten sich Mauern und Wände gegen sie in offener, kalter Feindschaft. Auf dem freien Platz fiel der Regen auf ihr Haar, auf ihre Schultern. Die Hüfte tat ihr weh von diesem nicht einmal allzu schweren Korb. Sie konnte ihn wohl nie wegwerfen, Strümpfe und Jacken würden zurückkriechen, der Korb würde von neuem ihre Hüfte anspringen. Sie lief die Gasse hinauf. Im dunklen Treppenhaus blinkten die Messingmonde, sie berührte heute zum erstenmal einen mit der freien Hand. Im großen Fenster hatte jemand die roten und blauen Farben geschürt, daß sie blitzten und leuchteten. Die Treppe war so weich und schön, daß sie einen Stufe um Stufe hinaufhob. Aber oben kam Marie nicht über die Schwelle. Sie konnte in der Dämmerung nicht einmal das Gesicht erkennen, das zu den Händen gehörte, die ihr immer schon in der Tür die Ware abnahmen und das Geld hinzählten.

Dafür wurde sie im nächsten Haus bis an den Tisch gelassen. Der Knabe mit der Brille starrte sie in ihrem schwarzen Kleid an. Sein Gesicht war ganz nackt, ohne Album. Im nächsten Wohnzimmer legte ihr die Frau, die immer gut war, etwas Süßes in den Korb. Auf der Gasse waren jetzt die Laternen an, da konnte sie auf den Pfützen den Regen hüpfen sehen. Sie war krank und müde. Die leeren nassen Gassen drehten und dehnten sich, verknoteten sich um ihre Füße, aber hinter ihr waren Schritte, weiche, glückliche. Das Mädchen mit der roten Mütze sagte ihr über die Schulter: „Nun, Marie." Es ging ein paar Schritte neben ihr her und wartete. Das war zu kurz für Worte, die in einem angenagelt waren und schwer und zugeschüttet. Da hätte das Mädchen Zeit haben müssen, um hundertmal mit Marie durch die ganze Stadt zu gehen, kreuz und quer. Sie mußte aber schnell weiter. Marie sah geradezu auf seinen schmalen, aufrechten Rücken. Jetzt war das Wegstück zwischen ihnen, wie ein Stemmeisen, das langsam eins vom andern abrückte.

Daheim, im dunklen Wohnzimmer, saßen Anna und der junge Gintler beieinander im Sofa. Als Marie leise eintrat, fuhren ihre Beine erschrocken auf den Boden.

Eines Vormittags kam der Junge, groß und fremd und mager in einer braunen Lederjacke, die Treppe herauf. Er war aus der Schule in der fremden Stadt in die Lehre gekommen, hatte dann und wann eine Karte geschickt und zuletzt nichts mehr. Die Mutter war gerade in den Hof gelaufen. Er wunderte sich, daß die Tür angelehnt war. Sein Blick fiel auf die Photographie über dem Sofa. Er setzte sich schnell vor den Tisch und sah hinauf, ganz verwundert und erleichtert, denn er begriff, daß der Vater, vor dem er sich gefürchtet hatte, um an dieser Stelle zu hängen, tot sein mußte. Er nahm die Mütze vom Kopf und zuckte mit den Achseln. Er stand auf und machte ein paar Schritte. Die Luft in dem Zimmer war schwer und dick, sie nahm ihm den Atem, und er strich in Gedanken ohne weiteres einen von den drei Tagen ab, die er zu bleiben vorgehabt hatte. Er fing an, sich umzusehen. Was war denn das für ein Zimmer? Unter seinem festen Blick krümmten sich die Wände, Tapetenfetzen waren abgerissen und angeklebt und deckten die Dreiecke aus Mörtel nicht mehr. Der Teppich war ausgefranst, die Polster waren geplatzt und mit großen Stichen zusammengenäht. Das schwere Sofa glich einem großen halbausgeweideten Tier, aus dem das Eingeweide hervorquillt. Da gab es nur noch ein paar feste Punkte, an die sich das Wohnzimmer halten konnte, eine Photographie, einen Spiegel, eine kleine goldene Vase. Er brauchte nur fest aufzutreten, und alles fiel auseinander, und er war im Freien, er hatte Verlangen nach großen Straßen und Plätzen, auf denen Menschen pufften und brüllten, überhaupt wegzugehen.

Marie kam aus dem Schlafzimmer. Ihre Arme fielen herab, ihr Gesicht wurde dunkelgrau. Ihre Lider senkten sich, ihre Augen darunter waren vielleicht jetzt leuchtend hell. Daß so etwas Graues, Fahles überhaupt ein Mädchen war. Nach und nach kamen alle heim. Er konnte nicht verstehen, warum er hergekommen war. Die Mutter hatte das Ihrige auch nicht zusammenhalten können. Da war ihr Leib hingerutscht und da ihre Brust und so ihre Mundwinkel. Der kleine Bruder trug lange Hosen, mit einem bleichen, sanften Gesicht. Auf den glatten braunen Scheitel des Kindes hatte sich eine müde Hand gelegt, daß es nicht höher wachsen sollte. Anna war schön und rot.

Sie setzten sich um den Tisch. Er drehte den blaugeränderten Teller zwischen seinen harten, breiten Händen. Die Mutter sagte: „Nun erzähl mal, wie es dir geht." Er sagte: „Wie es einem so geht, Mutter. Mal so, mal so, besser, wie 'nem Schuhnagel." Die Mutter schöpfte ihm etwas aus. Er war nicht hungrig gewesen, jetzt bekam er schrecklichen, wütenden Hunger. Die Mutter sagte: „Du kommst uns da angeschneit." Er sagte: „Ja, ich hatte drüben Arbeit, da habe ich gedacht, da kann ich mal heim machen." Sie aßen. Er kratzte seinen Teller. Er dachte an fremde Städte, an seine Gefährten, an seine Arbeit, an Aufmärsche, Versammlungen, Fahnen, Knüppel, Hunger und Plätze schwarz von Menschen. Er hätte nicht kommen sollen. Es war nicht einmal gut, daß der Vater nicht mehr da war. Sie dauerten ihn allesamt. Er konnte ihnen nicht helfen; er schämte sich sehr.

Er gab dem Kleinen Geld und sagte: „Nun lauf mal weg und hol ein Kümmelbrot und Bier und ein halbes Pfund Mettwurst und ein halbes Pfund Gehacktes."

Da wurde es auf einmal lauter und lustiger, eine Erregung war und eine Gespanntheit, bis der Kleine zurückkam. Auf dem gedeckten Tisch entstand ein richtiges Durcheinander. Papierschnitzel flogen und Bierspritzer. Sie schnickten einander auf den Gabeln Wursthäutchen zu. Die Mutter sagte: „So habe ich schon lange nicht mehr gelacht." Gegen Abend lief Anna mal hinunter. Als sie heraufkam, hatte sie Veilchen in der Hand. Sie sagte: „Ich hab dem Gintler für heute abend abgesagt."

Sie machte ihm ein Bett auf dem Sofa zurecht. Er betrachtete sie, stellte sie in eine Reihe zwischen alle Mädchen, die er betrachtet hatte. Ihre Brust war fest und rund, ihre Haut war glatt und weich. Er sagte: „Der Gintler kommt immer noch?" Anna sagte: „Ja." Und er sagte: „Du bist wohl 'ne ewige Braut?" Sie drehte sich schnell nach ihm um. Sein Gesicht war mager und frech, aber seine Augen waren klar. Auf einmal hatte sie Lust, da er nun schon einmal da war, in seine hellen, offenen Augen hinein zu reden und zu reden. „Wir gehen manchmal außerhalb essen. Manchmal am Sonntag machen wir eine Partie. Wir sind auch oft mehrere. Zuerst hab ich das alles gar nicht gewollt, aber er hat gesagt: ‚Man kann doch nicht immer eines gegen das andere sitzen, wie in einem Eisenbahncoupé. Man muß doch auch mal zusammen unter Leute gehen und seinen Spaß haben.' "

Er sagte: „Nu ja, Anna." Da legte sie ihre Arme quer über den Tisch, legte ihren Kopf darauf und jammerte laut: „Oh, oh, oh." Er wollte noch etwas sagen und schluckte es. Sie richtete sich von selbst wieder auf und fuhr sich mit den Händen übers Gesicht. Sie war auf einmal wie ausgewechselt, ganz lustig. Sie pfiff vor sich hin und drehte sich blinzelnd nach dem Bruder, während sie die Decke aufschüttelte. Er aber war müde, er hatte genug und war froh, als sie wegging. Dann lag er allein in einer fetten, schweren Dunkelheit. Er hatte noch einmal alle wiedersehen müssen. Jetzt brauchte er aber nie mehr zu kommen. Er konnte jetzt für immer wegfahren, wohin er wollte, hungern und arbeiten und leben und sterben und nie mehr zurückkommen. Jetzt mußte er sich noch mal zusammenreißen, bis die eine Nacht um war und noch ein Tag und noch eine Nacht und ein halber Tag.

Er war morgens um die Mutter herum in der Küche. Im Küchenfenster steckte ein Stück Himmel, Dächer und Hofmauer, wie eine alte schmierige Ansichtskarte. Der saure Geruch einer unablässig gekochten Speise war vom gestrigen Tag noch nicht verzogen und dampfte schon wieder neu aus dem Kesselchen. Der Schimmel stand auf den Wänden, aber die Mutter rieb mit der Schürze ein Glas, hauchte und drehte es gegen das Licht. Er wünschte sich, etwas von ihrem alten Blick abzubekommen, vor dem er sich früher geduckt hatte. Da fiel ihm ein, wie er in der Badebütte gesessen hatte, die auf zwei Stühle gestellt war. Er trug es ihr nicht mehr nach, weil sie eingeschrumpft war und ihn dauerte. Er zog dem Kleinen Schächtelchen im Automaten. Er schenkte Anna Geld für seidene Strümpfe. Er stellte sich hinter Marie und sah ihr beim Stopfen mit zu. Sie krümmte ihren Rücken und dachte immer, daß er sie ansprechen möchte. Ihr Herz zog sich zusammen, daß es ihm endlich einfallen sollte, wie sie miteinander gegen die Hoftür gestemmt hatten, sie beide allein. Er hatte es aber längst vergessen, anderes war ihm dazwischengekommen. Wenn sie bei Tisch saßen, dann sah er eines nach dem andern an mit leisem, gleichgültigem Mitleid. Sie aber sah er nie an, und wenn zufällig sein Blick auf sie fiel, dann war er hart von Verachtung. Sie wußte nicht, warum er sie so ansah. Sie senkte die Augen, drückte das Kinn gegen die Brust und zog sich zusammen vor Scham. Denn es schien ihr, als ob er recht hätte. Er schickte dann zwischendurch den Kleinen hinunter nach Wurst und Bier, erzählte auch manches, was er gehört hatte, und brachte die Mutter zum Lachen. Aber mit solchen Späßen rückte der Tag nur mäßig vorwärts, zog sich endlos und dünn wie Gummi. Immer langsamer lief die Zeit und schien nachmittags ganz stillzustehen. Während die andern lachten und schwatzten, fürchtete er sich, daß es nicht mehr weiterginge und er eingesperrt bliebe in diese schläfrige Wohnzimmerstunde. Nach dem Abendessen war die Dunkelheit sauer, wie abgestanden. Er erhob sich bald wieder und lief hinunter. Er lief schnell die Gassen entlang und klatschte das Pflaster mit frechen lauten Tritten. Er suchte sich eine Gasse hinter dem Heumarkt. Er bekam ein Mädchen, so mager, daß es ihn stach und juckte. Dann sagte sie zu ihm: „Das merkt sich gleich, daß du keiner von hier bist.“ Er freute sich und sagte: „Da bist du mal schiefgewickelt, denn ich bin einer von hier, aber ich bin schon lang nicht mehr hier gewesen, und morgen gehe ich ganz weg." Er sah sich um und sah, wie alle Farben, welche grell und bunt gewesen waren, schummerig wurden und durcheinanderliefen, weil es Tag wurde. Da war er sehr froh.

Er ging dann frühzeitig heim und legte sich zurück. Den Morgen über machte er sich noch allerlei zu tun. Er schlug ein paar Nägel ein, klebte Tapete fest. Er ließ alles Geld zurück, was er hatte, und versprach zu schicken, wenn er verdiente.

Wie er dann nachmittags wegging, ging Marie auch in die Stadt. Sie ging neben ihm her. Er hatte früher manchmal an den kleinen Bruder gedacht, auch an Anna. An Marie hatte er immer vergessen. Er vergaß sie auch jetzt auf diesem Weg, alle Augenblicke, von Schritt zu Schritt. Er wunderte sich, daß sie noch neben ihm ging. Er bekam Lust, etwas zu sagen, daß sie erschrak und zusammenfuhr, etwas Böses, gerade ihr, ganz ohne Umschweife. Er sagte: „Wenn es so weitergeht, wirst du nicht lange machen, viel hast du nicht zuzusetzen." Marie drückte die Ellenbogen an sich. Er fuhr fort: „Das Geknottel, das du da treibst, das treibst du auch nicht mehr lang. Wie du bloß aussiehst." Marie schwieg. Er sagte: „Das wird ja nicht lang mehr dauern. Du wirst ja bald krepiert sein." Marie sagte leise: „Ja."

Sie kamen am Bahnhof an. Marie hatte manchmal von der Brücke auf die Schienen gesehen, feste Striche in der Erde. Sie hatte sich nichts dabei gedacht. Jetzt dachte sie, daß man durch dieses Haus zu den Schienen ging, um abzufahren. Der Bruder wurde ganz aufgeräumt, nun, da er ein Billett hatte. Sie traten auf den Bahnsteig. Ihr Haar flatterte. Sie sah schnell nach rechts und links und dann auf den Boden. Etwas zog aus ihr weg, die Schienen entlang und verschwand. Der Bruder trat von einem Fuß auf den andern. Sie preßte den Mund zu. In ihrer Kehle bettelte es den Bruder an, sie mitzunehmen und nicht zurückzulassen. So ein Bruder war er ja, der alles tat, was man bat. Dann fuhr der Zug ein. Der Bruder drehte sich um, erblickte sie wieder, die immer noch neben ihm stand, nahm und ließ ihre Hand und sprang auf. Sie hob ihren Korb und sah hinter dem Zug her. Die Schienen verschwammen ein wenig, zuckten durcheinander in fremden, wirren Linien, richteten sich wieder gerade, hart und fest.

Auf Ostern fingen die Mutter und Anna zu putzen an. Die Mutter stöberte herum und setzte sich alle Augenblicke mal hin. Abends sagte sie: „Es ist schon so heiß, und mir ist so schwach im Leib, und du mußt ja alles allein machen. Wir machen auf Pfingsten weiter."

Am Sonntag brachte Anna ein riesengroßes Osterei, das ihr der Gintler geschenkt hatte. Sie hatte noch viele kleinere Eier bekommen von anderen Bekannten. Der kleine Bruder knabberte schnell zwei, drei Eier. Das Süße zog ihm den Mund zusammen. Er hatte keine Lust mehr und leckte traurig daran herum. Nachmittags gingen sie alle den Fluß entlang. Die Mutter dachte an den Vater. Er hätte ruhig neben ihr gehen können; so wie immer führte sie zwischen den Platanen seine Kinder hinauf und herunter. Sie trafen auch viele Leute. Sie trafen auch den alten Matthäus mit seiner Frau und seinen Töchtern. Die Glokken läuteten, ihre Klöppel wirbelten um die Stirnen Wolken goldnen Sommerstaubs. Neben ihnen auf einer blauen Wand waren Berge aufgemalt, Wolken und ein Fluß.

Nach Ostern hatte Marie einen leichten Korb, weil man im Sommer nichts Wollenes brauchte.

Abends, schnell vor Ladenschluß, holte die Mutter angewelktes Grünzeug und eine Tüte zerquetschter Beeren. Es war kühl im Laden. Die Gemüsefrau gab ihr einen Stuhl. Eine große, breite Frau von nebenan erzählte mit rauher Stimme von den Mißgeschicken des Tages. Ein junges bäuerliches Ding saß auf einem Korb und erzählte von seinem Bräutigam. Eine junge Frau kam schnaufend mit einem kleinen Kind auf dem Arm. Sie erzählte von ihrem Mann, der verunglückt war, von der Schwiegermutter, bei der das Kind über Tag war, und von ihrer Arbeitsstelle. Ihre Gesichter waren rot vor Ärger über ihr

Mißgeschick, und ihre Stimmen wurden heiser, wenn sie von den Unglücksfällen erzählten, welche über sie gekommen waren und sie verzehrten wie Seuchen. Die Mutter öffnete manchmal ihren Mund und redete etwas von der Krankheit ihres verstorbenen Mannes. Die anderen redeten lauter und schneller, sie schwieg dann wieder. Aber keins fürchtete sich wohl so sehr wie sie, daß die Lampe im Hinterzimmer anging und der Mann der Gemüsefrau „Schluß jetzt" rief. Dann wurden die Läden geschlossen. Die Frauen gingen widerwillig auf die Straße und knurrten leise. Sie redeten noch vor der Ladentür zusammen, Gesicht gegen Gesicht, in einem Klumpen, als fürchteten sie, jedes für sich auseinandergerissen zu werden, jedes seine Treppe hinauf, jedes in sein Zimmer.

Nur die Mutter ging gleich aus dem Laden nach Hause. Sie richtete sich fest auf, riß sich los und ging allein die Gasse entlang. Die Frauen sahen mit zugekniffenen Augen hinter ihr her.

Marie schellte zum zweitenmal, da kamen endlich Schritte den Gang herunter, und durch den Türspalt sagte die Stimme: „Sie sind im Sommer über verreist und kommen im Winter." Marie hob ihren Korb und schickte sich an, hinunterzugehen. Das ungeheuer große Treppenhaus war mit feinem Staub erfüllt wie mit Spinnweben, hinter welchem eine unerforschliche Wildnis von Farben glühte. Marie trat dicht an das Geländer aus braunem, poliertem Eichenholz, faßte sich an und sah hinauf. Sie folgte mit den Blicken diesen mit hellen Messingkügelchen besetzten Windungen, höher hinauf, bis ihr schwindlig wurde. Was auch dort oben war, da würde sie nie hinaufkommen. Selbst diese erste Treppe, von der ihr Herz noch klopfte, war nutzlos gewesen. Sie stieg hinunter. Die Stufen fingen zu schwimmen an, die Messingstäbchen rückten vor und zurück. Ihr war so schwindlig, daß sie sich auf die Stufe setzte. Aus dem Fenster blätterte Rot und Grün und Blau in ihren Schoß, auf ihren Nacken. Bis zum Winter. Niemals würde sie diese Fenster wiedersehen. Niemals würde sie mehr auf einen Bahnsteig kommen. Niemals würde sie mehr in einem Kino das Bild einer Schlucht und das Bild eines Waldes und das Bild eines Reiters sehen. Sie fing zu weinen an, aber des Weinens ungeübt, waren ihre Tränen hart und schmerzhaft. Da stand sie wieder auf und ging bis zum nächsten Treppenfenster und stützte sich und versuchte, durch das einzige farblose Glas zu sehen, das zwischen den bunten eingesetzt war. Da zögerte sie, riß sich zusammen in einen einzigen heftigen Wunsch: Möchte doch hinter der Scheibe etwas ganz anderes sein, etwas ganz Unerwartetes. Sie hielt ihr Gesicht hin. Drunten zwischen den angrenzenden Häusern lag ein Hof, in welchem gerade eine Laterne anging. Ein ausgespannter Karren stand darunter. Ein Arbeiter wartete gerade auf einen andern, welcher mit einem Arm nach dem Ärmel seiner Jacke fuchtelte. Marie wartete, bis er die Jacke anhatte, dann nahm sie ihren Korb und ging auf die Straße hinunter.

Für seinen Schwager von außerhalb, welcher in der vergrößerten Spenglerei mitarbeiten sollte, hatte der Spengler das Schlafzimmer zu der Kammer abgemietet. Alle drei Frauen zogen die Betten von einem Zimmer ins andere. Das verschlissene, rohrote Bettzeug quoll in das Wohnzimmer. Breit und tölpisch standen jetzt die mächtigen Betten, zerquetschten Bilder, Teppiche und Schränkchen. Der kleine Junge drückte sich still gegen die Wand, aber er stieß gegen ein Wandbrett, und die kleine goldene Vase rollte unter das Sofa. Er wollte sich bücken, stieß sich und fing zu weinen an. Niemand kümmerte sich darum, weil alle verstört in diesem Zimmer herumblickten, in welchem die Möbel über sie gekommen waren und bissig und gefräßig geworden wie Tiere in einem Käfig. Durch die Fenster kamen heiße, rotgoldene Ströme von Sonne, spiegelten sich auf polierten Holzflächen, liefen die Kanten und Bilderleisten entlang. Einige Minuten lang blieben die Frauen ganz starr stehen. Auf einmal zuckte die Mutter zusammen, mitten in ihr drin hatte sich etwas Altes aufgerichtet, sie richtete auch schnell ihren Rücken auf und sah mit festen Blicken um sich. Ihre Augen wurden dunkler und trockner. Mit ruhiger Stimme ließ sie dieses und jenes geschehen. Sie preßte die Lippen zusammen und faßte selbst noch einmal an, den Schrank gegen die Tür zu schieben und das Sofa an die andere Wand und die Betten unter das Fenster. Sie gab nicht nach und ließ nicht locker, bis alles seinen Platz hatte. Gegen Abend war in einer Ecke des Zimmers ein neues Wohnzimmer entstanden, wo man sich um den Tisch herum unter die Lampe setzen konnte. Dort deckte die Mutter den Tisch.

Sie mußten oft hinter dem Spengler herfegen, welcher, statt durch die Küche zu gehen, immer schnell durch das Wohnzimmer lief. Und er ließ auch manchmal eine Zange liegen und manchmal eine Schachtel, als ob er sich nicht daran gewöhnen könnte, wo ein Zimmer anfing und das andere aufhörte.

Der kleine Junge wurde so still und flach wie ein abgefallenes Blatt.

Anna zog sich hinter der Schranktür an und ging leise hinunter.

Marie lag viel auf der Bank, als verbrauche sie dadurch weniger Platz als im Stehen und Gehen. Sie legte die Hände um ihre hochgezogenen Knie. Sie hatte nicht gewußt, daß auch die Dunkelheit schwanken konnte. Sie wartete auf die Nacht. Aber das Dunkle, das doch selbst ein unverrückbarer Block war, schwankte auch, als würde es selbst noch einmal hin und her geworfen in einem Meer von Dunkelheit.

Von der Straße her kam Geschrei und ein wenig Musik. Auf der Treppe klang ein Lachen wie helle, auf dem Boden zersplitterte Scherben. Anna zog vor der Tür die Schuhe aus und kam herein. Marie richtete sich auf. Sie konnten einander im Dunkeln nicht erkennen. Da starrten sie sich mit aufgerissenen Augen an wie zwei Blinde. Morgens sagte die Mutter traurig: „Was war denn das, Anna." Anna sagte leise: „Ich kann ihn doch nicht mehr hier heraufnehmen."

Einmal kam eine Ansichtskarte von dem Jungen, auf

welcher ein Denkmal abgebildet war. Anna nahm die Karte mit und zeigte sie dem Gintler. Die Mutter legte den Arm um den Kleinen und erkärte ihm die Karte wie ein Bilderbuch.

Dann nahm Marie die Karte und zog sie zwischen den Zähnen hin und her. In der Schule hatte ein Bild gehangen, auf welchem ein Engel mit großen schwarzen Federflügeln ein Kind führte. Engel gab es, welche die Kinder aus den wilden Wäldern und verlassenen Klüften herausfanden und heimbrachten. Solche Engel, welche die Kinder nachts aus dem Zimmer nahmen, weg von den Ihren, und die dünnen, blanken Schienen entlang, ganz woandershin, in ganz fremde Städte führten, solche Engel gab es nicht.

Es gab auch gar keine Hilfe.

Es gab überhaupt gar nichts. Gar nichts gab es, als diese einzige Kraft in einem selbst drin, und auch die allein war nutzlos. Marie biß in die Ansichtskarte und spuckte die Fetzen weg.

Sie versuchte aufzustehen. Sie setzte sich an den Tisch. Sie legte ihre ineinander verschlungenen Hände in das helle Kreisrund der Lampe. Der kleine Bruder stichelte in sein Heft dünne, feine Buchstaben wie Stickereien. Sie dachte an den Knaben mit der Brille, der sah jetzt ein Album an. Dort war ein ebensolcher Abend, auch ein Tisch und auch eine Lampe und auch ein Knabe, der nicht ihr Bruder war.

Anna sagte erschrocken: „Du bist ja krank, Marie." Sie hielt ihren Spiegel hin. Marie sah schnell in etwas Fremdes, Dunkelgraues. Sie drehte den Kopf weg. Sie wollte sich wieder auf ihre Bank legen. Aber sie faßten sie unter den Schultern und legten sie in ein Bett.

Die Mutter und der Junge zogen sich gut an und gingen in die Stadt. Die Mutter sah geradeaus, als bahne sie mit festem Blick für sich und das Kind einen Weg durch diese morgendliche Stadt, zwischen diesen hin und her laufenden Menschen, bis zu dem Punkt, wo sie hinwollte. Ihr Gesicht war röter als sonst. Sie ging zu Matthäus, fragte nach ihm und wurde hereingelassen. Sie mußten ein wenig warten. Die Wände waren hell und fahl, aber durch das Fenster kam aus Matthäus' Garten ein starker Sommergeruch. Der Kleine hob die Augen und sah erschrokken auf Matthäus' Pult, weiße und blaue Haufen von Briefen und Papieren. Sein Blick blieb an etwas Hellglänzendem hängen. Da kam Matthäus herein. Er reichte der Frau die Hand und fuhr dem Kleinen über das Haar. Die Mutter wollte um Rat bitten für ihren Sohn, der Ostern in die Lehre sollte. Der alte Matthäus legte dem Jungen die Hand um das Kinn, hob es und lächelte ein wenig. Der Kleine sah ihn ernst an aus seinem weißen, vor Angst feuchten Gesicht. Matthäus sagte: „Es ist sehr schwer, ich will mal zusehen." Der Kleine sah geradeaus auf die breite, von einer dicken Uhrkette gekreuzte Weste, auf der die Hornknöpfe hinaufstiegen. Die Mutter redete mit leiser Stimme auf Matthäus ein, aber Matthäus sagte: „Sie kommen ja noch einmal wieder, es ist noch lange bis dahin." Der Kleine starrte wieder auf den Schreibtisch, das helle glitzernde Ding, in dem sich die Sonne fing, war vielleicht eine Briefwaage.

Sie gingen die Straße hinunter, die sie gekommen waren. Die Mutter schwieg und drehte und wendete in ihrem Kopf die mageren Worte, die ihr der alte Matthäus gesagt hatte. Der Kleine stolperte. Zwei Buben, die auf der Deichsel eines Wagens ritten, rotzige, ruppige Buben, hörten zu schaukeln auf, zeigten nach ihm und lachten.

Der Kleine wurde rot vor Scham. Die schmale Straße zog sich, als würde sie von einer Spindel abgerollt. In allen Häusern waren Fenster, aus welchen Blicke heruntertropften. An einem gewöhnlichen Morgen mußte er allein in langen schwarzen Hosen zur Strafe für etwas in der Stadt herumgehen. Er hielt sich dicht an die Mutter und versuchte, in ihr Gesicht zu sehen. Aber die Mutter hatte schon so oft die Worte des alten Matthäus hin und her gedreht, daß ihr Kopf inwendig ganz abgewetzt war. Da gab sie alles auf und ließ es laufen. In diesem Augenblick war ihr Gesicht unsicher, nichts, woran man sich halten konnte.

Der Kleine war froh, wieder daheim zu sein. Er hatte Lust, an alles zu tupfen, an die Lehnen, an die Deckchen, an die Hände der Schwester. Er brachte Marie ihren Teller ans Bett und tupfte an ihren Zopf, der hart, wie aus Schnur geflochten war. Marie wußte nicht, was sie ihm Gutes tun sollte, sie sagte: „Iß doch selbst auf, ich kann ja nicht."

Dann gab es rundherum einen großen Lärm, weil die Braut des Spenglers endlich angekommen war und gleich eine ganze Gesellschaft von Anverwandten mitgebracht hatte. Sie sparten sich den Umweg durch die Küche und liefen ein ums andere Mal quer zwischen Tisch und Betten. Ein großes Gelächter prustete, erstickte und platzte durch die aufgesprungene Tür. Einmal steckte eine mit großen lila Ohrringen, die vielleicht die Braut selbst war, ihren Kopf herein und schrie: „Macht doch mit, je mehr, je besser." Das Grammophon spielte. Anna bewegte die Füße unter dem Tisch, auf ihrem Gesicht hüpften helle Pünktchen herum, erloschen und ließen es kahl und müde. Der Kleine bohrte die Daumen in die Ohren. Aber die hatten nebenan etwas Neues ausgedacht, sie stampften und klatschten. Das ganze Zimmer dröhnte und rüttelte, als hätte es Räder bekommen.

Nach einer Woche stand Marie auf, packte die Sachen zusammen und trug den Korb in die Stadt. In den Dachkanten lief das Licht in goldenen Fäden zu Ende. Auf dem offenen Platz roch es nach Herbst. Alle Menschen waren wohl nach Hause gegangen, es war so still, als sei die Zeit zerbrochen.

Marie fror. Sie war vielleicht in die falsche Gasse eingebogen. Nie zuvor war sie an dieser tiefen Torfahrt vorbeigekommen, aus der es süß nach Wein roch. Niemals hatte es über ihrem Kopf gepfiffen von einem Fenster zum andern. Aber dann war es ganz gewiß das alte Wohnzimmer, in welchem ein wenig verspätet das Nachtessen abgetragen wurde. Der Knabe trank heiße Milch aus einer Tasse, blaugerändert wie die Tassen und Teller zu Haus, und setzte die Brille ab, weil sie anlief. Die Frau bot ihr einen Stuhl. Marie setzte sich schnell, von Müdigkeit bezwungen. Die Frau sah sie ein wenig verwundert an. Im nächsten Zimmer brachte die Frau eine Schale Äpfel. Sie redete gut zu, bis Marie einen von den Äpfeln nahm, die sich blank und kühl anfühlten wie Messingkugeln.

Draußen war es Nacht. Auf dem Bahnsteig hatte ihr Haar auch geflattert. Über den Dächern stand der Mond matt glänzend und rund wie ein Luftballon, der den Händen eines Kindes entglitten ist. Der offene Platz glänzte am Ende der Gasse. Er dehnte sich und drängte die Häuser zurück mit ihren vielen kleinen Lichtern, die eins nach dem anderen erloschen, wenn man sie fest ansah. Nur noch ein paar Laternen kreisten herum, wie Irrlichter auf einem Sumpf. Marie lehnte sich an die Mauer. Aber die Mauer stieß und drängte ihren Rücken, um sie abzuschütteln, in den offenen Platz hinein. Marie ließ ihren Korb fallen und hielt sich mit beiden Händen fest. Der leichte Korb rollte von ihren Füßen weg.

Weit fort, auf der anderen Seite des offenen Platzes, tauchte jemand aus einer Gasse auf und lief zwischen die Laternen. Marie erkannte das Mädchen mit der roten Mütze. Sie nahm alle Kraft zusammen und rief. Sie hörte ihren eigenen Ruf nicht, es riß nur inwendig. Da ließ sie die Mauer los, drückte beide Hände gegen die Rippen und schrie.

Das Mädchen stutzte und blieb stehen. Es sah sich nach allen Seiten verwundert um; denn der Platz war leer. Es zuckte mit den Achseln und ging schnell weiter, weil es Marie nicht sehen konnte, die flach auf dem Pflaster lag.

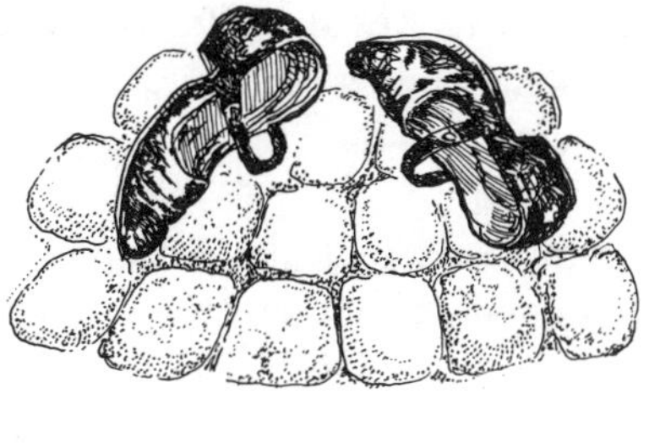

Wladimir Korolenko

Die Wunderliche

Skizze aus den achtziger Jahren

„Kommt denn nicht bald eine Station, Kutscher?"

„So bald noch nicht – vorm Schneesturm werden wir sie kaum erreichen – seht nur, wie alles bereift ist, 's gibt Nord."

Ja, offenbar kamen wir vorm Schneesturm nicht mehr hin. Gegen Abend wurde es immer kälter. Man hörte, wie der Schnee unter den Schlittenkufen knirschte, der winterliche Wind – der Nord – heulte im dunklen Forst, die Tannen spannten ihre Zweige über den schmalen Waldweg, die düster in der herabsinkenden Dämmerung des frühen Abends auf und nieder schwankten.

Es war kalt und ungemütlich. Der Reiseschlitten war eng, man saß zusammengedrängt, und überdies pendelten noch die Säbel und Revolver der Begleitsoldaten hin und her. Das Glöckchen ließ ein langes, einförmiges Lied erklingen, das sich in das Singen des einsetzenden Schneesturms mischte.

Zum Glück blitzte da auch das einsame Lichtchen der Poststation am Rande des heulenden Tannenforsts auf.

Meine Begleiter, zwei Gendarmen, schüttelten, mit

ihrem ganzen Arsenal Waffen klirrend, in der tüchtig geheizten, dunklen, verräucherten Hütte den Schnee ab. Ärmlich und ungastlich war es hier. Die Wirtsfrau befestigte einen qualmenden Kienspan am Lichthalter.

„Hast du nichts zu essen, Wirtin?"

„Wir han ja nischt..."

„Und Fische? Der Fluß ist doch hier gar nicht weit von euch."

„Da gab's mal welche, aber die Fischotter haben sie alle weggefressen."

„Na, und Kartoffeln..."

„I-i, du meine Güte! Die Arpern sind uns heuer erfrorn, alle erfrorn."

Da war nichts zu machen; ein Samowar fand sich erstaunlicherweise. Wir wärmten uns mit Tee aus, dazu brachte die Wirtsfrau in einem Bastkorb Brot und Zwiebeln. Indessen brach draußen der Schneesturm los, feiner Schnee schlug in die Fenster, und zuweilen flackerte und schwankte sogar das Flämmchen des Kienspans.

„Ihr kommt heute nicht mehr weiter – ihr könnt hier übernachten!" sagte die Alte.

„Na schön, übernachten wir. Ihnen, Herr, eilt's ja auch nicht, dahin zu kommen. Sehn Sie – was das für 'n Land hier ist!... Nun, und nach dort zu wird's noch ärger – das können Sie mir glauben", sagte einer der Begleiter.

In der Hütte war alles verstummt. Selbst die Wirtsfrau legte ihren Spinnrocken mit dem Garn beiseite, steckte keinen neuen Kienspan mehr an und begab sich zur Ruhe. Dunkel und Schweigen senkten sich herab, das nur von den heftigen Stößen des anstürmenden Windes unterbrochen wurde.

Ich schlief nicht. Mir stiegen beim Getöse des Sturmes schwere Gedanken im Kopfe auf, die nacheinander vorüberhuschten.

„Sie können, scheint's, nicht schlafen, Herr?" fragte derselbe Begleiter – der „Älteste" –, ein recht sympathischer Mensch mit einem angenehmen, ja geradezu intelligenten Gesicht; er zeigte sich gewandt, verstand seine

Sache und war deshalb nicht pedantisch. Er machte während der Reise keinen unnötigen Gebrauch von Schikanen und Formalitäten.

„Ja, ich kann nicht schlafen."

Es verging darauf einige Zeit in Schweigen, doch hörte ich, daß mein Nachbar auch nicht schlief – mir schien es, daß ihm ebenso nicht nach Schlafen war und ihm irgendwelche Gedanken durch den Kopf gingen. Der andere Begleitsoldat, der junge „Hilfsmann", lag im festen Schlaf eines gesunden und sehr ermüdeten Menschen. Manchmal murmelte er undeutlich etwas vor sich hin.

„Ich staune über Sie", ließ sich abermals die ausgeglichene, volle Stimme des Unteroffiziers hören, „junges Volk, Edelleute, Gebildete, kann man wohl sagen – und wie bringen Sie Ihr Leben zu..."

„Wie denn?"

„Ach, Herr! Als ob wir das nicht verstehen könnten!... Wir verstehen's sehr wohl, so 'n Leben haben Sie gewiß nicht gekannt, und daran sind Sie auch nicht von klein auf gewöhnt..."

„Na, das ist doch dummes Zeug, was Sie da reden... Wir haben genug Zeit gehabt, uns das abzugewöhnen..."

„Macht's Ihnen wirklich Spaß?" versetzte er in zweifelndem Ton.

„Und Sie, sind Sie etwa vergnügt?"

Schweigen. Gawrilow (so wollen wir meinen Gesprächspartner nennen) dachte anscheinend über etwas nach.

„Nein, Herr, uns ist nicht froh zumute. Glauben Sie mir: manchmal überkommt's einen so – am liebsten möchte man von der Welt nichts mehr hören und sehn... Wovon das kommt, weiß ich nicht – bloß manchmal packt's einen so –, ein scharfes Messer könnte man nehmen und Schluß."

„Ist der Dienst so schwer?"

„Dienst ist Dienst... Freilich ist's kein Vergnügen, und auch die Vorgesetzten, muß man sagen, sind streng, aber davon kommt das alles nicht..."

„Wovon denn sonst?"

„Wer weiß?..."
Abermals Schweigen.
„Mit dem Dienst ist's so: Führ dich akkurat, und das ist alles. Außerdem kann ich nun bald nach Hause. Ich habe vom Rekruten auf gedient, und die Zeit ist bald abgelaufen. Mein Vorgesetzter sagt: ‚Bleib, Gawrilow, was willst du im Dorfe anfangen? Du hast bei uns guten Stand...'"
„Wollen Sie dabeibleiben?"
„Nein. Zu Hause ist's zwar auch so eine Sache... Der Landarbeit ist man entwöhnt..., der Kost auch. Na, und der Umgang untereinander..., diese Roheit..."
„Woran liegt's denn da?"
Er überlegte und sagte schließlich: „Nun, ich möchte Ihnen da, Herr, falls Sie's nicht langweilt, etwas erzählen, was ich mal erlebt habe..."
„Erzählen Sie..."

Im Jahre 1874 bin ich in Dienst getreten und sogleich als Rekrut in die Eskadron gekommen. Ich habe gut gedient, kann man wohl sagen, und war sehr eifrig, meist wurde ich zum Wachdienst kommandiert: bald zur Parade, bald ans Theater – Sie wissen schon. Lesen und Schreiben hatte ich gut gelernt, na, und die Vorgesetzten mochten mich wohl auch leiden. Unser Major war ein Landsmann von mir, und als er sah, daß ich mir Mühe gab, rief er mich einmal heran und sagte: „Ich werde dich zum Unteroffizier vorschlagen, Gawrilow... Bist du schon auf Begleitkommando gewesen?" – „Nein, noch nicht, Euer Hochwohlgeboren", antwortete ich. – „Nun", sagte er „beim nächsten Mal bestimme ich dich als Hilfsmann, gib mir gut acht – die Sache ist gar nicht so schwierig." – „Zu Befehl, Euer Hochwohlgeboren, ich will mir Mühe geben."
Ich war tatsächlich noch kein einziges Mal auf Kommando gewesen – das heißt so mit Ihresgleichen. Es ist wohl, kann man sagen, keine allzu schwierige Angelegenheit, aber immerhin, wissen Sie, muß man die Instruktionen beherrschen; und dann muß man auch gewandt sein. Nun, gut...
Eine Woche darauf rief mich der Diensthabende zum

Chef und auch noch einen Unteroffizier. Wir kamen. „Ihr fahrt", sagte er, „auf Begleitkommando. Hier", wandte er sich an den Unteroffizier, „ist dein Hilfsmann. Er ist noch nicht mitgewesen. Seht zu, daß ihr gut aufpaßt; schaut, Kinder, wie ihr mit den Leutchen fertig werdet – ihr habt ein Fräulein aus der Festung zu bringen, eine Politische, Morosow heißt sie. Hier eure Instruktion, morgen empfangt ihr das Geld, und dann mit Gott!..."

Iwanow, ein Unteroffizier, fuhr als Ältester, ich aber als sein Hilfsmann – genau wie jetzt der andere Gendarm mit mir. Der Älteste kriegt die Diensttasche, er empfängt das Handgeld, die Papiere; er quittiert, führt Rechnung, nun, und der Gemeine muß ihm helfen: er wird da- und dorthin geschickt, hat auf die Sachen aufzupassen, das und jenes zu tun.

Nun, gut. Als wir am Morgen, 's war kaum Tag geworden, vom Chef herauskamen, da sah ich: mein Iwanow hatte es fertiggebracht, sich schon irgendwo einen anzutrinken. Das war überhaupt, offen gesagt, ein ganz ungeeigneter Mensch – jetzt ist er auch degradiert... Vor den Augen der Vorgesetzten war er, wie ein Unteroffizier zu sein hat, ja er machte sogar andere schlecht, um sich einzuschmeicheln. Kaum war er ihnen aber aus den Augen, gleich wandelte er sich und hatte nichts Eiligeres zu tun, als sich zu betrinken!

Wir kamen zur Festung, mußten da die Papiere abgeben – warteten und standen. Ich war neugierig, was für ein Fräulein wir begleiten sollten; denn der Marschroute nach war uns vorgeschrieben, sie sehr weit zu bringen. Wir fuhren den gleichen Weg, nur war sie nach der Kreisstadt bestimmt und nicht in den Amtsbezirk. Dann war ich auch neugierig, weil es das erstemal war. Was mag das für eine Politische sein! dachte ich.

Wir mußten aber gegen eine Stunde an einer Stelle warten, bis ihre Sachen zusammengepackt waren – und dabei hatte sie bloß ein kleines Bündel Sachen bei sich –, ein Röckchen, na, und dies und jenes – Sie wissen schon. Bücher hatte sie auch drin, aber weiter nichts; gewiß armer Eltern Kind, dachte ich. Und als man sie herausführte –

da sah ich: sie war noch so jung, daß sie mir wie ein Kind vorkam. Blonde Haare, zu einem Zopf geflochten, rote Wangen. Na, später hab' ich dann gemerkt, daß sie ganz blaß war, während der ganzen Reise sah sie bleich aus. Und gleich tat sie mir leid... Freilich, dachte ich, die Obrigkeit, verzeihen Sie, wird sie nicht umsonst bestrafen... Sie wird schon irgend etwas Politisches gemacht haben... Na, aber trotzdem tat es mir leid, einfach so leid – ja!

Sie begann sich anzuziehen: ihren Mantel, die Galoschen... Man zeigte uns ihre Sachen – das ist Vorschrift; denn der Instruktion nach sind wir verpflichtet, die Sachen durchzusehen. Wir fragten: „Was haben Sie an Geld bei sich?" Es stellte sich heraus, daß sie einen Rubel zwanzig Kopeken besaß – der Älteste nahm das Geld an sich. „Fräulein", sagte er zu ihr, „ich muß Sie durchsuchen."

Wie sie da auffuhr! Ihre Augen erglühten, das Rot der Wangen trat noch stärker hervor. Sie bekam dünne, strenge Lippen... Wie sie uns anblickte – glauben Sie: ich wurde zaghaft und getraute mich nicht, ihr zu nahe zu kommen. Na, aber der Älteste, der ja betrunken war, tappte einfach nach ihr und sagte: „Ich bin dazu verpflichtet; ich habe meine Instruktion!"

Wie sie da aufschrie – selbst Iwanow, sogar der wich vor ihr zurück. Ich sah sie an – ihr Gesicht war bleich geworden, ohne einen Tropfen Blut, während ihre Augen finster blickten, und erbost war sie, ganz erbost... Sie stampfte mit dem Fuß auf, sprach schnell hintereinander – bloß hab' ich, ehrlich gesagt, nicht recht mitgekriegt, was sie sagte. Der Inspektor bekam es ebenfalls mit der Angst zu tun und brachte ihr ein Glas Wasser. „Beruhigen Sie sich", bat er sie, „bitte, haben Sie doch mit sich selber Erbarmen!" Nun, sie hatte auch vor ihm keine Achtung: „Barbaren seid ihr, Knechte!" Und noch andere ähnliche freche Reden führte sie. Sagen Sie, was Sie wollen, doch der Obrigkeit gegenüber ist das nicht recht. Sieh einer an, dachte ich, so eine kleine Giftkröte. Adliges Volk!

So haben wir sie nicht durchsucht. Der Inspektor führte sie in einen anderen Raum, aber sogleich kam sie mit der Aufseherin wieder heraus. „Sie hat nichts bei sich“, sagte sie. Das Fräulein aber blickte ihn an und lachte ihm geradezu ins Gesicht, und ihre Augen funkelten boshaft. Iwanow aber – der sich doch erst so groß aufgespielt hatte – schaute zu ihr hin und murmelte fortwährend bei sich: „Das ist nicht vorschriftsgemäß; ich habe meine Instruktion!“ Doch der Inspektor nahm gar keine Notiz von ihm. Freilich, er war ja betrunken. Was glaubt man schon einem Betrunkenen!

Wir fuhren ab. Während es durch die Stadt ging, schaute sie in einem fort aus dem Fenster der Kutsche, als ob sie Abschied nähme oder Bekannte sehen wollte. Iwanow aber griff nach den Vorhängen, ließ sie herunter und schloß auch die Fenster. Sie verkroch sich in ihre Ecke, lehnte sich zurück und schaute uns nicht an. Ich aber ertrug es, offen gesagt, nicht länger: ich nahm den einen Vorhang beiseite, als wollte ich selber hinausblicken, und schlug ihn so auf, daß sie sehen konnte. Sie warf jedoch keinen Blick hin – saß grollend in ihrem Eckchen und biß sich auf die Lippen... Sie wird sie sich noch blutig beißen, dachte ich.

Wir reisten mit der Eisenbahn weiter. Es herrschte an dem Tage beständiges, klares Wetter; denn es war Herbst, im Monat September. Die Sonne schien, ein frischer Herbstwind wehte, und sie öffnete im Eisenbahnwagen das Fenster, beugte sich in den Wind hinaus und saß so da. Der Instruktion nach ist es nicht erlaubt, wissen Sie, die Fenster zu öffnen; aber mein Iwanow hatte, kaum daß er in den Wagen gestürzt war, auch schon zu schnarchen angefangen; und ich wagte nicht, es ihr zu sagen. Endlich ermannte ich mich, trat zu ihr und sagte: „Fräulein, machen Sie das Fenster zu.“ Sie schwieg, als ob ich sie gar nicht angeredet hätte. Lange stand ich da, dann wiederholte ich: „Sie werden sich erkälten, Fräulein – ’s ist doch kalt.“

Sie wandte sich nach mir um und guckte mich mit großen Augen an, als wär’ sie über etwas verwundert... Sie blickte mich an und sagte dann: „Lassen Sie mich!“ und beugte sich wieder zum Fenster hinaus. Ich machte eine Handbewegung und ging beiseite. Dann wurde sie etwas ruhiger. Sie schloß das Fenster, hüllte sich in ihr Mäntelchen und suchte sich zu erwärmen. Ich habe ja gesagt, daß der Wind frisch war, eisig! Aber bald setzte sie sich wieder ans Fenster, beugte sich wieder in den Wind hinaus und konnte sich, scheint's, nach der Gefängnishaft nicht satt sehen. Sie wurde sogar fröhlich, blickte um sich, lächelte. Und es war eine Freude, wenn man sie so anschaute... Glauben Sie mir, bei meinem Gewissen... – Der Erzähler verstummte und wurde nachdenklich. Dann fuhr er fort, wobei er etwas verlegen schien:

– Freilich, man war's nicht gewohnt... Später hab' ich noch viele begleiten müssen, mich dran gewöhnt. Doch damals kam es mir sonderbar vor: Wohin, dachte ich, bringen wir sie, so ein Kind... Und dann dachte ich, muß ich Ihnen gestehen, Herr, verurteilen Sie mich aber deswegen nicht: Was, wenn ich nun die Obrigkeit bitten würde und sie zur Frau nähme... Ich würde ihr diese Grillen schon austreiben. Um so mehr, als ich doch in Staatsdiensten stehe... Freilich, ein junger Kopf ist ... dumm... Heut kann ich's verstehen... Später hab' ich's dann dem Popen gebeichtet, und der sagte: „Sieh, von diesem Gedanken schon ist Verderbnis über dich gekommen. Denn sie glaubt gewiß nicht an Gott..."

Von Kostroma an mußten wir mit einem Dreigespann weiterreisen; mein Iwanow war betrunken, sternhagelvoll; er hatte sich ausgeschlafen und wieder vollgeladen. Als er aus dem Eisenbahnwagen stieg, schwankte er. Na, dachte ich, das steht ja schlimm, wenn er nur nicht das anvertraute Geld verliert. Er stolperte in den Postwagen, streckte sich aus und fing im Handumdrehen an zu schnarchen. Sie setzte sich daneben – ganz unbequem. Sie warf einen Blick auf ihn, grad wie eine Natter. Sie nahm ihr Kleid beiseite, um ihn nur nicht irgendwie zu berühren, und schmiegte sich ganz in die Ecke, ich aber setzte mich auf den Bock. Während der Fahrt blies ein eisiger Nordwind, und bald war ich durchfroren. Sie begann heftig zu husten, führte ihr Taschentuch an die Lippen, und im Tuch sah ich Blut. Mir war, als hätte mich jemand mit einer Nadel ins Herz gestochen.

„Ach, Fräulein – wie können Sie so was tun!“ sagte ich. „Sie sind krank und wollen so eine Reise machen – Herbst ist’s, kalt!... Nein, wie kann man bloß so was tun!“

Sie hob ihre Augen zu mir auf, blickte mich an, und wieder begann es in ihrem Innern schier zu kochen.

„Sie sind wohl ein bißchen beschränkt?“ versetzte sie. „Begreifen Sie denn nicht, daß ich nicht aus freiem Willen reise? Großartig! Begleitet mich selber und kommt mir dann noch mit seinem Mitleid!“

„Sie hätten’s der Obrigkeit melden sollen“, sagte ich, „Sie würden wenigstens im Krankenhaus liegen, statt in solcher Kälte herumzufahren. ’s ist ja keine kurze Reise!“

„Wohin geht’s denn?“ fragte sie.

Uns ist aber, wissen Sie, streng verboten, den Verbrechern mitzuteilen, wohin wir sie zu bringen haben. Sie sah, daß ich stockte, und wandte sich ab: „Schon gut, ich hab’ das nur so gesagt... Sie brauchen mir nichts zu verraten, und nun belästigen Sie mich nicht weiter.“

Da konnte ich’s nicht länger zurückhalten: „Sehen Sie, da- und dorthin geht die Reise. ’s ist nicht nah!“ – Sie preßte die Lippen aufeinander, zog die Augenbrauen zusammen und erwiderte nichts. Ich schüttelte den Kopf... „Das ist so, Fräulein“, sagte ich, „Sie sind jung und wissen noch nicht, was das bedeutet!“

Ich war tüchtig verärgert ..., aufgebracht... Aber sie blickte mich wieder an und sagte:

„Ohne Grund denken Sie so von mir. Ich weiß sehr gut, was das bedeutet, doch ins Krankenhaus wollte ich mich trotzdem nicht legen. Danke schön! Wenn ich nun mal sterben soll, dann schon lieber in der Freiheit bei den Meinen. Und wenn ich vielleicht noch gesund werden kann, dann allenfalls in der Freiheit, aber nicht in eurem Gefängnislazarett. – Sie meinen, ich wäre etwa von dem Wind krank geworden, von einer Erkältung? Was Sie nicht sagen!...“ – „Sie haben dort wohl Verwandte?“ fragte ich. Ich dachte dies, weil sie mir doch erzählt hatte, daß sie bei den Ihren gesund werden will.

„Nein“, antwortete sie, „ich habe dort weder Verwandte noch Bekannte. Die Stadt ist mir fremd, aber gewiß gibt's da noch mehr solche wie mich, Verbannte, Genossen." – Ich wunderte mich: Wie kann sie denn fremde Leute die Ihren nennen – wird ihr dort wirklich jemand ohne Geld zu essen und zu trinken geben, und noch dazu einer Unbekannten... Aber ich fragte sie nicht weiter aus, da ich sah, wie sie die Augenbrauen hochzog und mit meiner Fragerei unzufrieden war.

Na schön, dachte ich... Laß sie! Sie hat noch keine Not kennengelernt. Hat sie erst mal das Elend gekostet, wird sie schon spüren, was Fremde heißt...

Gegen Abend zogen sich Wolken zusammen, ein kalter Wind blies, und dann setzte Regen ein. Der Schmutz war auch zuvor nicht abgetrocknet gewesen, nun wurde es jedoch dermaßen schlammig – einfach Brei, aber kein Weg mehr! Mein Rücken war über und über mit Schmutz bespritzt, und sie bekam auch gehörig was ab. Außerdem kam zu ihrem Unglück noch das allerschlechteste Wetter hinzu: der Regen peitschte ihr grade ins Gesicht; wenn es auch eigentlich ein gedeckter Reisewagen war und ich eine Bastmatte vorgehängt hatte, doch was half das schon! Überall tropfte es herein, sie war vollkommen durchfroren; sie zitterte am ganzen Leibe und hatte die Augen geschlossen. Über ihr Gesicht rannen die Regentropfen, ihre Wangen waren bleich, und sie regte sich nicht, als läg' sie in einer Ohnmacht. Ich bekam einen gehörigen Schreck, denn ich sah: die Sache will schiefgehen, schlimm enden... Iwanow war betrunken und schnarchte vor sich hin – ihn kümmerte es nicht... Was war zu tun, wo ich doch das erstemal fuhr?

Spätabends erreichten wir die Stadt Jaroslawl. Ich rüttelte Iwanow wach, wir stiegen an der Station aus, und ich ließ einen Samowar warm machen. Von dieser Stadt aus verkehrten Dampfschiffe, doch ist's uns nach der Instruktion streng verboten, Schiffe zu benutzen. Obwohl es für unsereins vorteilhafter ist – man kann nämlich etwas sparen –, so ist's doch gefährlich. Am Landungsplatz, wissen Sie, stehen Polizisten, und dann kann's auch stets einer von uns oder der Ortsgendarm zur Meldung bringen. Und da erklärte uns das Fräulein auf einmal: „Ich fahre nicht länger mit der Post. Daß Sie's wissen. Bringen Sie mich mit dem Dampfschiff weiter." Iwanow aber konnte vor Katzenjammer kaum aus den Augen sehen und wurde wütend: „Ihnen steht darüber keine Entscheidung zu. Wohin man Sie schafft, müssen Sie auch fahren!" Sie erwiderte nichts und wandte sich an mich:

„Sie haben gehört, was ich gesagt habe: ich fahre nicht."

Da nahm ich Iwanow beiseite: „Man muß sie mit dem Schiff weiterbringen. Das ist für Sie besser: man spart Geld ein." Er ging darauf ein, hatte aber Angst. „Hier gibt's einen Oberst", sagte er, „wenn da nur nichts rauskommt. Geh und erkundige dich – mir ist ein bißchen unwohl." Der Oberst wohnte jedoch nicht weit. „Gehen wir zusammen, und das Fräulein nehmen wir gleich mit", schlug ich vor; denn ich befürchtete, daß sich Iwanow in seinem Dusel wieder schlafen legen und sonstwas anrichten könnte. Am Ende läuft sie ihm davon oder tut sich was an, dachte ich, und du wirst zur Verantwortung gezogen. Nun, so gingen wir zum Oberst. Er trat heraus und fragte uns: „Was gibt's?" – Nun setzte sie ihm alles auseinander, aber auch mit ihm sprach sie ungebührlich. Sie hätte ihn hübsch bescheiden bitten sollen: so und so ist's, haben Sie die unendliche Güte – doch sie redete in ihrer Art: „Mit welchem Recht", sagte sie, na und so weiter; lauter freche Worte, wissen Sie, sprach sie, wie sie Politische überhaupt lieben. Na, Sie wissen schon, der Obrigkeit gefällt das nicht. Die Obrigkeit liebt Ergebenheit. Dennoch hörte er sie geduldig an und antwortete höflich: „Leider, mein Fräulein, kann ich da nichts machen. Dem Gesetz nach ... ist das nicht möglich!" Ich sah, unser Fräulein war wieder ganz rot geworden, ihre Augen glühten wie Kohlen. „Das Gesetz!" sagte sie und lachte auf ihre Art, böse und laut. „Jawohl", entgegnete der Oberst, „das Gesetz, mein Fräulein!"

Ich muß gestehen, daß ich mich da ein wenig vergaß; ich sagte: „Jawohl, Euer Hochwohlgeboren, das Gesetz, aber sie ist, Euer Hochwohlgeboren, doch krank." Er blickte mich streng an und fragte: „Wie ist dein Name? –

Und Sie, mein Fräulein, wenn Sie krank sind – möchten Sie da nicht lieber ins Gefängnislazarett?" Sie wandte sich um und ging davon, ohne ein Wort zu erwidern. Wir folgten ihr. Sie wollte nicht ins Krankenhaus; und man muß ja auch sagen: Wenn sie schon nicht an jenem Ort bleiben konnte, was sollte sie hier, ohne Geld und in der Fremde, das ging doch wahrhaftig nicht.

Na, da war nichts zu machen, Iwanow aber fiel über mich her: „Was wird nun daraus werden; wegen dir, Dummkopf, werden wir beide uns bestimmt zu verantworten haben." Er ließ die Pferde anspannen und wollte keinesfalls hier übernachten; so mußten wir zu nächtlicher Stunde weiterfahren. Wir traten zu ihr: „Bitte, Fräulein, die Pferde sind vorgefahren." Sie hatte sich aber ein bißchen auf den Diwan gelegt und begann eben, warm zu werden. Sie sprang auf, stellte sich vor uns hin, richtete sich ganz grade auf, faßte uns ins Auge – es war, sage ich Ihnen, schier unheimlich, sie anzusehen. „Ihr Verfluchten", brachte sie hervor und fing wieder an, unverständlich auf ihre Art zu reden. Es klang genau wie Russisch, doch konnte man einfach nichts verstehen. Dann sagte sie böse und kläglich: „Nun, da habt euren Willen, mögt ihr mich zu Tode martern – tut, was ihr wollt. Fahrt nur!" Unterdessen stand der Samowar auf dem Tisch; sie hatte auch noch nicht getrunken. Iwanow und ich brühten unseren Tee auf, auch ihr schenkte ich ein. Wir hatten Weißbrot bei uns, für sie schnitt ich ebenfalls ab. „Essen Sie etwas für den Weg", munterte ich sie auf. „Macht nichts, 's wird Sie wenigstens bißchen aufwärmen." Sie zog eben ihre Galoschen an – da hielt sie ein, wandte sich nach mir um, sah mich lange an, zuckte dann mit den Schultern und sagte:

„Was ist das bloß für ein Mensch! Sie sind, scheint's, vollkommen verrückt. Werd' ich Ihren Tee trinken!" – Wie hatte sie mich doch damit gekränkt: bis auf den heutigen Tag steigt mir das Blut ins Gesicht, wenn ich dran denke. Sie verschmähen es doch auch nicht, mit uns zusammen zu essen. Wir haben einen Herrn Rubanow begleitet – den Sohn eines Stabsoffiziers –, er hat auch mit uns gegessen. Aber sie verschmähte es. Sie ließ sich dann auf einem andern Tisch einen Samowar für sich warm machen und hatte natürlich für Tee und Zucker das Doppelte zu bezahlen. Und dabei besaß sie an Geld alles in allem – einen Rubel zwanzig! –

Der Erzähler schwieg, und für kurze Zeit senkte sich Stille auf die Hütte herab, die nur von den gleichmäßigen Atemzügen des jungen Gendarmen und dem Fauchen des Schneesturms vorm Fenster unterbrochen wurde.

„Schlafen Sie auch nicht?" fragte mich Gawrilow.

„Nein, erzählen Sie bitte weiter, ich höre zu."

– Viel hat sie mir – fuhr der Erzähler nach kurzem Schweigen fort –, viel hat sie mir dann noch zu schaffen gemacht. Nachts unterwegs, wissen Sie, ständig Regen, schlechtes Wetter... Wir fuhren durch Wald, die Bäume ächzten und stöhnten. Ich konnte sie nicht erkennen; denn es war eine stockfinstre, regnerische Nacht, daß man die Hand nicht vor Augen sah, aber glauben Sie mir – sie stand immer im Geiste vor mir, und zwar so deutlich wie am hellichten Tag: ihre Augen, das bitterböse Gesicht, wie sie ganz durchfroren war und immerzu irgendwohin starrte, als wälze sie in einem fort Gedanken in ihrem Kopfe. Als wir von der Station abfuhren, wollte ich sie in den Schafpelz hüllen. „Ziehen Sie den Pelz an", sagte ich, „'s ist, wissen Sie, doch ein bißchen wärmer." Da warf sie den Schafpelz von sich. „Das ist Ihr Pelz", meinte sie, „ziehen Sie ihn auch an." Er gehörte tatsächlich mir, aber ich erriet ihren Gedanken und machte ihr weis: „Der Pelz gehört nicht mir, sondern dem Staat, er steht den Häftlingen dem Gesetz nach zu." Nun, da zog sie ihn an...

Doch auch der Schafpelz half nicht viel. Als es tagte, sah ich sie an – sie hatte sich schrecklich verändert. Und als wir wieder von einer Poststation abfuhren, befahl sie Iwanow, sich auf den Bock zu setzen. Er brummte wohl vor sich hin, wagte aber nicht, sich zu widersetzen, besonders da sein Dusel ein wenig verflogen war. Ich nahm neben ihr Platz.

Drei volle Tage reisten wir und übernachteten nirgends. An erster Stelle heißt es nämlich in der Instruktion: Nie nachts Rast machen und „im Falle starker Ermüdung" höchstens in Städten, wo es Bewachung gibt. Na, Sie wissen selbst, was das hier für Städte sind!

Endlich erreichten wir den Bestimmungsort. Mir fiel gleich ein ganzer Berg vom Herzen, als wir die Stadt erblickten. Und ich muß Ihnen sagen: das letzte Stück der Reise hielt ich sie fast ganz in meinen Armen. Ich sah, wie sie ohne Besinnung dalag; der Wagen holperte durch die Löcher, so daß sie mit ihrem Kopf gegen den Fensterrahmen schlug. Ich legte ihn auf meinen rechten Arm, und so fuhren wir weiter; immerhin etwas besser. Zuerst stieß sie mich von sich: „Weg! Rühren Sie mich nicht an!" Dann aber sagte sie nichts mehr. Vielleicht, weil sie besinnungslos war... Ihre Augen waren geschlossen und die Lider ganz umschattet, doch sah ihr Gesicht angenehmer, nicht so böse aus. Ja, sie begann sogar, im Schlafe zu lächeln, und ihre Züge erhellten sich; sie schmiegte sich an mich, weil's wärmer war. Gewiß hatte dem armen Mädchen etwas Schönes im Schlaf geträumt. Als wir uns der Stadt näherten, erwachte sie und richtete sich auf... Das Wetter hatte sich verzogen, die Sonne lugte hervor – da wurde auch sie vergnügt...

Man schickte sie jedoch von der Gouvernementsstadt aus weiter, sie sollte nicht in dieser Stadt bleiben; und wir mußten sie noch eine Strecke bringen – die dortigen Gendarmen waren alle unterwegs. Als wir abfahren wollten, da sah ich, wie sich allerlei Volk bei der Polizeiwache ansammelte: junge Fräulein und Herren, Studenten, anscheinend lauter Verschickte... Und alle redeten mit ihr genau wie gute Bekannte, schüttelten ihr zum Gruß die Hände, fragten sie aus. Etwas Geld brachten sie ihr und ein schönes weiches Tuch für die Reise... Sie begleiteten uns ein Stückchen...

Sie fuhr in froher Stimmung, nur hustete sie sehr oft. Uns aber schaute sie nicht an.

Wir langten in der Kreisstadt an, die ihr als Wohnort bestimmt war, und übergaben sie gegen Quittung. Sogleich nannte sie einen Namen. „Wohnt hier“, fragte sie, „der und der?“ – „Jawohl“, antwortete man ihr. Da kam der Kreispolizeichef angefahren und erkundigte sich: „Wo werden Sie wohnen?“ – „Ich weiß nicht“, sagte sie, „doch einstweilen will ich zu Rjasanzew gehen.“ Er schüttelte den Kopf, sie aber nahm ihre Sachen und ging. Von uns hat sie sich nicht einmal verabschiedet... –

Der Erzähler schwieg und horchte, ob ich nicht schlafe.

„So sind Sie ihr nicht wieder begegnet?“

„Ich bin ihr wieder begegnet, aber besser wär's schon gewesen, ich hätt' sie nie mehr gesehen...“

...Und sogar sehr bald hab' ich sie wiedergesehen. Als wir vom Kommando zurückkamen, wurden wir sofort wieder auf Dienstreise beordert, und zwar in dieselbe Gegend. Einen Studenten hatten wir zu bringen, der Sagrjashski hieß. War das ein lustiger Bursche, Lieder singen konnte er gut, und einem Gläschen war er auch nicht abgeneigt. Er wurde noch weiter geschickt. Als wir durch die Stadt kamen, wo wir sie gelassen hatten, wurde ich neugierig, etwas über ihr jetziges Leben zu erfahren. „Ist unser Fräulein hier?“ fragte ich. – „Sie wohnt hier“, sagte man, „nur, was ist sie für eine Wunderliche: angekommen, ist sie geradewegs zu einem Verschickten gegangen, und niemand hat sie seitdem je wiedergesehen – bei ihm lebt sie auch. Der eine sagt, sie wäre krank, andere schwatzen, sie lebe bei ihm als eine Art Geliebte. Man weiß ja, die Leute klatschen gern...“ Mir aber fielen ihre Worte ein: „Ich möchte bei den *Meinen* sterben.“ Und so wurde ich neugierig... nein, es war eigentlich keine Neugier, sondern es zog mich einfach hin. Ich will aussteigen und sie besuchen, dachte ich. Sie hat doch nichts Schlechtes von mir erfahren, und ich habe sie auch nicht in schlechter Erinnerung. So will ich mal hingehen...

Ich ging – gute Leute wiesen mir den Weg; sie wohnte am Ende der Stadt. Es war ein kleines Häuschen mit einem ganz niedrigen Türchen. Ich trat bei dem Verbannten ein und sah: sauber war's bei ihm in seiner hellen Stube, ein Bett stand in der Ecke, die durch einen Vorhang abgetrennt war. Viele Bücher auf dem Tisch, auf den Bücherbrettern... Und nebenan befand sich eine winzige Werkstatt, dort war auf der Bank ein zweites Bett bereitet.

Als ich eintrat, saß sie auf dem Bett, hatte einen Schal umgeschlagen, die Füße eingezogen und nähte etwas. Und der Verbannte – Herr Rjasanzew hieß er – saß nebenan auf der Bank und las ihr etwas aus einem Büchlein vor. Er trug eine Brille, man merkte: ein ernsthafter Mensch. Sie nähte und hörte dabei zu. Ich klopfte an der Tür; als sie mich aber erblickte, richtete sie sich auf, faßte seinen Arm und war schier erstarrt. Sie machte große, dunkle und entsetzte Augen ... nun, alles war so wie damals, nur kam mir ihr Gesicht noch bleicher vor. Sie klammerte sich an seinem Arm fest – er erschrak und stürzte schnell auf sie zu: „Was ist Ihnen? Beruhigen Sie sich!" Er selbst sah mich nicht. Dann ließ sie seinen Arm – wollte vom Bett aufstehen und sagte zu ihm: „Leben Sie wohl – man will mir, scheint's, nicht mal einen schönen Tod gönnen." Da wandte er sich um, erblickte mich und sprang im Nu auf. Ich dachte, er würde sich auf mich stürzen... und gar umbringen. Denn er war ein stämmiger, gesunder Mann.

Beide glaubten nämlich, wissen Sie, daß ich wieder ihretwegen käme. Doch dann merkte er, daß ich selber mehr tot als lebendig dastand und allein war. Er wandte sich zu ihr und nahm sie bei der Hand: „Beruhigen Sie sich." Mich aber fragte er: „Und Sie, mein Herr, was wünschen Sie hier? Weshalb haben Sie sich herbemüht?"

Ich erklärte ihm, daß ich gar nichts wünsche, sondern ganz von selber gekommen wäre. Als ich das Fräulein hergebracht, sei es doch kränklich gewesen, so wollte ich es besuchen, um mich zu erkundigen... Nun, da wurde er nett. Sie aber war immer noch böse, und es kochte in ihrem Innern. Und warum eigentlich. Iwanow war freilich kein umgänglicher Mensch gewesen. Ich aber bin doch für sie eingetreten...

Als er begriffen hatte, worum es sich handle, lachte er sie an: „Na, da sehen Sie, ich hab' es Ihnen ja gesagt." Ich faßte das so auf, daß sie sich über mich unterhalten hatten. Sie schien ihm von der Reise erzählt zu haben.

„Verzeihen Sie“, sagte ich, „wenn ich Sie erschreckt habe... Zur unrechten Zeit oder so... Dann will ich wieder gehen. Leben Sie wohl, behalten Sie mich nicht in schlechtem Andenken, im guten werden Sie sich, scheint's, doch nicht an mich erinnern.“

Er stand auf, blickte mir ins Gesicht und reichte mir die Hand:

„Nun, wenn Sie auf der Rückreise vorbeikommen und freie Zeit haben – besuchen Sie uns bitte wieder.“ Sie aber schaute zu uns her und lächelte auf ihre Art, unschön.

„Ich verstehe nicht“, meinte sie, „warum er uns besuchen soll? Und wozu laden Sie ihn ein?“ Doch er entgegnete ihr: „Macht nichts, macht nichts! Mag er ruhig wiederkommen, wenn er selbst gern möchte. Besuchen Sie uns, besuchen Sie uns, macht nichts!“

Nicht alles habe ich, ehrlich gesagt, verstanden, was sie dann noch sprachen. Ihr Herrschaften redet manchmal gar sonderbar untereinander... Aber interessant ist's. Wenn man so dabeibleiben und zuhören könnte ... na, mir war's peinlich – und sie sollten nicht was von mir denken. So ging ich.

Nun, sobald wir den Herrn Sagrjashski an den Bestimmungsort gebracht hatten, fuhren wir zurück. Da ließ der Kreispolizeichef den Ältesten zu sich rufen und teilte ihm mit: „Ihr sollt vorläufig hierbleiben, bis eine neue Verfügung eintrifft; ich habe ein Telegramm erhalten. Ihr sollt auf die Papiere warten, die mit der Post kommen.“ Nun, wir blieben natürlich.

Da ging ich wieder zu ihnen: Besuche ich sie halt mal, dachte ich, oder erkundige ich mich wenigstens nach ihr bei den Wirtsleuten. Ich kam hin. Der Hauswirt erzählte: „Schlimm steht's, wenn sie bloß nicht stirbt. Ich befürchte, man möchte mich zur Verantwortung ziehen – nämlich deshalb, weil sie nicht den Popen holen wollen.“ Als wir so standen und uns unterhielten, trat zur selben Zeit Rjasanzew heraus. Er sah mich, begrüßte mich und sagte: „Wieder da? Na, komm nur herein.“ Ich trat ganz leise ein, er folgte mir. Sie blickte auf: „Wieder dieser sonderbare Mensch!... Haben Sie ihn etwa geholt?" – „Nein, ich hab' ihn nicht geholt – er ist von selber gekommen." Da konnte ich mich nicht mehr zurückhalten und sagte zu ihr:

„Was haben Sie, Fräulein – warum haben Sie solch einen Zorn gegen mich? Bin ich etwa Ihr Feind?"

„Sie sind auch mein Feind", versetzte sie, „wissen Sie das denn nicht? Natürlich, mein Feind!" Ihre Stimme war schwach und leise geworden, auf den Wangen brannte heftig die Röte, und so lieblich war ihr Gesicht, daß man sich einfach nicht satt sehen konnte. Ach, dachte ich, sie wird bald nicht mehr auf Erden sein, und ich begann, sie um Vergebung zu bitten, damit sie nicht unversöhnt sterbe. „Verzeihen Sie mir, wenn ich Ihnen Böses getan habe", sagte ich, wie sich's ja nach Christenart geziemt... Da sah ich, wie es wieder in ihrem Innern zu kochen anfing... „Verzeihen! Das fehlte grade noch! Nie werd' ich verzeihen, glauben Sie nur das nicht, niemals! Bald werd' ich sterben... und Sie sollen es wissen: ohne verziehen zu haben!" –

Abermals schwieg der Erzähler und wurde nachdenklich. Dann fuhr er leiser und gesammelter fort:

– Wieder redeten sie untereinander. Sie sind ja ein gebildeter Mensch und müssen ihre Sprache verstehen, so will ich Ihnen ihre Worte wiedergeben, die ich noch behielt. Ihre Worte haben sich mir fest eingeprägt, und ich erinnere mich daran bis auf den heutigen Tag, weiß aber nicht, was für einen Sinn sie haben.

Er sagte:

„Sehen Sie: nicht der Gendarm ist jetzt zu Ihnen gekommen... Der Gendarm hat sie hergebracht, er wird auch manch anderen begleiten, dies macht er alles seiner Instruktion gemäß. Hat ihn aber hierher etwa seine Instruktion geführt? Sagen Sie, mein Herr... wie ist gleich Ihr Name?"

„Stepan", antwortete ich.

„Und Ihr Vatername?"

„Petrowitsch heiß ich."

„Nun schön, Stepan Petrowitsch“, sagte er, „warum sind Sie denn hierhergekommen? Aus Menschlichkeit? Nicht wahr?“

„Freilich, aus Menschlichkeit“, gab ich zur Antwort. „Das haben Sie sehr richtig erklärt. Wenn man nach der Instruktion geht, so ist es uns gar nicht erlaubt, Sie ohne dienstliche Notwendigkeit aufzusuchen. Erfahren's die Vorgesetzten – krieg' ich nicht grade ein Lob.“

„Nun, da sehen Sie“, wandte er sich an sie und nahm ihre Hand. Sie aber zog ihre Hand weg.

„Nichts sehe ich“, versetzte sie, „denn Sie sehen, was nicht ist. Wir aber, er da (sie meinte mich) und ich, sind einfache Menschen. Feinde sind eben Feinde, und da braucht man nicht großartig daherzuschwatzen. Für sie heißt's – gib acht, für uns heißt's – paß auf! Sehen sie nur: da steht er und horcht. Schade, daß er's nicht versteht, sonst würde er alles in seinen Bericht schreiben...“

Er wandte sich nach mir um und blickte mich offen durch seine Brillengläser an. Er hatte strenge, aber gute Augen. „Hören Sie? Was sagen Sie dazu?“ richtete er das Wort an mich. „Übrigens brauchen Sie gar nichts zu erwidern: ich nehme auch so an, daß Sie das kränkt.“

Freilich wird's, sozusagen ... der Instruktion nach verlangt, wenn auch etwas gegen das Interesse ist – so bin ich meinem Diensteid gemäß verpflichtet, meinen leiblichen Vater anzuzeigen... Nun, weil ich aber doch nicht deshalb gekommen war, hatte er recht, daß es mich sehr kränkte, mir schier ans Herz griff. Ich wandte mich zur Tür, aber Rjasanzew hielt mich zurück.

„Warte, Stepan Petrowitsch, geh noch nicht.“ Und zu ihr sagte er: „Das ist nicht schön... Nun, dann verzeihen Sie eben nicht und söhnen sich nicht aus. Was soll man darüber reden. Er hätte vielleicht selber auch nicht verziehen, wenn er alles gehörig verstände... Aber der Feind ist schließlich auch ein Mensch... Doch Sie wollen das nicht anerkennen. Eine Sektiererin sind Sie, jawohl!“

„Mag sein“, erwiderte sie, „aber Sie sind ein lauer Mensch... Sie können nur Bücher lesen...“

Als sie ihm dies Wort sagte, sprang er – wunderlich war's – mit einemmal auf. Grad als hätte man ihm einen Schlag versetzt. Ich sah, sie erschrak sogar.

„Ein lauer Mensch?“ wiederholte er. „Na, Sie wissen wohl selbst, daß Sie eine Unwahrheit gesagt haben.“

„Meinetwegen“, gab sie ihm zur Antwort... „Aber haben Sie mir denn die Wahrheit gesagt?“

„Ich sag die Wahrheit“, versetzte er: „Sie sind eine richtige Bojarin Morosow...“

Sie wurde nachdenklich und streckte ihm schließlich ihre Hand hin; er nahm die Hand, sie blickte ihm lange ins Gesicht und sagte dann: „Ja, am Ende haben Sie recht!“ Und ich stand wie ein Narr dabei und sah sie an, während mir selber etwas am Herzen rührte und aufstieg. Dann wandte sie sich mir zu, blickte mich ohne Zorn an, reichte mir ihre Hand und begann: „Ja, was ich Ihnen noch sagen will: Feinde sind wir bis in den Tod... Nun, Gott mit Ihnen, ich gebe Ihnen die Hand und wünsche Ihnen, daß Sie einst mal ein Mensch werden – ein ganzer, nicht nach einer Instruktion... Ich bin müde“, sagte sie zu ihm.

So ging ich hinaus. Rjasanzew folgte mir. Wir blieben auf dem Hofe stehen, und ich sah: in seinen Augen glänzte eine Träne.

„Sagen Sie, Stepan Petrowitsch, bleiben Sie noch lange hier?“ fragte er.

„Ich weiß nicht, vielleicht noch so drei Tage, bis zur Post.“

„Wenn Sie uns noch mal besuchen wollen, macht nichts, kommen Sie nur. Sie sind, scheint's, in ihrem Dienst auch Mensch, ja...“

„Verzeihen Sie“, sagte ich, „ich habe Sie erschreckt...“

„Das will ich meinen. Es ist schon besser, wenn Sie sich erst bei der Wirtin anmelden.“

„Und was ich noch fragen wollte: Sie sprachen da vorhin von der Bojarin Morosow. Sie ist also aus Bojarengeschlecht?“

„Aus Bojarengeschlecht oder nicht“, sagte er, „aber ein Schlag ist das in der Tat: brechen kann man sie – Ihr habt sie schon gebrochen... Na, aber beugen – du hast's ja selber gesehen: solche beugen sich nicht."

Dann verabschiedeten wir uns.

...Bald darauf ist sie gestorben. Ich habe nicht gesehen, wie man sie beerdigte, denn ich war beim Polizeichef. Am nächsten Tage begegnete mir dieser Verbannte; ich ging auf ihn zu und bemerkte, daß er sich schrecklich verändert hatte.

Er war von großer Gestalt, ernst sein Gesicht und hatte früher freundlich dreingeschaut, während er mich nun wie ein reißendes Tier anblickte. Erst wollte er mir die Hand geben, dann ließ er jedoch plötzlich meine Hand und wandte sich ab. „Ich kann dich jetzt nicht sehn", sagte er. „Geh, mein Lieber, um Gottes willen, geh!" Er senkte den Kopf und ging, ich aber begab mich in mein Quartier, und mir wurde so weh zumute – ich konnte einfach ein paar Tage keine Nahrung zu mir nehmen. Seitdem nun verfolgt mich die Schwermut. 's ist wie verhext.

Am anderen Tag ließ uns der Polizeichef rufen: „Ihr könnt nun abfahren: die Papiere sind eingetroffen, aber zu spät." Anscheinend hatten wir sie nochmals weiterbringen sollen, aber der Herrgott hatte sich ihrer schon erbarmt und sie zu sich genommen.

...Doch dann habe ich noch etwas erlebt – das war ja noch nicht alles. Auf der Rückreise machten wir bei einer Station halt... Wir traten in die Stube, da stand ein Samowar auf dem Tisch und allerlei Vorspeisen; ein altes Mütterchen saß davor und trank mit der Wirtin zusammen Tee. Ein kleines, sauberes Mütterchen, und so vergnügt und redselig war's. In einem fort erzählte sie der Wirtin von ihren Angelegenheiten: „Und da hab' ich meine Habseligkeiten zusammengepackt", sagte sie, „mein Haus, das mir durch Erbschaft zugefallen, verkauft und mich zu meinem Täubchen auf die Reise gemacht. Wird die sich freuen! Erst wird sie mich wohl ausschimpfen, wird böse werden, ich weiß, daß sie böse wird – aber froh wird sie doch sein. Sie hat mir zwar geschrieben, mir nicht erlaubt hinzukommen. Daß ich's ja keinesfalls wagen solle, zu ihr zu reisen. Nun, das macht nichts!"

Da war mir's, als hätte mir jemand einen Stoß in die linke Seite versetzt. Ich ging in die Küche hinaus. „Was ist das für ein altes Mütterchen?" fragte ich das Dienstmädchen. „Na, das ist", sagte sie, „die leibliche Mutter von jenem Fräulein, das ihr neulich gebracht habt." Da ging es mir durch und durch, daß ich sogar taumelte. Als das Mädel sah, wie sich mein Gesicht veränderte, fragte sie: „Was hast du denn, Kamerad?"

„Still, was schreist du so..., das Fräulein ist gestorben."

Wie schlug sie da die Hände zusammen, wie fing sie an zu weinen und lief aus der Hütte, dieses Mädel – und es war, muß man sagen, ein liederliches Mädel, das mit jedem Durchreisenden schöntat. Auch ich nahm meine Mütze und ging hinaus – ich hörte nur, wie drinnen die Alte mit der Wirtin immerfort schwatzte, und mich packte vor der Alten so ein Entsetzen, so ein Entsetzen, daß ich's nicht ausdrücken kann. Ich wanderte einfach den Weg entlang – später holte mich dann Iwanow mit dem Wagen ein, und ich stieg zu.

...Ja, so war das!... Der Kreispolizeichef aber hatte offenbar meinem Vorgesetzten Bericht erstattet, daß ich zu den Verbannten gegangen, und auch der Oberst von Kostroma hatte gemeldet, wie ich für sie eingetreten war – so kam eins zum anderen. Und der Chef wollte mich nicht zum Unteroffizier vorschlagen. „Was wirst du für einen Unteroffizier abgeben", sagte er, „ein altes Weib bist du! In den Karzer solltest du, Schafskopf!" Ich befand mich aber damals in völliger Teilnahmslosigkeit und trauerte all dem nicht ein bißchen nach.

Und nie wieder hab' ich dies böse Fräulein vergessen können, und noch heute ist's so, daß sie mir mitunter ganz lebendig vor Augen steht.

„Was mag das nur bedeuten! Wer kann mir's erklären? Schlafen Sie auch nicht, Herr?" –

Ich schlief nicht... Das tiefe Dunkel der einsam im Walde verlorenen Hütte quälte meine Seele, und das traurige Bild des toten Mädchens erstand vor mir in der dichten Finsternis beim dumpfen Heulen des Sturmes...

Maria Dąbrowska

Frau Zofia

An einem leicht frostigen und sonnigen Vorfrühlingsmorgen – in einem unserer Ministerien war eine Kleinigkeit zu erledigen – betrat ich das nach Kalk, Lack, Sägespänen und nach all den Düften gerade beendeter Bauarbeiten riechende Gebäude. Ich klopfte an eine Tür mit der Aufschrift „Kanzlei des ... ten Departements" und gelangte in ein Zimmerchen, in dem außer den beiden Stenotypistinnen noch eine Person beschäftigt war, in der ich zu meinem freudigen Erstaunen Frau Turska, eine liebe, wenn auch nur flüchtige Bekannte aus der Zeit der Besetzung, entdeckte. Es hatte sich so gefügt, daß ich nichts mehr von ihr gehört hatte; ich wußte nicht einmal, ob sie Warschaus Katastrophe überlebt hatte. Ich freute mich sehr, sie wiederzusehen, obwohl sie weniger mit mir als mit meiner im Aufstand umgekommenen Schwester bekannt gewesen war. Wir tauschten die lange, schweigsame und doch beredte Umarmung, mit der sich bei einer unverhofften Begegnung alle begrüßen, die derselben Hölle entronnen sind.

Als meine Angelegenheit erledigt war, konnten wir es uns nicht versagen, eine Weile leise miteinander zu sprechen, wir wollten die Stenotypistinnen nicht stören. Es wurde kein fröhliches Gespräch. Frau Turska war Witwe und hatte drei Söhne verloren; einer war im Gefängnis umgekommen, die beiden anderen während des Aufstandes. Ihr vierter, ein Pianist, hatte einen Arm verloren und mußte, wie viele, noch mit manchem anderen Erlebnis fertig werden. Dennoch konnte Frau Turska lächeln, nachdem sie ihre knappe, tragische Erzählung beendet hatte. Und als ich recht hilflos flüsterte: „Sie haben das Recht zu verzweifeln, aber Sie haben eine Pflicht...", unterbrach sie mich wieder mit einem Lächeln.

„Ich bin nicht einmal verzweifelt. Ich habe einfach keine Zeit. Sie wissen, wieviel Arbeit es jetzt gibt. Da ist doch der Wiederaufbau. Oft muß man bis spät im Büro bleiben. Das ist mein ganzes Glück."

Ich wollte mich schon verabschieden, als das Gespräch plötzlich auf eine gemeinsame Bekannte kam, auf Frau Zofia Latoska. Sie hatte nicht nur den Sohn verloren, sondern war auch selber umgekommen. Aber erst von Frau Turska erfuhr ich aufschlußreiche Einzelheiten über ihren Tod. Ich hatte Zofia Latoska länger und besser gekannt als Frau Turska. Sie war die Frau eines Majors gewesen, der sich während des Krieges in einem sogenannten Offizierslager „aufhielt". Was gab es schon Aufregendes an der Frau eines Vorkriegsmajors, der jetzt als Kriegsgefangener Briefe mit schlechten Versen an seine Frau schrieb, die deren scheinbare Poesie mit Tränen benetzte. Sonst hatte die Latoska wenig Zeit, an ihren Mann zu denken. Sie mußte zwei Kinder erziehen: Karuś und Marysia. So nahm sie Stellung bei der Konsumverwaltung an. Mittags aß sie in der dortigen Kantine. Bis drei Uhr nachmittags zog sie aus irgendwelchen Berichten oder Statistiken der Genossenschaftsläden – die bei dem Umsatz der rationierten Lebensmittel armselig dahinvegetierten – fleißig Zahlenkolonnen aus. Ab drei tat sie sich mit ambulanten Händlern und Schiebern zusammen; sie „machte in Mehl". Das war ihre eigentliche Existenzgrundlage. Erst spätabends erschien sie zu Hause und aß mit den Kindern Abendbrot. Das Töchterchen war trotz ihrer dreizehn Jahre über ihr Alter hinaus verständig und beherzt. Sie ging zur Volksschule; daheim bereitete sie sich, wenn die Mutter nicht da war, das Mittagessen schon selbst zu und nahm die Kundschaft in Empfang.

Der Sohn, der sechzehnjährige Karuś, benahm sich, wie erklärlich ist, noch selbständiger. Richtig gesagt, war er zu Hause nur Gast, im Sommer verschwand er gänzlich, tauchte in den Wäldern unter und nahm als Verbindungsmann an Aktionen gegen Brücken und Züge teil. Er war Partisan.

Ich verbrachte zwei Wochen in Frau Zofias Haus, weil mich die Spitzel, die uns überwachten, aus den Augen verlieren sollten. Freunde hatten mir das Haus der Latoskis als besonders sicher empfohlen. Und wirklich – es glich einem Landhaus, lag ziemlich außerhalb der Stadt und grenzte schon an die Fluren; hier herrschte ideale, prächtig zur Arbeit geeignete Ruhe.

Eines Tages im Sommer, nach dem Abendbrot, das wir allein eingenommen hatten – die Kinder befanden sich irgendwo außerhalb Warschaus –, gestand mir Frau Zofia in einem Anflug von Schwäche (sie war völlig erschöpft an diesem Tage und fühlte sich recht elend), daß in einem Zimmer des Hochparterres ein Radio installiert sei; das wäre noch halb so schlimm, aber der es abhöre, sei ein Jude. Auch das wäre noch nicht das schlimmste. Aber wie die Menschen so seien, er wisse nicht, daß er sehr semitisch aussehe, und gehe jeden Tag spazieren. Und die menschliche Kanaille schlafe bekanntlich nicht. Es habe sie schon jemand gefragt, wieso ein Jude bei ihr wohne.

„Das macht mir ein wenig Sorge“, sagte Frau Zofia und sah mich aus braunen erschrockenen Kinderaugen an. „Denn es kann nicht nur für ihn und das Radio schlecht ausgehen, sondern sie können bei dieser Gelegenheit entdecken, daß im Garten ... Waffen vergraben sind.“

Am nächsten Morgen, vom Schlaf erfrischt, schämte sich Frau Zofia ihrer gestrigen Geständnisse etwas. Ich überzeugte sie jedoch sofort, sie seien „wie in den Brunnen“ gefallen. Sie beruhigte sich und hatte bald andres im Kopf. Während sie sich zum Weggehen anschickte, erzählte sie:

„Ich komme jetzt bei meinem Mehlhandel oft mit verschiedenen Leuten zusammen. Mit einfachen Leuten. Mit Arbeitern. Ich unterhalte mich mit ihnen und sehe, wohin alles läuft. Es ist ausgeschlossen, daß mein Mann nach seiner Rückkehr weiter Offizier bleibt. Das ist vorbei. Man muß sich das Leben anders einrichten. Ich hab mir schon was überlegt. Wir bleiben in den beiden Zimmern unten, und ich verwandle das ganze Haus in eine Pension. Wenn es privat nicht geht, ist mir das auch egal, soll es staatlich werden oder sonstwie; ich werde es dann eben nur verwalten. Ich glaube, es werden viele Ausländer nach Polen reisen wollen. Denn wissen Sie, ich denke, daß Polen sehr berühmt wird. Aber um so eine Pension zu leiten, muß man Sprachen können. Russisch kann ich und etwas Französisch auch, aber Englisch muß ich noch lernen. Ich muß und damit basta."

Tatsächlich fing Frau Zofia an, bei einem meiner Bekannten Englisch zu lernen. Dieser Bekannte – ein hochgelehrter Mann, der nebenbei Englischstunden gab, um überhaupt sein Leben fristen zu können – wußte sich keinen Rat mit der armen Frau Latoska. Die sogenannte Sprachbegabung fehlte ihr gänzlich, und die Grundzüge der englischen Aussprache begriff sie rundweg nicht. Das Wort lady las sie ständig wie „laidy".

„Eee", schrie sie der Professor ungeduldig an. „Können Sie denn nicht einmal eee sagen? So wie in he. Sprechen Sie doch mal: heee, heee! Und nicht das polnische Y, nur i. Leedi! Sagen Sie i ... i."

Frau Zofia rief „heee, heee!", wiederholte „i ... i" und las dann wieder „laidy".

Ich traf die so vielfältig geprüfte Frau Zofia erst ein Jahr später wieder. Schnellen Schrittes wand sie ihr zierliches, behendes Figürchen durch die Fußgängerschar und eilte irgendwohin. Ich bemerkte, daß ein neuer Hut auf ihrem rundlichen, hübschen Köpfchen saß; damals, als alle die Sachen aus Friedenszeiten abtrugen, ein ungewöhnlicher Anblick.

„Frau Zofiachen im neuen Hütchen", begrüßte ich sie in jener Zärtlichkeitsform, zu der dieses etwas kindliche

und doch so gewichtige Persönchen ganz besonderen Anlaß gab.

„Glauben Sie mir“, antwortete sie ernsthaft, „ein neuer Hut – oh, wie gut das dem Selbstbewußtsein bekommt!“

Das war im Juni 1944. Im Juli fuhr Frau Zofia mit den Kindern in die Sommerfrische. Sie hatte ein Zimmer im Erholungsheim der Konsumverwaltung erhalten, in der sie arbeitete. Ungefähr zehn Tage, bevor der Aufstand losbrach, erhielt ich eine Karte von dort. Sie schrieb begeistert, seit Kriegsbeginn habe sie sich nicht so gut erholt. Sie wohnten an der Pilica, man könne baden, einen schönen Wald gebe es und spottbillige Erdbeeren in Massen. „Ich habe nur Sorge, ob wir rechtzeitig nach Warschau zurückgelangen.“ Ich wußte, was diese Worte bedeuteten. Die sowjetischen Armeen näherten sich schon der Weichsel, Panik bemächtigte sich der Deutschen, jeden Augenblick war mit großen Ereignissen zu rechnen.

Blitzschnell, schneller als sie sich aussprechen lassen, durchflog ich diese Erinnerungen, und sie laut abschließend, erzählte ich Frau Turska von jenen Worten auf Frau Latoskas Karte. „Sie war so unruhig, ob sie es schaffen würde“, fügte ich hinzu, „sie hat sich so beeilt, in den Tod zu gehen.“

„Und wie sie sich beeilt hat!“ fuhr Frau Turska mit einem Räuspern fort. „Sie hatten den Zug nicht erreichen können und nahmen sich für teures Geld einen Lastkraftwagen, und mit diesem Wagen kamen sie im letzten Augenblick, am 31. Juli abends, alle in Warschau an. Ich besinne mich noch wie heute an diese Ankunft“, ergänzte sie fröstelnd, „denn wir wohnten gleich nebenan.“

„Wann ist Karuś umgekommen?“

„Gleich den Morgen darauf, am 1. August, beim Angriff auf den Stützpunkt Mokotów.“

„Und sie? Frau Zofia?“

„Einen Monat später, in der Kazimierzowska. Sie arbeitete dort bei den Aufständischen in der Küche. Als sie den Soldaten Essen austeilte, hat ihr ein Geschoß den Kopf abgerissen.“

Unwillkürlich mußte ich an das Hütchen denken, das diesem Kopf, seinem Selbstbewußtsein so gutgetan hatte.

Ich sah mich nach den Stenotypistinnen um. Sie schienen unser Vorhandensein nicht einmal zu bemerken. Elegante, gutfrisierte und geschminkte Mädchen, die unermüdlich kleine Buchstaben ausstreuten, gleichsam Hunderttausende von leisen Schüssen aus Maschinengewehren. Bei diesem einförmigen Geklapper erzählte ich Frau Turska mein letztes Zusammentreffen mit Karuś. Vielleicht rief ich es auch nur lautlos in mein Gedächtnis zurück bei diesem Schweigen, das beredter war als Worte.

Es war im Sommer 1943, eben zu der Zeit, als ich in Frau Zofias unsicherem Hause eine sichere Zuflucht gesucht hatte. Ich saß in ihrem kleinen Garten in einem Liegestuhl und redigierte das Manuskript eines Artikels für unsere illegale Zeitung. Karuś klingelte lange und ungeduldig am Gartentor. Als ich ihm öffnete, begrüßte er mich flüchtig und erklärte:

„Wissen Sie schon? Mussolini hat der Teufel geholt!“

„Ich weiß, aber hör mal, siehst du nicht zu soldatisch aus? Ist das nicht etwas zu früh?“

Er ging in hohen eisenbeschlagenen Stiefeln, in Hosen und Überrock wie das Militär und hatte einen Rucksack bei sich. Viele Burschen liefen so herum und trugen die Sachen ihrer Väter und Brüder auf. Aber Karuś bewegte sich in diesem Aufzug mit besonders herausfordernder, kriegerischer Grazie. Er überhörte meine Frage jedoch oder ließ sie nicht an sich heran.

„Ich habe einen Mordshunger!“ verkündete er weiter.

Ich setzte mich wieder in den Liegestuhl und hörte, wie er geräuschvoll durch die Wohnung stöberte. Er stürzte ohne Jacke und Rucksack, in einem Hemd mit blauen Streifen aus dem Haus.

„Bei Mama gibt es nirgends was Eßbares“, bemerkte er anspruchsvoll. Und gleich darauf ging er im Garten auf Nahrungssuche. Nach einer Weile biß er in überreife Schoten. Dann suchte er in den Himbeeren, und am längsten blieb er unter der Aprikose.

„Gelb und rot sind sie schon, aber noch hart“, berichtete er von dort.

Bald tauchte er unter den Zweigen hervor. Er lief auf mich zu, hielt mir in der geschlossenen Hand einige dunkelgelbe, rotgesprenkelte Aprikosen hin, kauerte sich neben den Liegestuhl und bat:

„Probieren Sie doch! Ich habe die reifsten herausgesucht.“

Und so sehe ich ihn bis jetzt vor mir, kauernd – in der nachlässigen Pose eines Räubertanzes. Er wippte mit seinen kräftigen, elastischen Beinen leicht in den Knien, neigte den mit goldenen strubbeligen Haaren bekränzten Kopf und schaute mich aus seinen schmalen grünen Augen unter langen dunklen Wimpern hervor von der Seite an; ein unbewußt kokettes, unschuldiges, unbeschreiblich zauberhaftes Lächeln entstand in seinen blitzenden Augen, lugte aus dem Grübchen seiner sonnengebräunten Wange, spielte auf den festen feinen Lippen und breitete sich über die unmerklich veränderte reine Linie seines ovalen Gesichts.

„Ob Frau Zofia von seinem Tod gewußt hat?“

„Wahrscheinlich nicht. Wenigstens behaupten das die Frauen der Militärküche, die mit ihr zusammen waren und sie beerdigt haben. Sie stand schon seit dem 1. August auf ihrem Posten.“

„Und was ist aus dem Töchterchen geworden? Aus Marysia?“

„Der Vater hat sie zu sich geholt. Sehen Sie, Major Latoski ist nicht in die Heimat zurückgekehrt. Sie sind in Frankreich. Jetzt vielleicht in England. Ich weiß es nicht.“

Frau Turska zögerte etwas.

„Von Marysias Tante habe ich gehört“, sagte sie nach einer Weile, „daß sich das Mädchen dort sehr unglücklich fühlt. Sie hat schreckliche Sehnsucht nach der Heimat. Irgendwie kommt sie mit dem Vater nicht aus, zumal da er schon wieder verheiratet ist. Wissen Sie, man versteht sich überhaupt schwer mit Leuten, die nicht hier gewesen sind“, fügte sie halb verwundert und halb erleichtert hinzu, als hätte sie bei diesen Nachrichten über Marysia eine Rechtfertigung für die Haltung gefunden, die sie selber in all den Leiden und Wirren einnahm.

Das Schreibmaschinengeklapper verstummte. Es wurde Tee ins Zimmer gebracht. Die Stenotypistinnen raschelten mit Papier und wickelten ihr zweites Frühstück aus, das sie von zu Hause mitgebracht hatten.

Ich stand auf. Das Gespräch im Büro hatte sich ohnehin zu sehr in die Länge gezogen. Ich wollte Frau Turska um Entschuldigung bitten, daß ich ihr soviel Zeit geraubt hatte. Aber sie kehrte noch einmal zu Frau Zofia zurück.

„Es heißt, daß denen die meiste Gefahr drohe, die sich vor ihr fürchten. Aber Frau Zofia hat sich nie recht gefürchtet."

„Na, das will ich meinen!" Unwillkürlich mußte ich lächeln.

„Eben. Sie haben sicher auch von dem Kuchen gehört?"

„Nein. Von einem Kuchen? Nein!"

„Ein Nachbar hat das nämlich im ganzen Viertel herumerzählt."

Wir erhoben uns und gingen auf den Korridor. Frau Turska begleitete mich zur Treppe und erzählte dabei:

„Frau Zofia hatte einen kleinen Gasofen, und einmal, spätabends, buk sie einen Pflaumenkuchen, es kann auch ein Apfelkuchen gewesen sein. Das war am 1. September 1942. Einen Kuchen für ihre Kinder. Die sollten aus den Ferien zurückkommen. Sie war allein. Plötzlich, schon gegen zehn, klingelt es. Sie öffnet und sieht einen Nachbarn, dem sie Geld schuldete. Ja, zuweilen hatte sie nämlich auch Schulden. Mit dem Mehl klappte es nicht immer so. Sie blickt den Nachbarn an und sagt: ‚Ach, Sie sind gewiß wegen Ihres Geldes gekommen; ich besinne mich, aber ich habe gar keine Zeit, mein Ofen brennt gerade. Ach, mein Bester', sagt sie, ‚kommen Sie morgen, da bereden wir das.' Und sie ist so ungeduldig, daß sie ihm die Tür vor der Nase zuschlagen will. Aber er stellt den Fuß zwischen die Tür und sagt: ‚Um Gottes willen, können Sie nicht das Licht auslöschen?' Sie war gar nicht erstaunt, denn dieser Nachbar war der Luftschutzwart für unsern Block. ‚Nein, wirklich‘, sagte sie, ‚ich vergesse doch immer die Verdunklung. Aber gleich hänge ich die schwarzen Rollos vor. Ich hab sogar schon welche.‘ Sie wissen ja, das ist bereits Randgebiet, wir wohnten wie zwischen Feldern und kümmerten und kaum um die Verdunklung. Aber an diesem Abend stiert der Nachbar Frau Zofia mit schrecklichen Blicken an. ‚Bitte drehen Sie sofort das Licht aus‘, sagt er. ‚Oder wissen Sie nicht, daß wir seit einer Stunde in einem sowjetischen Luftangriff sind, daß Bomben fallen?‘ Und Frau Zofia darauf: ‚Was Sie sagen! Ich habe nichts bemerkt. Mein Ofen macht solchen Lärm, daß ich nicht gehört habe.‘ Nun, bald danach hörte sie es: ‚Ach, endlich kriegen es auch die Deutschen mit der Angst‘, sagte sie. ‚Welche Freude!‘ “

Ein kleines, unfreies Lachen von uns.

Und gleich danach trat ich auf den sonnenüberfluteten Platz hinaus. Im Sonnenglast blendeten die kupfernen Dachzinnen des neuen Gebäudes. Ein Strom von Fußgängern und Fahrzeugen wogte auf dem Platz und schien gewaltsam belebt, da er sich von dem toten Entsetzen ragender Ruinen abhob. So rang das Leben mit dem Tod, der nur im Gedächtnis derer sich bewahrt, die nicht vergessen können.

Nadine Gordimer

Ein Stück rubinrotes Glas

Als der Vervielfältigungsapparat ins Haus gebracht wurde, sagte Bamjee: „Reicht es nicht, daß du schon die Probleme der Inder auf dem Hals hast?" Mit einem Lächeln, das eine Zahnlücke preisgab, aber dennoch zuversichtlich war, erwiderte Mrs. Bamjee: „Was macht das für einen Unterschied, Yusuf? Wir haben alle die gleichen Probleme."

„Erzähl mir das nicht. Wir müssen keine Pässe bei uns tragen. Laß die Eingeborenen allein gegen die Pässe protestieren, das sind doch Millionen. Sollen die damit weitermachen."

Wie stets, waren die neun Kinder von Bamjee und Pahad auch bei diesem Wortwechsel zugegen. In dem kleinen Haus, das sie alle faßte, gab es keinen Raum, wo man Dinge ungestört hätte besprechen können, und so waren sie nie zu jung gewesen, alles mit anzuhören. Nur Girlie, ihre Schwester und Halbschwester, war nicht da. Sie war die Älteste und verheiratet. Die Kinder blickten erwartungsvoll, aber nicht beunruhigt auf Bamjee, der weder das Eßzimmer verlassen noch sich wieder ans Zigarettendrehen gemacht hatte, wobei er durch die Ankunft des

Vervielfältigungsapparates unterbrochen worden war. Er sah das Ding an, das ein schwarzer Taxifahrer in einem Wäschekorb verborgen gebracht hatte, und auch die Kinder wandten sich ihm zu, die dunklen Augen von dicken Wimpern umgeben, wie die reglosen, offenen Blumen mit den haarigen Tentakeln, die sich bei jeder Berührung schließen.

„Ein schönes Gerät für den Eßzimmertisch." Das war alles, was er schließlich sagte. Sie nahmen den Geruch der Maschine wahr, einen Geruch nach kaltem schwarzem Schmierfett. Beunruhigt ging er hinaus, schwerfällig und auf Zehenspitzen.

„Sie paßt noch prima auf die Anrichte!" Mrs. Bamjee, emsig dabei, Platz zu schaffen, nahm zwei rote, mit Plastnelken gefüllte Glasvasen und den handbemalten Samtläufer mit dem Bild vom Taj Mahal fort.

Nach dem Abendessen begann sie, auf der Maschine Flugblätter zu drucken. Die Familie wohnte im Eßzimmer – die drei anderen Zimmer des Hauses standen voller Betten –, und sie waren alle dabei. Die älteren Kinder teilten sich eine Flasche Tinte und machten ihre Schularbeiten, und die beiden Kleinen schoben eine Anzahl leerer Milchflaschen zwischen den Stuhlbeinen hindurch. Der Dreijährige schlief ein und wurde von einem der Mädchen fortgebracht. Schließlich verschwanden sie alle im Bett; Bamjee ging noch vor seinen älteren Kindern – er war Obst- und Gemüsehändler und stand jeden Morgen um halb fünf auf, damit er um fünf Uhr auf dem Markt war. „Nicht mehr lange", sagte Mrs. Bamjee. Die älteren Kinder sahen auf und lachten ihn an. Er wandte ihr den Rücken zu. Sie trug noch immer die traditionelle Kleidung einer mohammedanischen Frau, ihr Körper, dürr und nichtssagend wie ein Kleid am Haken, wenn er kein Kind beherbergte, war in einen am Boden schleifenden lappigen billigen Sari gewickelt, und ihr dünner schwarzer Zopf war fettig. Als sie ein kleines Mädchen gewesen war, in der Stadt in Transvaal, in der sie noch immer lebten, hatte ihre Mutter ihr ein Stück rubinrotes Glas in einem Nasenflügel befestigt, aber sie hatte diesen

Schmuck als selbst für sie zu altmodisch schon längst abgelegt.

Sie blieb bis spät nach Mitternacht auf und stellte Flugblätter her. Sie machte das, als zerstampfte sie Chillies.

Bamjee mußte nicht erst fragen, worum es bei den Flugblättern ging. Er hatte die Zeitungen gelesen. In der ganzen vergangenen Woche hatten Afrikaner ihre Pässe vernichtet und sich zur Verhaftung gestellt. Ihre Anführer wurden wegen Aufwiegelei eingesperrt, in den Büros der Protestbewegung fanden Razzien statt – jemand mußte den wenigen übriggebliebenen Funktionären helfen, die Aktion ohne Büros und ohne Ausrüstung weiterzuführen. Was konnte also schon in den Flugblättern stehen – „Geht morgen nicht zur Arbeit", „Tag des Protests", „Verbrenne deinen Paß für die Freiheit"? Er wollte nichts davon sehen.

Er war es gewohnt, seine Frau, wenn er nach Hause kam, am Eßzimmertisch in ein Gespräch mit Fremden vertieft vorzufinden oder mit Leuten, die einen bekannten Namen hatten. Einige prominente Inder waren darunter, wie der Rechtsanwalt Dr. Abdul Mohammed Khan oder der große Geschäftsmann Mr. Moonsamy Patel, und er fühlte sich bedenklich geschmeichelt, ihnen in seinem Haus zu begegnen. Als er am folgenden Tag von der Arbeit heimkehrte, traf er Dr. Khan, der gerade aus dem Haus kam, und Dr. Khan, ein sehr gebildeter Mann, sagte zu ihm: „Eine wunderbare Frau." Doch Bamjee hatte seine Frau nie bei irgendeiner Vermessenheit ertappt; sie benahm sich korrekt, wie es einer mohammedanischen Frau anstand, und würde sich zum Beispiel nie mit den Herren zu Tisch gesetzt haben, wenn sie die geschäftlichen Dinge mit ihnen erledigt hatte. Er fand sie jetzt hinten in der Küche bei den Vorbereitungen fürs Essen, während sie auf verschiedenen Wellenlängen gleichzeitig mit den Kindern redete. „Ist wirklich schade, daß du keine Linsen mehr magst, Jimmy, denn jetzt gibt's welche. – Amina, beeil dich, setz Wasser auf. – Laß nur. Das stopf ich gleich, hol das gelbe Garn, und in der Zigarettenschachtel auf der Anrichte ist eine Nadel."

„War das Dr. Khan, der eben ging?“ fragte Bamjee.

„Ja, am Montag soll eine Protestaktion stattfinden, bei der alle zu Hause bleiben. Desai ist krank, und er selbst muß allen Bescheid geben. Bob Jali hat die ganze Nacht Flugblätter gedruckt, aber jetzt läßt er sich einen Zahn ziehen.“

Sie hatte Bamjee immer so behandelt, als wäre es eine Marotte von ihm, vorzugeben, daß Politik ihn nicht kümmere. So, wie etwa eine Frau hartnäckig daran festhalten mag, die schlechte Laune ihres Mannes als liebenswerte Ungeschliffenheit zu deuten, hinter der sich grenzenloser guter Wille verbirgt. Und sie sprach mit ihm über diese Dinge ebenso, wie sie ihm Klatsch aus der Familie oder der Nachbarschaft erzählte.

„Warum willst du dich bloß in diese Geschichte von Totschlag und Steinigung und was weiß ich noch einmischen? Der Kongreß sollte sich da raushalten. Ist es nicht schon genug mit den Gruppenbezirken?“

Sie lachte. „Nun, Yusuf, das glaubst du doch selbst nicht. Sieh mal, als die Sache mit den Gruppenbezirken in Natal anfing, hast du dasselbe gesagt. Du hast gesagt, wir sollten uns erst darüber Sorgen machen, wenn man uns hier in Transvaal aus unseren eigenen Häusern wirft. Und dann hat deine Mutter ihr Haus in Norddorp verloren, und da hattest du's – du hast gesehen, daß keiner sicher ist. Oh, Girlie war heute nachmittag hier, sie hat gesagt, Ismails Bruder hat sich verlobt – das ist schön, nicht wahr? Seine Mutter wird sich freuen. Sie hat sich Sorgen gemacht.“

„Warum hat sie sich Sorgen gemacht?“ fragte Jimmy, der mit seinen fünfzehn Jahren alt genug war, seiner Mutter beizustehen.

„Nun, sie wollte ihn versorgt wissen. Am Sonntag in einer Woche findet bei Ismail eine Party statt – du solltest mir lieber deinen Anzug geben, damit ich ihn morgen zur Reinigung bringe, Yusuf.“

Sofort meldete sich eines der Mädchen: „Ich hab nichts anzuziehen, Ma.“

Mrs. Bamjee legte einen Finger an ihr blasses Gesicht.

„Vielleicht borgt dir Girlie ihr Rosafarbenes, he? Lauf zu Girlie hinüber und sag, ich laß fragen, ob sie's dir borgt."

Alltäglichkeiten vermitteln oft Sicherheit, und Bamjee, der sich in den Lehnstuhl mit den abgeschabten Armstützen zwischen dem Eßtisch und der Anrichte sinken ließ, verfiel in einen dumpfen Halbschlaf, unruhig zuckend und auffahrend und in die Wirklichkeit zurückstrebend wie in all den Perioden traumhafter Normalität in jenen Wochen.

Als er am folgenden Morgen zum Markt kam, hörte er sogleich, Dr. Khan sei verhaftet worden. Aber in jener Nacht blieb Mrs. Bamjee auf und nähte ein neues Kleid für ihre Tochter. Der Anblick entwaffnete Bamjee und beruhigte ihn gegen seinen Willen, so daß der Groll, den er den ganzen Tag gehegt hatte, sich in ein verdrießliches, anklagendes Schweigen zurückzog. Der Himmel mochte freilich wissen, wer tagsüber im Hause ein und aus ging. Zweimal in dieser Woche der Tumulte, Razzien und Verhaftungen fand er schwarze Frauen vor, als er nach Hause kam – einfache, durchschnittliche Frauen mit Kopftüchern, die Tee tranken. So etwas gibt es bei anderen indischen Frauen im Hause nicht, dachte er bitter – doch war seine Frau nicht wie andere; ihre Art konnte er nicht genau beschreiben, er konnte nur sagen, was sie nicht war: nicht anstößig, nicht strafwürdig, nicht aufrührerisch. Es war etwas, was er nicht deutlich sehen konnte, etwas wie die Anziehungskraft, die ihn dazu gebracht hatte, sie zu heiraten, Pahads Witwe mit fünf Kindern.

Als die Sicherheitspolizei in den frühen Morgenstunden des Donnerstags anhaltend an die Tür klopfte, wurde er nicht wach, denn er war darauf eingestellt, stets um halb fünf ins Bewußtsein zurückzukehren, und bis dahin war es noch über eine Stunde. Also stand Mrs. Bamjee auf, fuhr ungeschickt in Jimmys Regenmantel, der über einem Stuhl hing, und ging zur Haustür. Die Uhr an der Wand – ein Hochzeitsgeschenk von ihrer Heirat mit Pahad – zeigte drei Uhr, als sie das Licht anknipste, und sie wußte sofort, wer da auf der anderen Seite der Tür stand. Obwohl sie nicht überrascht war, zitterten ihr die Hände wie einer alten Frau, als sie aufschloß und die komplizierte Sperre der Einbruchssicherung löste. Dann öffnete sie die Tür, und da standen sie – zwei farbige Polizisten in Zivil. „Zanip Bamjee?“

„Ja.“

Als sie sprachen, schreckte Bamjee plötzlich auf; er dachte, er hätte verschlafen. Dann drangen die Stimmen der Männer in sein Bewußtsein. Er rappelte sich im Dunkeln aus dem Bett und trat ans Fenster, das ebenso wie die Haustür mit einem schweren, dicken Maschendrahtgitter gegen Eindringlinge von der schmutzigen Straße versehen war. Bestürzt lief er ins Eßzimmer, wo die Polizisten gerade einen Seifenkarton mit Papieren neben dem Vervielfältigungsapparat durchwühlten.

„Yusuf, das gilt mir“, sagte Mrs. Bamjee.

Er begriff sofort, es war wie das Zuschnappen einer Falle. Er stand in einem alten Hemd vor den Polizisten, und die Frau würde wegen der Schwarzen ins Gefängnis gehen. „Da hast du's!“ schrie er und trat einen Schritt zurück. „Das hast du nun davon. Hab' ich dir's nicht gesagt? Hab' ich's nicht gesagt? Das ist nun das Ende vom Lied. Das ist das Ende. So weit ist es gekommen.“ Sie hörte ihm zu und hielt den Kopf ein wenig zur Seite geneigt, als wollte sie einen Schlag abwehren oder als empfände sie Mitleid.

Jimmy, der Sohn von Pahad, erschien mit einem Handkoffer an der Tür. Hinter ihm standen zwei der drei Mädchen. „Hier, Ma, nimm meine grüne Strickjacke.“ – „Ich hab' dir die saubere Bluse rausgesucht.“ Bamjee mußte ständig aus dem Weg gehen, während sie ihrer Mutter halfen, sich fertigzumachen. Es war wie bei den Vorbereitungen für eins der Familienfeste, um die seine Frau soviel Aufhebens machte. Er mochte stehen, wo er wollte, stets stießen sie mit ihm zusammen. Selbst die Polizisten murmelten „Verzeihung!“ und schoben sich an ihm vorbei in die anderen Räume des Hauses, um die Durchsuchung fortzusetzen. Sie nahmen ein Buch mit, das Nehru im Gefängnis geschrieben hatte. Ein beharrlicher Handelsreisender hatte es Bamjee verkauft, und es hatte jahrelang auf dem Kaminsims gelegen.

„Oh, bitte, nehmen Sie das nicht mit", sagte Mrs. Bamjee plötzlich und klammerte sich an den Arm des Mannes, der es dort weggenommen hatte.

Er hielt es aus ihrer Reichweite.

„Was macht das schon, Ma?"

Gewiß, keiner im Hause hatte es je gelesen, doch sie sagte: „Es ist für meine Kinder."

„Ma, laß doch." Jimmy, kräftig, untersetzt, sah aus wie ein Händler, der einer Kundin von einem Ballen Seide abriet, an die sie ihr Herz gehängt hatte. Sie ging ins Schlafzimmer und zog sich an. Als sie in ihrem alten gelben Sari und dem braunen Mantel darüber herauskam, waren hinter ihr die Gesichter der Kinder wie Gesichter auf einem Bahnsteig. Sie küßten sie zum Abschied. Die Polizisten trieben sie nicht zur Eile an, und dennoch schien sie in Eile zu sein.

„Was soll ich nun machen?" Bamjee klagte sie alle an.

Die Polizisten sahen geduldig zur Seite.

„Es wird schon gehen. Girlie wird helfen. Die Großen kommen schon zurecht. Und, Yusuf –" Die Kinder drängten sich um sie. Zwei der jüngeren waren wach geworden und hereingekommen und stellten laute Fragen.

„Los jetzt", sagten die Polizisten.

„Ich will mit meinem Mann sprechen." Sie machte sich los und kam zu ihm zurück, und die Bewegung ihres Saris schirmte sie für einen Augenblick vom übrigen Raum ab. In mißtrauischer Vorahnung verhärtete sich seine Miene gegen die Bitte, er möge dem nächsten Dummkopf eine Botschaft zukommen lassen, der ihre Flugblattaktion weiterführen würde, bis man auch ihn verhaftete. „Am Sonntag", sagte sie. „Nimm sie am Sonntag mit." Er wußte nicht, wovon sie redete. „Die Verlobungsfeier", flüsterte sie leise und eindringlich. „Die sollten sie nicht versäumen. Es würde Ismail kränken."

Sie hörten, wie das Auto wegfuhr. Jimmy verriegelte und versperrte die Haustür. Dann öffnete er sie gleich wieder; er zog den Regenmantel an, den seine Mutter abgelegt hatte. „Will Girlie Bescheid geben", sagte er. Die Kinder gingen wieder ins Bett. Ihr Vater sprach kein Wort zu ihnen. Ihr Geplapper, das Weinen der Jüngeren und das Streiten der Älteren setzten sich in den Schlafzimmern fort. Er sah sich allein. Er spürte die Nacht um sich her. Und dann traf sein Blick zufällig den Zeiger der Uhr, und zusammenschreckend vor dem Ungewohnten, sah er, daß nicht mehr tiefe Nacht war, sondern eine Stunde, die er hätte kennen müssen: die Zeit, zu der er stets aufstand. Er zog die Hose an und den schmutzigen weißen Kittel, schlang den grauen Schal um den Hals, der bis zu den Stoppeln am Kinn reichte, und ging zur Arbeit.

Der Vervielfältigungsapparat war von der Anrichte verschwunden. Die Polizisten hatten ihn mitgenommen, ebenso die Flugblätter und die Berichte über die Zusammenkünfte und den Stapel alter Zeitungen, die sich auf dem Kleiderschrank im Schlafzimmer angesammelt hatten – nicht die dicken Tageszeitungen der Weißen, sondern die dünnen, behelfsmäßigen Zeitungen, die für alle anderen ihre Stimme erhoben und die mitunter zeitweilig ihr Erscheinen einstellten, weil sie verboten wurden oder aus Geldmangel. Das alles war verschwunden. Als er sie geheiratet hatte und mit ihr und ihren fünf Kindern in das frühere Haus von Pahad, das nun das Haus von Bamjee wurde, eingezogen war, hatte er die bescheidenen, harmlosen und augenscheinlich fruchtlosen Arbeiten – die Versammlungsprotokolle, die nachts am Eßtisch geschrieben wurden, die Blaubücher der Regierung, die sie las, während sie das jüngste Baby stillte, die Geschäftigkeit der älteren Kinder beim Formen von Kreppapierrosetten für den Kongreß – das alles hatte er nicht als eine Tätigkeit aufgefaßt, mit der man Berge versetzen wollte. Jahrelang hatte er das nicht wahrgenommen, und nun war es vorbei.

Das Haus war still. Die Kinder drängten sich hinter geschlossenen Türen in ihren Betten zusammen. Er saß da und blickte auf die Anrichte, wo die Plastnelken und der Läufer mit dem Bild vom Taj Mahal wieder an ihrem Platz waren. In den ersten Wochen sprach er nie von ihr. Im Haus hatte man das Gefühl, daß er ihretwegen geweint, daß er gegen sie getobt hatte, daß Lawinen von Vorwürfen auf die Abwesende niedergegangen waren, und doch hatte er nicht ein Wort gesagt. Er hatte sich nicht erkundigt, wo sie war. Jimmy und Girlie waren zu Mohammed Ebrahim, dem Rechtsanwalt, gegangen, und als er herausbekam, daß man ihre Mutter – zumindest nach ihrer Verhaftung – in ein Gefängnis in der nächsten Stadt gebracht hatte, hatten sie stundenlang vor dem großen Gefängnistor gestanden, bis man ihnen sagte, wohin sie von dort aus verlegt worden war. Schließlich hatten sie erfahren, daß sie fünfzig Meilen weit weg war, in Pretoria. Jimmy bat Bamjee um fünf Shilling, damit Girlie das Fahrgeld nach Pretoria bezahlen konnte, nachdem sie von der Polizei verhört worden war und die Erlaubnis bekommen hatte, ihre Mutter zu besuchen. Er legte drei Zweishillingstücke vor Jimmy auf den Tisch, und der Junge, der ihn scharf ansah, wußte nicht, ob der zusätzliche Shilling etwas bedeutete oder ob Bamjee einfach kein Kleingeld hatte.

Nur wenn Verwandte oder Nachbarn ins Haus kamen, fing Bamjee plötzlich zu reden an. Nie in seinem Leben war er so mitteilsam gewesen wie in Gegenwart dieser Besucher, von denen viele zu einem kurzen Höflichkeitsbesuch kamen, der mehr den Charakter eines Kondolenzbesuchs hatte. „Ach, ja, ja, da seht ihr, wie's mir geht – da seht ihr, was man mir angetan hat. Neun Kinder, und ich muß den ganzen Tag schuften. Ich komm um sieben oder um acht nach Hause. Was soll man machen? Was können Leute wie wir machen?"

„Arme Mrs. Bamjee. So eine freundliche Frau."

„Nun, seht doch selbst. Die kommen hier mitten in der Nacht rein und lassen ein Haus voller Kinder zurück. Ich bin den ganzen Tag fort und schufte, ich muß den Lebensunterhalt verdienen." Er stand in Hemdsärmeln herum und wurde ziemlich lebhaft, trug den Mädchen auf, Obst und Getränke für die Besucher zu bringen. Wenn sie gegangen waren, dann war es, als ob er, der orthodox, wenn nicht gar streng religiös war und nie Alkohol trank, betrunken gewesen und plötzlich nüchtern geworden wäre;

er sah benommen aus und konnte sich nicht mehr erinnern, was er geredet hatte. Und wenn er sich beruhigte, schnürten ihm wieder der Groll und das Gefühl erlittenen Unrechts die Kehle zu.

Eines Abends im Eßzimmer fand Bamjee einen der kleinen Jungen im Mittelpunkt einer wichtigtuerischen Gruppe von Geschwistern, die sich seiner annahmen.

„Sie sind gemein gegen Ahmed gewesen!"

„Was hat er denn gemacht?" fragte der Vater.

„Nichts! Nichts!" Das kleine Mädchen zerrte aufgeregt am Taschentuch.

Eine Ältere, dünn wie ihre Mutter, nahm das Wort und brachte die anderen mit einer Bewegung ihrer mageren Hand zum Schweigen. „Sie haben es heute in der Schule gemacht. Sie haben ein Exempel an ihm statuiert."

„Was heißt das, ein Exempel statuiert?" fragte Bamjee ungeduldig.

„Er mußte sich vor die Klasse hinstellen, und der Lehrer hat gesagt: ‚Seht ihr diesen Jungen? Seine Mutter sitzt im Gefängnis, weil sie die Schwarzen so sehr liebt. Sie will, daß die Inder mit den Schwarzen gleichgestellt werden.'"

„Das ist schrecklich", sagte er. Seine Hände fielen herab. „Hat sie je an so etwas gedacht?"

„Deshalb ist Ma *dort*", sagte Jimmy, legte sein Comic-Heft beiseite, nahm seine Schulbücher hervor und packte sie auf den Tisch. „Das ist alles, was die Kinder wissen müssen. Ma ist dort, weil solche Sachen passieren. Petersen ist ein farbiger Lehrer, und ich glaube, es ist sein schwarzes Blut, das ihm das ganze Leben Schwierigkeiten gemacht hat. Er haßt jeden, der sagt, alle sind gleich, weil ihm damit das bißchen von einem Weißen verlorengeht, das einzige, was er hat. Was erwartest du? So was muß man nicht so wichtig nehmen."

„Natürlich, du bist fünfzehn, und du weißt alles", brummte Bamjee.

„Das sag ich gar nicht. Aber jedenfalls kenne ich Ma." Der Junge lachte.

Im Gefängnis machten die politischen Gefangenen einen Hungerstreik, und Bamjee brachte es nicht über sich, Girlie zu fragen, ob ihre Mutter auch hungerte. Er mochte nicht fragen. Und doch las er im Gesicht der jungen Frau, daß ihre Mutter immer schwächer wurde. Als der Streik beinahe eine Woche gedauert hatte, brach eines der älteren Kinder bei Tisch in Tränen aus und konnte nicht essen. Bamjee schob seinen Teller voller Zorn beiseite.

Manchmal redete er laut mich sich selber, wenn er den Gemüsewagen fuhr. „Wozu?" Wieder und wieder: „Wozu?" Sie war keine moderne Frau, die sich das Haar abschnitt und kurze Röcke trug. Er hatte eine gute, einfache mohammedanische Frau geheiratet, die Kinder gebar und ihre Chillies selbst zerstampfte. Er sah sie plötzlich vor sich, am Vervielfältigungsapparat, in der Nacht, bevor sie geholt wurde, und er fühlte sich wirr, verstört und hoffnungslos. Er war zu dem Geist eines Opfers geworden, der sich am Schauplatz eines Verbrechens herumtreibt, dessen Motiv er nicht kennt und noch nicht begreifen kann.

Der Hungerstreik im Gefängnis ging in die zweite Woche. Allein in dem klappernden Führerhaus seines Lastwagens, sagte er Dinge vor sich hin, die er jemand anderen sagen zu hören meinte, und er entflammte in grimmiger Zustimmung. „Für einen Haufen von Schwarzen, die unsere Geschäfte zerschlagen und uns in unseren Häusern umbringen werden, wenn ihre Zeit kommt!" – „Sie wird sich dort zu Tode hungern." – „Sie wird sterben dort." – „Teufel, die uns verbrennen und töten werden!" ... Er fiel jeden Abend wie ein Stein ins Bett und quälte sich morgens wieder hoch wie ein Lasttier, das geprügelt wird, damit es auf die Beine kommt.

An einem solchen Morgen erschien Girlie ganz früh, als er gerade am Küchentisch sein Brot hinunterschlang und starken Tee trank – er nahm abwechselnd trocken-feste Substanz und stechende Hitze wahr. Girlie hieß in Wirklichkeit natürlich Fatima, aber sie hatte den albernen modernen Namen angenommen wie die Kleider der jungen Fabrikmädchen, mit denen sie arbeitete. Sie erwartete in ein, zwei Wochen ihr erstes Kind, und ihr schmales Gesicht, das kurzgeschnittene gelockte Haar und die dunklen Bögen über den Augenbrauen schienen nicht zu ihrem gewölbten Leib unter dem sauberen Kittel zu gehören. Sie trug malvenfarbenen Lippenstift und lächelte ihr freches kleines Weißes-Mädchen-Lächeln, dumm und dreist, überhaupt nicht wie ein indisches Mädchen.

„Was gibt's?“ fragte er.

Sie lächelte wieder. „Weißt du's nicht? Ich habe Bobby gesagt, er soll mich rechtzeitig wecken. Ich wollte sicher sein, dich heute nicht zu verpassen.“

„Ich weiß nicht, wovon du redest.“

Sie kam herüber, legte den Arm um seinen widerstrebenden Nacken und küßte die grauen Stoppeln um seinen Mund. „Herzlichen Glückwunsch! Weißt du denn nicht, daß du Geburtstag hast?“

„Nein“, sagte er. „Ich wußte nicht, ich dachte nicht –“ Er griff rasch zum Brot und konzentrierte sich verzweifelt aufs Essen und Trinken. Sein Mund arbeitete emsig, aber seine Augen sahen sie an, tiefschwarz. Sie schwieg, stand nur bei ihm. Sie mochte nicht reden, und schließlich sagte er, während er ein Stück Brot hinunterwürgte: „Ich denke nicht mehr an solche Sachen.“

Das Mädchen nickte, und der Woolworth-Tand an ihren Ohren schaukelte dabei. „Das war das erste, was sie mir gesagt hat, als ich sie gestern besuchte – vergiß nicht, daß Bajie morgen Geburtstag hat.“

Er zuckte die Schultern. „Für Kinder ist das wichtig. Aber so ist sie. Ob es nun eine alte Cousine oder die Großmutter des Nachbarn ist, sie weiß immer, wann der Geburtstag ist. Was hat mein Geburtstag zu bedeuten, wenn sie dort im Gefängnis sitzt? Ich verstehe nicht, wie sie die Dinge tun kann, die sie tut, während ihr Kopf gleichzeitig immer voller Weiberkram ist – das ist es, was ich an ihr nicht verstehe.“

„Oh, begreifst du denn nicht?“ sagte das Mädchen. „Es ist doch, weil sie nicht will, daß jemand vergessen wird. Weil sie immer daran denken muß; an alles denken muß – an Leute, die nicht wissen, wo sie wohnen sollen, an hungernde Kinder, an Jungen, die keine Ausbildung bekommen können –, weil sie die ganze Zeit daran denkt. So ist Ma nun mal."

„Niemand sonst ist so." Es war ein halber Vorwurf.

„Nein, niemand sonst", sagte seine Stieftochter.

Sie ließ sich am Tisch nieder mit ihrem schweren Bauch.

Er legte den Kopf in die Hände. „Ich werde alt." Aber ihn überwältigte etwas viel Seltsameres, eine Antwort. Er wußte, weshalb er sie hatte haben wollen, die unansehnliche Witwe mit den fünf Kindern. Er wußte, auf welche Weise sie anders war als die anderen. Es war ganz selbstverständlich, so selbstverständlich wie der Bauch, der zwischen ihm und ihrer Tochter ruhte.

Aulikki Oksanen

Mütter

1.

Wurst war im Angebot. Lahja drehte die Packung zwischen den Fingern: die übliche wässerige, mehlpampige Ringwurst, überhaupt nicht verlockend. Ihr Blick durchforschte die Regalreihen, wanderte über die Preisschilder und kehrte zur Wurst zurück.

Wurst, was schon sonst als wieder mal Wurst.

„Kauf mir blaues Eis, Mama, ein blaues Eis!“ Petteri rutschte im Einkaufswagen mit aufgesperrtem Mund hin und her. Lahja versuchte, den Wagen von der Kühltruhe wegzuschieben, aber das machte Petteri wütend. Er strampelte mit den Beinen und schrie: „Arschloch! Arschloch!“

Lahjas Wangen brannten, das Herz hämmerte. Ach, um Gottes willen, nur schnell, schnell weg! Aus den Augenwinkeln sah sie, wie sich die Frauen umdrehten und glotzten: Über die Kühltruhe beugten sich eine Pummelige mit Bauch, eine Hübsche in Jeans und eine im Tupfenkleid, die gerade Nierchen prüfte.

Mehr als alles andere fürchtete Lahja jetzt, was man von ihr denken könnte. Etwa: Was ist denn das für eine, kann nicht mal ihr Kind bändigen. Wurst kauft sie, aha, gar kein anständiges Fleisch. Sieht ziemlich nichtssagend aus, ganz schön picklig, offen gesagt; daß die ihre Haut nicht pflegt! Und dann noch so in die Breite zu gehen! Auch das Haar dermaßen leblos, und die Schuhe, irgendwelcher Kunststoff...

Milch, Brot, Waschpulver und eine preisgünstige Packung Toilettenpapier zu zwanzig Rollen. Nur weg, weg. Jetzt vorsichtig runter vom Wagen, Petteri! Hörst du denn nicht, wie Viivi schon draußen in ihrem Wagen schreit!

Lahja hielt mit der linken Hand die Eingangstür auf und holte mit der rechten Viivis Wagen näher heran. Zwei Zechbrüder segelten fröhlich durch die von Lahja aufgehaltene Tür. Der eine trug einen merkwürdigen Strohhut, der andere hatte am Hinterkopf als Vorboten der Glatze einen kahlen Fleck von der Größe eines Markstückes. Die Hemdenzipfel flatterten sanft, die Hosenböden baumelten, und eine kräftige Schnapsfahne wehte vor ihnen her. Lahja rümpfte die Nase über den Geruch, nicht über die gewisse Rücksichtslosigkeit und unbekümmerte Frechheit, die ihr gar nicht weiter aufgefallen waren, wie wohl auch jenen beiden Zechbrüdern nicht.

Vor dem Einkaufszentrum standen zwei Frauen mit Zeitungspaketen und Kinderwagen. Lahja streifte sie mit einem Blick. Was wollten die verkaufen, Zeitungen? Was es für Leute gab! Ihre Kinder schleppten sie auch noch mit. Die Kleinere mit der Brille hatte Lahja schon mal im Treppenhaus gesehen.

„Kaufst du eine Zeitung?"

„Nein", sagte Lahja schockiert.

Schnell, schnell nach Hause, sonst zwingen die einen womöglich noch zum Kaufen. Wer kennt sich bei denen schon aus, solchen aufdringlichen Typen. Lahja zerrte Petteri am Arm. Komm, komm, Petteri, komm schon.

Vor der Post ragten dunkle, verwelkte Fliederbüsche auf. Frauen und Kinder kamen vorbei, immer nur Frauen und Kinder, als ob die Männer völlig von der Welt verschwunden waren. Als unaufhörlicher Strom zog diese

Prozession hin und her: Wagen, Karren, Dreiräder, Miniräder, plärrende Münder, schaukelnde Häubchen, Taschen, Beutel, Zwillingssitze. Nur ein paar Burschen saßen auf der Bank, wetzten die Mäuler und spielten sich als eine Art Geschmacksjury auf. Lahja ging mit starrem Gesicht an ihnen vorbei, den Mund gerade wie ein Stück Bindfaden.

„Na, Puppe, wollen wir nicht ein anderes Kleid anziehen?“ hörte sie den einen hinter ihrem Rücken sagen.

Wen meinten die denn? dachte Lahja. Mich? Ganz bestimmt, gerade mich. Sie wagte nicht, sich umzudrehen. Sie hatte sofort das Gefühl, sie trüge das abscheulichste, blödeste, schlotterigste, lächerlichste Kleid der Welt und sie selbst sähe darin ebenso lächerlich und abstoßend aus. Na also, jetzt mußten sogar schon fremde Männer sie hinter ihrem Rücken verspotten.

„Petteri, geh ordentlich, nicht loslassen!“

Das riesige Paket Toilettenpapier hing Lahja am Daumen der linken Hand, der übrige Teil der Hand preßte die Stange des Kinderwagens, während die rechte Petteri am Ärmel zerrte, Viivi den Nuckel in den Mund stopfte und die am Haken schaukelnde Einkaufstasche zurechtrückte.

Auf einmal riß Petteri sich los, rannte weg und nahm Kurs auf das Einkaufszentrum. Lahja stieß den Wagen an die Seite, er rollte halb in einen Rosenstrauch, und das Paket Toilettenpapier klatschte mitten auf den Weg.

„Petteri, sofort zurück, Petteri!“ Lahja rannte keuchend hinterher, bekam den Jungen vor der Tür zu fassen und schleifte ihn zurück. Petteri stieß und schlug um sich.

O Himmel, wenn ich bloß erst heil zu Hause wäre!

Die Zeitungsverkäuferinnen beobachteten Lahja, sie war ihnen vom Sehen bekannt.

„Die ist aus eurem Haus, nicht?“ fragte die eine, Hanna.

„Kann sein... Ja, ist sie“, Inkku, die Ältere, kniff die Augen hinter den Brillengläsern zusammen. „Sie wohnt in unserem Aufgang, einen Stock tiefer. Das ist so eine, die knapp deinen Gruß erwidert.“

2.

Die Wolken schoben sich gegenseitig zum Wasserturm, entfernten sich voneinander und zerfielen über dem Wald zu Schaum. Es begann aufzuklaren. Die vorhin noch so blassen Häusergruppen erhoben sich klar wie gespült aus dem Boden, und der Wind wehte mit einem erquickenden, warmen Hauch.

Inkku schob ihren Wagen und brütete vor sich hin, ab und zu rückte sie die auf die Nasenspitze gerutschte Brille zurecht. Darin waren unpassende Gläser. So vieles war auf der Liste der unpassenden Dinge. Auf der Liste der unreparierten, unbezahlten, ungeklärten Dinge. So wie jetzt die Pflegestelle.

Inkku benutzte den Fußgängertunnel, Glasscherben knackten und knirschten unter den Wagenrädern und unter den Füßen. Die Tunnelwände waren mit Namen und Zeichnungen vollgeschmiert. Ein ungewöhnlich sorgfältig gemalter nackter Mann, der sogar über einen sehenswerten Oberkörper verfügte, rief am anderen Ende des Tunnels in einer großen Sprechblase: „Komm ins Heu, Baby!“

Ins Heu, Baby, was die sich alles ausdachten ...

Inkku schüttelte den Kopf, steckte dem Kind den herausgefallenen Nuckel wieder in den Mund und wandte sich bergauf ihrem Viertel zu. Vier große Zeilenhäuser waren im Rechteck an den Hang gruppiert. Auf dem Hof zwischen ihnen gab es wieder mal einen offenen Streit. Zwei größere Jungen schlugen mit einer Eisenstange auf das Dreirad eines kleineren ein, und der schrie wie eine Kreissäge.

„Jetzt hört ihr aber auf, das ist ja gleich ganz kaputt“, nahm Inkku das Dreirad in Schutz.

„Das geht dich einen Scheißdreck an!“

„Weg da, olle Hexe!“

Der kleine Junge bat sie jetzt, das Dreirad in den Abstellraum zu bringen, er selbst rannte die Treppe hoch und brachte sich in Sicherheit. Inkku hob den Korbteil des Kinderwagens ab und begann ihn die Treppe hochzuschleppen.

Noch zwei Etagen... Das Blut stieg ihr in den Kopf. Neue Etagenhäuser machten die ohne Lift, senkten angeblich die Kosten. Wem sollte das wohl zugute kommen, jedenfalls nicht den Mietern. Da ging einem schnell der Rücken kaputt, zumindest den Frauen. Noch eine Etage, noch zwei Stufen.

Inkku stellte den Wagenkorb pustend vor der Tür ab und wühlte die Schlüssel aus der Tasche. „Warte doch, nicht aufregen, gleich kriegst du was zu essen."

Inkku fütterte das Kind, legte es trocken und brachte es auf den Balkon. Sie wurde müde.

„Arschloch! Arschloch!"

Ein Kind kreischte auf dem Balkon der unteren Etage. Darauf ertönte eine hitzige Frauenstimme, ein Klatschen und wieder das Gebrüll des Kindes. Es klang Inkku häßlich in den Ohren nach.

3.

Lahja saß in der Toilette, sie hatte sich eingeschlossen, kauerte zwischen dem Toilettenbecken und der Tür.

War sie das gewesen, hatte sie geschlagen, sie also? Und ins Gesicht, mit furchtbarer Kraft? Was war das nur, was im Kopf krachte und dröhnte? Bestimmt würde der Kopf bald bersten, würde zerspringen wie eine Glasflasche, die man gegen einen Stein schlägt. Jetzt schrien schon beide Kinder, nicht hinter der Tür, sondern in ihrem Gehirn, sie drangen durch die Tür, um in ihrem Gehirn zu schreien, und sie selbst saß da, im Kreuzfeuer des Weinens wie im Höllenofen, den Mund geöffnet, die Hände zu Fäusten geballt. Nein, sie hielt es nicht mehr aus, das Herz hämmerte, flatterte, schrie wie in Todesnot.

„Mama, Mama!" Petteri trommelte mit den Fäusten gegen die Tür.

Soll er trommeln, kreischen, dreinschlagen, dachte

Lahja. Soll auch der Tod kommen, soll er doch. Nichts spielte mehr eine Rolle. Sie würde nur schlafen, in Ruhe schlafen, ohne sich zu rühren, die Hand zu reichen, aufzustehen, sich um etwas zu kümmern, zu bemühen. Schlafen, schlafen, laßt mich schlafen, weg, weit, ins Unerreichbare.

„Mama, Mama, ich bin wieder lieb“, Petteri schluckte hinter der Tür.

Lahja kam zu sich, trocknete sich die Augen mit Toilettenpapier und ging schluchzend hinaus. Petteris Augen waren geschwollen, vom Weinen oder vom Schlag?

„Mama, nimm mich auf den Schoß.“

Lahja bereute, sie fühlte Grauen und Schrecken vor sich selbst. Sie drückte den Jungen an sich, streichelte ihn, trug ihn herum, bediente ihn den ganzen Tag von vorn bis hinten, so daß er gegen Abend, irregemacht durch diese überschwengliche Behandlung, völlig Unmögliches zu verlangen begann. „Mehr Wurst! Nicht die! Eine größere! Nein, drei! Nein, nicht die Pelle abmachen, nicht die Pelle abmachen, nein, neinein, äääh, äääh, äääh!“

Lahja wandte sich bebend ab und biß sich auf die Zunge.

Ich muß, muß mich beruhigen! Was ist bloß mit mir los, dachte sie.

Um Mitternacht erwachte sie von einem Alptraum und begann sich im Bett herumzuwerfen. Was, wenn sie nun verrückt würde, irgendwo hinkäme, in die Irrenanstalt, wo man solche ja hinbrachte? Was, wenn Martti womöglich eine andere hatte, fix und fertig ausgesucht? Was, wenn sie sich scheiden lassen müßte. Alleinversorgerin von zwei Kindern würde? Nein, so etwas sollte sie sich gar nicht erst vorstellen. Aber wenn nun – etwas Schreckliches, Unwiderrufliches passierte? Wenn Martti einen Verkehrsunfall hätte, Petteri krank würde und stürbe, sie die Wohnung nicht bezahlen könnten, die Preise immer weiter stiegen und der Kredit gekündigt würde?

Alles klirrte und klingelte in ihrem Kopf. Lahja fiel in einen Halbschlaf; immer noch klingelte es, und da saß sie ja auch an der Kasse im Selbstbedienungsladen. Martti bezahlte gerade, sie waren bereits geschieden, und Martti fragte erstaunt: „Konntest du denn keinen anderen Arbeitsplatz finden?"

„Ja, wieso denn?"

„Na, die bezahlen dir doch deinen Lohn in Eßwaren, stimmt's?"

Und tatsächlich hatte Lahja zu ihren Füßen Plastetüten mit lauter Waren: Pflaumen, Pfirsiche, Mettwurst, Käse, allerlei Delikatessen. „Gehacktes auch", sagte Lahja, „schönes Schabefleisch, obwohl sie hier auch Gutes vom Schwein und Rind haben."

Viivi wachte um halb zwei auf, dann wieder gegen halb fünf, und Petteri nach fünf, weil er sein Bett naßgemacht hatte. Bald darauf wurde Viivi auch schon wieder wach, endgültig. Lahja trieb in die Küche wie ein hohler Baumstamm in einem Fluß. Die Sonne kam ihr nur höhnisch und lästig vor. Sie ließ die Jalousie wieder herunter, bis ganz nach unten.

4.

Das Teewasser kochte bereits, aber Risto schlief immer noch. Die Morgenordnung war durcheinandergeraten, zu Inkkus Nachteil. Inkku dachte, wenn sie erst wieder arbeiten ginge, würde die Disziplin wiederhergestellt, dann könnte sich auch Risto zur Abwechslung im Teekochen üben.

Wenn sie arbeiten ginge... Wieder drückte ihr dieselbe Sorge auf den Magen. Wo sollte sie bloß Elsa lassen? An der Anzeigentafel des Selbsbedienungsladens hing ihr Zettel schon ein paar Wochen, aber irgendeine Lösung hatte sich bisher nicht ergeben. Nachts konnte sie schon gar keinen richtigen Schlaf mehr finden, weil ihr immerzu dasselbe im Kopf herumging. Und bis zur Wiederaufnahme der Arbeit blieben ihr nur noch gut drei Wochen.

Inkku setzte sich an den Tisch und blätterte in der Zeitung. Preiserhöhungen, dauernd nur Preiserhöhungen...

Auch der Kaffee, so eine Gemeinheit! Wo sollte man sich denn noch einschränken? Angeblich war verschwendet worden, und jetzt bezahlte man eben die Verschwendung. Von wegen! Den Leuten wurde einfach etwas Schuldbewußtsein eingeflößt, damit sie schließlich bereit waren, sogar die Hosen vom Leibe herzugeben. Nee, wenn man auch aus dem hintersten Kainuu stammte und der letzte Kümmerling, das neunte Kind und dann noch ein Mädchen war, so brauchte man doch mehr zum Leben als nur Mut und trockenes Brot.

Inkku blätterte erbost um, ihr Blick glitt über ein griechisches Passagierschiff, und sie überflog die Seite. Dann plötzlich zwinkerte sie und richtete den Blick auf eine bestimmte Stelle. Sie runzelte die Brauen, rückte die Brille zurecht und las: *Anklage gegen Tagesmutter wegen Kindestötung... Wegen grober Mißhandlung und fahrlässiger Tötung eines Tagespflegekindes fordert der Kläger Bestrafung... Laut Anklage hatte die Tagesmutter, als die Kinder quengelten, den auf dem Rücken liegenden knapp ein Jahr alten Ari Kalevi mit der Faust auf den Brustkorb geschlagen, das Kind aufgehoben und es mit voller Kraft auf den Fußboden geschleudert... Die Angeklagte gibt die Mißhandlung zu, erinnert sich nicht, früher ein Kind mißhandelt zu haben, betreute Ari Kalevi neben ihren eigenen Kindern, Müdigkeit gibt sie als Grund für ihren Wutanfall an. Die Frau ging an vier bis fünf Abenden in der Woche saubermachen, und in der Nacht vor Ari Kalevis Tod hatte die Krankheit ihres eigenen Kindes sie wachgehalten...*

Inkku schluckte, legte die Zeitung weg und begann, ihre Brillengläser zu behauchen und abzureiben, obwohl das gar nicht nötig war.

„Risto!“

„Jaja, komme schon.“ Risto erschien in der Küche, sein storres Haar stand hoch, er gähnte ud bestrich sich halb schlafend eine Brotscheibe mit Butter. „Die Kleine ist übrigens wach...“, murmelte Risto hinter seiner Brotscheibe. „Hat die Augen offen und strampelt.“

„Ich habe sie schon vor einer Stunde gefüttert.“

„Ach so.“

„Ach so, ach so! Die einen tun es, und die anderen stellen es fest, falls du das schon mal gehört hast."

„Tja... Und noch andere sind mit dem verkehrten Fuß aufgestanden."

Inkku verstummte. Der Zeitungsartikel fiel ihr ein. Plötzlich hatte sie Schwierigkeiten, das Brot herunterzuschlucken, sie mußte es auf den Tisch legen und auch mit dem Teetrinken aufhören. Risto merkte nichts, aß nur und gähnte.

„Risto..."

„Na?"

„Ehm ..., was wäre, wenn ich doch zu Hause bliebe?"

„Zu Hause bleiben? Was hat denn nun plötzlich den Schlitten gewendet? Von einem Lohn können wir nicht leben, das hat man ja jetzt gesehen, oder? Wir müssen die Kleine einfach irgendwo unterbringen."

„Müssen, müssen, aber wo?!"

„Nun werd doch nicht nervös."

„Ich habe eben Angst, es passiert so viel..."

„Und was?"

„Na ja, die Leute werden einfach bis zum letzten ausgepreßt und wissen dann nicht mehr, was sie tun."

„Was bist du für ein verdammtes Orakel geworden?"

„In der Zeitung steht wieder alles mögliche; lies selbst. Mir ist ganz mies zumute."

Inkku stand auf und ging das Baby trockenlegen.

Elsa hielt ihre Zehen fest und lallte halb lachend: „Koi koi koi..."

„Koi koi...", ahmte Inkku nach, räusperte ihre miese Stimmung auf der Schwelle weg und brachte das Kind in die Küche.

5.

Lahja hatte den ganzen Tag lang zu Ehren von Marttis Ankunft saubergemacht. Sie hatte die Teppiche durchgewalkt, zwischendurch Viivi besänftigt, hatte Staub gesaugt, gewischt und gewienert, war mit klopfendem Herzen auf den Hof gerannt, um nach dem verschwundenen Petteri zu suchen, hatte Kartoffeln gekocht, die Kinder gefüttert und selbst auch irgendwann zwischendurch ein paar Kartoffeln hinuntergeschlungen.

Zum Abend hatte sie Marttis Lieblingsessen bereitet: Heringsauflauf. Martti hatte geklagt, er habe zuviel gegessen, und sich aufs Sofa gelegt. Lahja hatte abgewaschen, hatte Viivi schlafen gelegt und bemühte sich nun, den quengelnden Petteri zu bändigen. Der Fernseher lief, Martti sah irgendeinen Serienfilm, in dem gerade ein Fluß mit beschleunigter Geschwindigkeit ein dunkles Leichenbündel wegführte.

„Papa, was ist das?"

„Stell dich nicht so an."

„Papa, ich hab auch einen Lastwagen, hat Mama mir gekauft..."

„Öhö."

„Papa, wollen wir um die Wette fahren? Wir machen es so, daß du ein Polizeiauto hast und ich einen Lastwagen, ja, Papa?"

„Still jetzt, Papa will sich das in Ruhe ansehen."

„Wir wollen fahren, ja? Wir fahren so schnell, daß es trrr, krach, pung, päng macht! Alles kaputt, iiiii, der Krankenwagen heult, iiiii!"

„Zum Kuckuck, nimm bloß das Gör weg", schnauzte Martti. „Kreischt einem hier die Ohren voll, wo man sich endlich mal zu Hause 'n bißchen langmachen kann."

„Arschloch-Papa, Arschloch!" Petteri schmiß seine Autos auf den Fußboden und fing mit rotem Gesicht an zu schreien.

„Verflucht noch mal, wenn das Geschrei nicht aufhört, wird er an die frische Luft gesetzt. Etwas Zucht muß schließlich sein, auch schon in dem Alter", brauste Martti auf.

„Er hat doch gar nichts..., ist bloß müde", verteidigte Lahja den Jungen und zog ihn schnell in die Küche. „Komm, komm, Mama gibt dir Saft."

Petteri schluckte den Saft, kuschelte sich in Lahjas

Arme und schlief ganz plötzlich ein. Lahja trug den Jungen ins Bett und kehrte ins Wohnzimmer zurück. Der Film war erst zur Hälfte herum. Lahja saß auf ihrem Stuhl und wartete, daß Martti etwas sagen würde, daß sie sich wenigstens ein bißchen unterhalten könnten. Aber Martti sah sich den Film an, und der lief und lief.

„Morgen früh fährst du?“ fragte Lahja vorsichtig.

„Was? Ja.“

„Für wie lange?“

„Ich werde wohl wieder die ganze Woche unterwegs sein.“

Lahja biß sich auf die Lippen. Enttäuschung und Zweifel überkamen sie. Hier saß sie nun, zu nichts nütze, Martti beachtete sie nicht mehr. Er hatte eine andere, bestimmt hatte er die. Wenn er sie wenigstens einmal gestreichelt hätte, gefragt hätte, wie sie inzwischen zurechtgekommen und wie es ihr ergangen war... Aber nein, keine Spur! Und jetzt würde er wieder für eine Woche wegfahren, nach Hause kam er bloß noch, um seine Hemden waschen zu lassen, ja, genau, damit er wieder saubere Sachen hatte, wenn er zu der anderen ging.

Lahja erhob sich heftig, holte aus dem Kühlschrank ein Bündel Rechnungen und stieß es Martti vor die Nase. „Da hast du... Kreditabzahlung, Stromrechnung und Telefonrechnung.“

„Nun komm doch nicht jetzt damit an.“

„Wann denn sonst?“ Lahja war bereits den Tränen nahe. „Wenn du doch nie zu Hause bist... Hier kann man sich mit den Kindern abplagen und alles allein machen – so ein Leben hält keiner aus.“

Martti erwiderte nichts, aber seine Miene spannte sich, man sah es am Mund und an den Wangenmuskeln. Ein Polizist verfolgte jetzt den Mörder über die Dächer, er merkte nicht, wie sich der Mörder in den Schatten eines Schornsteins duckte.

Lahja kämpfte immer noch mit den Tränen. Sie saß stumm auf ihrem Stuhl und versuchte, den Film zu verfolgen, war aber zu erregt. Jetzt war es sicher, Martti machte sich nichts mehr aus ihr und auch niemand sonst. Das also war ihr Schicksal. Seinerzeit hatte schon der eigene Vater sie verlassen und nun der Ehemann. Sie stünde dann allein da, ohne Beruf, ohne eine Ahnung von irgend etwas, außer von Kinderpflege. „Du kommst wenigstens herum, du hast..., ich komme nie irgendwohin", schluchzte Lahja.

„Herumkommen, herumkommen. Denkst du, das ist ein Vergnügen? Man klebt Tag und Nacht am Steuer, daß einem der Magen raushängt, verdammt noch mal, und wenn man dann nach Hause kommt, kann die Alte bloß jammern und einem Rechnungen vor die Gusche hauen. Du könntest mich wenigstens zu Ende gucken lassen."

Der Polizist saß jetzt in seinem Büro, bekam einen Anruf, sprang ins Auto und kurvte mit quietschenden Bremsen durch die Straßen. Martti rührte sich nicht, wandte nicht einmal den Kopf, und Lahja fühlte, daß sie die Tränen keine Sekunde länger zurückhalten konnte. Sie stürzte ins Schlafzimmer, schloß die Tür hinter sich und heulte in das Kissen, um nicht die Kinder aufzuwecken, um wenigstens in Ruhe weinen zu können. Dann zog sie sich aus, kroch unter die Decke und horchte auf die Laute im Wohnzimmer. Jemand brüllte auf, es ertönte ein Schuß und ein zweiter, noch ein dritter, dann Laufschritte, Schreie, Motorengebrumm und eine Explosion, bestimmt stürzt irgendein Auto in eine Schlucht und verwandelte sich in eine lodernde Flamme.

Martti kam erst, als der Film zu Ende war. Lahja stellte sich schlafend. Martti legte sich neben sie und begann ihr die Seite zu streicheln, und sie dachte sofort, dieses Streicheln kennt man schon.

„Na, dreh dich doch um, was hast du denn", sagte Martti.

Und Martti drückte Lahja von allen Seiten, drückte und drehte sie, doch irgendwie apathisch, schläfrig. Lahja dachte, daß Martti sie preßte wie das Lenkrad, daß sie in Wirklichkeit auch das Lenkrad war, das Martti führte. Und jetzt fuhren sie auf einer dunklen Straße irgendwo ins Unbekannte, es war ihr gleichgültig. Denn sie, die wirkliche Lahja, war gar nicht mit auf der Fahrt, sie sah sich nur von der Decke aus die ganze Geschichte an, im Herzen Ekel und Grauen.

Martti rollte auf den Rücken, holte tief Atem und schlief ein.

Aber Lahja weinte lange vor sich hin, lauschte auf den Atem der Kinder und starrte im Dunkeln den schlafenden Martti an. Jetzt, im Schlaf, wirkte er wieder vertraut und nahe, das kantige Gesicht hatte sich geglättet und etwas Bittendes, Kindliches bekommen, etwas, wofür sie, Lahja, Sorge und Verantwortung zu tragen hatte, so daß sie dadurch gleichsam wichtiger und ebenbürtiger wurde.

Er ist so überanstrengt, dachte Lahja.

Und sie schob sich unter Marttis Arm, möglichst dicht an ihn heran. Schrecklich, wenn es Martti nicht gäbe. Sie könnte mit niemandem reden, nicht mal auf jemanden warten. Und was hatte sie denn sonst noch im Leben außer den Kindern? Nichts anderes als Martti, nur Martti.

6.

Bis zum Hakola-Markt war es eine Viertelstunde Weg. Hanna hatte auf dem Kinderwagen einen geräumigen Einkaufskorb, sie wollte neue Kartoffeln und Gemüse kaufen. Inkku hatte sich vorgenommen, Fisch zu kaufen, falls sie ihn günstig bekäme. Auch die Tomaten waren jetzt im Preis so weit heruntergegangen, daß man schon daran denken konnte. Und natürlich war es auch wichtig, daß sie dabei gleichzeitig ein paar Namen unter diesen Aufruf bekamen.

Auf dem Markt waren nur ein paar kleine Stände. Hier und dort sah man als Folge des morgendlichen Regens Pfützen, die nach und nach austrockneten, die Sonne schüttelte die letzten hartnäckigen Wolkenbüschel aus ihrem Schweif. Wenige Leute bewegten sich zwischen den Ständen. Ein alter, krummer Mann verkaufte Fisch und eine Frau mit einem Fransentuch Tomaten und Gurken.

Neue Kartoffeln sind auch da, erkannte Inkku schon von weitem.

Am Rande des Marktes stand breitbeinig ein großer, muskulöser Kerl und verkaufte Tand: Kämme, Spiegel, Kugelschreiber, phosphorrote Windrädchen. Auf seinen behaarten Armen prangten verschlungene Tätowierungen. Irgend jemand schien seinem Sohn gerade ein Windrad zu kaufen. Der Wind wehte genau richtig, so daß das Rädchen in den eifrigen Händen des Jungen faszinierend zu wirbeln begann. Hanna kaufte Kartoffeln, wühlte in ihrem Einkaufskorb und holte den Pappbogen heraus. „Entschuldigen Sie, aber haben Sie schon diesen Abrüstungsappell unterschrieben?"

Hanna hielt der vor ihr stehenden jungen Frau Papier und Bleistift hin. Die Frau wirkte erschrocken, sie hatte ein Kind und einen schwarzen Terrier bei sich, und einen Augenblick sah es so aus, als wolle sie Hals über Kopf die Flucht ergreifen. „Muß ich das unterschreiben?"

„Natürlich nicht", erwiderte Hanna erstaunt.

„Na, dann nicht." Die Frau entfernte sich eilig, ehe Hanna noch etwas sagen konnte.

Inzwischen hatte Inkku schon ein paar Unterschriften bekommen. Ein Mann in einem verblichenen braunen Pullover stand am Kinderwagen und legte den Bogen auf das Verdeck. „Nehmen wir einfach dies als Schreibunterlage..."

Inkku nickte zum Dank und suchte mit den Blicken nach Hanna. Die drängte sich vor den Fischstand und schien eine untersetzte ältere Frau anzusprechen.

„Ich nicht, ich habe zwei Kriege miterlebt", die Frau hob abwehrend die Hand, wie um sich zu schützen.

„Ja, aber..., Sie haben anscheinend falsch verstanden", hörte Inkku Hanna erklären. „Man will ja gerade hiermit erreichen, daß es keine Kriege mehr gibt, daß – nun, auch diese Kinder hier, daß die nicht töten müssen und nicht getötet werden."

„Betrifft mich nicht." Die Frau, bereits gereizt, wandte sich ab. „Meine sind schon erwachsen."

Hanna stand verdutzt da, mit ihrem Blatt in der Hand.

„Zeigen Sie doch mal das Papier!“ Eine junge Frau hinter Hanna hatte die Unterhaltung mit angehört. Sie hielt ein Fahrrad, ein kleines Mädchen mit Streichholzbeinen lugte vom Gepäckträger herunter. „Risku, spring ab, Mama will schreiben“, sagte die Frau resolut.

Dann wandte sich Inkku dem Gemüsestand zu. Eine Frau kam ihr entgegen, in deren Wagen zwei Kinder übereinander saßen, ein drittes ging daneben. „Wie? Ich nicht ..., nein.“

„Aber ist das nicht eine wichtige Sache?“

„Lassen Sie nur ... Diese Papiere helfen da nicht.“

„Aber wenn viele Millionen Namen auf dem Papier stehen, das wirkt schon.“

„Na gut, dann geben Sie das Blatt her, was ist es denn eigentlich ...?“

7.

Lahja näherte sich mit ihren Kindern dem Markt. Wenn es noch Fisch gäbe, könnte sie eine gute Fischsuppe machen. Oder sie würde ihn im Ofen backen.

„Ein Windrad, ein Windrad! Mama, kauf ein Windrad!“ Petteri zog Lahja zum Trödelstand.

„Nein, warte mal, geh nicht.“

Lahja blieb plötzlich stehen. Natürlich. Wieder lauerten dieselben Frauen, die Schwarzhaarige und die Bebrillte, mit irgendeinem Stück Papier am Trödelstand. Was wollten die denn schon wieder sammeln oder verkaufen? Komische Typen, nirgends hatte man mehr seine Ruhe.

Lahja schob den Wagen zum Gemüsestand, fragte nach dem Preis frischer Gurken und kaufte eine halbe.

„Aha, also das steckt dahinter!“ hörte sie plötzlich jemanden am Rande des Marktes brüllen. „Ich bin ein alter Berufssoldat, verdammt noch mal, mir braucht man mit so was nicht zu kommen!“

Lahja drehte sich nach der Stimme um. Es war der

Kramhändler. Er schwenkte seine tätowierten Arme vor der Bebrillten, in der Faust hielt er ein Bündel Kämme, die bei der Bewegung zornig durch die Luft zischten.

Lahja konnte nicht richtig sehen, ein breiter Zopfmusterrücken verdeckte ihr die Sicht. Aber sie hörte die junge Frau noch etwas erklären, worauf der Tätowierte schnauzte: „Ihr verdammten Weiber habt überhaupt keine Ahnung vom Krieg!"

Plötzlich tauchte die Frau mit der Brille hinter dem Zopfmusterrücken auf, hielt direkt auf Lahja zu, Lahja erschrak und zog sich schnell mit Viivis Wagen hinter den Fischstand zurück. Die Bebrillte schien sich mit der Schwarzhaarigen zu unterhalten, anscheinend wollten sie gehen.

„Bald, nicht jetzt gleich", hörte Lahja sie sagen. „Wenn wir jetzt gleich gehen, denkt der Kerl noch, er hat uns eingeschüchtert."

Lahja kaufte ein paar Barsche, Kartoffen, Zwiebeln und für Petteri das unvermeidliche Windrad. Dann machte sie sich eilig auf den Weg nach Hause. Aber als wäre sie das spezielle Verfolgungsobjekt jener beiden, kamen die mit ihren Kinderwagen und Taschen unmittelbar hinter ihr, die Schwarzhaarige und die andere. Sie konnte sogar einen Teil ihres Gesprächs mit anhören:

„Die haben doch selbst Kinder und wollen keinen Krieg..."

„...muß man es nur klarer ausdrücken können. Wenn man schon..."

„...Ja, der Trödelhändler... Du hättest deutlich werden sollen... Aber du bist zu zurückhaltend."

Der Wind und das Knirschen des Sandes verschluckten die weiteren Worte. Lahja warf einen Blick zurück und ging schneller.

8.

Das Telefon klingelte. Es war irgendeine Oili. Inkku begriff nicht gleich, welche Oili. Aber dann stellte sich heraus, es war die aus ihrem Betrieb, die mit den Sommersprossen, eine geschiedene, alleinstehende Mutter.

Oili rief von der Arbeit an, ihre Stimme klang entschuldigend, ein bißchen weinerlich. Es sei ihr schrecklich peinlich, daß sie einfach so anrufe. Aber sie habe schon alle möglichen Leute angesprochen, und niemandem passe es, und so müsse sie einfach weitertelefonieren. Ihr Vater sei nämlich plötzlich krank geworden und könne nun am Abend nicht nach dem Jungen sehen. Doch, doch, der Junge sei im städtischen Kindergarten, in demselben, ja, genau, aber der Platz werde immer teurer, und da sei man eben gezwungen, eine Nebenarbeit anzunehmen. Klar, sie arbeite an drei Abenden in der Woche, nein, sondern in dem Tunnelladen, ja, tagsüber die Schreibmaschine und abends die Kassenmaschine, doch, doch, Abwechslung, also wirklich, wenn das ginge, Inkku sei wirklich großartig, sie sei schon völlig fertig gewesen, weil es bei niemandem geklappt hatte.

„Ja, bring ihn nur her. Natürlich, ach was...“, sagte Inkku ins Telefon.

Elsa, auf dem Balkon, war aufgewacht. Durch das Fenster sah man zwei kleine, strampelnde Füße. Inkku ging hinaus, nahm die Tochter auf den Arm und wiegte sie.

Wer wird dich kleines Wurm aufnehmen, überhaupt jemand? Und was für ein Mensch? Und wo? In der Krippe ist doch einfach kein Platz, selbst wenn man auf Knien bittet.

9.

Viivi schrie ununterbrochen, warf sich herum und hielt sich das Ohr. Aber Lahja begriff zuerst gar nicht, warum sie dermaßen schrie. Erst gegen Abend, als Viivi immer nur schrie und sich am Ohr zupfte, kam Lahja auf die Idee mit den Ohren.

„Ohrenentzündung, das ist es.“ Lahja erschrak. Was jetzt? Was um Gottes willen jetzt tun? Zur Nacht könnte das Ohr nicht unbehandelt bleiben. Vielleicht bekäme sie noch einen Termin im Ambulatorium, sie würde sagen, es sei Ohrenentzündung.

Lahja wählte die Nummer, sie war besetzt. Sie versuchte es wieder, immer noch besetzt. Lahja schaukelte Viivi auf dem Arm, ging die Nummer wählen, gab Petteri Milch. Die Nummer war und blieb besetzt. Endlich kam Lahja durch.

„Nun, in dem Falle, Moment..., um zwanzig Uhr dreißig, eine andere Zeit scheint nicht zu sein“, sagte die Frauenstimme.

Lahja versuchte Petteri wachzuhalten, aber vergeblich. Petteri schlief auf dem Küchenfußboden ein, und nichts würde ihn jetzt wachmachen, nicht einmal Viivis Geschrei.

Aber sie konnte ihn doch auch nicht mitschleppen.

Lahja kannte keinen einzigen der Nachbarn. Mit einigen hatte sie mal einen Gruß gewechselt oder über das Wetter geklagt. Das ganze Jahr in der neuen Wohnung war ohne nähere Bekanntschaften vorübergegangen. Im allgemeinen hatte sie gedacht, daß es so auch besser sei, es sollten sich nur alle um ihre eigenen Angelegenheiten kümmern und sich nicht in das Leben anderer Leute einmischen. Und von ihr brauchte jedenfalls keiner zu sagen, daß sie sich aufgedrängelt habe.

Lahja wurde unruhig, setzte dem schreienden Kind die Mütze auf und überlegte fieberhaft. Martti war weg, natürlich, immer weg, und wenn man ihn noch so dringend brauchte. Aber Petteri allein zu lassen, wagte sie auch nicht, wer weiß, wie lange sie dort warten müßte. Womöglich würde er plötzlich wach, und keine Mama wäre da, niemand, nur leer und unheimlich wäre die Wohnung. Als Kind hatte sie das häufig erlebt, ihren eigenen wollte sie diese Angst ersparen.

Lahja legte die schreiende Tochter in den Wagenkorb

und rannte auf den Flur, um bei den Nachbarn zu klingeln. Niemand kam. Lahja klingelte an der Tür gegenüber, doch im selben Moment fiel ihr ein, daß die Leute in den Sommerurlaub gefahren waren.

In der nächsten Etage wohnten wohl Kinder, dort würde sicher jemand zu Hause sein.

Lahja lief eine Etage höher und klingelte angstvoll an der ersten Wohnungstür. Es schien jemand zu kommen, anscheinend mit einem Kind, denn man hörte Lallen und leises Weinen.

Die Tür ging auf, und auf der Schwelle stand sie, die Bebrillte.

„Verzeihung", beinahe hätte Lahja kehrtgemacht. „Aber ich habe..., ich muß mit dem Kind zum Arzt, es hat Ohrenentzündung. Wenn Sie vielleicht inzwischen nach Petteri sehen könnten, meinem Jungen?"

„Kann ich machen, sicher, ich habe hier sowieso schon einen zusätzlich. Ohrenentzündung? Klar, das muß gleich behandelt werden."

Im Ambulatorium war es voll, obwohl es schon Abend war. Lahja setzte sich auf einen freien Stuhl und wiegte Viivi ein, Angstschweiß auf der Stirn. Neben ihr saß ein Mann, dem das eine Auge schwarz wie ein Herdring geschlagen worden war. „Sehen Sie sich bloß mal mein Auge an, junge Frau. Am Donnerstag haben mich die Polizisten eingesperrt und so schrecklich verprügelt."

Lahja wandte sich ab und tat, als ob sie nicht hörte. Niemand brauchte zu glauben, daß sie sich mit so einem in Gespräche einließ. Für einen Augenblick war es ganz still. Viivi war eingenickt, und Lahjas Blick fiel auf eine aufgeschlagene Zeitschrift am Tischrand. Sie schien den Grundriß von Silvias und Carl Gustafs neuer Wohnung zu enthalten.

„Ich habe auch zwei Kinder gehabt", brummte der Schwarzäugige. „Und eine Alte, die sich einen Dreck um sie gekümmert hat. Glauben Sie das, junge Frau? Ich war es, der den Kindern den Hintern wusch und sie bediente, ja, und sogar zuviel bediente, verdammt noch mal, alle beide sind sie Staatsbeamte geworden. Hätte ich das gleich gewußt, hätten sie ungewaschen bleiben können, die Ärsche..."

Lahja zog ein noch strengeres Gesicht. Wie unanständig der sprach! Wieso ließen die so einen überhaupt frei?

„Keränen, Viivi", rief die Sprechstundenhilfe an der Tür. Lahja schrak zusammen. Das war ja der Name ihres Kindes.

10.

„Geld nehme ich nicht, auf gar keinen Fall." Inkku schüttelte den Kopf.

„Aber ich will doch nicht umsonst..." Lahja versuchte Inkku einen Schein aufzunötigen.

„Nein, wirklich, nicht in solchem Falle." Inkku lehnte kategorisch ab. „Aber vielleicht kannst du mal dasselbe für mich machen."

Lahja war verwirrt, außerdem duzte diese Frau sie ohne weiteres. „Natürlich, wenn schon kein Geld..."

„Wir könnten uns doch abwechseln im Aufpassen", schlug Inkku vor. „Wo wir nun einmal so nahe beieinander wohnen. Wirklich, wir melden uns gegenseitig."

„Warum nicht..."

Lahja trug Petteri ins Bett. Beide Kinder schliefen jetzt, und sie konnte in Ruhe über die Ereignisse des Abends nachdenken.

Die Bebrillte hatte so, nun ja, anders gewirkt, als sie sie sich vorgestellt hatte, recht alltäglich, eigentlich sogar nett, weil sie sich so ohne weiteres um Petteri gekümmert hatte. Ob die von sich hören ließe? Sie, Lahja, würde jedenfalls nicht als erste... Aber wenn man sich nun wirklich in dieser Weise abwechselte? Doch was sollte sie selbst schon groß vorhaben. Höchstens mal nach Kerava fahren, Eija, die Cousine, besuchen. Oder ins Kino?

Wie viele Jahre war es her, daß sie zuletzt im Kino gewesen war?

Sie konnte nur schwer in den Schlaf finden. Allerlei Möglichkeiten kamen ihr in den Sinn. Durch den Gardinenspalt sah sie einen Streifen vom dunklen Himmel und von einem Kiefernstamm. In der Küche tropfte der Wasserhahn. Dann, als sie gerade am Einschlafen war, wurde Viivi wach.

11.

Inkku rief Lahja schon in der folgenden Woche an. Ob es Lahja einigermaßen passe, für ein paar Stunden zu kommen, sie habe eine wichtige Versammlung. Sie könne dafür dann ein andermal nach Lahjas Kindern sehen.

Elsas Milchflasche war im Kühlschrank, die sollte so gegen halb acht gewärmt werden. Inkku winkte Lahja in die Küche. Kaffee sei hier, in der Thermosflasche, und Gebäck im Brotkasten. Ja, und Windeln im Schlafzimmer. Und dann sei hier noch für Petteri etwas zum Beschäftigen, Knetmasse.

„Was ist das?“ staunte Petteri.

Lahja sah sich verstohlen um: die gleiche Wohnung wie ihre eigene. Ob die zur Miete wohnten? Oder waren sie auch Kreditzahler, wie sie selbst? Petteri rannte bereits auf der Geraden zwischen Balkon und Küche begeistert hin und her.

„Das dauert dort bestimmt höchstens bis neun.“ Inkku zog sich schon im Korridor die Jacke an. „Alles Gute und Tschüs!“

„Tschüs...“

Lahja sah sich in der Wohnung um, jetzt konnte sie in Ruhe nachsinnen, was für Leute hier eigentlich wohnten. Reich waren sie zumindest nicht. Nicht einmal richtige Möbel, nur alte blaue Holzstühle, wieso hatten die sich nur ihre Stühle so blau gemalt? Im Flur lagen unheimliche

Stapel von Zeitungen. Und in der ganzen Wohnung roch es nach Hering.

Schallplatten, Bücher, Kinderspielzeug, allerlei kleine Gegenstände, die Martti Zierkram genannt hätte. Eine Gitarre, Blöcke, Wimpel, an einem Wandbehang verschiedenartige Abzeichen. Und in der Küche neben einem gewaltigen Knoblauchzopf ein Männerbildnis, über dem zu lesen war: *Pablo Neruda död – Leve Neruda!*

Petteri drehte sich schon mit irgendeinem kleinen Wimpel im Kreis herum.

„Petteri! Leg den sofort weg! Der geht noch kaputt, sofort weg damit!"

Lahja spähte ins Schlafzimmer. Eigenartig, alles wie aus einem Altwarenladen gekauft. Auf dem Bett lag allerdings eine schöne farbige Flickendecke. Nun ja, wenn es bei ihnen selbst knapp war, so war es das offensichtlich auch noch bei anderen.

Lahja sah nach der Uhr und holte die Milchflasche aus dem Kühlschrank. Auch der schien nicht gerade viel zu enthalten, nur Milch und Eier, Margarine und – was war das wohl –, Lahja lüftete den Deckel: ein Soßenrest. Sie schämte sich ein bißchen ihrer Neugier, aber es sah ihr ja niemand zu. Bei denen war im Kühlschrank jedenfalls weniger als bei ihr.

Lahja fühlte eine seltsame Zufriedenheit, ganz, als wäre sie von dem Gesehenen aufgelebt. Auch sonst war es angenehm, zur Abwechslung mal woanders als zu Hause zu sein. Es war fast so, als wäre man ein anderer Mensch, und man betrachtete auch die eigenen Gedanken und das eigene Verhalten direkt auf andere Weise als vorher.

„Mama, darf ich darauf spielen?" Petteri hatte die Gitarre gefunden.

„Nein, auf keinen Fall."

„Bloß bißchen."

„Nein, überhaupt gar nicht."

Inkku kam gegen neun Uhr zurück. Die beiden Kleinen waren schon eingeschlafen, aber Petteri hantierte eifrig mit der Knetmasse, die er jetzt erst sozusagen für sich entdeckt hatte.

„Na, ging alles gut...? War Elsa schwierig?" Inkku warf die Jacke ab.

„Nein, überhaupt nicht..."

„Es ist draußen kühl geworden, ich werde Tee kochen."

„Aber nicht meinetwegen, nein, wir müssen jetzt gehen", wehrte Lahja ab.

„Wenigstens eine Tasse kannst du trinken, der ist doch im Nu fertig."

Inkku war klein und breithüftig, es tat Lahja direkt wohl zu sehen, daß auch noch jemand anderes die gleichen Probleme mit der Hinterpartie hatte. Inkku goß Tee ein, sie unterhielten sich über die Preise und die Kinder. Lahja erfuhr, daß Inkku schon ein Kind gehabt hatte. Es war bereits bei der Geburt krank gewesen und vor einigen Jahren gestorben.

Lahja wußte darauf nichts zu sagen. Es war eigenartig, wie Inkku zu ihr, einer nahezu völlig Fremden, so offenherzig sein, ihr dermaßen vertrauen konnte.

„War wohl besser so, es hat große Schmerzen gehabt", sagte Inkku.

„War das nicht ... furchtbar?"

„Doch. Es hat lange gedauert, bis ich einigermaßen darüber hinweg war. Aber es ist so schwer, ein Kind leiden zu sehen."

Lahja nickte. Sie dachte an Petteri, wie er mit hohem Fieber krank gelegen hatte, wie sie die ganze Zeit auf seinen heftigen, gequälten Atem gehorcht, ihn zugedeckt, Fieber gemessen, das kleine durch Alpträume irrende Gesicht betrachtet hatte. Sie dachte daran, wie namenlose Qual und Angst einem in solchen Augenblicken die Kehle zuschnürten, wie man tausendmal lieber selbst alle Krankheiten und Alpträume auf sich genommen hätte.

„Nein, das kann man nicht ertragen", sagte Inkku plötzlich so heftig, daß die Teetasse zitterte und ein gelber Klecks auf das Tischtuch schwappte, „auf keinen Fall kann man es ertragen oder billigen, daß irgendwo auf der Welt Kinder sogar zu Tode gefoltert werden. Ich habe von einem Lumi Videla gelesen, einem Chilenen, der war erst fünf; die Faschisten haben ihn totgefoltert, weil sie seine Mutter zum Geständnis bringen wollten. Dann haben sie die einzelnen Stücke der Leiche über die Mauer einer Botschaft geworfen... Wo ist Petteri? Er hat das hoffentlich nicht gehört?"

„Ich glaub kaum, der manscht mit dieser... dieser Knetmasse rum, oder was das ist."

12.

Am nächsten Abend traf Lahja in der Waschküche auf Inkku. Inkku hatte eine Maschine voll Buntes laufen.

„Ah... Ich hab mein Waschpulver hier vergessen, ist das wohl irgendwo aufgetaucht?"

„Es liegt bestimmt auf der Bank im Vorraum. Vielen Dank übrigens noch für gestern. Sag ruhig Bescheid, wenn du mal einen Aufpasser brauchst."

„Ja, gewiß."

„Mir wird schon angst und bange", fuhr Inkku fort, „weil ich immer noch keine Pflegestelle weiß. Heute kam ein Anruf, aber die fragten auch nur, ob ich eine Betreuerin gefunden hätte und ob man sich die dann nicht teilen könnte. Was glaubst du, wie ich mich geärgert habe."

„Na bestimmt."

Lahja fuhr durch den Sinn, wie es wäre, wenn sie... So könnte man etwas dazuverdienen, und Martti brauchte sich nicht mehr zuschanden fahren. Und sie könnte sich vielleicht etwas Neues kaufen, Kleidung oder so. Andererseits dürften ihr drei zuviel sein, wenn es ihr schon mit zweien manchmal so schwerfiel. Aber die Babys waren doch gleichaltrig, bald hätten sie schon aneinander Gesellschaft.

Lahja sprach ihren Gedanken jedoch nicht aus. Zunächst einmal, was würde Martti dazu sagen? Wenn er dagegen wäre, brauchte sie sich gar nicht erst irgendwelche Hoffnungen zu machen. Wieviel konnten die wohl zahlen? Krösusse schienen sie nicht zu sein. Inkkus Mann arbeitete irgendwo, beim Rohrbau wohl, und Inkku selbst war in irgendeinem Büro beschäftigt. Wie dem auch sei, es würde auf jeden Fall etwas helfen, auch bei der Kreditabzahlung.

Lahja ergriff ihr Waschpulverpaket und nickte zum Abschied, kam aber noch einmal zurück und sagte: „Wenn ich nach Kerava fahren würde, zu meiner Cousine, zum Beispiel am Mittwoch, ginge es am Mittwochabend? Ich würde nicht lange bleiben."

„Mittwoch? Warum nicht, abgemacht. Wir können ja noch genauer telefonieren."

„Ist gut. Oder ich komme und sage Bescheid."

13.

Lahja kam erstaunlich aufgeräumt und gesprächig aus Kerava zurück. Die Cousine hatte zum Kaffee auch noch Kuchen und einen Schluck Madeira angeboten. Das schwingende, blaugeblümte Kleid und die hellen Wildlederschuhe der Cousine hatten in Lahja Neid geweckt, aber auch den inzwischen langsam herangereiften Plänen kräftigen Auftrieb gegeben. Auch sie hatte das Recht, mal neue Sachen zu bekommen, zum Friseur zu gehen, sich zu verschönen. Eigenes, selbstverdientes Geld zu besitzen, was für ein Gefühl mochte das sein? Aber falls die Nerven...

Petteri und Viivi waren schon eingeschlafen. Inkku saß mit einem Buch in der Hand auf dem Stuhl, sie sah etwas schläfrig aus, und das Haar hing ihr in die Augen. Lahja gab sich einen Ruck, der eben gefaßte Entschluß verlieh ihren Worten nachdrückliche Sicherheit: „Ich habe daran gedacht, und auch schon mit Martti darüber gesprochen..., und jetzt auf dem Heimweg habe ich es eigentlich erst richtig beschlossen, daß ich nämlich eure Elsa nehmen könnte, jedenfalls jetzt vorläufig."

„Du würdest Elsa nehmen?“ Inkku riß die Augen auf. „Das könntest du machen, allen Ernstes?“

„Ja. Zumindest diesen Herbst über läßt sich das einrichten.“

Inkku weinte. Sie hielt sich schnell die Hände vor das Gesicht und hustete kräftig. „Entschuldige schon, das ist nicht meine Art..., ist mir richtig peinlich. Aber mir ist es wie ein Stein vom Herzen gefallen, richtig buchstäblich, das hat mich so sehr belastet.“

„Es wird schon alles werden.“ Lahja fühlte sich seltsam stark. Die dort weinte, die Bebrillte, und sie, Lahja, mußte sie beruhigen. Die Ärmste war wohl sehr in Sorge gewesen, wenn sie jetzt dermaßen erleichtert war. Man wurde direkt froh, wenn man sah, wie erleichtert sie war.

14.

Der Sommer ging schon dem Ende entgegen. Die Nächte wurden stockfinster, an den Rosensträuchern erschienen Hagebutten und in den Läden neuer Kohl, schwarze Johannisbeeren und Erbsen. Die Schule begann, die Straßen füllten sich plötzlich mit aufgeregt lächelnden, vogelfüßigen ABC-Schützen mit ungeheuren Schultaschen, in denen sich noch kaum mehr als Block und Bleistift befanden.

Lahja hatte jetzt eine neue Frisur, sie mied Brot und Zucker, genau wie Inkku. Aber hinsichtlich der Ergebnisse, dachte sie, durfte man nicht zu ungeduldig sein. Gerade um die Taille herum schmolz alles langsamer. Und Inkku hatte ja auch allerhand wegzuschmelzen.

Eines Sonnabends, kurz vor sechs Uhr, klingelte jemand an der Wohnungstür, als Lahja gerade unter der Dusche stand. Lahja hörte es erst nicht, dann schellte die Klingel immer heftiger, und Lahja warf sich schnell den Bademantel um.

„Wer ist da?“

„Na ich; ich, Inkku.“

Lahja öffnete.

Inkku war ganz außer Atem. Sie war ausgehfertig angezogen und konnte vor Eile kaum ihr Anliegen herausbringen. „Schnell jetzt, Lahja, was, du hast nasse Haare, na, du kannst von mir den Fön kriegen, aber wir haben doch zwei Karten, und Ristos Mutter hat versprochen, auf die Kinder aufzupassen, ja, Risto kann nicht, weißt du, er hat gerade angerufen, wir wollten nämlich ins Konzert, eine chilenische Gruppe tritt auf."

„Willst du damit sagen, ich soll..."

„Ja, mach schnell."

„Aber das geht doch nicht, einfach so..., und die Milch ist auch noch nicht fertig."

„Die wird Ristos Mutter schon machen. Zieh dich schnell an, und ich lauf rauf und hol den Fön."

Inkku hatte die Sache entschieden und hörte nicht auf Gegenargumente, sie lief bereits polternd die Treppe hoch und runter.

„Was zieh ich denn an?", fragte sich Lahja ratlos.

15.

Im Bus begann Lahja zu bereuen. Sie war einfach so losgegangen, was würde bloß mit den Kindern werden.

„Worüber brütest du denn", sagte Inkku. „Ristos Mutter wird schon mit der Bande fertig werden. Sie hat sechs Kinder aufgezogen, und die sind alle noch am Leben."

Lahja betrachtete den Straßenrand und begann allmählich die Fahrt zu genießen, einfach das Tempo, das Sitzen und Schauen. Aus den Waldstücken tauchten Häuser, Haltestellen, Brücken, ganze Wohnviertel und im Bau befindliche neue Siedlungsgebiete auf. Auf den Höfen wurde geschaukelt, getobt, Wäsche von der Leine genommen. Jemand in Tennisschuhen lief auf dem Rasen mit dem Bus um die Wette, verschwand, tauchte hinter einem Baum wieder auf, verschwand erneut, und dann blitzte seine Gestalt noch einmal auf, ehe sie erbarmungslos zurückfiel.

Neue Phantasiebilder taten sich vor Lahja auf, die Vorstellung von Weite, Bewegung, Tempo. An die Stelle von Reue und Furcht trat heiter-neugierige, ein wenig gespannte Erwartung. Wohin war sie eigentlich unterwegs? In die Stadt, in ein Konzert irgendwo, Inkku kannte den Ort. Mit ihr zusammen traute man sich auch hin, allein wäre das nichts. Ins Konzert... Lahja hatte schon ganz vergessen, daß es so etwas gab wie ein Konzert: viele Menschen zusammen an einem Ort, Musik, Gesang, Applaus. Was für ein Konzert war das gleich? Irgendwelche Ausländer, ja, Chilenen. Ob das Männer oder Frauen sein würden? Jedenfalls sicherlich solche dunklen...

An der Kreuzung bog der Bus ab und fuhr in Richtung Zentrum weiter. Der Abend war ungewöhnlich warm. Lahja fuhr sich schnell mit dem Lippenstift über die Lippen, rieb sich Schwefelpuder auf die Nase und setzte sich zurecht. In ihrem Gesicht spiegelten sich Fragen und Erwartungen, gepaart mit leiser Verwirrung. Die Ampel schaltete auf Grün, und der Bus rollte weiter, bis Inkku schließlich auf den Knopf drückte und winkte: die nächste Haltestelle war ihre.

Ingeborg Bachmann

Undine geht

Ihr Menschen! Ihr Ungeheuer!

Ihr Ungeheuer mit Namen Hans! Mit diesem Namen, den ich nie vergessen kann.

Immer, wenn ich durch die Lichtung kam und die Zweige sich öffneten, wenn die Ruten mir das Wasser von den Armen schlugen, die Blätter mir die Tropfen von den Haaren leckten, traf ich auf einen, der Hans hieß.

Ja, diese Logik habe ich gelernt, daß einer Hans heißen muß, daß ihr alle so heißt, einer wie der andere, aber doch nur einer. Immer einer nur ist es, der diesen Namen trägt, den ich nicht vergessen kann, und wenn ich euch auch alle vergesse, ganz und gar vergesse, wie ich euch ganz geliebt habe. Und wenn eure Küsse und euer Samen von den vielen großen Wassern – Regen, Flüssen, Meeren – längst abgewaschen und fortgeschwemmt sind, dann ist doch der

Name noch da, der sich fortpflanzt unter Wasser, weil ich nicht aufhören kann, ihn zu rufen, Hans, Hans...

Ihr Monstren mit den festen und unruhigen Händen, mit den kurzen blassen Nägeln, den zerschürften Nägeln mit schwarzen Rändern, den weißen Manschetten um die Handgelenke, den ausgefransten Pullovern, den uniformen grauen Anzügen, den groben Lederjacken und den losen Sommerhemden! Aber laßt mich genau sein, ihr Ungeheuer, und euch jetzt einmal verächtlich machen, denn ich werde nicht wiederkommen, euren Winken nicht mehr folgen, keiner Einladung zu einem Glas Wein, zu einer Reise, zu einem Theaterbesuch. Ich werde nie wiederkommen, nie wieder Ja sagen und Du und Ja. All diese Worte wird es nicht mehr geben, und ich sage euch vielleicht, warum. Denn ihr kennt doch die Fragen, und sie beginnen alle mit „Warum?“. Es gibt keine Fragen in meinem Leben. Ich liebe das Wasser, seine dichte Durchsichtigkeit, das Grün im Wasser und die sprachlosen Geschöpfe (und so sprachlos bin auch ich bald!), mein Haar unter ihnen, in ihm, dem gerechten Wasser, dem gleichgültigen Spiegel, der es mir verbietet, euch anders zu sehen. Die nasse Grenze zwischen mir und mir...

Ich habe keine Kinder von euch, weil ich keine Fragen gekannt habe, keine Forderung, keine Vorsicht, Absicht, keine Zukunft und nicht wußte, wie man Platz nimmt in einem anderen Leben. Ich habe keinen Unterhalt gebraucht, keine Beteuerung und Versicherung, nur Luft, Nachtluft, Küstenluft, Grenzluft, um immer wieder Atem holen zu können für neue Worte, neue Küsse, für ein unaufhörliches Geständnis: Ja. Ja. Wenn das Geständnis abgelegt war, war ich verurteilt zu lieben; wenn ich eines Tages freikam aus der Liebe, mußte ich zurück ins Wasser gehen, in dieses Element, in dem niemand sich ein Nest baut, sich ein Dach aufzieht über Balken, sich bedeckt mit einer Plane. Nirgendwo sein, nirgendwo bleiben. Tauchen, ruhen, sich ohne Aufwand von Kraft bewegen – und eines Tages sich besinnen, wieder auftauchen, durch eine Lichtung gehen, *ihn* sehen und „Hans“ sagen. Mit dem Anfang beginnen.

„Guten Abend.“

„Guten Abend.“

„Wie weit ist es zu dir?“

„Weit ist es, weit.“

„Und weit ist es zu mir.“

Einen Fehler immer wiederholen, den einen machen, mit dem man ausgezeichnet ist. Und was hilft's dann, mit allen Wassern gewaschen zu sein, mit den Wassern der Donau und des Rheins, mit denen des Tiber und des Nils, den hellen Wassern der Eismeere, den tintigen Wassern der Hochsee und der zaubrischen Tümpel? Die heftigen Menschenfrauen schärfen ihre Zungen und blitzen mit den Augen, die sanften Menschenfrauen lassen still ein paar Tränen laufen, die tun auch ihr Werk. Aber die Männer schweigen dazu. Fahren ihren Frauen, ihren Kindern treulich übers Haar, schlagen die Zeitung auf, sehen die Rechnungen durch oder drehen das Radio laut auf und hören doch darüber den Muschelton, die Windfanfare, und dann noch einmal, später, wenn es dunkel ist in den Häusern, erheben sie sich heimlich, öffnen die Tür, lauschen den Gang hinunter, in den Garten, die Alleen hinunter, und nun hören sie es ganz deutlich: den Schmerzton, den Ruf von weit her, die geisterhafte Musik. Komm! Nur einmal komm!

Ihr Ungeheuer mit euren Frauen!
Hast du nicht gesagt: Es ist die Hölle, und warum ich bei ihr bleibe, das wird keiner verstehen. Hast du nicht gesagt: Meine Frau, ja, sie ist ein wunderbarer Mensch, ja, sie braucht mich, wüßte nicht, wie ohne mich leben –? Hast du's nicht gesagt! Und hast du nicht gelacht und im Übermut gesagt: Niemals schwernehmen, nie dergleichen schwernehmen. Hast du nicht gesagt: So soll es immer sein, und das andere soll nicht sein, ist ohne Gültig-

keit! Ihr Ungeheuer mit euren Redensarten, die ihr die Redensarten der Frauen sucht, damit euch nichts fehlt, damit die Welt rund ist. Die ihr die Frauen zu euren Geliebten und Frauen macht, Eintagsfrauen, Wochenendfrauen, Lebenslangfrauen und euch zu ihren Männern machen laßt. (Das ist vielleicht ein Erwachen wert!) Ihr mit eurer Eifersucht auf eure Frauen, mit eurer hochmütigen Nachsicht und eurer Tyrannei, eurem Schutzsuchen bei euren Frauen, ihr mit eurem Wirtschaftsgeld und euren gemeinsamen Gutenachtgesprächen, diesen Stärkungen, dem Rechtbehalten gegen draußen, ihr mit euren hilflos gekonnten, hilflos zerstreuten Umarmungen. Das hat mich zum Staunen gebracht, daß ihr euren Frauen Geld gebt zum Einkaufen und für die Kleider und für die Sommerreise, da ladet ihr sie ein (ladet sie ein, zahlt, es versteht sich). Ihr kauft und laßt euch kaufen. Über euch muß ich lachen und staunen, Hans, Hans, über euch kleine Studenten und brave Arbeiter, die ihr euch Frauen nehmt zum Mitarbeiten, da arbeitet ihr beide, jeder wird klüger an einer anderen Fakultät, jeder kommt voran in einer anderen Fabrik, da strengt ihr euch an, legt das Geld zusammen und spannt euch vor die Zukunft. Ja, dazu nehmt ihr euch die Frauen auch, damit ihr die Zukunft erhärtet, damit sie Kinder kriegen, da werdet ihr mild, wenn sie furchtsam und glücklich herumgehen mit den Kindern in ihrem Leib. Oder ihr verbietet euren Frauen, Kinder zu haben, wollt ungestört sein und hastet ins Alter mit eurer gesparten Jugend. O das wäre ein großes Erwachen wert! Ihr Betrüger und ihr Betrogenen. Versucht das nicht mit mir. Mit mir nicht!

Ihr mit euren Musen und Tragtieren und euren gelehrten verständigen Gefährtinnen, die ihr zum Reden zulaßt... Mein Gelächter hat lang die Wasser bewegt, ein gurgelndes Gelächter, das ihr manchmal nachgeahmt habt mit Schrecken in der Nacht. Denn gewußt habt ihr immer, daß es zum Lachen ist und zum Erschrecken und daß ihr euch genug seid und nie einverstanden wart. Darum ist es besser, nicht aufzustehen in der Nacht, nicht den Gang hinunterzugehen, nicht zu lauschen im Hof, nicht im Garten, denn es wäre nichts als das Eingeständnis, daß man noch mehr als durch alles andere verführbar ist durch einen Schmerzton, den Klang, die Lockung und ihn ersehnt, den großen Verrat. Nie wart ihr mit euch einverstanden. Nie mit euren Häusern, all dem Festgelegten. Über jeden Ziegel, der fortflog, über jeden Zusammenbruch, der sich ankündigte, wart ihr froh insgeheim. Gern habt ihr gespielt mit dem Gedanken an Fiasko, an Flucht, an Schande, an die Einsamkeit, die euch erlöst hätten von allem Bestehenden. Zu gern habt ihr in Gedanken damit gespielt. Wenn ich kam, wenn ein Windhauch mich ankündigte, dann sprangt ihr auf und wußtet, daß die Stunde nah war, die Schande, die Ausstoßung, das Verderben, das Unverständliche. Ruf zum Ende. Zum Ende. Ihr Ungeheuer, dafür habe ich euch geliebt, daß ihr wußtet, was der Ruf bedeutet, daß ihr euch rufen ließt, daß ihr nie einverstanden wart mit euch selber. Und ich, wann war ich je einverstanden? Wenn ihr allein wart, ganz allein, und wenn eure Gedanken nichts Nützliches dachten, nichts Brauchbares, wenn die Lampe das Zimmer versorgte, die Lichtung entstand, feucht und rauchig der Raum war, wenn ihr so dastandet, verloren, für immer verloren, aus Einsicht verloren, dann war es Zeit für mich. Ich konnte eintreten mit dem Blick, der auffordert: Denk! Sei! Sprich es aus! – Ich habe euch nie verstanden, während ihr euch von jedem Dritten verstanden wußtet. Ich habe gesagt: Ich verstehe dich nicht, verstehe nicht, kann nicht verstehen. Das währte eine herrliche und große Weile lang, daß ihr nicht verstanden wurdet und selbst nicht verstandet, nicht warum dies und das, warum Grenzen und Politik und Zeitungen und Banken und Börse und Handel und dies immerfort.

Denn ich habe die feine Politik verstanden, eure Ideen, eure Gesinnungen, Meinungen, die habe ich sehr wohl verstanden und noch etwas mehr. Eben darum verstand ich nicht. Ich habe die Konferenzen so vollkommen verstanden, eure Drohungen, Beweisführungen, Verschanzungen, daß sie nicht mehr zu verstehen waren. Und das war es ja, was euch bewegte, die Unverständlichkeit all dessen. Denn das war eure wirkliche große verborgene Idee von der Welt, und ich habe eure große Idee hervorgezaubert aus euch, eure unpraktische Idee, in der Zeit und Tod erschienen und flammten, alles niederbrannten, die Ordnung, von Verbrechen bemäntelt, die Nacht, zum Schlaf mißbraucht. Eure Frauen, krank von eurer Gegenwart, eure Kinder, von euch zur Zukunft verdammt, die haben euch nicht den Tod gelehrt, sondern nur beigebracht, kleinweise. Aber ich habe euch mit einem Blick gelehrt, wenn alles vollkommen, hell und rasend war – ich habe euch gesagt: Es ist der Tod darin. Und: Es ist die Zeit daran. Und zugleich: Geh, Tod! Und: Steh still, Zeit! Das habe ich euch gesagt. Und du hast geredet, mein Geliebter, mit einer verlangsamten Stimme, vollkommen wahr und gerettet, von allem dazwischen frei, hast deinen traurigen Geist hervorgekehrt, den traurigen, großen, der wie der Geist aller Männer ist und von der Art, die zu keinem Gebrauch bestimmt ist. Weil ich zu keinem Gebrauch bestimmt bin und ihr euch nicht zu einem Gebrauch bestimmt wußtet, war alles gut zwischen uns. Wir liebten einander. Wir waren vom gleichen Geist.

Ich habe einen Mann gekannt, der hieß Hans, und er war anders als alle anderen. Noch einen kannte ich, der war auch anders als alle anderen. Dann einen, der war ganz anders als alle anderen, und er hieß Hans, ich liebte ihn. In der Lichtung traf ich ihn, und wir gingen so fort, ohne Richtung, im Donauland war es, er fuhr mit mir Riesenrad, im Schwarzwald war es, unter Platanen auf den großen Boulevards, er trank mit mir Pernod. Ich liebte ihn. Wir standen auf einen Nordbahnhof, und der Zug ging vor Mitternacht. Ich winkte nicht; ich machte mit der Hand ein Zeichen für Ende. Für das Ende, das kein Ende findet. Es war nie zu Ende. Man soll ruhig das Zeichen machen. Es ist kein trauriges Zeichen, es umflort die Bahnhöfe und Fernstraßen nicht, weniger als das täuschende Winken, mit dem so viel zu Ende geht. Geh, Tod, und steh still, Zeit. Keinen Zauber nutzen, keine Tränen, kein Händeverschlingen, keine Schwüre, Bitten. Nichts von alledem. Das Gebot ist: Sich verlassen, daß Augen den Augen genügen, daß ein Grün genügt, daß das Leichteste genügt. So dem Gesetz gehorchen und keinem Gefühl. So der Einsamkeit gehorchen. Einsamkeit, in die mir keiner folgt.

Verstehst du es wohl? Deine Einsamkeit werde ich nie teilen, weil da die meine ist, von länger her, noch lange hin. Ich bin nicht gemacht, um eure Sorgen zu teilen. Diese Sorgen nicht! Wie könnte ich sie je anerkennen, ohne mein Gesetz zu verraten? Wie könnte ich je an die Wichtigkeit eurer Verstrickungen glauben? Wie euch glauben, solange ich euch wirklich glaube, ganz und gar glaube, daß ihr mehr seid als eure schwachen, eitlen Äußerungen, eure schäbigen Handlungen, eure törichten Verdächtigungen. Ich habe immer geglaubt, daß ihr mehr seid. Ritter, Abgott, von einer Seele nicht weit, der allköniglichsten Namen würdig. Wenn dir nichts mehr einfiel zu deinem Leben, dann hast du ganz wahr geredet, aber auch nur dann. Dann sind alle Wasser über die Ufer getreten, die Flüsse haben sich erhoben, die Seerosen sind gleich hundertweis erblüht und ertrunken, und das Meer war ein machtvoller Seufzer, es schlug, schlug und rannte und rollte gegen die Erde an, daß seine Lefzen trieften von weißem Schaum.

Verräter! Wenn euch nichts mehr half, dann half die Schmähung. Dann wußtet ihr plötzlich, was euch an mir verdächtig war. Wasser und Schleier und was sich nicht festlegen läßt. Dann war ich plötzlich eine Gefahr, die ihr noch rechtzeitig erkanntet, und verwünscht war ich und bereut war alles im Handumdrehen. Bereut habt ihr auf den Kirchenbänken, vor großen, großen Instanzen wart ihr so tapfer, mich zu bereuen und all das zu befestigen, was in euch unsicher geworden war. Ihr wart in Sicherheit. Ihr habt die Altäre rasch aufgerichtet und mich zum Opfer gebracht. Hat mein Blut geschmeckt? Hat es ein wenig nach dem Blut der Hindin geschmeckt und nach dem Blut des weißen Wales? Nach deren Sprachlosigkeit?

Wohl euch! Ihr werdet viel geliebt, und es wird euch viel verziehen. Doch vergeßt nicht, daß ihr mich gerufen habt in die Welt, daß euch geträumt hat von mir, der anderen, dem anderen, von eurem Geist und nicht von eurer Gestalt, der Unbekannten, die auf euren Hochzeiten den Klageruf anstimmt, auf nassen Füßen kommt und von deren Kuß ihr zu sterben fürchtet, so wie ihr zu sterben wünscht und nie mehr sterbt: ordnungslos, hingerissen und von höchster Vernunft.

Warum sollt ich's nicht aussprechen, euch verächtlich machen, ehe ich gehe.

Ich gehe ja schon.

Denn ich habe euch noch einmal wiedergesehen, in einer Sprache reden gehört, die ihr mit mir nicht reden sollt. Mein Gedächtnis ist unmenschlich. An alles habe ich denken müssen, an jeden Verrat und jede Niedrigkeit. An denselben Orten habe ich euch wiedergesehen; da schienen mir Schandorte zu sein, wo einmal helle Orte waren. Was habt ihr getan! Still war ich, kein Wort habe ich gesagt. Ihr sollt es euch selber sagen. Eine Handvoll Wasser habe ich über die Orte gesprengt, damit sie grünen mögen wie Gräber. Damit sie zuletzt hell bleiben mögen.

Aber so kann ich nicht gehen. Drum laßt mich euch noch einmal Gutes nachsagen, damit nicht so geschieden wird. Damit nichts geschieden wird.

Gut war trotzdem euer Reden, euer Umherirren, euer Eifer und euer Verzicht auf die ganze Wahrheit, damit die halbe gesagt wird, damit Licht auf die eine Hälfte der Welt fällt, die ihr grade noch wahrnehmen könnt in eurem Eifer. So mutig wart ihr und mutig gegen die anderen – und feig natürlich auch und oft mutig, damit ihr nicht feige erschient. Wenn ihr das Unheil von dem Streit kommen saht, strittet ihr dennoch weiter und beharrtet auf eurem Wort, obwohl euch kein Gewinn davon wurde. Gegen ein Eigentum und für ein Eigentum habt ihr gestritten, für die Gewaltlosigkeit und für die Waffen, für das Neue und für das Alte, für die Flüsse und für die Flußregulierung, für den Schwur und gegen das Schwören. Und wißt doch, daß ihr gegen euer Schweigen eifert, und eifert trotzdem weiter. Das ist vielleicht zu loben.

In euren schwerfälligen Körpern ist eure Zartheit zu loben. Etwas so besonders Zartes erscheint, wenn ihr einen Gefallen erweist, etwas Mildes tut. Viel zarter als alles Zarte von euren Frauen ist eure Zartheit, wenn ihr euer Wort gebt oder jemand anhört und versteht. Eure schweren Körper sitzen da, aber ihr seid ganz schwerelos, und eine Traurigkeit, ein Lächeln von euch können so sein, daß selbst der bodenlose Verdacht eurer Freunde einen Augenblick lang ohne Nahrung ist.

Zu loben sind eure Hände, wenn ihr zerbrechliche Dinge in die Hand nehmt, sie schont und zu erhalten wißt, und wenn ihr die Lasten tragt und das Schwere aus einem Weg räumt. Und gut ist es, wenn ihr die Körper der Menschen und der Tiere behandelt und ganz vorsichtig einen Schmerz aus der Welt schafft. So Begrenztes kommt von euren Händen, aber manches Gute, das für euch einstehen wird.

Zu bewundern ist auch, wenn ihr euch über Motoren und Maschinen beugt, sie macht und versteht und erklärt, bis vor lauter Erklärungen wieder ein Geheimnis daraus geworden ist. Hast du nicht gesagt, es sei dieses Prinzip und jene Kraft? War das nicht gut und schön gesagt? Nie wird jemand wieder so sprechen können von den Strömen und Kräften, den Magneten und Mechaniken und von den Kernen aller Dinge.

Nie wird jemand wieder so sprechen von den Elementen, vom Universum und allen Gestirnen.

Nie hat jemand so von der Erde gesprochen, von ihrer Gestalt, ihren Zeitaltern. In deinen Reden war alles so deutlich: die Kristalle, die Vulkane und Aschen, das Eis und die Innenglut.

So hat niemand von den Menschen gesprochen, von den Bedingungen, unter denen sie leben, von ihren Hörigkeiten, Gütern, Ideen, von den Menschen auf dieser Erde, auf einer früheren und einer künftigen Erde. Es war recht, so zu sprechen und so viel zu bedenken.

Nie war so viel Zauber über den Gegenständen, wie wenn du geredet hast, und nie waren Worte so überlegen. Auch aufbegehren konnte die Sprache durch dich, irre werden oder mächtig werden. Alles hast du mit den Worten und Sätzen gemacht, hast dich verständigt mit ihnen oder hast sie gewandelt, hast etwas neu benannt; und die Gegenstände, die weder die geraden noch die ungeraden Worte verstehen, bewegten sich beinahe davon.

Ach, so gut spielen konnte niemand, ihr Ungeheuer! Alle Spiele habt ihr erfunden, Zahlenspiele und Wortspiele, Traumspiele und Liebesspiele.

Nie hat jemand so von sich selber gesprochen. Beinahe war. Beinahe mörderisch wahr. Übers Wasser gebeugt, beinah aufgegeben. Die Welt ist schon finster, und ich kann die Muschelkette nicht anlegen. Keine Lichtung wird sein. Du anders als die anderen. Ich bin unter Wasser. Bin unter Wasser.

Und nun geht einer oben und haßt Wasser und haßt Grün und versteht nicht, wird nie verstehen. Wie ich nie verstanden habe.

Beinahe verstummt,
beinahe noch
den Ruf
hörend.

Komm. Nur einmal.
Komm.

Christa Wolf

Selbstversuch

Traktat zu einem Protokoll

Kein Zweifel: Das Experiment ist geglückt. Sie, Professor: einer der großen Männer dieses Jahrhunderts. Der Ausfall von Tagesruhm kann Sie kaltlassen. Mir geben die Geheimhaltungsklauseln, an die wir gebunden sind, nicht nur die Gewähr für strengste Diskretion im Umgang mit allen Materialien, unseren Versuch betreffend; sie eröffnen mir auch die Freiheit, diese unverlangten Notizen dem Selbstprotokoll beizufügen.

Ausfüllen einer Berichtslücke durch Bescheinigung ihres Entstehens: Glänzender könnte kein Vorwand sein, Ihnen diese Mitteilung zu unterbreiten. Der Vor-Wände und Rück-Halte müde, bediene ich mich lieber der unverblümten Rede, die ein zu wenig genutztes Vorrecht der Frauen ist – eine Erkenntnis am Rande aus der Zeit, da ich Mann war; richtiger: Mann zu werden drohte. Meine brühwarme Erfahrung verlangt nach Ausdruck. Froh, daß die Wörter mir wieder zur Verfügung stehen, kann ich es nicht lassen, mit ihnen zu spielen und ihre Vieldeutigkeit zu bestaunen, was mich nicht daran hindern soll, sämtliche Daten, die Sie meinem Protokoll entnehmen können, für exakt und korrekt und eindeutig zu erklären.

Petersein masculinum 199 ist ein hervorragendes Mittel, geeignet, risikolos und ohne unerwünschte Nebenwirkungen eine Frau in einen Mann zu verwandeln. Die Tests, die unsere Hypothese beweisen, sind genau so, wie Sie uns schon als Studenten die Merkmale eines einwandfreien Tests eingeprägt haben: zuverlässig, empfindlich, gültig. Ich selbst habe sie entworfen. Meine Protokollführung war so gewissenhaft wie möglich. Jedes Wort in meinem Bericht stimmt.

Alle seine Sätze zusammen erklären gar nichts: nicht, warum ich mich für den Versuch hergab; erst recht aber nicht, warum ich ihn nach dreißig Tagen abbrach, so daß ich seit vollen zwei Wochen glücklich wieder eine Frau bin. Ich weiß, daß die Wahrheit – ein Wort, das Sie meiden würden – sich von den Fakten jenes Protokolls weit zurückgezogen hat. Sie aber mit Ihrer abergläubischen Anbetung von Meßergebnissen haben mir jene Wörter meiner inneren Sprache verdächtig gemacht, die mir jetzt helfen könnten, der unwirklichen Neutralität dieses Protokolls mit meiner wirklichen Erinnerung zu widersprechen.

„Neugier", sollen Sie gesagt haben. Neugier als angenommener Grund für mein Einverständnis zu diesem Experiment. Neugier ist eine Untugend von Frauen und Katzen, während der Mann erkenntnishungrig und wissensdurstig ist. Das hielt ich Ihnen vor, und Sie lächelten – anerkennend, wenn ich es richtig deute. Sie leugnen nie, wenn Sie ertappt sind. Aber Sie geben sich alle Mühe, niemals ertappt zu werden.

Und ich wollte wissen, warum.

Jetzt wollen alle von mir hören, welcher Unglücksteufel mich geritten hat, den erfolgreichen Versuch vorzeitig abzubrechen. Warum hat niemand Interesse für die Gründe gezeigt, die mich in diese Tollheit hineingetrieben haben? Sie selber fragten niemals, weder vorher noch nachher. Entweder wissen Sie alle Antworten, oder Sie sind zu stolz, sich durch Fragen eine Blöße zu geben...

Hätte etwa die Kaderleiterin mit mir reden sollen? Die hatte mit ihren Geheimhaltungsverpflichtungen zu tun. Heute will es mir beinahe verdächtig vorkommen, daß niemand von uns seine Schweigepflicht verletzt hat – wie Komplicen, deren Mund durch ein gemeinsames Vergehen versiegelt ist. –

Mein Text unterschied sich von dem der anderen sechs – oder sieben, falls auch Sie in Ihrem Gerechtigkeitsfanatismus unterschrieben haben. Weißes Dokumentenpapier, DIN A 4-Format, Kopfaufdruck: Akademie der Wissenschaften. Daß ich: getragen von..., geleitet von... (Fortschritt der Wissenschaften, humanistische Ziele und so weiter), mich freiwillig als Versuchsperson („im folgenden Vpn") zur Verfügung gestellt habe. Ich unterschrieb es, also ist es wahr..., auf den Risikofaktor aufmerksam gemacht worden sei. Ich unterschrieb... Daß etwaiges „teilweises oder gänzliches Mißlingen" des Experiments die Akademie zu sämtlichen anfallenden Ersatz- und Entschädigungsleistungen verpflichte. (Was hatten Sie oder die Kaderleiterin sich unter „teilweisem Mißlingen" bloß vorgestellt?)

Erheitert und zornig unterschrieb ich, und die Kaderleiterin sah mir mit Entsetzen und Begeisterung dabei zu, während Ihre Sekretärin hinter meinem Rücken den bei jeder Auszeichnung und Ernennung fälligen Nelkenstrauß auswickelte.

Daß ich fast über die Maßen gut geeignet war zur Versuchsperson, wußte ich selbst: Alleinstehend. Ohne Kind. Nicht im idealen, aber in noch brauchbarem Alter: dreiunddreißigeinhalb. Gesund. Intelligent. Doktor der Physiopsychologie und Leiterin der Arbeitsgruppe GU (Geschlechtsumwandlung) im Institut für Humanhormonetik, in dieses Forschungsprogramm also eingeweiht wie kein zweiter außer dem Institutsleiter selbst. In den einschlägigen Meß- und Beobachtungstechniken und im Gebrauch des zuständigen Fachjargons geschult. Schließlich: imstande, männlichen Mut und mannhafte Selbstüberwindung aufzubringen, die beide zu ihrer Zeit gefragt sein würden.

Eines halte ich Ihnen zugute: daß Sie nicht versucht haben, meine verfluchte Pflicht und Schuldigkeit in ein Vorrecht umzulügen. So entfiel die letzte Gelegenheit, wütend zu werden, mich zu wehren, abzuspringen. Wie wehrt man sich mitten in einer Arbeitsbesprechung gegen die Überreichung eines Aktendeckels durch den Institutsleiter? Gar nicht. Man nimmt ihn. Ein fester Aktendeckel, der alles Material zur Information der künftigen Versuchsperson enthält und den jedermann hier kennt. Während keiner ahnt, daß sein genaues Duplikat in meinem eigenen Tresor liegt und Sie sich darauf verlassen, daß ich meine Gesichtszüge zu beherrschen weiß. Wir gönnen unseren Mitarbeitern die Rührung, die sie nun endlich überkommen darf.

Wir schrieben Montag, den 19. Februar des Jahres 1992, ein trüber Monat, dessen Sonnenmittel unter dem des Durchschnitts der letzten fünfzig Jahre lag. Doch als wir den Beginn des Experiments auf den 4. März festgelegt hatten und Sie die Sitzung beendeten, indem Sie mir unüblicherweise stumm die Hand drückten, schien ungefähr zehn Sekunden lang die Sonne in Ihr Arbeitszimmer. Handschlag und Lächeln und Kopf hoch und maßvoll und vernünftig sein: Da stand ich wieder mal und sah alles ein. Auch, daß es unrentabel gewesen wäre, zuerst ein Präparat zur Verwandlung von Männern in Frauen zu entwickeln, weil sich für ein so abwegiges Experiment keine Versuchsperson angefunden hätte...

Die eine Minute, die Sie sich nach der Sitzung noch von mir erbaten, haben Sie um dreißig Sekunden überschritten, um mir zu sagen – was ich natürlich wußte –, daß auch Petersein *minus* masculinum 199 ein zuverlässiges Mittel sei und, sobald ich es wünschte, meine Rückverwandlung noch vor der vorgesehenen Frist von drei Monaten bewirken werde. Sonst ist nichts vorgefallen – kein Zeichen, kein Blick, nicht einmal ein Blinzeln. Ihrer undurchdringlichen Miene setzte ich mein gefaßtes Gesicht entgegen, wie wir es lange geübt hatten.

Mein Freund Doktor Rüdiger, den Sie als Wissenschaftler schätzen und doch eine Spur zu lasch finden, hatte den rettenden Einfall, mich, als ich aus Ihrem Zimmer trat, von Kopf bis Fuß mit einem unverschämten Männerblick zu mustern, einen ordinären Pfiff auszustoßen und zu sagen: Schade, Puppe! – Das ging. Das war das einzige, was ging, hielt aber nur einen Augenblick lang vor. Die vierzehn Tage, die uns blieben, füllten wir mit bodenlosen Banalitäten aus, mit Albernheit und Dollerei, die Sie womöglich für Heiterkeit nahmen. (Inzwischen verriet jeder sich, so gut er konnte: Rüdiger ging dazu über, mir die Hand zu küssen, die Laborleiterin Irene „vergaß", mir ihre kleine Tochter zu bringen, wenn sie selbst über Nacht einen Mann beherbergte, und Beate – der beste weibliche Chemiker, den Sie kennen, Professor – ließ durchblicken, daß sie mich beneide. Verschonen Sie mich mit diesen Steinzeitmiasmen, werden Sie sagen. Unbeherrschtheiten, Stimmungen, alle Arten von Entgleisungen. Es sollte mich aber wundern, wenn Sie all die zehn Jahre über – seit Sie mich kurz vor dem Examen mit diesem Satz programmierten – eine einzige Zügellosigkeit an mir bemerkt hätten. Dafür durfte ich einer Äußerung Ihrer Sekretärin entnehmen, daß ich Ihnen jeden männlichen Wissenschaftler ersetze...)

Einmal, am Sonnabend, zwei Tage vor Beginn des Experiments, hätte ich Sie fast noch angerufen. Als ich allein „in den Wolken" saß – das ist Irenes Ausdruck, die ja zwei Stockwerke tiefer wohnt, also im fünfzehnten –, hinter der riesigen Glasscheibe meines Wohnzimmers; als es dunkel wurde und immer zahlreicher die Lichter unserer Wissenschaftssiedlung und dahinter die der Stadt Berlin zu mir heraufkamen, da trank ich einen Kognak – was gegen die Direktiven verstieß –, betrachtete minutenlang das Licht in Ihrem Arbeitszimmer, das ich aus allen Lichtern herausfinde, und hatte auch schon die Hand am Hörer. Ich wählte Ihre Nummer, hörte einmal das Amtszeichen und dann sofort Ihre Stimme, vielleicht um eine Idee weniger unpersönlich als sonst. Da Sie nicht auflegten, obwohl ich mich nicht meldete, aber auch nichts sagten, konnte ich Sie atmen hören und Sie mich vielleicht auch. Ich dachte entlegene Sachen. Wußten Sie, daß das Wort

„traurig" etwas mit fallen, sinken, kraftlos werden zu tun hat? Während „verwegen" ursprünglich nichts anderes bedeutet, als Richtung auf ein bestimmtes Ziel zu nehmen – und zwar frisch entschlossen. Was ich ja war, als ich, neunzehnjährig, in meiner ersten Vorlesung bei Ihnen mit großen Buchstaben das Wörtchen ICH auf einen Zettel kritzelte, den ich Rüdiger zuschob. Sie nämlich, Professor, hatten gerade scherzhaft die Vermutung geäußert, unter uns jungen Dingern, „unschuldig und nichts weiter", sitze womöglich die Person, die sich in zehn, fünfzehn Jahren durch ein noch zu erfindendes phantastisches Mittel in einen Mann verwandeln lassen werde. ICH. – VERWEGEN! schrieb Rüdiger daneben. – Verstehen Sie nun, warum mir daran lag, gerade ihn in unsere Arbeitsgruppe zu ziehen?

Nach einer Minute legte ich den Hörer auf, ging ins Bett, schlief sofort, wie ich es eisern trainiert hatte (erst jetzt versagt das Training, merkwürdigerweise), verbrachte einen disziplinierten Sonntag nach vorgeschriebener Zeiteinteilung, mit notwendigen Vorbereitungen, bei festgelegten Mahlzeiten, angeordneten Messungen und Notierungen, die, wie sich am Abend zeigte, vollkommen ihren Zweck erfüllten: Auch ich unterlag der Suggestion, einen geregelten, zufallsreichen Tagesablauf mit dem gesetzmäßigen Walten höherer Notwendigkeiten zu verwechseln, die uns Unruhe, Angst und Zweifel abnehmen. Wenn es keine Wahl mehr gibt, kann man manchmal erfahren, warum wir tun, was wir tun. Da fielen alle meine guten und schlechten Gründe nicht mehr ins Gewicht gegenüber dem einen, der allein ausreichte: daß ich hinter Ihr Geheimnis kommen wollte.

Am Montag früh war ich pünktlich im Institut und erhielt um sechs Uhr in einer angemessenen sachlichen Atmosphäre die erste Injektion von Ihnen, die mich einschläferte und die Verwandlung einleitete, welche durch neun weitere, in Fünfstundenabständen verabreichte Dosen von Petersein masculinum 199 vollendet wurde. Mir ist, ich träumte derweilen, obwohl Träumen das richtige Wort nicht sein mag. Aber man wird der Sprache nicht vorwerfen dürfen, daß sie kein Wort bereithielt und die in mir als Schwimmen am Grunde eines hellgrünen, von seltsam schönen Pflanzen und Tieren belebten Wassers gespiegelt wurden. Was da schwamm, kann am ehesten ein Pflanzenstengel gewesen sein, dem allmählich Flossen und Kiemen wuchsen, bis es ein schlanker, schöner, glatter Fisch war, der sich leicht und wohlig überall im Wasser zwischen den grünen Stielen und Blättern bewegte. Mein erster Gedanke beim Erwachen war: Nicht Fisch, nicht Fleisch. Und dann sah und erkannte ich schon unsere elektronische Uhr und las von ihr Datum und Zeit ab: Es war der 6. März 1992, drei Uhr früh, und ich war ein Mann.

Neben meinem Bett saß Beate: Ein guter Einfall, falls er von Ihnen kam. (Daß Sie buchstäblich in der letzten Minute vor meinem Erwachen erst den Versuchsraum verlassen haben, wußte ich bis vor wenigen Tagen nicht, Professor!) Ich wiederhole: Ihr Präparat ist ausgezeichnet. Benommenheit keine, Übelkeit keine. Körperliches Wohlgefühl und ein unbändiges Bedürfnis nach Bewegung in frischer Luft, das ich ja gleich sollte befriedigen können; denn von den regelmäßigen Tests abgesehen, war mir ein strenges Programm nicht auferlegt, weil wir annahmen, daß ein Mensch in größter Freizügigkeit seine Möglichkeiten am besten kennenlernen würde. Gewissenhafte Protokollführung schien gesichert, da wir bei keinem unserer Affenversuche durch den Geschlechterwechsel je signifikante Änderungen von Charaktermerkmalen festgestellt haben. Eine zuverlässige Äffin vom starken Nerventyp pflegte auch einen zuverlässigen Affen abzugeben.

Verzeihen Sie, ich werde unsachlich. Ohne Grund übrigens, denn mir war wohl wie lange nicht. Wohl wie einem, dem es endlich gelungen ist, die Lücke im Zaun zu finden. Befreit sprang ich auf, zog meine neuen Kleider an, deren tadelloser Sitz unsere Prognosen über zu erwartende Abmessungen der primären und sekundären Geschlechtsmerkmale glänzend bestätigte, quittierte Beate den Empfang meiner neuen Papiere auf den von Ihnen ausgesuchten Namen Anders und kam endlich nach draußen, auf die noch menschenleere, von Peitschenlampen erleuchtete Hauptstraße. Ich lief zum Sternwartenhügel, stand da oben eine Weile, fand den Anblick des Himmels über die Maßen schön, pries den Fortschritt der Wissenschaft und, warum sollte ich es verschweigen, Ihre Verdienste, Professor. Auch lobte ich freudig den Mut jener Frau, die ich noch vor zwei Tagen gewesen war und die, das fühlte ich ja ganz deutlich, wie eine Katze zusammengerollt in mir schlief.

Ich gebe zu, das war mir recht, denn warum die Arme gleich und endgültig verstoßen? Heute frage ich mich aber, ob wir nicht meine Nachfolgerinnen darauf gefaßt machen müssen, daß sie nicht zugleich mit ihrer Mannwerdung die Zustände ihres Frauendaseins von sich abtun können.

Meine Hochstimmung dauerte eineinhalb Tage und eine Nacht. Dem Versuchsprotokoll entnehmen Sie, daß ich an jenem Morgen langsam – denn ich brauchte vierzig Minuten dazu – vom Sternwartenhügel zu meinem Wohnturm ging. Hatten wir eigentlich vorausgesehen, daß der nagelneue Mann auf die Erinnerungen der ehemaligen Frau angewiesen sein würde? Ich, Anders, dachte jedenfalls unterwegs an den ehemaligen Liebhaber jener Frau, die ich gewesen war. An meinen lieben Bertram, der mir fast auf den Tag genau drei Jahre vorher auf dem Weg vom Observatorium gesagt hatte, daß es einfach nicht mehr ging. Frauen als Wissenschaftler, ja, hohe weibliche Intelligenzquotienten, selbstverständlich; aber was einer Frau einfach nicht steht, ist der Hang zum Absoluten. Es ging nicht, daß ich meine Nächte im Institut verbrachte (wir begannen damals mit den Affenversuchen; erinnern Sie sich an die ersten übernervösen weiblichen Tiere?); es ging nicht, daß ich dem Hauptproblem immer wieder auswich. Das Hauptproblem war ein Kind. (Ich war dreißig und gab Bertram recht. Es war der Tag, an dem Sie mir im Vorbeigehen einen Termin für den ersten Humanversuch in Aussicht gestellt hatten: drei Jahre. Und mir die Leitung der neuen Arbeitsgruppe anboten. Ich müsse wissen, was ich wolle. Ich wollte ein Kind. Bertram hat jetzt eines, das ich besuchen kann, sooft ich will, denn Bertrams Frau hat mich gern. Nur stört es mich, daß sie manchmal etwas wie Dankbarkeit gegen mich durchblikken läßt, aber auch Ratlosigkeit: Kann jemand etwas so Kostbares wie diesen Mann in andere Hände übergehen lassen?) Es ging nicht, verflucht noch mal, sagte Bertram – da standen wir vor dem hell erleuchteten Urania-Kulturpalast, es war ein schöner, durchsichtiger Maiabend, und überall die blutjungen Liebespaare –, daß ich niemals Zeit hatte, in seiner großen Familie einen Geburtstag mitzufeiern. Daß ich ihm nichts richtig übelnahm. Daß ich nicht eifersüchtig war. Daß ich ihn nicht mit Haut und Haaren für mich haben wollte, was jeder für einen Mangel an Liebe halten mußte. Ob ich ihm denn nicht ein kleines bißchen entgegenkommen könne. Worauf ich ihn fragte, wohin. In eine gemeinsame ferngeheizte Dreizimmerwohnung? Zu gemeinsamen Fernsehabenden und den ewigen Geburtstagsfeiern im Kreise seiner großen Familie?

Am nächsten Morgen übernahm ich die Leitung unserer Gruppe, und in meiner ersten Nacht als Mann konnte ich zum erstenmal ohne Reue daran denken. Das Wort „Unnatur“ war damals gefallen und konnte nicht mehr weggezaubert werden. Eine Frau, die den eigens für ihr Geschlecht erfundenen Kompromiß ablehnt; der es nicht gelingen will, „den Blick abzublenden und ihre Augen in ein Stück Himmel oder Wasser zu verwandeln“; die nicht gelebt werden will, sondern leben: Sie wird erfahren, was schuldig sein heißt. Wenn es dir man nicht noch mal leid tut. Es hat mir leid getan, schon, als Bertram vor meiner Haustür kehrtmachte. Und nun, als Mann an der gleichen Stelle, tat mir nichts mehr leid. Was ich fühlte, war Dankbarkeit.

Haben Sie eigentlich meine Taktik in den letzten drei Jahren durchschaut? Um Ihr Mittel auszuprobieren, brauchten Sie eine wie mich. Ich wollte Sie dahin bringen, daß Sie *mich* brauchten. Meinen Wert als Frau hatte ich zu beweisen, indem ich einwilligte, Mann zu werden. – Ich nahm ein bescheidenes Wesen an, um zu verbergen, daß ich meine absurde Lage begriff.

Dem Hausmeister meines Hauses habe ich mich noch an jenem ersten Morgen als mein eigener Cousin vorgestellt, der während einer Dienstreise seiner Cousine verabredungsgemäß deren Wohnung bewohnen wollte und unter der Spalte „Dauerbesucher" sofort ins Hausbuch eingetragen wurde. Keine Menschenseele hat die Mieterin von Wohnung Nummer 17.09 vermißt und den neuen Nachbarn zur Kenntnis genommen. Insofern klappte alles wie am Schnürchen.

Wie immer stellte ich mich oben sofort an mein großes Fenster. Im Schrank nebenan hingen die Anzüge eines Mannes, im Bad lagen eines Mannes Toilettensachen. Ich aber stand und suchte mit dem Blick der Frau das Fenster Ihres Arbeitszimmers, das zu meiner Genugtuung als einziges in der langen Front des Institutsgebäudes erleuchtet war, dann aber, als sei das Licht bei mir ein Signal für Sie gewesen, schnell dunkel wurde. Da suchte ich, Anders, das Lächeln zustande zu bringen, über das ich als Frau verfügt hatte. Es war noch in mir, ich konnte es deutlich fühlen. Zugleich aber spürte ich, wie es mir auf meinem Gesicht mißlang.

Es war der erste, ganz kurze Anfall von Verwirrung. Das kann ja heiter werden, sagte ich halblaut und ging mich duschen, wobei ich mit meinem neuen Körper Bekanntschaft, ja Freundschaft schloß; denn als Mann war ich genauso ansehnlich, wohlgestalt und gesund wie als Frau. Eine häßliche Person hätten wir, um unsere Methode nicht in Mißkredit zu bringen, zu diesem Versuch auch nicht zugelassen...

Ressentiments? Doktor Rüdiger war der erste, der mir Ressentiments vorwarf. Aber vorher hatte er seinen Spaß an meiner Anekdote über die „Kleine von nebenan", die ich am Morgen im Fahrstuhl getroffen und, da sie mich anseufzte, gefragt hatte, was ihr denn fehle. Worauf ich einen Blick erhielt, der einen Regenwurm zum Manne gemacht hätte. Bloß daß die allerangenehmsten Empfindungen in mir nicht zu ihrer vollen Entfaltung gelangten wegen des weiblich-spöttischen Gedankens: Sieh mal an, es funktioniert! – Darum erzähle ich das. Sie sollen nicht denken, Ihr Mittel hätte in irgendeinem und gerade in diesem allerwichtigsten Punkt versagt. Ich bin es gewesen, ich: die Frau, die mit Spott oder Empfindlichkeit oder einfach durch Ungeduld die männlichsten Triumphe des Herrn Anders sabotierte. Ich: die Frau, habe ihn gehindert, der „Kleinen von nebenan" ihr Handtäschchen aufzuheben (war „ich" nicht die Ältere?), Fehler auf Fehler gehäuft, bis der Blick der Kleinen zuerst ungläubig, dann eisig wurde.

Ja, mein Lieber – so sprach Doktor Rüdiger jetzt mit mir –, nun folgen die Tage der Rache. Über meinen Verlust hat er sich eigentlich schnell getröstet. Er fand mich passabel und wollte erst den Reaktionstest hinter sich bringen, der eindeutig bewies, daß meine Sinne brav weiter so reagierten, wie meine subjektiv genormte Skala es erwarten ließ. Blau war für mich blau geblieben und eine Flüssigkeit von 50 Grad heiß, und die dreizehn verschiedenen sinnlosen Gegenstände auf unserem Versuchstisch konnte ich mir nicht schneller merken als vorher, was Rüdiger leicht zu enttäuschen schien. Beim Ergänzungstest dann, als manche meiner neuen Antworten sich von den alten unterschieden, wurde er lebhaft. Der Verlust an Spontaneität erklärte hinreichend die verlängerten Zeiten: Sollte ich als Frau antworten? Als Mann? Und wenn als Mann: Wie denn, um Himmels willen? So daß ich schließlich auf „rot" nicht „Liebe" sagte, wie sonst immer, sondern „Wut". Auf „Frau" nicht „Mann", sondern „schön". Auf „Kind" nicht „schmutzig", sondern „süß". Olala, sagte mein Freund Rüdiger, ganz schön schon, mein Lieber.

Nun wollten wir essen gehen. Die langen Institutsgänge herunter zur Kantine, in ein locker-entspanntes Gespräch vertieft, ein Arm Rüdigers im Eifer des Gesprächs zwanglos um meine Schulter gelegt. Zwei gute Kumpel. Gemeinsamen Bekannten wurde ich mit Genuß als Fachkollege und Gast vorgestellt, und wenn sie fragten, ob nicht irgendein Zug in meinem Gesicht ihnen bekannt vorkomme, wurden sie ausgelacht. Hinter Ihrer Tür, Professor, herrschte Stille. Sie bogen um keine Ecke. Sie saßen nicht in der Kantine. Neugier war Ihre Schwäche nicht. So haben Sie nicht gesehen, wie ich Eisbein mit Erbspüree essen mußte, was Doktor Rüdiger für den Beweis von eines Mannes Männlichkeit hält.

Zum ersten-, aber nicht zum letztenmal kam mir der Gedanke, mein Gegenüber habe sich durch meine Verwandlung stärker verändert als ich selbst. Nur Sie, wahrhaftig, sind sich gleichgeblieben. Doktor Rüdiger gab seine Genugtuung über meine „Neufassung" nicht nur unumwunden zu, sondern war auch bereit, sie zu begründen. Das Rachemotiv sei natürlich ein Scherz gewesen. Obwohl mir ein kleines bißchen Strafe vielleicht ganz guttäte. Wofür? Für meinen gottverdammten Hochmut natürlich. Für das schlechte Beispiel, das ich anderen Frauen durch meine freiwillige Ehelosigkeit geliefert hatte, so der um sich greifenden Ehe-Unlust des schwachen Geschlechts Vorschub leistend und die Rebellion gegen die Langeweile und Unproduktivität der Ehe verstärkend. O nein, er sitze keineswegs im Glashaus. Ein Mann als Junggeselle – wie er zum Bespiel – sei ein freier Mensch, der niemandem etwas wegnehme. Er konnte ja nicht ahnen, Doktor Rüdiger, daß mein weiblicher Instinkt mich noch nicht verlassen hatte und mir signalisierte, daß so nach Rache lechzt, wer sich gedemütigt fühlt. Es kränkte ihn schrecklich, daß er mich, auch wenn er es gewollt hätte, nicht hätte kriegen können, weil keiner mich hatte.

So unternahm er allen Ernstes den Versuch, mich zum Manne zu bekehren, während wir Apfelkuchen aßen und Kaffee tranken. Problemgeladene Frauen mag Doktor Rüdiger nicht besonders – und wer mag die schon? Sie mögen sich ja nicht mal selbst, sofern sie intelligent genug sind, die Zwickmühle zu sehen, in der sie stecken: zwischen Mann und Arbeitsdrang, Liebesglück und Schöpfungswillen, Kinderwunsch und Ehrgeiz ein Leben lang zickzack laufen wie eine falsch programmierte kybernetische Maus. Verkrampfungen, Verklemmungen, Aggressi-

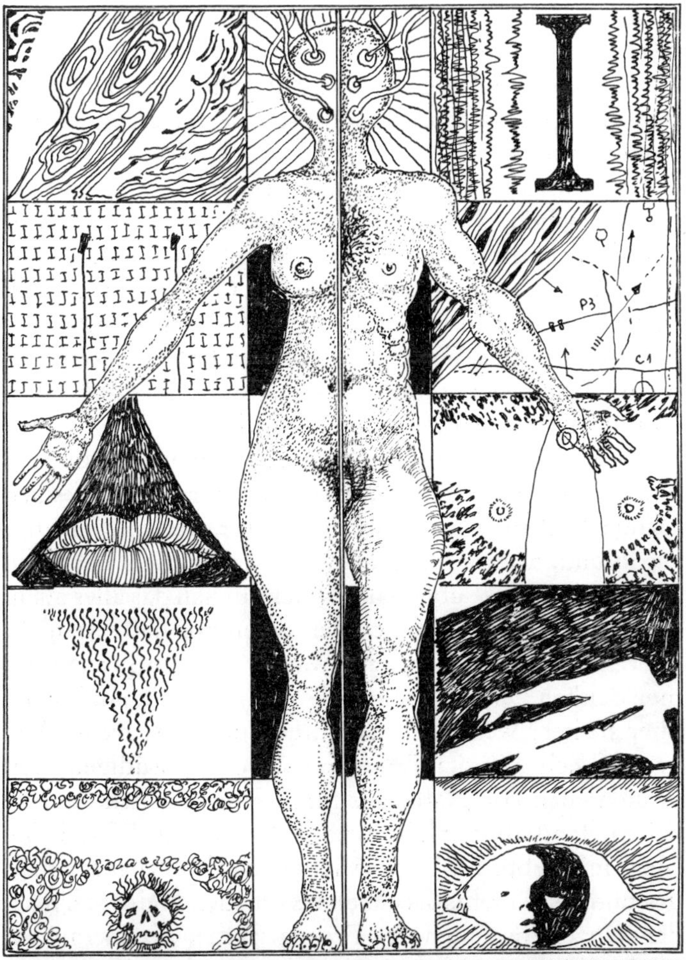
I
P3
C1

EVA
ADAM

vitäten, wie man sie, als bekümmerter Freund, in meinen letzten Jahren als Frau an mir habe beobachten müssen... Kurz und gut: Ich sollte bloß nicht so hirnverbrannt sein, in die Fallgrube zurückzuplumpsen, der ich glücklich entronnen war!

Du willst mich ja zum Mann bekehren, sagte ich und mußte lachen. Siehst du, sagte Doktor Rüdiger, jetzt kannst du es dir leisten, so etwas komisch zu finden. – Da wir schon bei Witzen sind, sagte ich: Ob du nicht einfach einer Frau als Leiter überdrüssig bist? – Dies, entschied Rüdiger, sei kein Witz, sondern gewöhnliches Ressentiment. Wogegen es Humor war, wenn er mir nach Tisch eins von seinen starken Kuba-Zigarillos anbot.

Da sah ich Irene und Beate quer durch die Kantine auf unseren Tisch zusteuern, Irene mit ihrem schlaksigen Gang und dem ewigen grünen Pullover, Beate neuerdings aschblond, was ihr ohnehin helles Gesicht nicht hebt. Ein Blick auf Rüdiger überzeugte mich: Er sah das alles auch. Gleich mußten wir den beiden beteuern, daß wir nicht über sie hergezogen waren. Warum müssen Frauen immer denken, zwei Männer, die zusammensitzen, ziehen über sie her? Weil sie es fast immer tun, sagte Irene. Weil Frauen sich zu wichtig nehmen, Doktor Rüdiger. Weil Frauen eben von Natur aus Minderwertigkeitskomplexe haben, fand Beate. Ich hörte ihnen zu und hatte keine Meinung, lebte im Unschärfebereich des Niemandslandes und hatte nichts als ein erstes bißchen Heimweh nach den Ungereimtheiten der Frauen. Irene, die in mir ein mitschuldiges Opfer gewissenloser Abwerbung sah, warnte mich vor den Bestechungsversuchen, denen ich ausgesetzt sein werde, um mir den Verrat von Geheimnissen abzunötigen, die ohne mich nie ein Mann erfahren würde. – Ich zweifelte, aber Doktor Rüdiger lieferte als Beleg eine Geschichte aus dem klassischen Altertum:

Teiresias, ein Grieche, sah einst zwei Schlangen sich begatten und verwundete die eine. Zur Strafe wurde er in ein Weib verwandelt und hatte Umgang mit Männern. Dem Gott Apoll tat er leid. Er gab ihm einen Wink, wie er wieder ein Mann werden könne: Er müsse denselben Schlangen noch einmal zusehen und die andere verwunden. So tat Teiresias und gewann sein wahres Geschlecht zurück. Zur gleichen Zeit aber stritten sich die großen Götter Zeus und Hera über die Frage, wer bei der Umarmung die größere Lust empfände, Mann oder Weib. Als kompetenten Richter riefen sie schließlich Teiresias. Der behauptete, der Mann empfände ein Zehntel der Wollust; das Weib aber koste die volle, ganze Lust aus. – Hera, erzürnt über den Verrat des streng gehüteten Geheimnisses, blendete den unglücklichen Teiresias. Zum Trost verlieh der große Zeus dem Blinden die Gabe des Sehers.

Das kurze Schweigen an unserem Tisch legte die Vermutung nahe, daß jeder einen ersten Gedanken für sich behielt (der meine war, merkwürdig genug: Wer wird mich blenden?). Der zweite war bei allen ein Ausruf, der aber verschiedenes bedeutete, wie ja überhaupt Doktor Rüdigers Geschichte alles andere als eindeutig ist. Irene glaubte mich warnen zu müssen vor den Strafen, die auf Verrat von Weibergeheimnissen stehen. Wieso nur? sagte Beate leise. Teiresias hat doch gelogen...

Eine Unterhaltung unter Männern kann niemals das gleiche sein wie ein Gespräch zwischen gemischten Teilnehmern.

Mein Hochgefühl war dahin. Statt dessen eine Empfindung von Leere, in Brusthöhe lokalisierbar. Kein Wunder. Aber was mich unsicher machte, war nicht das Fehlen eines weiblichen Organs, der Brust, sondern das Fehlen der abschätzenden Männerblicke, die einem anzeigen, daß man „da" ist.

Ich gebe Stichproben, Sie verstehen, und immer habe ich Angst, Sie zu langweilen. Es ist mir nie gelungen, mich als Spion zu fühlen, der mit der vollkommensten aller Tarnkappen im Hintergrund des Gegners operierte. Dafür bekam ich Schwierigkeiten mit der Anwendung aller Ableitungen des Personalpronomens „ich". Daß es die Erwartungen unserer Umwelt sind, die uns machen – wer wüßte das nicht? Aber was war all mein Wissen gegen den ersten Blick einer Frau, der mich traf? Gegen meine ersten Gänge durch die Stadt, die mich nicht erkannte und mir fremd geworden war? Mann und Frau leben auf verschiedenen Planeten, Professor. Ich sagte es Ihnen – erinnern Sie sich? –, und Sie warfen mir Subjektivismus vor und erwarteten meinen Rückzug und die Beteuerung, daß ich, wie üblich, meine Sinneseindrücke und Empfindungen Ihrer Deutung unterwerfen würde. Da habe ich Sie zum erstenmal enttäuscht. Die alten Tricks kamen nicht auf gegen meine neue Erfahrung. Ich wollte doch einmal sehen, was dabei herauskam, wenn ich bei meiner Meinung blieb. Wenn ich nicht gleich wieder anfing, mich schuldig zu fühlen: schuldig eines irreparablen Charakterfehlers, der uns Frauen, so leid es den Männern tut, unfähig macht, die Welt zu sehen, wie sie wirklich ist. Während Sie sie in Ihrem Fangnetz aus Zahlen, Kurven und Berechnungen dingfest gemacht haben, nicht wahr? Wie einen ertappten Sünder, mit dem man sich nicht weiter einlassen muß. Von dem man sich distanziert – am raffiniertesten mittels einer unübersehbaren Aufzählung von Fakten, die wir als wissenschaftliche Berichte ausgeben.

Wenn Sie es so verstehen, Professor, haben Sie recht mit Ihrer scherzhaften Behauptung, scientia, die Wissenschaft, sei zwar eine Dame, sie besitze aber ein männliches Gehirn. Jahre meines Lebens hat es mich gekostet, mich jenem Denken, dessen höchste Tugenden Nichteinmischung und Ungerührtheit sind, unterwerfen zu lernen. Heute habe ich Mühe, mir wieder Zutritt zu verschaffen zu all den verschütteten Bezirken in meinem Innern. Die Sprache, das wird Sie wundern, kann mir helfen, mit ihrer Herkunft aus jenem erstaunlichen Geist, dem „urteilen“ und „lieben“ ein einziges Wort sein konnte: „meinen“. Immer haben Sie mir die Trauer über Unabänderliches verwiesen. Und doch ergreifen mich die Schicksale mancher Wörter; und doch peinigt mich mehr als alles andere die Sehnsucht, Verstand und Vernunft, im liederlich-schöpferischen Schoß der Sprache einst ein und dasselbe, durch uns miteinander zerstritten, wieder brüderlich vereint zu sehen...

Nie wäre ich, Anders, darauf verfallen, die gleichen Gegenstände mit denselben Wörtern zu benennen, mit denen ich, als Frau, sie einst bezeichnet hatte, wenn mir nur andere Wörter eingefallen wären. Zwar erinnerte ich mich, was ihr „Stadt" war: eine Fülle immer wieder enttäuschter, immer sich erneuernder Hoffnung. Ihm – also mir, Anders – eine Ballung unausschöpfbarer Gelegenheiten. Er – also ich – war betäubt von einer Stadt, die mich lehren wollte, daß es meine Pflicht war, Eroberungen zu machen, während die Frau in mir noch nicht die Technik verlernt hatte, sich zu zeigen und, falls die Situation es so wollte, klein beizugeben.

Die Autogeschichte wird Sie nicht überzeugen, aber spaßig ist sie vielleicht doch. Daß Frauen einen mangelhaft entwickelten Orientierungssinn haben und daher, selbst bei guten technischen Fertigkeiten, keine guten Fahrer sind, sagte mein Fahrlehrer in der ersten Stunde, um mich auf die zwiespältigen Reaktionen anderer Verkehrsteilnehmer – und zwar Frauen und Männer – auf die Frau am Steuer vorzubereiten. Ich begann also, mich in Gegenden zu verirren, die ich früher zu kennen glaubte, und mich damit abzufinden, daß Autofahren anstrengend ist. Bis mich, zu Beginn meiner zweiten Woche als Mann, mein Motor mitten auf der verkehrsreichen Kreuzung am Alexanderplatz im Stich ließ und mir nichts anderes übrigblieb, als den Verkehr zu blockieren, auf die schrillen Pfiffe und das geringschätzige Achselzucken des Verkehrspolizisten, auf das Hupkonzert hinter mir und die höhnischen Zurufe der Vorbeifahrenden zu warten. Ich glaubte zu träumen, als der Polizist mit Pfiff und Handzeichen meine Fahrtrichtung sperrte, von seiner Verkehrskanzel herunterstieg und mich fragte, wo es denn fehle, wobei er mich mit „Meister" anredete, als ein paar Fahrerkollegen aus anderen Wagen ohne viel Federlesens das Unglücksauto von der Kreuzung schoben und niemand Lust zeigte, mein dringliches Bedürfnis nach Belehrung, Strafpredigt und Strafmandat zu befriedigen. Wollen Sie mir glauben, daß es für mich keine Orientierungsschwierigkeiten mehr gibt?

Doch zurück zu meinem Planeten. Wo hätte ich in dem Protokoll mein nicht nachweisbares Empfinden eintragen sollen, daß mir als Mann die Erdenschwere leichter wurde? Während jene blutjunge Studentin eines Abends auf menschenleerer Straße ohnmächtig neben mir zu Boden sank. Mit unbegründet schlechtem Gewissen half ich ihr auf, führte sie zu einer Bank und bot ihr – die selbstverständlichste Sache der Welt – eine Erholungspause in meiner nahe gelegenen Wohnung an. Worauf sie mich empört musterte und „naiv" nannte. Ich habe später nachgesehen: Naiv hieß früher soviel wie „angeboren, natürlich" – aber hätte ich dem Mädchen von angeborener Freundlichkeit oder natürlicher Hilfsbereitschaft reden können, ohne ihre Erbitterung gegen uns Männer noch zu steigern! Ich hatte das Unglück, mich auf ihren „Zustand" zu berufen, denn daß sie schwanger war, sah jede Frau auf den ersten Blick. Ich aber war keine Frau, mir konnte sie nur ihre Verachtung zeigen („Was denn für ein Zustand!") und mich abblitzen lassen. Da stand ich, wie vor den Kopf geschlagen, zum erstenmal im Leben für mein Geschlecht beleidigt. Ich begann mich zu fragen, was ihr eigentlich mit uns angestellt habt, daß wir es euch aus Rache verwehren müssen, freundlich zu uns zu sein. Wenig beneidenswert schien mir eure Verstrickung in die Unzahl eurer nützlichen Tätigkeiten, da ihr doch tatenlos zusaht, wie die Wörter „menschliche" und „männlich", einer Wurzel entsprungen, unrettbar weit voneinander wegtrieben.

„Unrettbar", sagte Irene: So kategorisch bin ich nicht. Sie kam, um ihre Melancholie mit der meinen zusammenzutun, in meinen siebzehnten Stock. Ein Wein hat sich uns öfter dabei als hilfreich erwiesen. Musik, hin und wieder der Fernseher. Der führte uns die Probleme einer überlasteten Lehrerin, Mutter von drei Kindern, mit ihrem phlegmatischen Ehemann vor, einem Haushaltsgerätekonstrukteur. Der Autor dieses Films, leider eine Frau, gab sich alle Mühe, durch ein bedarfsgerechtes Sortiment an Küchen- und Haushaltsmaschinen gleichzeitig die Planerfüllung des Betriebes und die Ehe der Lehrerin in Ordnung zu bringen. Irene mußte sich fragen, ob nicht der ganze Schlamassel, in dem sie steckt, seine schlichte

Erklärung in der Seltenheit von Haushaltsgerätekonstrukteuren findet. Den langen, schlaksigen, kraushaarigen Menschen, den sie zwei Monate lang gar nicht so übel gefunden hatte, mußte sie auch wieder wegschicken, wegen seiner Unfähigkeit, erwachsen zu werden. Irene ist aufgebracht über die Mütter von Söhnen und trägt sich mit der Absicht, eine Erziehungsfibel zu verfassen, deren erster Satz lauten soll: Liebe Mutter, Ihr Kind, obwohl ein Sohn, ist schließlich auch ein Mensch. Erziehen Sie ihn so, daß Sie Ihrer Tochter zumuten könnten, mit ihm zu leben.

Wie wir uns zusammen noch ein paar Sätze ausdachten, die wir auf einem Zettel notierten; wie wir in Fahrt kamen und uns ins Wort fielen und einer über den anderen lachen mußten; wie Irene sich einen Spaß daraus machte, mich dauernd mit meinem Männernamen anzureden (du, Anders!); und wie sie dann unseren Zettel im Aschenbecher verbrannte, weil es nichts Komischeres gibt als Frauen, die Traktate schreiben – das alles werde ich nicht in Einzelheiten berichten. Nur daß ich sagte: Frauen? Ich seh hier nur Mann und Frau! Und daß es mir gelang, meiner Frage genau jenen Unterton zu geben, den eine Frau zu dieser Stunde von einem Mann erwarten konnte. Und daß sie nur sehr wenig noch sagte, zum Beispiel, wie schade es sei, daß wir uns von früher kannten. Und daß ich zum Beispiel ihr Haar berührte, das mir schon immer gefallen hatte, glatt und dunkel. Und daß sie noch einmal du, Anders, sagte: Du, Anders, ich glaub, wir haben keine Chance. Aber vielleicht hat diese verdammte Erfindung von deinem Professor doch ihr Gutes.

Für andere, meinte sie. Und für den Fall, daß gewisse Fähigkeiten den Männern noch weiter verkümmern sollten – wie das Vermögen, uns im wörtlichen wie im biblischen Sinne zu erkennen. Feminam cognoscere. Und er erkannte sein Weib ... Ja: Höher als alles schätzen wir die Lust, erkannt zu werden. Euch aber ist unser Anspruch die reine Verlegenheit, vor der ihr euch, wer weiß, hinter euren Tests und Fragebogen verschanzt.

Haben Sie die Andacht gesehen, mit der unser kleiner

Kybernetiker seinen Computer füttert? Diesmal handelte es sich um die Auswertung der 566 Fragen meines MMPI-Tests, die unserm Kybernetiker Zeit ließ, mich darüber zu trösten, daß wir Frauen auch die Kybernetik nicht erfunden haben – ebensowenig wie vorher das Pulver, den Tuberkulosebazillus, den Kölner Dom oder den „Faust“. – Durch das Fenster sah ich Sie aus der Tür des Hauptgebäudes treten. – Frauen, sagte unser kleiner Kybernetiker, die in der Wissenschaft die erste Geige spielen wollen, sind einfach zum Scheitern verurteilt. Jetzt sah ich erst, wie verzweifelt er darüber war, daß der Erfolg dieses hochwichtigen Experiments, welches zur Reduzierung einer fragwürdigen Gattung beitragen konnte, ganz und gar in den Händen einer Frau lag. – Unten fuhr der schwarze Instituts-Tatra vor, und Sie stiegen ein. – Unser kleiner Kyberniker studierte die Auskünfte seines Computers. Zum erstenmal sah ich ihn mir näher an, seine kleine Gestalt mit dem großen Kopf, die schmalen, nervösen, eifernden Finger, die schwächliche Statur, seine verstiegene Redeweise... Wie mag er als Jüngling unter uns Frauen gelitten haben! – Ihr Wagen hatte den Bogen über den Kieshof beschrieben und war zwischen den Pappeln am Tor verschwunden. – Unser Kybernetiker gab bekannt, daß meine Konditionierung anscheinend zum Teufel gehe. Mich interessierte es verdammt wenig, ob ich noch meine üblichen Reaktionen auf emotionale Reize zustande brachte, aber er wußte nicht, ob es ihn bekümmern oder freuen sollte, daß sein Computer mich für zwei grundverschiedene Personen hielt und mit einer Beschwerde wegen böswilliger Irreführung drohte.

Im Labor sagte mir Irene mit undurchdringlicher Miene, nach Auswertung der letzten Analysen sei ich der männlichste Mann, den sie kenne. Ich stellte mich ans Fenster. Er kommt nicht gleich zurück, sagte sie. Er macht heute von dieser Konferenz in der Uni Gebrauch.

Da glaubte ich immer noch, Sie hätten es bis jetzt vermieden, mich in meiner neuen Gestalt zu sehen. Daß Sie es aber fertigbringen würden, mich nicht zu erkennen, wäre mir nicht im Traume eingefallen. Bestürzt sind Sie ja niemals. Schon lange hatte ich Sie fragen wollen, wann dieses Immer-auf-alles-gefaßt-Sein bei Ihnen angefangen hat. Aber die Frage wäre ein arger Verstoß gegen die Spielregeln gewesen, die wir heilighielten. Sie schützten uns zuverlässig davor, aus unseren Rollen zu fallen, wie sehr mir auch meine Rolle des munteren Verlierers längst gegen den Strich ging. Manchmal hieß das Spiel: Wer fürchtet sich vorm schwarzen Mann? Und ich hatte zu rufen: Niemand! Dann wieder galten andere Spiele, nur eine Regel blieb: Wer sich umdreht oder lacht, dem wird der Buckel blau gemacht. Ich habe mich niemals umgedreht. Nie den Spielmeister ertappt. Nie über ihn gelacht. Hätte ich ahnen sollen, daß Ihre eigenen Vorschriften Sie drückten?

Sie werden sich erinnern: Es war Sonnabend, der 16. März, jener Tag mit dem „launischen Aprilwetter“, der elfte Tag meiner verwandelten Existenz, als Sie gegen dreiundzwanzig Uhr das Operncafé verließen, allein und so gut wie nüchtern, und ein wildfremder junger Mann, der Ihnen offenbar aufgelauert hatte, auf Sie zutrat, Ihnen seine Begleitung aufdrängte und nicht einmal die Manieren hatte, sich vorzustellen. Sie, ohne Überraschung zu zeigen, ohne ein Erkennungszeichen von sich zu geben, stellten sich, als gebe es für Sie nichts Alltäglicheres als ein vertrauliches nächtliches Gespräch mit einem Unbekannten. Gleich waren Sie wieder Herr der Lage. Geistesgegenwärtig entwickelten Sie ein neues Spiel, und Sie waren es wieder, der die Teilnahmebedingungen festlegte, die Sie übrigens großzügig handhabten, wenn nur eines nicht angetastet wurde: daß Sie das Recht hatten, sich draußen zu halten. Was ich Ihnen vortrug – die Klage etwa, daß einem Mann das Erinnerungsarsenal einer Frau lästig werden kann –, nahmen Sie höflich zur Kenntnis, aber es ging Sie nichts an. Sie waren unverfroren, und ich sagte es Ihnen. Sie zuckten mit keiner Wimper. Ich wußte, daß ich jetzt empört sein sollte, aber ich war nicht empört. Kühl nahm ich meine Gelegenheit wahr, Ihnen mit meinen neuen Erfahrungen zu Leibe zu rücken, den Spieß umzudrehen, Sie mit Beschwerden, Anklagen, Drohungen einzukreisen. Ich erinnerte mich genau, wie oft ich diesen Augenblick in Gedanken durchgespielt hatte, jede Wendung, alle Stellungen kannte ich auswendig. Aber da ich sie endlich ausführte, hatte ich die Lust an ihnen verloren und begann zu ahnen, was das bedeuten mußte. Fast wie zu einer Pflichtübung verstieg ich mich noch zu der Behauptung, daß Mann und Frau auf verschiedenen Planeten wohnen, um Sie zu Ihren üblichen milden Einschüchterungsversuchen zu zwingen und damit auftrumpfen zu können, daß sie nicht mehr bei mir verfingen.

Wir standen am Fuß des Fernsehturms am Alex. Dachten Sie, ich hätte aus gekränkter Eigenliebe auf einmal in einem zufällig leer vorbeifahrenden Taxi die Flucht ergriffen? Weit gefehlt. Ich floh, weil ich nicht gekränkt war, weil ich keine Angst hatte, weil ich nicht traurig und nicht froh war und die Spannung dieses ganzen Tages überhaupt nicht mehr verstand. Ich floh, weil ich die ganze Zeit mit Ihnen über einen Fremden gesprochen hatte, für den ich selbst kein Mitgefühl mehr aufbringen konnte. Was ich mir auch, allein im dunklen Auto, an Schönem und Gräßlichem vorstellen mochte – mein Gefühl blieb taub. Was ich auch in mich hineinfragte – niemand antwortete mir. Die Frau in mir, die ich dringlich suchte, war verschwunden. Der Mann noch nicht da.

Matt gesetzt – dieses Wort fiel mir ein, denn die Sprache wenigstens hatte sich mir noch nicht entzogen.

Unbewußt hatte ich dem Taxifahrer die Adresse meiner Eltern genannt. Nun ließ ich es dabei, zahlte, stieg aus, erblickte schon von der Straße her das Licht in ihrem Wohnzimmerfenster und stellte mich auf den Steinsockel im Vorgarten, von dem aus man das Zimmer ungehindert übersieht. Meine Eltern saßen in ihren Stammsesseln und hörten Musik. Die Bücher, die sie vorher gelesen hatten, lagen, mit dem Rücken nach oben, vor ihnen auf dem niedrigen Tischchen. Sie tranken Wein, einen Bocksbeutel, den sie allen anderen Weinen vorziehen, aus den altmodischen langstieligen Gläsern. Einmal in zwanzig Minuten bewegte mein Vater die Hand, um meine Mutter auf eine Passage des Konzerts hinzuweisen. Meine Mutter lächelte, weil er sie immer mit der gleichen Handbewegung auf dieselbe Stelle hinweist und weil sie darauf wartet und es gern hat, daß er, wie er dann auch tat, aufblickt und ihr Lächeln mit ein wenig Selbstironie erwidert. Wie aus den erregten Debatten mit Freunden, die in meiner Kindheit das Haus meiner Eltern erfüllten, allmählich Unterhaltungen wurden, aus Freunden und Feinden Gäste, stieg meiner Eltern Lust am Alleinsein. Sie haben das Kunststück fertiggebracht, einander mit der notwendigen Schonung zu begegnen, ohne das Interesse aneinander zu verlieren.

Ich hätte hineingehen können. Hätte die Geheimhaltungsvorschriften übertreten und ihnen meine Lage schildern können. An Verständnis für mich hat es ihnen nie gefehlt. Keine unpassende Frage, kein Befremden, nicht die Spur eines Vorwurfs wäre mir begegnet. Sie hätten in meinem alten Zimmer mein Bett fertiggemacht und den in unserer Familie üblichen Schlaftrunk bereitet. Dann hätten sie beide nebenan schlaflos gelegen und die ganze Nacht darüber gegrübelt, was sie falsch gemacht haben. Denn das Glück meiner Eltern ruht auf einem ziemlich einfachen Begriff von den Zusammenhängen zwischen Ursache und Wirkung.

Ich bin nicht hineingegangen. Mit dem nächsten Taxi bin ich zu mir nach Hause gefahren, habe mich ins Bett gelegt, um drei Nächte und zwei Tage nicht aufzustehen – eine Zeitspanne, in der ich aber meine Protokollnotizen leidlich aufrechterhielt, obwohl die Fähigkeit, Bezeichnungen für meinen Zustand zu finden, in dem Maße nachließ, in dem ich mich körperlich gesunden fühlte. Da Sie den Begriff „Krise“ niemals zulassen würden, einigten wir uns stillschweigend auf „Peripetie“ – als stünden wir kurz vor der unvermeidlichen Auflösung aller Verwicklungen in einem dümmlichen klassischen Drama.

Beate aber sprach am Morgen ohne Umschweife von einem Fiasko. Sie wissen, was passierte: Mein Versagen beim Gedächtnistest. Dabei hätte auch ihr wohl einleuchten können, daß für einen gewissenhaften Menschen die Antwort „ich weiß nicht“, verglichen mit einer massiven Lüge, das kleinere Übel darstellt. Nach angestrengtem Überlegen – das bezeugen die mir an Puls und Gehirnströme angeschlossenen Apparate – antwortete ich siebenmal auf ihre Fragen, ich wisse es nicht, ehe sie nervös wurde und begann, mir vorzusagen. Als hätte ich den Namen meines Lieblingslehrers vergessen! Aber wie konnte ein Mann, der, wie ich auf einmal deutlich sah, seine wohlberechnete Wirkung auf Mädchen in den Ablauf seiner Chemiestunden einbaute, je mein Lieblingslehrer gewesen sein? Oder die „größte Kindheitsfreude". Natürlich wußte ich, was ich dreimal in Abständen von einem Vierteljahr darauf geantwortet hatte: schaukeln. Ich konnte ja auch, wenn es denn sein mußte, das Erinnerungsbild eines schaukelnden Mädchens in mir herstellen, das juchzte, dem die Röcke flogen, das sich von einem Jungen abstoßen ließ... Nur daß dieses Bild eindeutig Unlust in mir erzeugte und als Antwort auf die Frage nicht mehr paßte. Ebensowenig wie der Name des Jungen – Roland, ja doch, zum Teufel! – zu der Frage nach dem „ersten Freund". Mein erster Freund konnte doch unmöglich – sah denn Beate das nicht? – jenes fremde schaukelnde Mädchen umfaßt und von der Schaukel gehoben haben...

Unterstellungen, alles Unterstellungen, was in meiner Akte zu lesen stand. Nehmen Sie nur diese alberne, ewig unfertige Farbtafel. Freilich hatte ich dieses Bildchen immer als „Liebespaar, unter freiem Himmel dem Wald zustrebend" gedeutet. Nur konnte ich das Liebespaar jetzt einfach nicht mehr finden, so peinlich mir das auch war, weil es nach Ziererei aussah. Zwei Sportler, zur Not, die sich auf einen Wettkampf vorbereiteten. Aber auch das nicht sicher. Also schwieg ich besser. Es war doch kein Unglück, nicht zu erkennen, was diese sinnlose Tafel darstellen sollte.

Da fing Beate zu weinen an. Die stille, die bescheidene Beate. Beate, deren Namen so gut zu ihr paßte: die Glückliche. Die alles ins rechte Verhältnis zueinander brachte: den schwierigen Beruf, einen anspruchsvollen Mann, zwei Kinder; die nie von sich reden machte. Und die vielleicht selbst nicht geahnt hatte, welch Unmaß an Hoffnung sie mit diesem Experiment verband. Wissen Sie, daß sie zu allem bereit war? Sie wollte die nächste sein: Das war ihr Ernst. Über mein Versagen geriet sie außer sich. In meinem widerwärtigen Hochmut werde ich noch diese einmalige Chance für alle anderen mit vertun, weil ich sie nicht wirklich brauche und daher gar nicht zu schätzen wisse.

Irene half mir, Beate ins Auto zu bringen. Ich fuhr sie nach Hause. Was sie unterwegs noch alles sagte, in welchem Ton, welche Art von Wörtern sie dabei benutzte, behalte ich für mich.

Aber mir ist eine Scheu vor den stillen, bescheidenen Frauen geblieben. –

Sie wohnt schön, Beate. Garten und Haus sind gepflegt. Keine schmutzige Tasse, kein ungemachtes Bett. Keine Unordnung hinter ihrem Rücken, sie wollte sich nie etwas vorzuwerfen haben. Ich bettete sie auf die Couch und gab ihr Schlaftabletten. Ehe sie einschlief, fragte sie: Warum sagst du nichts?

Sie dachte wohl, es stünde mir frei, zu reden oder zu schweigen. Sie konnte sich die Stille nicht vorstellen, die in mir herrschte. Keiner kann sich diese Stille vorstellen.

Wissen Sie, was „Person" heißt? Maske. Rolle. Wirkliches Selbst. Die Sprache, scheint mir nach alledem, ist wohl an wenigstens einen dieser drei Zustände gebunden. Daß sie mir alle abhanden gekommen waren, mußte soviel bedeuten wie totales Schweigen. Über niemanden läßt sich nichts aufschreiben. Dies erklärt die Drei-Tage-Lücke in meinem Bericht.

Als mir nach Tagen der Gebrauch von JA und NEIN möglich wurde, ging ich wieder unter Menschen. Verändert, natürlich: das haben sie alle ganz richtig gesehen. Aber doch nicht schonungsbedürftig. Doch nicht angewiesen auf diese besorgt forschenden Blicke, die es mir ja nur schwerer machten, überzeugend zu zeigen, daß ich über den Berg war. Absurderweise wollte gerade jetzt keiner mir glauben: Ihr Zweifel tauchte auf, als meiner sich verflüchtigte. Mein wahrheitsgemäß-stereotypes

„Danke, gut" auf ihr stereotypes „Wie geht es dir?" ging ihnen auf die Nerven. Aber die Meinungen, die sie über mich haben mochten, gingen mir nicht wie früher zu Herzen. Das wieder paßte ihnen nicht.

Aber was hatten wir uns eigentlich alle gedacht?

Oder Sie! Wäre es denkbar, daß Sie den Preis, den ich zahlen sollte, nüchtern einkalkuliert hatten? Ich frage ja bloß: affektfrei, wie Sie es immer gefordert haben. Affektfrei, aller Bindungen los und ledig, konnte ich endlich aussteigen aus einem gewissen Spiel, dessen Regeln uns so lange heilig gewesen waren. Dieses Schutzes bedurfte ich nun nicht mehr. Der Verdacht, daß Sie genau das vorausgesehen und sogar gewünscht haben mochten, kostete mich ein Achselzucken. Ich entdeckte das Geheimnis der Unverwundbarkeit: Gleichgültigkeit. Kein Brennen mehr in mir, wenn ein gewisser Name fiel, eine gewisse Stimme zu hören war... Eine bedeutende Erleichterung, Professor, die mir ungeahnte Freiheiten eröffnete. Wenn ich die Augen schloß, war ich nicht mehr gezwungen, schmerzhafte Lust aus einer Folge von Bildern zu ziehen, die – beschämend genug – immer die gleichen zwei Personen in immer den gleichen Situationen zeigte. Vielmehr beherrschten mich Zukunftsvisionen: mein glorreiches Abschneiden in diesem Experiment, mein Name in aller Munde, Jubel, Auszeichnungen, der Ruhm in vollen Zügen.

Sie schütteln den Kopf, Sie mißbilligen. Aber was wollen Sie: Sollte ich fertigbringen, was den meisten Männern nicht gelingt – ohne Selbstbetrug Auge in Auge mit der Realität zu leben? Vielleicht hatten Sie gehofft, daß einer es schaffen würde: Ihr Geschöpf. Daß Sie ihn dabei beobachten könnten und der Abglanz von Empfindungen auf Sie fallen würde, die Sie sich selbst seit langem verboten und allmählich wohl verloren haben (was Ihnen geblieben sein mag: das Gefühl eines unersetzlichen Verlusts); aber ich mußte Sie enttäuschen. Ohne es zu merken, begann auch ich, den leichten Weg vorzuziehen und den Erfolg des Experiments, dessen barbarischer Unsinn mir nicht mehr voll gegenwärtig war, allen Ernstes in den

Mittelpunkt meiner Bestrebungen zu rücken. Des Doktor Rüdiger klassische Anekdote fällt mir ein. Ohne es zu wissen oder zu wollen, bin ich doch Spion gewesen im Hinterland des Gegners und habe erfahren, was euer Geheimnis bleiben muß, damit eure bequemen Vorrechte nicht angetastet werden: daß die Unternehmungen, in die ihr euch verliert, euer Glück nicht sein können und daß wir ein Recht auf Widerstand haben, wenn ihr uns in sie hineinziehen wollt.

Nein, Professor: Keine Göttin steigt herab, den Verräter zu blenden – es sei denn, Sie wollen die Gewohnheit, die uns blind macht, eine allmächtige Göttin nennen. Die Teilerblindung, die fast alle Männer sich zuziehen, begann auch mich zu befallen, denn anders ist heute der ungeschmälerte Genuß von Privilegien nicht mehr möglich. Wo ich früher aufbegehrt hatte, erfaßte mich jetzt Gleichmut. Eine nie gekannte Zufriedenheit begann sich in mir auszubreiten. Einmal akzeptiert, gewinnen die Übereinkünfte, die wir scharf beargwöhnen müßten, eine unwiderstehliche Macht über uns. Schon verbot ich mir die Traurigkeit als unfruchtbare Vergeudung von Zeit und Kraft. Schon kam es mir nicht mehr gefährlich vor, an jener Arbeitsteilung mitzuwirken, die den Frauen das Recht auf Trauer, Hysterie, die Überzahl der Neurosen läßt und ihnen den Spaß gönnt, sich mit den Entäußerungen der Seele zu befassen (die noch kein Mensch unter dem Mikroskop gefunden hat) und mit dem großen, schier unausschöpflichen Sektor der schönen Künste. Während wir Männer die Weltkugel auf unsere Schultern laden, unter deren Last wir fast zusammenbrechen, und uns unbeirrt den Realitäten widmen, den drei großen W: Wirtschaft, Wissenschaft, Weltpolitik.

Und einen Gott, der käme, uns die Sehergabe zu verleihen, voll ehrlicher Entrüstung abweisen würden... Wie die ziellosen Klagen unserer Frauen.

Soweit war ich noch nicht, Professor. Die Zeit hatte nicht ausgereicht. Anfälle meiner alten Unruhe suchten mich heim. Ein Schock konnte mich noch retten. Eine Frage. Zwei Worte.

Wie ich Ihre Tochter kennengelernt habe? Ich habe sie nicht als Ihre Tochter kennengelernt – der Verdacht ist unbegründet –, sondern als eine sehr gescheite, etwas schnippische junge Person, die im Filmclub zufällig neben mir saß und die ich – schon nicht mehr zufällig – zu einem Eisbecher einlud. Es ging ganz einfach. Sie werde mir nicht in den Arm fallen, sagte sie, wenn ich für sie bezahlen wolle: Sie sei gerade pleite, und es treffe ja wohl keinen Armen. Absichten? Die gewöhnlichsten von der Welt; denn wenn ich schon irgendwo anfangen mußte mit der Gockelei – die Frauen lassen einem Mann keine Ruhe! –, warum nicht bei diesem Mädchen, das mir wegen seines ironischen Lachens gefiel?

Der Gockel war dann nicht gefragt. Für Anna war ich ein älterer Herr, nehme ich an, der, verblödet wie die meisten Männer – dies sind ihre Worte, aber Sie kennen sie ja –, nicht mehr imstande ist, irgend etwas zu merken. Zum Beispiel, daß diese Filmleute vorhin uns ganz einfach für dumm verkaufen wollten. Sie heiße übrigens Anna (ich schwöre Ihnen: Ihren Familiennamen hat Ihre Tochter mir nicht genannt!). Anna ist dafür, es den Männern nicht zu leicht zu machen. Sie seien ja schon zu faul zu allem geworden, zur Liebe jedenfalls, findet Anna, und eines Tages werde es dahin kommen, daß sie zu faul werden zu herrschen. Und uns ihre himmelschreiende Bequemlichkeit als Gleichberechtigung aufdrängen, sagte Ihre Tochter Anna zornig. Schönsten Dank, aber ohne mich.

Warum sie mich dann mit nach Hause nahm? Ich schwöre Ihnen... Ach was. Schluß mit der Schwörerei. Natürlich hätte ich mich, als Mann, in Anna verliebt. Es regte sich etwas, wenn Sie das beruhigt. Die Gegenregung hielt der anderen aber für diesmal noch die Waage. Anna muß etwas gespürt haben, denn sie wurde stiller. Sie sagte, ich sei ihr ein bißchen rätselhaft, aber trotzdem sympathisch. Sie wollte mir ihre Platten vorspielen.

An Ihrer Gartentür hätte ich noch umkehren können. Aber nun wollte ich sehen, wie wir uns aus der Affäre ziehn. Vielleicht wollten auch Sie das sehen. Vielleicht wollten Sie mir beweisen, daß Sie die Suppe auslöffeln, die Sie sich eingebrockt haben. Sonst hätten Sie wenigstens die Einladung zum Abendbrot verhindern können. Ich, als neue Bekanntschaft Ihrer Tochter Anna von Ihrer Frau und Ihrer alten Mutter gehörig gemustert, Ihnen gegenüber an der Schmalseite Ihres Abendbrottisches. Ein Witz natürlich. Sie hatten keine Mühe, gute Miene zum bösen Spiel zu machen. Alles stumme Szenen, nur Blicke und Gesten. Aber soviel wurde klar: Sie boten Ihre bedingungslose Kapitulation an. Das Spiel war zu Ende. Keine Rede mehr davon, daß Sie die Fäden in der Hand hielten. Sie steckten in der Klemme und sahen ein, daß Ihnen recht geschah. Es stand Ihnen und entwaffnete mich. Mir also blieb überlassen, ob ich mich freiwillig noch an irgendeine unserer Spielregeln hielt. Sie wußten nicht, daß ich schon im Aus war. Die Person, der Sie Ihre Kapitulation anboten, saß nicht mit am Tisch.

Lockere Gespräche also, Heiterkeit. Erleichterung auf der einen, Großmut von der anderen Seite. Maßvolle Beobachtungen. Ein schwer zu bestimmender Ausdruck im Gesicht Ihrer Frau, der mir erst jetzt zu denken gibt. Die gute Laune Ihrer Mutter, die Fröhlichkeit Ihrer Frau: geschickte Nachahmungen Ihrer eigenen guten Laune und Fröhlichkeit. Die beiden Frauen haben Sie mit hochempfindlichen Radarsystemen umstellt, die ihnen auch die leiseste Ihrer Gefühlsregungen zutragen. Daß Ihre Frau ein spiegelbereites Gesicht hat – das ist es. Und Objekt für den Spiegel: Sie, wiederum Sie. Eine vollkommene Einkreisung. Anna aber nicht bereit, sich abzufinden. Kratzbürstig und schnippisch, vor allem aber, worum ich sie beneide: überlegen. Es war der neunundzwanzigste Tag nach meiner Verwandlung, ein lauwarmer Aprilabend.

Wo bleibt der Schock? Die Frage? Die zwei Worte?

Ich müßte sie Ihnen wohl nicht wiederholen. Wir standen ja dann in Annas Zimmer vor ihrem Bücherbrett, unsere Weingläser in der Hand, während sie ihre Platten auflegte. Sie hatten zum erstenmal den Mut, mich zu erkennen, die Verwandlung, die Sie bei mir bewirkt hatten, nicht zu fliehen oder zu leugnen. Ohne weiteres redeten Sie mich mit den Namen an, den Sie mir gegeben haben:

Nun, Anders – wie fühlen Sie sich? (Die Frage.) – Wobei Sie genau den Ton zwischen Berufsinteresse und freundschaftlicher Anteilnahme trafen: neutral. Aber es kränkte mich nicht. Jener Anders entfernte sich unaufhaltsam von der Person, die so etwas hätte kränken können.

Gelassen, der Wahrheit gemäß, gab ich Auskunft: Wie im Kino.

Da rutschte Ihnen, zum erstenmal, seit ich Sie kenne, etwas heraus, was Sie nicht hatten sagen wollen: Sie auch? – (Die zwei Worte.)

Sie wurden bleich. Und ich hatte mit einem Schlag begriffen. Immer ist es ein Gebrechen, das man so sorgfältig versteckt. Ihre kunstvoll aufgebauten Regelsysteme, Ihre heillose Arbeitswut, all Ihre Manöver, sich zu entziehen, waren nichts als der Versuch, sich vor der Entdeckung abzusichern: Daß Sie nicht lieben können und es wissen.

Es ist zu spät, Entschuldigungen vorzubringen. Aber an mir ist es nun, Ihnen zu sagen, daß auch ich keine Wahl hatte, mich in dieses Spiel einzulassen oder nicht; es wenigstens abzubrechen, solange noch Zeit war. Vieles können Sie mir vorwerfen, ohne daß ich etwas zu meiner Rechtfertigung vorbringen würde – vor allem anderen meine Leichtgläubigkeit, meinen Gehorsam, meine Abhängigkeit von den Bedingungen, die Sie mir aufzwangen. Wenn Sie mir nur glauben wollten, daß es nicht Leichtsinn oder Übermut waren, die jenes Geständnis von Ihnen erpreßten. Wie hätte ich wünschen sollen, daß die erste und einzige Vertraulichkeit zwischen uns das vertrauliche Eingeständnis eines Defekts wäre...

Jeder von uns hatte sein Ziel erreicht. Ihnen war es gelungen, sich meiner zu entledigen; mir, hinter Ihr Geheimnis zu kommen. Ihr Präparat, Professor, hatte getan, was es konnte. Nun ließ es uns im Stich.

Es gibt nichts Schlimmeres als zwei Menschen, die miteinander quitt sind.

Ich komme zum Schluß.

Am nächsten Morgen erwarteten Sie mich im Institut. Gesprochen wurde wenig. Sie zeigten mir Ihr Gesicht nicht, als Sie die Spritze aufzogen. „Scham“ hängt mit

„Schande“ zusammen. Zuschanden machen. Es bleibt uns nichts übrig, als mit dem quälendsten aller Gefühle von vorn zu beginnen.

Ich träumte nichts. Beim Erwachen sah ich einen größer werdenden hellen Fleck. Auch Ihr Petersein minus masculinum ist ein zuverlässiges Mittel, Professor. Es steht ja im Protokoll. In allen Ihren Voraussagen haben Sie recht behalten.

Jetzt steht uns mein Experiment bevor: Der Versuch, zu lieben. Der übrigens auch zu phantastischen Erfindungen führt: Zur Erfindung dessen, den man lieben kann.

Anhang

Wort- und Sacherklärungen
Biografische Angaben
Quellen- und Rechtsnachweis
Inhalt

Wort- und Sacherklärungen

Ablativus	Bezeichnung für den 6. Fall der lateinischen Deklination
Aimez-vouz Colette?	(frz.) Lieben Sie Colette?
Austen	Jane (1775–1817), einflußreiche, realistische englische Schriftstellerin
Bambusspeil	Bambusstäbchen
Biafra-Krieg	Auseinandersetzung um die von Nigeria separierte Ostregion, die 1967 von General Ojukwu zur selbständigen Republik Biafra proklamiert wurde
Carbonari	Anhänger eines revolutionären Geheimbundes seit 1806 in Kalabrien; wandten sich zunächst gegen die französische Herrschaft in Neapel (1806/15), breiteten sich über ganz Italien aus und kämpften für die Einheit und Freiheit Italiens; nach den mißlungenen Revolutionen von 1820 und 1821 wurden sie scharf verfolgt und gingen später teilweise in der Bewegung „Junges Italien“ auf
Colette	Sidonie Gabrielle (1873–1954), sehr erfolgreiche französische Schriftstellerin
Derwisch	(pers.) Mitglied eines islamischen Bettelordens
geschalkte Luken	wasserdicht geschlossene Luken
Glasen	die Wachen an Bord sind in Glasen (halbe Stunden) eingeteilt
Handspake	Prügel
holen und brassen	holen: Tau zur Fortbewegung des Schiffes ziehen; brassen: Tau zur waagerechten Bewegung der Rahen ziehen
in pace	(lat.) im Frieden
Il y a des choses…	(frz.) Es gibt Dinge, die man tut, aber über die man nicht spricht
Kapitel	(lat.) hier: Gesamtheit der Pfarrer und Kuraten eines Dekanats

Käsch	kleine chinesische Kupfermünze, die, mit einem Loch in der Mitte versehen, meist zu hundert Stück auf eine Schnur gefädelt wurden
Kattblock	Gerät zum Aufwinden des Ankers
La petite chienne vout…	(frz.) Die kleine Hündin will, aber der große Hund will nicht
Marlspieker	speziell beim Spleißen verwendeter Eisendorn
Midi	(frz.) Bezeichnung für Südfrankreich
motu proprio	(lat.) päpstliche Entscheidung oder Verordnung, die ohne vorhergegangenes Gesuch erfolgt
Murat	Joachim (1767–1815), napoleonischer General; als Schwager Napoleons wurde er 1808 König von Neapel; im April 1815 rief er während des Wiener Kongresses das italienische Volk zum Freiheitskampf gegen Österreich auf, doch er wurde geschlagen und mußte fliehen; von Korsika aus versuchte er noch einmal, in Italien Fuß zu fassen, wurde aber gefangengenommen und am 13. Oktober 1815 von den Österreichern erschossen
Pall	Sperrzahn am Ankerspill
Rüstkausch	an der Schiffsaußenseite eingekehlter Ring zum Befestigen von Tauen
Salve Regina!	(lat.) Sei gegrüßt, Königin!
Sbirre	(ital.) früher in Italien, namentlich im Kirchenstaat: militärisch organisierter Justiz- und Polizeidiener
Schanze	der hinter dem Großmast meist etwas tiefer gelegene Teil des Oberdecks eines Kriegsschiffes
Schären	(schwed.) flache Felseninseln
Squatter	(engl.) Viehzüchter
Stag	Stütztau auf Schiffen
Suada	Redefluß, Beredsamkeit
Sulla	Lucius Cornelius (138–78 v. u. Z.), römischer Feldherr und Staatsmann; schärfster Gegner der römischen

Volkspartei; rief sich 82 v. u. Z. zum Diktator aus; als er erkannte, daß er sein Ziel, die Krise der römischen Sklavenhaltergesellschaft zu lösen, nicht erreichen konnte, zog er sich 79 v. u. Z. ins Privatleben zurück

Thomas — wahrscheinlich ist der bedeutende walisische Dichter Dylan Thomas (1914 bis 1953) gemeint

Toppnanten — Stütztaue, die dazu dienen, die Rahen der Segelschiffe teils in waagerechter Lage zu halten, teils zu toppen, d. h. senkrecht aufzurichten

Venta — (ital.) geheime Versammlung der Carbonari

Warpanker katten — Schleppanker hochziehen

Zechine — (ital.) venezianische Goldmünze

Biographische Angaben

Ryûnosuke Akutagawa (1892 Tôkyô – 1927 Tôkyô). Entstammte einer kleinbürgerlichen Familie. Studierte englische Literatur an der kaiserlichen Universität. 1916 Promotion. Mit der Veröffentlichung des Sammelbandes „Rashmon“ (1917) setzte er sich als Schriftsteller durch. Er verfaßte außerdem 150 Kurzgeschichten, Erzählungen, Essays und Lyrik. Akutagawa beeinflußte nachhaltig die japanische Literatur. Die letzten Jahre seines Lebens, dem er selbst ein Ende setzte, waren von Zweifeln am eigenen Vermögen, vor allem aber von der allgemeinen Krise der bürgerlichen Intelligenz am Vorabend des Faschismus überschattet. Ausgewählte Werke sind in alle Weltsprachen übersetzt worden.

Ivo Andrić (1892 Travnik/Serbien). Sohn eines verarmten Handwerkers. Mitglied der nationalrevolutionären Jugendbewegung „Junges Bosnien“. 1918 Philosophiestudium, dann im diplomatischen Dienst tätig, zuletzt bis 1939 in Berlin. Sein Schaffen spiegelt die komplizierte Problematik seines Heimatlandes Bosnien wider, das jahrhundertelang von der Türkei und Österreich-Ungarn besetzt war. Einige bekannte Werke: „Die Brücke über die Drina“ (1945), „Die Travniker Chronik“ (1945), „Audienz beim Wesir“ (1959), „Das Fräulein“ (1954).

Ingeborg Bachmann (1926 Klagenfurt – 1973 Rom). 1945 Philosophiestudium, 1950 Promotion. Arbeitete als Redakteurin, Dozentin, freie Schriftstellerin. Bekannt ist sie mit den Gedichtbänden „Die gestundete Zeit“ (1953) und „Die Anrufung des großen Bären“ (1956) geworden. Später verstummte sie als Lyrikerin. 1961 erschien ihr Erzählungsband „Das dreißigste Jahr“, 1971 der Roman „Malina“ (erstes Buch des Romanzyklus „Todesarten“) und 1972 die im Umkreis des Romans entstandene Erzählungssammlung „Simultan“. Ingeborg Bachmann gehört zu den beeindruckendsten österreichischen Schriftstellern der Nachkriegszeit.

Iwan Alexejewitsch Bunin (1870 Woronesh – 1953 Paris). Sohn eines verarmten adligen Gutsbesitzers. Lebte ab 1920 in Frankreich. Bunin gilt als realistischer Schilderer der Natur und des russischen Dorfes vor der Oktoberrevolution. Mit sprachlicher Feinheit und Eindringlichkeit sind viele seiner Erzählungen von elegischen Erinnerungen bestimmt. Ins Deutsche übersetzt wurden die Erzählungsbände „Ein letztes Wiedersehen“ (1964) und „Grammatik der Liebe“ (1970).

Italo Calvino (1923 Santiago de las Vegas/Kuba – 1985 Rom). Sohn eines Botanikers. Verbrachte seine Kindheit im Ligurien (Oberitalien). Studierte bis 1942 in Turin Philosophie und Literatur. Im zweiten Weltkrieg schloß er sich der Partisanenbewegung an. Schrieb zunächst Skizzen und Satiren für Zeitungen und debütierte 1947 mit dem autobiographische Züge tragenden Roman „Wo die Spinnen Nester bauen“. In seinen Erzählungen wie auch in seinen historischen Romanen gilt seine Auseinandersetzung der italienischen Realität. Die weltanschauliche Krise, die ihn 1957 zum Austritt aus der Kommunistischen Partei Italiens geführt hatte, versuchte er in seinen 1957/58 entstandenen Erzählungen zu überwinden.

Maria Dąbrowska (1889 Russów/Polen – 1965 Warschau). Tochter eines Gutsverwalters. Studierte Naturwissenschaften und Ökonomie in der Schweiz und in Belgien. Arbeitete als Bibliothekarin und Publizistin. Beteiligte sich am politischen Leben und an den Unabhängigkeitsbewegungen der polnischen Emigrantenjugend. Studierte von 1913 bis 1914 zusätzlich Soziologie und Volkswirtschaft in London. 1922 debütierte sie mit einem Buch für die Jugend „Der Kirschzweig“. In ihrem weltbekannten Werk „Tage und Nächte“ (1932/34) schildert sie tiefgreifend den Herausbildungsprozeß der Bourgeoisie aus dem niedergehenden Adel von der letzten nationalen Erhebung 1863 bis zum ersten Weltkrieg. Sie schrieb weiterhin Erzählungen, Novellen, Dramen, Skizzen, Essays und übertrug Werke aus dem Russischen und Englischen.

Ita Daly (1944 Drumshanbo, Leitrim/Irland). Tochter eines Beamten. Besuchte die St. Louis High School in Dublin, studierte das Englische und Spanische an der University College Dublin. Ist als Lehrerin in einer höheren Schule in Dublin tätig.

Nadine Gordimer (1923 Springs/Transvaal). Lebt heute in Johannesburg (Südafrika). Ihre Mutter ist Engländerin und ihr Vater Litauer. In ihrer Erzählung „Die zarte Stimme der Schlange“

(1953) und in dem von der Regierung verbotenen Roman „Eine Welt von Fremden" (1965) übt sie Kritik an der rassistischen Gesellschaft ihres Landes. Sie appelliert an ihre eigene Klasse, die Vorurteile gegenüber den diskriminierten Angehörigen anderer Rassen zu überwinden. Ihr Roman „Der Besitzer" wurde 1983 ins Deutsche übersetzt.

Wladimir Korolenko (1853 Shitomir – 1921 Poltawa). Sohn eines Richters. Studierte an der technischen Hochschule in Petersburg und Moskau. Wegen Beteiligung an Studentenprotesten von 1880 bis 1884 nach Sibirien verbannt. Aus Protest gegen die Aberkennung der Akademiemitgliedschaft Gorkis durch den Zaren verzichtete er persönlich auf seine Ehrenmitgliedschaft. Er begrüßte die Revolution 1917. Seine fortschrittlichen sozialen Ideale fanden in solchen Erzählungen wie „Makars Traum" (1885) und „Der Wald rauscht" (1886) ihre Widerspieglung. Die Bände „Geschichte meines Zeitgenossen" (1919), in denen er die Kämpfe der Volkstümlerintelligenz schildert, gehören zu den besten Leistungen russischer Memoirenliteratur.

Henry Lawson (1867 Grenfell/New South Wales – 1922 Sydney/Australien). Sohn eines aus Norwegen eingewanderten Seemanns und Goldsuchers. Besuchte nur drei Jahre die Schule und arbeitete auf der Farm seines Vaters. Später abwechselnd als Tischler, Landarbeiter, Bauarbeiter, Lehrer, Angestellter tätig. Begann mit ersten Veröffentlichungen in Zeitungen und Zeitschriften. Er schrieb Short Stories, Gedichte, Essays.

Margarete von Navarra (1492 Angoulême – 1549 Odos/Pyrenäen). Sie war die älteste Schwester des französischen Königs Franz I. Ihr zweiter Gatte war König Heinrich von Navarra. Die Mutter, Luise von Savoyen, sorgte für eine umfangreiche Ausbildung des jungen Mädchens. Es lernte Italienisch, Spanisch, Latein, Griechisch, Hebräisch. Margarete förderte als Königin Kunst und Wissenschaft. Für ihr „Heptameron" stand Boccacios „Dekameron" Pate. Die 72 Novellen, unterschiedlich in ihrer literarischen Bewältigung, geben ein buntes Bild des sozialen Lebens der Fürsten und Adligen, des sich in Italien frühzeitig entwickelnden Bürgertums wie auch der untersten Schichten des Volkes. Margarete von Navarra lebte im Mittelalter, stellte sich jedoch bewußt den Bestrebungen der Frührenaissance.

Aulikki Oksanen (1944 Helsinki). Gehört derzeit zu den meistgelesenen jungen Schriftstellern Finnlands. Schon während ihres Studiums an einer pädagogischen Hochschule wirkte sie am Helsinkier Studententheater mit und schrieb politisch engagierte Liedtexte für Singegruppen und Film, Funk und Fernsehen. 1966 erschien ihr erstes Buch „Der Tod eines Pferdes". Es folgten „Die Umarmung des Schützen" (1968), „So werden Tränen geboren" (1970) und „Die große Schwester und der kleine Bruder" (1973).

Anna Seghers (1900 Mainz – 1983 Berlin). Tochter eines Antiquitätenhändlers. Studierte Geschichte, Kunstgeschichte und Soziologie. 1924 Promotion über Rembrandt. Anna Seghers schloß sich in den zwanziger Jahren der Arbeiterbewegung an, trat 1928 der KPD bei. Wurde 1933 verhaftet, konnte aber nach Frankreich fliehen. Ging später nach Mexiko. 1952 erste Vorsitzende des deutschen Schriftstellerverbandes. Durch ihren Roman „Das siebte Kreuz" (1942) wurde sie weltberühmt. Einige weitere Werke: „Der Ausflug der toten Mädchen" (1943), „Die Toten bleiben jung" (1949), „Die Kraft der Schwachen" (1965), „Sonderbare Begegnungen" (1973).

Stendhal (eigentlich Henri Beyle: 1783 Grenoble–1842 Paris). Sohn eines Anwalts. Lernte als Soldat Napoleons Deutschland, Österreich, Rußland und Italien kennen. War zeitweilig französischer Konsul in Italien. Veröffentlichte zuerst kunstkritische Schriften zur Musik und Malerei sowie psychologische Studien. In seinen Werken gestaltete er vor allem Schicksale ungewöhnlicher Menschen, die die bürgerlichen Lebensbedingungen nicht akzeptieren und an ihrer Umwelt zugrunde gehen. Seine Romane „Rot und Schwarz" (1830) und „Die Kartause von Parma" (1845) wurden verfilmt. Er schrieb auch Novellen und Skizzen.

August Strindberg (1849 Stockholm–1912 Stockholm). Sohn eines Schiffsmaklers und dessen früherem Dienstmädchen. Arbeitete nach mehrmals abgebrochenem Studium als Hauslehrer, Journalist und Übersetzer und war zwischendurch Schauspielschüler. Strindberg deckte in seinen Werken die Widersprüche der bürgerlichen Gesellschaft auf, ohne jedoch Ursachen ihrer historischen Entwicklung zu erkennen. Seine ständige Wahrheitssuche führte ihn in tiefe weltanschauliche und künstlerische Krisen. Mit dem Roman „Das rote Zimmer" (1879) gelang ihm das erste bedeutende Werk schwedischer Literatur. Einige weitere Werke: „Der Sohn einer Magd“ (1886/87), „Die Leute auf Hemsö“ (1909), „Der Vater“ (1887), „Fräulein Julie“ (1888).

Christa Wolf (1929 Landsberg/heute Gorzów Wielkopolski). Lebt heute in Berlin und Alt-Meteln (Mecklenburg). Tochter eines Kaufmanns. Nach dem Hochschulstudium der Germanistik wirkte sie in verschiedenen, der Literatur verpflichteten Berufen. Sie ist Erzählerin, Essayistin, Kritikerin und Herausgeberin. 1961 debütierte sie mit der „Moskauer Novelle“. Es folgten 1963 „Der geteilte Himmel“, 1968 „Nachdenken über Christa T.“, 1979 „Kein Ort. Nirgends“, 1976 „Kindheitsmuster“, 1983 „Kassandra“.

Lu Xun (1881 Shaoxing/China–1936 Shanghai). Entstammte einer armen Gelehrtenfamilie. Studierte zunächst Medizin, beschäftigte sich dann mit europäischer Literatur. War als Professor für chinesische Literatur an der Universität in Peking tätig. Er debütierte mit der Erzählung „Tagebuch eines Wahnsinnigen“ (1918). Viele Erzählungen folgten, unter anderem: „Die Reise ist lang“, „Morgenblüten – abends gepflückt“, „Die Flucht auf den Mond“. Er schrieb auch Essays und Aufsätze. Lu Xun übte auf die fortschrittliche Literatur seines Landes einen wesentlichen Einfluß aus.

Die Bibel. Heilige Schrift. Bezeichnet im klassischen Sprachgebrauch die Sammlung von Schriften geschichtlichen, lehrhaften, moralischen und poetischen Inhalts über fast eineinhalb Jahrtausende. Sie besteht aus dem (ursprünglich hebräisch abgefaßten) Alten Testament und dem (griechischen) Neuen Testament. Die Apogryphen, denen das „Buch Judith“ zugehört, sind Schriften, die mit den alt- und neutestamentlichen Schriften verwandt sind, aber in den Kanon des Alten bzw. Neuen Testaments nicht aufgenommen, v. u. Z. vom kirchlichen Gebrauch ausgeschlossen wurden. Um 400 u. Z. verstand man darunter die 12 bzw. 14 Schriften, die das griechische und das lateinische Alte Testament über den hebräischen Kanon hinaus enthält.

Die schönsten Geschichten aus 1001 Nacht. Vor der Erfindung des Buchdrucks wurden diese Geschichten mündlich weitererzählt. 1704 veröffentlichte der französische Gelehrte Antoine Galland das erste Bändchen der Erzählungen. Er hatte von einer seiner

Reisen in den Orient eine ägyptische Handschrift aus dem 15. Jahrhundert mitgebracht, die er zur Grundlage seiner Ausgabe machte. Dieses Bändchen enthielt zum Beispiel die Märchen „Ali Baba und die vierzig Räuber“ und „Aladin und die Wunderlampe“. Von 1839 bis 1842 erschien in Kalkutta die bisher umfangreichste Ausgabe der Erzählungen aus 1001 Nacht.

Quellen- und Rechtsnachweis

Das Buch Judith. Entnommen aus: Apokalyptische Bücher. Die Bibel oder die ganze Heilige Schrift des Alten und Neuen Testaments nach der Übersetzung Dr. Martin Luthers. Württembergische Bibelanstalt, Stuttgart 1929.
Die Geschichte von den zwei neidischen Schwestern. Nacherzählt von Karl Heinz Berger. Entnommen aus: Die schönsten Geschichten aus 1001 Nacht wie sie Karl Heinz Berger nach der Übersetzung von Gustav Weil für junge Leser neu erzählt hat. Kinderbuchverlag, Berlin 1971. © für die Nacherzählung Kinderbuchverlag, Berlin.
Margarete von Navarra, Ein eifriger Prior sucht unter dem Deckmantel der Frömmigkeit mit allen Mitteln eine Nonne zu verführen, wodurch seine Bosheit am Ende verschleiert wird. Entnommen aus: Margarete von Navarra, Das Heptameron. Die Erzählungen der Königin von Navarra. Greifenverlag, Rudolstadt 1954.
Stendhal, Vanina Vanini. Übersetzt von Elisabeth Schneider. Entnommen aus: Stendhal, Italienische Chroniken. Herausgegeben von Manfred Naumann. Rütten & Loening, Berlin 1978 (2. Aufl.). © für die Übersetzung Rütten & Loening, Berlin.
Ryûnosuke Akutagawa, Ein Stück Erde. Übersetzt von Jürgen Berndt. Entnommen aus: Ryûnosuke Akutagawa, Rashomon. Ausgewählte Kurzprosa. Herausgegeben von Jürgen Berndt. Verlag Volk und Welt, Berlin 1975. © für die Übersetzung Verlag Volk und Welt, Berlin.
Lu Xun, Das Neujahrsopfer. Übersetzt von Johanna Herzfeldt. Entnommen aus: Lu Xun, Morgenblüten – abends gepflückt. Herausgegeben von Johanna Herzfeldt. Rütten & Loening, Berlin 1958. © für die Übersetzung Rütten & Loening, Berlin.
Henry Lawson, Die Frau des Viehtreibers. Übersetzt von Peter Kleinhempel. Entnommen aus: Australische Erzähler von Marcus Clarke bis Patrick White. Herausgegeben von Hans Petersen. Verlag Volk und Welt, Berlin 1984. © für die Übersetzung, Verlag Volk und Welt, Berlin.
August Strindberg, Ein Puppenheim. Übersetzt von Klaus Möllmann. Entnommen aus: August Strindberg, Erzählungen. Herausgegeben von Leopold Magon. Dieterich'sche Verlagsbuch-

handlung, Leipzig 1964. © für die Übersetzung Dieterich'sche Verlagsbuchhandlung, Leipzig.
Iwan Bunin, „Madrid". Übersetzt von Erich Ahrndt. Entnommen aus: Iwan Bunin, Dunkle Alleen. Erzählungen 1920 bis 1953. Herausgegeben von Karlheinz Kasper. Aufbau-Verlag, Berlin und Weimar 1985. © für die Übersetzung Aufbau-Verlag, Berlin und Weimar.
Krishna Nehru, Sherbati.
Trotz intensiven Bemühens war es uns nicht möglich, die Rechtsträger dieser Erzählung zu ermitteln.
Italo Calvino, Abenteuer einer Ehefrau. Übersetzt von Nino Erné. Entnommen aus: Italo Calvino, Die Abenteuer eines Lesers, © 1986 Carl Hanser Verlag, München Wien.
Ita Daly, Aimez – vouz Colette?. Übersetzt von Erika Gröger. Entnommen aus: Erkundungen. 30 irische Erzähler. Herausgegeben von Hans Petersen, Verlag Volk und Welt, Berlin 1979. Autorenrechte bei Ms. Ita Marcus, Dublin. © für die Übersetzung Verlag Volk und Welt, Berlin.
Ivo Andrić, Die Schlange. Übersetzt von Martin Zöller. Entnommen aus: Ivo Andrić, Die Männer von Veletovo. Ausgewählte Erzählungen. Aufbau-Verlag, Berlin und Weimar 1961.
Autorenrechte bei Jugoslovenska Autorska, Belgrad. © für die Übersetzung Aufbau-Verlag, Berlin und Weimar.
Anna Seghers, Die Ziegler. Entnommen aus: Anna Seghers, Erzählungen 1926–1944, © 1977 Aufbau-Verlag, Berlin und Weimar.
Wladimir Korolenko, Die Wunderliche. Übersetzt von Ekkehard Jäkel. Entnommen aus: Klassische Erzählungen Rußlands von Puschkin bis Gorki. Dieterich'sche Verlagsbuchhandlung, Leipzig 1968 (4. Aufl.). © für die Übersetzung Dieterich'sche Verlagsbuchhandlung, Leipzig.
Maria Dąbrowska, Frau Zofia. Übersetzt von Eberhard Dieckmann. Entnommen aus: Maria Dąbrowska, Der dritte Herbst. Rütten & Loening, Berlin 1961.
Autorenrechte bei Agencja Autorska, Warschau. © für die Übersetzung Rütten & Loening, Berlin.
Nadine Gordimer, Ein Stück rubinrotes Glas. Übersetzt von Peter Kleinhempel. Entnommen aus: Nadine Gordimer, Sechs Fuß Erde. Verlag Volk und Welt, Berlin 1980.
Autorenrechte bei Mohrbooks Literary Agency, Zürich. © für die Übersetzung Verlag Volk und Welt, Berlin.
Aulikki Oksanen, Mütter. Übersetzt von Regine Pirschel. Ent-

nommen aus: Aulikki Oksanen, Alle diese kultivierten Verbrechen. Erzählungen. Hinstorff Verlag, Rostock 1981.
Autorenrechte bei Kirjayhtymä Oy, Helsinki. © für die Übersetzung Hinstorff Verlag, Rostock.
Ingeborg Bachmann, Undine geht. Entnommen aus: Ingeborg Bachmann, Das dreißigste Jahr, © R. Piper & Co. Verlag, München 1961.
Christa Wolf, Selbstversuch. Entnommen aus: Christa Wolf, Unter den Linden, © 1973 Aufbau-Verlag, Berlin und Weimar.

Inhalt